GUTKiND

GUTKiND

www.gutkind-verlag.de

Die Originalausgabe ist erstmals 2023 unter dem
Titel *Lady Tan's Circle of Women* bei Scribner,
einem Verlag von Simon & Schuster, New York, erschienen.

ISBN 978-3-98941-096-1

Umschlaggestaltung: FAVORITBUERO, München
Umschlagabbildung: © Jenson/Shutterstock
Autorinnenfoto: © Patricia Williams
Gesetzt aus der Minion Pro
Satz: Red Cape Production, Berlin
Druck und Bindung: GGP Media GmbH, Pößneck
Printed in Germany

Bei Fragen und Anmerkungen zum Produkt
wenden Sie sich bitte an: info@gutkind-verlag.de

MIX
Papier | Fördert
gute Waldnutzung
FSC® C014496

PRODUZIERT MIT VERANTWORTUNG

LISA SEE

DIE GESCHICHTE DER LADY TAN

ROMAN

Aus dem amerikanischen Englisch
von Elke Link

GUTKiND

In Erinnerung an Marina Bokelmann,
zweite Mutter, Heilerin, Volkskundlerin, Stickerin

VORBEMERKUNG DER AUTORIN

Diese Geschichte beginnt 1469, im fünften Jahr der Herrschaft von Kaiser Chenghua. Tan Yunxian war damals acht Jahre alt. Der Titel ihres Buches wurde unterschiedlich ins Englische übersetzt: *The Sayings of a Woman Doctor, Miscellaneous Records of a Female Doctor* und *The Comments of a Female Physician.*

Sie sind mit den Traditionen der Chinesischen Medizin vielleicht nicht vertraut – und ich möchte mich an dieser Stelle weder dafür noch dagegen aussprechen –, aber ich hoffe, Sie behalten die Welt als größeres Ganzes zu der Zeit, in der die Geschichte spielt, im Blick. Kolumbus entdeckte Amerika erst einunddreißig Jahre nach Tan Yunxians Geburt, und Jamestown, die erste englische Siedlung in Nordamerika, wurde erst einundfünfzig Jahre nach ihrem Tod gegründet. Zu der Zeit, als Tan Yunxian praktizierte, erklärte die westliche Medizin Krankheiten entweder durch ein Ungleichgewicht beziehungsweise eine Störung der vier Körpersäfte – Blut, Schleim und gelbe und schwarze Galle wurden damals für die bestimmenden Säfte im Körper gehalten – oder man betrachtete sie als Strafe für Sünden, die der Kranke begangen hatte. Die meisten westlichen Arzneimittel wurden aus Alkohol und Kräutern hergestellt, Aderlass mit Blutegeln war gang und gäbe.[1]

1 Anm. d. Red.: Im englischsprachigen Originaltext bezieht sich die Autorin zusätzlich auf Übersetzungen chinesischer Originalbegriffe im englischsprachigen Text. Da sich die deutsche Übersetzung in diesen Fällen ohnehin am Chinesischen orientiert, haben wir uns entschieden, die Bemerkung an dieser Stelle auszulassen.

VORWORT ZU *VERMISCHTE AUFZEICHNUNGEN EINER ÄRZTIN*

Unser altes Land hat viele berühmte Ärzte hervorgebracht, unter denen auch einige Frauen waren. Es ist eine Ehre für unsere Familie, dass meine Cousine Tan Yunxian ein Buch über Fälle verfasst hat, in denen es um lebensrettende Maßnahmen für Herz und Geist ging. Der berühmte Arzt Sun Simiao schrieb: »Frauen sind zehn Mal schwieriger zu behandeln als ein Mann.« Das ist nicht nur eine Frage von Yin und Yang oder der äußeren Welt der Männer und den inneren Gemächern, in denen Frauen wohnen. Es beruht darauf, dass Frauen schwanger werden, Kinder gebären und jeden Monat Blut verlieren. Sie leiden auch darunter, dass sie andere Temperamente und Gefühle haben als Männer. Meine Cousine hat bei der Behandlung von Frauen Besonderes geleistet, weil sie selbst erfahren hat, welchen Kummer und welche Freude es mit sich bringt, auf dieser Welt eine Frau zu sein.

RU LUAN
Absolvent der Hauptstadtprüfungen mit Prädikat durch kaiserlichen Erlass
Direktor für die Rangfolge am Hof
Kommandant der kaiserlichen Lanzenträger

ERSTER TEIL

MILCHTAGE

DAS FÜNFTE JAHR
DER HERRSCHAFT VON KAISER
CHENGHUA (1469)

LEBEN HEISST …

»Tausend Jahre in die Vergangenheit, tausend Jahre in die Zukunft – ganz egal, wo du lebst und wie reich oder arm du bist – die vier Phasen im Leben einer Frau bleiben immer die gleichen«, sagt Ehrwürdige Lady. »Du bist ein kleines Mädchen, also befindest du dich noch in den Milchtagen. Wenn du fünfzehn wirst, kommt die Zeit des Haarehochsteckens. Deine Haartracht wird der Welt verkünden, dass du bereit für die Ehe bist.« Sie lächelt mich an. »Sag mir, Tochter, was kommt danach?«

»Die Reis-und-Salz-Tage«, antworte ich pflichtbewusst, aber ich bin nicht bei der Sache. Meine Mutter und ich sitzen auf Porzellanhockern in einem überdachten Säulengang im Hof unseres Anwesens. Es ist Monsunzeit, und das kleine Stückchen Himmel, das ich sehen kann, ist wolkenverhangen. Die Luft ist feucht und schwül. Zwei Zwergorangenbäumchen in identischen Töpfen stehen nebeneinander. In anderen Gefäßen blühen Cymbidien, deren Stiele sich unter dem Gewicht der Blüten neigen. Bald wird es regnen, aber noch zwitschern Vögel in dem Ginkgo, der an diesem Sommertag für ein kleines bisschen Kühle sorgt, und ich kann das Meer riechen – bisher kenne ich es allerdings nur von Gemälden. Doch der Duft überdeckt nicht den unangenehmen Geruch, der von Ehrwürdiger Ladys gebundenen Füßen ausgeht.

»Du bist mit deinen Gedanken woanders.« Ihre Stimme klingt so schwach, wie ihr Körper wirkt. »Du musst aufpassen.« Sie nimmt meine Hand. »Hast du heute Schmerzen?« Ich nicke. »Die Erinnerungen an die Qualen, die du während deines Füßebindens verspürt hast, werden dich nie ganz verlassen. Von jetzt an bis zu deinem Tod wird es Tage geben, an denen die Schmerzen wiederkommen – wenn du zu lange gestanden hast oder zu weit gelaufen bist, wenn ein Wetterwechsel bevorsteht, wenn du deine Füße nicht ordentlich pflegst.« Mitfühlend drückt sie meine Hand. »Wenn sie pochen oder brennen, denk immer daran, für deinen Ehemann stellt dein Leiden den Beweis deiner Liebe dar. Wenn du deine Aufmerksamkeit auf etwas anderes richtest, lenkt dich das von den Schmerzen ab.«

Meine Mutter ist weise, deshalb sprechen sie alle bei uns im Haus, auch mein Bruder Yifeng und ich, mit »Ehrwürdige Lady« an, dem Ehrentitel, der ihr als Ehefrau eines Mannes vom hohen Rang meines Vaters zukommt. Sie merkt mir an, dass ich abgelenkt bin, aber ich meine, sie ist es auch. Der Gesang einer Frau dringt zu uns herüber. Konkubine Zhao unterhält wohl gerade meinen Vater und seine Gäste.

»Du weißt doch, wie du dich konzentrieren kannst … wenn du es willst«, fährt meine Mutter schließlich fort. »Diese Fähigkeit, sich völlig von etwas in Anspruch nehmen zu lassen, ist unsere Rettung.« Sie hält einen Augenblick inne, als uns das Gelächter von Männern – die Stimme meines Vaters ist unter den Beifallsbekundungen deutlich herauszuhören – wie ein Nebel umfängt. Dann fragt sie: »Wollen wir fortfahren?«

Ich atme durch. »Die Reis-und-Salz-Tage sind die wichtigsten Jahre im Leben einer Frau. Dann werde ich mit den Pflichten einer Ehefrau und Mutter beschäftigt sein …«

»So wie ich jetzt.« Ehrwürdige Lady neigt anmutig den Kopf, sodass der Gold- und Jadeschmuck, der an ihrem Haarknoten hängt, leise klingelt. Wie bleich sie ist, wie elegant! »Jeder Tag sollte in aller Frühe beginnen. Ich stehe vor Sonnenaufgang auf, wasche mir das Gesicht, spüle mir den Mund mit duftendem Tee, versorge meine Füße, richte meine Frisur und schminke mich. Dann gehe ich in die Küche und sehe nach, ob die Dienerinnen das Feuer angefacht und mit der Zubereitung der Morgenmahlzeit begonnen haben.«

Sie lässt meine Hand los und seufzt, als hätte das viele Sprechen sie angestrengt. Bevor sie fortfährt, holt sie tief Luft. »Dir diese Aufgaben einzuprägen, ist ein wichtiger Bestandteil deiner Erziehung, aber du kannst das alles auch lernen, indem du zusiehst, wie ich die Arbeiten überwache, die jeden Tag verrichtet werden müssen: Brennstoff und Wasser hereinholen, eine großfüßige Dienerin zum Markt schicken, dafür sorgen, dass die Kleidung – auch die Gewänder von Konkubine Zhao – gewaschen wird, und viele andere Dinge, die unerlässlich für die Führung eines Haushalts sind. Und was noch?«

Sie unterrichtet mich bereits seit vier Jahren in diesen Dingen, und ich weiß, welche Antwort sie von mir hören möchte. »Sticken, Zither spielen und die Sprüche aus *Analekten für Frauen* lernen ...«

»Und auch aus anderen Schriften, damit du, wenn du zu deinem Mann ziehst, genau weißt, was du alles tun und was du vermeiden musst.« Sie verlagert das Gewicht auf ihrem Hocker. »Zuletzt erreichst du die Zeit des Stillsitzens. Weißt du, was das bedeutet?«

Vielleicht liegt es an meinen Schmerzen, aber die Vorstellung von der Traurigkeit und Einsamkeit während des Stillsitzens lässt mir Tränen in die Augen steigen. »Diese Zeit kommt, wenn ich keine Kinder mehr auf die Welt bringen kann ...«

»Und sie reicht bis in den Witwenstand hinein. Du wirst diejenige sein, die nicht gestorben ist und darauf wartet, dass der Tod dich wieder mit deinem Ehemann vereint. Das ist ...«

Eine Dienerin bringt ein Tablett mit Häppchen, sodass meine Mutter und ich den Unterricht über Mittag ohne Pause fortsetzen können. Zwei Stunden später bittet mich Ehrwürdige Lady, die Regeln zu wiederholen, die wir bereits durchgesprochen haben.

»Beim Gehen wende ich nicht den Kopf«, zähle ich auf, ohne zu protestieren. »Beim Sprechen öffne ich den Mund nicht weit. Beim Stehen raschle ich nicht mit den Kleidern. Im Glück lache ich nicht laut und freudig. Im Zorn erhebe ich niemals die Stimme. Ich werde jeden Wunsch unterdrücken, mich über die inneren Gemächer hinaus zu wagen. Diese Räume sind allein den Frauen vorbehalten.«

»Sehr gut«, lobt mich Ehrwürdige Lady. »Denke immer an deinen Platz in der Welt. Wenn du diesen Regeln folgst, wirst du dich als treuer, anständiger Mensch erweisen.« Sie schließt die Augen. Auch sie hat Schmerzen. Nur ist sie zu sehr Lady, um darüber zu sprechen.

Das Kreischen meines kleinen Bruders unterbricht unseren gemeinsamen Augenblick. Yifeng kommt über den Hof gerannt. Seine Mutter, Konkubine Zhao – die nun nichts mehr vor den Gästen aufführen muss – gleitet hinter ihm her. Sie hat ebenfalls gebundene Füße und macht damit so kleine Schritte, dass man den Eindruck bekommt, sie schwebe wie …

»Wie ein Geist«, flüstert meine Mutter, als hätte sie meine Gedanken gelesen.

Yifeng stürzt auf meine Mutter zu, vergräbt das Gesicht in ihrem Schoß und kichert. Konkubine Zhao mag zwar seine leibliche Mutter sein, aber Ehrwürdige Lady ist nicht nur seine Ritualmutter, sondern sie hat ihn offiziell als ihren Sohn adoptiert. Das bedeutet, dass Yifeng Opfergaben bringen und alle Rituale und Zeremonien durchführen wird, wenn meine Mutter und unser Vater zu Ahnen im Jenseits geworden sind.

Meine Mutter zieht Yifeng zu sich auf den Schoß und wischt seine Schuhsohlen mit der Hand ab, damit sie keinen Schmutz oder Staub auf ihrem seidenen Gewand hinterlassen.

»Das ist alles, Konkubine Zhao.«

»Ehrwürdige Lady.« Mit einem höflichen Nicken zieht sich die Konkubine leise aus dem Hof zurück.

Meine Mutter beginnt nun mit dem Nachmittagsunterricht, den Yifeng und ich gemeinsam bekommen. Wir werden jeden Tag zusammen lernen, bis er sein siebtes Jahr erreicht, denn dann, so schreibt es das *Buch der Riten* vor, sollen Jungen und Mädchen nicht mehr auf derselben Matte sitzen oder am selben Tisch essen. Wenn es so weit ist, wird Yifeng unsere Runde verlassen und in der Bibliothek von Privatlehrern unterrichtet, die ihn auf die kaiserlichen Prüfungen vorbereiten.

»In einem Haushalt sollte stets Harmonie herrschen, aber jeder weiß, wie schwer das ist«, beginnt Ehrwürdige Lady. »Schließlich ist das Zeichen für Ärger zusammengesetzt aus dem Zeichen für *Dach* und den Zeichen für *zwei Frauen* darunter, während das Zeichen für *eine Frau* unter einem Dach …«

»*Frieden* bedeutet«, antworte ich.

»Gut. Ein Schwein unter einem Dach steht für …«

»*Gefängnis.*«

»Es gibt kein Schriftzeichen mit einem Mann unter einem Dach. Ob Tier, ob Frau, wir sind das Besitztum eines Mannes. Wir Frauen sind dazu da, um ihm Erben zu schenken und ihn zu ernähren, zu kleiden und zu unterhalten. Vergesst das nie.«

Während mein Bruder einfache Gedichte aufsagt, setze ich meine Stickarbeit fort. Ich hoffe, es gelingt mir, meine Enttäuschung zu verbergen. Ich weiß, dass nicht allein Konkubine

Zhao meinen Vater und seine Freunde unterhalten hat. Auch Yifeng wurde vorgezeigt. Wenn er jetzt eine Zeile vergisst, blickt Ehrwürdige Lady rasch zu mir, damit ich sie für ihn vervollständige. So lerne ich gleichzeitig, was er lernt. Weil ich älter bin, bin ich viel besser im Auswendiglernen. Ich kann sogar Wörter und Bilder aus Gedichten in meinen Gedanken verwenden und sie benutzen, wenn ich spreche. Doch heute gerate ich bei einer Zeile ins Stocken. Ehrwürdige Lady schürzt die Lippen. »Du wirst dich nicht den kaiserlichen Prüfungen unterziehen oder ein Gelehrter werden wie dein Bruder«, erklärt sie, »aber eines Tages wirst du die Mutter von Söhnen sein. Um ihnen in der Zukunft bei ihren Studien helfen zu können, musst du jetzt alles lernen.« Es versetzt mir einen Stich, sie zu enttäuschen, denn an guten Tagen kann ich Gedichte aus dem *Buch der Lieder* aufsagen oder laut aus dem *Klassischen Buch der kindlichen Pietät für Mädchen* vorlesen. Heute ist kein solcher Tag.

Am späten Nachmittag verkündet meine Mutter, dass es Zeit ist, ins Atelier zu gehen. Yifeng und ich folgen Ehrwürdiger Lady in gebührendem Abstand. Die Falten ihres Gewands blähen sich auf, und der leichte Wind fährt in ihre Ärmel – ganz wie auf einem Gemälde. Die Brise weht gerade so, dass der Geruch, der von ihren gebundenen Füßen ausgeht, uns umfängt. Irgendwann wird auch von meinen Füßen ein besonderer Duft ausgehen, wie mir meine Mutter oft versichert, wenn ich während des Füßebindens weine, und mein Ehemann wird fasziniert davon sein. Heute aber riechen die Füße meine Mutter alles andere als angenehm. Ich schlucke fest, als mich eine Welle der Übelkeit überkommt.

Ich habe keinerlei Erinnerung daran, jemals außerhalb unseres Anwesens gewesen zu sein, und womöglich werde ich das Haupttor erst in der Zeit des Haarehochsteckens passieren, wenn ich als Ehefrau ins Haus meines Mannes gebracht werde, aber das ist mir egal. Ich liebe unser Heim, besonders das Atelier mit seinen weiß verputzten Wänden, den schlichten Möbeln und den Regalen voller Bücher und Rollbilder. Meine Mutter nimmt an der einen Seite des Tisches Platz, mein Bruder und ich setzen uns gegenüber. Meine Mutter sieht zu, wie ich die Tusche auf dem Tuschestein anreibe und Wasser dazu mische, um die perfekte Dichte und Schwärze herzustellen. Ich halte den Pinsel in einer Hand, mit der anderen ziehe ich meinen Ärmel nach hinten, damit er keine Flecken bekommt. Ehrwürdige Lady hat gesagt, jeder Kalligrafiestrich muss fließend, aber dennoch kräftig sein. Yifeng neben mir bemüht sich sehr, aber seine Zeichen sind wackelig. Während ich sein Werk begutachte, begehe ich selbst meinen zweiten Fehler an diesem Tag. Statt dass mein Strich am Ende dünner ausläuft wie eine Augenbraue, mache ich einen Klecks auf das Papier. Ich hebe den Pinsel an, halte aber den Kopf gesenkt, starre auf das Unglück, das ich angerichtet habe, und warte darauf, dass meine Mutter etwas sagt.

Es bleibt still, und ich sehe auf. Sie blickt aus dem Fenster, ohne auf mich, auf meinen Fehler, auf Yipings Gezappel zu achten. Wir wissen, dass sie in solchen Momenten an meine beiden älteren Brüder denkt, die vor fünf Jahren am selben Tag an der Himmelsblumenkrankheit gestorben sind – den Pocken. Hätten sie überlebt, wären sie jetzt zehn und zwölf Jahre alt. Und dann hätte mein Vater womöglich nicht Konkubine Zhao zu uns geholt, ich hätte Yifeng nicht als kleineren Bruder, und meine Mutter hätte keinen Ritualsohn.

Meine Zofe Mohnblüte tritt ein, und Ehrwürdige Lady nickt ihr kurz zu. Ohne meine Arbeit zu begutachten, sagt sie: »Das reicht für heute. Mohnblüte, sorge dafür, dass die

Kinder sich umziehen, und bringe sie dann in die Bibliothek zu ihrem Vater.«

Mohnblüte begleitet meinen Bruder zu Konkubine Zhao, dann begeben wir uns beide in mein Zimmer. Vater hat mir Mohnblüte anlässlich meiner Geburt gekauft. Sie ist fünfzehn und hat große Füße. Ihre Augen stehen weit auseinander, und sie ist sehr folgsam. Sie schläft am Fußende meines Betts auf dem Boden und hat mich schon oft getröstet, wenn ich aus einem Albtraum erwacht bin. Sie hilft mir beim Anziehen, Waschen und Essen. Ich weiß nicht, wo Mohnblüte herkommt, aber sie wird Teil meiner Mitgift sein. Wir bleiben also zusammen, bis eine von uns beiden als Erste stirbt.

Nachdem ich den ganzen Tag lang gesessen habe, bin ich zappelig, aber Mohnblüte will nichts davon hören.

»Du bist schlimmer als dein Bruder«, schilt sie mich. »Halte still, damit ich dir die Haare bürsten kann.«

»Aber …«

Mahnend hebt sie den Zeigefinger. »Nein!« Sie sieht mich streng an, doch der Blick verwandelt sich schnell in ein Grinsen. Sie verwöhnt mich. Wirklich. »Erzähl mir doch, was du heute gelernt hast.«

Ich strenge mich an und zähle die üblichen Dinge auf: »Wenn ich heirate, werde ich meinem Schwiegervater ehrerbietig dienen. Ich werde ihn nicht ansehen, wenn er mit mir spricht. Ich werde ihn nie von mir aus ansprechen, niemals. Ich werde zuhören und gehorchen.«

Mohnblüte saugt geräuschvoll Luft durch die Zähne, zum Zeichen, dass sie zufrieden ist, aber in mir nagt noch etwas, das Ehrwürdige Lady heute zuvor gesagt hat. *Denke immer an deinen Platz in der Welt.* Ich wurde in die Familie Tan hineingeboren. Mein Vorname ist Yunxian, das bedeutet »Treue Tugend«.

In meiner Familie wird seit Generationen Medizin praktiziert, aber mein Vater schlug einen anderen Weg ein. Er ist ein kaiserlicher Gelehrter mit *juren*-Titel – ein »empfohlener Mann«, der die Provinzexamen bestanden hat. Er arbeitet hier in Laizhou als Präfekt. Laizhou liegt in der Nähe des Meers, aber Hunderte *li* entfernt von unserem Familiensitz in Wuxi. Schon länger, als ich lebe, bereitet er sich auf die nächste und höchste Stufe der kaiserlichen Prüfungen vor, die alle drei Jahre stattfinden. Der Geomant hat bereits ein Datum ausgewählt, an dem Vater in die Hauptstadt reisen wird, um seine letzten Studien abzuschließen, bevor die Prüfungen beginnen. Hat er Erfolg, wird der Kaiser persönlich den Aufsatz meines Vaters lesen, verkünden, dass er die Stufe eines *jinshi*-Gelehrten erreicht hat – eines »vorgestellten Gelehrten« – und ihm diesen Titel verleihen. Ich weiß nicht, inwieweit sich unser Leben verändert, wenn es so weit ist, außer dass unsere Familie auf der Lebensleiter dann noch einen weiteren Schritt nach oben gemacht haben wird.

Was kann ich noch über meinen Platz in der Welt sagen? Ich bin acht Jahre alt, noch jung genug, um meine schwarzen Haare in Büscheln hochzubinden. Ehrwürdige Lady hat mir gesagt, mein Teint sei so zart wie das Fleisch eines weißen Pfirsichs, aber das kann nicht stimmen, denn sie hat Mohnblüte aufgetragen, Salbe auf meine drei Pockennarben zu tupfen – eine oben an der Stirn und zwei nebeneinander auf der rechten Wange –, sichtbare Erinnerungen daran, dass ich, anders als meine Brüder, die Pocken überlebt habe. Meine Füße gleichen diese Makel wieder aus. Sie sind vollkommen. Heute trage ich ein Paar Seidenpantoffeln, die meine Mutter mit Blumen und Fledermäusen bestickt hat, die mir Glück bringen sollen.

Mohnblüte stupst mich. »Und deine Beziehung zu deiner zukünftigen Schwiegermutter?«

»Ja, ja«, antworte ich patzig. »Wenn sie sich setzt, bleibe ich stehen. Ich beginne den Tag früh, aber ich mache keinen Lärm, um sie nicht zu stören. Ich bereite ihr Tee zu und bringe ihn ihr …«

Mohnblüte gibt mir einen Klaps auf den Po, sie ist zufrieden, dass ich bereit bin, meinem Vater präsentiert zu werden. »Das genügt. Beeilen wir uns. Ich möchte den Gebieter nicht verärgern.«

Wir gehen den Weg zurück, den wir gekommen sind, und holen Yifeng in dem Zimmer ab, das er gemeinsam mit Konkubine Zhao bewohnt. Wir drei gehen Hand in Hand. Es hat angefangen zu regnen, aber der Wandelgang schützt uns. Die Tropfen, die auf das Ziegeldach fallen, machen ein beruhigendes Geräusch, und die Luft fühlt sich schon sauberer, leichter an, jetzt, da die Feuchtigkeit aus ihr herausgespült wird.

In der Bibliothek sitzen meine Eltern in schlicht geschnitzten Sesseln nebeneinander. Ein Altartisch steht an der weißen Wand hinter ihnen. In einem Bronzetopf blüht eine Sommerorchidee. Ehrwürdige Lady hat die Hände im Schoß gefaltet. Ihre Füße ruhen auf einer Fußbank aus Brokat und ihre Pantoffeln, die so klein sind wie meine, spitzen unter ihrem Gewand hervor. Ehrwürdige Lady ist immer bleich, aber heute wirkt ihre Haut beinahe durchsichtig. Auf ihrer Stirn und der Oberlippe glänzt eine leichte Schweißschicht.

Mein Vater scheint von dem Geruch, der von den Füßen meiner Mutter ausgeht, unberührt zu bleiben. Er sitzt breitbeinig da, die Hände auf den Oberschenkeln, sodass die Finger nach innen zeigen und die Daumen nach außen. Er trägt das lange, mehrlagige Gewand seines Rangs. Die Ärmelschoner an den Säumen seiner Robe sind reich bestickt. Ein ebenfalls besticktes Mandarintuch auf seiner Brust verrät allen, die ihn sehen, wie hoch er innerhalb des kaiserlichen Beamtensystems steht. Er winkt Yifeng zu sich. Mohnblüte lässt seine Hand los, und Yifeng saust quer durch den Raum und springt seinem Vater auf den Schoß. Ich würde das niemals tun. Seit mir die Füße gebunden wurden, kann ich nicht mehr rennen, und selbst wenn ich rennen könnte, wäre ein solcher Übermut unangemessen. Mein Vater lacht. Meine Mutter lächelt. Mohnblüte drückt mir besänftigend die Hand.

Nach fünf Minuten ist der Besuch beendet. Mein Vater hat kein Wort zu mir gesagt. Ich bin nicht gekränkt. Wir haben uns beide auf angemessene Art verhalten. Darauf kann ich stolz sein. Mohnblüte nimmt wieder Yifengs Hand. Wir wollen gerade gehen, als sich meine Mutter plötzlich erhebt. Sie schwankt wie ein junger Bambushalm im Frühlingswind. Mein Vater blickt sie fragend an. Bevor er ein Wort sagen kann, bricht sie zusammen. Abgesehen von ihren Händen, die schlaff abgespreizt daliegen, und ihrem Gesicht, das bleich ist wie ein Vollmond, sieht sie aus wie ein Haufen abgelegter Kleidung.

Mohnblüte schreit auf. Mein Vater schnellt aus seinem Sessel hoch, nimmt meine Mutter auf die Arme und trägt sie hinaus. Auf dem Weg durch den Säulengang ruft er weitere Dienstboten zu sich. Sie kommen aus allen Ecken, darunter auch ein Mann und ein Junge von etwa zwölf Jahren. Sie sind erst das fünfte und das sechste männliche Wesen, das ich je zu Gesicht bekommen habe. Sicherlich wohnen sie hier, aber ich war immer in den inneren Gemächern isoliert, wo ich, abgesehen von meinem Vater, Yifeng und den beiden Brüdern, an die ich mich kaum erinnere, vor den Blicken von Jungen und Männern geschützt war.

»Nimm mein Pferd und hol den Arzt!«, befiehlt Vater. »Bringt heißes Wasser! Nein! Bringt kaltes Wasser! Umschläge! Und sucht Konkubine Zhao!«

Der alte Mann und der Junge machen sich auf den Weg, genau wie die Köchin und das Küchenmädchen. Als Vater beim Zimmer meiner Mutter anlangt, folgen ihm die übrigen Dienerinnen und auch ich nach drinnen. Das Ehebett von Ehrwürdiger Lady ist groß und geräumig – wie ein Häuschen mit drei kleinen Zimmern, um größtmögliche Privatsphäre zu gewährleisten. Ein mondförmiger Durchgang führt zu der erhöhten Liegefläche. Vater bettet Ehrwürdige Lady auf die gesteppte Decke, legt ihr die Arme an die Seite und zieht ihr Gewand gerade, sodass der seidene Stoff über ihre Füße fällt. Dann streicht er die Haarsträhnen glatt, die sich aus ihrem Knoten gelöst haben, und steckt sie ihr hinter die Ohren.

»Wach auf, Ehefrau«, fleht er sie an. Eine solche Zärtlichkeit habe ich noch nie in seiner Stimme gehört, nicht einmal, wenn er mit Yifeng sprach. Er dreht sich kurz zu uns anderen um, die wir uns in der ersten Kammer des Betts drängen. »Wo ist Konkubine Zhao? Holt sie!«

Ein paar Dienerinnen rennen hinaus, während andere heißes und kaltes Wasser in Eimern bringen.

Schließlich kommt Konkubine Zhao. Sie berührt Vater an der Schulter. »Es ist besser, wenn ihr geht.« Sie wendet sich an die Dienerinnen. »Ihr alle, bis auf Yunxian.«

Mein Vater blickt mich an. In seinem Gesichtsausdruck sehe ich etwas Neues, ich bin mir nicht sicher, was es ist.

»Vielleicht sollte ich das Mädchen mitnehmen«, sagt er zu seiner Konkubine.

»Sie soll hierbleiben. Sie muss lernen.« Konkubine Zhao legt ihm die Hand ins Kreuz. »Sagt uns Bescheid, wenn der Arzt hier ist.«

Nachdem alle weg sind, sieht Konkubine Zhao mich unverwandt an, was bisher noch nie vorgekommen ist. »Ich hatte schon befürchtet, dass genau das passiert«, sagt sie. »Wir können hoffen, dass Ehrwürdige Lady uns durch ihre Ohnmacht Zeit gegeben hat, ihr zu helfen.«

»Aber was ist denn los?«, frage ich ängstlich.

»Es heißt, dass deine Mutter beim Binden deiner Füße große Sorgfalt walten ließ und es eigenhändig machen wollte. Eine Mutter wird zu oft nachgiebig, wenn ihre Tochter weint, aber nicht Ehrwürdige Lady. Sie hat alles genau richtig gemacht, und deine Füße haben sich kein einziges Mal entzündet. Jetzt weißt du, wie du deine Füße versorgen musst …«

»Mohnblüte hilft mir dabei …«

»Aber dir ist klar, dass man sie ständig pflegen muss.«

»Wickle die Bandagen alle vier Tage ab«, beginne ich aufzusagen. Ich weiß, dass diese Regeln nicht weniger wichtig sind als die Regeln für meine Lebensphasen oder wie ich mich meiner zukünftigen Schwiegermutter gegenüber verhalten muss. »Wasche sie. Schneide die Zehennägel und feile alle Stellen ab, wo ein Knochen die Haut durchdringen könnte …«

»Ob Zehennägel oder Knochensplitter: Wenn die Haut verletzt wird, musst du besonders darauf achten, dass die Wunde sauber bleibt. Sonst bekommst du eine Infektion. Wenn du das unterlässt, fängt der gebundene Fuß – der nicht an die Luft kommt – an zu eitern. Manche Mütter gehen dieses Risiko ein, wenn sie ihren Töchtern die Füße binden.« Ein wenig von dem Stolz, den ich auf meine Füße empfinde, schwindet, als sie hinzufügt: »Die Person, die mir die Füße gebunden hat, hat das nicht beachtet und konnte meine abgestorbenen Zehen abbrechen. Deshalb sind meine Füße so klein. Dein Vater schätzt das sehr.«

Jetzt ist eigentlich kein guter Zeitpunkt, sich zu brüsten, aber das kann ich unmöglich zu Konkubine Zhao sagen.

»Worauf ich hinauswill: Es kann zu einer Infektion kommen, und wenn eine Mutter nicht achtgibt, stirbt ihre Tochter wahrscheinlich daran«, fährt sie fort. »Aber kleine Mädchen sind nicht die Einzigen, die daran zugrunde gehen können. Auch erwachsene Frauen, die ihre Füße nicht richtig pflegen, können dadurch umkommen.«

Damit zieht Konkubine Zhao das Gewand von Ehrwürdiger Lady hoch, um die bestickten Beinlinge zu zeigen, die die unansehnliche Beule der gebogenen Ferse und des zerdrückten Fußgewölbes bedecken. Dieser nutzlose und unansehnliche Fleischklumpen soll eigentlich im Verborgenen bleiben. Der Anblick erinnert mich an etwas, was Ehrwürdige Lady mir während meines Füßebindens gesagt hat: »Unsere Füße schrumpfen nicht und sie verschwinden auch nicht. Die Knochen werden nur verschoben und verändert, um die Illusion von goldenen Lilien zu erzeugen.«

Konkubine Zhao bindet einen der Beinlinge auf und öffnet ihn, sodass wir die feuerroten Linien sehen, die sich das Bein meiner Mutter hinaufziehen. Noch mehr erschreckt mich der Anblick ihrer Wade. Sie ist dünn wie ein Tau, viel schlanker und formloser als meine. Ich strecke die Hand aus, um zu berühren, was so offensichtlich verkehrt aussieht, aber Konkubine Zhao packt mich am Handgelenk und zieht mich zurück. Sie nimmt einen Fuß meiner Mutter. In ihrer Hand sieht er winzig aus.

»Unsere Beine magern ab, weil unsere Füße das Gewicht, das unter der Haut liegt, nicht tragen können«, erklärt Konkubine Zhao. »Doch das ist kein Grund zur Sorge. Das Problem ist, dass deine Mutter eine Infektion hat.«

Ich werde nicht so recht schlau daraus. Ehrwürdige Lady lässt stets Sorgfalt walten, auch was die Pflege ihres Körpers angeht. Sie würde niemals ihre Füße vernachlässigen.

»Ich werde jetzt ihren Fuß auswickeln«, erklärt Konkubine Zhao. »Bist du bereit?«

Ich nicke. Konkubine Zhao zieht den Schuh ab und reicht ihn mir. Der Geruch wird schlimmer. Die Konkubine schluckt und macht sich dann daran, den drei Meter langen Mullstreifen abzuwickeln. Mit jeder Schicht weniger wird der Verwesungsgeruch stärker. Als Konkubine Zhao näher an die Haut kommt, weist der Stoffstreifen, den sie ablöst, gelbe und grüne Flecken auf. Schließlich ist der Fuß nackt. Ein spitzer Knochensplitter ragt aus der linken Seite des Mittelfußes heraus. Von den Bandagen befreit – ich kann mir gar nicht vorstellen, welche Schmerzen meine Mutter erlitten haben muss – schwillt der Fuß vor unseren Augen an.

»Hol den Eimer.«

Ich tue, wie mir geheißen. Konkubine Zhao bewegt das Bein meiner Mutter vorsichtig, sodass es seitlich von der Bettkante herabhängt, und steckt den Fuß ins Wasser. Meine Mutter regt sich, wacht aber nicht auf.

»Geh zum Frisiertisch von Ehrwürdiger Lady und bring mir ihre Salben und Puder.«

Ich tue, wie mir geheißen. Die Konkubine meines Vaters schüttelt ein wenig von demselben adstringierenden Mittel, das Mohnblüte auch für meine Füße verwendet, ins Wasser. Es besteht aus gemahlener Maulbeerwurzel, Gerbsäure und Weihrauch. Als der Arzt ankommt, haben Konkubine Zhao und ich den Fuß meiner Mutter schon trocken getupft, Alaun zwischen die Zehen und auf die Wunde gestreut und ihn auf ein Kissen gelegt. Jedes Mal, wenn wir sie bewegt haben, hat sich meine Mutter gerührt, aber die Augen hat sie noch nicht geöffnet.

»Du bleibst hier«, sagt Konkubine Zhao. »Ich spreche mit deinem Vater, um zu sehen, wie er weiter vorgehen möchte.

Ein männlicher Arzt darf eine weibliche Patientin weder sehen noch berühren. Man braucht einen Vermittler. Häufig wird der Ehemann dafür ausgesucht, aber ich biete mich ebenfalls an.«

Kaum ist sie weg, gehen die Augen meiner Mutter flatternd auf. »Ich will diese Frau nicht in meinem Zimmer haben«, sagt sie schwach. »Geh zu den anderen. Sag deinem Vater, dass sie nicht die Vermittlerin sein darf.«

Ich trete in den Korridor. Es regnet noch, und ich atme die frische Luft gierig ein. Trotzdem hängt mir der Geruch des faulenden Fleisches meiner Mutter noch im Hals. Mein Vater und Konkubine Zhao sprechen mit einem Mann, der wohl der Arzt sein muss. Jetzt sehe ich zum siebten Mal in meinem Leben einen Mann. Er trägt eine lange Robe aus dunkelblauem Stoff. Seine grauen Haare stoßen auf seine gebeugten Schultern. Ich fürchte mich ein wenig davor, mich den dreien zu nähern, aber es muss sein. Ich gehe zu meinem Vater, ziehe ihn am Ärmel und sage: »Ehrwürdige Lady ist aufgewacht, und sie möchte, dass ich die Vermittlerin bin.«

Der Mann, den ich für den Arzt halte, sagt: »Präfekt Tan, es wäre angebracht, wenn Sie diese Aufgabe übernähmen.« Aber als meinem Vater Tränen in die Augen steigen, wendet sich der Arzt an Konkubine Zhao. »Ich vermute, Sie haben einige Erfahrung mit Erkrankungen, die Frauen befallen.«

Ich bin nur ein Mädchen, aber ich muss mich nach den Wünschen meiner Mutter richten. »Ehrwürdige Lady möchte …«

Mein Vater schlägt mit dem Handrücken gegen die Handfläche der anderen Hand, um mich daran zu hindern, noch ein weiteres Wort zu sagen. Schweigend wägt er die Möglichkeiten ab. Dann ergreift er das Wort.

»Doktor Ho, Sie werden meine Tochter einsetzen.« Vater blickt zu mir hinab. »Du wiederholst vor deiner Mutter alles, was der Arzt sagt, und du wiederholst alles, was deine Mutter sagt, vor dem Arzt. Verstehst du?«

Ich nicke ernst. Seine Entscheidung zeugt von seiner Liebe für meine Mutter. Ich bin mir sicher.

Die Erwachsenen wechseln noch ein paar Worte, dann führt Konkubine Zhao meinen Vater weg.

Der Arzt stellt mir eine Reihe von Fragen, die ich Ehrwürdiger Lady überbringe. Sie antwortet: »Nein, ich habe keine scharfen Speisen gegessen. Du kannst ihm sagen, dass ich gut schlafe. Ich leide nicht an überbordenden Gefühlen.«

Ich gehe zwischen Doktor Ho im Wandelgang und meiner Mutter in ihrem Bett hin und her. Die Fragen – und die Antworten – scheinen wenig mit der Infektion meiner Mutter zu tun zu haben. Es wundert mich, dass sie die Details dazu nicht von sich aus preisgibt.

Nachdem der Arzt zufriedengestellt ist, stellt er ein Rezept aus. Die Küchenmagd wird zu einer Apotheke geschickt, um die Kräuter für die Rezeptur zu holen. Die Köchin bereitet das Dekokt zu, und als es ein paar Stunden später fertig ist, wird der Sud ins Zimmer meiner Mutter gebracht. Ich halte ihr die Tasse an die Lippen, und sie trinkt ein paar Schlucke, bevor sie wieder in ihr Kissen zurücksinkt.

»Es ist spät«, sagt sie leise. »Du solltest ins Bett gehen.«

»Lass mich doch hierbleiben. Ich kann die Tasse für dich halten.«

Sie dreht den Kopf zu den Holzpaneelen an der Rückwand des Ehebetts. Ihre Finger drücken gegen eines davon und bewegen es träge im Rahmen. »Ich habe das ausgetrunken, bis du dir das Gesicht gewaschen hast.«

Ich gehe in mein Zimmer, ziehe mir Schlafgewand und Bettpantoffeln an, lege mich hin und kuschle mich zwischen die Gänsedaunenmatratze und die Baumwollsteppdecke. Ich bin erschöpft von allem, was ich gesehen habe, und schlafe langsam ein. Ich weiß nicht, wie viel Zeit vergangen ist, als mich hastige Schritte vor der Tür abrupt aus dem Schlaf reißen. In der Dunkelheit erkenne ich, wie Mohnblüte sich aufsetzt und gähnt. Sie zündet die Öllampe an. Die flackernde Flamme wirft tanzende Schatten an die Wände. Wir kleiden uns rasch an und gehen hinaus in den Korridor. Es hat aufgehört zu regnen, aber es ist dunkel. Das Vogelgezwitscher in den Bäumen verrät mir, dass die Morgendämmerung naht.

Gerade als wir das Zimmer von Ehrwürdiger Lady erreichen, läuft Köchin heraus und wendet sich so schnell um, dass sie beinahe mit uns zusammenstößt. Das bringt mich aus dem Gleichgewicht, und auf meinen gebundenen Füßen gerate ich ins Schwanken. Ich stütze mich mit der Hand an der Wand ab. Als Köchin mich sieht, wischt sie sich mit den Handrücken Tränen von den Wangen. »Es tut mir so leid.«

Der Haushalt gerät noch mehr in Aufruhr, als Konkubine Zhao mit Doktor Ho im Schlepptau den Hof überquert. Ohne Halt zu machen, betreten sie das Zimmer von Ehrwürdiger Lady. Ich will mit. Köchin sagt: »Geh da nicht rein.« Aber ich dränge mich an ihr vorbei und durch die Tür. Diesen Geruch werde ich nie vergessen.

Die dritte Kammer des Ehebetts meiner Mutter ist mit einem Vorhang verborgen. Mein Vater sitzt auf einem Hocker davor. Der bloße Arm meiner Mutter ruht auf seinem Schoß, die Handfläche ist zur Decke gerichtet. Doktor Ho weist meinen Vater an, ein Leinentüchlein um das Handgelenk von Ehrwürdiger Lady zu wickeln. Sobald mein Vater das gemacht hat, tritt der Arzt vor und legt drei Finger auf den Stoff. Er schließt die Augen, um sich zu konzentrieren, aber wie will er denn durch das Taschentuch hindurch etwas spüren?

Ich wende den Blick ab und entdecke die Tasse, aus der ich meiner Mutter gestern Abend zu trinken gegeben habe. Mein Herz zieht sich zusammen, als mir klar wird, dass sie keinen einzigen Schluck mehr zu sich genommen hat.

Während der nächsten Tage ist der gesamte Haushalt beschäftigt. Dienerinnen kommen und gehen. Noch mehr »stärkende« Tees werden aus Kräutern gekocht. Ich werde wieder hineingeschickt, um ihr Fragen von Doktor Ho zu stellen und ihm danach die Antworten von Ehrwürdiger Lady zu überbringen. Nichts hilft. Ehrwürdige Lady wird immer schwächer. Ihre Hand und ihre Wange fühlen sich glühend heiß an, wenn ich sie berühre. Ihr Fuß, der noch auf dem Kissen ruht, ist mittlerweile so dick wie eine Melone. Oder eher wie eine geplatzte Melone, aus der übel riechende Flüssigkeiten sickern. Ein geschätztes Merkmal eines perfekt gebundenen Fußes ist der Spalt, der gebildet wird, wenn die Zehen auf die Ferse treffen. Im Idealfall sollte er so tief sein, dass eine große Silbermünze hineinpasst. Jetzt tropft eine blutige, klebrige Masse aus diesem Spalt, und die roten Streifen ziehen sich weiterhin ihr Bein hinauf. Je mehr Stunden vergehen, umso weniger interessiert sich Ehrwürdige Lady für die Wörter, die auf sie einprasseln. Sie wendet das Gesicht der Rückwand ihres Bettrahmens zu. Ich darf neben ihr stehen, sie trösten und ihr zeigen, dass sie nicht allein ist.

Sie murmelt Namen. »Mama, Baba.« Als sie nach meinen toten Brüdern ruft, berühre ich die Himmelsblumennarben in meinem Gesicht.

In der vierten Nacht betreten Vater, Konkubine Zhao und Yifeng den Raum. Tränen laufen über Konkubine Zhaos gepuderte Wangen. Selbst mit kummervoller Miene ist sie noch schön. Mein Vater beißt sich in die Wange, um seine Gefühle im Zaum zu halten. Yifeng ist zu jung, um zu verstehen, was geschieht, und hüpft auf das Bett zu. Mein Vater nimmt ihn hoch, bevor er unsere Mutter stören kann. Ehrwürdige Lady hebt einen Arm und berührt den Stiefel meines Bruders.

»Vergiss mich nicht, Sohn. Bringe Opfergaben für mich.«

Nachdem die drei gegangen sind, bleiben nur noch Ehrwürdige Lady, unsere beiden Zofen und ich. Die Lampen brennen nur schwach. Das *Pling-pling* des Regens auf dem Dach erfüllt den Raum. Der Atem meiner Mutter geht langsamer. Ein Atemzug, dann eine lange Pause. Ein Atemzug, dann eine lange Pause. Wieder kommen ihr die Namen der Verstorbenen über die Lippen. Ich weiß nicht, ob sie nach ihnen sucht oder ob sie auf deren Rufe aus dem Jenseits antwortet.

Plötzlich wendet sie sich mir zu. Ihre Augen öffnen sich weit. Zum ersten Mal seit Stunden ist sie ganz wach.

»Komm her.« Sie greift nach mir. Ich nehme ihre Hand und beuge mich über sie. »Ich bedaure, dass das Leben wie ein Sonnenstrahl ist, der durch einen Spalt in der Wand fällt, und ich dich nicht mehr als Ehefrau und Mutter sehe. Wir werden keine traurigen Abschiede oder freudige Wiedersehen miteinander erleben. Ich werde dir nicht helfen können, wenn du enttäuscht wirst, oder mich in glücklichen Momenten mit dir freuen.«

Wieder schließt sie die Augen und wendet den Kopf von mir ab. Meine Hand lässt sie nicht los. Sie drückt sie, noch während sie die Namen der Toten raunt, und ich erwidere den Druck.

»Leben heißt leiden«, raunt sie. Das ist ihr letzter verständlicher Satz. Sie ruft: »Mama, Mama, Mama.« Leise murmelt sie den Namen meines Bruders. »Yifeng. Yifeng. Komm zu mir!« Mich ruft sie nicht.

Ich bin erschöpft, aber ich halte weiterhin Wache, obwohl mir die Füße wehtun. So müde ich bin, ich will an ihrem Schmerz teilhaben. Von Mutter zu Tochter. Vom Leben zum Tod.

In der tiefsten Dunkelheit der Nacht tut Ehrwürdige Lady ihren letzten Atemzug, nachdem sie achtundzwanzig Jahre alt geworden ist. Ich werde regelrecht überwältigt von Hilflosigkeit und Schuldgefühlen. Ich hätte mehr *sein* sollen – ein leiblicher Sohn von Ehrwürdiger Lady, der es wert gewesen wäre, für ihn zu leben. Ich hätte mehr *tun* können sollen, um ihr zu helfen.

DIE SCHWELLE IST HOCH

Ehrwürdige Lady liegt kaum unter der Erde, als der schon lange festgelegte Tag kommt, an dem mein Vater nach Peking aufbrechen soll, um die letzten Vorbereitungen für die nächste Stufe der kaiserlichen Beamtenprüfung zu treffen. Konkubine Zhao, Yifeng, Mohnblüte und ich sollen zu meinen Großeltern väterlicherseits nach Wuxi ziehen. Mein Vater hat die Reise so geplant, dass sie größtenteils auf dem Wasserweg erfolgt, und zu unserem Schutz hat er zwei Leibwächter angeheuert. Ich darf mir etwas aussuchen, das meiner Mutter gehörte, und wähle ihre roten Hochzeitsschuhe. Weinende Dienerinnen packen unsere Möbel, Kleidung und andere Haushaltsgegenstände ein, die auf Eselskarren weggebracht werden. Die persönliche Zofe meiner Mutter wird an einen Salzhändler verkauft. Die Köchin und die Küchenmagd bleiben, bis unsere letzte Mahlzeit serviert wird, aber mein Vater hat sie auch verkauft, an … An wen? Wohin? Das sagt man mir nicht. Wir sind in Trauer. Ich rezitiere keine Gedichte oder die Regeln für Mädchen. Ich übe meine Kalligrafie nicht und spiele auch nicht Zither. Stattdessen sitze ich mit Konkubine Zhao zusammen, die meine Stickarbeit beaufsichtigt. Nachts im Bett, wenn Mohnblüte eingeschlafen ist, halte ich die Schuhe meiner Mutter und weine.

Konkubine Zhao, Mohnblüte, mein Bruder und ich brechen sechs Morgen nach der Abreise meines Vaters auf. Konkubine Zhao gibt Yifeng und mir kandierte Ingwerstückchen zum Lutschen. »Das hilft gegen Bewegungskrankheit«, sagt sie. Wir treten über die Schwelle und auf die Straße hinaus. Einerseits tut es mir weh, den einzigen Ort, an dem ich jemals war, zu verlassen, aber andererseits bin ich auch gespannt zu sehen, was sich außerhalb des Tors befindet. Nicht viel, wie sich herausstellt. Konkubine Zhao und mein Bruder steigen in eine Sänfte, die Tür wird geschlossen, und sie werden von vier Männern fortgetragen. Einer der Leibwächter öffnet die Tür der zweiten Sänfte. Mohnblüte stupst mich sanft. Ich steige ein. »Ich folge zu Fuß nach«, sagt sie.

Die Sänfte wackelt, als die Männer sie anheben, und schon sind wir unterwegs. Ich kann mich nicht erinnern, schon einmal in einer Sänfte gesessen zu haben. Es gibt kein Fenster, durch das ich nach draußen blicken könnte, und die Luft im Inneren ist abgestanden und heiß. Der Kasten schwankt und holpert mit den Schritten der einzelnen Träger. Mir wird sofort übel. Ich lutsche fester an dem Ingwer. Ich kann den Blick nirgendwo fixieren. Draußen höre ich Verkäufer ihre Ware anpreisen, Wagenräder knarren, einen klagenden Esel schreien. Gerüche dringen zu mir in die Sänfte. Einige erkenne ich – auf offenem Feuer zubereitetes Essen, Jauche und etwas, das riecht wie die gefütterten Felljacken, die wir im Winter tragen. Mir wird noch flauer.

Ruckartig hält die Sänfte an und wird auf den Boden gesenkt. Die Tür geht auf. Mohnblüte streckt eine Hand hinein, um mir beim Aussteigen zu helfen. Was ich nun sehe, kann ich gar nicht mit den Augen aufnehmen oder verarbeiten. So viele Menschen. Und sie tun … *alles.* Ich muss wohl mit offenem Mund dastehen, denn Konkubine Zhao wedelt mit der Hand vor meinem Gesicht und sagt: »Deiner Mutter wäre es lieber gewesen, wenn du den Blick zum Boden richtest. Bitte verhalte dich ihr zu Ehren anständig. Und jetzt komm. Folge mir.«

Sie führt mich durch das geschäftige Treiben des Hafengeländes. Mit gesenktem Blick sehe ich nur Konkubine Zhaos wehenden Rock, Yifengs schwarze Schuhe und die beiden Stiefelpaare der Leibwächter. Sobald wir an Deck sind, werden wir in einen Raum mit vier Pritschen geführt, auf denen wir schlafen sollen. Der Raum ist außerdem mit einem Wasserkrug, einem Honigtopf zum Verrichten unseres Geschäfts und einem Eimer mit Deckel ausgestattet. Die Wände sind nicht geschmückt, es gibt nicht einmal ein Fenster, durch das wir hinausschauen könnten. In der Sänfte war es schon heiß und eng, aber in diesem Raum ist es noch schlimmer.

Die nächsten sechs Tage und Nächte sind erbärmlich – weit, weit jenseits dessen, was der kandierte Ingwer mit seiner beruhigenden Wirkung richten könnte. Mohnblüte wird als Erster schlecht, und da erklärt uns Konkubine Zhao den Zweck des Eimers. Als nächste muss ich mich übergeben. Dann heben wir drei abwechselnd den Deckel des Eimers. Nur Yifeng ist nicht betroffen.

Am siebten Morgen, kurz vor der Dämmerung, lässt das Schwanken nach. Konkubine Zhao, die während der letzten Stunden die Stirn in der Armbeuge vergraben und auf den Rand des Eimers gelehnt hat, hebt den Kopf und verkündet: »Wir sind den Yangzi hinaufgefahren. Bald biegen wir auf den Huangpu ab, um Shanghai zu erreichen.« Zum ersten Mal seit Tagen zeigt sich die Andeutung eines Lächelns auf ihrem Gesicht. »Die Stadt, in der es alles im Überfluss gibt.« Ohne eine einzige Frage zu stellen, erfahre ich viel über die Konkubine meines Vaters. Sie hatte eindeutig ein Leben, bevor sie in unser Heim einzog. Auf dieser Reise hat sie mich genauso fürsorglich behandelt wie ihren eigenen Sohn. Und sie scheint meiner Mutter Respekt entgegenzubringen.

Wir können kaum etwas sehen, so schnell werden wir zu einem Sampan eskortiert. Die Leibwächter tragen unser Reisegepäck zu der Kammer, in der wir die Reise verbringen sollen, aber Konkubine Zhao folgt ihnen nicht.

»Wie lange wird es dauern, bis wir in Wuxi sind?«, fragt sie den Bootsführer.

»Wenn der Wind uns mehr Kraft verleiht als die Strömung, dann vielleicht zwei Tage«, antwortet er.

Darauf schließt Konkubine Zhao die Augen. Ich verstehe das. Ich bin von unserer Seereise immer noch wackelig auf den Beinen, und das Schaukeln des Sampans beruhigt meinen Magen kein bisschen. Als die Leibwächter aus der Kammer herauskommen, schwankt sie zu ihnen hinüber. Die Männer sollen uns eigentlich beschützen, aber sie weichen zurück, als würde sich ihnen ein Fuchsgeist nähern.

»Ich weiß nicht, ob ich es noch länger in einem Raum ohne Fenster aushalte«, sagt sie mit ihrer melodiösen Stimme zu ihnen. Dann deutet sie auf Yifeng und mich. »Und die beiden auch nicht, glaube ich. Lassen Sie uns doch bitte im Freien bleiben, wo es angenehmer ist.«

Die Leibwächter lehnen ihre Bitte ab und beharren darauf, dass sie uns beschützen müssen.

»Selbst wenn ein Bauer oder ein anderer Bootsführer einen Blick auf uns erhascht«, entgegnet sie, »so sind wir doch im Nu an ihnen vorbei.«

»Wir wollen keine Schwierigkeiten bekommen«, sagt einer der Leibwächter. »Präfekt Tan …«

»Muss das nie erfahren«, beendet sie den Satz. »Wir können das geheim halten.«

Nach einigem Hin und Her regelt sie das Ganze, indem sie ihnen Münzen in die Hand drückt. Mohnblüte und ich sehen uns vielsagend an. Eigentlich sollten wir die Konkubine ja nicht mögen, aber in diesem Moment sind wir ihr beide dankbar. Als ein Wachmann sich am Bug des Sampans aufstellt und der andere hinten beim Bootsführer Stellung bezieht, führt uns Konkubine Zhao zu Sitzen unter einem Baldachin. Der Bootsführer stößt uns vom Steg ab. Jetzt kann ich alles sehen. Die Gebäude, die Menschen, das Treiben am Ufer, all das hilft mir, mich von meiner Übelkeit abzulenken. Nach etwa einer Stunde werden wir auf den Suzhou gelenkt, der viel kleiner ist als der Huangpu. Wir fahren immer noch gegen die Strömung, aber die Richtungsänderung bringt auch eine Änderung des Windes mit sich. Er kommt jetzt von hinten, und wir gleiten über das ruhigere Wasser. Der Bootsführer bewegt das Ruder rhythmisch, während wir *li* um *li* an Reisfeldern passieren. Keine Mauern verdecken die Aussicht oder begrenzen den Himmel. Wenn Yifeng sich erleichtern muss, hält Konkubine Zhao ihn fest, damit er sein Geschäft direkt in das wirbelnde Wasser verrichten kann.

»Essenszeit«, verkündet der Bootsführer, als die Sonne durch die Wolken spitzt. Er bindet den Sampan an einem Baum fest, der am Ufer wächst. Dann reicht er Konkubine Zhao mit Erdnüssen gefüllte Reisbällchen in einem Korb, und sie verteilt sie an uns alle. Nach dem Essen nimmt der Bootsführer Yifeng mit an Land, damit er etwas Energie loswird, und Konkubine Zhao sagt zu mir: »Du hast jetzt schon viele Tage nicht mehr gelernt. Ich wollte dir Zeit geben, damit sich deine Gefühle setzen können.«

Mir stockt der Atem. Ich möchte nicht über meinen Kummer mit ihr sprechen.

»Und dann war da natürlich die schreckliche Fahrt auf dem Meer …« Sie schüttelt den Kopf, als wolle sie die Erinnerung daran verdrängen. »Aber jetzt ist es an der Zeit, wieder damit anzufangen, findest du nicht?«

»Ehrwürdige Lady war meine Lehrerin.«

Konkubine Zhao sieht mich so mitfühlend an, dass ich mit den Tränen kämpfen muss.

»Sie war dir und Yifeng eine wunderbare Lehrerin. Könnte es eine bessere Art geben, sie zu ehren, als fortzuführen, was sie begonnen hat?«

Die Reisbällchen liegen mir wie Steine im Magen. Ich weiß nicht, was ich sagen soll.

»Vielleicht meinst du, weil ich eine Konkubine bin, kann ich lediglich für deinen Vater schön sein und ihn unterhalten«, fährt sie fort, »aber ihm würde nichts an mir liegen, wenn ich nicht noch andere Fähigkeiten hätte. Ich kann lesen und schreiben. Ich habe die Klassiker studiert. Lass uns einmal sehen, was du kannst. Was sind die wichtigsten Pflichten einer Ehefrau?«

»Söhne gebären, Regeln befolgen und Rituale ausführen, die den Erfolg der Familie garantieren«, zähle ich murmelnd auf.

»Und die wichtigste Pflicht einer Konkubine, wenn man alles andere beiseitelässt, ist es, einen Sohn zu bekommen, wenn die Ehefrau das nicht kann. Das habe ich für deine Mutter getan.«

Ich hebe den Blick. Fast traue ich mich nicht, meine Frage zu stellen. »Wirst du jetzt Vaters Ehefrau?«

»Darüber musst du dir gerade keine Gedanken machen«, antwortet sie. Aber sie kann die Sehnsucht in ihrer Stimme nicht verbergen, als sie hinzufügt: »Selbst wenn mich dein Vater zur Frau erwählt, so weiß ich doch, ich könnte Ehrwürdige Lady in deinem Herzen niemals ersetzen. Lass uns doch jetzt erst einmal ein Buch aufschlagen. Ich würde dich gerne lesen hören.«

Yifeng und der Bootsführer kehren zum Sampan zurück. Den restlichen Nachmittag treiben wir auf einem Kanal dahin. Ich lese laut vor, die anderen hören zu. Wenn ich über ein Zeichen stolpere, beugt sich Konkubine Zhao über meine Schulter, um mir zu helfen, es zu entziffern. Wenn uns einer der Wachen auf etwas Besonderes am Ufer aufmerksam macht oder Yifeng plötzlich vor Freude juchzt, weil er etwas zum ersten Mal sieht, erlaubt mir Konkubine Zhao, mein Buch zuzuschlagen und auch hinzusehen. Ehrwürdige Lady hätte so etwas niemals getan, aber ich kann Konkubine Zhao keinen Vorwurf machen, denn sie ist keine richtige Mutter.

Als sich der Himmel am Ende des Tages rosa färbt, steuert der Bootsführer das Ufer an und macht das Boot für die Nacht fest. Er bereitet uns eine einfache Mahlzeit aus Reis, geschmortem Tofu und gebratenem Flussfisch mit Sojasoße und Frühlingszwiebeln zu, die er auf einem nahe gelegenen Feld gepflückt hat. Konkubine Zhao, Yifeng, Mohnblüte und ich gehen nach drinnen, wo wir zwei Pritschen vorfinden. Mohnblüte wird zu meinen Füßen auf dem Boden schlafen, wie gewöhnlich. Konkubine Zhao und Yifeng kuscheln sich zusammen. Ich habe eine Pritsche für mich allein. Mein ganzer Körper sehnt sich nach meiner Mutter, und ich bin mir ziemlich sicher, dass ich es niemals schaffe, einzuschlafen. Zu meinem Schrecken spüre ich eine Hand an meinem Rücken. Es kann nur die Hand von Konkubine Zhao sein. Sie summt leise und massiert mir den Rücken in kleinen Kreisen. Ich bleibe so still wie möglich, denn sie soll nicht merken, dass ich weiß, dass sie es ist …

Am nächsten Morgen fahren wir früh weiter. Stunden vergehen, doch ich langweile mich nicht. Es gibt so vieles zu sehen – ein halb nackter Junge sitzt auf dem Rücken eines Wasserbüffels, Bauern arbeiten gebückt auf Feldern, lange Weidenzweige hängen in den Fluss. Geräusche verzaubern meine Ohren – das Geschnatter einer Gänseschar, die von zwei kichernden Mädchen in meinem Alter gehütet wird, im

Wasser planschende Kinder, die Fässer auf den Rücken gebunden haben, damit sie nicht untergehen, der Bootsführer, der ein Liedchen singt. Wir treiben auf Flüssen, Teichen und kleinen Seen dahin, und schließlich auf immer kleineren und engeren Kanälen. Als ich merke, dass Konkubine Zhao alles mit derselben Intensität betrachtet wie ich, wird mir klar, dass sie genau dasselbe macht wie ich – sie nimmt so viele Bilder in sich auf, wie sie kann, um sie für später zu bewahren.

Schließlich erreichen wir das Randgebiet von Wuxi. »Sie sollen in den Bezirk des Zinnbergs gebracht werden, hat man mir erklärt«, sagt der Bootsführer. Als Konkubine Zhao nickt, fährt er fort. »Wir sind in der Nähe des Tai Hu. Haben Sie von dem See gehört?«

»Als ich jünger war, bin ich immer zu den Drachenbootrennen auf dem See gegangen«, entgegnet sie.

Ich weiß von dem Drachenbootfest, aber ich war nie bei den Feierlichkeiten in Wuxi dabei. Zuerst war ich noch ein Baby und zu klein. Dann wurden meine Füße gebunden. Letztes Jahr hätte ich hingehen können, aber ich hatte Fieber und musste im Bett bleiben. Mein Vater hat Ehrwürdige Lady und Yifeng mitgenommen. Was haben sie nicht alles von dem Spaß dort erzählt – sie beschrieben die Dekorationen aller Boote, die bunten Kostüme der Ruderer und die Taktiken der Bootsführer, um zu siegen. Ich weiß auch noch, wie sich Konkubine Zhao darüber ärgerte, dass mein Vater sie nicht mitnahm, und wie sich meine Mutter im Stillen über den Missmut der Konkubine freute. Dieses Jahr nahm mein Vater Konkubine Zhao mit, wodurch meine Mutter noch melancholischer gestimmt war als sonst.

Konkubine Zhao wendet sich mir zu. »Vielleicht können wir nächstes Jahr zusammen hin.«

Ich merke, dass sie versucht, nett zu mir zu sein – und ich wollte ja auch immer einmal hin –, aber glaubt sie, sie kann sich meine Gunst so leicht erkaufen wie die der Leibwächter? Ich halte meine Antwort kurz. »Vielleicht.«

Sie zieht das Kinn ein und wendet den Blick ab. Nach einer langen Pause sagt sie: »Wir wissen nicht, was uns im Haus deiner Großeltern erwartet. Ich bin nicht deine Mutter, und es scheint, du willst mich auch nicht als Freundin, aber darüber solltest du vielleicht noch einmal nachdenken. Wenn wir über diese neue Schwelle treten, wirst du nur drei Personen kennen – Mohnblüte, deinen Bruder und mich. Für Frauen – und für Mädchen – ist es wichtig, Freundschaft und Beständigkeit zu finden, wo es nur geht. Ich kann dir das bieten, wenn du mich nur lässt.« Sie hält eine Hand hoch, um mich am Sprechen zu hindern. »Wir sind fast da. Ich suche unsere Sachen zusammen.«

Plötzlich habe ich Angst. Alles, was die Konkubine gesagt hat, ist wahr. Mein gesamtes Leben wurde auf den Kopf gestellt, und jetzt treten wir in einen fremden Haushalt ein, in dem wir keine Menschenseele außer uns kennen.

Das Boot biegt gerade in einen neuen Kanal ein, als Konkubine Zhao wieder an Deck kommt. Beide Ufer sind von ummauerten Enklaven gesäumt, aus denen Dächer wie kleine Dörfer sprießen. Der Bootsführer steuert den Sampan zu einer Anlegestelle, die mit ihren nach oben geschwungenen Traufen und den steinernen Balustraden aussieht wie ein schwimmender Pavillon. Das Haus meiner Großeltern wird Hof des goldenen Lichts genannt. Die grauen Wände, die das Anwesen schützen, erstrecken sich entlang der Straße, die in beiden Richtungen parallel zum Kanal verläuft. Das Haupttor ragt stolz auf, der Familienname ist in den Sockel eingemeißelt. Zwei steinerne Löwen halten rechts und links von reich geschnitzten Holztüren Wache. Der Torwächter ruft jemandem im Inneren zu: »Sie sind da! Sie sind da!«

Ich sehe mich ein letztes Mal um und bin mir sicher, sobald ich über die Schwelle und in den Hof des goldenen Lichts getreten bin, werde ich erst an meinem Hochzeitstag wieder herauskommen. Dann schüttle ich mich kurz und richte den Blick wieder auf das Tor. Nach Konkubine Zhaos Warnung bin ich immer noch nervös.

Die Schwelle ist hoch, zum Zeichen, wie bedeutend die Familie ist, und Konkubine Zhao und ich müssten achtgeben, als wir sie überschreiten. Zur Rechten und zur Linken liegen Bedienstetenzimmer an der Schutzmauer.

Ich mag mich nicht von Mohnblüte trennen lassen und ziehe sie mit mir, als wir in einen Hof weitergehen. Eine Frau mit gebundenen Füßen begrüßt uns. Sie ist schlank und hübsch, aber mit meiner Mutter oder Konkubine Zhao kann sie nicht mithalten. Sie spricht Yifeng an – das einzige männliche Wesen in unserer Gruppe. »Ich heiße Tupfen. Ich kümmere mich um die alltäglichen Angelegenheiten im Hof des goldenen Lichts. Ich werde dafür sorgen, dass ihr alles bekommt, was ihr braucht.« Sie mustert uns vom Scheitel bis zur Sohle. Als sie Mohnblütes große Füße sieht, runzelt sie missbilligend die Stirn. Dann strafft sie ihre schmalen Schultern und deutet auf die Gebäude. »Hier gibt es fünf Höfe. Eure Großeltern haben darum gebeten, dass ihr in den Räumen im hinteren Teil des Anwesens wohnt, wo sich unsere inneren Gemächer befinden. Wir hoffen, es ist alles zu eurer Zufriedenheit.«

Wir gehen schnell durch den zweiten und den dritten Hof. Überdachte Säulengänge säumen die Seiten. Die Balken und Dachsparren sind mit Schnitzereien verziert und bemalt. Die Gebäude sind eindrucksvoll, die Dachziegel sehen aus wie

Fischschuppen, und nach oben geschwungene Traufen mit glasierten Wächterfiguren bewachen die Ecken. Jeder Hof ist prachtvoller als der letzte, aber Tupfen erzählt uns nicht, wofür sie genutzt werden oder wer dort wohnt. Als wir den vierten Hof betreten, bleibt sie stehen und zeigt nach rechts: »Das sind die Räume, in denen Gebieter Tan und Lady Ru ihre Patienten empfangen.« Dann zeigt sie nach links: »Hier sind das Schlafzimmer und das Arbeitszimmer von Gebieter Tan. Eure Großmutter hat die Zimmer neben seinen. Stört sie nicht, wenn sie Patienten empfangen.« Tupfen überdenkt ihre Worte noch einmal und fügt dann hinzu: »Macht keinerlei Lärm.« Sie sieht meinen Bruder an. »Das gilt insbesondere für dich.«

Wir erreichen den fünften Hof. Wie in allen Haushalten – selbst kleineren wie der, in dem ich mit Vater und Ehrwürdiger Lady gewohnt habe – gilt der Raum, der am weitesten vom Haupttor entfernt ist, als der sicherste, und deshalb sind dort alle unverheirateten Mädchen, auch die Konkubinen, untergebracht. Tupfen nickt höflich in meine Richtung. »Bitte wartet hier. Frau Zhao, folgen Sie mir.«

Die Konkubine meines Vaters geht zwei Schritte, dann wendet sie sich um, um sicherzugehen, dass ich auch sehe, wo sie hingeht. Ich nicke, um sie wissen zu lassen, dass ich es mitbekomme.

Mohnblüte und ich stehen beieinander, umgeben von einer Pracht, wie sie keine von uns je zuvor gesehen hat, während Tupfen Konkubine Zhao und Yifeng eine Stufe hinauf, durch den Säulengang und in ein Zimmer geleitet. Rasch zähle ich die Türen auf dieser Seite des Hofs. Ihr Zimmer ist das dritte von links.

Tupfen kehrt zurück, und Mohnblüte und ich folgen ihr eine Stufe nach oben auf der Seite des Hofs, die gegenüber dem Zimmer von Konkubine Zhao liegt. Eine Tür steht einen Spalt breit offen. »Wir haben auf euch gewartet«, sagt Tupfen, »und alles wurde vorbereitet. Ihr seid hoffentlich mit eurer Unterkunft zufrieden.«

Der Raum ist wahrscheinlich vier Mal so groß wie der in meinem alten Zuhause. Vor einer Wand stehen ein Tisch und ein Stuhl. In Pinselhaltern aus Porzellan liegen Kalligrafiepinsel jeder Größe und Form. Regale hinter dem Schreibtisch enthalten Bücher und Schriftrollen. Meine Zither wurde an eine andere Wand gestellt. Statt des Kangs, auf dem ich mein ganzes Leben lang geschlafen habe, ragt nun das Ehebett meiner Mutter vor mir auf – ein Zimmer im Zimmer. Bei dem Anblick habe ich das Gefühl, mir würde ein Schwert durch die Brust getrieben.

Tupfen blickt mich mitfühlend an. »Deine Großmutter dachte, du würdest derjenigen nahe sein wollen, die dich auf die Welt gebracht hat.«

Ich blinzle Tränen weg.

Als ich nichts sage, wendet sich Tupfen an Mohnblüte. Anweisungen werden erteilt. Auf verschiedene Dinge wird hingewiesen. Ich nehme nichts davon auf. Mir fehlt meine Mutter.

Später, nachdem Mohnblüte mich gebadet und mich in saubere Sachen gekleidet hat, werde ich zu meinen Großeltern in die Empfangshalle gebracht. Ich bin in Gedanken so sehr mit meiner Mutter und meinem Vater beschäftigt, dass ich überrascht bin, meine Großeltern in ihren identischen Stühlen so dasitzen zu sehen wie meine Eltern in der Nacht, in der Ehrwürdige Lady zusammenbrach. Ich falle auf die Knie und berühre mit der Stirn den Boden.

»Bitte steh auf«, sagt Großvater Tan. »Tritt vor, sodass wir dich besser sehen können.«

Ich spüre den Blick meiner Großeltern auf mir, während ich mich bewege.

»Heb dein Gesicht«, befiehlt Großvater Tan.

Er trägt ein langes Untergewand aus tiefblauer Seide, mit einem bestickten Saum, einem Gürtel mit einer Schnalle aus Jade und einer seitlich herunterhängenden Quaste. Er hat einen feinen Schnurrbart, und an seinem Kinn sprießt ein dünner Bart. Das Schwänzchen wickelt er mit den Fingern auf, sodass es sich bis auf die Mitte seiner Brust kräuselt. Seine Augen wirken freundlich, seine Hände glatt und bleich. Aus den Augenwinkeln ziehen sich Falten wie Vogelspuren im Sand. Großmutter Ru könnte man außer als alt noch als rundlich beschreiben. Man sollte meinen, sie hätte Falten, aber ihr Gesicht ist glatt, und man sieht ihr die Jahre nicht an. Ihr Gewand ist mit Perlen und Jadeschmuck besetzt und am Saum, unten an den Ärmeln und am Hals bestickt. Ihre Haare sind noch schwarz, hoch aufgetürmt und mit Jadenadeln und Goldornamenten festgesteckt.

Nach einer gefühlten Ewigkeit sagt Großmutter Ru: »Sie sieht aus wie ihre Mutter.«

Damit breche ich in Tränen aus.

»Bring sie zu mir«, sagt Großmutter Ru.

Bevor ich begreifen kann, was vor sich geht, hat Großvater Tan mich aufgehoben und mich Großmutter Ru auf den Schoß gesetzt. Sie schlingt einen Arm um meine Taille und hält mich fest, während sie mir die andere Hand auf den Hinterkopf legt und mich an ihre Schulter drückt. »So, Kind. Lass die Tränen fließen.«

Großvater Tan tätschelt sanft meinen Rücken. Er summt tröstend und sagt dann: »Das ist jetzt dein Zuhause. Mach dir keine Sorgen. Wir kümmern uns um dich.«

OHNE SCHLAMM KEIN LOTOS

»Auf der Sandbank im Fluss«, rezitiere ich, »ruft der Fischadler: ›*Gwan gwan*‹. Welch schönes Paar, die anmutige Frau und der stattliche Edelmann!«

Großvater Tan lacht, als ich zum Ende der ersten Strophe der »Weise der Fischadler« aus dem *Buch der Lieder* komme. Er hört mir gerne zu, wenn ich Gedichte aufsage oder aus den Klassikern vorsinge, besonders abends, wenn er sich ein paar Becher Wein gönnt. Jetzt wendet er sich an Großmutter Ru, die auf der anderen Seite des Teetischs sitzt. »Erzählt dieses Gedicht die Geschichte eines jungen Edelmanns, der auf ein liebenswürdiges, hübsches junges Mädchen stößt? Ist es eine Kritik an der Regierung, eine allegorische Verkleidung von Königin Tai Si, der idealen und vergötterten Frau von König Wen, oder ein Beispiel dafür, wie man sich bei den Spielen im Schlafgemach verhalten sollte?«

Sie winkt ab. »Müssen wir das vor Yunxian diskutieren? Sie ist zu jung.«

»Aber sie ist klug!« Er zwirbelt seinen Bart zwischen Daumen und Zeigefinger.

»Du lobst sie zu sehr und voller Überschwang«, neckt ihn Großmutter. Beide Großeltern sind vernarrt in mich, aber die meiste Zeit verbringe ich mit meiner Großmutter. Der Anstand würde zwar gebieten, dass wir körperlichen Abstand zueinander halten, aber sie hat mich gern nahe um sich. Ihre Küsse und Umarmungen verstoßen gegen alles, was man mir beigebracht hat, aber ich liebe die beiden trotzdem.

»Ich habe lange darauf gewartet, eine Enkeltochter zu haben«, antwortet er. Auch wenn wir nur zu dritt sind, ist er standesgemäß gekleidet. Das Viereck auf der Brust seines Obergewands ist mit einer violetten Mandarinente bestickt, was der Welt zeigt, dass er ein Gelehrter des siebten Rangs ist. Der Korpus seines Hutes besteht aus schwarzer Seide mit einer Kuppel aus rubinroter Seide.

»Du meinst, eine, die dich unterhalten kann.« Großvater nickt und gibt zu, dass sie recht hat.

Großmutter lächelt ihn nachsichtig an, bevor sie sich wieder dem Buch widmet, das sie gerade studiert. Wir befinden uns in der Apotheke, und es riecht nach Kräutern. Drei Medizinschränke aus Birnenholz in der Farbe von warmem Bernstein stehen in Reichweite nebeneinander, jeder mit Dutzenden kleiner Schubladen und drei großen Schubladen an der Unterseite. Fein kalligrafierte Schriftzeichen beschreiben jeweils, welche Kräuter, Mineralien oder Knochen eine Schublade enthält. Raumhohe Regale mit Tongefäßen, Körben und Dosen füllen eine Seitenwand aus. Auf der gegenüberliegenden Wand zeigen anatomische Zeichnungen Meridiane von vorne, an den Seiten und auf der Rückseite eines Körpers, von Kopf bis Fuß. Darunter steht eine Reihe von Stühlen in gerader Linie für Patienten, die zu einer Behandlung kommen. Ein hoher Tisch in der Mitte des Raums gestattet meinen Großeltern zu stehen, wenn sie Rezepturen abwiegen und mischen. Der Teetisch ist klein, aber dort verbringen sie den Großteil des Tages. Ihnen ist Liebe, Respekt und Arbeit gemeinsam, ohne ein böses Wort zwischen ihnen.

»Ich denke an die Frau deines Neffen«, sagt Großmutter, die nun offiziell das Thema wechselt. »Lady Huang ist zum sechsten Mal schwanger, aber sie hat Blutungen und kann nur unter Schwierigkeiten Wasser lassen.«

Lady Huang. Ich weiß nicht genau, wer sie ist. Wie alle verheirateten Frauen, auch meine Großmutter, trägt sie ihren Geburtsnamen.

»Bist du dir wirklich sicher, dass Lady Huang ein Kind erwartet?«, fragt Großvater.

»Männer halten es für schwierig, eine Schwangerschaft zu diagnostizieren, und manchmal ist es das auch. Aber vor zwei Monaten habe ich ihr, nur um sicher zu sein, einen Tee aus Liebstöckelwurzel und Beifußblättern verabreicht.« Großmutter reckt das Kinn vor. »Sie hat ihn getrunken, und das Baby hat sich bewegt, wie es beabsichtigt war.«

»Lass doch Lady Huang ihr Baby in Frieden heranwachsen und zur Welt bringen«, verkündet Großvater. »Ich vertrete die Ansicht – und mit mir andere gelehrte Mediziner –, dass eine Geburt am besten auf natürliche Weise vonstattengeht. *Ist die Blüte voll und die Melone rund, fallen sie von selbst.* Wir sehen das in Gärten, beobachten es aber auch bei Tieren. Man hört nie davon, dass Affen daran sterben, weil sie Schwierigkeiten bei der Geburt haben. Deshalb sollte das auch bei Frauen nicht vorkommen. Es kommt nur zu einer komplizierten Geburt, wenn andere versuchen, sie zu lenken, zu kontrollieren oder zu beschleunigen.«

Großmutter seufzt. »Das würde nur ein Mann sagen, der keine Wehen ausgestanden hat.«

»Vielleicht eine Rezeptur, um ihr Qi zu kühlen …«

»Zu kühlen? Bei einer Frau, die Probleme mit ihrem Palast des Kindes hat? Kaum.«

Es heißt – und zwar wahrheitsgemäß, wie mir gesagt wurde –, dass Großvater Großmutter geheiratet hat, weil sie aus einer Ärztedynastie stammt. Immerhin ist es für jeden von Vorteil, wenn eine Frau sich der medizinischen Bedürfnisse der

Frauen und Kinder in ihrem Haushalt annehmen kann. Als kaiserlicher Gelehrter hatte Großvater ebenfalls Interesse an der Medizin. So wie jede Frau ihrem Mann mindestens einen Sohn schenken muss, ist es die Pflicht des Mannes, den Fortbestand der Familie zu sichern. Das gelingt am besten, indem man dafür sorgt, dass Ehefrauen und Konkubinen nicht nur schwanger werden und gebären, sondern auch überleben. Schon als junger Mann las Großvater gerne alte medizinische Schriften. Als er als leitender Beamter für Regierungsangelegenheiten diente, arbeitete er in der zweiten Hauptstadt Nanjing, wo er im Strafministerium tätig war. Er setzte seine persönlichen Studien sogar fort, als er jahrelang weg von zu Hause und in Erfüllung seiner Pflichten auf Reisen war – so wie vielleicht mein Vater, wenn er die nächste Stufe der kaiserlichen Prüfungen besteht. Als Großvater von seinem jahrelangen Aufenthalt in Nanjing zurückkehrte, wurde er in der Tradition der Literaten-Mediziner als *ming yi* anerkannt – als »berühmter Arzt«. Er lernte, indem er Bücher las; Großmutter Rus Ausbildung rührt daher, dass sie ihren Eltern nachfolgte, die wiederum von ihren Eltern gelernt hatten und die von ihren und so weiter.

»Was schlägst du dann vor?«, fragt Großvater. Er ist nicht nur ein Mann von Rang, sondern auch das Oberhaupt unseres Clans. Sein Wort gilt, und wir müssen alle gehorchen. Trotzdem respektiert er Großmutters Fachwissen und folgt oft ihrem Rat.

»Ich untersuche sie erst, bevor ich etwas entscheide«, antwortet sie.

Großvater nickt bedächtig.

»In ein paar Tagen kommt Hebamme Shi, um Lady Huang zu untersuchen«, fügt Großmutter hinzu.

Darauf hält Großvater inne und sieht Großmutter streng an. »Du weißt doch, dass ich nichts von Hebammen halte.« Als er sich zu mir wendet, weiß ich, dass ich gleich geprüft werden soll. »Sag mir, warum.«

Ich mag nicht antworten, denn egal, was ich sage, es wird Großmutter ärgern. Aber was bleibt mir anderes übrig? »Im Haus einer Familie der Oberschicht ist kein Platz für die Drei Tanten und Sechs Vetteln«, sage ich auf, aber mit gesenktem Kopf, sodass ich Großmutters Reaktion nicht sehen muss.

»Und wer ist das?«, fragt er.

Ich starre auf meine Schuhe, hin- und hergerissen zwischen den beiden Menschen, die für mich sorgen. Ein Finger hebt mein Kinn an. Großmutter sagt: »Antworte deinem Großvater.«

»Die Drei Tanten sind buddhistische Nonnen, taoistische Nonnen und Wahrsagerinnen. Die Sechs Vetteln sind Kupplerinnen, Schamaninnen, Drogenhändlerinnen, Menschenhändlerinnen, Bordellbetreiberinnen und Hebammen.« Ich zähle die Liste aus dem Gedächtnis auf, ohne genau zu wissen, was das alles bedeutet.

»Anständige Familien lassen keine religiösen Frauen in unsere Häuser, weil wir konfuzianischen Idealen anhängen«, sagt Großvater. »Und was die anderen betrifft, das sind Schlangen und Skorpione, denen man um jeden Preis aus dem Weg gehen sollte.«

»Ehemann, du weißt sehr wohl, dass …«

»Darüber hinaus«, brummt Großvater, »werden Hebammen mit Freveltaten wie Abtreibung oder Kindsmord in Verbindung gebracht. Jeder hat schon von Hebammen gehört, die einem Baby, das sich weigert, den Palast des Kindes zu verlassen, einen Arm abschneiden, um es auf die Welt zu bringen.«

Großmutter schüttelt den Kopf. »Das passiert äußerst selten und wird nur gemacht, um einer Mutter das Leben zu retten …«

»Ihr Ansehen wird noch weiter geschmälert«, fährt Großvater fort, »weil sie oft gerufen werden, um in Gerichtsfällen zu überprüfen, ob eine Frau noch Jungfrau ist, oder um bei unnatürlichen Todesfällen die Leiche zu untersuchen …«

»Ehemann!«, schimpft Großmutter. »Das ist zu viel für Yunxian.« Sie wendet sich mir zu und senkt die Stimme. »Sieh mich an, mein Kind«, sagt sie leise. »Respektiere deinen Großvater in allen Dingen, aber Hebammen sind eine Notwendigkeit, das musst du wissen. Eine freundlichere Bezeichnung für eine Hebamme ist *die, die das Neugeborene abholt.*« Sie richtet den Blick wieder auf Großvater. »Du berührst kein Blut. Ich berühre kein Blut. Wir beraten mit Abstand. Es kann vorkommen, dass ich mich um eine Frau in den Wehen kümmere – ich gebe ihr Kräuter, um die Niederkunft zu beschleunigen und das Baby glatter zu machen – und nach der Geburt versorge ich sie mit Dekokten, die ihr wieder Kraft verleihen, aber ich würde niemals versuchen, einen Säugling aufzufangen …«

»Konfuzius hat ganz deutlich gemacht, dass jeder Beruf, der mit Blut zu tun hat, unter unserer Würde liegt«, stimmt Großvater ihr zu. »Dass eine Hebamme mit Blut in Berührung kommt, stellt sie auf dieselbe niedrige Stufe wie einen Metzger. Darüber hinaus sind Hebammen ehrlos. Sie stehen zu sehr *in der Welt.*«

»Vielleicht.« Großmutter seufzt. »Aber nachdem wir Ärzte der Ansicht sind, dass Blut verderbt und verderblich ist, wie soll eine Frau dann ohne die Hilfe einer Hebamme gebären?«

»Bäuerinnen …«

»Arbeiten den ganzen Tag auf dem Feld, bekommen ihre Kinder in einer Ecke ihrer Hütte, und dann kochen sie ihrer Familie das Abendessen«, beendet Großmutter den Satz für ihn.

»Also …«

»Nichts also!« Großmutter verliert langsam die Beherrschung. »Hast du das mit eigenen Augen gesehen? Vielleicht gibt es bei diesen Frauen eine Schwiegermutter im Haushalt, die ihnen hilft. Vielleicht gibt es eine Hebamme, die im Dorf arbeitet. Vielleicht …«

Großvater hebt eine Hand, um Frieden zu schließen, aber Großmutter ist noch nicht fertig.

»Sterben Männer bei der Geburt?«, fragt sie. »Nein! Sogar die Kaiserin wird von einer Hebamme umsorgt. Erzähl mir also nicht, dass eine Frau ganz allein ein Kind bekommen kann! Wenn das Gebären so einfach und schmerzlos ist …«

»Ich habe nie gesagt, dass es schmerzlos ist …«

»Wenn das Gebären so *natürlich* ist«, fährt Großmutter fort, »wie kommt es dann, dass die Wehen und die Niederkunft das Leben gefährden? Eine Frau ist das einzige Tier auf der Welt, das seine Nachkommen nicht alleine zur Welt bringen sollte, denn das Baby kommt mit dem Gesicht nach unten heraus, sodass es für eine Frau so gut wie unmöglich ist, es selbst herauszuziehen. Eine Hebamme ist unverzichtbar, ob es dir gefällt oder nicht.«

»Unverzichtbar«, echot Großvater.

»Und Hebammen können große Belohnungen erhalten …«

Er nickt und gibt schließlich klein bei. »Wenn sie das Glück hat, Frauen aus der Kaiserfamilie in der Verbotenen Stadt zu betreuen, wird sie so reichlich belohnt, dass selbst Männer wie ich sie beneiden können.«

»Land, Gold, Titel …«

Immer noch um Frieden bemüht, fügt er hinzu: »Wir könnten auch sagen, dass zwei Familien nicht ohne Beratung durch eine Heiratsvermittlerin zusammenkommen können.« Aber da er das Recht auf das letzte Wort hat, kann er sich nicht beherrschen, noch hinzuzufügen: »Das macht aber diese Frauen nicht weniger widerwärtig.«

Großmutter wirft ihm einen kurzen Blick zu, sagt aber nichts. Großvater bekommt bessere Laune, weil er das Gefühl hat, gewonnen zu haben. Wieder wendet er sich an mich. »Erkläre mir das Qi.«

Ich sage es so auf, wie ich Gedichte, Zweizeiler und die Regeln, nach denen ein Mädchen leben sollte, aufsage. »Qi ist die Grundsubstanz und lebenserhaltende Kraft von allem, was im Körper existiert …«

»Ein Papagei kann Wörter nachplappern«, unterbricht mich Großmutter, anscheinend immer noch verärgert über Großvaters Ansichten über Hebammen, »aber versteht er auch ihre tiefere Bedeutung?«

Ich bemühe mich mehr. »Qi durchdringt alles im Universum. Berge, Sterne, Tiere, Menschen, Emotionen …«

»Ich sage immer, Qi ist das *Pulsieren* des Kosmos«, wirft Großmutter ein, »während der Körper das *Spiegelbild* des Kosmos ist – und alles wird von Yin und Yang beherrscht.«

Als ich Großmutters Anspielung höre, sprudelt alles, was ich seit meiner Ankunft hier gelernt habe, aus mir heraus. »Yin und Yang sind Dunkelheit und Licht, unten und oben, innen und außen, alt und jung, Wasser und Feuer, Erde und Himmel.«

Großvater ermutigt mich, fortzufahren: »Yin ist …«

»Die Quelle des Todes«, vervollständige ich.

»Yang ist …«

»Die Wurzel des Lebens. Yin ist dunkel und weiblich, während Yang positiv und männlich ist.«

Großvater nickt anerkennend, und ich lächle ihn an. Seine nächste Bemerkung richtet er an Großmutter Ru. »Dieses Mädchen ist intelligent. Wir sollten sie nicht auf gewöhnliche

Handarbeiten beschränken. Wir sollten ihr erlauben, meine Medizin zu erlernen.«

In den letzten drei Monaten hat er oft so etwas gesagt, und jedes Mal flammt ein Funke Hoffnung in mir auf. Mein Vater und mein Onkel wollten keine Ärzte werden, und es heißt, sie haben beide ehrgeizige Pläne für ihre Söhne, die Medizin nicht miteinschließen. Mein Bruder lernt jetzt bereits die Disziplin, die erforderlich ist, um für die kaiserlichen Prüfungen zu lernen. Bleibe also nur ich. Ich würde so gerne von meinen Großeltern lernen. Alles, was sie sagen, eröffnet mir neue Wege in meinem Denken. Und wenn ich eines Tages Ärztin werden könnte, dann könnte ich vielleicht der Mutter eines Mädchens wie mir helfen. Doch Großmutter muss noch davon überzeugt werden.

»Heute habe ich von Blut gesprochen, doch die wichtigere Substanz ist Xue, Blut«, sagt sie, ohne auf ihn zu achten. »Das Wort ist das Gleiche, aber worin unterscheiden sie sich?«

Das ist eine einfache Frage, die leicht zu beantworten ist. »Wir haben das Blut, das wir sehen, wenn wir uns verletzt haben«, sage ich, »aber Blut ist eine komplexere Substanz. *Bei Frauen ist Xue, das Blut, die führende Kraft.* Es gestattet der Frau, schwanger zu werden und einen Fötus zu ernähren. Es verwandelt sich in Muttermilch, wenn sie geboren hat.«

»Genau. Du musst dich von der Vorstellung der Funktion trennen«, erklärt Großmutter Ru. »Wir befassen uns nicht mit Venen und Arterien, Muskeln und Knochen oder Organen mit bestimmten Aufgaben. Wir suchen danach, wie Krankheiten durch Ungleichgewichte in der körperlichen Gestalt von Yin und Yang entstehen. Sie spielen zusammen, so wie die Nacht in den Tag übergeht und der Winter in den Sommer. Das eine nimmt stets zu, das andere nimmt stets ab, ohne dass es je zum Stillstand kommt. Dabei machen sie einander wieder heil und transformieren einander. Als Ärzte streben wir es an, Yin und Yang ins Gleichgewicht zu bringen, damit die Lebenskraft stark ist. Was kannst du mir sonst noch über den Körper als Universum erzählen?«

Und weiter geht es, Großvater und Großmutter stellen mir Fragen und ich bemühe mich nach Kräften, ihnen zufriedenstellende Antworten zu geben. Wenn ich mit ihnen zusammen bin – auch wenn sie mich unablässig auf die Probe stellen – kann ich fast vergessen, wie sehr ich meine Mutter, meinen Vater, unser Zuhause vermisse … Einfach alles …

~

Während meiner Zeit in Wuxi halte ich mich meistens nur in den Frauengemächern auf, zusammen mit den Konkubinen und den Ehefrauen, Kleinkindern und Kindern und den älteren Mädchen, die sich auf die Ehe vorbereiten. Säuglinge sind normalerweise woanders bei ihren Ammen, Jungen über sieben dürfen nicht mehr in den Frauengemächern sein, und manche Frauen sind zu »unpässlich« – körperlich oder emotional –, um sich mit den anderen zum Sticken oder Tratschen, zum Kartenspielen oder kleinen Streitereien zu treffen. Ich bin das einzige Mädchen in meinem Alter, und die älteren Mädchen interessieren sich nicht für mich. Ich habe keine Freundin, aber als ich noch in Laizhou gelebt habe, war das auch nicht anders. Ich bin froh über Konkubine Zhao, die meinen täglichen Unterricht beaufsichtigt. Ich glaube, sie ist auch froh über mich, denn sie hat Schwierigkeiten, von den anderen Konkubinen akzeptiert zu werden. Sie ist eine gute Lehrerin – geduldiger als meine Mutter, aber nicht weniger anspruchsvoll.

Wenn ich allein sein will, gehe ich in mein Zimmer und klettere auf das Ehebett von Ehrwürdiger Lady. Es hat ein Dach, Fenster, die mit Seidenmalereien verhängt sind, die idyllische Szenen zeigen, und einen Baldachin über dem Eingang, mit herabhängenden hölzernen Quasten zur Zierde. Alles wurde aus Palisander, Birnenholz und Buchsbaum geschnitzt und ohne einen einzigen Nagel zusammengefügt. Es gibt zwei Vorzimmer – im ersten schläft eine Zofe auf dem Boden, das zweite ist ein Ankleideraum. Im dritten Raum steht die erhöhte Schlafplattform. In einer meiner ersten Nächte hier fiel mir das lose Paneel ein, das Ehrwürdige Lady gerne berührte. Ich lockerte es und entdeckte ein geheimes Regal. Kurz hoffte ich, sie hätte dort etwas für mich versteckt, aber nein. Sie wusste jedoch, dass es existierte, und um meine Verbindung zu ihr aufrechtzuerhalten, stellte ich ihre in Seide gewickelten Schuhe auf das Regal und setzte das Paneel wieder ein. Jetzt liege ich oft genauso da wie Ehrwürdige Lady, wenn sie das Gesicht zur Rückwand gerichtet hatte und mit dem Paneel spielte. Ich berühre das Holz in dem Wissen, was sich dahinter befindet, und weine um sie. In Gesellschaft der anderen Frauen und Mädchen versuche ich, fröhlich zu wirken.

Langsam werde ich mit dem Hof des goldenen Lichts vertraut. Vierzig Familienmitglieder wohnen hier, und noch zwanzig weitere Personen – Hausmädchen, Küchenhilfen und Gärtner – kümmern sich um unsere Bedürfnisse. Die Familie empfängt Gäste im zweiten Hof. Er hat eine Halle, die so groß ist, dass sich der gesamte Haushalt dort zur Ritualen oder Banketten versammeln kann, und kleinere Räume, um zu trinken, Gedichte zu schreiben und so weiter. Enkel, Onkel und Neffen aus der Familie Tan wohnen mit ihren Frauen und Familien im dritten Hof. Ich gewöhne mich auch langsam an die Einrichtung und die Schmuckgegenstände, die vom Alter und dem hohen Stand meiner Familie zeugen: die Gemälde, die Wandbehänge, die Vasen und die eleganten Tische und Stühle. In fast jedem Raum liegen handgewebte Teppiche auf dem Boden. Im kalligrafischen Kursivstil geschriebene Reimpaare hängen in den Haupthallen an den Wänden und ermutigen uns alle, nach den höchsten Maßstäben zu leben. *Möge das Juwel des Lernens in diesem Haus strahlender leuchten als Sonne und Mond. Möge jedes Buch, das ihr lest, euch auf dem Fluss des Lebens tragen. Ein Berg von Büchern hat einen Pfad, und Fleiß ist der Weg; das Meer des Wissens ist endlos, und harte Arbeit ist das Boot.*

Heute holt mich Tupfen, die oberste Dienerin des Hauses, die ich bei der Ankunft kennengelernt habe, aus den inneren Gemächern ab, nachdem mein offizieller Unterricht bei Konkubine Zhao beendet ist. »Folge mir«, sagt sie. »Deine Großmutter möchte, dass du zu einer ärztlichen Beratung mit in Lady Huangs Räumlichkeiten kommst.« Wie gewöhnlich schwanke ich zwischen Begeisterung und Nervosität. Wenn ich einen Fehler mache, könnte es sein, dass sie mich nicht mehr einlädt, zuzusehen, wie sie eine Patientin behandelt.

Wir gehen durch den vierten Hof, wo meine Großeltern wohnen und Patienten empfangen. Als wir den dritten Hof erreichen, führt mich Tupfen in ein Zimmer. Es unterscheidet sich kaum von meinen eigenen Gemächern, nur steht darin ein einfaches Bett – offen mit Stauräumen –, ein Schreibtisch und eine Frisierkommode mit einem Spiegel. Lady Huang liegt an Kissen gelehnt im Bett. Ihre Schwangerschaft ist viel weiter fortgeschritten, als ich es nach dem Gespräch meiner Eltern am Vortag erwartet hätte. Am meisten aber überrascht mich die Anwesenheit einer weiteren Frau und eines Mädchens. Dass sie nicht hier wohnen, erkenne ich daran, dass sie zu auffällig gekleidet sind, als es sich für eine Ehefrau, Konkubine, Tochter oder Dienerin in einer Familie wie der unseren schicken würde.

»Yunxian«, sagt Großmutter, »das ist Hebamme Shi und ihre Tochter Meiling. Hebamme Shi hat alle Kinder von Lady Huang entbunden. Trotzdem halte ich für das Beste, wenn Hebamme Shi Zeit mit der Frau verbringt, die gebären wird. Immerhin heißt es: *Zehn Babys kommen auf zehn unterschiedliche Weisen an.*«

»Und deshalb ist es beruhigend, die Person zu kennen, die ihre Hand zwischen Ihre Beine legen wird«, sagt Hebamme Shi zu Lady Huang. Die Worte und das, was sie vermitteln, hören sich für mich grob an, aber meine Großmutter stören sie nicht.

Großmutter und die Hebamme stellen Lady Huang nun Fragen.

»Haben Sie Krebsfleisch gegessen?«, fragt Großmutter.

Als Lady Huang den Kopf schüttelt, erklärt Hebamme Shi: »Gut, denn das könnte dazu führen, dass das Baby in Querlage geboren wird, weil Krebse seitwärts laufen. Und wie steht es mit Spatzenfleisch?«

»Ich habe dafür gesorgt, dass Köchin keinerlei Spatzenfleisch zubereitet«, sagt Großmutter, »denn das kann bewirken, dass ein Baby mit Spatzenflecken – schwarzen Sommersprossen - geboren wird.«

»Schlimmer noch, Spatzenfleisch kann dazu führen, dass ein Kind – egal ob Mädchen oder Junge – zu einem Menschen ohne Moral heranwächst«, fügt die Hebamme hinzu.

Wenn ich eines Tages Ärztin werden will, sollte ich besser aufpassen, aber ehrlich gesagt kann ich gar nicht aufhören, das Mädchen zu betrachten. Ich war noch nie mit einem anderen gleichaltrigen Mädchen in einem Raum. Diese Meiling erstaunt mich. Sie hat große Füße, aber ansonsten sind ihre Gesichtszüge fein. Ihr Teint ist glatt und schön, ohne eine einzige Pockennarbe.

»Hallo«, begrüße ich sie schüchtern.

»Hallo.« Auch ihre Stimme ist schön, und sie passt perfekt zu ihrem Namen. Meiling bedeutet schöner Ton.

Die Hebamme, die sich über Lady Huang gebeugt hat, richtet sich wieder auf und wirbelt zu mir herum. »*Aah.*« Das klingt rau und tief, aber in seiner Eigenart angenehm. »Da ist sie also.« Sie wirft meiner Großmutter einen kurzen Blick. »Ich verstehe, was Sie meinen.«

Großmutter Ru lacht, ich habe allerdings keine Ahnung, was so lustig ist. Zu mir sagt sie dann: »Geh zum Bett. Sieh zu, was Hebamme Shi macht.«

Langsam wage ich mich vor. Lady Huang ist rot im Gesicht, aber ich weiß nicht, wie sie normalerweise aussieht.

»Komm näher.« Sie winkt mich zu sich. »Und du auch«, fügt sie hinzu und zeigt auf Meiling.

Wir stellen uns nebeneinander an das Bett. Wir sind gleichgroß. Ich werfe einen kurzen Blick zu ihr hinüber. Sie senkt das Kinn, um zu mir zu schielen. Sie hat lange Wimpern. Ich frage mich, was sie wohl sieht, wenn sie mich anschaut.

»Wir Ärzte führen die Vier Untersuchungen durch«, sagt Großmutter. »Ich habe Lady Huangs Pulsschlag gelauscht, er ist schwach. Ich habe ihre Zunge untersucht, die trocken wie eine Wüste aussieht. Ihr seht, dass ihr Gesicht gerötet ist, das zeigt inneres Feuer.« Sie wendet sich Lady Huang zu. »Haben Sie denn Kopfschmerzen?«

»Mein Kopf pocht die ganze Zeit«, antwortet die Frau, »und ich habe Durst …«

»Und Ihre Gefühle? Sind Sie im Reinen mit sich?«

Lady Huang wird noch etwas dunkler im Gesicht, was meine Großmutter als Antwort nimmt.

»Ihr seid wütend«, sagt Großmutter. »Wir beide können später darüber reden, warum. Fürs Erste kann ich alle diese Symptome mit einem Trank zur Beruhigung des Fötus behandeln, der wird helfen, Euer Qi wieder in Einklang zu bringen. Hitze ist eine Notwendigkeit im Palast des Kindes, aber manchmal ist da zu viel Wärme, wie es hier der Fall zu sein scheint. Wenn Hitze abgekühlt wird, richtet Xue, das Blut, seine Aufmerksamkeit wieder auf den Fötus. Eine Hebamme hat ebenfalls körperliche Techniken, die helfen können.«

Hebamme Shi schnalzt mit der Zunge, um unsere Aufmerksamkeit zu erregen. Sie sieht nicht aus wie eine Vettel. Sie ist gar nicht so alt. »Meiling weiß das schon, aber es ist immer gut, es noch einmal zu wiederholen«, beginnt sie. »Das ist Lady Huangs sechstes Kind. Bisher hatte sie noch nie Probleme.«

»Das stimmt«, murmelt Lady Huang und drückt sich unbehaglich gegen ihre Kissen.

»Manchmal ist ein Fötus im Palast des Kindes nicht richtig zu Hause«, sagt die Hebamme. »Manchmal liegt er in Steiß- oder Querlage. Wenn wir das jetzt herausfinden, können wir helfen, ihn in eine bessere Position zu bringen, bevor die Wehen einsetzen.«

Ich nage an meinem Daumen, während die Hebamme anfängt, Lady Huang den Bauch zu massieren. Ab und zu hält sie inne, um zu fragen, ob ihr das wehtut.

»Nein«, antwortet die Lady. »Mir geht es schon besser. Ich bekomme wieder Luft.

Die Hebamme drückt und schiebt weiter am Bauch herum. Mit jeder Minute, die verstreicht, nimmt die Rötung von Lady Huangs Wangen ab. Ich sollte besser aufpassen, aber ich nehme nur wahr, dass Meilings Ärmel meinen Ärmel berührt. Sie atmet ein und aus, als hätte sie ihre Atmung auf meine abgestimmt. Sie verlagert das Gewicht und streift meine Finger mit ihren. Kurz habe ich das Gefühl, mein Herz würde stehen bleiben.

»Das reicht erst einmal«, sagt Großmutter. »Ihr Mädchen dürft gehen. Yunxian, begleite Meiling doch in die Küche. Bitte Köchin, euch etwas zu essen zu geben.«

Als sie das hört, nimmt Meiling meine Hand. Ich fahre erschreckt zusammen. Sobald wir draußen sind, versuche ich mich zu befreien, aber sie packt mich nur fester.

»Ich war schon oft hier«, sagt sie, »aber ich habe immer Angst, mich zu verlaufen. Ich möchte nicht irgendwo landen, wo ich nicht sein sollte.«

»Mir geht es genauso.«

»Wie alt bist du?«, fragt Meiling.

»Ich bin acht.«

»Ich auch. Dann wurden wir beide im Jahr der Schlange geboren.«

Ich korrigiere sie. »Im Jahr der Metall-Schlange.«

Sie nickt, dann hebt sie die Hand mitsamt meiner, um sich die Nase zu reiben. »Eine Schlange ist ein Yin-Zeichen«, sagt sie. »Es heißt, die schönsten Frauen der Welt werden in diesem Zeichen geboren. Wir können nicht anders als hübsch sein.«

Wie kann sie so etwas sagen, als hätte sie ein Recht auf Schönheit, wo sie doch nur die Tochter eine Hebamme ist?

»Du bist hübscher als ich«, gebe ich zu. »Du hattest keine Pocken.«

»Meine Mutter hat dafür gesorgt, dass ich sie nicht bekomme.« Auf meinen ratlosen Blick hin fragt sie: »Hat deine Mutter nicht den Pockenimpfmeister geholt, als du klein warst?«

»Ich weiß nicht, wer das ist.«

»Er reist von Dorf zu Dorf und versucht, schneller als die Krankheit zu sein. Er hat Schorf von Erkrankten dabei. Bei mir hat er zwei Schorfreste in Baumwolle eingewickelt, sie mir in die Nase gesteckt und sie dann einen Tag und eine Nacht lang mit Wachs versiegelt.«

»Scheußlich …«

»Es ist besser, als zu sterben!« Sie schweigt. »Mama sagt, nachdem ich keine Narben habe, kann ich vielleicht gut heiraten.«

Das bringt mich zum Grübeln. Meine Mutter hat wohl keinen Pockenimpfmeister für meine Brüder und mich engagiert. Und wenn sie das nicht getan hat, was war der Grund dafür?

Meiling fährt fort: »Spricht deine Familie schon mit einer Heiratsvermittlerin?«

Diese Vorstellung ist beängstigend. Natürlich werde ich verheiratet, wenn ich fünfzehn bin, aber wie soll eine Heiratsvermittlerin – eine dieser Vetteln, die Großvater so sehr verabscheut – von mir erfahren? Wird Vater nach Hause kommen, um zu verhandeln? Oder …

»Hab keine Angst«, sagt Meiling. »Wir alle müssen die Spiele im Schlafgemach verrichten.«

»Davor habe ich keine Angst«, sage ich gereizt. »Über die Spiele im Schlafgemach weiß ich schon Bescheid. Sie gehören zu den Pflichten einer Ehefrau und sind die einzige Möglichkeit, einen Sohn zu zeugen. Ohne kannst du nicht schwanger werden.« Ich sage aber nicht, dass mir schon die Vorstellung, zu meinem Mann ins Haus zu ziehen, Angst macht. Ich habe meine Mutter verloren. Mein Vater ist weit weg. Von Großmutter und Großvater – und Konkubine Zhao und meinem Bruder – getrennt zu werden, macht alles noch grausamer.

Wir kommen zur Küche. Köchin gibt uns Mandarinen, die wir mit nach draußen nehmen. Gemeinsam gehen wir in meinen Lieblingshof – den mit der Apotheke meiner Großeltern. Ein mit Lotospflanzen bewachsener Teich nimmt den gesamten Außenbereich ein. Meiling und ich überqueren eine steinerne Miniaturbrücke über einen Bach, der die beiden Ufer des Teichs miteinander verbindet und die Südseite des Hofs mit der Nordseite. Kois heben die Mäuler aus dem Wasser und betteln um Futter. Wir setzen uns auf eine Bank im Schatten einer Kassie, schälen unsere Mandarinen und stecken uns die Stücke in den Mund. An manchen Ästen hängen Vogelkäfige, und Gezwitscher erfüllt die Luft. Es ist jetzt Herbst, und die Blätter haben sich entsprechend der Jahreszeit gelb, orange und rot gefärbt. Die Lichtsprenkel, die durch die Bäume fallen, lassen die Welt um uns herum schimmern.

»Hast du den Lotos blühen sehen?«, fragt Meiling. Auf mein Nicken fügt sie hinzu: »In diesem Haushalt werden viele Kinder geboren, deshalb habe ich sie oft gesehen. Wenn ich meine Mutter begleite, lerne ich viel, sodass ich eines Tages ihren Platz einnehmen kann.«

Ich kaue auf der Unterlippe und überlege fieberhaft, was ich sagen könnte, um zu zeigen, wie gebildet ich bin und dass ich nicht allein auf der Welt bin. Da fällt mir etwas ein. »Meine Mutter hat immer gesagt: *Ohne Schlamm kein Lotos*. Weißt du, was das bedeutet?«

Meilings Augenbrauen krümmen sich wie Raupen, während sie über diesen Aphorismus nachdenkt. Ich will ihr zuvorkommen.

»Das bedeutet, dass aus Schwierigkeiten Gutes erwachsen kann. Ungemach kann sich in Triumph verwandeln …«

»Der Lotos erblüht aus Schlamm.« Als sie das begreift, strahlen ihre Augen. »Ich kenne Schlamm. Ich habe keinen Vater, deshalb bringt mir meine Mutter bei, selbst zurechtzukommen.«

»Dann bist du also der Lotos?«

»Ich schätze ja.« Ihre Wangen röten sich.

Ihr Eingeständnis zwingt mich, in mich hineinzublicken. Es ist schwer zu erkennen, wie der Schlamm des Todes meiner Mutter mich in einen Lotos verwandeln soll.

Die Kois schwimmen auf uns zu, schlagen die Schwänze hin und her und öffnen und schließen ihre Mäuler. Meiling lässt mich sitzen und hüpft hinunter zum Rand des Teichs. Ich frage mich, wie ihre Waden wohl aussehen, um sie so tragen zu können, während meine mit jedem Monat dünner werden. Sie kniet sich in das weiche Moos und streckt den Fischen die Finger entgegen. Als die Kois daran knabbern, kichert sie.

»Komm her! Probiere selbst aus, wie sich das anfühlt!«

Ich wage mich viel vorsichtiger als sie hinunter zum Ufer, denn das Moos fühlt sich gefährlich rutschig unter meinen gebundenen Füßen an. Ich knie mich neben Meiling. Sofort werden meine Tunika und meine Hose durchtränkt. Mohnblüte wird nicht begeistert sein.

Meiling kichert wieder. »Wie das kitzelt!« Als ich immer noch zögere, sagt sie: »Hab keine Angst. Sie beißen nicht.« Jetzt lacht sie richtig. »Sie beißen schon, aber es tut nicht weh.«

Ich möchte vor der Tochter einer Hebamme nicht als Feigling dastehen. Ich strecke die Finger in den Teich. Ein paar der Kois schwimmen auf mich zu. Zwick, zwick, zwick, zwick. Ein kleines Glucksen entschlüpft mir.

»Siehst du!«, ruft Meiling mit leuchtenden Augen.

Ich fange gerade an, mich zu entspannen, da springt sie auf, läuft am Ufer entlang, sammelt heruntergefallene Blüten und Blätter auf und saust dann auf die Brücke. »Komm hier hoch! Ich habe eine Idee für ein Spiel.«

Aber ich kann nicht rennen. Ich kann nicht hüpfen. Ich weiß kaum, was spielen bedeutet, auch wenn ich manchmal gesehen habe, wie meine männlichen Cousins einander nachjagen und sogar einen Ball hin und her schießen. Ich sehe mich um, ob uns auch wirklich niemand zusieht. Ich stehe auf und streiche über meine seidene Hose, was die Moosflecken aber nicht beseitigt. Langsam bewege ich mich über den unebenen Boden und auf den Kiesweg und geselle mich zu Meiling auf der Brücke. Sie reicht mir einige der Blüten und Blätter.

»Mal sehen, ob meine oder deine schneller herunterfallen und davontreiben. Wir fangen mit einem einzelnen Blatt an.« Sie hält eines über das Geländer, und ich mache es ihr nach. »Eins, zwei, drei und los.«

Wir lassen unsere Blätter los und sehen zu, wie sie langsam nach unten wirbeln und im selben Augenblick auf das Wasser treffen. Die Blätter treiben aufeinander zu, trennen sich und kommen wieder zusammen, während sie von der sanften Strömung davongetragen werden. Sie schwimmen auf uns zu und dann unter der Brücke durch. Meiling nimmt meine Hand und zieht mich auf die andere Seite. Wir beugen uns über das Geländer und warten, bis unsere Blätter zum Vorschein kommen.

»Schau! Meines kommt zuerst!«, ruft sie. Sie hebt die Augenbrauen. »Aber deines ist gleich dahinter. Wollen wir es noch mal machen?«

Ich vergesse mich völlig, als wir Blütenblätter und Laub auf der einen Seite der Brücke hinunterwerfen und dann auf die andere Seite eilen, um zu sehen, wessen Blatt zuerst hindurchschwimmt. Manchmal gewinnt Meiling, manchmal ich.

Unser Spaß wird unterbrochen, als wir Stimmen hören. Großmutter Ru und Hebamme Shi stehen im Säulengang beisammen. Plötzlich wird mir bewusst, wie schmutzig ich bin – meine Hände, meine Kleidung. Ich blicke nach unten und sehe, dass meine bestickten Seidenschuhe ruiniert sind. Die Hebamme grinst. Meine Großmutter runzelt die Stirn. Dann stecken die beiden Frauen die Köpfe zusammen und tuscheln.

Meiling ergreift wieder meine Hand. »Meine Mutter und ich werden wiederkommen, um nach Lady Huang zu sehen. Wenn du mich nicht findest, suche ich dich.«

Ihre Kühnheit beflügelt mich. »Das hoffe ich«, sage ich. »Ich hoffe es wirklich.«

Dann tänzelt sie über die Brücke und rennt zu ihrer Mutter.

»Du könntest dich bemühen, dich mehr wie eine Dame zu benehmen«, sagt die Hebamme.

Meiling begreift sofort und geht bedacht und langsam, als wäre sie ein Mädchen von hohem Stand. Im letzten Moment dreht sie sich noch einmal zu mir um. Zwischen uns geht etwas vor sich, das spüre ich. Als Meiling und ihre Mutter nicht mehr zu sehen sind, vermisse ich sie bereits.

Großmutter klatscht in die Hände. Von irgendwoher – wie aus dem Schatten – treten Mohnblüte und Tupfen hervor. Sie müssen Meiling und mich die ganze Zeit beobachtet haben.

»Badet sie«, ordnet Großmutter an. »Und dann bringt sie in die Apotheke.« An mich gerichtet fügt sie hinzu: »Wir besprechen dann, was du heute gelernt hast, und auch andere Dinge.«

Eine Stunde später sitze ich meiner Großmutter gegenüber. »Möchtest du mir helfen, den Trank zur Beruhigung des Fötus zuzubereiten?« Als ich nicke, sagt sie nur: »Gut.« Sie öffnet Schubladen und Schränke und holt lauter Sachen heraus, die ich nicht kenne. »Das hier ist die spezielle Großkopf-Atractylodeswurzel aus Hangzhou.« Sie hält ein braunes, getrocknetes Gebilde hoch. »Wir weichen sie in Reiswasser ein, sodass die Heilkraft durch Lady Huangs Milz- und Magen-Meridiane in ihren Körper eindringen kann, um die Feuchtigkeit zu trocknen, den Magen zu harmonisieren und eine Fehlgeburt zu verhindern. Hier ist noch ein Kraut, das wir in Essig zubereiten. Es hilft dabei, toxische Hitze abzusenken, Xue zu stärken und Schmerzen zu lindern.«

Ich verstehe nicht alles zur Gänze, was sie sagt, aber ich kann ihre Anweisungen befolgen. Sie lässt mich das Reiswasser ausgießen und später den Essig. Sie zeigt mir, wie ich die Flüssigkeit betrachten muss, um anhand der Farbe ihre Konzentration zu beurteilen. Sie bittet mich, das Sieb zu halten, während sie beide Mixturen in ein Tongefäß schüttet. Ich würde gerne mehr über die unterschiedlichen Wurzeln und Kräuter und ihre Wirkung erfahren, aber Großmutter ist in Gedanken woanders.

»Kinder zu bekommen, steht im Mittelpunkt des Lebens jeder Frau«, sagt sie. »Aber bei jeder Schwangerschaft geht es um Leben und Tod. Wird die Mutter überleben und den Haushalt weiterhin führen? Wird das Baby überleben und ein Nachkomme werden?«

Als wir fertig sind und Tupfen die Medizin zu Lady Huang gebracht hat, weist mich Großmutter an, mich gegenüber von ihr hinzusetzen. »Dein Großvater hat davon gesprochen, dir *seine* Medizin beizubringen. Ich sehe das anders. Deine Mutter ist gestorben, weil sie kein männlicher Arzt richtig untersuchen oder behandeln konnte.« Leise tippt sie mit den Fingerspitzen auf ihre Oberschenkel, anscheinend ringt sie mit den Worten. »Es ist nicht üblich, das ererbte medizinische Wissen einer Tochter beizubringen, die irgendwann heiratet und ihr Wissen mitnimmt. Die Art Medizin deines Großvaters ist anders. Sie kann aus einem Buch gelernt werden, und zwar von jedem.«

»Aber du hast sie doch auch gelernt, und du hast geheiratet.«

»Ja«, gibt sie zu, aber sie erklärt nicht, wie es dazu kam. Nun klopft sie entschieden auf ihre Oberschenkel. »Ich kann nicht sagen, ob du eine gute Schülerin sein wirst oder nicht, aber ich bin bereit, dir *meine* Medizin beizubringen. Ärzte, ob männlich oder weiblich, nennen sie *fùkē* – Frauenheilkunde. Interessiert dich das?«

Ich verziehe den Mund zu einem breiten Lächeln. »Ja, Großmutter Ru.«

Sie reicht mir ein kleines Büchlein. »Dieser Band enthält Rezepturen und Behandlungen, die mehr als zweihundert Jahre alt sind. Beginne damit, die ersten drei Rezepturen auswendig zu lernen. Sobald du sie fehlerfrei aufsagen kannst, kommst du zu mir und zählst die Beschwerden auf, bei denen sie am wirksamsten sind und wie man sie am besten anwendet.«

Ich nehme das Buch und lese den Titel: *Wirksame Heilmittel für Frauen* von Chen Ziming. Immer noch strahlend drücke ich mir den Band an die Brust. »Danke, Großmutter.«

»Danke mir noch nicht. Als ich in deinem Alter war, habe ich meinen Eltern schon in ihrer Praxis geholfen. Wir haben viel Arbeit vor uns, also hör auf zu grinsen! Nichts ist garantiert. Wir werden sehen müssen, wie gut du lernst. Am Ende entscheide *ich*, ob du es verdienst, mein gesamtes Wissen zu übernehmen.«

EINE GLATTE GEBURT

Mittlerweile finde ich mich im Hof des goldenen Lichts ohne Hilfe von Tupfen oder anderen Dienerinnen zurecht. Das gilt allerdings nicht für die inneren Gemächer, wo ich mich verloren und fehl am Platz fühle. Die Stellung jeder Ehefrau wird dadurch bestimmt, wie nah ihr Ehemann mit Großvater blutsverwandt ist. Höherrangige Ehefrauen behandeln die Frauen von Großvaters zweitem Vetter, als wären sie missratene Bastarde. Die Konkubinen sind sogar noch bissiger. Großvater hat allein drei. Ich weiß nicht, welche Namen sie von ihren Familien bekommen haben, aber hier heißen sie Weiße Jade, Grüne Jade und Rote Jade. Weiße Jade wird am meisten geachtet, denn weiße Jade ist die wertvollste und schönste Ausprägung des Steins, aber alle drei sind höhergestellt als Konkubine Zhao, die sie gerne zu verspotten scheinen. Sie ist neu im Haushalt und verletzlich, obwohl sie die leibliche Mutter von Yifeng ist.

Als Weiße Jade fragt: »Wirst du jetzt, nachdem Ehrwürdige Lady tot ist, die Ehefrau?« Konkubine Zhao wird rot. Sie wünscht sich das sehr.

Grüne Jade ist noch direkter. »Wenn deinem Herrn wirklich etwas an dir liegen würde«, bemerkt sie, »dann hätte er dich bereits erhoben. Wir alle gehören dem Mann, der uns gekauft hat. Wir wohnen dort, wo wir wohnen sollen, und wir tun, was er verlangt.«

Ich versuche, das Gespräch auszublenden, indem ich mir die Rezeptur vorsage, die ich lernen soll: *Vier-Herren-Dekokt* –

Ginsengwurzel, Großkopf-Atractylodeswurzel, Süßholzwurzel und Poria-Pilz. Wir bezeichnen die Süßholzwurzel als Kaiser der Kräuter, denn sie lässt sich gut mit anderen Zutaten mischen und bekämpft Gifte jeder Form, ob Metall, Stein oder Kraut.

Rote Jade unterbricht mich in meiner Konzentration. »Du hältst dich vielleicht für etwas Besseres als uns, aber das bist du nicht. Kannst du behaupten, dass du nicht in eine arme Familie hineingeboren wurdest? Kannst du behaupten, dein Vater hätte dich nicht an eine ›Zahnfrau‹ verkauft, damit du ein Dünnes Pferd werden kannst, als du noch so jung warst, dass du dich nicht erinnern kannst?«

Konkubine Zhao erstarrt. »Ich erinnere mich an meine Eltern.«

Rote Jade schnaubt. »Aber du kannst nicht so tun, als wärst du nicht in einem Stall gemeinsam mit anderen Dünnen Pferden aufgewachsen? Die Zahnfrau hat dich ernährt und behütet. Sie hat dir beigebracht, Gedichte zu schreiben, zu singen und Instrumente zu spielen. Sie hat dir die Füße gebunden. Man hat dir erzählt, wenn du dich gut machst, wirst du als Konkubine oder Kurtisane verkauft.«

Weiße Jade nickt wissend. »Ja, wie wir alle stammst du aus Yangzhou – die Stadt, in der es angeblich die schönsten Frauen der Welt gibt. Wir haben noch etwas gemeinsam. Ob Tier oder Frau, wir sind der Besitz eines Mannes.«

Bald dringt Bitterkeit aus den Mündern anderer Konkubinen in ihrem Kreis.

»Ich habe drei Kinder zur Welt gebracht, aber keines kann mich Mama nennen. Das ist der Ehefrau vorbehalten …«

»Die Frau meines Mannes könnte mich umbringen, und sie würde von niemandem in diesem Haushalt bestraft, geschweige denn von den Gerichten …«

»Pass nur auf, Konkubine Zhao«, stichelt Weiße Jade. »Dein Gebieter wird eine neue Frau nach Hause bringen – jünger und hübscher. So ergeht es uns allen.«

Damit verlässt Konkubine Zhao abrupt die Runde und entschuldigt sich, als sie durch die Tür geht. Ich fühle mit ihr in dem neuen Zuhause, ohne Freundinnen, und mein Vater ist in Peking. Doch sobald sie weg ist, geht der Klatsch und Tratsch erst richtig los.

»Sie ist mager.«

»Mir gefällt nicht, wie sie sich die Lippen schminkt.«

»Ihre Gewänder sind auf ihre Art schön, aber sie offenbaren zu sehr, wo sie herkommt.«

Ich versuche, mich zu konzentrieren – *das Dekokt der vier Substanzen: Engelwurz, Liebstöckel, Weiße Pfingstrosenwurzel und …* – aber es ist hoffnungslos.

Während sich die drei Jadesteine munter zusammentun, um Konkubine Zhao zu quälen, so sind sie zueinander noch gemeiner. Anscheinend hat Großvater in letzter Zeit seine Abende mit Roter Jade verbracht, sodass seine anderen beiden Konkubinen gereizt und verunsichert sind.

»Ich serviere ihm Speisen, die ich eigenhändig zubereite«, prahlt Weiße Jade.

Grüne Jade brüstet sich: »Er mag es, wie ich Pipa spiele.«

Dann gehen sie dazu über, zu streiten, wer am hübschesten aussah, als Großvater die drei früher in diesem Jahr zum Drachenbootfest mitnahm, und wen er wohl nächstes Jahr mitnehmen wird. Jede ist sich sicher, dass sie seine einzige Begleiterin sein wird. Und all das vor Großmutter! Sie ignoriert sie, bis sich der Streit zu sehr zuspitzt.

»Mein Mann besucht eure Schlafgemächer nicht wegen der Qualität eures Essens oder eurer Musik. Und wer nächstes

Jahr mit zum Drachenbootfest kommt, entscheide ich.« Großmutter wirft mir einen kurzen Blick zu und erklärt leise: »Ich gehe nie hin, und ich erlaube das den Ehefrauen auch nicht. Ich bin Ärztin. Ich tue ohnehin etwas, das als unangemessen gilt. Aber indem ich mit anderen Ehefrauen und deren Töchtern zu Hause bleibe, zeige ich der Welt, dass wir konfuzianische Frauen sind, die über jeden Vorwurf erhaben sind.«

Ich bin enttäuscht, dass ich nicht mitdarf, aber was ich nicht erlebt habe, kann ich auch nicht vermissen. Für Konkubine Zhao kann das nicht behauptet werden, denn sie wird sicherlich traurig sein, wenn sie erfährt, dass sie das Fest nicht besuchen wird, außer mein Vater kehrt zurück, um sie mitzunehmen. So oder so, das Leben in den inneren Gemächern wird weitergehen. Der morgige Tag wird andere Streitigkeiten mit sich bringen, und das Gerangel um die Positionen wird weitergehen.

~

Früher lernte ich Gedichte und Passagen aus den Klassikern mit meiner Mutter. Jetzt tue ich das mit Konkubine Zhao. Wenn wir fertig sind, übe ich mich darin, Symptome, Rezepturen für Behandlungen und den Verlauf einzelner Fälle auswendig zu lernen, die berühmte Ärzte der Vergangenheit über Jahrtausende aufgezeichnet haben, wie Großmutter es ausdrückt. Mittlerweile verstehe ich die Fünf Elemente – Wasser, Feuer, Holz, Metall und Erde –, mit deren Hilfe Prozesse im Körper erklärt werden können. Wie Großmutter mir zu Beginn aufgetragen hat, habe ich das Konzept der Funktion unterschiedlicher Organe außer Acht gelassen, um mich stattdessen auf die Fünf Speicherorgane zu konzentrieren – Milz, Herz, Niere, Lunge und Leber. Die Milz speichert die Energie aus der Nahrung, das Herz steuert Blut, die Leber bewahrt Blut auf, und die Lunge reguliert Qi durch den Atem.

»Für Frauen ist die Niere am wichtigsten, denn wir sind von Natur aus mit Wasser und Dunkelheit verbunden«, erklärt mir Großmutter, als ich mich am späten Nachmittag in der Apotheke zu ihr geselle. »Wir werden auch von den Sieben Emotionen beherrscht: Freude, Zorn, Traurigkeit, Grübeln, Sorge, Angst und Schrecken. Von den fünf Ermüdungserscheinungen betreffen Frauen besonders drei: Müdigkeit aufgrund von Trauer über den Verlust eines Kindes oder Ehemanns, Müdigkeit aufgrund von Sorgen über Finanzen, einen untreuen Ehemann oder ein krankes Kind und Müdigkeit aufgrund des Versuchs, die Familie in einen höheren Status zu bringen. Wenn Frauen anfällig für die Fünf Ermüdungserscheinungen sind, so neigen Männer dazu, den Vier Lastern zu verfallen: Trunkenheit, Wollust, Gier nach Reichtum und Zorn. Und jetzt erzähl mir von den Fünf Toden.«

»Das sind der Tod durch Geburt, durch Schrecken, durch Strangulation, durch Albtraum und durch Ertrinken.«

»Sehr gut. Und wie diagnostizieren wir eine Krankheit?«

»Wir benutzen die Vier Untersuchungen.« Ich halte nacheinander die Finger hoch. »Hinsehen, fragen und zuhören, riechen und den Puls messen.«

Großmutter nickt anerkennend. »Du solltest stets nach Anzeichen für Missklang Ausschau halten. Mit den Augen sehe ich, wenn die Haut welkt oder aufblüht. Ist sie glänzend und feucht, wie sie es sein sollte, oder ist sie geschwollen, aufgedunsen, glanzlos, rot, weiß oder gelblich? Mit den Ohren höre ich Stöhnen, Seufzen und Laute der Verzweiflung, aber ich lausche auch nach Stärke, Schwäche und hohen und tiefen Tönen. Mit der Nase rieche ich den Geruch von Krankheit, dass etwas so verkehrt oder umgekippt ist wie verdorbenes Fleisch. Ich stelle meinen Patientinnen Fragen in der Hoffnung, dass sich unsere Seelen begegnen. Von den Vier Untersuchungen wird das Pulsmessen in der Zukunft dein wichtigstes Instrument zur Diagnose sein.«

Sie greift nach meiner Hand und zieht mich zu sich.

»Bevor wir Lady Huang besuchen«, sagt sie, »wollen wir wiederholen, wie man die Hauptpulse liest. Lege drei Finger direkt unter mein linkes Handgelenk. Du wirst lernen, in drei Tiefen zu tasten – oberflächlich, mittel und dann mit festem Druck. Das machst du an beiden Handgelenken, sodass du am Ende sechs Messungen hast.«

Sie bewegt meine Finger zu der Vertiefung unter dem Gelenk und der Stelle, von der die Handwurzelknochen zum Zeigefinger führen. »Wir nennen diesen Punkt die Fischgrenze. Er liegt auf dem Lungenkanal.« Sie drückt leicht auf meine Finger, damit ich tiefer spüren kann. »Du bist jetzt auf dem Leberpuls. Du kannst die Verfassung einer Frau bestimmen, wenn du das, was du fühlst, tief in dich aufnimmst. Mit der Zeit wirst du lernen, achtundzwanzig bestimmte unterschiedliche Pulse zu erkennen. Mit zunehmender Erfahrung vielleicht sogar noch mehr.« Sie hält inne. »Yunxian, sag mir, woran erkennst du einen hohlen Puls?«

»Ein hohler Puls fühlt sich an wie der Stängel einer Frühlingszwiebel«, antworte ich. »Er ist außen hart, aber innen leer.«

»Und was verrät dir das?«

»Blutmangel.«

»Und wie steht es mit dem drahtigen Puls?«

»Er ist straff wie die Saite einer Erhu. Er zeigt eine Stauung im Körper.«

»Und was spürst du an meinem Handgelenk?«

Ich starre sie an. Ich kann zwar alles aufsagen, aber noch nicht unterscheiden.

Sie löst meine Finger von ihrem Handgelenk. »Genug davon für heute. Pulse lesen zu lernen dauert Monate, wenn nicht Jahre. Gehen wir zu einem anderen Thema über – zu den Symptomen. Es gibt angeblich so viele seltsame Symptome wie ein Igel Stacheln hat …«

Ich begleite meine Großmutter seit über einem Monat, wenn sie unsere weiblichen Verwandten und ihr Kinder behandelt, die alle bei uns leben. Sie leiden an den üblichen Krankheiten, Schnupfen, Husten, Halsweh – und Großmutter achtet immer auf Anzeichen von Pocken.

»Jedes Baby bringt fötales Gift mit sich in die Welt«, erklärt mir Großmutter. »Fötales Gift ist eine Auswirkung der Verunreinigung im Palast des Kindes lange vor der Geburt. Manchmal kommt das, weil Mutter und Vater getrunken haben, als Essenz auf Blut traf, oder weil die Mutter zu viele gewürzte Speisen gegessen hat, aber es kann auch von Wehen herrühren, wenn Ausscheidungen des Fötus, Haare oder das geronnene Blut einer Mutter in den Mund des Säuglings gelangen. Es kann jederzeit aufflammen. Bei Jungen kommt es oft, wenn die Träume einsetzen, die sie haben, wenn sie zwölf oder dreizehn Jahre alt werden. Aber der häufigste Ausbruch des fötalen Gifts sind die Pocken. Die Krankheit fegt alle drei Jahre durch unser großes Land, wenn die Pockengöttin aus ihrem Versteck kommt, um ihre Himmelsblumen zu verteilen. Der beste Weg, diese Seuche vor den Toren zu halten, ist es, einen Pockenimpfmeister herbeizuholen.«

»Klebt er Kindern wirklich Schorf von Kranken in die Nase?« Ich verziehe das Gesicht.

»Das nennt man Variolation, und wir machen das in China seit Jahrhunderten«, antwortet Großmutter. »Es gibt auch andere Methoden. Manche Pockenimpfmeister sammeln den Eiter aus den Wunden und streichen ihn auf einen Schnitt in der Haut, oder sie geben einen Tupfen davon unten in die Nase. Manchmal mahlt der Pockenimpfmeister auch getrockneten Schorf und bläst das Pulver einem Kind mit einem Schilfrohr – aus einer gewissen Entfernung – in die Nase. Wenn eine Mutter es sich nicht leisten kann, einen Pockenimpfmeister zu engagieren, zieht sie ihrem Kind unter Umständen die Kleidung eines anderen Kindes an, das an der Krankheit gestorben ist. Keine dieser Methoden ist völlig gefahrlos. Ein Kind kann an einem leichten Fall von Pocken erkranken. Manche bleiben mit Narben zurück. Manche sterben sogar. Aber wenn sie diese unangenehmen Tage überstehen, erreichen die meisten das Erwachsenenalter ohne weitere Probleme. Denk immer daran, Prävention ist die wichtigste Form der Medizin.«

Ich möchte gerade fragen, warum meine Brüder und ich keine Variolation bekommen haben, da lenkt Großmutter das Gespräch in eine andere Richtung. »Der Pockenimpfmeister hat mich besucht, als ich ein kleines Mädchen war, deshalb konnte ich im Lauf der Jahre Patienten mit dieser Krankheit behandeln. Wenn du jemals einen Pockenfall in einem Haushalt hast, solltest du Folgendes tun …«

Ein paar Minuten später wechselt sie wieder das Thema. »Jungen und Mädchen und Männer und Frauen sind im Grunde genommen gleich – beide bekommen Hautausschläge, Magenverstimmungen, Gicht und so weiter – außer wenn es im Leben der Frauen um die Bedeutung von Xue, Blut, geht – bei der Monatsblutung, der Schwangerschaft, der Geburt und dem Wochenbett.« Als ich rot anlaufe, fügt Großmutter hinzu: »In der Medizin ist kein Platz für Peinlichkeiten. Das sind alles ganz natürliche Dinge, die in Frauen vor sich gehen. Du wirst noch lernen, dass die meisten meiner Fälle mit Erkrankungen unter der Taille zu tun haben, denn wir sind anfälliger für schädliche Elemente als Männer. Es liegt an uns, den Frauen in unserem Haushalt zu helfen.«

Ich lächle. Es stärkt mein Selbstvertrauen, wenn sie von »uns« spricht.

Großmutter nimmt eine Handvoll Beutelchen und ein Tongefäß mit einem Sud darin. »Nichts ist wichtiger, als Söhne zu gebären. Lass uns jetzt zu Lady Huangs Gemächern gehen. Ich habe darum gebeten, dass Hebamme Shi an unserer Beratung teilnimmt, denn der Tag nähert sich, an dem Lady Huangs Baby – so wie jeder Fötus – ein Feind in ihrem Körper wird, der darum kämpft, zum Vorschein zu kommen und herausgedrückt werden muss.«

Großmutter setzt ihren Unterricht fort, während wir durch den Säulengang laufen. Die Luftfeuchtigkeit ist heute so hoch, dass es aussieht, als würden die Pflanzen schwitzen. »Es ist allgemein bekannt, dass Ärzte lieber zehn Männer als eine Frau behandeln würden. Ich bin anderer Meinung. So wie ein General weiß, dass er Barbaren einsetzen muss, um andere Barbaren anzugreifen, können wir andere Frauen mit der Strategie einer weiblichen Ärztin heilen.«

Sie berührt mich an der Schulter, um sich zu vergewissern, dass ich auch aufpasse. »Vergiss nie, dass bei einer Geburt mehrere Leben auf dem Spiel stehen. Das des Kindes – oder falls es Zwillinge sind, der Kinder. Der Mutter. Des Vaters und aller Familienmitglieder, die zurückgelassen werden und keinen Nutzen mehr aus einer Ehefrau ziehen können, die fähig ist, einen Haushalt zu führen. Und das Leben der Hebamme, denn wenn etwas schiefgeht, gibt man ihr die Schuld und es schadet ihrem Ruf. Die meisten Ärzte sind bei Geburten nicht anwesend, aber ich finde, es ist meine Verantwortung, während der Wehen und der Entbindung mit im Raum zu sein und mögliche Tragödien einzudämmen. Ich tue das, indem ich mein Möglichstes für das Wohlergehen der Mutter gebe. Das ist nicht einfach. Die Worte, die uns von einem Beamten der Han-Dynastie vor mehr als fünfzehn Jahrhunderten überliefert wurden, sind immer noch gültig. *Bei der Erfüllung der höchsten Pflicht einer Frau, der Geburt eines Kindes, sterben zehn, während nur eine überlebt.*«

Der Spruch lastet auf meiner Brust und nimmt mir den Atem. Das kann doch unmöglich wahr sein, denn das würde bedeuten, dass zu viele Kinder keine Mutter haben. Dann denke ich an meine eigene Mutter. Sie hat meine Geburt überlebt, aber ich hatte sie nicht lange genug. Die Ursache ihres Todes war zwar keine Geburt, aber er hatte dieselben Auswirkungen, von denen Großmutter sprach. Wie die Samen eines Löwenzahns wurde jede Person in unserem Haushalt – von der Köchin bis zu mir – nach ihrem Tod in eine neue Richtung geweht.

Bevor ich meine Traurigkeit verdrängen kann, erreichen wir Lady Huangs Gemächer. Sie ist in der zweiten Woche ihres »Eintritts in den Monat«, in dem das Baby jederzeit kommen kann. Sie muss jetzt im Bett bleiben. Ihr Mann hat sich einen anderen Schlafplatz gesucht, damit sie keine Spiele im Schlafgemach vollziehen. Obwohl das Einsetzen der Wehen unter der Führung des Himmels angekündigt wird – und nicht unter der Führung von Menschen –, werden viele Frauen im Haushalt mit Aufgaben betraut, die bei der Geburt helfen sollen. Die Konkubinen, die geschickt im Malen und in der Kalligrafie sind, haben Erfolg versprechende Reimpaare geschrieben, die an den Wänden aufgehängt werden. Tupfen hat zwei Dienerinnen beauftragt, frisches Stroh zu bringen, wenn die Wehen einsetzen, und es nach der Geburt des Kindes abzuholen und zu vergraben, denn es ist verboten, mit Blut von einer Niederkunft befleckte Bettwäsche zu waschen und in der Sonne zu trocknen. »Wenn böse Geister so etwas sehen«, hat Tupfen mir erklärt, »dann sind sie versucht, dem Kind zu schaden und die Mutter mit einem Fluch zu belegen.« Großmutter hatte am allermeisten zu tun, sie hat Dekokte und Pillen zubereitet, um eine leichte Geburt herbeizuführen.

»Manche glauben, dass eine Frau, die ein Kind unter dem Herzen trägt, rohe Eier essen und Sesamöl trinken sollte, damit das Baby glatt wird«, erklärt Großmutter Lady Huang. »Ja, das ist alles glitschig, aber wer käme auf die Idee, sich das während einer Schwangerschaft einzuverleiben? Ein Mann! So sieht es aus.« Sie schnaubt entrüstet. »Malvensamen können einen Fötus ebenfalls glatt machen, ohne den Schleim.« Dann fragt mich Großmutter: »Was habe ich dir dahingehend beigebracht?«

»Dass alle Frauen um eine glatte Geburt beten«, antworte ich geistesabwesend. Ich frage mich, warum Meiling und ihre Mutter noch nicht da sind.

»Das meine ich nicht«, schimpft sie. »Ich spreche von Männern und was sie über Frauen denken.«

Aha, sie möchte die üblichen Regeln über Mädchen und Frauen hören, also fange ich an, sie aufzuzählen. »*Als Mädchen, gehorche deinem Vater …*«

»Nein! Ich meine, ja, natürlich. Aber ich denke an einen anderen Spruch. *Wenn du gehört werden willst, musst du sprechen.*« Ihre Gesichtszüge werden weicher, vielleicht weil sie merkt, dass sie schroff zu mir war. »Ich bin nicht böse auf dich«, sagt sie. »Ich ärgere mich über Männer. Ich habe das

Glück, deinen Großvater zu lieben, aber die meisten Männer – besonders andere Ärzte – mögen es nicht, wenn wir Erfolg haben. Du musst ihnen immer Respekt zollen und sie in dem Glauben lassen, dass sie mehr wissen als du, während dir klar ist, dass du etwas leisten kannst, was sie niemals können. Du kannst Frauen wirklich *helfen.*«

Hebamme Shi und ihre Tochter kommen herein. Ich staune wieder, wie hübsch Meiling ist. Heute konzentriert sie sich auf ihren Gang und bemüht sich, ihre Füße kleiner wirken zu lassen. Dann stellen wir uns wie immer nebeneinander, während Großmutter die Vier Untersuchungen vornimmt und die Hebamme Lady Huangs Bauch abtastet. Beide stellen uns Fragen, um zu prüfen, was wir in den letzten Wochen gelernt haben. Meine Ausbildung dreht sich weiterhin darum, den Kosmos im Körper auszubalancieren und diesen Körper mit dem gewaltigen Kosmos, der uns umgibt, in Einklang zu bringen, während Meilings Lektionen auf die körperlichen Techniken abzielen, wie man ein Baby vom Palast des Kindes in diese Welt bringt.

Als Großmutter der Meinung ist, Meiling und ich hätten für diesen Tag genug gelernt, entlässt sie uns nach draußen. Wir spielen unser Blätterwettrennen, als ein paar Jungen in den Hof, über die Brücke und in den Säulengang gelaufen kommen. Mein kleiner Bruder rennt hinter ihnen her wie das letzte kleine Entlein in einer Reihe. Die Jungen schubsen sich und feuern sich an.

»Also ehrlich, Jungs sind wirklich lästig«, sage ich zu Meiling.

Grüne Jade und Weiße Jade betreten den Säulengang. Sie gehen Arm in Arm und stützen einander, während sie hin und her schwanken, und ihre langen Gewänder umspielen ihre gebundenen Füße, sodass ich ihre Schuhe sehen kann.

Einer der Jungen stößt mit Grüner Jade zusammen. Sie taumelt. Weiße Jade versucht, sie ins Gleichgewicht zu bringen, aber sie schaffen es beide nicht, wieder gerade zu stehen. Sie stürzen alle beide, ein einziger Haufen aus Seide und Armreifen. Eine der beiden schreit auf. Die Jungen drehen sich nicht einmal um, als sie durch das Mondtor rennen, das in den nächsten Hof führt.

Meiling lässt das Blatt fallen, das sie in der Hand hielt, und eilt zu den Frauen. Ich wünschte, mit meinen Füßen könnte ich das auch, aber ich muss unter allen Umständen – und ganz besonders in einem Notfall – darauf achten, wo ich hintrete. Als ich Meiling erreiche, beugt sie sich über die beiden Frauen und zieht mehrere Stofflagen zurück, um zu sehen, wer wer und was was ist.

Grüne Jade schiebt Meiling weg. »Fass mich nicht an.«

Meiling zieht ihre Hand zurück, als hätte sie sich verbrannt. »Ich wollte nur helfen.«

»Ich will deine Hilfe nicht.« Grüne Jade richtet sich an Weiße Jade. »Bist du verletzt?«

»Mein Bein«, heult Weiße Jade.

Als Grüne Jade das Bein von Weißer Jade berührt, schreit die Konkubine auf und nimmt die Farbe Steins an, dessen Namen sie trägt.

Ich knie mich neben Meiling und frage Weiße Jade: »Darf ich mal sehen?«

Weiße Jade blickt unter Schmerzen von mir zu Meiling und dann wieder zu mir. Sie beißt sich auf die Oberlippe und nickt. Vorsichtig ziehe ich das Gewand von Weißer Jade hoch, sodass ihr Unterschenkel sichtbar wird. Sofort bin ich wieder im Zimmer meiner Mutter, nachdem sie zusammengebrochen war und ich zum ersten Mal ihr nacktes Bein gesehen hatte.

Doch bei Weißer Jade laufen keine roten Streifen die Wade hinauf, sondern ihr Bein ist in einem unnatürlichen Winkel abgeknickt.

»Es ist gebrochen«, sagt Meiling.

Tatsächlich ist es an einer Stelle ausgebeult und hat die Form eines steilen Bergs angenommen. Es sieht aus, als könne der Knochen jede Sekunde die Haut durchstoßen.

»Mohnblüte«, rufe ich, denn ich weiß, sie muss in der Nähe sein. Sie tritt vor. »Rasch, hole Großmutter!«

»Und meine Mutter auch«, fügt Meiling hinzu. »Hol sie beide.«

Weiße Jade wimmert. »Das tut so weh …«

Ich setze mich zurück und überlege, was zu tun ist. »Vielleicht sollten wir versuchen, das Bein gerade zu ziehen«, sage ich zu Meiling.

»Ich habe einmal einen Knochenheiler genau das machen sehen«, stimmt sie mir zu.

Als sie das hört, wimmert Weiße Jade wieder.

»Ich habe Angst, dass der Knochen die Haut durchbohrt, wenn wir nichts machen.« Ich denke wieder an meine Mutter und füge hinzu: »Wenn das passiert, kommt es zu einer Entzündung. Aber wenn wir am Knochen ziehen …«

»Gar nichts macht ihr!« Großmutters Stimme ist scharf wie geschliffenes Glas. »Ihr zwei Mädchen macht sofort Platz!«

Meiling und ich rappeln uns auf und weichen zurück. Hebamme Shi kniet sich neben die Konkubine, aber Großmutter wahrt Abstand. »Das gehört nicht zu den Gebrechen, die dein Großvater und ich behandeln.«

»Ich weiß«, sage ich. »Wir wollten nur …«

»Ich möchte keine einzige Ausrede hören. Ich habe Tupfen losgeschickt, einen Knochenheiler zu suchen. Erst einmal können wir nur warten.« Damit wendet sich Großmutter ab – enttäuscht von mir oder böse auf mich, vielleicht beides.

Als der Knochenheiler kommt, schiebt sich Hebamme Shi hinter Weiße Jade, schlingt die Arme um die Konkubine und packt mit beiden Händen quer über der Brust die entgegengesetzten Handgelenke. Der Knochenheiler umfasst mit einer Hand die Wade von Weißer Jade und zieht, ohne ihr zu sagen, was er tun wird, ruckartig mit der anderen Hand an ihrem Knöchel. Weiße Jade schreit auf, aber der Knochen sitzt – zumindest in meinen Augen – wieder an der richtigen Stelle. Meiling und ich werfen uns Blicke zu. Er hat genau das gemacht, was wir vorhatten.

Als er das Bein der Konkubine mit Stoff und Bambus schient, tritt Großmutter vor.

»Diener tragen dich in deine Gemächer«, sagt sie zu Weißer Jade. »Sobald du dich dort eingerichtet hast, bringe ich dir einen Tee gegen die Schmerzen.«

Schweiß glänzt auf der Stirn von Weißer Jade. Sie streckt Großmutter die Hand entgegen, die sie aber nicht nimmt. »Was bedeutet das für mich?«, fragt sie. In diesen Worten offenbart sich ihre größte Angst: dass sie Großvater zukünftig womöglich nicht mehr mit dem schönen Gang ihrer Lilienfüße bezaubern kann.

»Das kann ich nicht sagen«, antwortet Großmutter.

~

Ein paar Stunden später setzen bei Lady Huang die Wehen ein. Großmutter hat sich immer noch nicht dazu geäußert, was Meiling und ich beinahe mit Weißer Jade angestellt hätten, aber sie erlaubt mir trotzdem, sie in Lady Huangs Zimmer zu begleiten. Sie erinnert mich noch einmal daran, dass die meisten Ärzte die Beaufsichtigung der Wehen und der Geburt ausschließlich Hebammen überlassen, da dabei zu viel Blut fließt, und dass sie normalerweise nur zu Hilfe gerufen werden, wenn es Probleme gibt.

»Ich persönlich beurteile die Situation gerne von Anfang an«, sagt Großmutter, während wir darauf warten, dass die Hebamme und ihre Tochter in den Hof des goldenen Lichts zurückkommen. »Lady Huang hat Schmerzen in der Bauchgegend, das ist das offensichtlichste Zeichen, aber wir können auch am Puls einer Frau erkennen, ob die Wehen einsetzen. Hier.« Sie legt meinen Finger auf Lady Huangs Handgelenk. »Siehst du, wie unregelmäßig er geht? Er fühlt sich an wie ein Vogel, der Körner pickt, oder Wasser, das durch ein Dach tropft.«

Seit Monaten bemühe ich mich, die Feinheiten der unterschiedlichen Pulse zu erkennen, aber jetzt spüre ich, dass es genauso ist, wie Großmutter sagt. Ich spüre das zittrige *Tat-a-tat*. Da ich noch in Schwierigkeiten stecke, muss ich mein Lächeln verbergen. Ich habe eine weitere Schwelle überschritten.

Hebamme Shi und ihre Tochter treten ein. Meiling hält den Blick gesenkt. Was sie sich wohl anhören musste, als die beiden nach Hause kamen? Aber ich habe keine Gelegenheit, sie zu fragen. Großmutter bricht eine weitere Tradition der männlichen Ärzte und verbirgt sich nicht hinter einem Wandschirm. Wir beide setzen uns in einer Ecke auf Stühle, während die Hebamme und Meiling auf ihren großen Füßen durch das Zimmer eilen und alles bereitlegen, was für die Geburt nötig ist – ein Messer, eine Rolle Schnur, einen mit Wasser gefüllten Kessel und ein tragbares Kohlebecken. So wie es Regeln gibt, was eine Frau während der Schwangerschaft tun oder nicht tun darf, gibt es Richtlinien, die während der Wehen befolgt werden müssen. Die erste besagt, dass nur drei Personen anwesend sein dürfen, aber das scheint sich nur auf diejenigen zu beziehen, die der Frau in den Wehen aktiv zur Seite stehen: in diesem Fall die Hebamme, Meiling und eine weitere Frau, die gekommen ist, um zu helfen und wirklich wie eine Vettel aussieht.

Zwei Dienerinnen treten ein, bereiten rasch ein Bett aus Stroh in einem großen Bronzebecken, und schon sind sie wieder verschwunden. Wir warten, während Lady Huang einen Krampf nach dem anderen durchsteht, bis Hebamme Shi schließlich sagt: »Es ist so weit.« Sie hilft Lady Huang von ihrem Bett in Hockstellung über dem Becken. Lady Huang greift nach dem Seil, das von der Decke hängt. Sie hält sich fest, während sich die Stelle zwischen ihren Beinen ausbeult. Sie schließt die Augen und stöhnt. Meiling und Hebamme Shi stützen Lady Huang auf beiden Seiten der Taille. Hebamme Shi geht hinter Lady Huang, die Hände unter der Geburtspforte, um das Baby auffangen zu können.

»Sagt mir, wenn die gute Lady die Kraft verliert«, bittet die Hebamme die anderen Anwesenden. »Sie darf mit keinem Körperteil das Stroh berühren. Warum ist das so, Meiling?«

»Schlechte Einflüsse könnten in sie eindringen«, antwortet Meiling. Sie könnte Nabelschnurstarre bekommen.«

Ich schiele fragend zu Großmutter hinüber, die erklärt: »›Auf Stroh hocken‹ – damit meine ich die Wehen –, das ist der Zeitpunkt, wenn der Tod eine Frau besucht. Ihr Körper wird aufgezwängt, wenn sie gebiert, sodass Kälte und Wind und sie eindringen können. Wenn die Nabelschnurstarre in eine Frau eindringt, versteift sich ihr Rücken und wird am Ende nach hinten überstreckt. Ihr Kiefer wird starr, bis der Tod ihre Qual beendet. Du wirst die Symptome erkennen, wenn du sie siehst.«

Lady Huang ächzt und stöhnt. Was an der Geburtspforte passiert, kommt mir ganz und gar nicht glatt vor. Genau im Gegenteil. Mehrmals muss ich die Augen schließen. Der Kopf kommt mit dem Gesicht nach hinten heraus und blickt zu Hebamme Shi auf. Meiling und die andere Vettel haben die Hände fest auf Lady Huangs Bauch gelegt, während sie die Schultern des Babys herausdrückt. Der Rest rutscht dann endlich in einem Satz heraus. Ich kann nicht erkennen, ob es ein Junge oder ein Mädchen ist. Großmutter fragt nicht nach dem Geschlecht des Babys, und auch Lady Huang tut es nicht. Großmutter hat mich schon im Voraus davor gewarnt. Es ist für alle in der Geburtskammer tabu, diese Frage zu stellen, aus Angst, böse Geister könnten die Antwort hören und herabstoßen, um dem Baby zu schaden.

Lady Huang hängt immer noch an dem Seil. Hebamme Shi spricht ihr Mut zu. Sobald ein großer roter Klumpen herausgefallen ist, schneidet Hebamme Shi die Schnur durch und bindet sie mit einem Stück Faden ab. Meiling lässt Lady Huangs Bauch los und schiebt das Becken zur Seite, wobei sie etwas Blut und anderen Schleim an die Hände bekommt. Ein weiteres Becken wird mit warmem Wasser gefüllt, damit Hebamme Shi das Baby waschen kann.

Meiling wendet sich mir zu. »Hast du gesehen, wie ich geholfen habe?« Es hört sich an, als wäre sie stolz auf sich, aber ich bin hin und her gerissen. Sie hat das gut gemacht, aber sie wurde mit Blut besudelt. Ich kann mir das nicht vorstellen. »Du und deine Großmutter, ihr habt auch geholfen«, sagt sie. »Mama hat mir erzählt, dass Lady Huangs Zustand sich nicht gut entwickelte, bis die Arzneien deiner Großmutter ihren Geist beruhigt und ihre Gesundheit wieder ins Gleichgewicht gebracht haben. Selbst ich konnte das sehen.«

Ich prahle unwillkürlich. »Wir haben versucht, eine glatte Geburt hinzubekommen.«

Bei Großmutters Schnauben und Hebamme Shis heiserem Lachen steigt mir so viel Hitze ins Gesicht, dass ich glaube, ich könnte sterben. Meiling tritt näher zu mir, streckt den Arm aus und legt ihre Finger auf meine Wangen. Ich sollte zurückweichen, wenn ich daran denke, wie schmutzig ihre Hände gerade noch waren, aber ihre Finger sind kühl und beruhigend. Dann spüre ich einen Blick auf mir ruhen. Es ist Großmutter. Ich habe Angst, sie schimpft mich heute zum zweiten Mal aus, aber sie tut es nicht.

»Ich komme jeden Tag wieder, während Ihr den Monat absitzt«, sagt Hebamme Shi zu Lady Huang. Erst da schlägt sie die Decke zurück, in die das Neugeborene gehüllt ist, und offenbart uns, dass es ein Junge ist.

EIN VERTRAG ZWISCHEN ZWEI HERZEN

Lady Huang muss nun »den Monat absitzen«, was sich über die gefährlichen vier Wochen nach der Geburt erstreckt. Die Nabelschnur ihres Sohnes wurde getrocknet, gemahlen und mit Zinnoberpulver und Süßwurzel zu einer Paste vermischt, die Großmutter ihm über den Gaumen strich und ihm damit etwas von der Wurzel seiner eigenen Existenz gab, um ihn vor fötalem Gift zu schützen und sein Leben zu verlängern. Großmutter und ich besuchen Lady Huang jeden Morgen, um sicherzustellen, dass sie nicht von giftigem Tau befallen ist – altem Blut und Gewebe, das den Palast des Kindes nicht verlassen will. Die frisch gebackene Mutter verbringt jeden Tag mehrere Stunden über einem Becken hockend, damit diese Verunreinigungen ihren Körper verlassen können. Großmutter und ich prüfen, ob Lady Huang Fieber oder Krämpfe hat oder ob sie grüblerisch wird. Wir bringen diverse wärmende Medikamente mit, und Großmutter hat Köchin streng angewiesen, dafür zu sorgen, dass Lady Huang nur wärmende Speisen bekommt. Ihr Xue, ihr Blut, hat sich in Milch verwandelt, und das Baby trinkt gut.

Großmutter schreibt eine Zusammenfassung des Falls in ein Notizbuch. »Sun Simiao, der große Mediziner aus alter Zeit, hat seine eigenen Krankheiten aufgezeichnet und sie mit denen seiner Patienten verglichen, um besser zu verstehen, wie die unterschiedlichen Therapien wirken«, erklärt sie mir. »Indem ich meine Fälle und die Ergebnisse aufschreibe, so wie er es einst getan hat, kann ich auf Patientinnen zurückblicken, die ich im Lauf der Jahre behandelt habe, um mir darüber klar zu werden, was in einer bestimmten Situation helfen könnte und was nicht.« Sie zeigt mir ihren Eintrag über Lady Huang: ihre Schwierigkeiten während der Schwangerschaft, was verschrieben wurde, was die Hebamme gemacht hat und wie gesund das Baby bei der Geburt war. »Du solltest dir auch Notizen machen«, schlägt sie vor. »Dein erster Eintrag könnte von Weißer Jade handeln.«

»Aber ich hätte das nicht machen sollen. Ich hätte auf den Knochenheiler warten sollen.« Ich zögere, bevor ich hinzufüge: »Und wir wissen immer noch nicht, wie es ausgeht.«

»Das ist alles richtig. Trotzdem, es ist wichtig, dass du aus deinen Erfolgen *und* deinen Misserfolgen lernst.« Als sie meinen zweifelnden Blick sieht, meint sie: »Überlege es dir einfach.«

Aber mir ist nicht wohl dabei, darüber zu schreiben, was passiert ist.

Hebamme Shi und Meiling kommen jeden Mittag, um sich zu vergewissern, dass Lady Huang gut gesundet und ihre Blutung normal ist. Als Meiling und ich nach draußen gehen dürfen, um Blüten und Blätter um die Wette schwimmen zu lassen, erzähle ich ihr von Großmutters Idee und frage sie, was sie tun würde.

»Mir würde sich dieses Problem gar nicht stellen, denn ich kann weder lesen noch schreiben.«

Ich hebe überrascht die Augenbrauen. »Wie willst du es dann deinen Söhnen beibringen?«

Sie beantwortet meine Frage nicht. Stattdessen lässt sie wortlos die Blütenblätter fallen, die auf ihrer Handfläche lagen. Jedes einzelne wirbelt in konzentrischen Kreisen zu dem Bach hinab.

Hebamme Shi und Meiling kommen weiterhin, um Lady Huang zu versorgen. Dabei achten sie immer darauf, die Stellen im Hof des goldenen Lichts zu meiden, wo sie den Männern in unserem Haushalt begegnen könnten. Jedes Mal gehen Meiling und ich dann in den Garten im vierten Hof, nur wir beide. Ich hatte noch nie eine Freundin und genieße diese Besuche sehr. Meiling geht es genauso, glaube ich.

Meine Großeltern sehe ich nicht sehr oft, denn sie verbringen jeden Tag Stunden damit, eine Verlobung für mich auszuhandeln. Ich bin nun offiziell in die Phase der Drei Briefe und Sechs Verhaltensregeln eingetreten, die zu der Abmachung gehören, die festlegt, wen ich heiraten werde, welchen Brautpreis die Familie meines Bräutigams zahlen und wie hoch meine Mitgift sein wird. Ich darf an diesen Gesprächen nicht teilnehmen, aber Tupfen, die der Heiratsvermittlerin Tee und Naschwerk serviert, als sie uns einen Besuch abstattet, ist nicht gerade diskret. Abends kommt sie Mohnblüte in meinem Zimmer besuchen, und die beiden nehmen alle Kandidaten auseinander und ziehen jedes Detail in Betracht.

»Deine Herrin entstammt der höchsten Klasse der Literati«, flüstert Tupfen laut genug, dass ich es hören kann. Mohnblüte stützt das Kinn auf die Hände und lauscht aufmerksam, als wäre das Gesagte äußerst wichtig für sie. Das ist es wohl auch. Sie wird mit mir mitkommen, wenn ich verheiratet werde. Mein Glück wird auch ihr Glück sein. »Ein armer Mann mit einer vielversprechenden Zukunft kann eine gute Partie für ein wohlhabendes Mädchen sein, aber das wäre in dieser Situation nicht angemessen«, fährt Tupfen fort. »Viele Männer in der Familie Tan haben als Beamte gedient. Sie profitieren von ererbten Privilegien und wurden in die höchsten Schichten der Gesellschaft befördert. Der Urgroßvater der kleinen Herrin wurde als Gelehrter des höchsten Rangs ausgezeichnet.«

Mohnblüte nickt, als würde sie verstehen, was das bedeutet.

»Er war Untersuchungszensor in Nanjing«, fährt Tupfen fort. »Er hat Jahre fern von zu Hause verbracht und reiste nach Hunan, Hubei, Guangdong und Guanxi. Es heißt, er war ein guter und gerechter Ermittler und Richter. Aufgrund seiner Verdienste wurde der Familie dieses Anwesen als Geschenk des Kaisers zugesprochen. Und hast du die Schriftrolle mit dem Drachen in den Wolken gesehen, die in der Empfangshalle hängt? Der Kaiser hat sie Gebieter Tan geschenkt, als er in den Ruhestand ging.«

Wie kommt es, dass sie so viel mehr über meine Familie weiß als ich, frage ich mich. Vielleicht, weil ihr Leben, wie bei Mohnblüte, von der Abstammung und dem Wohlstand meiner Familie abhängt.

Tupfen spricht über Tan Jung, den älteren Bruder meines Vaters. Sein zweiter Sohn ist der Mann von Lady Huang. Ich habe Onkel Jing noch nicht kennengelernt, aber er muss oft genug nach Hause kommen, denn seine Frau hat ihm fünf Kinder geschenkt, während seine Konkubinen sieben weitere Kinder geboren haben. Er ist Sekretär und Verwalter im Finanzministerium – auch das ist eine gehobene Position. Dann zählt Tupfen die Titel meines Großvaters und die Leistungen meines Vaters auf und fügt hinzu: »Und du weißt, dass der Vater der Kleinen Herrin in der nächsten Prüfungsrunde triumphieren und noch höher aufsteigen wird, als er es ohnehin schon ist.«

»Kleine Herrin muss also von Familie zu Familie passend verheiratet werden«, sagt Mohnblüte, als sie begreift.

»Ja! Aber das könnte auch bedeuten passend von Stellung zu Stellung oder von Stellung zu Landbesitz, Geld oder Verbindungen zum Kaiser.«

Als Lady Huang ihren Monat abgesessen hat, sind die Verlobungsverhandlungen für mich intensiver geworden. Ich erfahre von einigen Heiratsangeboten, die alle mit einem Brief kamen, in dem die Vorfahren einer Familie über drei Generationen hinweg aufgelistet wurden, zusammen mit allen verliehenen Titeln. Großmutter weist eine Literatifamilie in Hangzhou zurück, weil sie zu weit weg wohnen, um sich ohne Umstände gegenseitig zu besuchen. Großvater weist eine äußerst reiche Familie zurück, als er erfährt, dass der Sohn in einem Jahr geboren wurde, das nicht mit einer Schlange vereinbar ist. Meine Großeltern suchen nach einem jungen Mann, dessen Geburtsjahr gut zu meinem passt. Jeder, der im Jahr des Wildschweins geboren wurde, wird ohne Nachzudenken abgewiesen. Die Schlange ist ein Feuerzeichen, das Schwein ein Wasserzeichen. Feuer und Wasser werden sich nie vertragen.

Wenn ich Tupfen und Mohnblüte manchmal darüber schwatzen höre, rolle ich mich im Bett meiner Mutter zusammen und richte das Gesicht zur Wand. Mohnblüte ist mir gegenüber loyal und prahlt mit meinen guten Eigenschaften als weiblicher Schlange, da wir bekannt dafür sind, gute Töchter, praktische Ehefrauen und fürsorglich als Mütter sind. »Aber unsere Kleine Herrin wird noch besser sein als die meisten«, behauptet Mohnblüte, »sie wird nämlich besondere Fertigkeiten in ihren neuen Haushalt mitbringen.«

Tupfen, die schon mehr vom Leben gesehen hat, ist ganz anderer Meinung. »Sie kann lesen, schreiben und aus den Klassikern zitieren, aber niemand würde behaupten, sie wäre dabei außergewöhnlich talentiert.«

»Aber nur, weil sie ihre Zeit damit verbringt, von ihrer Großmutter zu lernen …«

»Medizin ist Zeitverschwendung für ein Mädchen! Erzähl mir mal, wie das Auswendiglernen einer Rezeptur ihre Fähigkeiten verbessert, Gedichte zu schreiben, um ihren Mann zu unterhalten, oder Landschaften zu malen, um zur Unterhaltung in den Frauengemächern beizutragen.«

»Aber …«

»Auch ihre Fähigkeiten im Spinnen, Weben und Sticken sind uninspiriert. Diese Fähigkeiten zeugen von Fleiß und Disziplin. Sie können auch Geld einbringen, wenn es ihrer zukünftigen Familie einmal schlecht ergehen sollte.«

Durch Tupfens Einschätzung fühle ich mich unbedeutend. Ich muss mich mehr bemühen, meine weiblichen Begabungen zu fördern, um so viel wie möglich zu lernen. Schließlich will ich meinen Söhnen helfen, Gelehrte zu werden, meine Töchter ausbilden, damit sie eines Tages heiratsfähig sind, und meinem Mann gefallen, damit er mich schätzt, während ich weiterhin bei meinen Großeltern Medizin studiere. Ich achte auch darauf, nicht wie der von Großmutter erwähnte Papagei zu sein. Ich folge ihr wie ein Schatten und stelle unablässig Fragen. Spätnachts stehe ich oft auf, zünde eine Lampe an, schlage eine bestimmte Rezeptur in einem Buch nach und sage sie mir vor, damit sie sich in mein Gedächtnis einbrennt. Langsam, ganz langsam verstehe ich die tiefere Bedeutung dessen, was Großmutter mir beibringt, und ich glaube, ich könnte langsam auf dem Stand sein, in dem sie in meinem Alter war. Doch manchmal habe ich das Gefühl, ich gehe unter in all den Erwartungen und Pflichten, die mir auferlegt wurden.

Ich mache mir viele Sorgen und bekomme Bauchweh und Fieber. Ich mag nichts essen und kann nicht schlafen. Großmutter diagnostiziert meinen Zustand als kindliche Auszehrung. Sie verordnet mir eine Woche Bettruhe und bringt mir spezielle Speisen und Stärkungsmittel auf mein Zimmer. Konkubine Zhao besucht mich auch jeden Abend, um zu sehen, wie es mir geht. Eines Nachts, als sie und Mohnblüte glauben, ich sei eingeschlafen, setzen sie sich neben das Kohlebecken und trinken Tee. Sie sprechen natürlich über meine Zukunftsaussichten, aber bald wenden sie sich von dem Thema, das den ganzen Haushalt beschäftigt hat, ab. Es stellt sich heraus, dass sie aus demselben Ort kommen.

»Als ich fünf Jahre alt war, hat eine Zahnfrau meinen Vater besucht«, vertraut Konkubine Zhao Mohnblüte leise an.

Eine Zahnfrau. Ich erinnere mich, dass die anderen Konkubine Zhao deswegen gehänselt haben.

»Mir ist es genauso ergangen«, sagt Mohnblüte, »ich kann mich bloß nicht daran erinnern.«

»Sie hat mich nach Yangzhou mitgenommen, wo ich mit anderen Mädchen in einem Haus gewohnt habe, die dafür ausgebildet wurden, Dünne Pferde zu werden …«

»Ach, wären wir doch nur im selben Haus gewesen.« Mohnblütes Stimme zittert.

»Für mich war das nicht so schlimm, aber ich hoffe, es war auch für dich nicht so schrecklich«, antwortet Konkubine Zhao.

»Ich habe hart gearbeitet, aber als ich sieben wurde …«

»Da haben sie sich für eine andere Zukunft für dich entscheiden. Du bist hübsch, aber deine Füße …«

»Da habe ich versagt«, gibt Mohnblüte zu. »Jedes Mal, wenn die Zahnfrau sie gebunden hat, habe ich die Stoffstreifen wieder abgewickelt, wenn niemand hingeschaut hat. Meine Knochen sind nie gebrochen.« Sie blickt angewidert ihre Füße an. »Sieh nur, wie groß sie sind!«

»Wäre ich dagewesen, ich hätte dir geholfen, dich ermutigt.«

»Vielleicht war es schlichtweg mein Schicksal, eine einfache Dienerin zu werden«, seufzt Mohnblüte. »Meine Ausbildung verlagerte sich auf Kinderpflege und wie man einer Dame aufwartet.«

Ich atme langsamer. In diesen wenigen Minuten habe ich mehr über Mohnblüte erfahren als seit meiner Geburt.

»Aber letztlich hattest du Glück«, tröstet Konkubine Zhao sie. »Auch wenn du kein Dünnes Pferd geworden bist, wurdest du nicht als Frau verkauft, die nur für Männer auf dem Rücken liegt.«

Mohnblüte schlingt die Arme um sich. »Ich bin trotzdem ein Spielzeug für die Jungen und Männer hier«, flüstert sie. »Wenn ich mein monatliches Mondwasser nicht mehr bekomme …« Sie zieht die Atme etwas fester um die Schultern zusammen, als wolle sie sich vor der Welt schützen.

Ich konnte dem Gespräch bis gerade noch folgen, aber jetzt kenne ich mich nicht mehr aus.

»Mach dir darüber keine Sorgen«, erwidert Konkubine Zhao. »Es gibt Mittel, die du einnehmen kannst, um nicht schwanger zu werden.« Gleich darauf sagt sie: »Lass uns doch stattdessen für Yunxian tun, was wir können. Ohne eine Mutter muss sie sich auf ihre Großmutter, dich, mich und sogar Tupfen verlassen, sie auf einen guten Weg zu bringen. Wir sind der Kreis des Guten, der sie umgibt.«

Bis heute Abend habe ich nie darüber nachgedacht, wo Mohnblüte herkam oder gar über ihre Gefühle, obwohl sie alles über mich weiß, nachdem sie mich gebadet, meinen Nachttopf ausgeleert, mir den Kopf gehalten hat, wenn ich mich übergeben habe. In meinen Augen war sie einfach nur meine Dienerin – sie war immer bei mir. Jetzt begreife ich, dass sie mehr als das ist. Und was Konkubine Zhao angeht … Ihre Worte – ein Kreis des

Guten – gehen mir nicht aus dem Kopf. Ich muss versuchen, auch ihr gegenüber mein Herz zu öffnen und mit ihr zu fühlen.

~

Sobald es mir wieder besser geht, überrascht Großmutter alle Frauen in den inneren Gemächern, indem sie Hebamme Shi und ihre Tochter einlädt, uns in der Apotheke zu besuchen. Meiling und ich sollen uns nebeneinander auf zwei Hocker aus Birnenholz setzen. Wir beide falten die Hände im Schoß. Wir sind hübsch gekleidet und tragen Schleifen im Haar. Meine sind natürlich von besserer Qualität, aber die Hebamme hat sich sehr bemüht, Meiling aussehen zu lassen wie ein Mädchen von hohem Stand. Die beiden Frauen setzen sich einander gegenüber an einen Teakholztisch, zwischen ihnen eine Teekanne aus Porzellan mit Tassen, daneben eine bronzene Vase mit einer einzelnen Orchidee.

Großmutter eröffnet das Gespräch. »Ich möchte Ihnen einen Vorschlag unterbreiten – eine formellere Beziehung zwischen ihrer Tochter und meiner Enkelin.« Meiling und ich werfen uns einen Blick zu. Diese Ankündigung kommt völlig unerwartet. »Mir ist klar, dass die beiden Mädchen aus völlig unterschiedlichen Schichten stammen …«

Die Hebamme, die ihr Misstrauen nicht verhehlen kann, unterbricht sie, um auszusprechen, was offensichtlich ist. »Meine Tochter hat große Füße. Yunxian hat gebundene Füße.«

Großmutter fügt selbst noch einen weiteren Unterschied hinzu. »Yunxian lernt, Ärztin zu werden, während Meiling sich die Hände schmutzig machen wird, wenn sie Babys entbindet.«

»Meine Tochter trägt meinen Familiennamen, weil sie keinen Vater hat. Ihre Enkelin stammt aus …«

»Wir könnten weiter alle Gründe aufzählen, etwas nicht zu formalisieren, was viele Leute, unter anderem auch mein Ehemann, als unbefriedigend empfinden würden, aber wollen wir zwei nicht stattdessen die positiven Aspekte betrachten? Beide Mädchen wurden im Jahr der Schlange geboren, genauer gesagt im Jahr der Metall-Schlange. Eine Metall-Schlange kann mit einem berechnenden Denken und enormer Willenskraft ausgestattet sein …«

»Eine Schlange kann aber auch eine hinterhältige Einzelgängerin sein«, sagt die Hebamme, die immer noch keine gute Eigenschaft nennen möchte.

»Eine Metall-Schlange sehnt Luxus und ein leichtes Leben herbei. Yunxian wurde dort hineingeboren«, fährt Großmutter fort.

»Eine Metall-Schlange, die diese Annehmlichkeiten nicht zur Verfügung hat, kann einen neidischen Zug haben, es kann ihr schwerfallen, Misserfolge zu verkraften, und sie wird Rechnungen begleichen wollen.«

»Was von beidem ist Meiling?«, fragt Großmutter.

Hebamme Shi antwortet mit einer Gegenfrage. »Was spielt es für eine Rolle, dass beide Mädchen im Jahr der Schlange geboren wurden? Ihre Charaktere können sehr unterschiedlich sein, und das ruft womöglich viele Konflikte hervor.« Als Großmutter nicht widerspricht, fährt die Hebamme fort. »Seit Menschengedenken galt ein schönes Gesicht als Fenster zum inneren Wesen eines Mädchens. Es zeigt, dass sie eine ›schöne‹ Wesensart hat – sie ist freundlich, großzügig und fleißig. Es kann auch das Schicksal eines Mädchens verändern und ihr gestatten, ihren Stand durch eine Heirat zu verbessern.«

Großmutter spitzt die Ohren. »Wurden für Meiling denn schon Vereinbarungen getroffen?«

Großmutter liebt mich und tut ihr Bestes, um mir eine gute Zukunft zu ermöglichen, aber es schmerzt, dass sie, als das Thema Schönheit aufkam, davon ausging, dass das fragliche Mädchen Meiling war.

»Eine Heiratsvermittlerin hat die Vereinbarungen für Meiling getroffen«, antwortet die Hebamme. Das überrascht mich. Die Verlobung der Tochter einer Hebamme wurde vor meiner eigenen besiegelt? »Meine Tochter wird den Sohn eines Teehändlers heiraten …«

»In Wuxi?«

»Ich würde meine Tochter nicht in eine Familie einheiraten lassen, die weit weg wohnt, ganz egal, wie hoch der Brautpreis ist.«

Großmutter nickt zustimmend.

»Lady Ru, warum wünschen Sie eine besondere Freundschaft zwischen Ihrer Enkelin und meiner Tochter?«, fragt Hebamme Shi sie direkt.

Großmutter beantwortet die Frage nicht. Stattdessen sagt sie: »Die Mädchen hätten Weiße Jade nie berühren dürfen.«

»Richtig. Das ist allein Knochenheilern vorbehalten.«

»Aber sie haben es trotzdem getan«, sagt Großmutter. »Zum Glück war kein Blut im Spiel.«

»Ich würde sagen, es ist ein noch größeres Glück, dass sie Sie gerufen und keinen Schaden angerichtet haben.«

Großmutter trinkt noch einen Schluck Tee. »Erst einmal können wir feststellen, dass die Mädchen nicht in Panik geraten oder weggelaufen sind. Nicht nur haben sie darauf verzichtet, das Gesicht in unseren Röcken zu vergraben, sondern sie hatten die richtige Vorstellung davon, wie Weiße Jade behandelt werden muss.«

Hebamme Shi wartet schweigend ab. Ich wage es, einen Blick zur Seite zu werfen. Meiling sieht mich an.

»Mein Ehemann – alle Männer – würde sagen, dass die beiden voneinander ferngehalten werden sollten«, fährt Großmutter fort. Bei der Vorstellung stockt mir der Atem.

»Und trotzdem sind sie Freundinnen geworden«, betont Hebamme Shi.

»In der Tat.«

»Aber Sie ziehen noch einen anderen Faktor in Betracht.«

»Wir leben in einer Welt der Widersprüche«, sagt Großmutter. »Hebammen haben ein schlechtes Ansehen, während Ärzte geachtet werden. Hebammen können reich werden, während Ärzte Ruhm erlangen können …«

»Sie sagen mir nichts, was ich nicht schon wüsste.«

»Ich will damit nur sagen, dass es nach meiner Erfahrung keine Frage von Entweder-oder ist. Beides kann gleichzeitig existieren.«

»Und?«

»Ich erkenne in meiner Enkelin etwas Besonderes, aber ich erkenne auch in Ihrer Tochter etwas Besonderes …«

»Meiling lernt schnell.« Hebamme Shi lächelt. »Mit den richtigen Verbindungen könnte sie es als Hebamme sehr weit bringen.«

»Das glaube ich auch.« Beide Frauen schweigen. Schließlich ergreift Großmutter wieder das Wort. »Ich kenne meine Enkelin noch nicht lange, aber ich weiß, dass sie gewisse körperliche Schwächen hat. Es würde mich beruhigen, wenn ich wüsste, dass eine Hebamme von Zeit zu Zeit nach ihr sehen könnte, wenn sie in das Haus ihres Mannes einzieht. Ihre Tochter könnte das für mich tun.«

»Ich verstehe.« Hebamme Shi denkt im Stillen darüber nach. »Ich habe nichts dagegen«, sagt sie schließlich, »aber der Ruf des einen Mädchens könnte durch das Mädchen, das unter ihr steht, Schaden nehmen, während dieses Mädchen wiederum versuchen könnte, zu Reichtum, Ideen und Stellung zu gelangen, nur um dann enttäuscht zu werden, weil sie das alles nie erreichen kann.«

»Das ist zweifellos ein Risiko.« Großmutter faltet die Hände. »Und dann ist da noch das Thema der anderen Arbeit, die ihresgleichen verrichtet.« Sie senkt die Stimme, aber ich verstehe trotzdem, was sie sagt. »Ich spreche von der Hilfe, die Sie dem Gerichtsmediziner leisten.«

Hebamme Shi hebt eine Schulter, als wäre das unbedeutend. »Wäre es Ihnen lieber, weibliche Opfer würden von Männern untersucht? Im Tod, besonders bei einem gewaltsamen Tod, bin ich die letzte Person, die eine Frau oder ein Mädchen berührt. Ich schicke sie mit Würde ins Jenseits.«

»Aber Sie prüfen in Gerichtsverfahren auch, ob ein Mädchen unberührt ist! Das sind lebendige Mädchen!«

»Wollen Sie behaupten, dass Ihr Mann nicht den Zustand der Geburtspforte einer Dienerin überprüfen lassen wollte, wenn Ihr Sohn angeklagt würde …«

»Es würde niemals dazu kommen!«

»Es kommt ständig dazu.« Hebamme Shi wird sichtlich gereizt. »Sehen Sie. Sie sind diejenige, die uns hierher eingeladen hat. Sie sind diejenige, die diese Freundschaft von Beginn an bestärkt hat.«

Beide Frauen schweigen betreten. Hebamme Shi wurde beleidigt, während Großmutter abzuwägen scheint, ob ihr Plan klug ist. Ich werfe einen kurzen Blick zu Meiling hinüber, um zu sehen, wie sie auf das alles reagiert. Ihr Gesichtsausdruck verwirrt mich.

Immer wenn Großmutter über etwas nachdenkt, senkt sie die Augenlider halb und klopft mit dem Nagel ihres rechten Zeigefingers rhythmisch auf die Stuhllehne. *Tapp, tapp, tapp …*

»Freundschaft ist ein Vertrag zwischen zwei Herzen. Mit vereinten Herzen können Frauen zusammen lachen und weinen, leben und sterben«, rezitiert sie. »Trotz der diversen Hindernisse und möglichen Probleme glaube ich, beide Mädchen könnten einen Nutzen davon haben, und auch wir beide, wenn wir meinen Vorschlag umsetzen.«

Hebamme Shis lautes und heiseres Lachen erfüllt jede Ecke des Raums. Großmutter wendet den Blick ab, weil sie es unfein findet. Nachdem sie noch einen Schluck Tee getrunken hat, um ihre Fassung wiederzugewinnen, sagt sie: »Meine Enkelin hat ihre Mutter verloren. Wer weiß, wie lange ich noch auf dieser Erde bin? Ihre Tochter hat ihren Vater nie kennengelernt. Sie sind bei guter Gesundheit, aber wir sind uns sicher einig, dass Ihr Schicksal ungewiss und abhängig vom Gelingen der Geburten und den guten Worten ist, die von Familie zu Familie über Ihre Fähigkeiten weitergegeben werden …«

»Dasselbe gilt für eine Ärztin für Frauenheilkunde.«

»Genau.«

Die beiden Frauen betrachten einander schweigend.

»Da ist noch etwas«, sagt Großmutter schließlich.

»Noch etwas?«

Großmutter ignoriert diese Spitze.

»Als Frauen können wir hoffen, dass Yunxian und Meiling in Familien einheiraten, die freundlich und großzügig sind«, sagt sie, »aber wer weiß, was das Schicksal geplant hat? Sie und ich sind uns nicht immer über die Behandlungsmethoden einig, doch ich glaube, wir respektieren einander. Ich möchte, dass Yunxian jemanden hat, dem sie vertrauen kann und der ihr in den kommenden Jahren beisteht, ganz egal, ob ihre Schwiegermutter, Schwägerinnen oder …«

»Die ganzen anderen Frauen, die in einem Haushalt wie diesem zusammenleben«, beendet die Hebamme den Satz und macht eine vage Geste mit der Hand, unfähig, ihre Ungeduld zu zügeln.

»Selbst die reichste Frau der Welt muss unter einer Schwiegermutter leben«, sagt Großmutter.

»Wie wahr«, stimmt ihr die Hebamme zu.

»Ich möchte, dass Yunxian eine Person hat, mit der sie sich über die Behandlung von Frauen austauschen und die ihr Trost spenden kann, wenn etwas schiefgeht.«

»Niemand möchte bei der Geburt ein Baby oder eine Mutter verlieren«, gibt die Hebamme zu.

»Ich habe aber eine Bedingung. Ihre Tochter darf kein einziges Wort über die Seiten ihres Berufs verlieren, die nichts mit der Arbeit einer Hebamme zu tun haben.«

Hebamme Shi nickt nur einmal kurz.

~

Bald darauf werden die Bedingungen für meinen Brautpreis und die Mitgift ausgehandelt. Der Verlobungsbrief trifft ein. In ihm wird erklärt, dass beide Familien die gleichen Voraussetzungen erfüllen und ein Geomant ermittelt hat, dass das Jahr, der Monat, der Tag und die Stunde meiner Geburt zu denen meines zukünftigen Ehemanns passen. In sieben Jahren soll ich mit Yang Maoren verheiratet werden, dem einzigen Sohn einer wohlhabenden Familie, die Maulbeerhaine besitzt, Seidenraupen, die die Blätter fressen, und mehrere Seidenfabriken in und um Wuxi. Die Yangs wohnen in einem prächtigen Anwesen, das den Namen Garten der duftenden Freuden trägt. Mein zukünftiger Mann hat drei jüngere Schwestern. Es heißt, er sei ein

Jahr älter als ich. Das bedeutet, er wurde im Jahr des Drachen geboren – dem mächtigsten und am meisten bewunderten aller Zeichen. Nichtsdestotrotz ist das keine Verbindung einer Beamtenfamilie zu einer anderen Beamtenfamilie. Ich werde viel mehr in eine Kaufmannsfamilie einheiraten.

Ich versuche, meine Enttäuschung zu verbergen, aber Großmutter, die sich schon ein ganzes Leben lang darin übt, Gesichtsausdrücke und Gefühle zu lesen, erkennt die Wahrheit in meinem Gesicht. »Ein Drachen wird nie aufgeben, wie du«, tröstet sie mich. »Du wirst feststellen, dass dein Mann von Natur aus ehrgeizig ist. Er wird sicherlich seine Prüfungen bestehen und zweifellos eine hohe Stellung als Beamter einnehmen, so wie dein Vater und dein Großvater. Wenn ihr beide eure Rolle gut und nach den Regeln der Zivilisation spielt, werdet ihr als Paar viele Belohnungen ernten.«

Fast umgehend wird der Brief mit der Geschenkliste überbracht, in dem die Anzahl und die Art der Gegenstände aufgezählt ist, die als Teil meines Brautpreises geschickt werden, darunter ein gebratenes Schwein, Süßigkeiten und Kuchen, die mit allen, die in unserem Haushalt wohnen, geteilt werden sollen, und dazu Geld für meinen Vater und Großvater, um sie für das Aufziehen dieser zukünftigen Schwiegertochter zu entschädigen. Neben Goldbarren, Jadeschnitzereien und Schmuck wird die Familie Yang auch Seidenballen unterschiedlicher Webart zur Verfügung stellen, damit Näherinnen bereits anfangen können, die Gewänder, Hosen, Umhänge und Tuniken zu nähen, die ich dann mit in mein neues Heim nehme. Bald nachdem Großvater die Geschenkeliste erhält, wird der Brautpreis geliefert. Die Tradition besagt, dass gewisse Geschenke zurückgegeben werden müssen. Das erste ist ganz einfach zu finden: In einem Cloisonné-Kästchen entdecke ich frische Lotosblütenblätter, die viele Kinder symbolisieren. Doch danach wird es schwierig. Den Frauen der Familie Yang muss es Spaß gemacht haben, diese Dinge zu verstecken, denn Großmutter und ich verbringen Stunden damit, alles danach zu durchsuchen.

»Ich habe die Schere gefunden!«, rufe ich am zweiten Tag unserer Suche. Eine Schere symbolisiert, dass sich Mann und Frau niemals trennen. In derselben Truhe finde ich das Lineal, das für Abertausende *mou* Land steht. Großmutter und ich stecken diese drei Geschenke in ein rotes Lackkästchen, und die Heiratsvermittlerin bringt sie zurück zur Familie Yang. Damit sind die ersten beiden der Drei Briefe und vier der Sechs Verhaltensregeln komplett. Jetzt treten die beiden Familien in die Phase der Fünften Verhaltensregel ein. Jede Seite wird einen Geomanten konsultieren, der einen günstigen Tag für die Hochzeit bestimmen soll, an dem ich so vollkommen und frisch sein werde wie ein blühender Pflaumenzweig im Frühlingsregen.

Ich bin meinen Großeltern dankbar, dass sie sich solche Mühe mit meiner Verlobung geben, aber es liegt in meiner Natur, mir Sorgen zu machen. Ich bin acht, Maoren ist neun. Ich weiß nicht, wer ich in sieben Jahren sein werde, und schon gar nicht, wie er sein wird. Was, wenn Maoren die kaiserlichen Prüfungen nicht besteht? Was, wenn seine Familie meine mangelnden weiblichen Fähigkeiten als Problem ansieht? Was, wenn ich keinen Sohn gebäre? Wird mein Mann eine Konkubine oder viele Konkubinen ins Haus holen? Ganz egal, was ich tue oder wohin ich gehe, ich muss wie eine anständige konfuzianische Frau leben: *Als Mädchen, gehorche deinem Vater, als Ehefrau, gehorche deinem Mann, als Witwe, gehorche deinem Sohn.* Mein ganzes Leben wird sich auf insgesamt drei Orte beschränken: das Haus, in dem ich mit meinen Eltern gelebt habe, den Hof des goldenen Lichts und das Anwesen und den Garten meines zukünftigen Ehemanns.

~

Wochen später wird Weiße Jade – deren Verletzung nach Ansicht von Großmutter und dem Knochenheiler gut verheilt – urplötzlich von Großvater verkauft. Eines Morgens ist sieeinfach weg. Am Ende des Tages trifft eine neue Weiße Jade ein. Sie ist siebzehn, und ihre Schönheit kommt der von Roter und Grüner Jade gleich. Erst mit der Zeit wird sich herausstellen, wer zu Großvaters Liebling aufsteigen wird, während die erste Weiße Jade allen Mädchen und Frauen im Hof des goldenen Lichts eine Lehre war, ganz egal wie alt sie sind oder welchen Status sie haben: Unsere goldenen Lilien sind gleichzeitig ein Geschenk und eine Gefahr. Wir müssen sie wertschätzen und pflegen, aber auch bei jedem Schritt, den wir tun, wachsam sein. Wie wir auf unseren dürren und schwachen Beinen schwanken, macht uns anziehend für Männer, aber ein einziger Fehltritt oder Sturz kann unsere Zukunft verändern.

Beim nächsten Besuch von Meiling erlaubt mir Großmutter, sie mit in mein Zimmer zu nehmen. Als mir auffällt, dass meine Freundin neugierig die geschnitzten Holzquasten betrachtet, die von dem Palisanderbaldachin des Ehebetts meiner Mutter hängen, nehme ich ihre Hand. Wir gehen durch das Vorzimmer, in dem Mohnblüte nachts schläft, durch den zweiten Raum, der einst das Ankleidezimmer meiner Mutter war und jetzt meiner ist, und dann durch den mondförmigen Torbogen in den dritten und größten Raum, in dem mein Bett steht. Ich ziehe Meiling hoch auf das Podest, damit sie sich auf die weiche Matratze setzen kann.

»Das ist größer als die Zimmer, in denen Mama und ich wohnen«, sagt sie.

Das muss ein Spaß sein.

Sie kniet sich hin, um eines der Seidenbilder zu betrachten, das vor einem Fenster hängt. Es zeigt einen Ehemann, der mit Pinsel und Tusche Gedichte für seine Frau schreibt, die in der Nähe sitzt. Dann rutscht Meiling an den Seitenwänden des Betts entlang und mustert jedes Fensterbild. Auf mich wirken sie ganz gewöhnlich. Sie zeigen eine Frau mit wallendem Gewand, die zum Gefallen ihres Mannes ein Instrument spielt, oder wie die beiden an einem Bach entlang spazieren, aber Meiling ist fasziniert.

»Sind die schön!«, seufzt sie. »Und schau dir nur die hier an. Was ist das?« Ihr Finger berührt ein kleines geschnitztes Stück aus Buchsbaumholz, etwa so lang, wie ein Fuß von mir hoch ist, und beinahe doppelt so breit. In diesem Teil des Betts gibt es zwanzig solcher Schnitzereien, aber ich habe sie nie sonderlich beachtet, denn auch sie zeigen einfach nur die Anmut von Tagen der Muße – in Miniatur –, die einen großen Teil des Lebens von Ehrwürdiger Lady ausmachten. Aber was mir immer ganz gewöhnlich vorkam, entzückt meine Freundin. Ich gehe ebenfalls auf die Knie und rutsche neben sie. Jetzt, wo ich es genauer betrachte, sehe ich, dass die Details erstaunlich sind. Selbst auf einem so kleinen Stück Holz hat der Künstler es geschafft, jeden Faltenwurf eines Kleidungsstücks, das Fließen von Wasser über Steinen und die Einzigartigkeit der Wolken am Himmel herauszuarbeiten. Bald spielen Meiling und ich die Figuren auf den geschnitzten Szenen nach. Ich ziehe sogar Tuniken und Tücher heraus, um Meiling von der Tochter einer Hebamme in ein Mädchen wie mich zu verwandeln. Wir lachen und kichern und gehen vom Ankleideraum zurück zum

Bett, wo wir uns auf den Rücken legen, Händchen halten und noch mehr lachen.

»Das macht ja noch mehr Spaß, als Blätter um die Wette schwimmen zu lassen«, sagt Meiling.

»Hier, ich zeig dir was.« Ich bewege das Paneel auf der rechten Seite, wo nachts mein Kopf liegt. »Siehst du, es ist lose. Man kann es herausziehen …«

»Nicht!«

»Ich kann es wieder hineinschieben.« Ich tue es aber nicht. Stattdessen hole ich ein kleines Bündel hervor.

Meiling schnappt nach Luft.

»Niemand weiß von diesem Versteck oder was ich darin aufbewahre.« Langsam schlage ich die Seide zurück. Meiling macht große Augen, als sie die Hochzeitsschuhe von Ehrwürdiger Lady sieht. »Sie haben meiner Mutter gehört.«

Inspiriert von diesem Augenblick bitte ich sie, mir auch etwas anzuvertrauen. »Es muss kein Geheimnis sein. Nur etwas, das wir beide teilen können – als Freundinnen auf ewig.«

»Freundinnen auf ewig. Das gefällt mir.« Durch ihre Wimpern blickt sie zu mir auf. Ihre Wangen röten sich, als sie mir anvertraut: »Mein größtes Geheimnis ist mein Wunsch, lesen und schreiben zu lernen.«

Ich lächle. »Dabei kann ich dir helfen. Ich bringe es dir bei.« Vom Ehebett gehe ich zum Tisch, klopfe auf die Lehne eines Stuhls und lade sie ein, sich hinzusetzen. »Ich zeige dir, wie man zehn grundlegende Zeichen schreibt. Wenn du mich das nächste Mal besuchst, bringe ich dir noch zehn bei.«

Aber als sie nicht sofort herkommt, wird mir bewusst, dass sie meinetwegen das Gesicht verloren hat. Ich kann nicht so tun, als stünde ich über ihr, nur weil ich ihr Lesen und Schreiben beibringen kann. Ich reibe mir das Kinn und denke nach.

Dann kehre ich zum Eingang des Betts zurück. »Ich habe dir etwas anvertraut, und du hast mir etwas anvertraut. Ich kann dir etwas geben, aber du musst mir auch etwas zurückgeben.«

»Ich habe nichts, was ich dir geben könnte.«

»Doch. Würdest du mir etwas geben, was ich nicht sehen kann?«

Sie legt den Kopf schief. »Du weißt, dass es Dinge gibt, über die ich nicht sprechen darf.«

Ich schüttle den Kopf. »Nein, nein, nein! So etwas meine ich gar nicht.« Obwohl ich das natürlich sehr wohl tue. *Eine Schlange kann mit einem berechnenden Denken ausgestattet sein.* Das bin genau ich. Ich will die Geschichten über Leichen und die ganzen anderen Dinge hören. *Eine Schlange kann mit enormer Willenskraft ausgestattet sein.* Das ist genau Meiling. Großmutter Ru und Hebamme Shi mögen vielleicht dieser Freundschaft zugestimmt haben, aber es wird Zeit brauchen, bis Meiling und ich Vertrauen zueinander aufbauen können. Ich werde langsam dran arbeiten müssen, ihr die Geheimnisse zu entlocken, die sie mir vorenthalten soll. »Erzähl mir einfach von draußen«, schlage ich vor. »Wie sieht es außerhalb des Tores aus? Während des Neujahrsfests hat mein Vater unseren Ahnen Opfergaben gebracht, wir haben neue Kleidung bekommen und es gab ein Festessen. Am Neujahrstag hat er Feuerwerkskörper angezündet, aber ich weiß nicht, wie andere Leute feiern. Während des Laternenfests haben wir in unserem Hof Laternen steigen lassen, aber wie ist das draußen? Ich würde gerne Laternen von Häusern in ganz Wuxi aufsteigen sehen.« Ich halte inne, um Atem zu holen. »Ich war noch nie auf dem Markt. Ich habe noch nie …«

»Darüber kann ich dir schon etwas erzählen.« Sie grinst. »Für alle zehn Zeichen, die du mir beibringst, bekommst du von mir Wortgeschichten.«

»Gut!«, rufe ich, aber ich frage mich, ob ihr klar ist, dass ich sehr viel mehr bekommen werde, als ich ihr geben werde. »Jetzt zeig ich dir, wie man Tusche auf dem Tuschestein reibt …«

~

Kurze Zeit später bekommt Großvater einen Brief aus der Hauptstadt, in dem ihm mitgeteilt wird, dass mein Vater bei den kaiserlichen Prüfungen eine hohe Ebene erreicht hat und jetzt ein *jinshi*-Gelehrter des vierten Rangs ist. Als solcher wurde er dem Kaiser vorgestellt, der Vaters Aufsatz persönlich gelesen hat. Die Familie Tan ist – durch meinen Urgroßvater, Großvater und Großonkel – bereits ein fester Bestandteil der Elite der Provinz. Unsere Familie hat schon enorme Macht und enormes Prestige inne. Dadurch, dass mein Vater ein *jinshi* wurde – ohne jemals eine Prüfung wiederholen zu müssen –, hat er aus eigener Kraft einen Status erreicht, während er gleichzeitig den Ruhm der Familie gesteigert hat. Zu seinem Erfolg trägt noch bei, dass er den Rang eines Unteren Großsekretärs des Palasts erlangte und wie mein Großvater eine Stelle im Strafministerium in Nanjing bekam. Das ist eine große Ehre, aber dafür wird er von einem Bezirk zum nächsten reisen müssen, um Straftaten zu untersuchen und Urteile zu verhängen. Das ist ganz wunderbar, aber es macht mich auch traurig, denn es bedeutet, dass er auch in Zukunft weit weg von der Familie sein wird. Meine Großeltern hingegen lächeln ohne Unterlass.

»Wir müssen diese Leistung feiern«, verkündet Großvater. »Ich bespreche mich mit dem Geomanten, um einen günstigen Tag für die Rückkehr unseres Sohnes zu finden.«

Großvater sorgt dafür, dass mein Vater über eine Entfernung von fünf *li* von Musikanten zum Hof des goldenen Lichts begleitet wird, damit unsere Nachbarn und ihre Diener die gute Nachricht unserer Familie feiern können. Großmutter schickt Köchin aus, um Zutaten für ein Festmahl einzukaufen, und trägt den Gärtnern auf, Blumentöpfe mit Hibiskus, Orchideen und Cymbidien zu bepflanzen, damit die Höfe in Farbe erstrahlen.

Am festgesetzten Tag versammeln sich alle Bewohner des Hauses – auch Frauen und Mädchen, die das seltene Vergnügen haben, sich zu den Männern gesellen zu dürfen – vor dem Haupttor, um die Ankunft meines Vaters zu erwarten. Konkubine Zhao hat auf ihr Äußeres und das meines Bruders viel Sorgfalt verwandt. Sie hat mir sogar die Haare gekämmt und ausgesucht, was ich anziehen soll, um zu zeigen, wie gut sie sich während der Abwesenheit um uns gekümmert hat. Trotz der Hänseleien in den inneren Gemächern hat sie sich seit dem Tod meiner Mutter wie eine gute Ehefrau verhalten. Als wolle sie das meinem Vater beweisen, hält sie unsere Hände, damit wir aussehen wie Ehefrau und Kinder, die treu auf die Rückkehr des Herrn gewartet haben.

Ich freue mich sehr darauf, meinen Vater zu sehen, aber ich bin auch aufgeregt, weil ich durch das Tor treten darf, denn ich dachte, das würde erst an meinem Hochzeitstag geschehen. Doch noch bevor ich die Umgebung aufnehmen kann, erfüllt der Klang von Rasseln, Zimbeln und Trommeln die Luft, Lasttiere brüllen, und die Metallteile an ihren Geschirren klimpern. Es wird immer lauter, bis die Prozession in Sicht kommt. Vorne tragen drei Männerpaare rote Fahnen an hohen Stangen. Mein Vater sitzt in einer Sänfte, hoch über den Trägern. Das wird von nun an sein Leben sein, denn ein *jinshi* hat eine so hohe Position inne, dass seine Füße nie den Boden berühren sollten, außer es ist absolut notwendig. Hinter ihm folgen eine geschlossene Sänfte und mehrere Karren.

Mein Vater steigt aus der Sänfte. Er trägt seinen Gelehrtenhut, eine gerade geschnittene weite Robe mit einer schwarzen Schärpe und Lederstiefel. Ein kunstvoll besticktes Viereck ziert die Brust seiner Tunika. Es zeigt zwei Wildgänse, das verkündet jedem, der es sieht – ob Bauer oder Adliger –, dass er ein Beamter des vierten Rangs ist. Großvater hat mir erklärt, das liegt nur vier Ebenen unter dem Kaiser selbst. Mein Vater führt die Hände zusammen, bis sie unter seinen Ärmeln verschwinden, und verneigt sich förmlich vor Großvater Tan und Großmutter Ru. Er sieht zu, wie Diener seinen Eltern, Yifeng und mir Geschenke überreichen. Aber das ist noch nicht alles. Während eine Kiste nach der anderen ausgeladen und durch das Tor getragen wird, öffnet sich die Tür der Sänfte, und eine junge Frau tritt heraus. Anmutig hebt sie den Saum ihres Rocks an, sodass man einen schlanken Knöchel in einem Strumpf sieht und einen gebundenen Fuß in einem Schuh aus smaragdgrüner Seide, bestickt mit einem kunstvollen, zarten Muster. Ihr Gewand ist grün wie Bambustriebe im Frühling, aber bestickt mit den weißen Chrysanthemen des Herbstes. An ihren Ohrläppchen hängen blaue Saphirohrringe. Ihr Teint ist weiß wie Gänsefett. Ihr Make-up betont ihre feinen Brauen, und ihr Haar ist nicht im modischen Stil einer Konkubine hochgesteckt, sondern sie trägt die elegante Frisur einer Ehefrau.

Konkubine Zhao drückt meine Hand fester, als die Frau sich vor meinen Großeltern verneigt. Dann nimmt mein Vater sie am Ellbogen und stellt sie den wichtigsten Verwandten vor. Schließlich bringt Vater sie zu uns.

»Tochter, Sohn«, sagt er. Konkubine Zhao ignoriert er. »Das ist eure neue Mutter. Ihr werdet sie Ehrwürdige Lady nennen.«

Ich sinke als erste von uns dreien zum Boden, um der neuen Frau meines Vaters meine Ehrerbietung zu erweisen.

Als meine Stirn den Stein berührt, kommen mir die Worte der ursprünglichen Weißen Jade in den Sinn. *Ob Tier oder Frau, wir sind der Besitz eines Mannes.*

ZWEITER TEIL

TAGE DES HAAREHOCH-STECKENS

DAS ZWÖLFTE UND DREIZEHNTE JAHR DER HERRSCHAFT VON KAISER CHENGHUA (1476-1477)

EIN SELBSTLOSES HERZ

Vor einem Monat wurde ich fünfzehn, und mir wurden die Haare hochgesteckt, damit jeder sieht, dass ich bereit für die Hochzeit bin. Es ist Jahre her, seit meine Familie den Verlobungsbrief bekommen hat, und in einem Tag werde ich bereits ins Heim meines Mannes ziehen. Das Bett meiner Mutter wurde zerlegt und mit Lady Huang – einer hochgeschätzten und fruchtbaren Frau unserer Familie – vorausgeschickt, um »das Zimmer vorzubereiten«, und zu überwachen, wie Männer jedes Fenster und dekorative Paneel wieder zusammensetzen. Sie wird beobachten, wie sie Teppiche ausrollen und meinen Schrank, meinen Schreibtisch und Stühle aufstellen. Sie wird meine Kleider, Kosmetik und meinen Schmuck einräumen. Sie wird das Bett persönlich mit der Hochzeitsbettwäsche und den Kissen, die ich über die Jahre bestickt habe, schmücken, damit alles bereit ist, wenn mein Mann und ich ins Brautgemach einziehen.

Für heute Nacht wurde ein einfaches Bett in mein Zimmer gebracht, sodass ich mich bereits jetzt wie ein Gast im Heim meiner Familie fühle. Ich sage mir, dass ich voll und ganz darauf vorbereitet bin, in die zweite Phase des Lebens einer Frau einzutreten. Ich habe die Vier wesentlichen Eigenschaften einer Frau erlangt: Tugend, eine vornehme Ausdrucksweise, schickliches Betragen und Sorgfalt bei der Arbeit. Ich habe mich bemüht, meine Fähigkeiten beim Sticken zu verbessern, und zwei volle Jahre daran gearbeitet, Schuhe zu fertigen, die meiner Schwiegermutter und den geschätzten Tanten geschenkt werden sollen. Sorgfältig habe ich meine Brautschuhe genäht und bestickt, denn ich weiß, dass die Qualität der Nähte und das Muster besonders beurteilt werden. (Hoffentlich sieht niemand zu genau hin. Ich habe vor, so anmutig wie möglich zu laufen, damit meine Schuhe niemals unter dem Rock hervorspitzen.) Mir ist natürlich die Vorstellung von den Spielen im Schlafgemach vertraut, weil ich Großmutter in den vergangenen Jahren geholfen habe, Frauen mit Problemen unterhalb der Taille zu helfen. Aber ich habe auch Anleitungen von Meiling bekommen, die vor sechs Monaten verheiratet wurde und die mir mehr darüber anvertraut hat, was im Schlafgemach vor sich geht, und von den illustrierten Büchern, die mir Konkubine Zhao zum Lesen gegeben hat.

Der Tag beginnt mit einem Besuch bei Großmutter in der Apotheke. Sie wurde dieses Jahr einundsechzig, aber für mich sieht sie kein bisschen anders als an dem Tag, an dem ich sie zum ersten Mal sah. Ich gehe davon aus, dass sie mir noch mehr darüber erzählt, was unter den Decken des Ehebetts vor sich gehen wird. Ich habe mich geirrt.

»Als du vierzehn wurdest, ist dein Yin Qi in deinem Körper aufgewallt, und du bekamst dein monatliches Mondwasser«, beginnt sie. »Bis du schwanger bist oder ein Kind geboren hast, wird das deine größte Verbindung zu anderen Frauen sein. Du verstehst mit deinem eigenen Körper, was es für eine andere Frau bedeutet, aufgestautes oder stagnierendes Blut zu haben, wenn Frauen unter Energiemangel, Kopfschmerzen oder Niedergeschlagenheit leiden.«

»Ich mache mir mehr Gedanken darüber, wie ich mich in das Haus meines Mannes einfüge.«

Großmutter antwortet auf ihre Weise. »Übermäßige Freude kann dazu führen, dass sich das Yang im Inneren auflöst. Übermäßiger Zorn kann dazu führen, dass das Yin zerbricht. Zu viel Kummer kann zu Erschöpfung führen. Das kommt nicht nur bei Ehefrauen vor, sondern auch bei Konkubinen, Zofen und Dienerinnen. Sei dir dessen bewusst, wenn du deinen Platz im Haus deines Mannes einnimmst.«

»Ich will es versuchen.«

»Du nimmst zwar seit sieben Jahren bei mir Unterricht, aber als Ärztin bist du immer noch Anfängerin. Beschränke dich darauf, Mädchen zu behandeln, wenn sich die Gelegenheit ergibt. Versprich mir, mir deine Ideen für eine Behandlung zu schreiben, bevor du etwas versuchst. Ich schicke dir dann entweder meine Zustimmung oder sage dir, dass du noch einmal nachdenken sollst. Vergiss nicht, dass du noch lernst. Später, wenn du älter bist und mehr Erfahrung hast, werden die Ehefrauen und Konkubinen von selbst zu dir kommen. Das kannst du mir glauben.«

Sie macht eine Pause, damit ich ihre Worte verarbeiten kann. Dann sagt sie: »Bitte pass auf dich auf. Lass dich nicht von Krankheiten oder Wehmut überwältigen, ganz egal, wie dein Ehemann oder andere dich behandeln. Ich habe hier als Hauptehefrau gelebt. Du musst es genauso machen. Wenn du deine Pflichten erfüllst, hast du Einfluss darauf, wen dein Mann ins Haus holt. Aber denk daran, solange deine Schwiegermutter am Leben ist, werden sogar die Kochtöpfe und Bratpfannen berichten, was sie hören.«

Das finde ich nicht gerade beruhigend.

Großmutter winkt Tupfen und Mohnblüte zu sich, die eine Kiste tragen und dann auf den Tisch stellen. Die Kiste ist aus rotem Lack und zeigt elegante Damen, die in einem goldenen Pavillon sitzen.

»Manche glauben, die gesamte Mitgift einer Braut geht in den Besitz ihres Mannes und seiner Familie über«, erklärt

Großmutter. »Andere wieder sagen, die Mitgift gehört allein der Braut. Ich hoffe, die Familie Yang hält sich an letzteren Brauch, damit du deine Mitgift so verwenden kannst, wie du möchtest. Du könntest sie für dich ausgeben, aber eine gute Frau – eine gute Ehefrau – wird selbstlos sein und an andere denken. Wenn dein Mann bessere Tutoren braucht, um sich für die kaiserlichen Prüfungen vorzubereiten … wenn er die Prüfung nicht besteht und einen Titel oder einen Beamtenposten kaufen muss … wenn es Hochwasser gibt, die Nahrung knapp wird und die Familie deines Mannes Hunger leidet … Eine gute Ehefrau wird ihren Mann oder ihren Schwiegervater ihre Mitgift verkaufen oder versetzen lassen, falls sie jemals mit ihren Steuern im Rückstand sein sollten oder einen neuen Pavillon bauen wollen. Ein selbstloses Herz wird in all diesen Fällen helfen.«

»Ich möchte so gut und freundlich sein wie du, Großmutter.«

»Ich danke dir, mein Kind, aber ich bin noch nicht fertig. Manchmal ist eine Frau auch auf sich selbst angewiesen. Solltest du Witwe werden und die Familie deines Mannes sollte beschließen, dich zu verkaufen oder auf die Straße zu setzen, kannst du selbst für dich sorgen.« An ihren Augen sehe ich, wie sehr sie das anrührt. »Ich könnte dir versichern, dass du hier immer ein Zuhause hast, aber dein Großvater und ich werden nicht für immer auf dieser Erde sein. Und wer weiß schon, wo dein Vater zu irgendeinem Zeitpunkt sein wird? Ich will damit nicht sagen, dass du nicht auf ihn zählen kannst …«

Aber das ist genau das, was sie damit sagt.

»Falls etwas Unvorhergesehenes passiert, musst du vorbereitet sein«, fährt sie fort. »Es könnte sein, dass du das Haus deines Mannes nicht mit deinem Bett, deiner Kleidung oder anderen Habseligkeiten verlässt. Und selbst dann ist es nicht immer leicht, solche Sachen zu verpfänden. Deshalb schenken wir einer Braut Schmuck. Das ist dein Geld.« Lächelnd fügt sie hinzu: »Es lässt dich auch gut aussehen und gut fühlen.« Sie hebt den Deckel der Kiste. »Die Familie Yang hat einiges zu deiner Verlobung geschickt, aber das hier stammt von deiner Mutter. Dein Vater hat die Stücke nach ihrem Tod für dich beiseitegelegt.« Sie legt den Kopf schief, als sie bemerkt: »Er hätte das alles auch seiner neuen Ehrwürdigen Lady schenken können.« Sie nimmt ein goldenes Armband mit kunstvollen Filigranornamenten rund um den Reif, der mit einem geschnitzten Jadestein besetzt ist, heraus. »Dein Großvater und ich haben es deiner Mutter geschenkt, als Teil ihres Brautpreises. Wenn du es trägst, denke an sie.«

Nacheinander holt sie Haarnadeln, Ketten, Ohrringe und Armreife aus Gold, Jade, Saphir und Smaragd hervor. Perlen gibt es in jeder Farbe und Form. Am liebsten mag ich die Schmuckstücke aus blau schillernden Eisvogelfedern.

~

Als nächstes kommt Konkubine Zhao zu einem privaten Besuch. »Die Tage des Haarehochsteckens sind die kürzeste und wertvollste Zeit im Leben einer Frau, denn ein Mädchen ist wie eine Kamelie – sie ist vollkommen, bevor sie auf dem Höhepunkt ihrer Schönheit vom Zweig abfällt«, sagt sie zur Begrüßung.

Konkubine Zhao hat mir in den vergangenen Jahren auf vielerlei Weise geholfen. Obwohl ich immer noch nicht gerne sticke, hat sich die Qualität meiner Stiche unter ihrem wachsamen Blick verbessert. Ich kann mich nicht erinnern, dass sie mir gegenüber jemals herzlos gewesen wäre, und sie hat sich immer sehr um Yifeng gekümmert, der jetzt elf ist und bereits fleißig lernt. Er wird nie als ihr Sohn betrachtet werden, weil er als Ritualsohn der Frau meines Vaters gehört, und sie wird auch nie meine wahre Mutter sein, aber wir sind uns vertraut geworden.

Nachdem sie sich gesetzt hat, beginnt Konkubine Zhao mit einer abrupten Aussage. »Das Anwesen der Familie Yang soll noch viel größer sein als dieses.«

»Die Familie ist angeblich wohlhabend«, stimme ich ihr zu, »aber man kann sich kaum vorstellen, dass ein Haus prächtiger sein sollte als der Hof des goldenen Lichts.«

»Als ich ein kleines Mädchen war, konnte ich mir nicht vorstellen, dass es etwas Größeres oder Besseres gibt als das Haus meiner Eltern.« Sie schweigt. Vielleicht erinnert sie sich an die Zeit, bevor die Zahnfrau sie gekauft hat, um ein Dünnes Pferd aus ihr zu machen, und wie sich ihr Leben danach verändert hat. »Als ich zu deinem Vater nach Laizhou gezogen bin, dachte ich, ich wäre im Paradies. Dann kam ich hierher. Es gibt immer einen Ort, der größer und besser ist … Aber ich will dir etwas sagen, Yunxian. Deine Umgebung bedeutet gar nichts, wenn du dich nicht dem Rhythmus des Haushalts anpasst.«

Konkubine Zhao erzählt mir den Klatsch, den sie über die Bewohnerinnen der inneren Gemächer der Familie Yang gehört hat. »Mach dir nicht zu viele Sorgen wegen der Konkubinen«, rät sie mir. »Sogar als neu eingeheiratete Braut nimmst du eine höhere Stellung ein als sie. Aber mit den jüngeren Schwestern deines Mannes solltest du dich befassen. Sie werden dich beneiden, weil sie wissen, dass du für immer in dem Haus wohnen wirst, in dem sie geboren wurden, während sie wegheiraten. Sie werden bestimmte Annehmlichkeiten, ihre Stellung und die Liebe ihrer Mutter zurücklassen. Es könnte sein, dass sie sich mit dir schwertun, weil du für den Rest deines Lebens haben wirst, was sie für den Rest ihres Lebens verlieren.«

»Danke, Konkubine Zhao«, sage ich. »Danke, dass ich immer gute Ratschläge bekommen habe.«

Sie legt die Hand auf meine. »Ich hoffe, wir sehen uns wieder.«

»Drei Tage nach der Hochzeit komme ich zurück …«

»Für den traditionellen Besuch, aber danach? Wer weiß?

»Ich werde dich doch sicher besuchen dürfen«, sage ich erschrocken. »Und Großmutter und du, ihr kommt mich doch sicher auch besuchen?«

Sie zögert, bevor sie weiterspricht. »Selbst wenn du Besucherinnen empfangen darfst, wer sagt, dass ich dazugehöre? Ich habe Glück, dass dein Vater mich nicht verkauft hat. Er könnte Yifeng immer noch nach Nanjing holen, damit Ehrwürdige Lady ihn aufzieht.«

Ich werde mich nie daran gewöhnen, dass die Frau meines Vaters Ehrwürdige Lady genannt wird, aber was Konkubine Zhao sagt, ist wahr. Sie hat die Vollkommenheit einer Kamelie schon viele Jahre hinter sich gelassen. Seit mein Vater wieder geheiratet hat, hätte er sie verkaufen oder eintauschen können. Er hätte auch noch eine oder mehrere zusätzliche Konkubinen kaufen können. (Soweit wir wissen, hat er das getan und lässt sie in seiner offiziellen Residenz in Nanjing wohnen. Wenn dem so sein sollte, so haben wir noch nicht gehört, dass Söhne daraus hervorgegangen wären.) Konkubine Zhao ist immer noch hübsch, keine Frage, aber Schönheit vergeht. Mit meinen Worten will ich sie nicht nur trösten, sondern ich halte sie auch für wahr.

»Ich werde mein Bestes für dich tun, wenn ich das kann, aber du kannst dich immer auf Yifeng verlassen. Er liebt dich sehr. Du bist die einzige Mutter, die er gekannt hat. Du bist *seine* Ehrwürdige Lady.«

~

Am nächsten Morgen, meinem Hochzeitstag, stehe ich früh auf, um Räucherwerk am Familienaltar anzuzünden und mich von meinen Ahnen im Jenseits zu verabschieden und ihnen zu danken, ganz besonders meiner Mutter, weil sie mich immer beschützt und auf mich aufgepasst hat. Ich besuche meine Großeltern, um ihnen als Bezeugung meines Respekts Tee zu servieren, mich in aller Form zu verabschieden und ihnen zu danken, weil sie sich um dieses unwürdige Mädchen gekümmert haben, und sie belohnen mich mit den traditionellen Erwiderungen. Als ich in mein Zimmer zurückkehre, finde ich einen Tisch vor, auf dem gedämpfte Teigtaschen, Obst und anderen Leckereien bereitgelegt wurden für alle, die mir beim Baden, Schminken, Kämmen und Ankleiden helfen werden.

Meiling kommt als Erste. Mit jedem Jahr ist sie schöner geworden. Sie weiß mit Puder und Pasten umzugehen und färbt sich damit die Wangen, was ihre vollen Lippen und eleganten Wangenknochen nur betont. Obwohl sie sich auch in der äußeren Welt aufhält, ist es ihr gelungen, einen blassen Teint zu bewahren. Ihre Taille ist schlank, und ihre Schultern runden sich so, dass ihr Gewand, das heute die Farbe von Wasser unter einem wolkenlosen Himmel hat, herabfällt wie flüssiges Quecksilber. Ihre Satinschuhe haben einen satten Aprikosenton. Ich weiß noch, wie viel Zeit sie darauf verwendet hat, die weißen Pfingstrosen darauf zu sticken, die oben und an den Seiten der

Schuhe blühen, um sie klein wirken zu lassen. Großmutter hat oft gesagt, wenn Meiling in eine bessere Familie hineingeboren worden wäre und man ihr die Füße gebunden hätte, so wäre sie mit Sicherheit in eine gute Familie verheiratet worden. Ich muss es eigens erwähnen: Dass Großmutter Meiling akzeptiert hat, ist der Grund, weshalb sie mich heute besuchen darf.

Meiling berührt die leichte Kuhle, wo sich ihre Schlüsselbeine berühren. »Ich wollte vor allen anderen hier sein …«

»Damit wir allein sein können«, beende ich den Satz für sie.

Nach sieben Jahren ist mein Verhältnis zu Meiling anders als die Beziehungen, die ich zwischen Schwestern, Konkubinen und vor allem zwischen Ehefrauen und Konkubinen erlebt habe. Großmutter wollte, dass Meiling und ich voneinander lernen, und das haben wir getan. Obwohl Meiling Mühe hatte, die zum Lesen und Schreiben erforderlichen Fertigkeiten zu erlernen – ihre Kalligrafie wird nie so fein sein wie meine –, hat sie genügend Zeichen gelernt, um einfache Briefe und Gedichte zu schreiben. Im Gegenzug hat sie mir von den Jahrmärkten und Festen erzählt, die sie besucht hat, mit vielen Details über das Essen: der Stand mit dem Zuckertaro, zu dem Hebamme Shi immer mit Meiling geht, um eine erfolgreiche Geburt zu feiern, die Mondkuchen, die sie in einem Geschäft am Hauptplatz von Wuxi kaufen, die besonderen Teigtaschen mit Schweinefleisch und Pilzen, die die beiden zubereiten, um das Drachenbootfest zu feiern. Meine Taktik, sie mit diesen unschuldigen Beschreibungen der äußeren Welt dazu zu bringen, über verbotene Themen zu sprechen, hat funktioniert. Mit den Jahren konnte ich ihr viele der anrüchigen Seiten des Berufs einer Hebamme entlocken: Gerichtsmedizinern dabei zu helfen, Frauen und Mädchen zu untersuchen, deren Todesursache nicht geklärt ist, und die Antworten darauf durch die Suche nach Spuren zu geben, die sich noch an ihrem Körper befinden. Wie man ermittelt, mit welchem Gift eine Konkubine umgebracht wurde, ob eine Frau, die in einem Brunnen gefunden wurde, durch Selbstmord, Mord oder einen Unfall starb, ob die Geburtspforte eines Mädchens verletzt wurde. Meine Großeltern haben recht damit, dass es eine schmutzige Arbeit ist – niemand, der den Lehren des Konfuzius folgt, würde sie jemals verrichten –, aber die Erzählungen von den einzelnen Fällen regten meine Fantasie an und halfen mir, Aspekte von Leben und Tod zu verstehen, die mir meine Großeltern nicht beigebracht haben.

Was Meiling und mich weiterhin verbindet, ist unser Studium der Frauenheilkunde, sie aus der Perspektive einer angehenden Hebamme und ich aus der Perspektive einer Ärztin in Ausbildung. Ich war mit Hebamme Shi und Meiling im Raum, wenn sie neue Cousins und Cousinen zur Welt brachten. Wir freuten uns gemeinsam, als Lady Huangs erste Schwiegertochter zwei Zwillingssöhne bekam. Wir hörten Meilings Mutter und meiner Großmutter dabei zu, wie sie über Fruchtbarkeitsprobleme, Fehlgeburten und schwierige Geburten sprachen. Wir saßen still da, als Großmutter Ru und Hebamme Shi berieten, wie man Rote Jade behandeln könnte, die schwanger wurde, während mein Großvater mehrere Monate lang in Nanjing war. Großmutter diagnostizierte eine Geisterschwangerschaft, die, wie jeder weiß, bis zu fünf Jahre dauern kann. Dazu kam es nicht. Hebamme Shi beaufsichtigte die Fehlgeburt, und Großmutter erlaubte Roter Jade, im Haushalt wohnen zu bleiben. Die Konkubine wird meiner Großmutter gegenüber bis zum Tod treu sein, und wir sehen bis heute, wie die Augen und Ohren von Roter Jade Großmutter helfen – indem sie Intrigen in den inneren Gemächern aufdeckt, den Überblick hat, wann bei jedem Mädchen und jeder Frau das monatliche Mondwasser kommt, und, das ist das Wichtigste, indem sie Großmutter unterrichtet, wenn eine Konkubine, Ehefrau oder Tochter Gefahr läuft, den Tricks eines Dämons oder Geists zu erliegen so wie einst sie selbst. Und Meiling hat von Fällen aus anderen Haushalten berichtet, in denen sie und ihre Mutter mit männlichen Ärzten zusammengearbeitet haben. Durch ihre Erzählungen habe ich gelernt, wie diese Ärzte Frauen behandeln und welche Macht sie über Frauen, die in den Wehen liegen, ausüben, indem sie sie leiden lassen »wie von der Natur vorgesehen« und sich weigern, ihnen Kräuter verabreichen, um Schmerzen zu lindern oder ein Baby glatt zu machen.

Ich habe ein tiefergehendes Verständnis von Frauen und ihren Körpern bekommen, indem ich Meiling zugesehen und zugehört habe, und das Gleiche gilt für sie, denn sie hat meine Großmutter und mich beobachtet, während mein Wissen erweitert wurde, und zwar nicht nur bei der Behandlung der üblichen Beschwerden von Frauen und Kindern, sondern auch in der Heilkunde, die insbesondere auf den Bereich unterhalb der Taille ausgerichtet ist. Aber unsere Verbindung geht viel tiefer. Ich hielt Meiling im Arm, als sie weinte, nachdem sie und ihre Mutter ein tot geborenes Baby auf die Welt geholt hatten. Sie hielt mich im Arm, als ich erfuhr, dass mein Vater nicht zu meiner Hochzeit nach Hause kommen würde. Ich tröstete sie, als sie erfuhr, wen sie heiraten würde: einen Teehändler namens Zhang Kailoo, zehn Jahre älter als sie. Sie tröstet mich jedes Jahr, wenn ich am Todestag von Ehrwürdiger Lady weine.

Da wir nur wenige Minuten für uns allein haben, bevor die anderen Frauen aus unserem Haushalt kommen, um mir beim Ankleiden zu helfen, beeile ich mich, Meiling zu sagen, was ich empfinde. »Ich mag ins Haus meines Ehemanns ziehen, aber du wirst nie weit von meinem Herzen sein.«

»Wir sind einander so nahe, dass niemand ein Blatt Papier zwischen uns schieben könnte«, stimmt sie zu.

»Ich wünschte, du und dein Mann könnten an der heutigen Feier teilnehmen. Ich bedaure sehr, dass das nicht möglich ist.«

»Es geht nicht.« Sie hat es akzeptiert. »Du heiratest in ein bedeutendes Haus ein. Ein einfacher Teehändler und eine Vettel wären keine passenden Gäste.«

»Vettel!«

Wir lachen, wie immer, wenn sie sich selbst so bezeichnet, aber heute machen wir uns damit Mut.

Meiling legt den Kopf schief und senkt ernst den Blick, wie ich es von ihr kenne, seit wir uns das erste Mal begegnet sind. »Yunxian, ich bin deinen Großeltern auf ewig dankbar dafür, dass sie meinem Mann als Teil deiner Mitgift Tee abgekauft haben. Wenn du ihn für deine Schwiegermutter zubereitest, denk an mich.«

»Das werde ich.«

»Ich hoffe auch, dass du viele Stunden allein mit deinem Mann verbringen wirst, damit ihr beide euch kennenlernen könnt, so wie Kailoo und ich. An den Abenden, an denen ich meiner Mutter nicht bei einer Entbindung helfe, setzen Kailoo und ich uns in einen nahe gelegenen Hof unter einen Kampferbaum, trinken Tee und unterhalten uns. Ich hoffe, du und dein Mann werdet genauso glücklich wie wir.«

»Großmutter sagt, mein Mann und ich passen gut zusammen.«

»Viel Übereinstimmung und großes Glück sollten euch viele Kinder bringen.«

Ich nehme diesen Wunsch in mein Herz auf, obwohl meine Freundin seufzt. Ein halbes Jahr ist seit ihrer Hochzeit vergangen, und sie ist immer noch nicht schwanger. Davor habe ich auch Angst, und ich weiß, dass es nur eine Möglichkeit gibt, ein Kind zu bekommen …

Meiling nimmt meine Hand und fragt: »Hast du Angst davor, was heute Nacht passieren wird?«

»Ich weiß mehr darüber als die meisten Mädchen.« Ich gebe mich so unerschrocken wie möglich bei etwas, was ich heute Nacht mit jemandem tun werde, den ich noch gar nicht kennengelernt habe.

»Ich habe dir doch schon gesagt, ich kann dir helfen. Ich habe den Trick von meiner Mutter gelernt.« Sie hält den Zeigefinger hoch, tut so, als würde sie Watte um die Fingerspitze wickeln und macht dann kreisende Bewegungen.

Meine Kopfhaut kribbelt. Die Methode, um bei einem Vorwurf der Vergewaltigung oder des Betrugs während einer Verlobung zu prüfen, ob ein Mädchen noch Jungfrau ist, ist die gleiche wie die, die Meiling vorschlägt, um den Schmerz in meiner Hochzeitsnacht zu lindern.

»Danke, aber nein«, sage ich.

Lächelnd senkt sie den Finger wieder. »Als ich aufwuchs, hat meine Mutter das, was Mann und Frau tun, als Beilager bezeichnet. Sie sagt immer, es sei die Pflicht einer Frau, das für ihren Mann zu tun. Mir ist aber lieber, wie deine Familie davon spricht. Spiele im Schlafgemach können einer Frau große Freude bereiten, wenn man sie zulässt.«

»Großmutter sagt, es ist die Pflicht eines Ehemanns, dafür zu sorgen, dass die Frau den Glücksmoment erlebt, der dabei hilft, Blut und Essenz zu vermischen, um einen Sohn zu zeugen – der allerhöchste Glücksmoment.«

Meiling zieht den Kopf ein. Meine Nervosität wegen heute Nacht hat dazu geführt, dass ich ihr schmerzhaftestes Scheitern berührt habe – dass sie nicht schwanger wurde.

»Ich wollte nicht …«

»Du lässt alles und jeden zurück.« Ihre Worte klingen zwar melodiös, aber sie treffen wiederum *meine* empfindlichste Stelle. »Deine Großmutter, Konkubine Zhao, Tupfen …«

»Das ist die traurige Wahrheit für jede Braut der Erde«, sage ich. »Aber könnte man es nicht auch als den wahren Beginn des Lebens bezeichnen? Es wird uns beigebracht, dass ein Mädchen von seiner leiblichen Familie aufgezogen wird, bis es Zeit ist, zu seiner wahren Familie zu ziehen – zu der seines Mannes.«

»Hör auf, das alles aufzusagen!« Erschrocken über die Schärfe ihrer eigenen Stimme reißt sie die Augen auf. »Es tut mir leid. Ich wollte nicht so schroff klingen. Du und ich, wir sind in so vielen Dingen unterschiedlich. Das liebe ich an unserer Freundschaft. Aber wir müssen immer ehrlich zueinander sein.« Zögerlich beißt sie sich auf die Unterlippe.

»Na los«, ermutige ich sie.

»Zuerst war ich enttäuscht, jemanden zu heiraten, der so viel älter ist als ich, aber es stellte sich heraus, dass Kailoo ein guter Mann ist, und ich muss nach dem Aufwachen nicht gleich meiner Schwiegermutter dienen oder mich durch die Intrigen der inneren Gemächer lavieren. Kailoo gestattet mir nicht nur, mich frei zu bewegen, um mich um Frauen in den Wehen zu kümmern, er ermutigt mich sogar dazu. Er ist stolz auf mich. Er sagt, ich sei eine echte Schlange.« Sie rezitiert: »*Wenn eine Schlange im Haus lebt, wird es einer Familie an nichts mangeln.* Ich schaffe Geld heran und erhöhe unseren Status. Das tue ich, indem ich meine Mutter fast jeden Tag sehen kann, während wir von Haus zu Haus gehen, um Babys auf die Welt zu bringen.«

Sie geht zu dem Tisch, auf dem die Kleider, die ich heute tragen werde, ausgelegt sind. Sie streicht über den goldenen

Zierrat am Kopfschmuck. »Du wirst in deinem Leben als Ehefrau Wohlstand und Privilegien haben«, sagt sie schließlich.

Ich kann mir ein Lächeln nicht verkneifen. »*Eine Schlange kann grundlos eifersüchtig sein …*«

»Hier geht es nicht um eine Kröte in einem Teich, die sich wünscht, eine Schwalbe am Himmel zu sein. Ich bin nicht eifersüchtig.« Sie dreht sich zu mir um. Tränen laufen ihr über die Wangen. »Was, wenn ich dich heute zum letzten Mal sehe?«

Erschrocken schlage ich die Hand vor den Mund. Wie konnte ich daran nicht denken? Tränen schießen mir in die Augen und fließen, aber bevor ich etwas sagen kann, kommt Großmutter herein.

»Endlich!«, ruft sie. »Die Braut weint, wie es sich gehört.«

Konkubine Zhao kommt als nächste herein. Lady Huang und ihre Töchter, die drei Jadesteine und einige der höher gestellten Dienerinnen, darunter auch Mohnblüte und Tupfen, folgen ihr. Während sich der Raum mit dem fröhlichen Geplapper der Frauen, die mich lieben, füllt, zieht sich Meiling langsam an die Wand zurück. Manche missbilligen ihre Anwesenheit immer noch, aber meine Großmutter gestattet ihr, bei der Familie zu bleiben, bis Großvater mich übergibt.

Großmutter klatscht in die Hände, um die Aufmerksamkeit aller zu erregen. »Es ist Zeit, die Braut anzukleiden!«

Man hilft mir in einen Rock und eine Tunika aus zinnoberroter Seide. Der Rock ist mit Glücks- und Fruchtbarkeitssymbolen bestickt. Die Tunika ist mit einem Drachen und einem Phönix aus Gold- und Silberfäden bestickt. Meine Lippen werden in der Farbe roter Lotosblüten geschminkt, meine Wangen mit weißer Creme betupft. Großmutter setzt mir die Phönixkrone auf den Kopf. Anhänger aus Goldfiligran, Jade und anderen Edel- und Halbedelsteinen hängen daran, das

Klimpern erinnert mich an Vogelgezwitscher. Aus einiger Entfernung hören wir klappernde Zimbeln, dröhnende Trommeln und laute Hörner.

»Im *Buch der Lieder* heißt es, dass eine junge Frau mit der Hochzeit ihre Eltern und ihre Geschwister weit zurücklässt«, sagt Großmutter. »Großeltern und andere, die sie lieben, werden nicht erwähnt.« Ihr stockt die Stimme. »Der Bräutigam ist gekommen, um die Braut zu holen. Es ist Zeit für deinen Schleier.«

Ich werde von den Frauen meiner Familie umringt. Lauter Verabschiedungen dringen mir in die Ohren. Ich suche einzelne Gesichter, möchte mir jedes Augenpaar, die Ausprägung der Wangenknochen oder die Feinheit eines Kinns einprägen. Großmutter und Meiling heben gemeinsam einen roten, mit Pfingstrosen bestickten Schleier an und legen ihn über meine Krone. Der Stoff ist undurchsichtig, sodass ich nur noch etwas sehen kann, wenn ich an meiner Brauttunika und dem Rock entlang zu meinen Schuhen hinunterblicke.

»Nur an diesem Tag kleidest du dich wie eine Kaiserin«, sagt Großmutter, »während dein Mann die Tracht des neunten Rangs tragen wird. Werdet den Symbolen gerecht, dann werdet ihr beide glücklich.«

Damit nimmt Großmutter mich am einen Arm und Meiling mich am anderen, um mich durch die Höfe zu führen. Auf dem ganzen Weg flüstert mir Großmutter gute Ratschläge und liebe Worte zu.

»Wir sind jetzt an der letzten Schwelle«, verkündet sie. »Hebe hier deinen Fuß.«

Vor dem Anwesen spürte ich Bewegung um mich herum. Ich stelle mir vor, wie alles aussieht: Geschmückte Sänften stehen aufgereiht da und warten auf meine Verwandten. Der Rest meiner Mitgift – von den kleinsten Nähnadeln bis hin zu großen Möbelstücken – wurde in rote Seide gewickelt oder in rote, mit Gold verzierte Truhen gepackt und auf Karren und Tragen geladen, um feierlich zum Heim meines Mannes gebracht zu werden, damit die Welt sehen kann, welchen Reichtum ich mitbringe.

»Ich grüße euch, Gebieter Tan«, ist eine männliche Stimme zu vernehmen. »Wir kommen von der Familie Yang, um den Brief der Hochzeitszeremonie zu übergeben.«

»Ich nehme euren Brief an«, sagt Großvater.

Ein paar Minuten vergehen, während Großvater ihn schweigend durchliest. Ich stelle mir vor, wie er nickt, während er überprüft, ob alles in Ordnung ist, einschließlich der Anerkennung der Schenkung von dreißig *mou* Land durch meinen Vater an die Familie Yang, die bereits zuvor durch eine Urkunde übertragen wurde.

Meiling drückt meinen Arm fester mit ihrer Armbeuge und flüstert: »Jetzt ist es so weit. Auf Wiedersehen, liebe Freundin.«

»Meiling …«

»Wir wissen beide nicht, was die Zukunft für uns bereithält, aber versprich mir zu schreiben …«

»Und versprich du mir, mich zu besuchen.«

Meiling entzieht mir ihren Arm, und Großmutters fester Griff lockert sich sanft. Von einer Braut wird erwartet, dass sie Tränen vergießt, um zu zeigen, wie widerwillig sie ihre Familie verlässt. Das fällt mir weder schwer, noch tue ich es aus Pflichtgefühl. Ich schluchze, während meine Großeltern mich durch die Menge führen. Ich blicke nach unten und sehe unterschiedliche Füße. Ich erkenne Konkubine Zhaos blaue Satinschuhe, die mit Schneeflocken bestickt sind, und die Lederstiefel meines Bruders. Ich sehe die Pantoffeln, die den unterschiedlichen Jadesteinen gehören. Ich entdecke Mohnblütes große Füße;

sie wird neben meiner Sänfte herlaufen wie damals, als wir Laizhou verlassen haben. Später wird sie mir erzählen, was sie gesehen hat: wie viele Menschen die Straße säumten, um unsere Prozession zu sehen, wie prächtig die Häuser waren, an denen wir vorübergingen, und ob Wolken über den Himmel zogen. Meilings aprikosenfarbene Schuhe sehe ich nicht.

Man hilft mir in die Sänfte. Ich zittere am ganzen Leib. So sehr ich mich auch auf diesen Tag vorbereitet habe, es ist traurig, alle Menschen und alles, was ich kenne, zu verlassen. Meine Gefühle sind so durcheinander, dass mir kaum auffällt, wie unangenehm der Weg ist. Der Missklang der Zimbeln und der anderen Instrumente begleitet jeden Schritt und jede Erschütterung. Wir sind etwa fünfundvierzig Minuten unterwegs, aber es könnte auch sein, dass die Träger einen Umweg machen, damit ich den Weg nach Hause nicht ohne Hilfe finde.

Das Trommeln und Klappern der Zimbeln wird immer wilder. Knallende Feuerwerkskörper und laute Jubelrufe verkünden, dass ich mein Ziel erreicht habe. Befehle und Anweisungen werden gerufen, das verrät mir, dass meine Mitgift bereits ausgeladen wird. Ich warte in der Sänfte, nervös wie eine Fliege in der Nase eines Wasserbüffels. Diesen Moment nennt man »die große Heimkehr«, denn es heißt, der Himmel habe diese Verbindung vorherbestimmt, aber was sollte ich anderes empfinden als Nervosität – und Angst –, den Ort, die Familie und den Ehemann zu sehen, den das Schicksal für mich vorgesehen hat?

Die Tür der Sänfte öffnet sich und eine Hand langt hinein. Grünes Tuch wurde für mich ausgelegt, um darauf zu gehen, damit ich nicht mit dem Schmutz und den Gefahren der Erde in Berührung komme. Wie es die Tradition vorsieht, werde ich von Witwen geleitet. Die Hände, die meine halten, haben

Altersflecken. Ich versuche, mir die Gesichter vorzustellen, die zu den bebenden Stimmen passen, die mir sagen, ich soll den Fuß über eine Schwelle heben, darauf vorbereitet sein, dass es gleich zwei Schritte nach oben geht, oder auf die leichte Neigung einer Gartenbrücke achten. Ihre Stimmen werden fast vom Scheppern der Instrumente und den lauten Begrüßungen anderer, die hier leben, übertönt. Eine Schwelle noch, dann befinde ich mich in einem Zimmer. Ich werde weitergeführt, bis meine roten Schuhe neben einem Paar Schuhe in Männergröße stehen, die ich bestickt habe. Sie gehören meinem zukünftigen Ehemann. Ich schwanke, und mein Ärmel streift den seinen. Instinktiv weichen wir beide zurück. Trotzdem bin ich mir seiner Anwesenheit bewusst – der Wärme seines Körpers neben mir, seines Atems, der beinahe so unregelmäßig geht wie meiner.

Dann passiert alles ganz schnell. Eine Stimme bittet uns, uns drei Mal zu verneigen: »Die erste Verbeugung gilt dem Himmel, der Erde und den verehrten Ahnen der Familie Yang. Die zweite gilt Gebieter Yang und seiner Frau, Lady Kuo. Jetzt verneigt euch voreinander, um zu zeigen, dass ihr immer treu gesinnt und höflich zueinander sein werdet – von Mann zu Frau und von Frau zu Mann.«

Damit bin ich eine verheiratete Frau. Ich gehöre nicht mehr zu der Familie, von der ich abstamme; meine Verwandten und Vorfahren kommen nun alle aus dem Geschlecht der Yangs. Wieder ergreifen Hände meine Arme, und ich werde zurück nach draußen und durch weitere Höfe geführt, mit vielen Drehungen und Wendungen. Vielleicht ist diese rätselhafte Strecke auch eigens ausgeheckt worden, damit ich die Orientierung verliere. Schließlich trete ich über eine Schwelle und in ein neues Zimmer. Kinder lachen und kichern, kreischen und quietschen. Ich muss sie nicht sehen, um zu wissen, dass sie auf meinem Ehebett herumhüpfen – dem Bett meiner Mutter –, um die Matratze, die Bettwäsche und das Holz anzuregen, mich möglichst fruchtbar zu machen.

»Jetzt weg mit euch«, befiehlt eine Frauenstimme – streng und autoritär. Das muss meine Schwiegermutter sein, denn die Kinder gehorchen ohne Widerspruch.

Ich werde zum Bett geführt. Mein Mann setzt sich neben mich. Seine Hände ruhen auf seinen Oberschenkeln. Sie zeigen keine Spuren von anderer Arbeit als Bücher oder eine Kalligrafie zu halten. Das traditionelle Geplänkel beginnt, als fremde Finger mir rote Datteln in die Falten meiner Kleidung stecken.

»Du wirst bald viele Kinder gebären«, sagt jemand, denn die Wörter für *Dattel* und *Sohn* klingen gleich.

»Möge euer gemeinsames Leben süß sein«, ruft eine weitere Stimme vom anderen Ende des Raums, denn Datteln sind süß.

»Möget ihr fünf Söhne und zwei Töchter bekommen.«

»Möget ihr ein langes Leben und viele Söhne haben.«

»Möge deine Ausdauer nie nachlassen.«

»Möge deine Kerze nie erlöschen.«

Diese letzten beiden Scherze für meinen Mann werden mit schallendem Gelächter quittiert, aber damit haben diese Possen ein Ende.

Es regnet Lotossamen auf uns nieder. Die Schriftzeichen für *Lotossamen* und *Kinder* haben ein gemeinsames Radikal, während der Klang gleichlautend ist mit einem anderen Wort, das *in Folge* bedeutet. Man wünscht uns als wieder viele Kinder, diesmal aber ohne intime Scherze darüber, dass sich Blut und Essenz verbinden. Ich bekomme einen Kelch Wein gereicht. Um den Stiel ist eine rote Schnur gebunden, die zum Stiel des Kelchs führt, den mein Mann in der Hand hält. Stimmen rufen:

»Trinkt! Trinkt! Trinkt!« Ich nehme einen kleinen Schluck, doch dann drückt eine Hand gegen den Boden des Kelchs und kippt ihn, bis ich keine andere Wahl habe, als den Rest des Reisweins hinunterzustürzen. Es brennt, als er in meinen Magen wandert. Noch während die Flüssigkeit beginnt, mein Denken und meine Gefühle zu verändern, heben ein Daumen und ein Zeigefinger meinen Schleier am Rand etwas an. Zwei Essstäbchen mit einer halb garen Teigtasche bewegen sich auf meinen Mund zu. Ich will sie nicht, aber was bleibt mir übrig? Das Wort für *roh* klingt so ähnlich wie *Kinder bekommen*. Die Konsistenz ist matschig, aber das Fleisch ist frisch, das merke ich.

Gerade als die Scherze derb werden, ergreift die Frau, von der ich glaube, dass sie meine Schwiegermutter ist, wieder das Wort. »Es ist Zeit, die beiden allein zu lassen, damit sie ihr Eheleben beginnen können. Wir anderen gehen jetzt zum Bankett.«

In wenigen Augenblicken sind alle verschwunden.

»Bist du bereit?«, fragt mein Ehemann. Als ich nicke, hebt er sanft meinen Schleier an. Der Schein einer speziellen Drachen-und-Phönix-Kerze reicht nicht aus, um den Raum zu erhellen, aber ich erkenne das Gesicht meines Mannes, das rund und bleich ist wie der Mond. Er ist noch schöner, als ich es mir erträumt hatte.

»Möge die Leuchtkraft der Kerze böse Geister vertreiben …«

»Und uns Glück bringen«, beende ich den Satz für ihn.

»Mögen wir sein wie zwei Mandarinenten.«

Wieder spreche ich den Satz zu Ende. »Ein Paar auf Lebenszeit, in uneingeschränkter Treue und Liebe.«

Es dauert nicht lange, bis ich feststelle, wie schlank er ist, wie kräftig seine Schultern sind und wie sanft er sein kann. Während die Klänge der Hochzeitsfeierlichkeiten von ferne zu uns dringen, verstehe ich schließlich, auf eine Weise, wie es mir weder Wörter noch Zeichnungen beibringen konnten, was es mit den Spielen im Schlafgemach auf sich hat. Als es vorbei ist, ziehe ich die Beine hoch, stelle die Füße flach auf die Matratze und bete, dass ein Sohn entsteht.

~

Es ist dunkel im Zimmer, als ich am nächsten Morgen aufwache. Die Drachen-und-Phönix-Kerze ist heruntergebrannt. Mohnblüte hat nicht im Vorzimmer meines Betts geschlafen, deshalb konnte sie nicht früh aufstehen und die schweren Brokatvorhänge öffnen, um Licht hereinzulassen. Ich drehe mich im Bett um, stoße gegen meinen Mann und weiche sofort zurück, als hätte ich ein heißes Kohlebecken berührt. Ich schlüpfe aus dem Bett, gehe durch die beiden Vorkammern und in den Hauptraum. In dem düsteren Licht suche ich meinen Kleiderschrank, wo Lady Huang meine zusammengelegten Röcke, Westen, Tuniken und Jacken in Schubladen nach der Jahreszeit geordnet hat. Ich ziehe mich an, kämme mir die Haare, stecke sie hoch und wasche mir das Gesicht. Ich hülle mich in meinen feinsten Rosa-Wolken-Umhang – rosarot von der Farbe und wallend wie eine Wolke – und tapse leise zur Tür. Ich öffne sie. Dahinter wartet Mohnblüte auf mich. Der Himmel färbt sich gerade rosa. Ich muss mich beeilen …

»Guten Morgen, Kleine Herrin«, sagt sie und reicht mir eine Tasse aromatisierten Tee, um mir den Mund auszuspülen, wie es mir meine Mutter beigebracht hat. »Ich habe erfahren, wo ich Sie hinbringen muss. Folgen Sie mir.«

Als ich mich noch kurz umdrehe, um die Tür zu schließen, fällt ein Strahl der Morgensonne ins Zimmer. Mein Ehebett, das nach jedem Maßstab eine beachtliche Größe hat, wirkt klein in dem großen Raum. Im Halbdunkel erkenne ich die Umrisse von bestickten Wandbehängen und Möbeln aus Birnenholz, die kunstvoll arrangiert sind. Ich wende mich wieder zu Mohnblüte und erblicke zum ersten Mal die Pracht des Gartens der duftenden Freuden. Dieser einzelne Hof ist wahrscheinlich vier Mal so groß wie der, in dem ich mit meiner Mutter und meinem Vater gewohnt habe. Aber jetzt habe ich keine Zeit, mich umzusehen. So rasch ich kann, folge ich Mohnblüte durch einen Hof nach dem anderen, in unterschiedlichen Richtungen.

Mohnblüte hält eine Tür auf, und ich trete ein. Meine Schwiegermutter und mein Schwiegervater, beide förmlich gekleidet, erwarten mich. Mohnblüte hat bereits für heißes Wasser, Tassen und eine Teekanne gesorgt.

»Vater. Mutter.« Ich werfe mich nieder und berühre den Boden mit der Stirn.

»Sehr gut«, sagt Gebieter Yang. »Du darfst fortfahren.«

Es ist die Pflicht einer neuen Ehefrau, ihren Schwiegereltern Tee zu servieren. Mir zittern die Hände, aber es tröstet mich, das Geschenk meiner Großeltern zu sehen – die Dose mit losen Teeblättern. Ich weiß, dass der Tee von höchster Qualität sein wird. Ich brühe ihn auf, gieße ihn ein und reiche die erste Tasse meinem Schwiegervater, den Kopf ehrerbietig gesenkt. Nachdem ich meiner Schwiegermutter die zweite Tasse gereicht habe, setzte ich mich auf die Fersen.

»Das Schicksal einer Familie lässt sich dadurch voraussagen, ob ihre Mitglieder Frühaufsteher sind oder nicht.« Der Tonfall meiner Schwiegermutter ist nicht weniger schroff oder fordernd als gestern Abend, als sie die Kinder aus dem Hochzeitsgemach geschickt hat. »Stehe vor Sonnenaufgang auf und geh erst zu Bett, wenn mein Sohn bereit ist.«

»Ja, Mutter …«

»Ich würde es vorziehen, wenn du mich Lady Kuo nennst.«

Ich weiß nicht, was ich von diesem Wunsch nach Förmlichkeit halten soll. Betrachtet sie mich nicht als Teil der Familie? Ich werde hart arbeiten müssen, um ihre Anerkennung zu gewinnen.

»Morgen werde ich früher aufstehen«, verspreche ich mit gesenktem Blick.

»So sei es.«

Und das war es. Sie entlassen mich. Ich hatte nicht einmal die Gelegenheit, ihre Gesichter zu sehen. Als ich in mein Zimmer zurückkomme, ist mein Mann verschwunden. Mein Blick fällt auf einen Wandbehang. Er zeigt zwei Vögel, die zusammen auf einem Pfingstrosenzweig sitzen. Dieses Bild vermittelt Frischverheirateten Glück und Langlebigkeit. Rote Zeichen in fließender Schrift laufen an der rechten Seite des Bilds hinunter: *Die Haare weiß, gemeinsam alt werden.*

~

Wie es die Tradition verlangt, besuchen mein Mann und ich drei Tage später das Haus meiner Familie. Wie ich vermutete, hat die Sänfte, die mich in den Garten der duftenden Freuden gebracht hat, einen Umweg genommen. Tatsächlich wohnen meine Großeltern nur fünfzehn Minuten entfernt. Ich könnte zu Fuß dort hingehen, wenn es sein müsste. Ohne zu zögern kann ich Mohnblüte schicken, um meinen Großeltern und meinem Bruder Briefe zu überbringen, aber auch Großmutter, um sie Meiling zu geben.

Meine Großeltern geben ein Bankett für unsere Familie, aber ich bin jetzt nur ein Gast auf Besuch. Während der nächsten zwei Tage sehe ich meinen Mann kaum, der die Zeit mit meinem Großvater verbringt. Vielleicht sprechen sie über

Maorens bevorstehende Prüfungen oder welche Position er einnehmen könnte, wenn er sie bestanden hat, *falls* er sie besteht. Ich bleibe in den inneren Gemächern.

»War dein Mann in eurer Hochzeitsnacht freundlich zu dir?«, fragt Konkubine Zhao.

»Wie sieht das Haus denn aus?«, möchte Lady Huang wissen.

»Erzähl uns von deinem Schwiegervater«, drängt Weiße Jade.

»Wird deine Schwiegermutter dir einen Platz im Haushalt einrichten?«, fragt Grüne Jade.

»Oder in ihrem Herzen?«, bemerkt Rote Jade noch gezielter.

Ich antworte, dass mein Mann freundlich war, dass ich aber meine Hochzeitsnacht mit niemandem und nichts vergleichen kann. Der Garten der duftenden Freuden ist zu groß, um ihn zu begreifen, geschweige denn ihn zu erklären. Mein Schwiegervater wirkte recht nett, aber ich habe keine Ahnung, wann ich ihn wiedersehe. Und was meine Schwiegermutter betrifft …

»Ich glaube nicht, dass sie mich mag«, sage ich.

»Gib ihr Zeit«, sagt Großmutter Ru. »Schwiegermütter sind von Natur aus anspruchsvoll. Es wäre vielleicht anders, wenn *ihre* Schwiegermutter noch am Leben wäre, denn dann wäre Lady Kuo die zweithöchste Frau im Haushalt. Aber dem ist nicht der Fall, und das bedeutet, sie kontrolliert alles innerhalb der Tore des Anwesens, auch dich. Lady Kuo kann dir das Leben zur Hölle machen, oder sie kann dich akzeptieren. Denk einfach daran, dass wir als Frauen keinen Platz für unsere Gefühle haben außer in unserem Körper, wo sie sich eingraben und schwären. Als Frau, die im Jahr der Schlange geboren ist, musst du ganz besonders vorsichtig sein. Schlangen sind mit einem hübschen und glatten Teint gesegnet, aber innerlich brodeln sie vor lauter Anspannung und Gefühlswallungen. Gib acht, mein liebes Mädchen. Gib sehr gut acht.

EIN GEFÄSS FÜR DAS UNIVERSUM

»Beginne mit dem Unterricht deines Sohns, wenn er ein Baby ist«, rezitiert Lady Kuo, scheinbar an die Luft gerichtet. *»Beginne mit dem Unterricht deiner Schwiegertochter, sobald sie ins Haus kommt.«*

Ich schließe kurz die Augen. Es ist richtig, was meine Schwiegermutter gesagt hat, aber ich verstehe ihre Worte als Kritik an mir. Ich habe auf jede erdenkliche Weise mit jeder Methode, die man mir beigebracht hat, versucht, ihr alles recht zu machen. Jeden Morgen stehe ich eine Stunde vor Sonnenaufgang auf. Ich bringe ihr Tee und Frühstück. Ich wasche ihr die Hände und das Gesicht. Manchmal stecke ich ihr die Haare hoch. Aber in diesen vergangenen sieben Monaten habe ich das eine, was ich unbedingt tun soll, nicht getan, nämlich mit einem Enkelsohn schwanger zu werden, der den Fortbestand der Familie ihres Mannes garantiert und für sie sorgt, wenn sie in der Nachwelt ist.

Als ich die Augen wieder aufschlage, stelle ich fest, dass sie mich mustert. Was habe ich heute verkehrt gemacht? Ist der Tee zu stark oder zu schwach? Hat sich – schon wieder – jemand aus den inneren Gemächern über mich beschwert?

»Du siehst dünn aus, und du hast keine gute Farbe«, bemerkt sie.

»Das tut mir leid.«

»Das muss dir nicht leidtun. Iss mehr. Kneif dir in die Wangen.«

Sie presst den Kiefer zusammen und zeigt damit wie gewöhnlich ihre Ungeduld mit mir. Ihre Schwiegereltern – die Großeltern meines Mannes – starben vor fünf Jahren an Typhus, was sie im jungen Alter von neunundzwanzig zur obersten Frau im Haus gemacht hat. Sie hat von Natur aus eine hohe Stirn, aber sie steckt die Haare zu sich überlappenden Knoten hoch, um diese cremefarbene Fläche noch mehr zu betonen. Damit will sie die Botschaft vermitteln, dass das, was dahintersteckt, immer arbeitet. Sie hat einen Sohn und drei Töchter geboren, aber sie ist schlank. Ihre Finger sind lang und laufen spitz zu, doch sie regiert mit eiserner Faust, denn zusätzlich zu den üblichen Pflichten einer jeden Mutter führt sie die Haushaltsbücher, verfolgt den Mondwasserzyklus jeder weiblichen Bewohnerin des Gartens der duftenden Freuden und behauptet ihre Stärke und Macht in den inneren Gemächern. Mohnblüte berichtet mir, dass die Dienerschaft sie respektiert, denn sie hat nie eine Dienstmagd, eine Amme oder eine Küchenhilfe so geschlagen, dass sie am folgenden Tag ihre Arbeit nicht verrichten konnte. Was das Schelten jedoch angeht, so verhält es sich anders – ob gegenüber faulen Dienerinnen, sich schlecht benehmenden Konkubinen oder jemandem, der ihr lästig ist, so wie ich.

»Was hast du dazu zu sagen?«, fragt sie gereizt.

»Ich strenge mich mehr an.«

»Ich strenge mich mehr an. Ich strenge mich mehr an. Ich strenge mich mehr an.«

Meine Wangen glühen rot, weil sie mich nachahmt.

»Schenk mir noch ein wenig Tee ein, dann kannst du gehen«, sagt sie in einem weicheren Ton. »Wir sehen uns später.«

Die Flüssigkeit fließt in ihre Tasse, ohne dass ein einziger Tropfen danebengeht. Dann gehe ich rückwärts aus dem Zimmer und halte dabei meinen Rock hoch, um nicht zu stolpern.

»Yunxian«, sagt sie, bevor ich an der Tür bin. Ich bleibe stehen und warte auf eine neue Kritik.

Wird sie mir vorwerfen, dass ich in den Frauengemächern nicht freundlich genug bin? Dass meine Dichtkünste nicht unterhaltsam sind? Dass ich ein schlechtes Beispiel für ihre Töchter und andere unverheiratete Mädchen darstelle, weil ich nicht mit den anderen lachen und klatschen kann?

»Ich kam selbst als Braut hierher«, sagt sie. »Ich weiß, wie es ist, auf der untersten Sprosse der Leiter zu stehen, aber du musst zu dem Zeitpunkt vorausdenken, wenn du auf der obersten Sprosse stehst.«

Sie möchte mich ganz klar ermutigen, aber ich bin schlichtweg verzweifelt.

»Danke, Lady Kuo«, sage ich, aber ich besitze ihre Fähigkeiten nicht und kann mir nicht vorstellen, sie mir jemals anzueignen. Mir fehlt Großmutter und der Sinn, den ich an ihrer Seite spürte. Ich vermisse den leisen Zuspruch von Konkubine Zhao. Ich vermisse so vieles an Meiling, dass ich es gar nicht aufzählen kann. Bei unserem Abschied hatte ich sie gebeten, mich zu besuchen, und sie hatte mich gebeten, ihr zu schreiben. Sie hat mich nicht besucht. Ich habe ihr viele Briefe geschrieben, aber keine einzige Antwort erhalten.

Ich laufe durch einen Säulengang in Richtung der Frauengemächer auf der hinteren Seite des Anwesens. Es ist noch so früh, dass die Diener die Dochte noch nicht gelöscht haben, die in den über mir hängenden Seidengazelaternen brennen. Ich gehe durch den vierten Hof, als Zweiter Onkel auf mich zueilt. Als Gebieter Yangs zweiter Bruder ist er die zweitwichtigste Person im Haushalt und hat viele Pflichten und Aufgaben. Ich hebe den Ärmel, um mein Gesicht zu bedecken, und wende den Blick ab, bis er an mir vorbei ist. Ich sage kein

Wort und er auch nicht, aber seine kräftigen Schritte wirbeln die Luft auf, sodass meine Ärmel und mein Rock sich aufbauschen. Nicht zum ersten Mal frage ich mich, wie es wohl wäre, ein Mann zu sein, sich mit Entschlossenheit zu bewegen und durch das Tor hinauszugehen, während ich nicht einmal durch einen Spalt in der Mauer gucken dürfte, wenn es einen gäbe.

Ich halte mich an der Brüstung fest, um mich zu stützen. Meine Schwiegermutter hatte recht mit ihrer Einschätzung. Ich habe abgenommen. Ich bin blass. Meine Einsamkeit ist ein schwarzer Abgrund in meinem Inneren, und ich fühle mich schwach und traurig. Ich sollte weiter zu den inneren Gemächern gehen, aber die Aussicht darauf macht mich trübsinnig. Die Frauen dort mögen mich nicht. Ich lasse die Gedanken zum Haus meiner Familie und zu meiner Großmutter schweifen.

»Der menschliche Körper ist ein kleines Abbild von Himmel und Erde«, erklärt sie mir. »Was auch immer im Körper als Ganzem geschieht, geschieht auch in allen Gliedern und Organen. Vergiss nie den schädlichen Einfluss des Yin auf Frauen. Wind kann durch unsere Körperöffnungen eindringen, aber durch dieselben Öffnungen können wir Flüssigkeiten verlieren. Nicht nur unsere Körper werden durch Feuchtigkeit beeinträchtigt, sondern auch unsere Emotionen. Männer haben ein körperliches Verlangen nach Essen und Spielen im Schlafgemach, aber aus uns Frauen dringt Zuneigung und Verlangen, Liebe und Hass, Neid und Eifersucht, Nervosität und Rachsucht, Bitterkeit und Vergeltung …«

»Ja, Großmutter.«

»Welche Zutaten braucht man für ein Vier-Substanzen-Dekokt und warum sind sie wichtig?«

»Engelwurz nährt das Xue, das Blut, während weiße Pfingstrosenwurzel das Xue unterstützt, das Rhizom des Liebstöckels bewegt das Xue und bricht es auf, während Rehmanniawurzel das Qi anregt und die kühlenden Eigenschaften der anderen drei Zutaten ausgleicht.«

»Denk immer daran, bei Frauen ist das Xue am wichtigsten.«

Ich hole Luft, halte den Atem an und atme dann langsam wieder aus. Ich werde zu den inneren Gemächern gehen, aber zuerst besuche ich den Garten der duftenden Freuden – den Garten, nach dem das Anwesen benannt wurde. Ich sollte hier nicht alleine herumspazieren. Wenn mich jemand sieht, sage ich einfach, dass ich nach Inspiration für den Gedichtwettbewerb am Nachmittag suche. Ich gehe weiter durch den überdachten Säulengang, halte das Gesicht gesenkt und versuche, mich unsichtbar zu machen. Das Anwesen der Yangs hat viele große Höfe, ganz kleine Höfe, Flügel und einzelne Gebäude. Jede Familiengruppe hat ihre eigene Unterkunft mit einer Küche, einer Speisehalle und einem privaten Hof. Es gibt Gebäude zum Waschen, zur Lagerung von Getreide und anderen Nahrungsmitteln und Unterkünfte für niedere Diener. Die Familie Yang hat sogar eigene Weberinnen, die bei ihnen wohnen. Manchmal höre ich sie singen, aber bisher bin ich dem Gesang noch nicht zu den Räumen gefolgt, in denen sie Seidendamast, Seidensatin und gewöhnlichen Stoff aus Rohseide herstellen.

Als ich zum Hof der flüsternden Weiden komme, trete ich durch ein Tor und befinde mich in einer anderen Welt. Generationen zuvor schenkte der Kaiser einem Ahnen der Familie Yang, der sich um das Reich verdient gemacht hatte, ein großes Stück Land, das an die Westseite des Anwesens grenzt. Dieser Ahne baute eine Schutzmauer um das Grundstück und machte sich alsbald daran, den Garten der duftenden Freuden anzulegen. Ich kann nicht wissen, was er ihm bedeutete, aber für mich ist der Garten eine Zuflucht. Ich vermute, er ist noch größer als der Bereich, in dem wir alle wohnen.

Auf dem Gelände stehen vereinzelte Pavillons. Der Bach schlängelt sich um kostbare Steine, die vom Grund des Tai Hu heraufgeholt wurden, wo sie vom Wasser Löcher und Risse bekommen haben, was ihnen ein besonderes Aussehen verleiht. Geschickt platzierte Portale und Gitterfenster bieten dem Besucher Einblicke in die natürliche Welt im Kleinformat. Mondtore führen von einem Teil des Gartens in den nächsten, und jedes gibt einen perfekten Blick auf einen gewundenen Ast oder blühende Orchideen frei. Ginkgos, die hier schon lange standen, bevor der Garten geschaffen wurde, werfen gesprenkelte Schatten. Blühende Bäume – der rotblättrige Pfirsich, der rosafarbene Holzapfel und korallenrote Quitte – bringen zu unterschiedlichen Jahreszeiten bunte Farbtupfer hervor. Ranken klettern an Balustraden und Mauern hoch, manche hängen von Ästen oder Traufen und wiegen sich sanft in der Brise. Die Wege sind mit Steinen ausgelegt, um die Fußsohlen zu massieren. Wenn der Körper den Kosmos abbildet und das Ohr ein Spiegelbild des gesamten Körpers ist, dann ist der Garten ein Gefäß für das Universum. Felsgrotten erinnern an Gebirge. Teiche und Bäche erwecken die Vorstellung von Seen und Flüssen.

Männerstimmen treiben von einem der Pavillons zu mir herüber, und ich halte mich, sofern es die Wege erlauben, so weit wie möglich entfernt. Mein Schwiegervater und andere Männer im Haushalt treffen sich dort gerne mit Freunden, um zu trinken, Karten zu spielen, Lieder der Bergbewohner zu singen und sich von einer Konkubine unterhalten zu lassen, die wegen ihrer besonderen Fähigkeit ausgewählt wurde. Dass sie zu dieser frühen Morgenstunde noch hier sind, verrät mir, dass die Lustbarkeiten der gestrigen Nacht besonders vergnüglich waren. Ich gehe am Pavillon der dreifachen Mondschau vorbei, wo ich in Vollmondnächten gerne kostbare Stunden mit meinem Mann verbringe und wir das silberne Gestirn am Himmel, in der Spiegelung im Teich und in dem Spiegel, der schräg über der Liege angebracht ist, betrachten. An jenen Nächten haben wir uns sehr bemüht, Xue und Qi, Blut und Essenz, zu vermischen, um ein Kind zu zeugen. Wie konnten die Schönheit und Romantik dieses Platzes uns nur so im Stich lassen?

Ich komme zu einem weiß verputzten Gebäude, das die Einsiedelei genannt wird. Sie steht in der Mitte des größten Teichs des Gartens. Erst überquere ich die Zickzackbrücke und betrete dann die Terrasse, die das Gebäude umgibt. Die Ellbogen auf die Marmorbrüstung gestützt, blicke ich auf die Seerosen und Lotosblumen hinab, die auf der Oberfläche des Teichs treiben. Es ist so früh, dass die Kois sich noch im Schlamm vergraben haben. Der Teich ist sehr seicht. Ginge ich hindurch, ich würde wahrscheinlich nur bis zu den Knien nass werden. Diese Terrasse dient mir zum Nachdenken, Staunen und Träumen. Der Garten, in dem jede Spur von Wildnis sofort manikürt und kontrolliert wird, erinnert mich daran, dass ich – wie jeder Mann und jede Frau auf der Erde – im Angesicht der Natur unbedeutend bin. Ich versuche, die Melancholie in meinem Kopf meine Arme hinunter, aus den Fingerspitzen und in das sich kräuselnde Wasser fließen zu lassen. Während ich die duftende Luft einatme, kommen mir Bilder von meinen Großeltern, meinem Bruder, Konkubine Zhao und Meiling in den Sinn. *Denkt an mich. Erinnert euch an mich. Liebt mich.*

Gestärkt gehe ich zurück, verlasse den Garten und mache mich auf den Weg zu den inneren Gemächern im hinteren Teil des Anwesens. Die Frauen, die im Garten der duftenden Freuden leben – mich eingeschlossen – gehören zu den Glücklichsten im Land. Das bedeutet auch, dass wir zurückgezogen leben müssen. *Eine gute Frau soll keine drei Schritte über das Tor hinaus gehen.* Aufgrund dieser Ansicht lassen sich einige der Entwürfe, die man im Garten findet, auch im großen Versammlungsraum finden. Ein Miniaturstein aus dem Tai Hu steht auf einem Ständer. Räucherwerk verströmt einen holzigen Duft. Lackierte Wandschirme zeigen Szenen mit Frauen, die sich eine Oper ansehen oder an einem Drachenbootrennen teilnehmen – Lady Kuo würde uns so etwas niemals gestatten. Mit Tusche und Pinsel gemalte Bilder zeigen eine verlassene Brücke nach einem Schneesturm, einen Kassiazweig, der sich über das stille Wasser eines Teichs streckt, und eine hoch aufragende Bergkette mit einem kleinen Tempel, der von einem einsamen Mönch bewohnt wird. Zwei Ahnenporträts hängen an einer der Wände – die Augen der Ururgroßeltern meines Mannes wachen über uns.

Die Frau von Zweitem Onkel ruft mich mit fürsorglicher Stimme zu sich. »Yunxian, hättest du Lust, dich heute unserem Kreis anzuschließen?« Sie ist zwar nur ein Jahr jünger als Lady Kuo, aber um ihren Mund herum zeigen sich bereits kleine Fältchen der Verbitterung. Sie sitzt mit ihren beiden Schwägerinnen in einer Ecke des Raums, wo eine Bibliothek eingerichtet wurde – mit Reibsteinen und Pinseln jeder Größe, Schränken voller Bücher und horizontalen Rollen, die die Fantasie anregen sollen. Die Onkel meines Mannes – allesamt jüngere Söhne – haben im Lauf der Jahre Fäden gezogen, um die Kontrolle über die Familie und ihren gewaltigen Geld- und Landbesitz zu übernehmen. Insbesondere Zweiter Onkel. Es wird ihm nicht gelingen, denn die direkte Linie wird vom Himmel und durch die Geburtsreihenfolge festgelegt. (Es sei denn, der Tod würde sowohl meinen Schwiegervater als auch meinen Mann ereilen.) Nichtsdestotrotz wollen alle in diesem Raum *mehr*, als wäre nicht genug für alle da.

Ich antworte mit einem respektvollen Nicken. »Vielleicht später, wenn Lady Kuo es gestattet.«

Meine Antwort ist ein klares Nein. Ich darf nicht dabei gesehen werden, wie ich mich mit Zweiter Tante verbünde, die verächtliche Blicke mit ihrer Gruppe austauscht.

»Komm schon«, bittet mich Dritte Tante und klopft auf einen Platz neben sich. »Wir sprechen gerade darüber, wie man einen Ehemann am besten glücklich macht. Eine junge Braut wie du könnte einiges von uns lernen.

Das erinnert mich an die Zeile aus dem *Buch der Wandlungen*, in dem es heißt: *Sei ein verborgener Drache. Handle nicht.*« Die meisten Menschen deuten dies als Mahnung, dass eine Frau still und gefügig sein sollte. Doch Großmutter hat mich etwas anderes gelehrt: Ich soll meine Gefühle nicht zeigen, sondern die Zeit nutzen, und wenn ich dann bereit bin, werde ich springen, schwimmen oder fliegen, und niemand wird mich aufhalten können. Doch vorerst blicke ich bescheiden zu Boden und versuche, Meiling nachzuahmen.

»Habt vielen Dank«, antworte ich, »aber Lady Kuo unterweist mich bereits in den Spielen im Schlafgemach.«

Das stimmt nicht, aber meine Antwort bekräftigt meine Parteinahme für sie.

Ich halte die Sache für erledigt, aber Vierte Tante bietet noch eine Variante zu der Einladung von Dritter Tante. »Eine

Ehefrau zu sein bedeutet mehr als die Spiele im Schlafgemach. Ein verheiratetes Paar sollte nach Harmonie streben …«

Die anderen versuchen nicht, ihr Gekicher zu verbergen.

»Wir hören doch, wie du deinen Mann immer ausschimpfst«, verhöhnt Zweite Tante Vierte Tante. »Du bist eine Tyrannin! Kein Wunder, dass der arme Mann in Nanjing wohnt. Jedes Mal, wenn er nach Hause kommt, wird er mit Beleidigungen bombardiert.«

»Armer Vierter Onkel«, fügt Zweite Tante in gespieltem Mitleid hinzu. »Sobald er dich sieht, läuft er davon wie ein geschlagener Hund.«

»Wisst ihr noch, wie sie ihm eines hinter die Ohren gegeben hat?«, fragt Dritte Tante breit grinsend. »Vierte Tante kann von Glück sagen, dass sie Söhne hat. Sonst hätte ihr Mann sie schon an einem Flussufer ausgesetzt.«

»Ach, das wäre schön. Dann könnte ich wenigstens einmal richtig durchschlafen«, sagt Zweite Tante.

Die anderen im Raum lachen leise. Man könnte diesen Wortwechsel als Spaß oder als Wahrheit auffassen. Ich habe das Gefühl, es ist von beidem etwas, denn es gibt wohl kaum jemanden hier, der nicht die unwirschen Klagen gehört hat, die Vierte Tante ihrem Mann an den Kopf wirft, wenn er sich hier aufhält.

»*Waaa!* Ich kenne eine Geschichte, in der es genau um dieses Problem geht.« Das kommt von Tante Jungfer, die auf der anderen Seite des Zimmers bei einer Gruppe Witwen und anderer älterer Frauen sitzt. Sie ist die letzte noch lebende Schwester des Urgroßvaters meines Mannes. Ihr zukünftiger Ehemann starb vor der Hochzeit, aber sie blieb ihm bis heute treu und keusch. Ihre Haare sind ganz und gar weiß. Ihre Rundlichkeit kommt daher, dass sie schon viele, viele Jahre kein monatliches Mondwasser mehr hatte. Sie ist bekannt dafür, dass sie die allerbeste Stickerin im Haushalt ist, aber man kann mit Fug und Recht behaupten, dass ihr Geist noch behänder ist als ihre Finger. Obwohl sie selbst keine Mutter ist, wird sie oft zum Füßebinden gerufen, wenn eine Mutter die Tränen ihrer Tochter rühren, und sie hat bei den meisten Geburten im Haushalt mitgeholfen. »Wollt ihr sie hören?«, fragt sie.

Alle rufen Ja, aber mir fällt auf, dass Vierte Tante keineswegs begeistert aussieht.

Tante Jungfer beginnt. »Es war einmal eine Frau, die ihren Mann so schlimm verprügelte, dass er ins Schlafgemach rannte, um sich zu verstecken. ›Komm raus! Komm raus!‹, rief sie. Aber er weigerte sich.«

»Der Mann glaubte, den Willen eines Tigers zu haben. Er rief: ›Nein, nein, nein!‹« Das kommt von Lady Kuos Großtante, deren Gesicht so verschrumpelt ist wie eine Salzpflaume. Die Familie, in die sie eingeheiratet hatte, starb aus, sodass sie keinen Ort mehr hatte, an dem sie wohnen konnte. Dass Lady Kuo und Gebieter Yang sie aufgenommen haben, wird als große Güte betrachtet. »Er hat darauf beharrt und brüllte: ›Wenn ein tapferer Mann nein sagt, dann meint er auch nein!‹«

»Seine Worte waren in der Tat beeindruckend«, stimmt Tante Jungfer zu. »Aber Moment! Was ist das für ein Wimmern?« Sie beugt sich vor und legt eine Hand ans Ohr. Aus dem ganzen Zimmer ertönt klagendes Maunzen und Miauen von Kätzchen. »Die Ehefrau kniff die Augen zusammen und hörte genau hin. *Ah*!«, ruft Tante Jungfer. »Die Geräusche kamen von unter dem Bett. Es stellte sich heraus, dass der tapfere Tiger, konfrontiert mit der Gehässigkeit seiner Frau, nichts als ein kleines Kätzchen war. Gibt es irgendwo einen Mann, der nicht vor einer Frau zittert, die zum Schrecken der Hinterzimmer geworden ist?«

Das Ende der Geschichte wird mit anerkennendem Gelächter aufgenommen. Die Stellungen dieser Alten mögen unsicher sein, aber heute haben sie sich ihren Unterhalt verdient. Sogar noch mehr als ich leben sie unter der Herrschaft von Lady Kuo, und ich gehöre nicht zu ihnen.

»Yunxian, möchtest du wissen, wie man einen Mann am besten zufriedenstellt? Komm und setz dich zu uns. Wir kennen alle Tricks und Kniffe.« Jetzt spricht Konkubine Chen. Sie ist neu und die derzeitige Favoritin von Gebieter Yang, was ihr erstaunlich viel Macht über die anderen Konkubinen verleiht. Sie ist in meinem Alter, und ihre Schönheit und ihr Betragen sind makellos. Sie und die anderen Konkubinen schminken sich die Gesichter, kleiden sich elegant und naschen von Tellern mit Birnen, Nüssen, Datteln und Persimonen. Sie hat nichts davon, wenn sie mich in ihren Kreis einlässt, aber ihr Angebot ist noch weniger reizvoll, als mich zu den hochrangigen Ehefrauen zu setzen.

Ich sehe mich nach der letzten Kategorie von Frauen um, die hier wohnen, und entdecke sie in einer Ecke. Die drei Schwestern meines Mannes haben die Köpfe zusammengesteckt, während sie Schuhe für gebundene Füße für die Mütter und verehrten Tanten ihrer zukünftigen Ehemänner besticken. Konkubine Zhaos Warnungen vor ihnen hätte zutreffender nicht sein können. Ich kann von Glück sagen, wenn sie mich ignorieren. Ich war schon zu oft Ziel ihrer Streiche, die sie schlau als Missgeschicke tarnen. Mehrmals haben sie mir bedeutet, mich auf einen bestimmten Hocker zu setzen, und ich muss dann feststellen, dass meine Unterwäsche patschnass ist. »Oh«, ruft dann die Ältere immer mit gespielter Überraschung, »wie konnte das denn nur passieren?« Die anderen beiden Schwestern können ihr Kichern kaum unterdrücken, als ich die inneren Gemächer so verlassen muss, dass es aussieht, als hätte ich es nicht bis zum Honigtopf geschafft. Die älteste Schwester ist fünfzehn und wird noch in diesem Jahr heiraten. Die jüngste Schwester ist neun. Sie wird in sechs Jahren verheiratet werden. Ich zähle die Minuten, bis alle drei aus dem Haus sind.

Als ich allein in der Mitte des Raums stehe, wird mir bewusst, dass es für mich schwierig sein wird – vielleicht sogar unmöglich –, hier eine Freundin zu finden, auf die ich mich verlassen oder der ich meine Einsamkeit anvertrauen kann. So bleiben mir als Gesellschaft nur die Jungen unter sieben und die Mädchen, die noch in den Milchtagen sind.

»Liebste Tante Yunxian.« Es ist Yining, die achtjährige Tochter der ersten Konkubine von Zweitem Onkel. Sie schiebt ihre kleine Hand in meine.

»Ich hatte gehofft, dass du zu mir kommst«, sage ich.

Ich lasse mich von ihr zu einem niedrigen, mit Kissen bedeckten Kang ziehen, das in einer leeren Ecke des Raums steht. Wir haben in den letzten Wochen einige Zeit miteinander verbracht, denn ich habe eine niedrige Position im Haushalt inne, und sie auch. Ich war krank, und sie ebenso.

Yining schlägt *Analekten für Frauen* dort auf, wo wir gestern aufgehört haben zu lesen, und reicht mir das Buch. »Ich habe Auswendiglernen geübt«, sagt sie. »Magst du mir zuhören?«

»Natürlich. Aber erzähl mir erst, wie es dir geht.«

»Ich musste nachts ganz oft auf den Honigtopf«, eröffnet sie mir schüchtern. Sie blickt wehmütig zu den anderen Mädchen in ihrem Alter, die im Kreis sitzen und ein Spiel spielen. »Die Tanten wollen mich nicht bei ihren Töchtern haben. Sie möchten nicht, dass ich sie anstecke.«

Yining und ich lehnen uns gegen die Kissen. Mit einer Hand halte ich das Buch, damit ich mitlesen kann, während sie spricht.

Mit den Fingern der anderen Hand nähere ich mich Yinings Handgelenk, um ihr den Puls zu fühlen. Vor ein paar Monaten, als ihr Stuhl wässrig und weiß wurde, kam Doktor Wong, der Arzt des Hauses, um Yining zu behandeln. Er diagnostizierte Durchfall, verursacht durch Mangelernährung. Yining hat er dabei natürlich nicht *gesehen*. Er hat sie nur mit Abstand untersucht und saß dabei hinter einem Wandschirm, wie es üblich ist. Nichtsdestotrotz hat Doktor Wong ihrer Mutter eine Rezeptur aufgeschrieben, die sie in einer örtlichen Apotheke abholen sollte. Ich glaube, seine Diagnose und auch die Behandlung waren falsch, deshalb wurde Yining noch schwächer.

Lady Kuo weiß, dass ich zur Ärztin ausgebildet wurde, aber sie besteht darauf, dass ich das nicht weiterverfolge und niemanden behandle. »Du hast nur eine Aufgabe«, sagte sie mehr als einmal zu mir, »und zwar, schwanger zu werden.« Ich weiß nicht, was passiert, wenn ich mich ihr direkt widersetze, und das ist auch ein Grund, weshalb ich nichts unternommen habe, um Yining zu helfen. Der andere Grund ist, dass Doktor Wong mit dem Fall betraut ist. Ich habe mir immer wieder gesagt, dass er ein wichtiger Mann ist und mehr wissen muss als ich. Aber ich kann das einfach nicht mehr mit ansehen. Yining hat wie ich abgenommen, und ihre Lippen werden mit jedem Tag weißer. Sie riecht süßlich – zu süßlich. Sie hat eine recht verbreitete Kinderkrankheit, die aber nicht von einem Mangel an Nahrung herrührt. Das Mädchen leidet unter einem Übermaß an Liebe. Sie ist das einzige Kind einer Konkubine und wird in jeder Beziehung übermäßig verwöhnt – sie wird in Seide gekleidet, und alle ihre Wünsche werden erfüllt. Sie wird mit zu vielen Süßigkeiten und reichhaltigen Köstlichkeiten verzärtelt. Infolgedessen leidet sie an einer Schädigung durch ihre Ernährung, was dazu geführt hat, dass ihre Verdauung nicht mehr richtig funktioniert. Wenn ich die Feuchtigkeit bei ihrem Mangel an Milz-Magen-Qi ausleiten kann, wird sie sich bestimmt schnell erholen, und ich kann Großmutter von meinem Erfolg schreiben. Aber wenn nicht bald etwas unternommen wird, schwindet Yining weiter dahin, bis der Tod sie holt.

»*Wenn deine Schwiegermutter sitzt, sollst du stehen*«, rezitiert sie gerade, als Lady Kuo hereinkommt. Meine Schwiegermutter nimmt auf einem geschnitzten Teakholzsessel an einer zentralen Position im Raum Platz. Sie ist wie die Sonne, und alle Frauen und Mädchen ordnen sich um sie herum an, jede neigt den Kopf ganz leicht in Richtung der strahlenden Macht von Lady Kuo. Zum Glück besteht sie nicht darauf, dass ich nicht sitzen darf, wenn wir in diesem Raum sind. Ich vermute, sie ist auf ihre Weise wegen meiner körperlichen Schwäche besorgt, dass ihr Wohlwollen sich aber ändern könnte, wenn sie von Verdauungsstörungen geplagt wird, wenn sie zu wenig oder zu viel schläft oder wenn Maoren sich über mich beklagt. »*Wenn deine Schwiegermutter dir etwas aufträgt*«, fährt Yining fort, »*führe es auf der Stelle aus.*«

»Sehr gut.« Ich lobe das Mädchen, höre aber nur halb zu. Wie es Yining wohl ergehen wird, wenn das Gesicht ihrer Mutter Alterserscheinungen zeigt? Werden sie beide hinausgeworfen? Wird Zweiter Onkel das Mädchen behalten, um es zum Vergnügen der Jungen im Haus aufzuziehen, oder es an eine Zahnfrau verkaufen? Wenn das Mädchen stirbt, wird nichts davon eintreten. »Meinst du, deine Mama erlaubt dir, mich morgen in meinem Zimmer zu besuchen?«

»Ich glaube schon.«

»Frag sie doch«, ermutige ich sie.

Ich wette, dass Yining immer gerne gerannt ist, denn selbst mit ihren gebundenen Füßen spüre ich ein verhaltenes Drängen in ihren Schritten, als sie zu der Gruppe der Konkubinen geht. Die erste Konkubine von Zweitem Onkel lächelt, als sie ihre Tochter sieht. Ihr Verhalten beweist meine Diagnose – noch mehr als Yinings Puls.

Während Yining ihre Mutter bittet, drücke ich mir die Fingerspitzen auf das Handgelenk. Großmutter hat immer gesagt, nur ein Narr behandelt sich selbst, aber was bleibt mir übrig? Ich lese die drei Pulsebenen und komme zur selben Schlussfolgerung wie gestern und vorgestern. Mein Qi und Xue werden schwächer. Seufzend lasse ich die Finger wieder in meinen Schoß fallen.

In den nächsten Stunden widmen sich einige Frauen der Malerei, während andere Gedichte verfassen. In beidem war ich noch nie gut. Am späten Nachmittag ziehen sich die Frauen dann in ihre eigenen Gemächer zurück – die Ehefrauen, um dafür zu sorgen, dass ihre Kinder zu essen bekommen, und jede Konkubine, um sich darauf vorzubereiten, an diesem Abend womöglich die Auserwählte ihres Gebieters zu sein. Sobald Lady Kuo aufbricht, gehe ich in mein Zimmer. Bis Maoren zum Abendessen kommt, bin ich allein.

Morgens sind meine Gedanken immer bei Großmutter und unseren Lektionen, aber diese Zeit des Tages verbringe ich mit Meiling. In Gedanken versetze ich mich in mein Schlafgemach im Hof des goldenen Lichts zurück. Ich sehe sie deutlich vor mir. Ich kann ihre Haare riechen und den Jasmintee, den wir tranken. Wir sind dreizehn Jahre alt. Sie hatte schon ihr erstes monatliches Mondwasser, ich nicht. Ich habe ihr gerade zugehört, wie sie mir vorgelesen hat, und ihr zugesehen, wie sie ihre Kalligrafie geübt hat. Sie hat fließend gelesen, und ihre Schriftzeichen haben sich verbessert. Wenn unser heimlicher Unterricht vorbei ist, gehen wir nach draußen zu unserem Lieblingsplatz – der Brücke mit Blick auf den Bach im vierten Hof.

»Da waren Akrobaten und Bogenschützen, Geschichtenerzähler und Puppenspieler«, berichtet Meiling, als sie mir mit großen Augen von einem Fest in den Hügeln über dem Tai Hu erzählt, an dem sie mit ihrer Mutter teilgenommen hat, um die Kirschblüte zu feiern.

Ich stelle meine Lieblingsfrage. »Was hast du gegessen?«

»Frühlingszwiebelpfannkuchen und gegrilltes Fleisch von einem Stand. So lecker!«

»Was habt ihr noch gemacht?«

»Mama und ich sind zur Pagode gelaufen.«

Ich nehme ihre Hand und halte sie an mein Herz. So verharren wir in stiller Zweisamkeit und lauschen dem Plätschern des Wassers über Steine im Bach und dem Rauschen der Brise in den Bäumen.

»Es ist schon eine Weile her seit unserem letzten Besuch«, sagt sie schließlich. »Bist du bereit, dass ich deine Albträume nähre?«

»Ich habe nie Albträume!«, protestiere ich, obwohl ihre Geschichten durchaus meine Fantasie anregen.

Sie lacht. »Ist nicht ernst gemeint.« Und dann beginnt sie. »Eine Dienerin wurde erhängt gefunden an einem Balken in einem Gebäude vor einem Anwesen hier in der Nähe.«

»Das Leben ist nicht leicht für Dienerinnen«, sage ich. »Es gibt sicher viele, die entfliehen wollen.«

»Das hat auch ihr Herr gesagt, aber was jemand sagt und was wirklich zurückbleibt, kann sich ziemlich unterscheiden. Mama und ich haben dem Gerichtsmediziner geholfen, den Leichnam abzuschneiden, aber erst hat er uns gezeigt, was er entdeckt hat. Hätte sich die Dienerin selbst umgebracht, wäre das Seil an Ort und Stelle geblieben, als sie sich erhängte. Aber der Staub war auf dem Balken, an dem das Seil hing, verwischt.«

Über dieses Detail denke ich nach. »Das hat euch verraten, dass sie nach ihrem Tod bewegt und ihr Körper zu dem Balken hochgehoben wurde, und das hat Spuren im Staub *hinterlassen.«*

»Richtig!« Es stellte sich heraus, dass die Familie das Mädchen noch einmal vor den Toren aufgehängt hat, um davon abzulenken, was innerhalb der Tore geschehen war.«

Meiling und ihre Mutter überprüften, ob die Augen des Opfers offen oder geschlossen waren, ob die Hände zur Faust geballt oder offen waren, ob die Zunge gegen die Zähne drückte oder aus dem Mund hing.

»Das alles half uns dabei, festzustellen, ob das Mädchen wirklich durch Selbstmord gestorben war, ob jemand sie erwürgt hatte oder ob die Todesursache eine ganz andere war. Was glaubst du wohl, was passiert ist?«

Und wieder denke ich scharf nach …

Ich erinnere mich deutlich an diesen Tag und daran, wie es mich Meiling jedes Mal näherbrachte, wenn sie mir eine solche Geschichte erzählte. Wir waren geistig miteinander verbunden, auch wenn wir sehr unterschiedliche Leben führten. Vielleicht war es das, was Großmutter sich von Anfang an gewünscht hat. Dass mein Intellekt angeregt wird und sich über die Mauern eines Anwesens hinaus ausdehnt und lernt, wie man die Vier Untersuchungen nicht nur bei medizinischen Symptomen anwendet, sondern in allen Bereichen des Lebens – ob es um Mord geht oder um Selbstmord oder darum, die Schwierigkeiten meines Lebens im Haus meines Mannes zu bewältigen. Ich seufze, denn ich vermisse meine Freundin von ganzem Herzen. Ich versuche wieder, ihr zu schreiben …

Ich setze mich an den Tisch, tauche die Spitze des Pinsels in Tusche und führe sie zum Papier.

Liebe Meiling,
du wolltest mich eigentlich besuchen, aber noch wurde ich nicht durch deine Anwesenheit beehrt. Vielleicht wohnt jetzt ein Baby in deinem Palast des Kindes, und du bleibst im Schutz deines Heims. Wenn dem so ist, so hoffe ich, es geht dir gut. Wenn nicht und du irgendetwas brauchst, benachrichtige bitte entweder Großmutter Ru oder mich.
Ich habe dir in diesen vergangenen Monaten oft geschrieben, aber du hast nicht ein einziges Mal geantwortet. Dein Schweigen ist wie Regen auf meinen Sorgen, es nährt sie und lässt sie wachsen. Ich kann mir nicht vorstellen, was geschehen sein könnte. Habe ich dich mit irgendetwas verletzt oder geärgert? Machen dir die Sorgen, von denen du an meinem Hochzeitstag gesprochen hast, immer noch zu schaffen? Wenn du nur wüsstest – wirklich wüsstest –, wie einsam ich bin, würdest du zu mir kommen. Da bin ich mir sicher.
Ich bin verwirrt. Ich spüre, wie ich immer weiter nach unten stürze.
Für immer deine Freundin
Yunxian

Ich lese den Brief noch einmal und vergewissere mich, dass ich kein Zeichen verwendet habe, das Meiling nicht kennt. Als nächstes schreibe ich an Großmutter, dass es mir gut geht – ich möchte nicht, dass sie sich über mein Wohlergehen sorgt – und teile ihr mit, wie ich Yining gerne behandeln würde. Ich füge eine Liste von Zutaten hinzu, die sie mir schicken soll, damit ich, wenn ich richtig liege, ein Mittel herstellen kann, und dazu noch ein paar Kräuter für mich, die Großmutter nicht auf meine Verfassung aufmerksam machen und Lady Kuo nicht verwirren, falls ich erwischt werde.

»Mohnblüte«, rufe ich, »bring die hier zu Großmutter. Sie wird den Brief Meiling geben.«

Ich gehe davon aus, dass Mohnblüte mit einem Brief meiner Großmutter zurückkommt, in dem das Übliche steht – dass alles in Ordnung ist, dass Konkubine Zhao ihr in der Apotheke geholfen hat und dass Yifeng fleißig lernt – zusammen mit den Kräutern, um die ich gebeten habe. Aber wird sie auch einen Brief von Meiling bringen?

~

Ein Ehemann ist der Himmel für seine Frau. Ich möchte Maoren alles recht machen. Ich möchte ihn glücklich machen. Ich möchte, dass wir ein Leben führen, das den Szenen ehelichen Glücks auf den Seidenmalereien und kleinen Schnitzereien, die mein Bett umgeben, gleicht, aber Maoren und ich verbringen nicht viel Zeit miteinander. Tagsüber hat er mit seinen Lehrern zu tun. In vielen Nächten setzt er seine Studien in der Bibliothek fort und kommt überhaupt nicht zu mir. Und bald wird Maoren das Anwesen verlassen, um die letzte Hürde zu nehmen, bevor er die Prüfung ablegt, die ihn zu einem Gelehrten der *juren*-Stufe macht. Unsere gemeinsamen Stunden sind zwar spärlich, aber im Herzen glaube ich, dass er mich mag. Ich mag ihn auch. Mit der Zeit wird unsere Zuneigung hoffentlich zu der tief empfundenen Liebe heranwachsen, von der die Konkubinen immer sprechen.

Da Mohnblüte noch in meinem Auftrag unterwegs ist, serviere ich meinem Mann heute Abend eine einfache Mahlzeit aus Suppe, mit Kumquat glasierter Ente, in Ingwer und Knoblauch gebratenem Wasserspinat und Tofu mit schwarzen Pilzen und eingelegter Rübe. Als ich ihm seinen Wein einschenke, berührt er meine Hand.

»Setz dich heute Abend zu mir«, sagt er. »Ich möchte dich füttern.«

Das gehört sich eigentlich nicht. Ehefrauen essen nicht mit ihrem Mann, aber es ist niemand hier, der sehen könnte, was wir tun. Mit seinen Stäbchen nimmt er eine Scheibe Entenfleisch auf. Er hält die andere Hand darunter und führt sie zu meinem Mund. Wie er mir beim Kauen zusieht, lässt mich erröten, was ihm noch mehr zu gefallen scheint. Ich bin gleichermaßen von ihm fasziniert: wie präzise er ein Pilzstückchen aufhebt, wie sanft er es mir zwischen die Lippen legt, der Blick in seinen Augen, als er meine Gesichtszüge betrachtet. Abgesehen von meinem Vater und Großvater ist er der erste Mann, mit dem ich alleine Zeit verbracht habe; ich vermute, ich bin die erste Frau, mit der Maoren den Luxus genießt, jedes Zeichen der Schönheit und jeden Makel in sich aufzusagen – sicher kann ich mir allerdings nicht sein. Wenn wir so beieinander sind, fühle ich mich noch entblößter, als wenn wir beide nackt sind.

Mohnblüte kehrt rechtzeitig zurück, um das Geschirr abzuräumen. Als Maoren in mein Ehebett verschwindet, reicht sie mir einen Brief und ein Päckchen von Großmutter. Ich stecke beides in eine Schublade. Dann nimmt sie mir die einzelnen Lagen meines Tagesgewands ab und hält mir mein Lieblingsseidennachthemd bereit, damit ich hineinschlüpfen kann, und bindet mir die Schärpe locker um die Hüfte. Schließlich hilft Mohnblüte mir noch, die Pantoffeln für gebundene Füße anzuziehen, die ich mit blühenden Lilien bestickt habe. Mohnblüte führt mich zum Bett und stützt mich, als ich das erste

Vorzimmer betrete. Als ich durch den Ankleideraum gehe, streckt Mohnblüte noch einmal einen Arm herein, um eine Laterne auf die Bank zu stellen.

»Ich bin gleich hier, Kleine Herrin«, sagt sie mit einer Verneigung. Als ich schließlich mit Maoren unter den Steppdecken liege, hat Mohnblüte schon ihr Bettzeug im ersten Vorraum ausgerollt und sich hingelegt. Ich weiß nicht – und ich will es auch nicht wissen – was sie von den Geräuschen hält, die Maoren und ich von uns geben, als wir mit den Spielen im Schlafgemach beginnen.

Er nimmt einen Fuß von mir in die Hand. Er streichelt über die Seide, bewundert die Stickerei und sagt: »Wenn ich die schönen Blütenblätter sehe, die du gestickt hast, erinnert mich das daran, dass bei jedem deiner Schritte deine goldenen Lilien unter dir blühen.« Er hält sich den Fuß an die Nase, um ihren Duft aufzusaugen. Aber vor allem ist es so, wie man mir immer gesagt hat. Meine Füße sind der sichtbare Beweis für den Schmerz, den ich erlitten habe, um ihm diesen Schatz zu schenken, der ihm so teuer ist. Er wird sie niemals nackt sehen, aber von den Büchern, aus denen er über die Spiele im Schlafgemach gelernt hat, weiß er, dass sich unter dem Stoffstreifen die tiefe Spalte befindet, an der Stelle, wo meine Zehen auf die Ferse treffen. Als kleines Mädchen konnte ich das noch nicht wissen, als Ehrwürdige Lady mir von der Wichtigkeit dessen erzählt hat, aber jetzt begreife ich, dass die Form und die Tiefe dieses Schlitzes meinen Mann erregen.

Bisher brauchte ich mich noch nicht so merkwürdig verdrehen, wie ich es in den Büchern gesehen habe, die mir Konkubine Zhao vor der Hochzeit gezeigt hat, aber Maoren muss auch ein paar dieser Bände gesehen oder gelesen haben, denn er achtet auf meine Wünsche und sorgt dafür, dass ich es genieße.

Als wir umschlungen daliegen, nachdem sich unser Blut und unsere Essenz vermischt haben, finde ich den Mut zu fragen: »Würdest du mir erlauben, meine Freundin Meiling zu einem Besuch einzuladen?«

Er antwortet wie immer – geduldig und mit genau denselben Worten: »Das muss meine Mutter entscheiden.«

Heute Nacht dränge ich ihn noch mehr. »Ich vermisse die vertraulichen Gespräche mit Meiling. Viele Jahre lang haben unsere Herzen wie eines geschlagen.«

»Meine Mutter würde sagen, dass dein Herz jetzt nur noch mit meinem schlagen soll«, bemerkt er mitfühlend. Kurz darauf spricht er weiter: »Aber ich rede mit ihr.«

~

Am nächsten Morgen vollziehe ich die üblichen Rituale für meine Schwiegermutter und kehre dann in mein Zimmer zurück. Ich nehme das Päckchen, das mir Mohnblüte mitgebracht hat, aus der Schublade. Großmutter hat eine kurze Notiz dazu geschrieben: *Du hast recht mit deiner Diagnose und dem Plan für die Behandlung. Mach weiter damit.*

Ich mische die Zutaten und stelle den Topf zum Kochen auf das Kohlebecken. Der medizinische Geruch, der den Raum erfüllt, versetzt mich sofort zurück in die Apotheke meiner Großeltern. Der Duft lindert und verstärkt mein Heimweh zugleich. Ich widme meine Aufmerksamkeit wieder den anderen Dingen, die ich von Großmutter erbeten habe. Als Yining hereinkommt, habe ich alles fertig.

»Ich möchte dir ein Geheimnis erzählen«, sage ich. »Ich bin eine junge Ärztin.«

Sie kichert. »Das ist kein Geheimnis. Alle wissen es.«

Das muss bedeuten, dass Lady Kuo anderen verboten hat, mit mir darüber zu sprechen oder mich um Hilfe zu bitten. Das macht mich nervös, aber ich lasse mich nicht abschrecken. Meine Medizin wird Yining nützen.

»Ich möchte deine Krankheit aus unterschiedlichen Richtungen angreifen«, erkläre ich ihr. »Zuerst möchte ich es mit Moxibustion versuchen. Weißt du, was das ist?« Als sie den Kopf schüttelt, zeige ich ihr einen kleinen Kegel aus gepresstem Beifußpulver. »Solche lege ich auf deinen Körper und verbrenne sie.«

Sie reißt die Augen auf.

»Moxibustion tut nicht weh, versprochen.« Sie ist nicht überzeugt. Um sie zu beruhigen, füge ich hinzu: »Ich will nur das Beste für dich.«

Ich bringe sie zu dem Kang, den ich tagsüber zum Ausruhen und Lesen benutze. Sie zieht ihre Tunika aus und legt sich auf den Bauch. Ich platziere fünf Kegel auf Stellen ihres Rückens, die mit dem Verdauungstrakt in Verbindung stehen, und zünde sie an wie Räucherwerk. Ein neuer, und für mich vertraut wundervoller, Duft vermischt sich mit dem der Medizin, die auf dem Kohlebecken blubbert.

»Geht es dir gut, Yining?«

»Es fühlt sich warm an …«

»Diese Wärme öffnet Meridiane, die dein Qi anregen.«

Sie liegt still da, während die Kegel herunterbrennen. Bevor die Glut ihre Haut erreicht, zupfe ich sie ab und lege die Reste auf einen kleinen Teller. Sie setzt sich auf und zieht ihre Tunika an. Ich gebe ihr Pillen zur Wahrung der Harmonie, die aus sieben Bestandteilen bestehen. Drei davon sind in dieser Situation besonders heilsam. Poria, ein Kraut, von dem man annimmt, dass es eine Einheit mit der Kiefer bildet, wird Yinings Herz beruhigen und ihren ruhelosen Geist besänftigen. Die Frucht der Forsythie wird Hitze vertreiben, Giftstoffe entfernen und die Ansammlungen auflösen, die sie so geplagt haben. Extrakt aus Rettichsamen wird Yinings Verdauung fördern und ihren Magen stärken.

»Du wirst dich bald besser fühlen«, versichere ich ihr, »und du musst nicht mehr ständig auf den Honigtopf.«

Gerade als das Mädchen die Pillen schluckt, fliegt die Tür auf. Lady Kuo kommt herein. Sie hat die Arme vor dem Körper verschränkt, sodass ihre Hände in den Ärmeln verschwinden – ein Muster an Ruhe und Schicklichkeit –, aber sie sieht mich an wie ein Fuchs, der ein Kaninchen in die Enge getrieben hat. Mohnblüte folgt ihr nach und lässt sich auf den Boden fallen, eine Geste des absoluten, totalen Gehorsams.

»Was ist das für ein Gestank?«, will Lady Kuo wissen.

»Ich bereite mir eine Medizin zu.« Ich erhebe mich von dem Kang und verneige mich respektvoll.

»Doktor Wang behandelt die Frauen in diesem Haushalt. Er ist ein sehr kluger Mann – der erste Arzt in seiner Familie. Selbst wenn er nicht der Arzt der Familie Yang wäre, würde ich einer Schwiegertochter, besonders wenn sie so jung und unerfahren ist wie du, niemals erlauben, ihre eigene Medizin herzustellen.«

»Aber meine Großmutter hat mir beigebracht …«

»Sei still! In diesem Haushalt bist du eine Schwiegertochter, keine Ärztin. Verstehst du?«

Das tue ich nicht, denn ich dachte, meine Fähigkeiten gehörten zu den Eigenschaften, die mich zu einer guten Partie für ihren Sohn machten, aber ich nicke trotzdem.

In dem Schweigen mustert Lady Kuo Yining. »Ich habe gehört, du wärst hier. Ich wollte das mit eigenen Augen sehen.«

Yining ist ein unbedeutendes Kind und wurde daher wahrscheinlich noch nie von Lady Kuo angesprochen. Als Tochter einer Konkubine weiß Yining aber um ihre niedrige Stellung und die Wichtigkeit von Geheimnissen.

»Ich besuche die Tante gerne. Sie hilft mir bei meinen Lektionen.« Sie antwortet so selbstverständlich, dass sie beinahe glaubwürdig wirkt. *Beinahe …*

Als Lady Kuo die Überreste der Moxibustion auf dem kleinen Teller sieht, färben sich ihre Wangen zehn Schattierungen dunkler. Zu Yining sagt sie: »Geh.« Sobald das Mädchen den Raum verlassen hat, konzentriert sich meine Schwiegermutter auf mich. »Du hast ein Kind behandelt?« Als ich keine Antwort gebe, verengen sich ihre Augen, während sie mich weiter mustert. »Und du hast sie behandelt, ohne ihre Mutter zu fragen?«

»Ich habe die Konkubine nicht direkt gefragt. Nein.«

Lady Kuo atmet durch ihre Zähne. Sie könnte mich schlagen. Sie könnte mir das Privileg nehmen, diesen Raum zu verlassen.

Als sie sich wieder im Griff zu haben scheint, sagt sie: »Du solltest wissen, dass ich nicht nur gekommen bin, um nachzuprüfen, ob die Klatschbasen recht haben.«

Langsam zieht sie ihre rechte Hand aus dem linken Ärmel. Sie bringt ein Päckchen Briefe zum Vorschein. Ich erkenne die Briefe wieder, die ich Meiling in den Monaten, seit ich hier bin, geschrieben habe. Bei dem Anblick wird mir schwarz vor Augen, und meine Beine zittern.

»Deine Zofe hat sie mir gebracht.« Lady Kuo fasst die einzige Erklärung in Worte.

Auf dem Boden weint Mohnblüte elendig.

»Ich hätte gedacht, ich müsste sie dir niemals zeigen und du würdest irgendwann aufhören, sie zu schreiben«, fährt Lady Kuo fort. »Aber heute hast du mir keine Wahl gelassen. Du musst die Gepflogenheiten in diesem Haus lernen. Du wirst nie mehr meinen Sohn als Bittsteller für dich benutzen. Darüber hinaus ist eine Hebamme keine Person, mit der die Ehefrau meines Sohnes befreundet sein sollte. Das ist noch schlimmer als eine Ehefrau, die ihren Mann benutzt, um zu betteln, oder eine Ehefrau, die versucht, Medizin zu praktizieren. Du wirst der Hebamme nicht mehr schreiben. Hast du verstanden?«

Sie ist meine Schwiegermutter, und so bleibt mir nur eine Antwort. »Ja, Lady Kuo.«

Damit dreht sie sich um und geht. Ich starre Mohnblüte auf dem Boden an. Es ist ein Schlag ins Gesicht zu wissen, dass sie mich verraten hat. Ich umklammere die Stuhllehne fester. Ich möchte schreien. Ich möchte weinen.

»Mohnblüte«, bringe ich heraus. »Steh auf. Ich möchte, dass du mir …« Meine Gedanken sind so vernebelt, dass mir gar nichts einfällt, was helfen könnte, außer sie nicht mehr sehen zu müssen. »Geh einfach.«

Sobald sie den Raum verlassen hat, wird mir wieder schwarz vor Augen und schwindelig. Ich setze mich hin. Ich lege die Ellbogen auf den Tisch und stütze die Stirn mit den Handflächen. Ich habe Meiling verloren, und ich werde das Eine, worin ich gut bin, nicht ausüben können?

Noch unsicher auf den Beinen gehe ich zu dem Regal, in dem ich meine Bücher und andere Unterlagen aufbewahre. Ich finde ein leeres Notizbuch und kehre an meinen Schreibtisch zurück. Ich starre auf die erste leere Seite und zögere. Ich denke an meine Großmutter und an die Form und Struktur, die sie benutzt, wenn sie ihre Fälle aufzeichnet. Dann fange ich an zu schreiben:

Ein achtjähriges Mädchen aus einer Familie der Oberschicht litt an …

Als ich fertig bin, bringe ich das Notizbuch zu meinem Bett, rutsche auf die andere Seite der Matratze, lockere das Paneel und stecke das Notizbuch zu den Schuhen meiner Mutter, dann befestige ich das Paneel wieder. Zwischen meinen Mann und mich wurde ein Keil getrieben. Ich wurde von Mohnblüte verraten. Ich habe keine Freundinnen, und ich bin krank. Meine Schwiegermutter hat mir verboten, Meiling zu schreiben oder den Frauen und Mädchen im Haushalt zu helfen. Ich kann die meisten dieser Schläge verkraften, aber ich werde nicht aufgeben, wer und was ich bin – selbst wenn das bedeutet, dass ich verbergen muss, was ich tue, indem ich heimlich Medizin praktiziere.

ZURÜCK NACH HAUSE

»Wir haben das Glück, in der Ming-Dynastie zu leben«, sagt Konkubine Chen, die Konkubine von Gebieter Yang. »Unser Land hat jahrhundertelang unter der Mongolenherrschaft gelitten, aber Zhu Yuanzhang hat sie vertrieben und wurde der erste Ming-Kaiser. Schon das Wort – *Ming* – steht für Licht, Helligkeit und die Ausstrahlung von Tugend. Mögen die ersten hundert Jahre der Ming-Dynastie noch tausend Jahre andauern und bis zum Ende der Zeit glorreich sein.«

Ich liege auf der anderen Seite des Raumes auf einem Kang und bin so müde, dass ich einschlafen könnte, obwohl es noch Morgen ist. Ich zwinge mich in eine sitzende Position und nehme meine Stickerei zur Hand. Ich steche mit der Nadel durch die Seide, ziehe sie hoch und durch den Stoff und führe den fuchsiafarbenen Faden am Rand meines Blütenmusters entlang. Ich tue so, als würde ich nicht zuhören, aber ich spitze die Ohren, um das Gespräch zwischen den Konkubinen zu verstehen, die so viel mehr über die äußere Welt wissen, als es Ehefrauen je tun werden.

»Der erste Ming-Kaiser forderte die Bevölkerung auf, die chinesischen Sitten und Gebräuche wieder anzunehmen. Die Männer tragen wie früher die traditionelle Kleidung der Han-Dynastie, während Frauen wie wir« – Konkubine Chen fährt mit der Hand durch die Luft, von ihrem Haarschmuck bis zu ihrem Kleid, ihre Finger bewegen sich wie Seidengaze in einem leichten Wind – »sich so kleiden, dass es an die Eleganz vergangener Jahrhunderte erinnert.«

Lady Kuo spricht aus ihrem Kreis von Ehefrauen heraus. »Das Leben besteht nicht nur aus Kleidern und Schmuck. Wir haben Glück, dass wir keinen Krieg kennen …«

»Ja, wir leben ziemlich im Frieden«, unterbricht die Konkubine und streckt die Hand nach einem Teller mit getrockneten Früchten und Nüssen aus, die sorgfältig so arrangiert wurden, dass sie aussehen wie Schmetterlingsflügel. Sie steckt sich einen Melonenkern in den Mund, spuckt die Schale aus und schaut von einem Gesicht zum anderen, um sich zu vergewissern, dass es niemandem entgangen ist, wie sie meiner Schwiegermutter ins Wort gefallen ist.

»Mein Mann hat mir von Plünderern aus dem Norden erzählt«, sagt Lady Kuo und beweist damit, dass Gebieter Yang auch ihr Neuigkeiten aus der Welt anvertraut. »Wir können dankbar sein, dass Kaiser Hongzhi den Bau der Chinesischen Mauer fortsetzt, um die Barbaren fernzuhalten.«

Das Gespräch, das immer mehr einem Wettstreit gleicht, wird plötzlich von quietschendem Gelächter unterbrochen.

»Yining!«, ruft die erste Konkubine von Zweitem Onkel streng. »Sei still!«

»Ja, Mama«, antwortet das Mädchen gehorsam, kann aber seine Ausgelassenheit kaum zügeln. Sie hat sich so entwickelt, wie ich es vermutete – sie ist frech und kichert gern. Es wird nur eine Frage von Minuten sein, bis ihr Übermut wieder die Oberhand gewinnt. Im Moment jedoch hat der Wortwechsel zwischen der Konkubine und ihrer Tochter beendet, was sich zu einer weiteren Querele zwischen Lady Kuo und Konkubine Chen hätte entwickeln können. Ach, ich wünschte, sie würden ihren Streit fortsetzen, denn die Ereignisse, von denen sie sprechen, sind zwar weit von meinem Leben entfernt, interessieren mich aber dennoch.

Ich widme mich wieder meiner Stickerei. Früher haben diverse Frauen versucht, mich in ihre Kreise zu locken – jede hier will sich einen strategischen Vorteil verschaffen –, aber seit dem Vorfall mit Yining vor drei Monaten und meinen Briefen an Meiling bin ich meiner Schwiegermutter so sehr ein Dorn im Auge, dass man mich um jeden Preis meiden sollte. *Meiden sollte* ist jedoch nicht dasselbe wie meiden. Mehrere Frauen ist Yinings Genesung aufgefallen, während meine Schwiegermutter wohlweislich so tut, als ob sie keinen Unterschied zu vorher bemerken würde. Wie Großmutter vorausgesagt hat, haben mich einige Ehefrauen und Konkubinen, nachdem sie gesehen haben, was ich kann, im Stillen um Rat zur Behandlung ihrer Kinder gebeten, und Tante Jungfer hat gefragt, was sie gegen ihre Schlaflosigkeit tun kann. Meine Therapievorschläge schicke ich immer zuerst an Großmutter. Und ich bin weiterhin vorsichtig – sehr vorsichtig –, um nicht erwischt zu werden.

Ich komme zurecht, auch wenn ich mich weiterhin einsam fühle. Spät in der Nacht, wenn mein Mann schläft oder wenn er in seine Bibliothek zurückgekehrt ist, um zu lernen, stelle ich mich gern ans offene Fenster, um die einsamen Stunden zu verbringen. Mittlerweile kann ich die Singstimmen einzelner Konkubinen erkennen, die honigsüßen Töne, die durch die Höfe treiben.

Wenn mich jetzt eine dieser Frauen tagsüber anspricht, kann ich der Stimme ein Gesicht zuordnen. Ich bin immer noch nicht ganz ich selbst, aber ich habe mich von dem erholt, was mich bei meiner Ankunft geplagt hat, auch wenn ich neue Symptome habe, die alle von den Frauen und Konkubinen unbemerkt geblieben sind. Manchmal sehen wir nur das, was wir sehen wollen und was unseren eigenen Zwecken dient.

Die erste Konkubine von Zweitem Onkel schwebt durch den Raum auf mich zu. »Darf ich mich setzen?«

»Ja, natürlich.«

»Ich freue mich, wie gut es Yining geht«, sagt sie. »Und ich habe deinen Rat bezüglich ihrer Ernährung befolgt, aber was soll ich gegen ihre Widerspenstigkeit tun?«

Ich lächle. »Ihr Xue ist im Moment sehr stark. Das wird sich mit der Zeit geben.« Ich lege der Konkubine beruhigend eine Hand auf den Arm. »Später, wenn sie älter ist, wird es wieder zurückkehren. Mit so viel Lebendigkeit werden sie und ihr Mann leicht einen Erben zeugen.«

»*Hmmm* …«

In diesem Moment wird mir klar, dass sie gar nicht gekommen ist, um über Yining zu sprechen. Mein Verdacht bestätigt sich, als sie einen Blick zum Kreis der Konkubinen wirft und dann fragt: »Konkubine Chen zeigt auch ungestümes Xue, meinst du nicht?« Sie hält inne. »Sie hätte gerne, dass du ihren Zustand bestätigst.«

Ich vermute, Konkubine Chen glaubt, dass sie schwanger ist. Ich kann verstehen, dass sie es Lady Kuo nicht sagen möchte, denn die Nachricht würde vielleicht nicht gut aufgenommen werden.

»Vielleicht möchte Konkubine Chen heute Nachmittag mit mir Tee trinken«, schlage ich vor.

»Sie wäre dir ewig dankbar.«

Später an diesem Tag, nachdem meine Schwiegermutter gegangen ist, um die Anzahl der Säcke mit Getreide und anderen Lebensmitteln im Lagerraum zu überprüfen, ziehe ich mich in mein Zimmer zurück. Es dauert nicht lange, bis Konkubine Chen eintrifft. Sie sieht genauso blass aus wie ich, wenn ich in den Spiegel schaue.

»Darf ich deinen Puls fühlen?«, frage ich. Wortlos streckt sie ihren Arm aus. Meine Fingerspitzen suchen nach einer Antwort für sie. Sobald ich sie habe, lasse ich ihr Handgelenk los. »Ich habe nach dem gesucht, was wir auffälliges Yin und ausgeprägtes Yang nennen. Dies geschieht, wenn der Puls gegen meine Fingerspitzen pocht. Diese beiden einzigartigen Merkmale zeigen mir, dass sich Blut und Essenz erfolgreich vereint haben. Du bist schwanger.«

Konkubine Chen blinzelt. »Was soll ich tun?«

»Deine oberste Pflicht ist es, es Lady Kuo zu sagen.« Als Konkubine Chen zögert, frage ich: »Soll ich dich begleiten?«

Sie ist klug, und ich sehe, wie sie darüber nachdenkt, was mein Angebot nach sich ziehen könnte. Aus ihrer Sicht ist sie zu mir gekommen, was Lady Kuo sicher verärgern wird. Außerdem habe ich der Konkubine eine Diagnose gestellt, obwohl Lady Kuo mir ausdrücklich befohlen hat, meine medizinischen Fähigkeiten nicht einzusetzen. Konkubine Chen denkt anscheinend, dass ich diejenige von uns beiden bin, die Lady Kuos Zorn abbekommen wird, denn sie sagt: »Ich wäre geehrt und dankbar, wenn du mich begleiten würdest.«

Am nächsten Morgen holt mich Konkubine Chen vor meinem Zimmer ab, damit wir gemeinsam zu den Gemächern von Lady Kuo gehen können. Meine Schwiegermutter versucht, ihre Überraschung zu verbergen, als wir beide eintreten, aber sie schweigt, während ich ihr Tee einschenke. Dann stelle ich mich neben Konkubine Chen. Die Konkubine steckt ihre Hände in die Ärmel, und ich tue dasselbe, sodass wir wie zwei gleiche Puppen aussehen.

»Konkubine Chen möchte, dass Sie wissen, dass ihr Palast des Kindes bewohnt ist«, verkünde ich. Meine Schwiegermutter errötet. Ich vermute, dass sie wütend ist. Bevor sie uns anschreien kann, füge ich meine eigenen Neuigkeiten hinzu. »Auch ich trage ein Kind unter dem Herzen.«

Lady Kuo erschrickt. »Du bist schwanger?« Sie sieht mich hartherzig an. »Woher weißt du das?«

»Ich habe seit drei Monaten kein Mondwasser mehr gehabt.«

»Drei Monate!« Sie wird noch einen Ton dunkler im Gesicht. »Und das sagst du mir jetzt erst?«

»Ich wollte ganz sicher sein«, sage ich.

Lady Kuo schaut verwirrt. »Nur eine Person untersucht, wer in diesem Haushalt schwanger ist«, sagt sie mit bebender Stimme, »und das ist Doktor Wong.« Sie deutet auf Sperling, ihre Dienerin. »Schickt nach ihm.«

Mir läuft ein Schauer über den Rücken, als ich daran denke, wie Großmutter mich vor den Methoden männlicher Ärzte zur Bestätigung dieser Diagnose gewarnt hat. Es ist das erste Kind von Konkubine Chen, und sie wurde nicht von Ärzten erzogen, deshalb ist ihr das Verfahren wohl nicht bekannt, denn sie sagt: »Ich werde alles tun, was von mir verlangt wird.«

Lady Kuo betrachtet die Konkubine. »Und wie lange hast du dein Geheimnis schon für dich behalten? Oder hast du es meinem Mann schon gesagt?«

Konkubine Chen schwankt ganz leicht neben mir.

»Antworte!«, schnauzt Lady Kuo sie an.

Der Konkubine stehen Tränen in den Augen. Ich halte mich an meinen Ellbogen fest, tief in meinen Ärmeln verborgen. Konkubine Chen mag geglaubt haben, meine Anwesenheit würde ihr nützen, aber ich hatte die Situation anders eingeschätzt und entsprechend geplant. Ich kann nicht behaupten, dass meine Beweggründe selbstlos waren. Ich wollte mich in ein besseres Licht rücken. Meine Gelegenheit kam vor ein paar Wochen, als ich zum ersten Mal den Verdacht schöpfte, dass

Konkubine Chen schwanger ist. Ich brauchte nur zu warten. Ich möchte mich nicht als hinterhältig bezeichnen, aber ich musste mir sowohl über meinen eigenen Zustand sicher sein als auch die Neuigkeit so präsentieren, dass meine Schwiegermutter mir wohlgesonnen sein würde. *Wohlgesonnen* ist vielleicht das falsche Wort. Ich *hoffte*, Lady Kuo würde sich freuen zu erfahren, dass die Frau ihres einzigen Sohnes ein Kind erwartete; ich *glaubte*, sie würde sich ihre übliche Kritik an mir nicht verkneifen können. Dieses Muster ist zu tief in ihr verwurzelt. Ich dachte, dass ich Lady Kuos Zorn eher auf die Konkubine ihres Mannes und nicht auf mich lenken würde, wenn ich die Verkündung so inszenieren würde. Außerdem hoffte ich, ich würde in Konkubine Chen eine Verbündete finden, und wir könnten unsere Schwangerschaften gemeinsam durchstehen.

Doktor Wong kommt an diesem Nachmittag, um Miss Chen und mich zu begutachten. Er sitzt hinter einem Wandschirm in meinen Gemächern. Ich versuche mir vorzustellen, wie er aussieht, während ich seiner Stimme lausche, als er Mohnblüte erklärt, wie man rohe Sichuan-Liebstöckelwurzel und Beifußblätter siedet. Ich bin an den medizinischen Geruch von auf dem Feuer brodelnden Arzneien gewöhnt, aber Konkubine Chen wird erst weiß im Gesicht, dann grün und schließlich wieder weiß.

»Trinken Sie den Tee«, sagt Doktor Wong vom anderen Ende des Raumes aus. Er klingt älter – vornehm und selbstbewusst. Ich stelle mir vor, wie er über einen ergrauten Bart streicht, als er hinzufügt: »Wenn Sie eine Bewegung im Bauch spüren wie von einem Schmetterling, dann sind Sie schwanger.«

Ich spüre gar nichts, und ich glaube auch nicht, dass Konkubine Chen es tut. Trotzdem verkünde ich: »Der Schmetterling regt sich.«

»Dann werden Sie tatsächlich ein Baby bekommen.« Doktor Wong bestätigt, was ich bereits weiß.

Frau Chen neben mir zögert.

»Sag ihm, dass du einen Schmetterling spürst«, flüstere ich ihr zu.

»Ich spüre aber keinen«, haucht sie zurück.

»Muss dir ein Mann bestätigen, was dein Körper dir bereits verrät?«

Sie ignoriert meine Frage und richtet sich lieber direkt an ihn. Die beiden sind miteinander vertraut. »Doktor Wong, Sie kennen mich. Bin ich mit Ihrer Hilfe schwanger geworden?«

Was für eine seltsame Frage, denke ich, aber sein Lachen ist herzlich und verblüffend warm. »Natürlich! Aber wir wollen doch einen Beweis, nicht wahr?«

Von der anderen Seite des Wandschirms aus befiehlt er Mohnblüte, dem Tee Früchte der Gleditschie hinzuzufügen.

»Du bist schwanger«, murmle ich. »Du musst das nicht trinken.«

Ich versuche, sie zu warnen, aber Konkubine Chen ist stur. »Du bist nicht älter als ich. Was weißt du denn schon?«

Als Mohnblüte den Aufguss bringt, bitte ich sie, auch gleich eine Schüssel zu holen. Dann setze ich einen gelassenen Gesichtsausdruck auf und beobachte schweigend, wie Konkubine Chen das Gebräu trinkt. Sie muss würgen und beugt sich über die Schüssel. Ich streiche ihr die Haare aus der Stirn. Als Doktor Wong die scheußlichen Geräusche hört, verkündet er sichtlich erfreut: »Das ist keine unbedeutende Erkrankung. Es ist der Beweis für eine Schwangerschaft.« Es ist auch der Beginn einer wochenlangen Morgenübelkeit für Konkubine Chen. Ich wünschte, ich hätte die Zutaten für den Trank zur Beruhigung des Fötus, aber Perilla mit ihrem feinen Geschmack nach Lakritz und Minze habe ich weder in meinem Zimmer vorrätig, noch kann ich sie leicht in der Hauptküche besorgen. Ich rate ihr, eingelegte Salzpflaumen zu lutschen, die in jedem Haushalt vorhanden sind, um Magenverstimmungen zu kurieren.

~

Ich habe Großmutter bei vielen Schwangerschaften geholfen, aber das heißt nicht, dass ich nicht die gleichen Sorgen wie jede schwangere Frau hätte. Einen Sohn zu gebären ist das Allerwichtigste. Das nächste Ziel ist es, eine glatte Geburt zu haben. Aber was ist, wenn das Baby in Steiß- oder Querlage liegt oder die Wehen länger als drei Tage dauern? *Bei der Geburt sterben zehn Frauen für jede, die überlebt.* Dieser Spruch kann natürlich nicht wahr sein, aber er spiegelt wider, wie die mit einer Geburt verbundenen Gefahren interpretiert werden. Über Generationen hinweg wurden Schutzrituale überliefert, und ich befolge sie alle.

Das bedeutet, dass ich nichts Schweres hebe – weder mit meinen Armen noch mit meinem Geist. Ich achte darauf, keine schweren Lebensmittel zu mir zu nehmen, weil sie in meinem Körper Feuer bilden könnten. Ich esse kein Kaninchen, denn das könnte dazu führen, dass mein Baby mit einer Hasenscharte geboren wird. Ich esse auch kein Spatzenfleisch, denn diese kleinen Vögel sind dafür bekannt, dass sie nachtblind sind, und ich möchte nicht, dass mein Baby mit diesem Leiden geboren wird. Ach, Spatzen. Sie verursachen viele Probleme.

Ich hatte gehofft, Konkubine Chen als meine Schwangerschaftsgefährtin zu haben, aber selbst jetzt halten uns die

Hausregeln voneinander fern. »Sie ist eine Konkubine«, sagt Tante Jungfer zu mir. »Du bist eine Ehefrau. Du willst doch nicht, dass ihre frivole Art auf dein Kind übergreift.« Konkubine Chen wird das wohl anders sehen. Ich bin zu langweilig für sie.

Natürlich wird in den inneren Gemächern viel darüber diskutiert, ob Konkubine Chen und ich Jungen oder Mädchen zur Welt bringen werden.

»Das ist eine Frage des Yin und Yang«, belehrt uns Tante Jungfer. »Wenn du einen Jungen in dir trägst, wirst du ihn im vierten Monat spüren, weil das Yang vorherrscht. Wenn es ein Mädchen ist, wird es sich erst im fünften Monat in deinem Körper bemerkbar machen, denn es liegt in der Natur des Yin, langsam zu sein.«

Sowohl Konkubine Chen als auch ich spüren unsere Babys nach viereinhalb Monaten, was Tante Jungfer neue Schätzungen entlockt. »Jetzt können wir das Geschlecht dadurch bestimmen, wo sich die Babys in ihren Müttern befinden. Tasten wir die Bäuche ab! Wenn der Bauch weich ist, bedeutet das, dass es ein Mädchen ist, das sein Gesicht zum Rückgrat der Mutter gewendet versteckt. Wenn der Bauch hart ist, nun, dann ist es ein Junge, denn er ist bereit, sich der Welt zu stellen.«

Täglich werden die Bäuche von Konkubine Chen und mir geprüft. Die Frauen streiten darüber, ob ein Sohn oder eine Tochter darin ist. Einige Frauen schließen Wetten ab. Mein Gefühl? Konkubine Chens Bauch fühlt sich nicht anders an als mein eigener – weder weich noch hart, er wächst einfach.

Mein Mann scheint glücklich zu sein, und das macht mich glücklich. Als ich den siebten Monat erreiche, schicken mir meine Großeltern einen blumengeschmückten Korb mit

Glücksbrötchen und bemalten Enteneiern und wünschen mir alles Gute für meine bevorstehende Prüfung. Ich freue mich so sehr, dass ich mich ermutigt fühle, meine Schwiegermutter zu fragen, wann Hebamme Shi kommt.

»Ich kenne sie und ihre Tochter schon«, sage ich, als ob Lady Kuo das nicht bereits wüsste. »Aber für Konkubine Chen wird es hilfreich sein, die Frauen, die ihr Baby auffangen werden, im Voraus kennenzulernen.«

»In diesem Haushalt nehmen wir Hebamme Shi nicht in Anspruch«, antwortet Lady Kuo. »Selbst wenn ich dir nicht schon verboten hätte, mit der jungen Hebamme Kontakt aufzunehmen, würde ich darauf bestehen, dass wir die Vettel holen, die alle Kinder der Yangs geholt hat. Ihr Name ist Hebamme Lin. Du wirst sie rechtzeitig kennenlernen.« Sie hält inne. »Und Tante Jungfer, die bei der Geburt helfen wird, wie es in unserem Haus üblich ist, kennst du bereits.«

Ich versuche, ruhig zu bleiben, aber mein Herz ist schwer. Ich *brauche* Hebamme Shi und ich *will* Meiling.

~

Als ich »in den Monat eintrete«, zieht mein Mann aus unserem Zimmer aus, damit wir nicht in Versuchung kommen, die Spiele im Schlafgemach auszuüben, denn das soll für den Fötus in dieser Phase der Schwangerschaft schädlich sein. Ich fühle mich einsam und ängstlich, aber Tante Jungfer, die mich jeden Tag besucht, damit wir uns besser kennenlernen, versucht mich vom Gegenteil zu überzeugen.

»Du hast doch Mohnblüte«, erinnert sie mich bei einem ihrer morgendlichen Besuche.

»Es ist kein Geheimnis, dass sie mich verraten hat …«

Tante Jungfer nickt, dann sagt sie: »Vergiss das nie, aber was blieb ihr anderes übrig? Sie musste tun, was Lady Kuo von ihr verlangte.«

»Das sehe ich ein, aber es fällt mir schwer, Mohnblüte jetzt zu vertrauen.«

»Das solltest du aber.«

»Ich werde mich mehr anstrengen.« Nach einer Pause füge ich hinzu: »Ich habe immer noch das Gefühl, dass du die einzige Person hier bist, der wirklich etwas an mir liegt.«

Tante Jungfer lacht. »Du irrst dich! Deinem Mann liegt an dir. Gebieter Yang freut sich auf einen Enkelsohn. Die Frauen in den inneren Gemächern fragen jeden Tag nach dir. Du bist beliebter, als du denkst.«

Mir fällt auf, dass sie meine Schwiegermutter nicht in ihre Liste aufgenommen hat.

Ich genieße die Gesellschaft von Tante Jungfer. Sie tratscht gerne, und ihre Geschichten sind meist voller Humor. Außerdem weiß sie viel über die Schwangerschaft und ungeborene Kinder zu sagen.

»Jetzt ist dein Bauch dick, da können wir das Geschlecht zweifelsfrei bestimmen«, meint sie bei einem anderen Besuch. »Wenn sich dein Baby auf der linken Seite deines Körpers bewegt, ist es ein Junge. Wenn es sich auf der rechten Seite bewegt, dann ist es ein Mädchen.« Das verrät mir das Geschlecht nicht, denn mein Baby tritt und schlägt mich gerne auf beiden Seiten, aber so weiß ich, dass es gesund und kräftig ist.

Endlich führt Lady Kuo Hebamme Lin in mein Zimmer, um uns vorzustellen. Mir scheint sie genauso breit wie groß zu sein, und ihr Gesicht sieht aus wie ein fauliger Apfel. Unter den wachsamen Augen meiner Schwiegermutter tastet die Hebamme meinen Unterleib ab und erklärt, dass das Baby innerhalb von Tagen kommen wird. Die Dienerinnen werden in Bewegung gesetzt und bringen all die Dinge, die benötigt werden, wenn die Wehen einsetzen: das mit Stroh gefüllte Geburtsbecken, um das Schädliche aufzufangen, das aus mir herausfließen wird, Kohle in einem Korb neben der Feuerstelle, um das Wasser zu erhitzen, ein Seil, das an der Decke meines Bettes befestigt wird, damit ich mich daran festhalten kann, wenn ich bereit bin, das Baby auszustoßen. Sie haben auch Handtücher bereitgelegt, um das Baby zu säubern, wenn es da ist, Windeln, um es warm zu halten, und einen Behälter für die Plazenta. Vier Nächte später verkündet mein Baby seinen Wunsch, den Palast des Kindes zu verlassen. Tante Jungfer wird geweckt und zu Hilfe geholt. Hebamme Lin legt die wichtigsten Werkzeuge ihres Handwerks bereit: ein Messer, eine Schnur und ein spezielles Becken, um das Baby zu waschen, wenn es herauskommt.

Ich war schon bei vielen Geburten dabei. Ich weiß, was mich erwartet, aber das hier ist anders. Die Wehen werden stärker, doch das Baby weigert sich, seine Reise fortzusetzen. Stunden vergehen. Ich halte mich am Seil fest, damit das Gewicht meines Körpers das Baby ermutigt, sich zu senken, während ich mich gleichzeitig hochziehe, damit meine Öffnungen nicht das Stroh unter mir berühren. Tante Jungfer stellt sich vor mich, damit ich mich an sie lehnen kann, wenn die Krämpfe kommen. Zwischen den Wehen reibt sie mir den Rücken, massiert meinen Bauch und flüstert: »Entspann dich. Ruhe dich aus. Atme.« Nichts hilft. Weitere Stunden vergehen. Ich bin erschöpft.

Wie zu erwarten, wenn während der Wehen Schwierigkeiten auftreten, wird ein Arzt herbeigerufen. Doktor Wong trifft ein und nimmt hinter einem Wandschirm Platz. Er schlägt verschiedene Taktiken vor, um die Sache voranzutreiben. »Sie soll rohes Eiweiß essen, das wird dem Baby helfen, herauszurutschen«, befiehlt er. Ich schlucke den schleimigen Inhalt eines kleinen Bechers und erbreche ihn sofort wieder. Dann soll ich das Markhirn eines Kaninchens zu mir nehmen. »Kaninchen sind schnell«, sagt er. Bei mir ist das Kaninchengemisch auf dem Weg nach draußen viel schneller als auf dem Weg nach drinnen. Ich spüre in meinem Körper, dass alles, was Doktor Wong vorschlägt, nicht gut enden wird. Aber ich höre, wie er hinter dem Wandschirm wieder einmal seine Strategie ändert und zu meiner Schwiegermutter sagt: »Manchmal ist es am besten, wenn man diesen Dingen ihren Lauf lässt.«

Am Morgen des zweiten Tages bin ich so erschöpft und meine Oberschenkel sind so verkrampft von der Hockstellung, dass ich zusammenbreche. Tante Jungfer wischt mir die Stirn. Hebamme Lin murmelt aufmunternde Worte, aber ihr Gesichtsausdruck verrät mir, dass sie besorgt ist. Ich rolle mich zu einer Kugel zusammen, als die nächste Wehe kommt. Der Schmerz ist so stark, dass er mir wie ein Blitz in den Kopf schießt. Als der Krampf nachlässt und ich mich wieder so weit konzentrieren kann, dass ich sprechen kann, sage ich: »Bring mir Tee.«

Mohnblüte nähert sich mit der Kanne und einer Tasse. »Nein«, sage ich. »Ich will ihn nicht trinken. Gieß ihn mir über die Hand.«

Jeder weiß, dass es besser ist, Tee zu trinken als Wasser direkt aus dem Brunnen. Das eine kann einen Menschen krank machen, das andere tut das nicht. Ich weiß nicht, warum. Vielleicht liegt es an der Adstringenz der Blätter. Das denke ich, während mir die heiße Flüssigkeit über die Hand läuft. Dann atme ich durch und erkunde mit meinen nassen Fingern die Geburtspforte. Ich fühle etwas, aber es ist kein Kopf. Ich stöhne auf, als ich meine Hand zurückziehe.

»Was ist los«, fragt die Hebamme.

»Das Baby kommt mit den Beinen zuerst«, antworte ich.

Hebamme Lin führt die Faust zum Mund und hockt sich wieder auf die Fersen. Tante Jungfer stöhnt kummervoll. Von der anderen Seite des Wandschirms aus verlangt meine Schwiegermutter, dass ihr jemand mitteilt, was los ist. Auch der Arzt will es wissen. Ich sehe den Augen der Hebamme an, dass sie mit dieser Situation überfordert ist.

Ich schreie, als die nächste Wehe kommt – vor Schmerz, als der Fuß meines Babys die Geburtspforte verlässt und an die Luft kommt, weil ich weiß, dass ich sterben werde, und vor Traurigkeit, denn ich bezweifle, dass die Hebamme das Wissen hat, das Baby aus meinem Bauch zu schneiden, wenn ich nicht mehr da bin, damit es leben kann.

Ich weiß nicht, wie viel Zeit vergeht. Die stechenden Schmerzen in meinem Körper sind unerträglich. Jedes Mal, wenn mich eine weitere Wehe überfällt, blendet sich mein Denken aus. Dann, eine Stimme …

»Yunxian, wir sind da.«

Ich versuche, aus dem Abgrund, in dem sich mein Verstand versteckt hat, wieder aufzutauchen.

»Mach die Augen auf, Yunxian. Ich bin hier. Meine Mutter auch.«

»Meiling …«

»Ja, ich bin es. Du kannst dich später bei Mohnblüte bedanken. Jetzt versuch dich zu entspannen. Lass Mama und mich nachsehen.«

Wieder ein Krampf. Ich treibe auf einem schwarzen Meer, während die drei Hebammen miteinander reden.

»Ich habe getan, was ich konnte«, gesteht Hebamme Lin klagend.

»Ich danke dir, dass du sie am Leben erhalten hast«, sagt Hebamme Shi. »Jetzt müssen alle Energien darauf verwendet werden, das Baby herauszuholen. Wir müssen zu extremen Maßnahmen greifen.«

»Mohnblüte, kannst du Tusche und einen Pinsel bringen?«, fragt Meiling.

Bruchstücke dessen, was Doktor Wong ruft, wirbeln auf dem Meer um mich herum. »Sie müssen mir zuhören … Ich bin hier der Arzt … Lady Kuo will …«

Eine weitere Wehe. Dauert es noch Sekunden oder Minuten bis zur nächsten?

Meiling legt ihre Lippen an mein Ohr. »Ich werde eine Nachricht auf die Fußsohle deines Babys schreiben. Nur drei Zeichen. *Geh zurück nach Hause.*«

Ich merke nicht, dass sie das macht, aber ich weiß, dass sie fertig ist, als sie so laut spricht, dass es alle hören können. »Was Mama als nächstes tun wird, wird dem Baby nicht wehtun, aber du wirst es spüren. Wir werden dich hochheben. Nimm das Seil in die Hand. Ja, es ist schwer, aber du kannst es schaffen.«

Zwei Paar Hände helfen mir wieder in die richtige Position. Ich greife das Seil. Der weiche Bauch von Tante Jungfer polstert meine linke Seite. Meilings vertraute Arme legen sich um meine rechte Seite. Hebamme Shi hält mir eine Nadel vor die Nase.

»Dein Baby hat unsere Botschaft auf seinem Fuß erhalten. Was ich als Nächstes tue, wird es anspornen zu gehorchen, aber es muss mit großer Präzision geschehen, sonst wird das Baby versucht sein, nach oben zu langen und nach deinem Herzen zu greifen.«

Das bedeutet, dass ich sterben könnte.

»Ohne Schlamm kein Lotos«, sagt Meiling aufmunternd. »Du hast jetzt Schmerzen, aber bald hältst du einen Sohn in den Armen.«

Ich klammere mich am Seil fest. Vier Arme stützen mich. Hebamme Shi piekst meinem Kind mit der Nadel in den Fuß. Ich schreie auf, als es seinen Fuß und sein Bein ruckartig wieder nach oben zieht, dahin, wo es lange Zeit gewohnt hat. Während der nächsten Stunde massiert Hebamme Shi meinen Unterleib, bis das Baby in die richtige Lage mit dem Kopf nach unten gebracht ist. Plötzlich, als hätte es all die Stunden zuvor nicht gegeben, schießt das Baby heraus. Ohne ein Wort zu sagen, wickelt Hebamme Shi es ein und trägt es hinter den Wandschirm zu Lady Kuo und Doktor Wong. Der Säugling weint, was mir sagt, dass er lebt, aber ich weiß nicht, ob es ein Junge oder ein Mädchen ist.

Ich hänge an dem Seil, bis die Plazenta herauskommt. Ich möchte mich hinlegen, aber die beiden Armpaare halten mich aufrecht.

»Lass den ganzen schädlichen Tau aus dir herauslaufen«, mahnt Meiling.

Als meine Schwiegermutter in Sicht kommt und zur Tür hinaus rauscht, wird mir klar, dass ich ein Mädchen zur Welt gebracht habe – eine schreckliche Enttäuschung für die Familie, ein Schlag ins Wasser für den Arzt und seinen Ruf und ein Misserfolg für mich. Der nächste Gedanke, der mir durch den Kopf geht, ist, dass ich das alles noch einmal durchmachen muss. Und noch einmal. Und immer wieder. Bis ich einen Sohn zur Welt bringe.

~

In den nächsten achtundzwanzig Tagen muss ich mich zurückziehen, während ich »den Monat absitze«, damit ich vor den Blicken derer geschützt bin, die mir gegenüber unfreundliche Gedanken hegen, und vor allen Dämonen, die mir oder meiner Tochter Unheil in Form von Krankheit oder Tod bringen wollen. »Du darfst dir nicht die Haare waschen oder baden, weil du den Yin-Auswirkungen dessen nicht ausgesetzt werden sollst«, ermahnt mich Tante Jungfer am Morgen nach der Entbindung. Dann erzählt sie mir, dass Doktor Wong Hebamme Lin entlassen hat und sie für die Schwierigkeiten bei der Geburt verantwortlich macht, und dass Hebamme Shi abgezogen wurde, um in einem anderen Haushalt ein Kind zu entbinden. »Lady Kuo hat die Tochter von Hebamme Shi gebeten, heute Nachmittag zu kommen, um nach dir zu sehen.« Das ist eine willkommene Überraschung, für die ich sehr dankbar bin.

Mein Baby liegt schlafend auf dem Bett neben mir, als Meiling eintrifft. Ich erwarte, meine Freundin zu sehen, aber sie ist hier, um ihre Pflichten zu erfüllen. Ihr Ton ist ernst, als sie mir grundlegende Fragen darüber stellt, wie es mir geht. Als sie mit meinen Antworten zufrieden ist, sagt sie: »Nichts ist wichtiger, als dich von deinem schädlichen Tau zu befreien. Hier, ich helfe dir in die richtige Position.«

Ihre Hände halten mich fest, während ich mein Gewand anhebe und mich über eine flache Schüssel stelle, damit das, was noch in mir ist, abfließen und zusammen mit den anderen Verunreinigungen der Geburt entsorgt werden kann. Um das zu befördern, massiert sie meinen Bauch mit einer Walze. Sie unterbricht das immer wieder, um mir einen Becher an den Mund zu halten, damit ich eine Mischung aus Essig und Tusche trinke, eine Mischung, die wirksam und gründlich Blutgerinnsel auflöst. Sie nimmt den Becher weg und schaut mir in die Augen. Endlich sind wir tief miteinander verbunden. Ich beginne zu weinen und gestehe der einzigen Person, die mich voll und ganz versteht, meine Enttäuschung.

»Danke, dass du mein Baby gerettet hast, aber warum musste es ein Mädchen sein? Warum ist es kein Sohn?«

Meiling wirft einen Blick auf meine Tochter, bevor sie wieder mich ansieht. »Die Frauen im Haushalt deiner Großeltern und die Frauen hier bekommen – wenn sie es schaffen, fünfundvierzig Jahre alt zu werden – mindestens sechs Kinder. Viele sind zehn Mal oder noch öfter schwanger …«

»Ich wollte einen Sohn. Ich *brauchte* einen Sohn …«

»Nur um ihre Babys durch Fehlgeburten oder in den Wehen zu verlieren«, fährt sie fort und ignoriert zärtlich meine Enttäuschung. »Du wirst wieder schwanger werden. Das nächste Kind wird bestimmt ein Sohn. Nimm jetzt erst einmal dieses Geschöpf, das aus deinem Körper gekommen ist, in die Arme. Sieh dir das Gesicht an. Lass es dir Freude bringen.«

Ich halte mich mit einer Hand am Seil fest, damit ich die Wange meines Babys berühren kann. Trotz ihrer schwierigen Reise in diese Welt ist die Kleine wohlgeformt. Aber wenn ich sie ansehe, sehe ich nur die Gefahren, die vor ihr liegen. »Selbst wenn Kinder es schaffen, die Luft dieser Welt zu atmen, so sterben doch viele an einem Sommerfieber und werden keine sieben Jahre alt …«

Meiling hält die Hände still. »Was sind das nur für hässliche Worte! Hat sich eine Frau schon jemals so bemitleidet? Wenigstens hast du ein Kind. Ich bin schon länger verheiratet als du und bin immer noch nicht schwanger geworden. Du kannst noch auf einen Sohn hoffen, aber meine Träume, Kinder zu bekommen, verwandeln sich Tag um Tag in Verzweiflung.«

Ihr Kummer reißt mich aus meinen Gedanken. »Hast du Großmutters Rat gesucht?«

»Ja, aber meine Mutter hat mich auch zu anderen Ärzten geschickt. Was für die meisten Frauen selbstverständlich ist, ist für mich nicht selbstverständlich.«

Ich will mich gerade erkundigen, welche Kräuter sie einnimmt, und fragen, ob ich ihren Puls fühlen darf, als die Tür aufgeht und Lady Kuo mit einer Frau eintritt, die ich auf das Doppelte meines Alters schätze. Ich hocke immer noch über der Schale, aber sie drängen sich in den ersten Vorraum meines Ehebettes, ohne Rücksicht darauf, dass sie mich in Verlegenheit bringen.

»Ich habe eine Amme mitgebracht«, verkündet meine Schwiegermutter, ohne mich zu begrüßen oder Meilings Anwesenheit zu würdigen. »Ich habe sie schon oft engagiert.«

Ich nehme die Frau in Augenschein. Ammen sind in Haushalten der Oberschicht gang und gäbe, und die meisten Frauen nehmen sie in Anspruch. Sie sieht gesund aus, aber meine begrenzte Erfahrung sagt mir, dass Kinder sich am besten über die Brustwarzen an ihre Mütter binden.

»Danke, Lady Kuo«, sage ich. »Aber ich werde Ihre Enkeltochter selbst füttern.«

Ihre Antwort überrascht mich. »Ich freue mich über diesen Beweis mütterlicher Hingabe.«

Die Amme sieht allerdings enttäuscht aus. Ich habe sie und ihre Familie um ihr Einkommen gebracht.

Am dritten Tag wird meine Tochter in Wasser gewaschen, das mit speziellen Heilmitteln angereichert wurde, und dann weggebracht, um der ganzen Familie vorgestellt zu werden. Tante Jungfer erzählt mir, dass Maoren unserer Tochter den Namen Yuelan gegeben hat – Mondorchidee. Mir geht das Herz auf, denn ich weiß, dass er mir damit eine persönliche Botschaft über unsere gemeinsamen Nächte im Pavillon der dreifachen Mondbetrachtung schickt. »Yuelan mag ein Mädchen sein«, vertraut mir Tante Jungfer an, »aber dein Mann konnte gar nicht mehr aufhören zu lächeln.« Ich wünschte, ich könnte Maoren sehen, um herauszufinden, ob das wahr ist, aber wir dürfen erst wieder im selben Raum sein, wenn ich den Monat abgesessen habe. Trotzdem fasse ich frischen Mut.

Am nächsten Tag kommt Meiling wieder. Ich weiß nicht, warum Lady Kuo ihr erlaubt, nach mir zu sehen, aber ich habe nicht vor, irgendjemanden danach zu fragen.

»Wie geht es dir?«, fragt Meiling. »Wo hast du Schmerzen?«

Ich halte die Hände vor die Brust, ohne sie zu berühren. »Alles hier ist hart und geschwollen. Die Milch will kommen, aber es fühlt sich an, als ob der Ausguss einer Teekanne verstopft ist.«

»Dabei Erleichterung zu verschaffen, ist das Spezialgebiet einer Vettel«, sagt sie.

Um den Milcheinschuss zu befördern, drückt Meiling gewärmte Steine auf meine schmerzenden Brüste und massiert sie mit einem kühlenden Mittel. Ich spüre, wie sich etwas in mir löst. Meine Tochter greift nach meiner Brustwarze, und plötzlich tropft ihr die Milch aus dem Mund.

~

Die Tage vergehen, die Blutung wird schwächer und endet schließlich. Je besser ich mich fühle, desto mehr bin ich wieder mit Meiling verbunden, und ich spüre eine Barriere zwischen uns. Ich hatte geglaubt, ihre Zurückhaltung gehöre zu ihrem Beruf: Sie war die Hebamme und ich eine Erstgebärende. Sie kam täglich mit meinem Blut in Berührung – ich wurde dazu erzogen, das als abstoßend zu empfinden. Aber jetzt sehe ich, dass die Distanz zwischen uns nichts mit diesen Dingen zu tun hat. Vielmehr ist sie emotional bedingt. Meiling ist zu höflich, um zu sagen, was sie bedrückt, aber ich glaube, ich weiß, was los ist. Am zwölften Tag von Yuelans Leben finde ich den Mut, es anzusprechen.

»Ich habe dir schon oft geschrieben«, beginne ich. Ich rechne damit, dass es einige Zeit dauern wird, bis sie mir ihr Herz öffnet. Ich täusche mich, denn sie platzt heraus: »Ich habe nicht ein einziges Mal einen Brief erhalten.«

»Das heißt aber nicht, dass ich keinen geschrieben hätte.«

Ich erzähle weiter, was mit Lady Kuo geschehen ist, aber meine Erklärung reicht Meiling nicht aus: »Du hättest Mohnblüte mit einem Brief schicken können, um mir mitzuteilen, was passiert ist.«

»Aber es war Mohnblüte, die uns verraten hat! Sie hat alle Briefe Lady Kuo gegeben!«

»Du hättest Mohnblüte schicken können, um mir eine mündliche Nachricht zu überbringen«, insistiert sie. »So haben Frauen wie du mit Frauen wie mir seit Ewigkeiten kommuniziert.«

Das tut weh.

»Ich hatte Angst vor meiner Schwiegermutter …«

»Wer hat das nicht? Nein. Das ist nur eine Ausrede.«

Ich schaue in mich hinein, um meine Fehler und Irrtümer zu finden. Ich sehe sie deutlich, aber ich schiebe die Schuld wieder auf meine Zofe. Meiling schüttelt daraufhin ungeduldig den Kopf.

»Mohnblüte hat sich aus dem Anwesen geschlichen und ist gekommen, um meiner Mutter und mir von deinen Wehen zu erzählen«, sagt sie. »Mohnblüte hat dir wahrscheinlich das Leben gerettet, und das unter großer Gefahr für sich selbst.«

Wieder stelle ich mich infrage. Ist es ein Anzeichen dafür, wie schwach ich noch sein muss – oder wie selbstbezogen ich schon immer war –, dass ich nicht hinterfragt habe, wie Hebamme Shi und Meiling auf so magische Weise an meiner Seite erschienen sind? Trotzdem …

»Aber morgen und übermorgen?«, frage ich zaghaft. »Kann ich Mohnblüte vertrauen, dass sie dir einen Brief oder gar eine mündliche Nachricht überbringt?«

»Jetzt? Das bezweifle ich«, antwortet Meiling. »Mohnblüte gehört dir, aber sie wohnt hier. Sie ist zwar eine Dienerin, aber sie muss trotzdem an ihr eigenes Schicksal denken.«

Es können also keine Briefe oder Nachrichten verschickt werden.

Ich nehme Meilings Hand. »Es tut mir leid, dass ich dir wehgetan habe, aber ich hoffe, du kannst verstehen, dass ich auch verletzt wurde. Du hast mir an meinem Hochzeitstag versprochen, dass du mich besuchen würdest …«

»Ich habe es versucht, aber die Wachen haben mich nicht hereingelassen. Eine Hebamme konnten sie leicht abweisen.«

»Aber jetzt bist du hier. Ich bin froh, dass wir diese Tage zusammen verbracht haben, auch wenn ich nicht die beste Gesellschaft war.«

Meilings Schultern entspannen sich. »Ich hoffe, dass wir sie weiterführen können, nachdem du den Monat abgesessen hast«, sagt sie, und unsere Blicke treffen sich zum ersten Mal während dieses Besuchs.

»Die Konkubine meines Schwiegervaters bekommt bald ihr Kind. Vielleicht können wir uns sehen, wenn du und deine

Mutter kommen, um Konkubine Chen beizustehen, während sie ihren Monat absitzt.«

Meiling zieht die Augenbrauen hoch, während sie darüber nachdenkt. »Die Entscheidung, meine Mutter zu beauftragen, liegt bei Lady Kuo und Doktor Wong, aber sie dürften zufrieden damit sein, wie sie dir mit ihren Fähigkeiten bei der Entbindung geholfen hat.«

Ich glaube lieber daran, dass der Erfolg weitere Erfolge nach sich zieht und Meiling und ihre Mutter den Garten der duftenden Freuden regelmäßig besuchen werden, so wie sie es schon seit vielen Jahren im Haus meiner Großeltern tun. Fürs Erste hoffe ich, dass ich begonnen habe, die Kluft zwischen uns zu überwinden. Meine Abschiedsworte an sie drücken aus, was ich fühle.

»Auch wenn wir getrennt sind, sind meine Gedanken bei dir. Die Bande zwischen uns wurden noch fester geknüpft.«

Aber Meilings schmales Lächeln verrät mir, dass noch nicht alles zwischen uns geklärt ist. Bevor ich weiter nachfragen kann, ist sie verschwunden.

~

Am nächsten Tag kommt Tante Jungfer zu Besuch. Obwohl sie selbst nie ein Kind hatte, weiß sie alles über das Muttersein. Sie hat mir beigebracht, wie ich meine Brustwarzen pflegen muss, wenn sie wund und rissig werden, und sie hat mir angeboten, die Nacht in meinem Zimmer zu verbringen, damit sie sich um Yuelan kümmern kann, wenn sie wach ist, und ich etwas Schlaf bekomme. Sie hat mich beraten, welche Öle gut sind, um die Geburtspforte zu beruhigen, wenn Maoren und ich wieder den Spielen im Schlafgemach nachgehen. Und das Beste: Sie bringt mich zum Lachen. Heute schleppt sie einen Hocker in das Ankleidezimmer meines Ehebettes und setzt sich darauf. Sie nimmt mein Baby auf den Arm, sieht mich an und beginnt mit der Lektion des Tages.

»Du musst deine Tochter vor Zugluft und Feuchtigkeit schützen, denn das Qi eines Babys ist von Natur aus jung und schwach.« Ich weiß das, aber es beruhigt mich, es noch einmal zu hören. »Ihre Knochen sind noch weich und nicht voll ausgebildet, deshalb musst du vorsichtig damit umgehen. Lass das schützende Band um ihren Bauch gebunden, damit Wind und andere giftige Elemente nicht durch ihren heilenden Nabel eindringen können.«

Ich wiederhole etwas, was mir meine Großmutter beigebracht hat. »Jeder Säugling – ob Junge oder Mädchen – ist wie eine Seifenblase, die auf dem Wasser schwimmt, oder ein Wolkenfetzen am Himmel, der leicht weggefegt wird.«

Yuelan gurgelt, und Tante Jungfer reibt ihr sanft den Bauch. »Du solltest anfangen, Schuhe für gebundene Füße für das Mädchen zu machen«, schlägt sie vor.

»Aber es dauert doch noch Jahre, bis ihr die Füße gebunden werden«, sage ich.

»Schon, aber du musst viele Paare anfertigen! Bei jeder Phase des Füßebindens wird sie neue Schuhe brauchen.« Tante Jungfer streckt einen knorrigen Finger aus. »Ich werde dir beibringen, wie man einen richtigen Schuh herstellt – vom Anrühren des Kleisters über das Übereinanderlegen der Sohlen bis zum Annähen der schmückenden äußersten Lage. Aber während du den Monat absitzt, kannst du erst einmal anfangen, so gut sticken zu lernen, dass dein Ansehen als Ehefrau und Mutter erhöht wird …«

Meine Gedanken schweifen ab, und ich stelle mir vor, wie Yuelan und ich der Jungfrau mit den kleinen Füßen Opfergaben darbringen und sie anflehen, die Füße meiner Tochter für ihren zukünftigen Ehemann so perfekt zu gestalten, wie meine für Maoren sind. Die Stimme von Tante Jungfer holt mich in die Gegenwart zurück. »Heute fangen wir so an, als hättest du noch nie mit einer Nadel durch Stoff gestochen.«

Sie geht aus dem Ehebett hinaus, übergibt Mohnblüte das Baby und kommt mit Sticksachen zurück. Ich lehne mich gegen ein paar Kissen und lausche ihren Anweisungen.

»Ich will dir beibringen, wie man eine Fledermaus so stickt, dass sie zu fliegen scheint.« Tante Jungfer nickt vor sich hin und freut sich über die Idee. »Und wie man einen Pfirsich so aussehen lässt, als wäre er frisch gepflückt.«

Ich lächle. *Fu*, das Wort für Fledermaus, klingt wie *Glück*. Aber eine Fledermaus ist nicht nur ein Glückssymbol, sie verkörpert auch das männliche Prinzip, vor allem, wenn sie mit einem Pfirsich gepaart wird, der das weibliche Prinzip darstellt. Tante Jungfer ermutigt mich, mich jetzt schon auf mein nächstes Kind zu freuen.

Eine Stunde später sitzen wir immer noch schweigend beisammen und arbeiten, während Yuelan an meinem Oberschenkel schläft, da kommt meine Schwiegermutter herein. Sie stellt sich an den Eingang zu meinem Ehebett und hält eine Hand hoch.

»Du brauchst nicht aufzustehen«, sagt sie. Nachdem ich mich zum Dank verneigt habe, fährt sie fort. »Die junge Hebamme hat mir berichtet, dass du dich fast schon erholt hast. Es freut mich zu sehen, dass sie mit ihrer Einschätzung richtig liegt.«

»Mir geht das Herz auf, wenn ich höre, dass Sie mit Shi Meiling gesprochen haben. Ich hoffe, sie hat sich bei Ihnen bewährt«, entgegne ich.

»Das hat sie, und ihre Mutter auch.« Dann macht sie eine knappe Ansage. »Auf Vorschlag von Doktor Wong werden wir sie von nun an für die Betreuung der schwangeren und gebärenden Frauen im Garten der duftenden Freuden einsetzen.«

Das bedeutet, Meiling und ihre Mutter werden regelmäßige zu Besuch kommen. Ich freue mich über die Nachricht.

»Aber eine Freundschaft zwischen euch beiden kann weiterhin nicht erlaubt werden.« Lady Kuo wendet ihren Blick Tante Jungfer zu. »Da es Yunxian so gut geht und du so viel Erfahrung hast, kannst du sie noch bis zum Ende ihres Monats betreuen.« Bevor ich Protest einlegen kann, spricht mich Lady Kuo direkt an. »Es gibt keine Diskussionen. Ich habe dir dieses vorübergehende Geschenk gemacht, und du solltest mir dankbar sein. Jetzt richte deine Dankbarkeit an Tante Jungfer. Sie ist durchaus in der Lage, sich um dich zu kümmern, nachdem du jetzt nicht mehr blutest.«

Später zeigt Tante Jungfer noch eine ganz andere Seite von sich, denn sie tröstet mich, während ich weine. Meiling und ich haben nicht einmal die Gelegenheit bekommen, uns voneinander zu verabschieden.

~

Drei Tage später, es ist der sechzehnte Tag, an dem Yuelan die Luft dieser Welt atmet, werde ich von ihren vogelähnlichen Schreien geweckt. Mohnblüte bringt sie mir, und ich öffne mein Gewand, um mein Baby zu stillen. Als sie sich an mir festsaugt und die Milch fließt, fange ich plötzlich an zu zittern. Bis sie mit der ersten Brust fertig ist, hat sich meine Körpertemperatur verändert und ich schwitze. Für einen kurzen Moment gerate ich in Panik, weil ich denke, ich könnte eine Nabelschnurstarre bekommen, aber mein Rücken ist in Ordnung, mein Kiefer bleibt locker, und ich habe keine Krämpfe.

Als die Kleine fertig gestillt ist, habe ich das Bedürfnis, aufzustehen und ein paar Schritte mit ihr zu gehen, bis sie ein Bäuerchen macht. Es ist das erste Mal, dass ich mein Ehebett verlasse, seit die Wehen eingesetzt haben. Ich fühle mich erstaunlich schwach. Wieder steigt Hitze in mir auf, und ich schwitze so schnell und stark, dass sich das Zimmer um mich herum dreht. Schnell übergebe ich Yuelan an Mohnblüte und schwanke zurück zum Bett.

»Sie sollten im Bett bleiben, während Sie den Monat absitzen«, züchtigt mich Mohnblüte, als wäre ich noch ein kleines Mädchen.

Ich beginne zu zittern. »Ich glaube, da stimmt etwas nicht«, sage ich. »Kannst du Tante Jungfer holen?«

Mohnblüte legt mir Yuelan in meine Armbeuge und eilt nach draußen. Ein paar Minuten später kehrt sie zurück. »Konkubine Chens Kind ist unterwegs. Tante Jungfer ist bei ihr.«

Ich hebe den Kopf vom Kissen und bin für einen Moment voller Hoffnung. »Ist Hebamme Shi gekommen? Ist Meiling hier?«

»Hebamme Shi ist bei Konkubine Chen. Meiling holt in einem anderen Teil von Wuxi ein Baby auf die Welt – ganz allein.«

»Ganz allein«, wiederhole ich. Für Meiling ist es das erste Mal, dass sie ohne Aufsicht ein Baby auffängt. Ich bin stolz auf meine Freundin und freue mich für sie, aber ich wünschte, sie wäre hier. »Lass mich wissen, was mit Konkubine Chen passiert. Wenn ihr Baby auf der Welt ist, bitte Tante Jungfer oder Hebamme Shi, mich zu besuchen.«

»Doktor Wong ist hier …«

»Ich würde lieber mit einer Frau sprechen.«

Ich warte den ganzen Tag. Ich kann nichts essen, und ich will nichts trinken. Ich spüre, wie mein Qi schwindet. Ich bin Ärztin. Ich sollte etwas unternehmen. Aber mir geht es zu schlecht, um richtig zu denken. Ich schlafe immer wieder ein. Mohnblüte muss mich wachrütteln, damit ich mein Baby stille. Während Yuelan nuckelt, versuche ich, die Vier Untersuchungen an mir selbst durchzuführen. Fieber, Schüttelfrost, Appetitlosigkeit … Ich gebe Mohnblüte Yuelan zurück und schlafe sofort wieder ein.

Krachende Feuerwerkskörper rütteln mich wach. Ich höre auch Zimbeln, Trommeln und laute Jubelrufe. Mohnblüte steht vor mir. »Konkubine Chen hat ihr Kind bekommen. Es ist ein Sohn. Gebieter Yang ist überglücklich. Er hat dem Kind den Namen Manzi gegeben. Der ganze Haushalt feiert.«

Ich werde von düsteren Gedanken geplagt. Dieser Sohn von Konkubine Chen … Was bedeutet es, dass Manzi nun da ist? Wird meine Schwiegermutter ihn als Ritualsohn beanspruchen? Wenn ja – und in meinem fiebrigen Zustand bin ich mir nicht sicher – würde das wohl bedeuten, dass er der nächste in der Erbfolge wäre, sollte Maoren etwas Unvorhergesehenes zustoßen. Und mein Zustand verschlimmert sich, aber alle sind anderweitig beschäftigt.

Tante Jungfer kommt am frühen Abend zu Besuch. Ich sollte ihr erzählen, wie es mir geht, aber sie ist so gedrückter Stimmung, dass ich nicht beunruhigen will. Ginge es mir besser, würde ich mich nach den Wehen und der Entbindung von Konkubine Chen erkundigen, aber ich lasse es. Tante Jungfer erzählt auch nichts von sich aus, obwohl sie unter normalen Umständen vielleicht verraten hätte, dass die Konkubine laut über die Ungerechtigkeit ihres Schicksals geklagt und geweint hat, weil ihre Geburtspforte nie wieder den glücklichen Zustand erreichen würde, der einst Gebieter Yang in den Bann zog, oder – und das ist das Schlimmste, was ich mir vorstelle – dass sie sich darüber gefreut hat, einen Sohn auf die Welt zu bringen, während ich nur eine Tochter bekommen habe.

»Du bist heute Abend nicht ganz du selbst«, bringe ich heraus. »Kann Mohnblüte dir eine Tasse Tee einschenken? Hättest du gern ein paar Wassermelonenkerne? Ich weiß, dass du sie so gerne magst.«

»Mach dir keine Umstände wegen mir«, antwortet sie. »In dieser Zeit sollten sich alle Sorgen um dich drehen.«

Nur scheint sie meinen körperlichen Zustand nicht zu bemerken. Das zeigt mir, dass sie wirklich innerlich aufgewühlt ist. Ich ignoriere meine eigenen Symptome und denke nach, ob ich ihr irgendwie helfen kann.

»Du hast so viel für mich getan«, sage ich. »Gibt es denn etwas, das ich für dich tun kann?«

Mit gesenktem Blick streicht sie über den Saum ihrer Tunika.

Ich zwinge mich zu fragen: »Ist während Konkubine Chens Wehen etwas vorgefallen?«

Tante Jungfers Augen blitzen kurz auf, aber sie sagt nur: »Sitz erst deinen Monat fertig ab, dann reden wir weiter.«

Ich versuche noch zwei weitere Male, sie dazu zu bringen, mir zu sagen, was sie bedrückt, aber sie weicht meinen Fragen aus. Ich fühle mich nicht gut genug, um es weiter zu versuchen, und ich will sie nicht belasten, indem ich ihr anvertraue, wie schlecht es mir geht. Sie ihrerseits ist zu sehr von ihren eigenen Grübeleien abgelenkt, um zu bemerken, dass mit mir etwas nicht stimmt.

Nach ein paar weiteren Minuten erhebt sie sich langsam. »Ich komme morgen wieder.«

Am nächsten Morgen öffne ich die Augen so zeitig, dass ich Mohnblüte im ersten Vorzimmer meines Ehebettes noch schlafen sehe. Das Licht, das durch die verschlossenen Fenster fällt, ist gedämpft und verrät mir, dass die Sonne noch nicht aufgegangen ist. Mir ist weder heiß noch kalt, was gut ist. Ich drehe mich ein wenig auf der Matratze. Zwischen meinen Beinen ist es nass. Ich ziehe die Bettdecke zurück und stelle fest, dass sie mit Blut befleckt ist. Es ist zu früh nach Yuelans Geburt für die erste Ankunft des monatlichen Mondwassers, und es ist zu spät nach der Geburt, als dass es schädlicher Tau sein könnte. Ich sollte nicht aufstehen. Ich sollte nicht laufen. Aber ich muss eine Binde suchen.

Ich rutsche an den Bettrand, schwinge die Beine auf den Boden und trete leise und vorsichtig über Mohnblüte hinweg. Nachdem ich mich versorgt habe, stelle ich mich in die Mitte des Zimmers. Noch darf ich mein Zimmer nicht verlassen, aber ich sehne mich nach frischer Luft. Es ist noch sehr früh, niemand wird mich sehen. Ich suche mir ein Tuch, ziehe es mir über die Schultern und gehe nach draußen. Der Himmel über mir färbt sich gerade rosa. Die Luft ist still. Das Grün der Pflanzen erfrischt meine Augen. Ich lasse mich von dem Säulengang hinunter in den Hof zu den Orchideen am Fuß der Steinbrücke locken, die über den Teich führt. Sie sind so weiß wie Raureif auf Glas.

Ich gebe besonders acht, als ich den taufeuchten Kieselweg hinuntergehe. Mit den Fingern streiche ich über die Azaleensträucher, die so hoch sind, dass sie mir vorübergehend die Sicht auf die Orchideen versperren. Ich gehe schwankend um die Sträucher herum und sehe plötzlich zwei ausgestreckte Beine auf dem Boden. Ich hole tief Luft und falle hintenüber. Erschrocken krabbele ich nach vorne und spähe um die Azaleen herum. Die Beine sind noch da, und sie enden in gebundenen Füßen. Ich erkenne, dass die feine Stickerei auf den Schuhen nur von den Fingern einer einzigen Person stammen kann.

»Tante Jungfer«, flüstere ich.

Die seltsame Stellung ihrer Beine … Ihre Hose ist klatschnass … Irgendetwas stimmt hier ganz und gar nicht. Langsam bewege ich mich um den Busch herum, folge den Beinen nach oben. Der Oberkörper von Tante Jungfer liegt mit dem Gesicht nach unten im Teich. Ich schreie. Ich schreie und schreie. Ich schreie, bis die Frauen in diesem Hof – verschlafen und noch in ihren Nachtgewändern – herauskommen, um zu sehen, was passiert ist. Ihnen folgen Zofen und weitere Dienerinnen. Und dann schreien sie auch alle.

EIN KREIS DES GUTEN

Zwei Tage nachdem ich die Leiche von Tante Jungfer gefunden habe, kommen mein Schwiegervater und mein Ehemann unangekündigt in mein Zimmer. Der Besuch ist höchst ungewöhnlich, vor allem, weil ich noch den Monat absitze. Ich hatte noch keine Gelegenheit, mich anzuziehen oder zu frisieren, aber sie scheinen sich nicht um Schicklichkeit oder mein Aussehen zu kümmern. Gebieter Yang spricht mich direkt an, vielleicht zum ersten Mal seit meiner Hochzeit. »Wenn du diskreter gewesen wärst, hätte es unter den Bediensteten nicht so einen Aufruhr gegeben. Du solltest inzwischen wissen, dass wir Augen und Ohren – Spione – in unserer Mitte haben und dass sich deine Hysterie bis jenseits unserer Mauern herumsprechen wird. Hättest du Anstand gezeigt, hätte die Familie mit dem Tod von Tante Jungfer würdevoll und verschwiegen umgehen können. Stattdessen …«

Er teilt mir mit, dass die Nachricht von einer im Garten der duftenden Freuden tot aufgefundenen Frau bis zum örtlichen Magistrat vorgedrungen sei. Jetzt wurde eine Untersuchung angeordnet, um festzustellen, ob Tante Jungfers Tod die Folge eines Unfalls oder eines Verbrechens war. Doktor Wong wird aussagen, dass er Tante Jungfer für tot erklärt hat. Hebamme Shi und Meiling werden im Auftrag des Gerichtsmediziners, der anderweitig beschäftigt ist, Bericht über die Autopsie erstatten.

»Und du wirst als Zeugin aufgerufen, als die Person, die die Leiche entdeckt hat«, fährt Gebieter Yang in strengem Tonfall fort. »Das wäre alles nicht passiert, wenn du die Grundregeln der Mutterschaft befolgt hättest, indem du beim Absitzen des Monats im Inneren des Hauses geblieben wärst.«

Mein Mann zeigt noch weniger Verständnis, und es schmerzt noch mehr, dass er die offensichtlichen körperlichen Veränderungen an mir nicht sieht. »Dein Verhalten hat mich vor meiner Familie beschämt.«

Ihre Haltung ist enttäuschend und erinnert mich an den Fall des erhängt aufgefundenen Dienstmädchens, von dem mir Meiling einmal erzählt hat. Auch diese Familie versuchte, ihren Ruf zu schützen und einen Skandal zu vermeiden, nur um die Sache am Ende noch schlimmer zu machen.

Am nächsten Tag hilft mir Mohnblüte beim Anziehen. Während sie mich frisiert und schminkt, trinke ich Tee, in der Hoffnung, dass er mich belebt. Trotz allem sieht die Person, die mir aus dem Spiegel entgegenblickt, blass und kraftlos aus. Da im Haushalt so viel los ist, hatte ich noch keine Gelegenheit, Hebamme Shi oder Doktor Wong aufzusuchen. Seufzend stehe ich auf. Ich habe noch eine letzte Aufgabe zu erledigen, bevor ich das Zimmer verlassen kann. Ich wechsle meine Binde und hoffe, dass sie bis zur Untersuchung hält.

Wenigstens habe ich nicht weit zu laufen. Alle haben sich im Säulengang des vierten Hofes versammelt, damit wir sehen können, wo der Tod eingetreten ist; so ist es Brauch. Die Männer sind auf der linken Seite des Ganges versammelt. Die drei wichtigsten Männer des Hauses sitzen zusammen in der ersten Reihe: mein Ehemann zur Linken von Gebieter Yang und Zweiter Onkel zur Rechten von Gebieter Yang. Ich habe die drei noch nie nebeneinander gesehen, und es fällt mir auf, wie stark das Yang-Blut in ihnen ist, mit ihren Vollmondgesichtern, der gleichen Größe und Statur, und ihre Haare fallen ähnlich.

Ich sehe auch Doktor Wong zum ersten Mal. Er entspricht ganz und gar nicht meiner Vorstellung. Er ist viel jünger – Mitte dreißig, mit hohen Wangenknochen und perfekt geformten Brauen, die die Aufmerksamkeit auf seine Augen ziehen. Er ist glattrasiert, wie mein Mann, und schlicht, aber elegant gekleidet. Ich befinde mich auf der rechten Seite des Ganges mit Lady Kuo und einigen Frauen, die auf meine Schreie hin in den Hof geeilt sind. Ich sehe Hebamme Shi, aber Meiling ist nicht da, obwohl ich erwartet hatte, dass sie im Rahmen ihrer Ausbildung dabei sein würde. Tante Jungfer liegt auf einem Tisch unter einem Musselintuch. Von meiner Position aus kann ich die weißen Orchideen sehen, die mich vor drei Nächten angelockt haben.

Ein Mann sitzt uns gegenüber an einem kleinen Tisch, mit dem Rücken zum Hof. Er trägt ein langes Gewand mit den aufgestickten Insignien seines Ranges. Auf seinem Kopf sitzt eine schwarze Mütze mit zwei Flügeln, die ihm über die Ohren reichen. Ein spärlicher Bart bedeckt sein Kinn, und zwei lange Strähnen, die wie die gespaltene Zunge einer Schlange aussehen, fallen ihm über die Brust. Als Erstes stellt er sich vor. »Ich bin Magistrat Fu. Ich bin der einzige Ermittler. Ich kann eine Verhaftung vornehmen. Ich habe auch die Funktion des Richters und kann das Urteil verkünden, wenn festgestellt wird, dass ein Verbrechen begangen wurde.« Er hält inne und schaut uns an. Dann fährt er bedächtig fort. »Ich erwarte die Wahrheit, und wenn es sein muss, werde ich eine der drei anerkannten Foltermethoden anordnen, um zu gewährleisten, dass ich sie bekomme – Stockschläge, die Knöchelzwinge für Männer und Fingerschrauben für Frauen. Wer lügt oder Beweise fälscht, erhält hundert Schläge mit einer schweren Stange, wie es das Strafministerium vorschreibt.«

Der Magistrat schweigt, damit wir diese Information aufnehmen können. Dann fährt er fort: »Alle Befragungen müssen vor der versammelten Familie und dem Angeklagten stattfinden, wenn es einen gibt, damit sich Gut und Böse von Angesicht zu Angesicht gegenüberstehen, ohne Geheimnisse, ohne Bürokratie, ohne die Möglichkeit, Eltern, Großeltern, Geschwister oder Bedienstete zu schützen oder der schuldigen Person zu ermöglichen, den Folgen ihres Handelns zu entgehen.«

Er zupft an einer seiner Bartsträhnen. »Nichts ist schwerwiegender als ein Kapitalverbrechen, wenn es sich tatsächlich als eines entpuppt. Mit keinem Beweisstück darf leichtfertig umgegangen werden. Wenn auch nur der kleinste Fehler gemacht wird, kann sich das zehntausend *li* weit auswirken.«

Mit offiziellen Formulierungen nennt er das Datum, die Provinz, die Präfektur sowie die Namen und Titel der Anwesenden. Dann liest er von einem Papier ab, das vor ihm auf dem Tisch liegt. »Wir sind heute zusammengekommen, um festzustellen, was zum Tod von Yang Fengshi geführt hat, die von Ihrer Familie Tante Jungfer genannt wurde. Aus dieser Anrede schließe ich, dass sie nie verheiratet war. Sie war siebzig Jahre alt.«

Yang Fengshi. Wieso kannte ich ihren Vornamen nicht?

Magistrat Fu blickt in die Runde, um zu sehen, ob jemand eine Korrektur vornehmen möchte. Da keine Reaktion kommt, fährt er fort. »Jeder Beamte in meiner Position befolgt die Regeln, die vor mehr als zwei Jahrhunderten in *Aufzeichnungen zur Tilgung von Ungerechtigkeit* von Song Ci aufgestellt wurden. Er hat als erster Mensch der Welt gerichtsmedizinische Verfahren entwickelt und niedergeschrieben. Wir wollen seinem Beispiel folgen und beginnen mit der Untersuchung des Orts, an dem der Tod eingetreten ist. Dies ist in Fällen von Ertrinken besonders wichtig. Wir werden den Boden untersuchen, um festzustellen, ob das Opfer den Halt verloren hat oder gewaltsam ins Wasser gestoßen wurde. Ich bitte Gebieter Yang und Doktor Wong, mich zu begleiten.«

Die drei Männer gehen zu dem Weg, den ich in der letzten Nacht genommen habe. Doktor Wong hat einen entschlossenen, aber erstaunlich anmutigen Schritt. Nachdem sie sich ein paar Minuten murmelnd hinter den Azaleensträuchern, wo ich die Leiche der Tante gefunden habe, ausgetauscht haben, kehren sie zum Säulengang zurück. Sobald die Männer Platz genommen haben, ergreift Magistrat Fu das Wort:

»War der Boden am Ufer aufgewühlt? Ja. Wäre das Opfer ein Mann, so würde ich vermuten, dass ein Kampf stattgefunden hat, denn die Erde und der Schlamm in diesem Bereich zeigen viele Spuren, aber das Opfer war eine Frau mit gebundenen Füßen. Als Männer bewundern wir die Aufopferung und die Schmerzen, die unsere Frauen auf sich nehmen, um uns diese Schönheit zu schenken, aber ihr Gang wird dadurch unsicher. Es wäre leider nicht der erste Fall, in dem eine Frau das Gleichgewicht verlor, stürzte und den Tod fand. Ältere Frauen sind besonders gefährdet.«

Seine Worte klingen nach, bevor er fortfährt. »Die nächste Frage, die wir uns stellen müssen, lautet: Ist die Frau ertrunken? Unter normalen Umständen würde ich sagen, dass das Wasser nicht tief genug ist. Meinen Sie nicht auch, Gebieter Yang?«

»Ja«, stimmt mein Schwiegervater mit einem Nicken zu.

»Und Sie auch, Doktor Wong?«

»Ich stimme völlig mit dem Magistrat überein.«

Ich auch, denn ich wette, ich würde nur bis zu den Knien nass werden, wenn ich durch den Teich waten würde.

»Wenden wir uns nun den Beweisen zu, die uns die Leiche liefert«, sagt Magistrat Fu. »Hebamme Shi, bitte treten Sie vor und erläutern Sie uns, was der Leichenbeschauer bei seiner Untersuchung festgestellt hat.«

Die Geschichten, die Meiling mir über Autopsien erzählt hat, haben mich schon immer fasziniert. Aber was früher vielleicht unterhaltsame Fälle waren, die es zu lösen galt, bekommt nun eine ganz andere Bedeutung, wenn es sich beim Opfer um jemanden handelt, den ich kannte und mochte. Dennoch hat Hebamme Shi das schon oft gemacht, und ihre Art und ihr Ton vermitteln die gleiche Autorität wie im Gebärraum. Während sie spricht, erfahre ich mehr Details, als ich jemals hätte hören wollen. Und ich sehe auch mehr, als Hebamme Shi die Decke zurückzieht und Tante Jungfers nackten Körper offenbart. Die Frauen schnappen nach Luft, während die Männer ganz still werden. Das ist bei einer Untersuchung vielleicht so üblich, aber es ist dennoch schockierend. Der Tee, den ich getrunken habe, dreht mir den Magen um, und ich muss die Augen schließen, um mich zu sammeln.

»Wie Sie sehen, habe ich ihre Kleidung und den Haarschmuck entfernt«, erklärt Hebamme Shi. »Sie wurden in Reispapier eingewickelt und von der Familie aufbewahrt. Normalerweise würde ich den Leichnam mit einer Mischung aus heißem Wasser, Wein und Essig waschen, aber der Gerichtsmediziner hielt es für wichtig, die Spuren von Schlamm und Teichwasser auf und in der Leiche zu zeigen. Bei allen Todesfällen durch Ertrinken sucht sich das Wasser einen Platz im Bauch, und das ermittelte er durch Palpitation.«

Ich denke darüber nach. Es scheint mit dem übereinzustimmen, was Meiling mir in der Vergangenheit erzählt hat.

»Die Frage ist also, warum ist sie ertrunken?«, fragt Magistrat Fu.

Hebamme Shi zögert.

»Fahren Sie fort«, drängt der Magistrat.

Hebamme Shi wirft einen Blick zu Doktor Wong, der ihr aufmunternd zunickt. Es überrascht mich, dass sie ihm gehorcht, aber das einzige Mal, dass ich Hebamme Shi in Anwesenheit eines Mannes gesehen habe, war während meiner Wehen, und auch das war Doktor Wong.

»Wenn Konkubine Yang gestürzt wäre«, sagt sie schließlich, »dann würden wir davon ausgehen, dass ihre Hände geöffnet sind. Wäre sie gesprungen – zum Beispiel um sich umzubringen –, dann hätte sie die Hände zur Faust geballt und die Augen geschlossen. Wenn jemand sie unter Wasser gedrückt hat …«

Erneut wird der Vortrag der Hebamme unterbrochen, weil viele erschrocken nach Luft schnappen. Hitze durchströmt meinen Körper, und doch ist mir kalt.

»Wir haben nachgesehen, ob sich Schlamm unter ihren Fingernägeln, in ihrem Mund oder in ihren Nasenlöchern befindet«, fährt Hebamme Shi fort. »Das würde darauf hindeuten, dass sie auf den Grund des Teiches gedrückt wurde. Wir haben aber nichts dergleichen vorgefunden.«

Doch von meiner Perspektive aus scheinen die Hände und der Mund der alten Tante sehr wohl von Schlamm bedeckt zu sein. Ob dieser Widerspruch auch anderen Leuten aufgefallen ist?

»Sie lassen eine wichtige Tatsache aus, nicht wahr?«, fragt Magistrat Fu.

Hebamme Shi nickt langsam. »Die Leiche wurde so hingelegt, dass die Anwesenden sich nicht am Anblick der Kerbe auf der linken Seite ihres Kopfes, wo sie sich wahrscheinlich beim Sturz den Kopf angeschlagen hat, stören.«

Obwohl ich Tante Jungfer ehren möchte, indem ich auf jedes Detail achte – und es hinterfrage –, ist der kleine Energieschub durch den Tee verflogen. Ich fühle mich wieder schwindelig und fiebrig. Außerdem ist es Zeit, mein Baby zu stillen, und meine Brüste tun weh … Tante Jungfer … Ich bin froh, dass ich diese Verletzung nicht gesehen habe, als ich sie fand.

»War Yang Fengshi Ihrer Meinung nach das Opfer einer Gewalttat?«, fragt Magistrat Fu.

»In Fällen wie diesem«, antwortet Hebamme Shi ruhig, »achten der Gerichtsmediziner und ich immer auf den Gesichtsausdruck. Wir haben keine Anzeichen von Angst entdeckt. Yang Fengshi wirkte friedlich.«

Widerwillig wende ich den Blick wieder Tante Jungfer zu. Großmutter lehrte mich als Teil der Vier Untersuchungen, genau hinzusehen, aber sie sagte auch, dass ich dies bei anatomischen Fragestellungen und bei Todesfällen vermeiden sollte.

»Können Sie bestätigen, dass sie Jungfrau war?«, fragt Magistrat Fu.

Ich verstehe nicht, was das mit dem Tod von Tante Jungfer zu tun haben soll, aber Hebamme Shi antwortet trotzdem. »Ich habe die entsprechende Untersuchung durchgeführt. Die Geburtspforte war unversehrt.«

Die Vorstellung, dass Tante Jungfer ihr ganzes Leben lang ihre Geburtspforte beschützt hat, nur um dann im Tod von Hebamme Shis Finger verletzt zu werden … Ich bin nicht die Einzige, die das aus der Fassung bringt. Zwei Frauen, die hinter mir sitzen, fallen in Ohnmacht, und Diener tragen sie hinein. Der Magistrat lässt sich davon nicht beirren.

»Um es klarzustellen: Dort wurde auch kein Messer eingeführt, um die Organe zu verletzen?«

Hebamme Shi schüttelt den Kopf.

»Antworten Sie bitte vernehmbar«, ermahnt sie der Richter.

»Es wurde kein Messer eingeführt. Soweit ich feststellen kann, ist kein fremder Gegenstand oder Mensch jemals in ihre Geburtspforte eingedrungen.«

»Wir können also davon ausgehen, dass sie nicht Selbstmord begangen hat, um ihr Gesicht zu wahren oder um einen heimlichen Liebhaber zu schützen«, erklärt der Magistrat.

Diese Vorstellungen sind entsetzlich. Warum unterbricht Gebieter Yang diese Art der Befragung nicht?

»Richtig«, antwortet Hebamme Shi. »Und es ist unwahrscheinlich, dass sie von jemandem unter Wasser gedrückt wurde.«

Magistrat Fu befragt Hebamme Shi nicht zu der Kopfverletzung von Tante Jungfer, die aber, wie er bereits sagte, wichtig zu sein scheint. Stattdessen entlässt er die Hebamme und ruft mich als nächste Zeugin auf. Als ich aufstehe, werde ich fast vom Schwindel überwältigt. Als sich nicht mehr alles dreht, gehe ich langsam den Gang entlang und setze mich. Ich muss furchtbar aussehen, aber vielleicht halten das alle für normal bei einer Frau, die von Natur aus zart und es nicht gewöhnt ist, so in der Öffentlichkeit zu stehen, und der man außerdem noch die Strapazen der Geburt anmerkt.

Der Magistrat erkundigt sich nach den Umständen, unter denen ich Tante Jungfer aufgefunden habe. Ich halte meine Antwort einfach und präzise.

»Ich bin nach draußen gegangen und habe sie entdeckt.«

Ich gehe davon aus, dass er mich genau über die Lage ihres Leichnams befragt und was ich sonst noch gesehen haben könnte, aber es geht in eine ganz andere Richtung.

»Mir wurde gesagt, dass Sie Yang Fengshi nahestanden«, sagt Magistrat Fu.

»Das stimmt.«

»Und Sie kennen die Gepflogenheiten im Garten der duftenden Freuden.«

»Ich bin erst seit kurzem verheiratet, daher kenne ich mich noch nicht so gut aus.«

»Aber Sie sind mit den Regeln für Frauen der Oberschicht vertraut.«

»Ich wurde entsprechend den *Analekten für Frauen* und dem *Klassiker der kindlichen Pietät für Mädchen* erzogen.«

»Kann ich davon ausgehen, dass Yang Fengshi keine Kenntnis von der Außenwelt hatte?«, fragt er.

»Tante Jungfer hat ihr ganzes Leben innerhalb dieser Mauern verbracht und sich nie hinausgewagt«, antworte ich.

»Würde sie spätnachts allein über das Gelände spazieren?«

»Nein.«

»Aber anscheinend hat sie es getan.« Er hält inne, um über diese Ungereimtheit nachzudenken. »Lassen Sie mich die Frage etwas anders stellen. Würde sie auf einem Weg stürzen, den sie seit ihrer Kindheit kannte, selbst wenn es nachts war?«

»Tante Jungfer wuchs in der Nähe von Teichen auf – sei es in diesem Hof oder anderswo auf dem Anwesen, besonders im Garten der duftenden Freuden selbst. Aber jede Frau mit gebundenen Füßen kann stürzen.«

»Der Teich ist seicht. Ein Mann wäre einfach aufgestanden und weitergegangen, aber sie war eine Frau. Vielleicht geriet sie in Panik.«

Ich erinnere mich an Tante Jungfers Gelassenheit, als es Probleme während meiner Wehen gab. »Sie war kein Mensch, der in Panik gerät. Aber wenn sie auf den Kopf gefallen ist, hat sie vielleicht das Bewusstsein verloren.«

Der Richter zupft an den beiden Schwänzen seines Bartes. »Vielleicht wollte sie ja auch sterben.« Er scheint alle nur denkbaren Erklärungen abdecken zu wollen. »Immerhin ist es schwer für eine Frau, nicht die weiblichen Pflichten zu erfüllen, die von ihr verlangt werden.«

»Wenn Sie einen Selbstmord in Betracht ziehen, weil sie eine unverheiratete Frau war, dann irren Sie sich.« Mein scharfer Tonfall ruft bei den Männern ein Murren hervor. Ich werfe einen Blick zu meinem Mann. Er hat das Gesicht gesenkt, gedemütigt von meiner Dreistigkeit. Ich sollte nichts mehr sagen, aber ich kann mich nicht zurückhalten. »Tante Jungfer besuchte mich in der Nacht, in der sie starb. Wir wollten uns am nächsten Morgen wieder treffen. Und sie wollte mir etwas erzählen, wenn ich den Monat abgesessen hätte …

»Also noch einmal, Sie glauben, dass es ein Unfall war?«

»Ich bin nur eine Frau. Es steht mir nicht zu, mir ein Urteil zu bilden«, sage ich in der Hoffnung, es bei meinem Mann und seiner Familie wieder gutmachen zu können, dass ich mein Zimmer verlassen habe, mich verunreinigt habe, indem ich Tante Jungfer auffand, und den Clan beschämt habe, indem ich so laut schrie und die Aufmerksamkeit der anderen auf mich zog.

Magistrat Fu entlässt mich. Als ich aufstehe, spüre ich, wie Blut in meine Binde fließt. Ich erstarre. Das sollte so lange Zeit nach Yuelans Geburt nicht mehr passieren. Ich bin mir der Blicke aller Anwesenden bewusst und versuche, gleichmäßig durch den Gang zu meinem Platz zu gehen. Ich laufe daran vorbei und weiter, in der Hoffnung, mein Zimmer zu erreichen, bevor das Blut mein Gewand befleckt. Hinter mir höre ich Magistrat Fu. »Da es keine weiteren Zeugen aufzurufen gibt, komme ich jetzt zu meinem Urteil.« Ich zwinge mich, weiterzugehen. Ich erreiche den Säulengang und stütze mich an der Balustrade ab. »Ich glaube, dass Yang Fengshi ausgerutscht ist, sich den Kopf gestoßen hat, in ihren letzten Momenten bewusstlos war und Wasser eingeatmet hat«, sagt der Magistrat. »Daher ordne ich dies als Unfalltod ein. Sollten sich die Umstände ändern und neue Beweise auftauchen, kann die Familie gerne eine erneute Untersuchung anordnen.«

~

Die Beerdigungsvorbereitungen werden schnell getroffen. Da Tante Jungfer eine unverheiratete Frau war – ein wertloser Zweig im Stammbaum der Familie – ist die Zeremonie schlicht und privat und findet schon einen Tag nach der Untersuchung statt. Ich kann nicht teilnehmen, weil ich noch den Monat absitze. Aber selbst wenn das nicht der Fall wäre, könnte ich nicht hingehen, weil ich viel zu krank bin. Ich sollte versuchen, meine Symptome zu analysieren und nach einer Art Infektion zu suchen, aber nach der zusätzlichen Anstrengung durch die amtliche Untersuchung geht es mir zu schlecht, um richtig zu denken. Irgendjemand – Mohnblüte? – muss es schließlich bemerkt und Lady Kuo informiert haben, denn ich nehme wie in einem Nebel wahr, dass Dienerinnen eintreten und einen Stuhl und einen Wandschirm in einer entfernten Ecke meines Zimmers aufstellen. Sie hat also Doktor Wong gerufen.

Als sie eintreten, sehe ich Doktor Wong zum zweiten Mal. Ich habe in meinem Leben wenig Zeit mit Männern verbracht, und wieder fällt mir auf, wie sehr er sich von meinem gelehrten Vater und Großvater oder meinem Schwiegervater und Ehemann unterscheidet. Doktor Wong ist größer als sie alle. Seine Schultern sehen aus, als könnten sie eine schwere Last tragen. Rasch verschwindet er hinter dem Bildschirm und stellt mir mittels meiner Schwiegermutter Fragen. Ich antworte, so gut ich kann. In den nächsten zwei Tagen probiert er verschiedene Mittel aus, die ich einnehmen muss. Zuerst verschreibt er mir ein Getränk aus Wein und dem Urin eines Jungen. Dann soll ich Essigdämpfe einatmen. Beides lindert meine Symptome nicht. Am dritten Tag schreibt er eine Rezeptur auf, die Mohnblüte für mich zubereitet. Sie hilft nicht. Mein Zustand verschlechtert sich. Das Zimmer ist abgedunkelt. Ich merke nicht, wie die Zeit vergeht, aber meine Brüste werden erst hart, dann weich, weil meine Milch versiegt. Die Amme, die ich anfangs ablehnte, wird hinzugezogen. Dann erscheint eines Tages ein schönes Gesicht über mir. Es ist entweder ein Fuchsgeist oder ein Gespenst. Ich erschauere, schließe die Augen und wende mich ab.

»Yunxian«, ruft mir das Gespenst zu. »Yunxian. Mach die Augen auf. Ich bin es, Meiling.«

Ich hebe die Lider. Dieses Wesen ist zu makellos, um echt zu sein – es hat Wangen wie sonnenbeschienene Wolken, Augen so schwarz wie Obsidian und Haare, die das Licht reflektieren wie Mondstrahlen auf einem Teich um Mitternacht. Das kann unmöglich meine Freundin sein.

»Du bist schmaler als ein Blumenstängel«, verkündet das Geschöpf und lässt sich neben meinem Bett nieder. Sie wirft einen kurzen Blick über ihre Schulter. Ich folge ihrem Blick und sehe meine Schwiegermutter am Eingang zu meinem Ehebett stehen. »Sie braucht ihre Großmutter. Lady Ru ist die beste Ärztin in ganz Wuxi, wenn es um die Behandlung von Frauenleiden unterhalb des Gürtels geht.«

Lady Kuo rührt sich nicht. »Das wird nicht nötig sein«, sagt sie. »Ich werde Doktor Wong bitten, zurückzukommen. Er ist unser Hausarzt und derjenige, dem ich in den Frauengemächern am meisten vertraue.«

»Ich hole Lady Ru trotzdem«, sagt die Geistererscheinung. Als sie zur Tür geht, schaue ich noch, ob ein Fuchsschwanz unter ihrem Gewand hervorlugt. Da ist keiner.

Mein Zimmer wird wieder einmal für die Ankunft von Doktor Wong vorbereitet. Diesmal bringt er Maoren mit. Es ist der zweite Besuch meines Mannes in meinem Zimmer, während ich den Monat absitze. Er sollte nicht hier sein, und seine Anwesenheit verstört mich, bis mir ein neuer, noch beunruhigenderer Gedanke in den Sinn kommt. Vielleicht habe ich den Monat bereits vollendet und merke es nicht.

Doktor Wong und Maoren sprechen, aber gerade so leise, dass ich sie nicht verstehen kann. Maoren schreitet durch den ersten Vorraum und setzt sich in die Nische neben meinem Bett. Sein Rücken ist aufrecht und stolz. Die Vaterschaft hat ihn zu einem Mann gemacht, und doch sehe ich nur Sorgen in seinen Augen. Als er sagt: »Der Arzt hat Fragen, die ich dir stellen soll«, erinnert mich das an damals, als ich im Namen meines Vaters – und auf Wunsch meiner Mutter – zwischen ihr und ihrem Arzt vermittelte. Ich verstand damals nicht, was ich da fragte, deshalb war es mir nicht peinlich, aber mein Mann wird rot bis zu den Haarwurzeln, als er die erste Frage stellt. »Doktor Wong möchte wissen, ob das Blut, das aus dir herauskommt, aussieht wie das Weiße von Schalotten, wie Wasser, in dem Reis gewaschen wurde, oder wie Fleisch, das in der Sommersonne verdorben ist?«

»Reiswasser«, antworte ich. Dieses Symptom würde auf übermäßige Feuchtigkeit hindeuten.

Maoren geht, um dem Arzt davon zu berichten, und kehrt zurück, um weitere Fragen zu stellen. »Fließt es wie Wasser, tröpfelt es wie Leinöl oder kommt es in Klümpchen heraus?«

»Ein bisschen von allen dreien.«

Diese Antwort verwirrt den Arzt ebenso wie mich.

Mein Mann kommt mit einer weiteren Nachfrage zurück. »Sind die Flüssigkeiten, die aus deinem Körper kommen, matt wie Chrysanthemenblätter, die im Herbst abgefallen sind, oder glänzend wie Fischhirn?«

»Fischhirn.«

Auch diese Antwort scheint den Arzt zu verblüffen, der gerade so laut kommentiert, dass ich es hören kann: »Einige ihrer Symptome deuten auf Kälte hin, aber das Glänzen auf Hitze. Beides sollte eigentlich nicht gleichzeitig vorkommen.«

»Vielleicht sollten wir die Hebamme noch einmal kommen lassen«, schlägt Maoren zaghaft vor.

»*Nur Narren und Idioten vertrauen ihre Frauen den Händen von Vetteln an.*« Der Arzt rezitiert salopp den Aphorismus.

Ich erinnere mich an einen Spruch aus dem *Buch der Riten. Wenn die Familie eines Arztes nicht seit drei Generationen Medizin ausübt, nimm seine Medikamente nicht ein.* Ich dürfte das niemals laut sagen, aber ich teile Maoren mit, dass ich gerne meine Großmutter sprechen würde.

Von der anderen Seite des Zimmers sagt der Arzt: »Eine Ärztin ist nicht viel besser als eine Vettel. Sie kann die Patientin während der Vier Untersuchungen sehen und anfassen, aber was weiß sie *wirklich*?«

»Weder meine Frau noch ihre Großmutter ist eine Vettel«, sagt mein Mann.

Der Arzt lacht kurz auf, als hätte er nur gescherzt. Im nächsten Moment wird ein Vorhang an der Decke meines Bettes aufgehängt, mein Handgelenk wird mit einem Tuchstreifen umwickelt, und ich werde aufgefordert, den Arm durch den Vorhang zu strecken.

»Keine Sorge«, sagt Doktor Wong, nur gilt das nicht mir. »Ich kann den Puls Ihrer Frau fühlen, ohne ihre Haut zu berühren.«

Wieder denke ich daran zurück, als Ehrwürdige Lady im Sterben lag. Da der Arzt meine Mutter nicht sehen konnte, konnte er weder ihr Aussehen noch ihr Qi, den Glanz oder die Farbe ihrer Haut untersuchen. Und durch das Taschentuch konnte er auch nicht ihren Puls fühlen. Dasselbe muss auch für Doktor Wong gelten.

»Ärzte wie ich müssen die Emotionen einer Frau berücksichtigen – wie sie das Leiden verursacht haben und wie sie die Behandlung beeinflussen könnten«, sagt er zu Maoren. »Ihrer Frau geht es nicht gut …«

Aber er fragt nicht, warum. Und er denkt rückwärts, aber ich habe einen flüchtigen Moment der Klarheit. Es besteht ein großer Unterschied dazwischen, zu überlegen, wie Emotionen eine Frau krank machen können und wie sie sich auf die Behandlung auswirken, und der Betrachtung der organischen Symptome an erster Stelle. Hat man die Symptome verstanden, sollte man herausfinden, wie Emotionen die Krankheit verschlimmert haben könnten und wie sie auf der Suche nach einer Heilung berücksichtigt werden sollten. In meinem Fall wurden die Blutungen und das Fieber durch meine Traurigkeit darüber, dass ich es nicht geschafft habe, einen Sohn zu bekommen, meine Einsamkeit in einem Haushalt, der mich immer noch nicht akzeptiert, und die Belastung durch den Tod von Tante Jungfer verschlimmert. Nicht andersherum.

»Während ich Kälte wahrnehme, so liegt die Ursache für das Leiden Ihrer Frau in zu viel Hitze«, sagt der Arzt. »Sind Sie beide in dem Monat vor oder nach der Geburt Ihrer Frau den Spielen im Schlafgemach nachgegangen?«

»Nicht ein einziges Mal!«, ruft Maoren entrüstet.

»Dann muss sie Dinge gegessen haben, die Hitze erzeugen – Chili, Paprika, frittierte Speisen. Das verursacht oft schwierige Wehen«, fügt er spitz hinzu. »Sie haben Glück, dass der Fötus nicht in ihrem Bauch gestorben ist. Ja, zu viel Hitze. Ich werde ihr kühlende Medikamente geben, um ihr Yin zu stärken«, verkündet er mit entschlossener Stimme.

Aber ich bin mir ziemlich sicher, dass Doktor Wong mit seiner Diagnose falschliegt, und das bedeutet, dass sein Behandlungsplan nicht funktionieren wird. Doch ich bin so schwach und mein Denken ist so vernebelt, dass ich nicht weiß, was ich tun oder wie ich für mich selbst eintreten soll. Wie so viele Frauen nach einer Geburt ziehe ich mich in die Dunkelheit zurück.

~

Ich döse vor mich hin, als ich plötzlich Finger an meinem Handgelenk spüre. Als ich die Augen öffne, sehe ich Großmutter Ru. Meine Schwiegermutter, Konkubine Zhao, Tupfen und Mohnblüte schweben hinter ihr. Die Person, die ich für einen Fuchsgeist hielt, Meiling, ist ebenfalls anwesend. Ich stelle die naheliegende Frage.

»Sterbe ich?«

Großmutter schnaubt. »Auf gar keinen Fall! Aber du bist auch nicht gesund.« Ihr Blick ist ernst, als sie fragt: »Wie konntest du es nur so weit kommen lassen? Du weißt es doch besser.«

»Ich habe mir große Sorgen um sie gemacht«, sagt Lady Kuo, bevor ich antworten kann. »Ich habe persönlich dafür gesorgt, dass sie alle von Doktor Wong verordneten Mittel eingenommen hat.«

Großmutter ignoriert meine Schwiegermutter und spricht zu mir. »Du brauchst das Vier-Substanzen-Dekokt, das dir beim Abbau von Kälte helfen wird. Es ist die beste Methode zur Regulierung von Xue und Emotionen bei fast allen Frauenleiden – von Hautausschlägen bis hin zu Beschwerden nach der Geburt eines Kindes. Engelwurz, Liebstöckel, weiße Pfingstrosenwurzel und Rehmannia erwärmen deine Mitte und regen stagnierendes Xue an, deinen Körper zu verlassen und neues Blut zu bilden, wodurch dein Qi wieder aufgefüllt wird.«

Konkubine Zhao sprach einmal davon, einen Kreis des Guten zu schaffen, um mich zu schützen. Ein Kreis von Frauen umgibt mich jetzt. Mohnblüte und Tupfen stehen abwechselnd an der Tür, damit sie uns Bescheid geben können, sollte sich jemand nähern. Großmutter und Konkubine Zhao baden mich, füttern mich, stellen mich über den Honigtopf und helfen mir beim Anziehen. Großmutter fühlt mir mindestens fünfmal am Tag den Puls. Konkubine Zhao wickelt die Stoffstreifen ab und pflegt meine Füße, da ich zu krank bin, um diese wichtige Aufgabe zu erfüllen. Es ist schwer, in diesen Momenten nicht an meine Mutter zu denken.

Langsam komme ich wieder zu Kräften, und nach zehn Tagen kann ich mich selbst anziehen und durch das Zimmer gehen. Ich darf Yuelan halten und hoffe, dass der Faden, der uns verbunden hat, als sie in mir lebte, wieder zusammengeknotet werden kann. Es tut jedes Mal weh, wenn ich sie der Amme zurückgebe.

Obwohl ich mich erhole, warnt mich Großmutter, als sie und Konkubine Zhao eines Tages zu Besuch kommen. »Ich möchte nicht, dass dir dasselbe passiert wie deiner Mutter. Sie wurde von traurigen Yin-Emotionen heimgesucht. Aufgrund dieser Schwäche konnten böse Einflüsse in ihrem Körper Wurzeln schlagen.«

Ich muss ihr widersprechen. »Du warst nicht dabei. Sie starb an einer Infektion der Füße.«

»Ich habe deine Mutter nicht behandelt. Ich weiß nur, was Konkubine Zhao und Mohnblüte mir erzählt haben.« Großmutter trommelt mit den Fingern auf dem Tisch. »Das Problem ist, dass Wind deinen Körper gefunden hat. Jetzt weiß der Wind, wie leicht es ist, in dich einzudringen. Diese Angreifbarkeit hat dich anfällig für die Sechs schädlichen Einflüsse gemacht, insbesondere für Kälte.«

Sie hat natürlich recht. Ich wurde krank, als ich hier eingezogen bin, und jetzt das. Es ist zu erwarten, dass Wind mich von nun an weiterhin suchen wird. Diese Vorstellung ist entmutigend.

»Es ist ein Glück, dass Meiling uns geholt hat«, sagt Großmutter. »Als du sie nicht erkannt hast, ist sie direkt zu mir gekommen. Ein noch größeres Glück ist es, dass du wie eine Perle in der Hand deines Großvaters bist. Er hat uns hierhergeschickt, um herauszufinden, was los ist.« Nach einem langen Moment fügt sie hinzu: »Es ist gut, dass wir zum richtigen Zeitpunkt gekommen sind.«

Ich mag mir nicht vorstellen, dass ich dem Tod nahe war, also frage ich: »Und Konkubine Chen? Wie geht es ihr?«

»Es ist wirklich typisch für dich, an andere zu denken«, kommentiert Konkubine Zhao.

»Hebamme Shi hat ihre Aufgabe ohne Zwischenfälle erfüllt. Mutter und Sohn sind beide wohlauf«, sagt Großmutter.

Ein Sohn … Ich hatte gehofft, das sei nur ein hässlicher Traum gewesen.

»Außerdem«, fährt Großmutter fort, »hat Doktor Wong beschlossen, in Zukunft nur noch Meiling bei seinen Fällen einzusetzen. Die Leute sollen sie jetzt Junge Hebamme nennen.«

Das ist eine unerwartete Nachricht. Ich dachte, Lady Kuo hätte mir mitgeteilt, dass Doktor Wong sowohl mit Hebamme

Shi als auch mit ihrer Tochter arbeiten wollte. Großmutter muss meine Verwirrung spüren, denn sie sagt: »Du warst krank, also hat dir wohl noch niemand von Hebamme Shi erzählt.«

»Geht es ihr gut?«, frage ich.

Großmutter antwortet vage. »Diese männlichen Ärzte – allesamt treue Anhänger von Konfuzius – zitieren gerne ihre Sprüche über die Behandlung von Frauen und wie viele Frauen bei der Geburt sterben, aber sie haben keine Ahnung, was das bedeutet.«

Ich merke, dass sie versucht, mich nicht zu beunruhigen. »Großmutter, bitte sag mir doch, was passiert ist.«

»Zuerst hat Doktor Wong den Leuten erzählt, Hebamme Shi hätte eine Frau gezwungen, zu früh zu pressen, was zum Tod des Babys führte, aber ich habe ihr bei vielen Entbindungen zugesehen, und sie hat noch nie so etwas Nachlässiges getan. Doktor Wong war dabei, als ein anderes Baby mit einem Wasserkopf zur Welt kam. Das Mädchen starb zwei Tage später, was alle als einen Segen betrachteten. Trotzdem war es ein weiterer Todesfall. Dann wollte ein Kind mit der Nabelschnur um den Hals auf die Welt kommen. Hebamme Shi erzählte mir, sie habe alles getan, um die Nabelschnur über die Schulter zu ziehen. Am Ende … Aber egal! Du solltest das alles gar nicht wissen. Es verstört dich nur. Und du solltest nicht mit Meiling darüber sprechen.« Großmutter seufzt. »Es kommt ständig vor, dass Babys und Mütter sterben, aber ein, zwei, drei Todesfälle hintereinander? Ist das Schicksal, Vorsehung oder Pech? Ich weiß es nicht, aber es ist nun einmal so, dass immer die Hebammen dafür verantwortlich gemacht werden, wenn eine Mutter oder ein Fötus stirbt oder alle beide.«

»Warum will Doktor Wong dann überhaupt eine Hebamme einsetzen?«

»Du kennst die Antwort. Ärzte und Ärztinnen wie wir berühren kein Blut, und jemand muss das Baby auffangen. Selbst dein Großvater akzeptiert diese Fakten zähneknirschend.«

»Und vielleicht zeigt Doktor Wong sein Wohlwollen, indem er Meiling hilft.«

»Vielleicht.«

Nach einem Moment frage ich: »Kannst du nicht etwas für Hebamme Shi tun?«

Großmutter faltet die Hände und legt sie in den Schoß. »Eine Sache solltest du noch wissen. Dass sie die Autopsie an Tante Jungfer durchgeführt hat, gilt als weiterer Makel für die Hebamme. Doktor Wong hat Hebamme Shi als zu verunreinigt eingestuft, um einer Geburt in einer Familie der Oberschicht beizuwohnen, auch in dieser hier.«

»Aber die Totenbeschau ist doch kein neuer Erwerbszweig für Hebamme Shi.«

»Natürlich nicht«, gibt Großmutter zu. »Allerdings hat sich die Nachricht von dem, was hier passiert ist, verbreitet wie verschüttetes Getreide, das die Ratten in jeden Winkel von Wuxi getragen haben. Fürs Erste hat Hebamme Shi ihren guten Ruf verloren. Kein Ehemann will das Leben seines zukünftigen Sohnes riskieren. Kein Arzt, keine Ärztin will mit Fehlschlägen in Verbindung gebracht werden. Nicht einmal ich.«

»Und das alles auf Doktor Wongs Anweisung hin?«

»Ja, auf sein Geheiß.« Großmutter starrt ins Leere. »Meine Hauptverantwortung ist die Gesundheit und das Wohlergehen der Frauen in unserer Familie. Wenn ich jetzt Hebamme Shi bei einer deiner Tanten oder Cousinen einsetzen würde, und es würde etwas passieren, wie könnte ich dann deinem Großvater gegenübertreten?«

»Warum hat das Versagen von Hebamme Shi Meiling nicht geschadet?«, frage ich. »Eigentlich sollte man doch meinen, kein Haushalt würde es riskieren, sie einzusetzen.«

»Ich stimme dir zu. Gerüchte und Verdächtigungen sind wie Funken und Zunder«, antwortet sie. »Aber Doktor Wong erzählt den Leuten, dass er die Art und Weise, wie Meiling mit den Schwierigkeiten bei Yuelans Geburt umgegangen ist, zu schätzen weiß. Die schriftliche Botschaft auf ihrem Fuß hat euch beide gerettet. Was für ein Glück für Meiling, dass du ihr die grundlegenden Zeichen beigebracht hast.«

Ich bin mir nicht sicher, wie ich das interpretieren soll. Lobt sie Meiling dafür, dass sie lesen und schreiben gelernt hat? Oder kritisiert sie Doktor Wong für seine schlechte Leistung während meiner Wehen?

»Doktor Wong kümmert mich nicht, wie du dir denken kannst«, sagt sie mit rauer Stimme. »Aber wir müssen ihm dankbar sein, dass er Meiling Arbeit gibt. Ich werde Junge Hebamme ebenfalls einsetzen. Und du solltest dich freuen, denn das bedeutet, dass sie ab jetzt die Hebamme dieses Haushalts sein wird …«

»Da kommt jemand«, zischt Tupfen von der Tür her.

»Erzähl mir, Yunxian, isst dein Mann eigentlich lieber Huhn oder Ente?«, fragt Großmutter und wechselt schnell das Thema.

~

Nach einer weiteren Woche erfahre ich von Mohnblüte, dass mein Mann zu Besuch kommen wird. Es wird das erste Mal sein, dass wir uns seit dem peinlichen Zwischenspiel mit Doktor Wong wiedersehen. Ich ziehe mir eine bestickte Seidentunika über einen Unterrock aus feiner Seidengaze an, der beim Gehen hinter mir her wehen wird. Ich bürste mir die Haare und drehe sie zu einem hohen Dutt auf, der mit Gold- und Jadenadeln verziert ist. Meinen Pony kämme ich so, dass mir die Fransen wie die Federn eines Kormorans über die Stirn fallen. Großmutter und die anderen machen mir Komplimente, wie schön ich aussehe, dann gehen sie hinaus, damit ich mit meinem Mann allein sein kann. Ich wiege Yuelan in meinen Armen. Sie ist fast sieben Wochen alt, und ich bin der Amme dankbar dafür, wie pummelig sie geworden ist. Maoren kommt herein und setzt sich neben mich. Er blickt uns liebevoll an, aber als er spricht, schockieren mich seine Worte.

»Du warst lange Zeit krank«, sagt er, »deshalb ist dir vielleicht nicht ganz klar, wie viel Zeit vergangen ist. In drei Tagen werde ich den Garten der duftenden Freuden verlassen, um meine letzten Studienmonate in Nanjing vor den Bezirksprüfungen anzutreten.«

Ich schließe die Augen, damit keine Tränen fließen.

»Ich werde dich vermissen«, sage ich.

»Ich werde dich auch vermissen.« Er führt meine Hand an seine Lippen und küsst mich auf die Handfläche.

»Es tut mir leid, dass ich dir eine Tochter geschenkt habe.«

»Bitte entschuldige dich nicht. Das nächste Mal bekommst du einen Sohn.«

Ich muss tapfer sein, so wie meine Mutter, wenn mein Vater beruflich auf Reisen war, wie meine Großmutter, als mein Großvater in Nanjing stationiert war, und wie Lady Kuo, wenn mein Schwiegervater sich auf dem Land aufhält, um nach seinen Ländereien, den Ernten, den Fabriken und all den Menschen zu sehen, die für uns arbeiten.

»Ich vermute, du wirst Bücher für deine Studien brauchen«, sage ich. »Darf ich sie für dich kaufen?«

Maoren lächelt. »Vater hat schon alles besorgt, was ich brauche, aber dein Angebot zeigt mir nicht nur, dass du eine gute und anständige Ehefrau bist, sondern auch, dass wir wirklich ein Paar Mandarinenten sind.«

»Seite an Seite schwimmen. Gepaart fürs Leben.« Für mich sind das keine Worte mehr, die einfach nur aufgesagt werden. Die Gefühle sind echt. »Ich bringe dir noch andere Neuigkeiten«, sagt Maoren. »Dein Großvater ist hier.«

Mein Herz macht einen Sprung.

»Er ist gerade bei meinem Vater«, fährt Maoren fort. »Anstatt traurig über meinen Abschied zu sein, freue dich lieber, dass du bald deinen Großvater sehen wirst.«

Maoren bleibt noch ein paar Minuten. Er trinkt Tee in kleinen Schlucken. Er sagt mir, dass unser Baby hübsch ist. Er drückt sein Bedauern darüber aus, dass ich krank war. »Es schmerzt mich, dass wir nicht wieder als Mann und Frau zusammen sein konnten, aber Doktor Wong sagt, es muss so sein, bis du wieder ganz gesund bist.«

Dann erhebt er sich, drückt mir die Schulter und geht. Ich betrachte mich im Spiegel, röte meine Wangen noch ein wenig und streiche mir durch die Haare, um sicherzugehen, dass jede Strähne an ihrem Platz ist. Kurze Zeit später kommt Großmutter herein. Sie lächelt, als sie mich sieht.

»Du hast es also schon gehört.«

»Darf ich ihn sehen?«, frage ich ungeduldig.

»Er wartet auf der Terrasse der Einsiedelei auf dich.«

Nach der Anzahl der Tage habe ich mehr als nur den Monat abgesessen, aber es ist das erste Mal seit der Entbindung, dass ich den vierten Hof verlasse. Vorfreude und Spannung beflügeln mich, aber ich komme nicht weit, da fangen meine Beine an zu zittern – sie sind es nicht gewohnt, über die Grenzen meines Zimmers hinaus zu gehen.

Ich bekomme feuchte Augen, als ich Großvater erreiche. Er nimmt mein Gesicht in die Hände und wischt mir mit beiden Daumen die Tränen ab. Ich könnte dasselbe bei ihm tun. Ich habe noch nie erlebt, dass ein Mann so sehr von Yin-Gefühlen überwältigt wird.

»Ich würde dich nach Hause holen, wenn ich könnte«, sagt er schließlich. »Doch das ist nicht möglich. *Eine Frau folgt nur ihrem Mann.* Aber ich habe Vorkehrungen getroffen, die dir helfen sollten. Ich habe mit Gebieter Yang gesprochen.«

Ich versuche mir vorzustellen, wie sich das abgespielt haben muss. Gebieter Yang hat viel mehr Besitz und Geld als mein Großvater, der im Beamtentum wiederum meinen Schwiegervater um viele, viele Ränge übertrifft. Es überrascht mich auch, dass er sich über meine Großmutter gestellt hat, die eigentlich – von Frau zu Frau – mit meiner Schwiegermutter hätte sprechen sollen. Das zeigt mir mehr als alles andere, wie sehr mich mein Großvater liebt, auch wenn ich mittlerweile verheiratet bin.

»Lass mich erklären«, fährt er fort. »In Situationen wie dieser kann die Geburtsfamilie eines Mädchens Münzschnüre oder ein weiteres *mou* Land schenken, um sich eine Gefälligkeit zu sichern. Aber unsere Familie hat etwas noch Besseres – und zwar Beziehungen. Ich habe deinen Schwiegervater daran erinnert, dass mein Vater, mein Bruder, mein Sohn und ich aufgrund unserer Leistungen bei den kaiserlichen Prüfungen allesamt dem Kaiser vorgestellt wurden.«

Ein Schauer durchfährt mich. Wenn Gebieter Yang so ist wie seine Frau, wird er die Andeutung nicht gut aufgenommen haben, er sei *geringer als* …

Großvater starrt hinaus über den Teich. Die Kois haben sich unterhalb des Pavillons versammelt und starren uns bettelnd mit offenen Mäulern an.

»Du hast mich nie gefragt, was ich gemacht habe, als ich im Strafministerium gearbeitet habe«, sagt Großvater nach einer langen Pause.

Und ich hätte auch nie gefragt, denn alle Welt weiß, dass dies eines der mächtigsten Ämter in der Regierung ist, aber auch eines der am meisten verachteten.

»Leute wie ich folgen bei der Bemessung von Strafen dem Ming-Kodex«, erklärt er. »Wir überlegen, welche Foltermethode angewandt werden soll, um die Wahrheit herauszufinden. Wir entscheiden, ob der Schuldige mit Militärdienst bestraft wird, ob er gezwungen wird, einen Holzkragen zu tragen, oder ob er auf dem Hauptplatz in Ketten gelegt wird. Und wie lange. Wird jemand in eine ferne Provinz verbannt oder wird sein Elend schnell durch eine Enthauptung beendet?« Beim Zuhören spüre ich, wie er sich quält. »Deine Großmutter und ich haben dich über das Gleichgewicht des Lebens durch Yin und Yang – Dunkelheit und Licht, Tod und Leben – unterrichtet. Alles, was ich getan habe, war zwar für das Funktionieren und Gedeihen der Gesellschaft notwendig, kam aber von der Schattenseite der Existenz.«

»Bist du deshalb Arzt geworden?«

Er nickt. »Deiner Großmutter in ihrer Praxis zu folgen, war das Gegenteil von alldem. Die Medizin hält die Menschen im Einklang mit dem Kosmos.«

Wieder schweigen wir. Ich höre das Zwitschern der Vögel, das Rauschen des Baches, der sich durch den Garten schlängelt, das Wasser, das in Kaskaden über die Grotte fällt, und von der anderen Seite der Mauer die fernen Geräusche der Außenwelt.

Unsere Blicke treffen sich. »Wir wissen nicht, wie gut dein Mann in der ersten Prüfungsstufe abschneiden wird, und er wird noch viele Jahre studieren müssen, bevor er genug ausgebildet ist, um zu sehen, ob er die Prüfungen zum *jinshi* wie dein Vater und ich bestehen kann. Nicht jeder Lohn beruht auf Leistung, Yunxian. Manche Menschen profitieren von vererbten Titeln. Manche steigen durch Beziehungen auf. Ich habe Gebieter Yang gesagt, dass ich seinem Sohn helfen werde …«

»Maoren wird es alleine schaffen …«

»Viele Männer haben hohe Ziele, aber nur wenige erreichen sie«, sagt Großvater sachlich. »Nicht jeder Mann ist talentiert genug, um die Kappe, die Robe und das Abzeichen zu tragen, die allen, die ihn sehen, seine Fähigkeiten verkünden. Nicht jeder Mann – sogar wenn er die kaiserlichen Prüfungen besteht – kann sich unsterblich machen, indem er unserer Zivilisation seinen Stempel aufdrückt. Dein Mann ist ein anständiger Mensch, aber vom Geist her ist er kaum ein Drache. Sein Vater ist bereit, jetzt einige Zugeständnisse zu machen, um seinem Sohn eine Zukunft zu garantieren.«

Seine Worte landen in meinem Magen wie ein Sack Steine. Wenn Maoren so unwürdig war, warum hat Vater dann zugestimmt, mich mit ihm zu verheiraten? Und warum haben sich Großvater und Großmutter darauf eingelassen? Aber es steht mir nicht zu, diese Fragen zu stellen.

»Soooo …« Großvater zieht die Silbe lang. »Wie du weißt, habe ich nie viel von Hebammen und ihresgleichen gehalten, aber ich kann nicht zulassen, dass du nicht begleitet wirst. Meiling, die von Doktor Wong als Hebamme ausgewählt wurde, kommt dich jeden Tag besuchen, bis du wieder ganz gesund bist. Danach soll sie in regelmäßigen Abständen nach dir sehen und deiner Großmutter und mir Bericht erstatten. Außerdem werde ich eine Sänfte schicken, die dich einmal im Monat zum Hof des goldenen Lichts bringt. Ich habe Gebieter Yang gesagt, dass es dir gestattet werden muss, deine Studien bei deiner Großmutter fortzusetzen. Obendrein hat man mir noch versprochen, dass die Frauen in den inneren Gemächern freundlicher zu dir sein werden.«

»Ich danke dir, Großvater.«

Diese Worte erscheinen mir gering im Vergleich zu den Geschenken, die er mir gemacht hat, aber er winkt ab, als wäre es unbedeutend, was er getan hat. Wir bleiben noch eine Weile beisammen. Wir trinken Tee. Wir betrachten die Kois – ihre Goldtöne, ihr silbriges Schimmern, während sie in die Schatten hinein- und wieder herausschwimmen. Schließlich erhebt er sich.

»Sag Meiling Bescheid, wenn das, was ich ausgehandelt habe, nicht zur Verfügung gestellt wird. Wenn sie nicht eingelassen wird …« Seine Gesichtszüge werden weicher. Ich ringe mit meiner Fassung. »Wenn sie nicht eingelassen wird, such dir eine großfüßige Dienerin, der du vertrauen kannst, und schick sie zu mir.« Er holt mehrere Silbermünzen aus seiner Tasche, drückt sie mir in die Hand und schließt meine Finger darum. »Bezahl ihr, was immer sie verlangt.«

~

Wie versprochen sieht Meiling jeden Tag nach mir und bringt mir Rezepturen von meiner Großmutter. Nachdem ich mich vollständig erholt habe, kommt Meiling nur noch einmal im Monat vorbei, aber manchmal können wir miteinander sprechen, nachdem sie sich um eine andere Frau im Haus gekümmert hat. Heute sitzen wir auf der Terrasse der Einsiedelei, wo wir uns unter vier Augen unterhalten können. Je mehr Zeit ich im Garten verbringe, desto mehr entdecke ich. Wie das Licht in den Teichen reflektiert. Wie die Schmetterlinge es lieben, über Blüten zu tanzen. Das Gezwitscher der Vögel, die von ihren Reisen singen, und das unablässige Zirpen der Zikaden. All das hat eine beruhigende Wirkung auf mein Baby und wiegt es in meinen Armen in den Schlaf, was die friedliche Atmosphäre noch verstärkt.

Meiling hat Briefe von meiner Großmutter, meinem Großvater, meinem Bruder, Lady Huang und Konkubine Zhao mitgebracht. Ich habe Briefe für sie dabei, die sie in den Hof des goldenen Lichts mitnehmen soll, aber ich spüre eine gewisse Zurückhaltung von Meiling, als wir die Umschläge austauschen. Da ich jetzt fast wieder ich selbst bin, habe ich die Kraft zu fragen: »Bist du immer noch böse, weil ich dir nicht geschrieben habe? Ich habe dir doch gesagt, dass Lady Kuo meine Briefe an sich genommen hat.«

Sie lenkt ihren Blick in eine entfernte Ecke des Gartens. »Mach dir keine Sorgen darüber, was hinter uns liegt.«

»Aber irgendetwas macht dir doch zu schaffen.« Ich warte darauf, dass sie etwas sagt. Als sie weiter schweigt, frage ich: »Bist du nicht froh, dass wir Zeit miteinander verbringen können?« Ich lache leise. »Wir sehen uns jetzt öfter als früher, als wir noch Mädchen waren.«

»Aber es ist nicht dasselbe.«

»Wir machen keine Blätterrennen mehr, wenn du das meinst. Aber wir können trotzdem Vertrauliches austauschen …«

»Ja«, sagt sie, doch ich höre keine Freude in ihrer Stimme durch.

»Meiling?«

»Das vergangene Jahr hat uns beide verändert. Du bist jetzt eine feine Dame, und ich bin immer noch nur eine Hebamme. Das ist, als würde man ein Schwein und einen Tiger bitten, miteinander auszukommen.«

»Das sehe ich ganz und gar nicht so. Wir sind beide Metall-Schlangen«, erinnere ich sie.

»Mit Unterschieden …«

»Ja, Großmutter und deine Mutter haben einmal darüber gesprochen, aber sie waren sich einig, dass wir in den wichtigen Aspekten gleich sind …«

»In den wichtigen Aspekten«, wiederholt sie. »Du bist jetzt reich …«

»Und du kannst immer noch gehen, wohin du willst und wann du willst.«

»Du bist mit allem hergekommen, was früher deiner Mutter gehörte – ihrem Gold und ihrer Jade«, fährt sie fort. »Deine Mitgift mag vielleicht von deiner Schwiegermutter und deinem Schwiegervater verwaltet werden, aber diese Dinge *gehören* dir.« Sie deutet auf den Prunk um uns herum. »Aber das Wetter und das Leben der Menschen sind unberechenbar. Mit manchen Familien geht es bergauf. Mit manchen Familien geht es bergab. Es könnte eine Zeit kommen, in der deine Besitztümer dabei helfen, diese Leute zu retten.«

Mir fällt auf, dass sie »Leute« sagt und nicht »deine Familie« oder »dein Mann«.

»Was du sagst, ist weder gerecht noch stimmt es. Zuerst behauptest du, ich sei anders, weil die Familie meines Mannes reich ist. Dann sagst du, ich sei schon immer anders gewesen, weil ich eine gute Mitgift hatte. Und dann unterstellst du, dass die Familie Yang ihr Ansehen und ihr Vermögen verlieren könnte. Ich verstehe das nicht.«

»Nein, das tust du nicht.« Ihre Stimme zittert vor Erregung. »Seit der Geburt deines Kindes komme ich immer wieder zu dir, und du hast dich kein einziges Mal nach meiner Mutter erkundigt. Du hast auch nicht nach meinem Mann gefragt. Hast du kein Interesse an mir? Glaubst du, ich wohne in einem Hofhaus oder in den Zimmern über dem Teeladen meines Mannes? Was glaubst du, wie meine Mutter überlebt, jetzt, wo sie niemand mehr anstellen will?«

»Oh, Meiling. Ich war egoistisch …«

Sie lächelte mich traurig an. »Du hörst mir nicht einmal jetzt zu. Es geht hier nicht um deine Gefühle. Ich bin eine berufstätige Frau. Ich musste schon immer allein zurechtkommen. Ich weiß, was Essen kostet, Brennholz, Kleidung, Wohnung …«

Ich halte eine Hand hoch, um ihre Liste nicht noch länger werden zu lassen. »Was ist los, und wie kann ich helfen?«

Mit diesen Worten vergräbt sie das Gesicht in den Händen und beginnt zu weinen. Nach und nach erzählt sie mir von ihrem Leben. Ihr Mann hat geschäftliche Probleme. Sie wohnen tatsächlich in Zimmern über seinem Laden. Ihre Mutter – die von keiner Familie der Oberschicht mehr angestellt wird – lebt bei ihnen.

»Kailoo ist nett, und wir mögen uns«, gesteht Meiling, »aber zu dritt in zwei Zimmern zu wohnen ist nicht dasselbe wie hier, wo Dutzende von Menschen in einem Hofhaus wie diesem leben. Ich wünsche mir sehnlichst ein Kind, aber es ist nicht so einfach, eines zu zeugen, wenn meine Mutter nie weiter als zwei Körperlängen entfernt ist.«

Ich besitze weder das Wissen noch die Erfahrung, um mir vorzustellen, wie ihr Leben aussehen muss. »All die Jahre dachte ich, dass du die Glückliche von uns beiden bist«, sage ich. »Wenn ich daran denke, was du alles gesehen hast …«

»Was ich alles gesehen habe«, echot sie. »Yunxian, du würdest nicht glauben, was ich alles gesehen habe, selbst wenn ich es dir erzählen würde. Verwaiste Kinder, die an Straßenecken betteln … Was es mit einer Frau anstellt, zehn oder mehr Kindern zu gebären, ohne eine einzige Dienerin zu haben … Die scheußlichen Autopsien …«

Diese quälenden Erfahrungen kratzen an der Schönheit ihrer Gesichtszüge, und ich werde vielleicht zum zehntausendsten Mal an das Wesen von Yin und Yang erinnert und daran, wie es in jeden Aspekt unseres Lebens eingewoben ist – von den intimen Details zweier Frauen bis hin zu der Art und Weise, wie sie den Kosmos beeinflussen. Wenn die eine Person aufsteigt, sinkt die andere hinunter. Wenn eine Person glücklich ist, verzweifelt die andere. Meilings und meine Naturen mögen an- und abschwellen, aber unsere Freundschaft macht uns zum Teil eines einzigen Ganzen. Ich empfinde es als meine Pflicht, ihr aus diesem Abgrund zu helfen, so wie sie mir geholfen hat, mich zu retten, als ich an der Schwelle des Todes stand. Andernfalls könnte ich mich nicht als Meilings Freundin bezeichnen.

DRITTER TEIL

REIS-UND-SALZ-TAGE

DAS DRITTE BIS FÜNFTE JAHR DER HERRSCHAFT VON KAISER HONGZHI (1490-1492)

DIE EHEFRAU IST DIE ERDE

Die Reis- und Salztage sind vielleicht nicht die längste Phase im Leben einer Frau, aber sie sind die wichtigste und anstrengendste. Für eine Ehefrau und Mutter kann sich ein Tag wie ein Jahr anfühlen. Ich beginne diesen Tag, indem ich die Ergebnisse eines Falles in mein Notizbuch schreibe.

Ein fünfzehnjähriges Küchenmädchen litt an Skrofeln und wies mehr als dreißig wunde, gerötete Stellen und Knoten am Hals auf. Durch die schwere Arbeit, vor allem im Sommer, vermehrten sich die Geschwüre, und sie bekam sowohl Fieber als auch Schüttelfrost. Ich stellte bei ihr Lungen- und Nierenschwächen fest, die durch die Belastung und die Sommerhitze verschlimmert wurden. Ich führte eine Moxibustion mit Beifuß an den Spitzen ihrer Ellbogen und an sieben anderen Punkten durch. Die Geschwüre eiterten und sind seither verschwunden, ohne dass es einen Rückfall gab.

Ich führe alle acht Moxibustionspunkte auf, aber den Namen des Mädchens oder dass sie im Garten der duftenden Freuden wohnt, schreibe ich nicht dazu. Solche Informationen behalte ich immer für mich. Ich lege meinen Pinsel nieder und verstaue mein Notizbuch. Kurz bevor ich mein Zimmer verlasse, stecke ich eine kleine, in Reispapier eingewickelte Teekugel in meine Tasche. Meiling hat sie mir bei ihrem letzten Besuch aus dem Teeladen ihres Mannes mitgebracht. Ein paar Minuten später klopfe ich bei meiner Schwiegermutter an die Tür und trete ein. Lady Kuo schläft noch, aber Sperling, ihr Dienstmädchen, ist von ihrer Pritsche aufgestanden, hat sich angezogen, Kohle nachgelegt und einen Topf Wasser aufgesetzt.

»Guten Morgen, Lady Tan«, sagt Sperling leise. »Guten Morgen«, antworte ich. »Hat Lady Kuo gut geschlafen?«

»So wie immer«, antwortet Sperling verlegen und wirft einen kurzen Blick zu einem leeren Weinkrug.

Das erklärt den säuerlichen Geruch, der im Zimmer hängt – dieselben üblen Ausdünstungen, die mein Mann nach einer trinkfreudigen Nacht mit Freunden mit nach Hause bringt. Das heißt, wenn er hier in Wuxi ist.

»Was für einen Tee hast du mir heute Morgen mitgebracht?«, fragt Lady Kuo verschlafen, als sie sich aufrichtet. Sie greift nach einer Tasse auf ihrem Nachttisch und spuckt hinein. Im Laufe des letzten Jahres hat sich bei ihr ein Husten entwickelt. Es ist nicht die Knochendampf-Krankheit, die sich langsam bemerkbar macht. Der Patient hustet und verliert an Gewicht und Energie, bis er schließlich Blut spuckt. Wenn diese Fälle nicht behandelt werden, enden sie schrecklich. Der Patient stirbt, während ihm Blut aus dem Mund quillt. Lady Kuo plagt etwas ganz anderes. Im Laufe eines Tages räuspert sie sich immer wieder – *kieck*, *kieck* – und spuckt dann in die Tasse, die sie immer bei sich hat. Doktor Wong hat ihr Mittel dagegen verschrieben, aber nichts scheint zu helfen. Ich habe einen Verdacht, was die Ursache für ihr Leiden sein könnte, aber Lady Kuo würde niemals zulassen, dass ich sie behandle.

»Wirst du meine Frage noch beantworten?«

Ich ziehe die Kugel aus meiner Tasche und öffne vorsichtig die Papierhülle. Darin befindet sich eine kleine, perfekt geformte getrocknete Zitrusfrucht namens Mandarine. Lady Kuo betrachtet sie interessiert. Ich gebe Sperling ein Zeichen. Sie bringt ein Tablett mit heißem Wasser, einer eleganten Teekanne aus Porzellan und einer einzelnen Tasse.

»Weit weg von hier, in einem kleinen Dorf in der Provinz Guangdong, bauen Bauern diese Mandarine an, die in ganz China einzigartig ist«, erkläre ich. »Sie machen ganz oben einen kleinen Schnitt, so wie man den Stiel von einem Kürbis oder einer Melone entfernen würde. Dann kratzen sie die Frucht von innen aus, ohne die Schale zu beschädigen, trocknen die Schale, bis sie hart ist, füllen sie innen mit Teeblättern, setzen den Deckel wieder auf und lassen das Ganze weiter trocknen, bis es schließlich so aussieht – makellos und vollkommen.«

»Wie direkt vom Baum.«

Ich stimme leise zu und freue mich, dass sie zu schätzen weiß, wie erlesen mein Mitbringsel ist. Lady Kuo sieht mir zu, wie ich die Frucht in meiner Handfläche zerdrücke, um die Blätter im Inneren freizulegen. Ich gebe alles in die Porzellankanne, gieße das heiße Wasser über die Blätter und die Schale, lasse sie ein paar Sekunden ziehen, gieße das duftende Getränk in eine Tasse und biete es meiner Schwiegermutter an. Frau Kuo nimmt einen Schluck und sagt: »Ich schmecke die Zitrusblüten an dem Tag, an dem die Sonne sie geöffnet hat.« Ihre Freude währt einen Moment, dann betrachtet sie mich mit Misstrauen. »Das ist doch keine Medizin, oder?«

»Natürlich nicht. Ich hatte gehofft, es würde Ihnen schmecken.«

Lady Kuo nimmt noch ein paar Schlucke, dann folgt wieder *kieck, kieck*. Sie greift nach ihrem Spucknapf und entlässt mich mit einem entschiedenen Nicken. Ich verbeuge mich und kehre in mein Zimmer zurück. Hinter meinem Schreibtisch befinden sich zwei Regalfächer, in denen ich eine kleine Auswahl an Kräutern aufbewahre, die normalerweise jede Ehefrau zu Hause hat, um ihre Familie zu behandeln. Ich sammle ein paar Zutaten zusammen, gehe wieder hinaus und durch den Korridor zu meiner zweiten Aufgabe an diesem Tag.

Ich lebe jetzt seit vierzehn Jahren im Garten der duftenden Freuden. In dieser Zeit haben die Ahnen die Familie immer wieder mit Wohlstand und guter Gesundheit belohnt. Wie Lady Kuo stetig betont: »Die Ahnen sorgen für uns, aber der einzige Weg, sie bei Laune zu halten, ist es, ihnen Opfergaben zu bringen, und der Einzige, der diese Opfergaben bringen kann, ist der älteste Sohn.« Derzeit vollzieht Gebieter Yang als Familienoberhaupt die Ahnenrituale. Wenn er stirbt, wird Zweiter Onkel übersprungen, und diese Aufgabe geht gemäß der direkten Erbfolge auf meinen Mann über. Als Ehefrau von Maoren ist es meine Pflicht, einen Sohn beizubringen, der diese Aufgaben nach seinem Tod übernimmt. Zusätzliche Söhne können nicht schaden. Aber ich muss diesen ersten wichtigen Sohn gebären, der die Last übernimmt, die Familie zu schützen und ihre Zukunft für die kommenden Generationen sichern wird.

Ich bin jetzt neunundzwanzig Jahre alt, ein Jahr älter als meine Mutter, als sie starb. Mittlerweile besitze ich in voller Gänze die Anmut, die gebundene Füße einer Frau verleihen. Ich bin die Mutter von drei Mädchen – eine schreckliche Enttäuschung. Ich habe weder einen Erben zur Welt gebracht, noch wurde ich in den letzten sechs Jahren wieder schwanger. Das ist auch an meiner Schwiegermutter nicht vorübergegangen. Wie oft habe ich schon gehört: »Wenn du so klug wärst, wie du glaubst, wärst du längst wieder schwanger!« Zu oft, um es zu zählen, aber es ist schwer, ein Kind zu zeugen, wenn ein Teil des Paares anderweitig beschäftigt ist. Bald nach Yuelans Geburt bestand Maoren die erste Stufe der kaiserlichen Prüfungen und wurde ein »Bezirksgelehrter«. Drei Jahre später bestand er die Provinzexamen und wurde ein *juren* – ein »zu empfehlender Mann«. Maoren lernt zwar auf die Abschlussexamina zum *jinshi*, aber ich vermute, dass er sie nicht bestehen wird. Großvater hat jedoch sein Versprechen eingelöst und meinem Mann eine Stelle im Strafministerium in Nanjing verschafft. Das liegt mehrere Tage entfernt, deshalb kommt Maoren nur selten nach Hause. Wenn er hier ist, bemühen wir uns sehr, einen Sohn zu zeugen, aber wir hatten bisher kein Glück.

Ich betrete das Zimmer, das sich meine Töchter teilen. Die beiden ältesten Mädchen sind bereits aufgestanden und angezogen. Meine jüngste Tochter, Ailan, liegt noch im Bett und ruft schwach »Mama«. Selbst von der anderen Seite des Zimmers aus sehe ich die Tränen auf ihren Wangen glitzern.

»Setz dich auf«, sage ich. »Du weißt, was wir heute zu tun haben.«

»Wir säubern und straffen alle vier Tage«, jammert sie. Yuelan beißt sich auf die Innenseite ihrer Wange. Chunlan wendet sich ab, nimmt einen Kamm und fährt damit – mit dem Rücken zu uns – vom Kopf bis zu den Spitzen ihrer schwarzen Haare.

»Ihr müsst helfen, Töchter. Nur so könnt ihr das lernen.«

Widerwillig kommen meine beiden älteren Mädchen zum Bett. Yuelan ist jetzt dreizehn. Ihre Verlobung wurde arrangiert, und die Partie wird beiden Familien zum Vorteil gereichen. Ich werde sie noch zwei Jahre lang bei mir haben. Chunlan, ihr Name bedeutet Frühlingsorchidee, ist jetzt zehn Jahre alt. Sie trägt viel von ihrem Vater in sich. Ihr Gesicht ist rund und bleich. Sie hat ein wonniges Gemüt, aber ich bin sehr darauf bedacht, ihren Hang zur Faulheit zu zügeln. Auch ihre Heirat ist schon vereinbart.

»Wie ich sehe, hat Mohnblüte alles zusammengetragen, was wir heute brauchen.« Ich gebe mich ruhig, obwohl es mich aufwühlt, was ich gleich tun muss. Ich würde ihnen gerne erklären, dass ich zwar stolz darauf bin, was ich mit dem Füßebinden bei ihnen erreicht habe, dass ich diese lästige Pflicht aber gleichermaßen verachte. Wer von uns fügt seinem Kind schon gerne Qualen zu? Wir sagen, dass wir Söhne wollen, um den Weiterbestand der Familie zu sichern, aber manchmal frage ich mich, ob wir damit eigentlich ausdrücken, dass wir lieber einen Sohn hätten, als das hier zu tun.

Vorab spreche ich ein paar tröstende Worte. »Du hast Schmerzen, aber denk daran, dass das Füßebinden dich lehrt, körperliche Leiden zu ertragen, und dich auf die Strapazen der Geburt vorbereitet.« Ich streichle Ailans Wange. »Bist du bereit?«

Sie nickt ernst. Ailan, die Liebesorchidee, ist dieses Jahr fünf Jahre alt geworden. Ich mache mir Sorgen wegen ihrer Schwäche und Verletzlichkeit. Sie ist mein einziges Kind, das keine Variolation vom Pockenimpfmeister erhalten hat. Als er das letzte Mal in die Stadt kam, war Ailan krank, sodass sie nicht geimpft werden konnte. Ich rede mir ein, mir keine Sorgen machen zu müssen, denn seit ich hier lebe, gab es keinen einzigen Pockenfall. Auch gab es keine Todesfälle infolge des Füßebindens, obwohl normalerweise eines von zehn Mädchen während der zwei Jahre, die es dauert, bis der Prozess abgeschlossen ist, stirbt. Ich werde nicht zulassen, dass Ailan die »Eine« der Familie Yang wird.

Ich wende mich dem Tisch zu, auf dem die Dinge, die ich brauche, aufgereiht sind: Schere, Nadel, Faden, zwei Rollen saubere Tuchstreifen, zwei Keramikgefäße und ein irdener Krug. Auf einem Regal hinter dem Tisch steht eine Reihe von Schuhen – alle eigenhändig von mir bestickt. Sie warten darauf, Ailans Füßen angepasst zu werden. Ich greife nach dem Krug, gieße etwas von dem Tonikum, das ich nach einem Rezept von Großmutter zubereitet habe, in eine Tasse und halte sie Ailan an die Lippen.

»Nimm ein paar Schlucke. Wie gesagt, das wird deine Schmerzen vertreiben.«

Die Medizin wirkt schnell, aber noch bevor Ailans Augen sich trüben, lasse ich Yuelan und Chunlan die Stoffstreifen von den Füßen ihrer kleinen Schwester abwickeln.

»Ihr seid beide sehr sanft«, lobe ich sie, während sich die langen Stoffbahnen abrollen und auf dem Boden aufhäufen. Als sie fertig sind, hat das Mittel seine volle Wirkung entfaltet. Ailans nackte Füße sind rot und geschwollen und weisen Quetschungen auf, aber trotzdem erkenne ich, dass sie Form annehmen. Der große Zeh bleibt in seiner natürlichen Position, während die vier kleineren Zehen bereits unter den Fuß gerollt wurden. Das Fußgewölbe wird noch gebogen. Es wird noch eine Weile dauern, bis ihre Zehen die Ferse erreichen.

»Welche Größe streben wir an?«, frage ich.

Yuelan sagt die Antwort auf. »So lang wie der Daumen einer Mutter.«

»Deine Füße werden blühen wie goldene Lilien«, ermutigt Yuelan ihre kleine Schwester.

»So zeigt Mama uns ihre Liebe«, fügt Chunlan hinzu.

Ich tauche Ailans Füße in eine Schüssel und bade sie in warmem Wasser, das mit Maulbeerwurzel, weißem Balsam, Gerbsäure und Weihrauch vermischt ist. Das Abtrocknen überlasse ich meinen Töchtern. »Ihr müsst in jede Ritze und jeden Spalt hinein«, weise ich sie an. »Ihr müsst die Zehennägel überprüfen und sicherstellen, dass sie so kurz sind, dass sie die Haut nicht verletzen können.« Als sie fertig sind, massiere ich Ailans Füße. Keine noch so betäubende Medizin kann die Gefühle, die meine Tochter durchströmen, vollständig auslöschen, als ich meine Daumen so fest wie möglich zwischen die Knochen ihrer Füße drücke und die Sehnen und Muskeln dehne.

»Es ist bald vorbei«, beruhigt Yuelan ihre schluchzende Schwester.

»Wenn du noch ein bisschen länger durchhältst, bringe ich dir eine Pflaume, versprochen«, redet ihr Chunlan gut zu.

Ihre Freundlichkeit rührt mein Herz. Eines Tages werden sie gute Mütter sein.

Nachdem ich mit Ailans Fußgewölbe fertig bin, reibe ich ihre Haut mit Alaun ein, um den Fuß trocken zu halten und Schwellungen vorzubeugen. Als Nächstes kommt ein Pulver, das ich aus zerstoßenen Kräutern hergestellt habe – um die Knochen weich zu machen, die Schmerzen zu lindern und Infektionen zu verhindern. Zuletzt ziehe ich ein Päckchen aus meiner Tunika und halte es Ailan vor die Nase. »Heute habe ich dir etwas ganz Besonderes mitgebracht. Ich verwende es für meine eigenen Füße, und ich glaube, du magst es.« Ich streue das Pulver auf eine Tuchrolle. Es verströmt einen angenehmen Duft nach Nelken, Zimt und Blütenblättern. Dann beginnt das Binden. Normalerweise verwende ich gerne feuchte Gaze, weil sich das Tuch beim Trocknen zusammenzieht, heute aber nicht. Ailan hat sich eine kleine Pause verdient.

Ich wickle ein Ende des Tuchs um die Oberseite ihres Fußes und ziehe daran, um die vier kleinen Zehen so fest wie möglich zur Ferse hin zu falten. Ailan wimmert. Das Tuch wird wieder nach oben geführt, um die Ferse herum, über den oberen Teil des Fußes und unter das Fußgewölbe, um den großen Zeh zu fixieren und so gut es geht eine spitze Form zu schaffen. Ich fahre fort und wickle das Tuch in der Acht der Unendlichkeit, bis alle drei Meter verbraucht sind. Ailan legt unaufgefordert einen Zeigefinger auf das Ende des Tuches, um es festzuhalten, während ich eine Nadel einfädle. Ich mache kleine Stiche und verknote jeden einzelnen, damit Ailan die Bandagen während der nächsten vier Tage nicht zerreißen kann.

»Geschafft«, sage ich, nachdem ich auch mit dem anderen Fuß fertig bin. »Heute bekommst du ein schönes neues Paar Schuhe.« Ich streue noch mehr von meinem Spezialpulver auf die Innenseite der Schuhe und ziehe sie ihr an. Bei dem Muster habe ich mir besonders viel Mühe gegeben. Dieses Paar ist aus dunkelblauer Seide, und die Stickerei wurde von dem inspiriert, was ich von der Terrasse der Einsiedelei aus beobachtet habe. Ein Entenküken gleitet an der Seite des Schuhs entlang zu einer Wasserpflanze, die an der Spitze blüht. Kois schwimmen über die Oberseite. Drei Schmetterlinge tanzen hinten an der Ferse. Ailan kann nicht anders, als angesichts ihrer Schönheit zu lächeln.

Ich tupfe ihr nasses Gesicht mit meinem Taschentuch ab. »Du bist tapfer«, lobe ich sie. »Wir wissen noch nicht, wie es am Ende aussehen wird, aber nach dem zu urteilen, was wir bisher erreicht haben, bin ich zuversichtlich. Ich werde Tante Jungfer für ihre Führung und Fürsorge, die sie uns aus dem Jenseits zukommen lässt, zusätzliche Opfergaben darbringen.«

Ich wende mich an meine beiden älteren Töchter. Ihre Augen sind feucht. Ich fühle mit ihnen. Im Innersten leide ich mit Ailan, so wie ich mit jeder meiner Töchter während der harten Monate des Füßebindens gelitten habe.

»Bleiben wir doch noch ein bisschen hier sitzen, statt in die inneren Gemächer zu gehen«, schlage ich vor.

Yuelan setzt sich aufrecht und faltet die Hände im Schoß. »Großmutter Kuo wollte heute prüfen, ob wir den *Klassiker der kindlichen Pietät für Mädchen* gut kennen.«

Mein Ausdruck bleibt so reglos wie die Oberfläche eines Teiches in einer windstillen Nacht, aber mir dreht sich vor Erregung der Magen um. *Ich* bin ihre Mutter. Ich habe sie die Klassiker gelehrt, so wie Ehrwürdige Lady sie mir beigebracht hat. Wie meine älteste Tochter setze ich mich aufrecht und lasse die Hände im Schoß ruhen.

»Ihr Mädchen könnt euch glücklich schätzen, eine Großmutter zu haben, die euch so viel Liebe entgegenbringt, aber lasst uns eine Zeit lang hierbleiben, wie ich vorgeschlagen habe. Ihr könnt euch noch im Auswendiglernen üben, und eure kleine Schwester kann sich ein paar Minuten erholen.«

Yuelan wägt ab, was ich gesagt habe. Ihre Gedanken sind so deutlich in ihrem Gesicht zu lesen, als hätte sie sie laut ausgesprochen: *Gehorche ich meiner Mutter oder gehorche ich meiner Großmutter?* Yuelan hatte noch nicht ihr erstes monatliches Mondwasser, und sie wird erst in zwei Jahren in das Haus ihres Mannes ziehen, aber ich finde ihre Gefühle beunruhigend durchsichtig.

Chunlan trifft die Entscheidung für uns alle, als sie aufsagt: »*Der Ehemann ist der Himmel. Die Frau ist die Erde. Der Ehemann ist die Sonne, was ihn ebenso beständig macht wie diese strahlende Kugel. Die Frau ist der Mond, zunehmend und abnehmend, stark, aber unweigerlich schwach.*«

Yuelan schließt sich mit dem nächsten Abschnitt an. »*Der Himmel wird geehrt und wohnt über uns, während die Erde gemein und schmutzig ist und mit Füßen getreten wird.*«

Keine meiner Töchter zeigt Interesse an meiner medizinischen Bildung, abgesehen von den Grundlagen, zum Beispiel wie man ein Kind mit Ohrenschmerzen oder einer Magenverstimmung behandelt. Das ist eine Enttäuschung, aber vielleicht ist es auch verständlich. Ich wurde von Großmutter Ru inspiriert. Ich habe meinen Töchtern zwar beigebracht, was sie lernen müssen, um gute Ehefrauen und glückliche Mütter zu werden, aber der Einfluss ihrer Großmutter Kuo, dem Oberhaupt des Haushalts, war stark.

Nach einer friedlichen Stunde erscheint Mohnblüte und nickt mir zu.

»Ich würde gerne bis zum Abendessen mit euch zusammensitzen«, sage ich zu meinen Mädchen, »aber heute ist der Tag, an dem ich meine Großmutter besuche, während die eure euch sicherlich schon erwartet.« Ich lege Ailan eine Hand auf das Knie. »Du musst heute laufen«, ermahne ich sie. »Das wird nicht einfach, aber du hast ja deine Schwestern, die dir helfen.«

Ailan beißt sich auf die Lippen. Sie muss gehorchen.

Ich wende mich an Yuelan und Chunlan. »Passt gut auf, wenn ihr mit Großmutter Kuo lernt, aber achtet darauf, dass ihr Ailan immer wieder dazu bringt, aufzustehen und zu laufen.« Ich halte eine Hand hoch, um jeden Widerspruch zu verhindern. »Ja, es wird ihr wehtun. Ja, sie wird weinen. Aber ihr seid gute Schwestern, und dieses Geschenk, das ihr Ailan macht, wird sie für immer mit sich tragen.« Nach einer Pause füge ich hinzu: »Geht am Nachmittag mit ihr in den Hof. Das mag sie.«

Die Sonne steigt noch am Himmel auf, als ich zum Eingangstor gehe. Der Wächter hebt den Riegel, ich trete über die Schwelle und gehe zu der wartenden Sänfte und den Trägern. Mein Leben spielt sich noch weitgehend innerhalb der vier Mauern des Gartens der duftenden Freuden ab. Ich war immer noch nicht auf dem Marktplatz, geschweige denn auf dem Drachenbootfest. Der Grund, warum meine Großmutter den Frauen und Töchtern des Hofs des goldenen Lichts nicht erlaubte, an dem Fest teilzunehmen, hing mit ihrer Stellung als Ärztin zusammen. Sie war der Meinung, dass sie als Ärztin schon die Grenzen dessen sprengte, was für eine Frau schicklich ist. Lady Kuo hat einen anderen Grund. »Lasst die Konkubinen hingehen«, sagt sie jedes Jahr. »Wenn eure Ehemänner heute Abend nach Hause kommen, solltet ihr alles, was sie tagsüber empfunden haben, ausnutzen, um Essenz und Blut zu vereinen. Ein weiterer Sohn ist die beste Belohnung dafür, innerhalb des Tores geblieben zu sein.« Für mich ist also jede Reise außerhalb des Tores eine günstige Gelegenheit. Zu dieser Jahreszeit, wenn das Wetter schön ist, sind die Fenster der Sänfte nur mit Gaze bedeckt, was mir einen gefilterten Blick auf die Stadt ermöglicht. Heute ist wenig los auf den Fußwegen.

Als ich im Hof des goldenen Lichts ankomme, gehe ich direkt in die Apotheke, wo meine Großeltern an einem Tisch sitzen und auf mich warten. »Yunxian, willkommen«, ruft Großvater. Er ist vor kurzem achtzig geworden. Seine Haare und sein Bart haben sich gelichtet und sind ganz weiß. Er bedeutet mir, Platz zu nehmen, und Großmutter schenkt Tee ein. Ich erkundige mich nach ihrer Gesundheit, worauf Großvater antwortet: »Uns beiden geht es gut.« Lautstark nimmt er einen Schluck aus seiner Tasse und lächelt anerkennend. »Erzähl uns, was du diese Woche gelernt hast.«

»Ich habe alte Texte über Fälle und medizinische Theorie gelesen«, antworte ich.

»Welche denn?«, möchte Großmutter wissen. An ihrem nächsten Geburtstag wird sie sechsundsiebzig Jahre alt. Ihre Haare haben sich langsamer verändert als die von Großvater, aber sie sind von grauen Strähnen durchzogen. »Was kannst du uns berichten?«

Und so beginnt eine Stunde mit Unterricht und Diskussion, einschließlich der Besprechung der geringfügigen Fälle, die ich in diesem Monat im Anwesen der Familie Yang behandelt habe: die Konkubine, die über wiederkehrendes Nasenbluten und Kopfschmerzen klagte – Beschwerden, die zwar leicht sind, aber gefährlich für eine Frau, die sich auf ihre Schönheit und Gesundheit verlassen muss, um ihre Stellung zu schützen, dann eine der alten Tanten, die um ein Mittel bat, um ihre Hüftschmerzen zu lindern, und eine Augenentzündung, mit der sich alle Kinder in den inneren Gemächern anzustecken drohten, die ich aber nach nur drei Fällen stoppen konnte.

Nachdem die Stunde um ist, zieht sich Großvater zurück.

»Lass mich deinen Puls fühlen.« Großmutter greift nach meinem rechten Arm, nimmt mein Handgelenk in die Hand und legt die Fingerspitzen auf die erste Stufe meines Pulses.

»Das ist nicht nötig«, sage ich sanft und versuche, mich loszumachen.

Sie lässt mich nicht los. »Ich mache mir weiterhin Sorgen um dich.«

»Großmutter, jede Mutter wird müde.«

»Du hast eine lange Krankheitsgeschichte. Du wurdest krank, als du hierhergekommen bist, und dann noch einmal, als du in das Haus deines Mannes eingezogen bist.« Sie hält inne. »Nach Yuelans Geburt wärst du fast gestorben. Schwäche, die von so etwas herrührt, geht nie ganz weg.«

»Meine zweite und dritte Schwangerschaft und Geburt verliefen problemlos«, sage ich.

»Weil du Meiling und mich hattest, die sich um dich gekümmert haben«, betont sie, während sie etwas fester auf mein Handgelenk drückt, um die zweite Ebene meines Pulses zu fühlen. »Manche Frauen haben eine Schwäche in der Leber. Wenn sie stagniert, kann das zu einer Disharmonie des Qi führen, was sich in Form von Schmerzen, Missmut und Launenhaftigkeit äußert. Andere werden mit einer Nierenschwäche geboren, die bewirken kann, dass man bestimmte Dinge nicht tun will oder kann, den ganzen Tag im Bett bleiben will, im Dunkeln …«

»Großmutter …«

»Du musst immer wachsam sein, denn als Schlange bist du anfällig für diese Art von Ungleichgewicht.« Ihre Finger suchen die dritte Ebene des Pulses. »Eine Schlange ist schnell belastet. Eine Schlange ist anfällig für Gemütskrankheiten. Eine Schlange isst nicht gerne.«

»Ich habe gegessen …«

»Aber hast du auch genug gegessen?« Sie wartet nicht auf meine Antwort. »Schlangen sehen von außen schön aus, aber sie haben eine schwache Seele.« Sie hält inne. »Was nach Yuelans Geburt geschah, darf sich nicht wiederholen.«

Ich lächle, um sie zu beruhigen. »Und was hat dir mein Puls heute verraten? War er oberflächlich, rutschig, war es ein Knotenpuls oder war er zerstreut oder verborgen …«

»Willst du jetzt die achtundzwanzig Pulsarten aufzählen?«, fragt Großmutter gereizt und lässt schließlich mein Handgelenk los.

»Wenn ich es soll.«

»Es genügt, wenn du weißt, dass ich mir Sorgen mache.« Damit wechselt sie das Thema. »Deinem Bruder geht es gut. Yifengs Frau ist wieder schwanger. Vier Söhne in sechs Jahren … Im Haushalt ist einiges los, weil sie so viel Unfug anstellen.«

»Das Geschlecht der Tan ist gesichert«, sage ich.

»Stimmt, obwohl es eine Schande ist, dass die Frau deines Vaters ihm keine Kinder geschenkt hat.«

»Er ist immer auf Reisen.« Ich weiß nicht, warum ich mich veranlasst fühle, meinen Vater zu verteidigen, den ich nicht mehr gesehen habe, seit er bei den kaiserlichen Prüfungen triumphiert hat.

»Das ist doch ganz egal!«, schnauzt Großmutter. »Diese Ehrwürdige Lady hält sich immer bei ihm auf.«

Ja, die Erfahrungen dieser Frau sind ganz anders als die, die ich mit meinem Mann habe. »Mein Vater muss sie sehr gern haben, wenn er sie so nah bei sich haben will.«

Großmutter rümpft die Nase. So sehr ich sie auch liebe, sie ist eine Schwiegermutter. Sie wird nie zufrieden mit ihrer Schwiegertochter sein.

»Erzähl mir mehr von Yifeng«, sage ich. »Kommt er mit seinen Studien voran?«

»Er hofft, in zwei Jahren die nächste Stufe der Prüfungen ablegen zu können. Er wird sicher gut abschneiden.«

Ich erkundige mich nach Großvaters drei Jade-Konkubinen – alle sind wohlauf – und nach Konkubine Zhao, die mein Vater Yifeng zuliebe in der Familie behalten hat und die ebenfalls wohlauf ist.

Tupfen bringt zwei Schalen Nudelsuppe und mehr heißes Wasser für den Tee. Nach dem Mittagessen befragt mich Großmutter über die Eigenschaften von bestimmten Kräutern und anderen Zutaten. Sie stellt mir hypothetische Fälle vor und fragt mich, wie ich sie behandeln würde.

»Eine Frau hat einen schnellen Puls …«

»Ein Zeichen von Hitze …«

»Außerdem leidet sie unter Kurzatmigkeit. Sie ist rot im Gesicht, und ihr Körper ist aufgedunsen. Sie hat kein Verlangen nach Nahrung, und ihre Zunge ist blass und feucht, aber angeschwollen. Obwohl sie eine gesteppte Jacke trägt, fröstelt sie dauernd. All das deutet nicht auf Hitze hin.«

»In diesem Fall ist der schnelle Puls, der normalerweise auf eine Hitzestörung hinweisen würde, ein Ausdruck extremer Schwäche. Die Patientin leidet an einer Kälte-Yin-Disharmonie.«

»Gut«, sagt die Großmutter. Sie fährt fort und stellt Patientinnen mit drei verschiedenen Arten von Husten vor. »Was sagt dir der Klang eines heftigen Hustens, der ohne Vorwarnung auftritt?«

»Das wäre ein Zeichen für Übermaß.«

»Ein kratzender Husten, der an Wüstensand erinnert?«

»Hitze. Vielleicht Trockenheit.«

»Und ein schwacher Husten, der nass rasselt?«

»Mangel.«

Und so geht es weiter. Ich strenge mich an, die Antworten zu finden, denn ich weiß, in unserer Medizin gibt es mehrere Wege, zu einer Diagnose und Behandlung zu gelangen. Zwei Stunden später fühlt sich das Innere meines Kopfes so dick und schwer an wie Reisbrei.

»Dein Wissen und deine Einsicht wachsen mit jedem Jahr mehr«, lobt mich Großmutter und signalisiert damit das Ende unserer Sitzung.

»Aber werde ich jemals genug wissen? Werde ich jemals so bewandert sein wie du?«

»Zweimal nein!« Dann lacht sie. »Ich lerne *immer* noch! Ich vermute, dass ich noch auf meinem Sterbebett lernen werde.«

Daran will ich gar nicht denken.

»Wann hast du das letzte Mal Lao Tzu gelesen?«, fragt sie.

»Ich weiß es nicht mehr.«

»Lies ihn noch einmal, bevor du nächsten Monat kommst. Bereite dich darauf vor, über seine Ideen von Gleichgewicht und Harmonie zu sprechen.« Sie rezitiert: »*Sein und Nichtsein bringen sich gegenseitig hervor. Schwierig und leicht ergänzen sich …*«

»*Lang und kurz bilden Gegensätze*«, fahre ich fort. »*Hoch und niedrig unterscheiden sich.*«

»Im Leben und in der Medizin kommen wir immer wieder auf Harmonie und Disharmonie zurück.« Großmutters Augen leuchten, als sie hinzufügt: »Yin und Yang sind immer in Bewegung – sie beflügeln und verändern sich gegenseitig.«

Es ist inzwischen später Nachmittag, und ich habe noch einen weiteren Halt vor mir. Großmutter versucht, mich zum Bleiben zu bewegen. »Komm mit mir in die inneren Gemächer. Alle würden sich freuen, dich zu sehen, besonders Konkubine Zhao.«

Ich lächle. »Ich würde sie auch gerne besuchen, aber Meiling wartet auf mich. Bitte grüß Konkubine Zhao von mir und sag ihr, dass ich das nächste Mal zu ihr komme.«

Tupfen wartet vor der Tür, um mich zum Eingangstor zu begleiten. Anstatt durch die stillen Gassen zum Garten der duftenden Freuden zurückzukehren, befördern mich meine Träger auf Straßen voller Karren, Wagen, Pferden, Maultieren und Kamelen ins Zentrum von Wuxi. Als wir den Hauptplatz überqueren, hebe ich vorsichtig den Vorhang an und sehe vier verurteilte Verbrecher, die in einer Reihe sitzen und deren Hand- und Fußgelenke in einem Holzrahmen stecken. Ein weiterer Mann läuft mit einem Schandkragen über den Platz. Er ist ebenfalls aus Holz, aber so breit, dass der Mann unmöglich selbst etwas essen kann, und so schwer, dass er Mühe hat, aufrecht zu bleiben. Ich ziehe den Vorhang zu.

Die Sänfte setzt hart auf dem Boden auf. Ich bezahle meine Träger für ihre Arbeit und für ihr Schweigen. Bisher haben sie meine Besuche bei Meiling geheim gehalten. Ich halte mir den Ärmel vor das Gesicht – um mich vor den Gerüchen zu schützen und vor allem, um nicht entdeckt zu werden –, während ich die wenigen Schritte von der Sänfte ins Teehaus der Anmut und der Ruhe eile. Das Geschäft hat eine noch größere Auswahl als bei meinem letzten Besuch. An der Wand zur Linken stapeln sich gepresste Teefladen. Die teuersten Teefladen stehen in einem eigenen Regal, jeder auf einem einzelnen Ständer, sodass die Kunden von den Holzschnitten auf den Reispapierverpackungen angezogen werden. Kailoo, Meilings Ehemann, steht hinter dem Tresen und bedient einen Kunden. Ich nicke ihm zu und gehe dann die hintere Treppe hinauf in die Wohnung im ersten Stock. Ich betrete den Hauptraum, und da sitzt meine Freundin, über eine Schüssel gebeugt, und wäscht Wäsche.

»Meiling.«

Sie dreht sich zu mir um und wischt sich mit dem Handgelenk über die Stirn. »Ich war mir nicht sicher, wann du kommen würdest. Ich hatte die Hoffnung schon fast aufgegeben.«

»Großmutter hatte heute viele Fälle zu besprechen.«

»Setz dich.« Meiling neigt den Kopf, so wie sie es schon als Kind getan hat. »Hast du schon gegessen? Möchtest du Tee?«

Sie ignoriert meine höflichen Beteuerungen, dass ich weder hungrig noch durstig bin, bringt einen Teller mit Kleinigkeiten und setzt Wasser auf. Sie trägt eine Tunika, die bis zur Mitte des Oberschenkels reicht, mit geknoteten Froschknöpfen, die den Stoff am Hals, über der Brust und unter dem Arm zusammenhalten. Ihre Hose reicht ihr bis knapp unter die Knie und entblößt ihre braunen, kräftigen Waden. Ein Tuch bedeckt ihre Haare und ist im Nacken zusammengeknotet. Alles besteht aus gewöhnlicher Baumwolle, die in einem satten Indigoblau gefärbt ist. Ihre Kleidung ist sauber, ohne einen einzigen losen Faden. Sie ist wie eine berufstätige Frau gekleidet, schafft es aber dennoch, elegant auszusehen. Eine gewisse Melancholie in ihren Gesichtszügen lässt ihre Schönheit noch klarer und reiner wirken. Ich vermute, dass sie, seit ich sie das letzte Mal gesehen habe, wieder ihr Mondwasser bekommen hat. Wieder ist ein Monat vergangen, ohne dass ein Baby gepflanzt wurde.

Wir sitzen zusammen und genießen das Essen und den Tee, den sie zubereitet hat. Durch das offene Fenster ist der Lärm von draußen zu hören.

»Dieser Tee ist köstlich«, sage ich, nachdem ich ihn probiert habe.

»Jeder mag Jasmintee«, antwortet sie, »aber die meisten werden hergestellt, indem Teeblätter mit Jasminöl besprüht werden. Mein Mann hat *echten* Jasmintee besorgt.« Sie nimmt einen Schluck, behält die Flüssigkeit im Mund, um den Geschmack zu genießen, und schluckt dann so zart, dass ich geradezu sehen kann, wie der Tee ihre Kehle hinuntergleitet. »Der Bauer breitet die Teeblätter aus und legt dann Abertausende ungeöffneter Jasminblüten darauf«, fährt sie fort. Sie verkauft die Ware ihres Mannes bestens. »Am Morgen haben sich die Blüten dann geöffnet und geben ihren Duft – ihre Essenz – an die Blätter ab. Dann verbringen der Bauer und seine Familie die nächsten zwei Tage damit, jede Blüte einzeln vom Tee zu zupfen.«

»Das klingt nach harter Arbeit. Jedenfalls sehr zeitaufwendig.«

»*Ha*! Das ist nur der Anfang! Der Bauer wiederholt das Ganze noch neun Mal! Dreißig Tage lang nimmt der Tee das Aroma der Jasminblüten auf!«

»Kein Wunder, dass er so schmeckt.«

Sie beugt sich vor. »Ich nehme an, du möchtest deiner Schwiegermutter etwas davon mitbringen.«

Natürlich ist der Tee teuer, aber ich bin gerne bereit, den Preis zu zahlen.

Meiling bedankt sich bei mir und fügt hinzu: »Dass du unseren Tee in deinem Haushalt ausschenkst, ist ein Qualitätsbeweis für unser Geschäft. Kailoo und ich sind dir ewig dankbar dafür.«

»Ich bin diejenige, die dir dankbar ist. Eure Tees verhindern, dass meine Schwiegermutter mich auf die Straße wirft.«

Wir lachen über meinen Scherz, aber es stimmt, dass sich meine Schwiegermutter seit Jahren daran erfreut, dass ich die Eiserne Göttin der Barmherzigkeit, die wilde weiße Pfingstrose, Drachenbrunnen und den Pu'er in der getrockneten Mandarine kaufe. Kailoo hat davon profitiert, dass ich und andere Bewohner des Gartens der duftenden Freuden seine Kunden sind. Das Teehaus der Anmut und der Ruhe hat sich mittlerweile einen immer besseren Ruf erworben, es kommen wohlhabende Kunden, und das Geschäft hat expandiert. Kailoo ist zu einem wohlhabenden Kaufmann geworden, was es ihm unter anderem ermöglicht hat, ein Dienstmädchen für seine Frau einzustellen.

»Darf ich mich nach deiner Mutter erkundigen?«, frage ich. »Ich habe sie seit vielen Monaten nicht mehr gesehen.«

»Babys kommen, wann sie kommen«, antwortet meine Freundin. »Bedeutende Familien stellen sie nicht mehr ein, aber arme Frauen brauchen trotzdem Hilfe.«

Hebamme Shi hat es nach all den Jahren nicht geschafft, ihren Ruf zurückzuerobern. Ich finde das beschämend, aber ich sage: »Ich freue mich, dass dein Ansehen weiterhin wächst.«

»Meine Mutter hat mich gut ausgebildet«, antwortet sie. »Ich weiß, was ich tue. Die Frauen vertrauen mir. Niemand ist so fähig wie ich, das kann ich dir versichern.«

»Doktor Wong …«

»War gut zu mir. Wenn er nicht gewesen wäre, ich weiß nicht, was meine Mutter und ich getan hätten.« Unter ihrer makellosen Haut spannt sie den Kiefer an. »Mein Mann ist erfolgreich, aber wenn wir unser Leben weiter verbessern wollen, müssen wir alle drei arbeiten.« *Im Gegensatz zu dir* lässt sie unausgesprochen. »Ich betreue jetzt Geburten in den besten Familien in Wuxi …«

»Das ist …« Ich will sie unterbrechen, um meine Freude darüber zum Ausdruck zu bringen, aber ihr Bedürfnis, etwas zu beweisen, treibt sie weiter an.

»Seit unserem letzten Treffen«, übertönt sie mich, »habe ich den Sohn von Magistrat Fu entbunden. Viel höher kann man gar nicht kommen.«

»Das ist wunderbar! Und ich freue mich, dass du die Früchte deines guten Rufs als Hebamme ernten kannst. Großmutter und ich sind stolz auf dich.«

»Ich habe schon Fleischlieferungen, Reissäcke und Kohlekisten geschenkt bekommen.« Sie holt tief Luft, bevor sie fortfährt. »Möbel! Porzellanvasen! Bambuswandschirme!«

Ich spüre, wie ich mich innerlich zurückziehe. Ihre Begeisterung wirkt sehr kaufmännisch, aber sie und ihr Mann haben schon immer viel gearbeitet. Die Auswirkungen ihrer Anstrengungen sieht man im Laden mit den höherwertigen Waren und in dieser Zweizimmerwohnung, für die, wie mir aufgefallen ist, im Lauf der Jahre ein schöner Kang gekauft und unter das Fenster gestellt wurde, damit Meiling und ihr Mann darauf schlafen können, und ein kleinerer Kang im anderen Zimmer für Hebamme Shi.

»Wenn ich Glück habe«, sagt sie, »wird mich eines Tages eine dankbare Familie mit einem aufwendigen Begräbnis ehren.«

»Das ist die höchste Belohnung, die einem Menschen zuteilwerden kann«, muss ich zugeben.

»Kailoo meint, wir können bald unsere eigene Teeplantage kaufen, das Geschäft erweitern und …« Sie strahlt. »Ich wollte dir längst erzählen, dass wir ein Haus bauen, mit einem einzelnen Hof.«

»O Meiling, das sind ja wunderbare Neuigkeiten!«

»Das wäre alles nicht möglich gewesen, wenn Doktor Wong nicht gewesen wäre. Eine Hebamme braucht männliche Ärzte, wenn sie die Reisschüssel füllen möchte.«

Das kommt mir übertrieben vor. Aber vielleicht ist es das gar nicht. Ich weiß nur von zwei weiblichen Ärztinnen – Großmutter und mir. Großmutter ist darauf beschränkt, die weiblichen Bewohnerinnen des Hofs des goldenen Lichts zu behandeln, und Lady Kuo ist im Garten der duftenden Freuden dafür zuständig, den Arzt hinzuzuziehen. Sie mag Doktor Wong, und er beauftragt Meiling.

»Wenn ich die Herrin im Haus Yang bin«, sage ich, »dann werden wir beide gemeinsam viele Kinder auf die Welt bringen.«

»Darauf freue ich mich.« Sie nimmt sich eine Salzpflaume. »Hast du Doktor Wongs Buch gesehen?«

»*Hmmm …*« Das ist etwas, worüber ich nicht sprechen möchte. Doktor Wong hat ein Buch über seine Fälle veröffentlicht. Darin geht es um gewöhnliche Heilmittel für verbreitete Krankheiten und »spezielle Rezepturen«, um Parfüm herzustellen, Falten zu glätten und Haaren Glanz zu verleihen. Am ärgerlichsten ist für mich aber, dass er ausschließlich Fälle von wohlhabenden oder berühmten Personen beschrieben hat. (Ja, das bedeutet, er hat auch Fälle aus der Familie Yang aufgenommen.) Großmutter hat es so erklärt: »Ein solches Buch zu schreiben, ist eine bekannte Methode, schneller als *ming yi* zu gelten – als berühmter Arzt. Was für eine Arroganz!«

Meiling seufzt, als sie mein Zögern sieht. »Vergiss nicht, wir haben es Doktor Wong zu verdanken, dass wir beide uns häufiger sehen, wenn ich ihn in dein Zuhause begleite.«

Das ist richtig. Als offizieller Arzt der Familie Yang kommt er jeden Monat in den Garten der duftenden Freuden, um seine Dienste zuerst den Männern und Jungen anzubieten. Dann besucht er die inneren Gemächer, um nach den Frauen zu sehen, auch nach mir. Meiling und ich können während dieser Sitzungen nicht viel Zeit miteinander verbringen, aber wir können uns in die Augen sehen, während sie Doktor Wongs Fragen an mich und meine Antworten an ihn übermittelt.

»Ich bin dankbar für alles, was es uns erlaubt, zusammen zu sein, so kurz es auch sein mag«, sage ich.

Aber meine versöhnlichen Worte genügen Meiling nicht. »Ich verstehe wirklich nicht, warum du Doktor Wong nicht mehr Respekt entgegenbringst. Er und ich erleben immer wieder schwierige Situationen, und es geht nicht immer gut aus, aber ich kenne keinen anderen Arzt in der Stadt, der einem Mann besser mitteilen könnte, dass seine Frau diese Welt verlassen hat. Und hast du es gesehen? Er hat mich sogar bei manchen Fällen erwähnt, über die er in seinem Buch geschrieben hat. Mit Namen!«

Ich habe das Gefühl, sie wäre mit einer Raspel durch das Innere meines Körpers gefahren. Doktor Wong würde einem Mann nicht mitteilen müssen, dass seine Frau diese Welt verlassen hat, wenn er seine Arbeit besser machen würde. Und was mich noch mehr beunruhigt: Entwickelt sich Meiling zu einer Person, die nach derselben Art von Ruhm trachtet wie Doktor Wong?

Ich beschließe das Thema zu wechseln und etwas anzusprechen, das uns beide betrifft. »Manchmal brauchen ein Ehemann und eine Ehefrau Hilfe bei den Spielen im Schlafgemach.«

Aber ich bin zu ungeschickt, zu abrupt. Meiling schüttelt sich, als würde sie Kirschblütenblätter im Frühling abstreifen.

Gleich darauf sagt sie: »Kailoo und ich genießen die Spiele im Schlafgemach. Darin liegt unser Problem nicht. Ich nehme dies, er nimmt das, aber wir können trotzdem kein Kind zeugen.«

Ich lange über den Tisch und nehme ihre Hand. »Vielleicht könnte ich ja helfen.«

Sie starrt mich mit undurchdringlicher Miene an.

»Was denkst du?«, frage ich. »Warum lässt du dich nicht von mir behandeln? Liegt es daran, dass ich eine Frau bin? Dass ich noch zu jung bin?«

Sie winkt ab. Aber nachdem ich Meiling so gut kenne, verrät mir diese Geste, dass sie etwas vor mir verheimlicht.

»Gibt dir Doktor Wong Mittel, die du einnehmen sollst?«, frage ich.

»Ja.«

Ich bin bis ins Mark verletzt. Ich will es mir nicht anmerken lassen und frage: »Was hat er dir verordnet?«

Meiling reagiert wieder abwehrend. »Ich will dich damit nicht belästigen.« Und dann: »Ich brauche wirklich keine Hilfe, aber ich kenne eine Frau, die sehr wohl welche braucht.«

»Ich behandle nur Frauen in meiner Familie …«

»Auch andere Frauen brauchen Hilfe.«

»Ich müsste Maoren um Erlaubnis bitten, einen anderen Haushalt der Oberschicht zu besuchen, aber er ist gerade in Nanjing …«

»Die Frau, an die ich denke, stammt nicht aus einer Familie der Oberschicht.« Als ich den Kopf schüttle, sagt Meiling: »Deine Schwiegermutter wird es nicht erfahren.« Nach einer Pause fügt sie hinzu: »Bitte, Yunxian. Willst du eine Frau leiden lassen, nur weil sie nicht innerhalb der Mauern des Heims deines Mannes wohnt?«

»Bring sie bei meinem nächsten Besuch hierher …«

»Das wird nicht reichen. Wir müssen zu ihr.« Bevor ich widersprechen kann, ist sie schon aufgesprungen, öffnet Schränke und zieht Kleidung heraus. »So kannst du nicht durch die Straßen gehen. Du musst dich umziehen.«

»Auf gar keinen Fall!«, rufe ich, aber nachdem sie meine Hilfe abgelehnt hat, habe ich das Gefühl, ich muss das tun, um ihr zu zeigen, dass ich sie noch liebe. Entgegen aller Weisheit, die ich in meinem Leben erlangt habe, ziehe ich unwillkürlich mein Gewand aus und schlüpfe in die indigofarbene Baumwollhose und -jacke, die Meiling mir reicht. Die Hose ist länger als ihre, sodass sie meine weißen, verkümmerten Waden bedecken.

Drei Probleme bleiben bestehen: die sorgfältig aufgetragene Schminke, die mich als Ehefrau aus einer Familie der Oberschicht kenntlich macht, meine Haare, die auf meinem Kopf aufgetürmt und mit Jade- und Goldschmuck behängt sind, und meine Füße. Mit einem Tuch wischt Meiling mir Creme, Puder, Rouge und Lippenfarbe vom Gesicht. »Deine Haare möchte ich nicht lösen, denn uns bleibt nicht die Zeit, sie wieder hochzustecken, bevor du nach Hause musst«, sagt sie und wickelt mir stattdessen einen handgefärbten Schal um den Dutt und die Verzierungen und bindet das Tuch im Nacken zusammen. Wir stellen uns nebeneinander und sehen uns in einem Spiegel an. Diese einfachen Veränderungen lassen uns wie Schwestern aussehen, aber es verblüfft mich auch, wie nur eine Schicht Farbe und eine Frisur Frauen nach der Klassenzugehörigkeit unterscheiden können. Und unsere Füße.

»Setz dich«, befiehlt mir Meiling. Ich tue, wie mir geheißen, während sie weitere Schubladen und Schränke durchwühlt. Dann bringt sie mir saubere Lumpen und ein Paar Stiefel. Sie stopft den Stoff vorne in einen Stiefel. Ich schiebe meinen seidenen Schuh hinein. Meiling tastet mit dem Daumen nach dem Zeh, blickt zu mir hoch und sagt: »Da ist immer noch zu viel Platz.« Ich ziehe den Fuß heraus, und sie stopft noch mehr Lumpen hinein. Diesmal passt der Stiefel. Genauso verfahren wir mit dem anderen Stiefel. Ich sitze da, meine Fersen stehen auf dem Boden, meine Zehen zeigen zur Decke. Meine Füße sehen verstörend groß aus.

»Versuch, dich hinzustellen«, fordert mich Meiling auf. »Geh ein paar Schritte.«

Schwankend stehe ich auf, und Panik durchströmt mich. »Wir sollten das bleiben lassen. Wenn das jemand herausfindet …«

»Kein Mensch wird das herausfinden.«

Sie hält mich am Ellbogen, während wir nach unten gehen und durch die Hintertür in eine Gasse schlüpfen. Die Stiefel, die mir riesengroß und schwer wie Anker vorkommen, erschweren mir das Gehen. Ich hebe jeden Fuß hoch und setze ihn dann bewusst ab. Meiling läuft natürlich schneller, als ich es je könnte, und sie zieht mich rascher mit sich, als es angenehm ist. Wir biegen um eine Ecke und betreten einen belebten Weg, der an einem Kanal entlangführt. Wir kommen an Geschäften vorbei, wo Kunden feilschen und handeln. In einem Teehaus unter freiem Himmel führen zwei Männer ein Streitgespräch über Philosophie. Meiling legt mir einen Arm um die Taille und zieht mich an sich. Den anderen Arm hält sie vor sich und wedelt damit hin und her, sodass Leute, die in unsere Richtung gehen, uns nicht zu nahekommen oder uns anrempeln.

»Lass uns umkehren«, murmle ich. »Das ist ein Fehler.«

Sie ignoriert mich. »Ich habe dir doch erzählt, dass Kailoo und ich ein Haus bauen. Wir waren schon in einer Ziegelei, um unsere Bestellung aufzugeben. Dort gibt es eine Frau …«

»Eine arbeitende Frau?«

»Ich bin eine Frau, die arbeitet«, antwortet sie ungeduldig. »Mohnblüte, deine Köchin und die ganzen anderen Dienerinnen und Konkubinen in deinem Haushalt sind arbeitende Frauen.«

Sie hat recht, aber dadurch wird unser Vorhaben nicht weniger schwerwiegend. Wenn ich erwischt werde …

Es kommt mir vor, als würden wir ewig laufen, aber die breiten Sohlen von Meilings Stiefeln tragen mich ganz gut. Wir biegen noch einmal um die Kurve und wenden uns vom Kanal ab. Was ich sehe, ähnelt sehr Meilings Schilderungen, als wir noch Mädchen waren. Die Farben leuchten. Die Geschäfte stellen ihre Waren aus: Seiden- und Brokatballen, die sich stapeln, glänzendes Obst in Körben, rotes, schwitzendes Fleisch, das Fliegen anlockt. Das alles ist schön und überwältigend zugleich. Die Schaufenster gehen allmählich in Reihen von Häusern über, die ohne Zwischenraum aneinandergebaut sind. Dann verändern sich die Gebäude wieder und es kommen Fabriken, in denen Körbe und andere Produkte hergestellt und Seide verarbeitet und gesponnen wird. Ich zucke zusammen, als ich das harte Klopfen eines Schmiedes höre, und das Geräusch einer Getreidemühle zerrt an meinen Nerven.

Wir erreichen ein Tor. Meiling zieht an der Glocke, und eine alte Frau öffnet. Ihre Miene hellt sich auf, als sie Meiling sieht. »Junge Hebamme! Herzlich willkommen!«

»Es ist schön, dich zu sehen, Pirol. Ich habe jemanden mitgebracht, der dir vielleicht helfen kann.«

Die Frau bedeutet uns, einzutreten. Ich kann es gar nicht fassen, dass ich mich in einer Ziegelei wiederfinde. Pirol führt uns zu einem schattigen Platz unter einem Überhang und bittet uns, auf umgedrehten Kisten Platz zu nehmen. Sie schenkt Tee ein, weicht zurück, wie es eine Dienerin tun würde, und stellt sich dann mit gesenktem Kopf und gefalteten Händen hin.

»Bitte setz dich doch«, sagt Meiling.

Als Pirol zögert, füge ich hinzu: »Ich kann dich nicht untersuchen, wenn du da drüben sitzt.«

Sie zieht eine weitere Kiste heran und setzt sich zu uns. Während Meiling Pirol in ein Gespräch verwickelt, nutze ich die Gelegenheit, um mit den Vier Untersuchungen zu beginnen. Betrachten: Es überrascht nicht, dass ihre Haut ledrig ist, weil sie den ganzen Tag in der Sonne in diesem Hof verbringt, wo sie auch ständig der trockenen Hitze des Brennofens ausgesetzt ist. Trotzdem entdecke ich eine Blässe, die direkt unter ihrer Haut lauert. Ihre Hände sind rau, von Arbeit gezeichnet und an den Gelenken knotig. Sie ist auf unvorteilhafte Weise dünn. Statt sie um Jahre jünger wirken zu lassen, als hätte sie die schlanke Figur eines Mädchens, das kurz vor der Heirat steht, sieht ihr Körper aus, als würde er sich selbst verzehren und zu Haut und Knochen verkümmern. Sie trägt Strohsandalen, und ihre Füße sind nicht nur von der Sonne, sondern auch von dem Schmutz und Staub an diesem Ort unfassbar braun gefärbt. Ihre Zehennägel sind lang und schmutzig. Dicke Schwielen umranden ihre großen Zehen und ihre Fersen. Der Anblick ist so verstörend, dass ich den Blick wieder auf das Gesicht der Frau richte. Ich schätze Pirol auf ihr sechstes Lebensjahrzehnt. Riechen: Es umgibt sie derselbe Geruch wie meine Träger an einem Tag wie diesem. Es ist der Geruch von harter Arbeit und Knoblauch. Und nun kommt das Befragen:

»Wie alt bist du?«

»Ich bin achtunddreißig«, antwortet Pirol.

Großmutter und Großvater haben mich schon früh gelehrt, niemals meine Überraschung zu zeigen, wenn eine Patientin etwas Verstörendes erzählt. »Also bekommst du immer noch dein monatliches Mondwasser?«

Pirol blickt Meiling fragend an.

»Das Problem ist nicht, dass sie es bekommt«, erklärt Meiling. »Es liegt darin, dass es nie aufhört.«

»Wann und wie hat das angefangen?«

»Als ich einmal mein monatliches Mondwasser hatte, hat mein Mann den Tag in der Stadt verbracht, und ich musste alle Ziegel allein tragen. Meine Arbeit endete erst lange nach Einbruch der Dunkelheit. Drei Monate lang floss es ununterbrochen aus mir heraus. Das wurde zu einem ununterbrochenen Tröpfeln, seit drei Jahren.«

Seit drei Jahren?

Meine nächste Frage ist naheliegend. »Hat irgendeine Medizin geholfen?«

Pirol schüttelt den Kopf, und Meiling meldet sich zu Wort. »Wie soll eine Medizin helfen, wenn sie keine richtige Diagnose bekommen hat?«

»Pirol, du bist heute alleine hier«, kommentiere ich in der Hoffnung, ihr mehr Informationen zu entlocken.

»Mein Mann ist oft unterwegs«, sagt sie. »Er kümmert sich um die Lieferung unserer Ziegel. Er geht auch gerne in Schenken. Und an andere Orte …« Ihr Gesicht färbt sich tief zinnoberrot. Errötet sie aus Scham darüber, dass ihr Mann Frauen besucht, die ihren Körper verkaufen, oder aus Groll und Zorn? »Wenn er nicht da ist«, fährt sie sichtlich bewegt fort, »muss ich die Ziegel und Fliesen, die wir herstellen, tragen und stapeln. Nachts schlafe ich oft allein.«

Ich nicke mitleidig. Auch ich verbringe viele Nächte allein in meinem Ehebett.

»Darf ich deinen Puls abhören?«, frage ich. Ich studiere nun schon seit Jahren Medizin und behandle Frauen. Ich bin selbstbewusst, aber ich lasse mir Zeit und taste die drei Ebenen an ihren beiden Handgelenken ab. Ihr Puls ist so, wie ich es erwartet habe. Dünn wie ein feiner Faden, aber deutlich und klar. Ich grüble über ihre Symptome – vor allem die ständigen Schmierblutungen – und die Behandlungsmöglichkeiten nach, denn ich weiß, dass ich Großmutter bei diesem Fall niemals um Rat fragen kann.

»Du leidest unter einem Mangel an Milz-Qi und einem geschädigten Nieren-Yin, infolge von Überlastung durch Mühsal«, sage ich schließlich. »Diese Art von tiefer Müdigkeit kann von zu viel Arbeit oder von extremen geistigen Tätigkeiten wie zu intensivem Lernen herrühren.«

»Ich schlafe …«

»Eine einzige Nacht Schlaf gestattet es deinem Körper nicht, sich zu erholen. Überlastung durch Mühsal sitzt tief. Sieh nur, was das schon mit dir angestellt hat. Wenn ich dir ein Rezept aufschreibe, kannst du es abholen?«

»Pirol kann gehen, wohin sie will«, antwortet Meiling im Namen der Ziegelbrennerin.

»Dann möchte ich, dass du Folgendes tust. Lass dir bitte vom Kräuterarzt ein Dekokt zur Stärkung der Mitte und zur Auffrischung des Qi zubereiten.« Ich weiß nicht, ob das für Pirol von Bedeutung ist, aber ich nehme mir trotzdem die Zeit, es zu erklären. »Das ist ein klassisches Heilmittel aus einem Buch namens *Grundlegende Rezepturen*. Meine Großmutter sagt, sie besitzt das letzte Exemplar, das noch existiert.« Pirol bekommt große Augen, als sie das hört. »Die wichtigste Zutat ist eine, auf die wir Frauen bauen. Astragalus hilft bei Müdigkeit und niedrigem Xue. Ich ergänze das mit eigenen Ideen für deine Medizin. Helmkrautwurzel löscht Feuer und Entzündungen. Das Rhizom des Nussgrases hat nicht nur kühlende Eigenschaften, sondern ist auch dafür bekannt, dass es bei

Mondwasserproblemen, Gewichtsverlust und Schlafstörungen hilft. Die japanische Distel ist eine der besten Substanzen, um unkontrollierbare Blutungen zu stoppen. »

»Kostet das viel?«, fragt Pirol.

»Es sind keine außergewöhnlichen Zutaten dabei«, antworte ich.

»Das wird helfen«, fügt Meiling beruhigend hinzu.

»Wenn du dieses Mittel aufgebraucht hast, möchte ich, dass du die Pille zur Ergänzung des Yin einnimmst«, fahre ich fort. »Sie enthält unter anderem Süßwasserschildkrötenpanzer und Korkbaumrinde.«

»Und dann geht es mir besser?«

»Ja«, antworte ich. »Ich werde Junge Hebamme schicken, um sicherzugehen, dass du dich erholst. Wenn du andere Probleme hast, bringt sie mich hierher.«

Ich mache dieses Angebot, weil ich von meinem Behandlungsplan so überzeugt bin, dass ich sicher bin, nicht wiederkommen zu müssen. Die Pille habe ich schon einmal verschrieben. Sie ist dafür bekannt, das Feuer im Yin zu unterdrücken und die Niere zu stärken, und sie hilft auch bei aufgewühlten Emotionen. Pirol ist höflich und gastfreundlich, aber sie strahlt eine Verbitterung über ihr Leben aus, so wie die ganze Ziegelei Hitze abstrahlt. Ihre Wut sitzt viel tiefer und ist schwieriger zu behandeln als ihr weinender Schoß, aber auch dabei wird mein Mittel wirken.

Meiling und ich verabschieden uns und gehen zurück in ihre Wohnung, wo wir uns unbeobachtet nach oben schleichen können. Ich bin erschöpft, und meine Füße schmerzen mehr als beim ersten Binden. Ich beiße mir auf die Lippen, um nicht laut zu stöhnen, als Meiling mir die Stiefel auszieht. Es fällt mir schwer, mich zu sammeln, als ich meine Kleidung wieder anziehe. Die Schichten von Unterrock, Überrock, Tunika und Hose scheinen mich zu ersticken.

Die Träger beäugen mich nicht misstrauisch, als ich aus der Haustür trete, was mich beruhigt. Am Garten der duftenden Freuden angelangt, trete ich über die Schwelle und schlängle mich durch das Anwesen. Ich brauche einen Tee. Ich muss mich umziehen und mich frisch schminken. Vor allem aber muss ich mich hinlegen und meine pochenden Füße ausruhen. Doch all dies würde Misstrauen erregen. Bei jedem Schritt schießt mir der Schmerz in die Beine, aber ich will mir nichts anmerken lassen.

Ich entdecke die Mädchen und Frauen des Hauses im letzten Hof. Einige lesen, andere sticken und malen. Meine Schwiegermutter sitzt mit Ehefrauen in ihrem Alter, aber unter ihrem Stand zusammen. Alle nippen an Reiswein aus Jadebechern, um die Aufmerksamkeit von Lady Kuos neu entdecktem Bedürfnis abzulenken, das durstige Etwas zu stillen, das in ihrem Inneren wohnt. Aus dem Pavillon ertönt das *Klack-Klack* von Mah-Jongg-Steinen; die Tanten spielen wohl gerade wieder eine ihrer hitzigen Partien. Ich gehe an dem Grüppchen von Konkubinen vorbei und nicke Konkubine Chen zu, sie nickt zurück. Ich bin eine Ehefrau, sie ist eine Konkubine. Wir sind keine Freundinnen, aber wir sind höflich zueinander.

Konkubine Chen ist Doktor Wongs größter Erfolg, denn gemeinsam haben sie dem Yang-Clan einen zweiten Erben geschenkt. Manzi, der jetzt dreizehn ist, wird mit anderen Jungen im Haus unterrichtet. Meine Schwiegermutter ist vernarrt in den Jungen, verwöhnt ihn mit Datteln und Süßigkeiten. Er ist kurz davor, ihr Ritualsohn zu werden. An manchen Tagen sieht es so aus, als hätte dies die Intrigen in den inneren Gemächern verringert, an anderen Tagen kann es sein, dass Zweite Tante besonders bissige Bemerkungen über die Ungerechtigkeit des

Ganzen macht. Aber Tradition ist Tradition, und Blut ist Blut. Die Erbfolge wird vom Himmel geregelt, und für Zweiten Onkel wird sich nichts ändern, es sei denn, sowohl meinem Mann als auch Manzi stößt etwas zu. Im Moment jedoch hat Manzi einen höheren Status. Die Heiratsvermittlerin hat deshalb bereits eine Verlobung zwischen Manzi und der Tochter eines sehr wohlhabenden Salzhändlers arrangiert, was den Reichtum und die Macht beider Familien festigt. Das alles hat Konkubine Chen die Position der Kaiserin der Konkubinen eingebracht. Sie hat auch vier Töchter bekommen, von denen die jüngste noch keine drei Jahre alt ist. Ihre anderen Mädchen – zehn, neun und sieben Jahre alt – haben ausnehmend schöne gebundene Füße (wer könnte einem Kind besser die Füße binden als ein Dünnes Pferd? Und natürlich haben sie alle die Schönheit ihrer Mutter geerbt.) Alles in allem hat Konkubine Chen keinen Grund zur Sorge. Sie ist sich ihrer Stellung so sicher, dass sie es sogar geschehen ließ, dass sie um die Taille – beziehungsweise was nach der Geburt von fünf Kindern noch davon zu sehen war – und unter dem Kinn etwas rundlich wurde.

Ich entdecke Yuelan und Chunlan zu beiden Seiten ihrer kleinen Schwester, die mit ihr einen mit Kieselsteinen belegten Weg entlanggehen. Bei Männern massieren die Steine die Akupunkturpunkte an den Fußsohlen, für Frauen sind die Steine ein Grund zur Wachsamkeit. Ein falscher Schritt oder der Verlust des Gleichgewichts kann zu einem Sturz führen. Bei einem Mädchen, dem gerade die Füße gebunden werden, stoßen und drücken die Steine gegen die schmerzhaftesten Stellen.

»Mama!«, ruft Ailan, als sie mich sieht. Der glänzende Schweiß auf ihrer Stirn und Oberlippe verrät mir ihre Pein. Ihre Tapferkeit hilft mir, mein eigenes Unbehagen weiterhin zu verbergen.

Ich lobe sie für ihr Durchhaltevermögen und danke meinen älteren Töchtern dafür, dass sie ihr geholfen haben. Dann frage ich: »Sollen wir unser Spiel spielen? Yuelan und Chunlan, wenn ihr die Blätter und Blüten sammelt, kümmere ich mich um eure Schwester.«

Ich halte Ailans Ellbogen, als sie einen qualvollen Schritt nach dem anderen über den Kieselpfad und die Steinbrücke hinauf geht. Die beiden älteren Mädchen gesellen sich zu uns, ihre Handflächen bilden Schalen, in denen sich Blüten und Blätter türmen. Wir vier stellen uns nebeneinander, unsere Röcke rascheln im Einklang. Jede von uns hält ein Blatt hoch. Wir lassen Ailan zählen.

»Eins, zwei, drei und los!« Unsere Blätter wirbeln hinunter, treffen auf das Wasser und treiben unter der Brücke hindurch. Ich halte Ailan wieder am Ellbogen, während wir auf die andere Seite der Brücke gehen. Auf halbem Weg höre ich ein lautes *Knack*. Ailan holt scharf Luft, zieht ihr Bein am Knie hoch und senkt es dann langsam wieder zu Boden. Sie wankt, und ich stütze sie.

»Wieder ist ein Knochen gebrochen«, sage ich voller Stolz. »Du machst jeden Tag Fortschritte.«

Ihr Gesicht wird so weiß wie der Bauch eines Fisches. Sie schluckt den Schmerz hinunter, findet wieder das Gleichgewicht und geht noch sechs Schritte – von denen jeder eine Qual sein muss – zur Brüstung. Sie umklammert das steinerne Geländer, beugt sich darüber und blickt hinunter zum Wasser. Sie versucht, ihre Tränen zu verbergen, aber der Bach fließt so langsam, dass sie wie Regentropfen auf die Wasseroberfläche treffen. Wenn die Zeit gekommen ist, werde ich der Heiratsvermittlerin sagen, dass jedes kleine Plätschern ein Zeichen dafür war, was für eine Ehefrau sie werden wird – gewissenhaft, klaglos und gehorsam.

Als ihr Blatt als erstes zum Vorschein kommt, blickt sie zu mir auf. Ihre Augen haben den entrückten Blick, den das Leiden mit sich bringt, aber ihre Mundwinkel gehen nach oben, als sie verkündet: »Schau, Mama. Ich habe gewonnen.«

Später an diesem Abend schreibe ich über den Fall der Ziegelbrennerin in mein Notizbuch. Ich beschreibe das Wesentliche und lasse meine Empfindungen über den Zustand ihrer Füße weg. Ich beende meinen Eintrag wie üblich mit den Grundrezepturen und den Zusätzen, die sie besonders wirksam machen. Als ich fertig bin, gehe ich ins Bett. Ich betrachte die kleinen geschnitzten Vignetten aus Birnbaumholz, auf denen die Szenen familiären Glücks dargestellt sind. Allein die Vorstellung, an einem Bach Erhu zu spielen … Ich berühre das Paneel, das locker sitzt, seit ich ein kleines Mädchen war. Ich ruckele daran und löse es aus dem Rahmen. Ich schiebe das Notizbuch durch die Öffnung, lege es auf das kleine Regalbrett mit den Schuhen meiner Mutter und setze das Paneel wieder ein.

Endlich kann ich mich ausruhen. Meine Schwiegermutter weiß, dass ich meine Studien mit meinen Großeltern fortsetze. Das bietet ihr eine weitere Möglichkeit, Macht über mich auszuüben – ich lebe weiterhin gehorsam unter ihrer Knute. Aber wenn sie wüsste, dass ich Meiling besuche, würde sie dem sofort ein Ende bereiten. Ich wüsste nicht, in welchem Fall Lady Kuo das zulassen würde, gar nicht zu reden von der Behandlung einer arbeitenden Frau. Doch Geheimnisse fordern einen emotionalen Preis. Zusätzlich zu der üblichen Müdigkeit nach einem typischen Reis-und-Salz-Tag sind mein Körper und mein Geist völlig erschöpft. Ohne einen mir erkennbaren Grund kommen stille Tränen.

DIE HUNDERT PULSE

»Wie willst du denn deinen Mann empfangen, wenn du ihn wiedersiehst?« Zweite Tantes Worte klingen liebenswürdig, aber ihre Verbitterung wegen ihres Ehrgeizes, dass ihr Mann das Familienoberhaupt werden soll, ist im Laufe der Jahre nur noch größer geworden, und der Groll hat Spuren in ihrem Gesicht hinterlassen. »Willst du freundlich sein oder …«

»… dich beschweren, dass er dir keinen Ballen Seide mitgebracht hat …«

»… oder einen Armreif aus Jade …«

»… oder willst du ihn schnell ins Schlafgemach holen, damit er dir einen Sohn schenkt?«

Ich blicke kurz in die Gesichter der Frauen, die am späten Vormittag in den inneren Gemächern in Grüppchen zusammensitzen. Im Raum knistert es geradezu vor Spannung. Mein Mann kommt für einen dreimonatigen Besuch nach Hause. Er bringt einen Beamten aus dem Ministerium für Hofdienste in Peking mit, der zu den reichsten, vornehmsten, kultiviertesten und einflussreichsten Männern der Hauptstadt gehören soll. Als solcher hat er beste Verbindungen zum Kaiserpalast. Die Frauen in den inneren Gemächern sind überrascht – und schockiert – zu erfahren, dass der Beamte Frau und Mutter mitbringt. Die Reisegesellschaft wird in Kürze eintreffen, und wir haben alle die Ohren gespitzt und horchen nach den Klängen von Zimbeln, Trommeln, Klappern und Hörnern, die den Zug eines hohen Beamten stets begleiten.

Ich neige bescheiden den Kopf, wie ich es bei Meiling schon so oft gesehen habe. »Ich freue mich sehr darauf, Maoren zu sehen. Es ist schon Monate her, dass er das letzte Mal hier war.«

»Es liegt in der Natur einer Frau, von Bissigkeit geplagt zu werden«, sagt Zweite Tante, »also setz ein hübsches Lächeln auf, wenn du ihn siehst.«

Ich halte ihren Rat für so bedeutsam wie ein einzelnes Reiskorn in einem Topf auf einem Bankett. Trotzdem formuliere ich meine Antwort respektvoll. »Das werde ich, Zweite Tante.«

»Immerhin«, fährt sie fort, »wer weiß schon, was unsere Männer tun und mit wem sie es tun, wenn sie fort sind.«

»Du sprichst von Eifersucht«, mischt sich Vierte Tante ein, als wüssten nicht alle Anwesenden, dass just selbige sie veranlasst, ihren Mann zu beschimpfen, wenn er zu Hause ist.

»Oder Neid«, erwidert eine der Konkubinen von Zweitem Onkel vom anderen Ende des Raumes. »Wer unter den Anwesenden hat noch nie gehört, wie du gegen meine Tür hämmerst, wenn der Gebieter mich besucht?«

Lady Kuo hält eine Hand hoch. »Genug!«

Und das bleibt es auch für ein paar Augenblicke. Aber in der Ecke, wo die Witwen und unverheirateten Frauen sitzen, braut sich etwas zusammen. Diese alten Damen können unberechenbar sein. Großtante, die nach dem Aussterben der Familie ihres Mannes hierhergezogen ist, kann besonders provozieren, doch ihre Stimme klingt ganz beiläufig, als sie zu sprechen beginnt.

»Eine Gruppe von Ehemännern hatte Angst vor ihren Frauen.« Köpfe drehen sich in Großtantes Richtung, als die Frauen den Anfang der bekannten Geschichte erkennen. »Eines Tages trafen sich diese Männer in einer Schenke, um zu besprechen, was zu tun sei. Der erste Mann sagte: ›Ich werde meine

Frau prügeln, bis sie mir gehorcht. Sie wird fügsam sein wie ein Reh im Frühling.‹«

Eine der anderen Witwen hat den nächsten Teil parat. »Der zweite Mann sagte: ›Ich werde meiner Braut nichts mehr zu essen geben. Der Hunger wird ihre Herrschsucht bezähmen.‹«

»Der dritte Mann sagte: ›Ich werde meine Frau ans Bett fesseln‹«, fährt Großtante fort. »›Dann wird sie sich meinen Reizen nicht entziehen können.‹«

Wenn ich ihnen so zuhöre, vermisse ich Tante Jungfer. Ich glaube, einigen anderen Frauen geht es ebenso.

»Und wer taucht da plötzlich auf?«, fragt Großtante mit gespieltem Schrecken. »Es war eine der Sechs Vetteln! Diese war zufälligerweise eine alte Frau, die sich ihr Geld als Wahrsagerin verdiente. Sie warnte die Ehemänner. ›Achtung! Achtung! Eure Frauen kommen!‹ Trotz ihrer kühnen Worte von vorhin verzogen sich zwei der Männer wie Flöhe von einer toten Katze. Der dritte Mann blieb wie angewurzelt auf seinem Stuhl sitzen und bewies, dass er der tapferste von allen war.« Sie schweigt, um Spannung aufzubauen. Dann beugt sie sich vor, ganz wie Tante Jungfer früher, und erzählt gerade so laut, dass jede sie verstehen kann. »Doch als die anderen Ehemänner ihren Mut wiedergefunden hatten, kamen sie zurück und mussten feststellen, dass er vor Angst zu Tode erstarrt war!«

Ich schließe mich dem Gelächter an, aber innerlich bin ich so nervös wie eine Braut. Ich habe das Glück, dass ich meinen Mann liebe und er mich auch, aber über große Entfernungen Briefe zu Fuß per Boten hin- und herzuschicken, ist nicht dasselbe, wie sich ein Bett zu teilen.

In diesem Moment hören wir die ersten Klänge des Zuges. Lady Kuo klopft mit den Fingerknöcheln auf die Armlehne ihres Stuhls, um mir zu signalisieren, dass sie mich zu sich bittet. Als ich vor ihr stehe, spüre ich, dass alle Augen im Raum auf mich gerichtet sind. Mohnblüte half mir mit meinem Haar, bürstete es, bis es glänzte, und steckte meine besten Gold- und Jadenadeln hinein, um den hochgesteckten Dutt festzuhalten und zu schmücken. Die rote Farbe auf meinen Lippen und der rosafarbene Puder auf meinen Wangen heben sich noch heller und hoffentlich verführerisch von meinem schneeweißen Kleid aus Seide ab, das so dünn und durchscheinend ist wie ein Zikadenflügel. Meine Schwiegermutter würde mir niemals ein Kompliment machen, aber an diesem Tag kann sie sich nicht über mein Aussehen beschweren.

»Meinst du, es ist besser, wenn du am Eingangstor stehst, am Bankett teilnimmst oder in deinem Schlafgemach wartest, wenn mein Sohn kommt?«, fragt sie.

Es gibt nur eine richtige Antwort. »Obwohl ich mich danach sehne, meinen Mann zu sehen, und jede getrennte Minute ein Schwert in meinem Herzen war, bleibe ich in meinem Zimmer. Ich hoffe, sein Verlangen wird ihn bald zu mir führen.«

Lady Kuo nickt zustimmend. Dann sagt sie: »Es ist ja meine Aufgabe, das Bankett für unsere Gäste zu beaufsichtigen. Du kannst dir sicher sein, dass ich dafür sorge, dass mein Sohn weder zu viel isst noch trinkt. Ich möchte, dass er im Schlafgemach rege ist.«

Ich verneige mich ehrerbietig, obwohl ich mir nur schwer vorstellen kann, welchen Einfluss sie in dieser Hinsicht auf meinen Mann haben soll. Sie klopft noch einmal mit den Fingerknöcheln auf das Holz, um mich zu entlassen, erhebt sich dann und wendet sich an den ganzen Raum. »Wir empfangen nicht oft Gäste in den inneren Gemächern. Ich erwarte von jeder von euch, sich gastfreundlich zu zeigen.« Nach einer Pause fügt sie hinzu: »Mir ist bewusst, dass morgen der Tag ist, an dem Doktor Wong und Junge Hebamme ihren monatlichen Besuch abstatten. Ihre Arbeit ist zu wichtig für uns, um diesen Besuch abzusagen. Ich sorge dafür, dass jede die Gelegenheit bekommt, mit ihnen zu sprechen, aber bitte denkt daran, dass unsere Männer Verbindungen knüpfen, die den Reichtum und das Ansehen der Familie Yang vergrößern können. Wir müssen alles tun, um ihnen dabei zu helfen, indem wir diesen reisenden Frauen« – diese letzten Wörter dringen aus ihrem Mund, als ob sie von Dämonen sprechen würde – »zeigen, dass wir nach den Werten leben, die Konfuzius und der Kaiser festgelegt haben.«

Kurz nachdem sie gegangen ist, sage ich meinen Töchtern, dass sie weiter an ihren Stickereien arbeiten sollen, und ziehe mich in mein Zimmer zurück. Während ich den fernen Geräuschen von Ankunft und Begrüßung und später dem Treiben beim Willkommensbankett im zweiten Hof lausche, denke ich immer wieder an meine Hochzeitsnacht zurück und an die Aufregung, die ich empfand. Bald wird es Mitternacht, aber ich bleibe ganz ruhig sitzen, um meine Schminke nicht zu verschmieren oder auch nur ein einziges Haar zu verschieben. Mein Gewand fällt über meinen Schoß auf den Boden. Ich ziehe den Stoff ein Stück hoch, sodass die Zehen meiner Schuhe verführerisch aus der Seide herausschauen, die sich auf dem Boden gesammelt hat. So sitze ich da – erhaben wie eine Figur der meditierenden Göttin der Barmherzigkeit –, als Maoren eintritt. Mein Aussehen hat die gewünschte Wirkung.

»Heute Nacht werden wir einen Sohn zeugen«, sagt mein Mann und zieht mich in seine Arme.

~

Am nächsten Morgen haben sich die Besucherinnen bereits in den inneren Gemächern niedergelassen, als ich eintrete. Alle sind zugegen, was bedeutet, dass Doktor Wong und Meiling noch nicht eingetroffen sind. Meine Schwiegermutter bedeutet mir, mich neben sie zu setzen. Es ist das erste Mal, dass ich als zweitwichtigste Frau des Hauses platziert werde. Ich sollte mich geehrt fühlen – und das tue ich auch –, aber ich bin abgelenkt von den Fremden unter uns und davon, wie anders sie sind. Lady Liu, die Ehefrau des Würdenträgers, der uns besucht, erzählt uns, dass sie dreiundzwanzig Jahre alt ist. Ihre Schwiegermutter, Witwe Bao, ist einundfünfzig. Ihre Kleidung ist fein, aber nicht so elegant wie die Sachen, die wir in unserer Provinz herstellen lassen können, wo es Seide und Farbstoffe in hervorragender Qualität und reichlich gibt. Dennoch zeigen ihre schlichten Gesten, wie vornehm sie sind, während aus ihren Mündern dringt, was in meiner Vorstellung großstädtische Kultiviertheit ist.

»Der Kaiser hat meinen Mann ausgesandt, um das ganze Land zu bereisen. Er soll Männer und Jungen finden, die als Eunuchen im Palast dienen wollen«, erklärt uns Lady Liu. »Viele Ehemänner sind jahrelang weg, und wir Frauen müssen uns mit unserer Einsamkeit abfinden. Mein Mann nimmt einen anderen Standpunkt ein. Er möchte, dass seine Frau und seine Mutter ihn auf seinen Reisen begleiten. Dahingehend unterscheiden wir uns nicht so sehr von den Ehefrauen der niedrigsten *juren*-Gelehrten, die ihre Männer zu entlegenen Posten begleiten.«

»Bewundernswert«, meint Lady Kuo, aber für sie ist diese Entscheidung so weit davon entfernt, bewundernswert zu sein, wie der Mond von der Sonne.

»Ich kenne meinen Sohn sehr gut«, erzählt Witwe Bao, »und ich kann Ihnen sagen, dass er froh ist, die Frauen seiner

Familie um sich zu haben, während er jeden Tag nach anderen Familien sucht, die bereit sind, ihre Söhne zu verkaufen – und nach erwachsenen Männern, die sich selbst anbieten möchten –, nur um sich das Gemächt abschneiden zu lassen, damit sie im Palast angestellt werden können. Die Arbeit meines Sohnes ist wichtig, keine Frage, aber er profitiert von der Not vieler.«

Bei diesen unverblümten Worten schürzt Lady Kuo die Lippen. In dem darauffolgenden Schweigen versucht Lady Liu, die Bemerkungen ihrer Schwiegermutter zu mildern. »Eunuchen werden in der Verbotenen Stadt gebraucht, um den Kaiser zu umsorgen, aber ihre wichtigste Aufgabe ist es, über die Frauen im Palast zu wachen. Manche Kaiser halten sich bis zu zehntausend Ehefrauen, Konkubinen und Nebenfrauen.«

»Zehntausend«, murmelt jemand am anderen Ende des Raumes.

»Unter bestimmten Bedingungen kann der Sohn einer Konkubine der nächste Kaiser werden, wenn die Kaiserin keinen Sohn bekommt«, fügt Witwe Bao beiläufig hinzu. Meine Schwiegermutter blickt in meine Richtung, um mich daran zu erinnern, dass diese Situation auch mir bevorstehen könnte.

»Es muss alles getan werden, um die Kaiserin und alle anderen Frauen im Palast zu schützen und zu retten – und zwar jede einzelne – für den Kaiser«, greift Lady Liu den Faden auf. »Das bedeutet …«

»Keine männlichen Pfeile«, beendet Witwe Bao den Satz mit einem verschmitzten Augenzwinkern. »Deshalb haben wir Eunuchen, denen man vertrauen kann – aufgrund ihrer einzigartigen Unfähigkeit, ihre konfuzianische Pflicht als Männer zu erfüllen: Söhne zu zeugen.« Ihre Augen funkeln. »Die Männer, die das Abschneiden übernehmen, haben Läden und Stände direkt vor der Verbotenen Stadt. Wenn ein Mann oder Junge sie betritt, sind seine drei Kostbarkeiten noch an ihrem Platz. Sobald sie entfernt sind, werden sie in einem Gefäß versiegelt und in einem Regal aufbewahrt, um nach dem Tod wieder mit dem Körper des Eunuchen vereint zu werden.«

»Aber was ist der Grund dafür?«, erkundigt sich Lady Kuo staunend.

»Um den Dämonen im Jenseits vorzumachen, er sei noch ein Mensch.« Witwe Bao gestattet sich ein kleines damenhaftes Gackern. »Wenn er nicht mit seinen drei Kostbarkeiten wiedervereint wird, wird er als Eselin wiedergeboren.«

Schweigen legt sich über uns, als wir darüber nachdenken, wie demütigend ein solches Schicksal ist.

Witwe Baos Tonfall ändert sich. »Seit Kaiser Hongzhi vor zwei Jahren den Thron bestiegen hat, hat sich vieles geändert. Wenn wir mit meinem Sohn auf Reisen sind, suchen meine Schwiegertochter und ich nach …«

Lady Liu unterbricht sie, sodass ich - und sicherlich auch viele andere mit mir - vermute, dass sie bestimmte Dinge nicht preisgeben will. »Die jungen Eunuchen sind Spielereien. Spielzeug, wenn man so will, um die Frauen bei Laune zu halten. Sie schrecken selbst vor den intimsten Wünschen nicht zurück.«

Meine Schwiegermutter scheint sich unbehaglich zu fühlen, als würden Ameisen unter ihr Kleid krabbeln.

»Oft suchen ältere Eunuchen nach Männern, die ebenfalls dieses Leben führen möchten«, fährt Lady Liu fort, »aber der Kaiser und die Leiter des Amts für Hofdienste sind sich einig, dass es klug ist, regelmäßig jemanden in die örtlichen Büros zu schicken, der über alle seine Teile verfügt und ohne Tadel ist, um sich zu vergewissern, dass alles mit rechten Dingen zugeht. Obwohl es nicht gegen das Gesetz verstößt, wenn ein armer

Vater seinen zweiten, dritten oder vierten Sohn in den kaiserlichen Dienst verkauft, möchte mein Mann nicht nur prüfen, ob die richtigen Summen den Besitzer wechseln, sondern auch, ob sie in die richtigen Hände gelangen.«

Normalerweise herrschen in diesem Raum reges Geplauder und Aktivitäten. Heute nicht. Alle Ehefrauen lauschen den Stimmen unserer Besucherinnen. Welch eine Neuerung. Unter der Stille spüre ich, dass die Konkubinen, Zofen und Dienerinnen noch einmal deutlicher hinhören, denn sie sind wahrscheinlich alle einen ähnlichen Weg gegangen wie die Jungen, die schließlich zu Eunuchen wurden, nur dass die Väter der Mädchen sie an eine Zahnfrau oder eine andere Kupplerin verkauft haben. Für so viele am Rande dieses Raums gewann der wertlose Zweig des Stammbaums erst an Wert, als er verkauft wurde, um die Familie am Leben zu erhalten.

»Man hat uns gesagt, dass es einen Arzt in Ihrem Haushalt gibt«, sagt Witwe Bao.

»Ah, ja, er wird uns heute besuchen. Möchten Sie ihn kennenlernen?«, fragt Lady Kuo.

»Ich meinte einen weiblichen Arzt«, stellt Witwe Bao klar.

»Wir konsultieren im Garten der duftenden Freuden ausschließlich Doktor Wong«, sagt meine Schwiegermutter steif. »Ich kann garantieren, dass er ein Mann ist.«

»Ihr Sohn sagt aber etwas anderes. Als wir uns kennenlernten, erzählte er, dass seine Frau eine Ausbildung zur Ärztin macht, seit sie acht Jahre alt ist.« Die Witwe wirft einen Blick in meine Richtung. »Ich nehme an, er sprach von Ihnen.«

Ein Drache ist immer loyal gegenüber seinen Lieben. Ich bin jedoch keine Frau, die sich brüstet.

»Doktor Wong gilt als der beste Arzt in Wuxi«, sagt Lady Kuo. »Er hat ein Buch über seine Fälle veröffentlicht.«

Die Witwe schnaubt. »Wir haben es gesehen.«

»Er ist ganz offensichtlich auf eine bestimmte Art von Klientel aus«, kommentiert Lady Liu. »Viele Menschen wollen sich an die Seite der Wohlhabenden stellen. Die Reichen wiederum wollen das in ihren Augen Beste, was sie für Geld bekommen …«

Witwe Bao unterbricht sie: »Meine Bedenken liegen eher darin, dass er kein Arzt ausschließlich für Frauen ist.«

Meine Schwiegermutter fährt auf. »Doktor Wong ist schon lange mit Angelegenheiten der Fruchtbarkeit in unserem Haushalt betraut.«

Unsere beiden Gäste hören höflich zu: die jüngere voller nervöser Energie, die ältere mit bemühter Geduld.

»Unsere Gruppe machte einen Umweg nach Wuxi, um …« Witwe Bao schiebt eine Hand unter ihrem Ärmel hervor und dreht ihr Handgelenk in meine Richtung. »Wir reisen mit meinem Sohn, weil wir ihn lieben und nicht wollen, dass er einsam ist, aber meine Schwiegertochter und ich haben auch andere Anliegen. Man könnte sagen, ein doppeltes Bestreben. Meine Tochter lebt in Nanjing. Wir haben sie besucht, als wir dort waren. Sie ist ziemlich krank.«

»Ihr Arzt meint, sie könnte sterben«, sagt Lady Liu, »aber Ihr Sohn hat uns neue Hoffnung geschenkt, in Gestalt seiner Frau.«

»Halten Sie unser Anliegen nicht einfach für eine weibliche Torheit«, fügt die Witwe hinzu. »Mein Sohn hat darauf bestanden, dass wir hierherkommen, denn er liebt seine Schwester sehr und möchte alles tun, was er kann, um den Verlauf ihrer Krankheit rückgängig zu machen. Große Belohnungen können einer Familie wie der Ihren zuteilwerden, als Dank für Ihre Gastfreundschaft, Ihren Rat und Ihre guten Taten.«

Lady Kuo schweigt weiterhin. Ich kann mir nicht vorstellen, was sie denkt.

»Denken Sie nur an die Moralgeschichten, die wir seit unserer Kindheit hören.« Witwe Bao streckt ihre rechte Hand aus, um ein Beispiel zu geben. »Ein Armer hilft einem Bettler am Straßenrand. Der Bettler entpuppt sich als verkleideter Gott oder Kaiser, und der Arme wird für seine Güte und Großzügigkeit, obwohl er selbst so wenig besaß, mit vielen Geschenken bedacht.« Sie streckt die linke Hand aus, um ihr zweites Beispiel zum Besten zu geben. »Eine Familie mit großem Reichtum und Ansehen, deren Vorratskammern überquellen, weigert sich, auch nur ein Bröckchen in die Schüssel eines Bettlers zu geben. Viele Jahre später, nachdem die Familie unter Bränden, Dürre und Pech beim Glücksspiel gelitten hat, kommt wer in einer großen Prozession daher? Das Ende der Geschichte kennen wir alle.«

Lady Kuo lässt die Fingernägel gegeneinander klacken. Ich fasse das als Aufforderung zum Sprechen auf.

»Ich schlage vor, Sie besuchen meine Großmutter. Sie ist in Wuxi gut bekannt für ihre ausgezeichneten Behandlungen.«

»Wir haben von ihr gehört«, sagt Lady Liu, »aber meine Schwiegermutter und ich sind der Meinung, dass jemand Jüngeres vielleicht frischere Ideen hat. Und Ihr Mann hat uns erzählt, dass Sie im Stillen gute Erfolge erzielt haben.«

»Aus der Ferne habe ich noch nie eine Frau behandelt«, gebe ich zu.

Meine Schwiegermutter regelt das mit den Worten: »Aber jetzt schon.«

»Dann werde ich mein Bestes geben.« Ich wende mich an unsere Gäste. »Wir können uns hier unterhalten, aber vielleicht wollen Sie lieber in meine Gemächer kommen.«

»Bitte bleiben Sie. Wir würden alle gerne hören, was Sie zu sagen haben.« Lady Kuo klingt beflissen, aber unsere Gäste lassen sich nicht täuschen.

»Ihr Zimmer hört sich wunderbar an«, sagt die Witwe. »Ziehen wir uns doch dorthin zurück.«

Wir gehen langsam durch die überdachten Säulengänge, bleiben hier und da stehen, damit die Besucherinnen den Duft des Jasmins genießen und das Gefieder eines Vogels im Käfig bewundern können, während Mohnblüte vorausläuft, um alles vorzubereiten. Als wir ankommen, setzen wir uns, und Mohnblüte schenkt uns Tee ein.

»Bitte erzählen Sie mir von Ihrer Tochter«, beginne ich. »Wie alt ist sie? Was hat sie für Symptome?«

Der Witwe treten die Tränen in den Augen, deshalb ergreift Lady Liu das Wort. »Meine Schwägerin ist fünfunddreißig Jahre alt. Wenn sie Menschen sprechen hört, wird ihr schwindlig.«

Das ist ein seltsames Symptom, keine Frage, doch es klingt für mich nicht besonders besorgniserregend. Aber wir befinden uns jetzt im fünften Monat, und die zunehmende Hitze und Feuchtigkeit können Krankheiten hervorrufen.

»Hat sie einen Ausschlag?«, frage ich.

»In Nanjing wurden keine Pockenfälle gemeldet«, antwortet Lady Liu.

Das ist schon einmal beruhigend.

»Sie haben nach mir gefragt, weil ich eine Frau bin«, sage ich. »Ich hoffe, Sie haben nichts dagegen, wenn ich ein paar intime Fragen stelle.« Als beide Frauen nicken, fahre ich fort. »Wie steht es um ihren Stuhlgang und ihren Urin?«

»Sie ist mehrmals ohnmächtig geworden, als sie auf dem Honigtopf saß«, berichtet Lady Liu.

»Was sagt ihr Arzt dazu?«, erkundige ich mich.

»Er sagt, sie hat einen Blut- und Qi-Mangel«, antwortet Lady Liu. »Jetzt hustet sie Blut.«

Sie hätten dieses Symptom zuerst erwähnen können, aber als ich es höre, sage ich: »Das klingt, als hätte er die richtige Diagnose gestellt.«

»Stirbt sie?«, fragt Witwe Bao mit zittriger Stimme. »Sie ist meine Tochter …«

»Ich kann die Vier Untersuchungen nicht aus der Ferne durchführen.« Ich versuche, beruhigend zu klingen. »Erzählen Sie mir mehr. Vielleicht hat der Arzt etwas übersehen.«

»Sie können uns alles fragen.«

»Können Sie mir ihren Charakter beschreiben?«

»Früher war sie immer aufbrausend und ungeduldig«, antwortet die Witwe. »Jetzt liegt sie nur noch im Bett und weint Tag und Nacht.«

Auch das ist ein wichtiges Symptom, aber was ist die Ursache? Ich schweige und warte darauf, dass mir eine der Frauen sagt, was einen derartigen Kummer ausgelöst hat. Wir trinken alle einen Schluck Tee. Witwe Baos Augen füllen sich wieder mit Tränen, und Lady Liu stößt einen jener Seufzer aus, die seit jeher großes Herzeleid ausdrücken.

»Die Tochter meiner Schwägerin ist vor zehn Monaten gestorben«, erzählt sie schließlich. »Zu dem Zeitpunkt fing sie an, in Tränen zu zerfließen. Vier Monate später töteten Banditen ihren Sohn.«

Witwe Bao weint ganz offen. Als Lady Liu tröstend eine Hand auf die ihrer Schwiegermutter legt, denke ich mir, dass ich auch gerne eine solche Beziehung mit Lady Kuo hätte, aber sie hat kein Interesse daran und meine Wünsche sind hier nicht von Bedeutung.

»Witwe Bao, ich glaube, Ihre Tochter leidet an einer Art von Qi-Mangel, den wir als Schädigung durch Weinen bezeichnen. Sie sagten mir, dass Ihre Tochter früher sehr aufbrausend war. Die Ursache dafür ist eine Qi-Hemmung, die zu Hitze in der Leber führt, die wiederum Blut befeuert, das dann durch Husten ausgeschieden werden muss. Ich habe hier keine vollständige Apotheke, aber ich schreibe Ihnen ein paar Rezepturen auf, die Sie mit nach Nanjing nehmen können.«

Das erste Mittel ist Schöne-Jade-Sirup, bei dem eine der Zutaten – der Honig – durch Rohseide gesiebt wird. Das zweite Mittel ist komplexer und kombiniert das Sechs-Herren-Dekokt und das Vier-Herren-Dekokt. Und drittens schreibe ich ihr noch Beruhige-den-Geist-Pillen auf, um ihr Xue zu kühlen und ihr beim Schlafen zu helfen. Ich bin sicher, dass Großmutter mit meiner Vorgehensweise einverstanden wäre.

»Es kann eine Weile dauern, bis Ihre Tochter wieder gesund ist«, sage ich, während ich Witwe Bao die Rezepte überreiche, »aber sie wird es schaffen.«

»Wie lange?«, fragt Witwe Bao.

»Innerhalb von zwei Wochen sollte eine Besserung feststellbar sein, aber sie wird sich erst in drei Monaten, vielleicht auch noch später, vollständig erholen.

»Sie haben viel Vertrauen.«

»Ich habe Vertrauen in alles, was meine Großmutter mich gelehrt hat, und in alle, die sie unterrichtet haben.«

»Dann können Sie mir vielleicht auch helfen«, sagt Witwe Bao.

Ich ahnte das. Nach so vielen Jahren an Großmutters Seite habe ich die Angewohnheit entwickelt, die Farbe und Beschaffenheit der Haut, den Glanz oder die Stumpfheit der Haare und den emotionalen Zustand jeder Frau und jedes Kindes zu untersuchen, die mir begegnen, ob sie mich nun um Rat fragen oder nicht. Großmutter sagt, dies sei eine gute Möglichkeit, mein diagnostisches Handwerkszeug scharf zu halten, sodass ich vorbereitet bin, wenn ich um Hilfe gebeten werde – zum Beispiel falls Lady Kuo mich eines Tages bitten sollte, ihren Husten zu behandeln.

Die Witwe erzählt mir, dass ihr monatliches Mondwasser unregelmäßig kommt. Sie hat Schlafprobleme und wird von Schweißausbrüchen geplagt. Sie berichtet, sie sei immer stolz darauf gewesen, einen scharfen Verstand zu haben. »Aber jetzt kann ich mir nichts mehr merken«, klagt sie.

Ich fühle ihren Puls, der flattert und schwankt. Ich diagnostiziere Qi- und Blutmangel.

»Wie bei meiner Tochter?«, fragt Witwe Bao.

»Die gleichen Begriffe, aber mit unterschiedlichen Auswirkungen«, antworte ich. »Aber Sie brauchen sich keine Sorgen zu machen. Ich könnte gar nichts tun, und Ihr monatliches Mondwasser würde wahrscheinlich bis zum Neujahrsfest ganz versiegen, aber ich möchte nicht, dass Sie unter diesen unangenehmen Symptomen leiden.«

Witwe Baos Beschwerden sind normal für eine Frau ihres Alters, deshalb habe ich die nötigen Pillen bei mir im Regal stehen. Ich fülle ein paar davon in einen Seidenbeutel und ziehe das Band fest. »Die hier werden Ihre Beschwerden lindern. Sie werden besser schlafen, und bald liegt die Zeit Ihres monatlichen Mondwassers hinter Ihnen.«

Witwe Bao steckt den Beutel in ihr Gewand. »Wir erwähnten ja, dass wir auf dieser Reise zwei Anliegen haben. Lassen Sie uns nun die zweite Sache besprechen. Meine Schwiegertochter und ich sind auch auf der Suche nach Hebammen, die wir in die Hauptstadt bringen können. Ihr Mann hat uns erzählt, dass Sie eine Freundin haben, die Hebamme ist. Das hat uns überrascht.«

»Und uns neugierig gemacht«, sagt Lady Liu. »Sie muss etwas Besonderes sein, wenn man sich in ihrer Nähe wohlfühlt und sie von jemandem wie Ihnen akzeptiert wird.«

»Meine Großmutter erkannte diese Eigenschaft bei Meiling schon in jungen Jahren.« Nach einem Moment füge ich hinzu: »Möchten Sie sie kennenlernen?«

»Dafür wären wir sehr dankbar«, sagt Lady Liu.

Wir gehen in den letzten Hof und in einen Raum, in dem wir links hinter einem Wandschirm Doktor Wong und rechts eine junge Frau auf einem Kang sitzen sehen, vor der Meiling kniet. Der Arzt sieht uns, steht auf und wirft sich dann auf den Boden, um seine Ehrerbietung zu erweisen. »Willkommen. Willkommen«, ist dumpf zu vernehmen.

»Sie dürfen sich wieder erheben«, sagt Lady Liu. »Wir sind gekommen, um Ihnen zuzusehen, wenn es Ihnen nichts ausmacht.«

»Ausmacht?« Der Arzt rappelt sich auf. »Es ist eine Ehre, so hochgeschätzte Damen in Wuxi zu haben.«

Lady Liu und Witwe Bao müssen diese Art von Unterwürfigkeit gewohnt sein, denn in einer synchronen Bewegung winken sie seine Worte mit dem Handrücken ab. Sie sehen zu, wie Meiling drei Stühle neben den Kang heranzieht. Sie ist heute einfach, aber elegant gekleidet und trägt eines meiner alten Gewänder. Seit ihrer Kindheit versucht sie, meinen Gang zu imitieren, sodass ihre Schritte zart und anmutig sind. Ich stelle alle vor, und wir drei nehmen gegenüber von der jungen Frau Platz, die vor Nervosität ganz blass ist. Ich berühre ihre Hand. »Keine Sorge. Wir wollen nur zuhören.«

Meiling dient als Vermittlerin. Sie überbringt Doktor Wongs Fragen von hinter dem Wandschirm und erstattet ihm Bericht über die detaillierten Antworten der jungen Ehefrau.

Ich bin stolz auf Meiling. Nicht nur, dass sie die Botschaften viel besser übermittelt, als es ein verlegener Ehemann je könnte, sondern sie benimmt sich auch gut und zollt dem Arzt und der Patientin gleichermaßen Respekt.

Die junge Frau hat vor Kurzem entbunden. Sie leidet unter starkem Juckreiz an den Ohren, den Wangen und im Nackenbereich. Sie schluchzt und verbirgt ihre Tränen mit den Ärmeln. »Ich bin einsam. Mein Mann hört nicht auf mich. Er ignoriert meinen Rat.«

Meiling verschwindet hinter dem Wandschirm, um das weiterzugeben. Da Doktor Wong die Patientin nicht sehen kann, beschreibt Meiling auch das rote, schuppige Gesicht der jungen Frau und die Stellen, an denen sie sich so aufgekratzt hat, dass die Haut nässt. Die beiden Besucherinnen und ich hören deutlich, wie sie hinzufügt: »Als Hebamme habe ich schon oft Fälle von Windjuckreiz nach der Geburt gesehen. Das passiert, wenn die Geburtspforte während der Wehen zu lange offen liegt. Doktor Wong, erinnern Sie sich, wie lange es dauerte, bis ihr Baby herauskam? Ihr gutes Urteilsvermögen hat an diesem Tag zwei Leben gerettet.«

Stille legt sich über den Raum, während Doktor Wong über diese Information nachdenkt. Schließlich wiederholt er die Diagnose, die Meiling gerade gestellt hat: »Sagen Sie der Patientin, dass sie an Windjuckreiz nach der Geburt leidet.« Er verschreibt die gleiche Rezeptur, wie ich sie empfohlen hätte, um die leeren Stellen zwischen den Hautschichten des Mädchens aufzufüllen, aber er schlägt nichts vor, was gegen den Juckreiz hilft.

Hinter dem Vorhang ergreift Doktor Wong wieder das Wort. »Das Ziel eines männlichen Arztes ist es, dafür zu sorgen, dass eine Frau ihr vorgegebenes Schicksal und ihre Bestimmung, Kinder zu bekommen, erfüllt. Diese Dinge werden vom Himmel gelenkt.«

»Ich danke Ihnen dafür, Doktor Wong«, sagt Lady Liu höflich, aber ich stehe innerlich in Flammen. Ich stehe auf und gehe zum Fenster, damit unsere Gäste mir meine Gefühle nicht ansehen. Es mag sich vielleicht nicht schicken, es laut auszusprechen, aber wir Frauen – ob reich oder arm, ob gebildet oder ungebildet – sind unseren Körpern ausgeliefert: den Blutzyklen, den Energiemustern, der Tiefe und Komplexität unserer Gefühle. Der Himmel hat mit all dem nichts zu tun.

Ich fasse mich und wende mich wieder dem Raum zu. Lady Liu sitzt auf dem Kang neben der jungen Frau. Die beiden stecken flüsternd die Köpfe zusammen. Witwe Bao und Meiling stehen in der hintersten Ecke und flüstern ebenfalls. Es scheint, als wollten beide Frauenpaare Vertraulichkeiten austauschen, ohne dass Doktor Wong es hört.

Ich räuspere mich und nähere mich dem Kang. Lady Liu erhebt sich, und Witwe Bao entfernt sich mit wiegenden Schritten von Meiling. Wir beugen uns abwechselnd hinunter und danken der jungen Frau dafür, dass wir beobachten durften, wie Doktor Wong sie behandelte. Dies wird begleitet von einzelnen Botschaften, von jeder von uns, die so leise ausgesprochen werden, dass er es unmöglich hören kann.

»Es kommt selten vor, dass ein Ehemann auf seine Frau hört, geschweige denn ihren Rat annimmt«, sagt Witwe Bao sanft. »Machen Sie sich darüber keine Gedanken mehr.«

»Danke, dass Sie mir von der Geburt Ihrer Tochter erzählt haben«, murmelt Lady Liu. »Nächstes Mal bekommen Sie einen Sohn.«

»Ich werde Lady Kuo berichten, wie gütig Sie waren.« Ermutigt von den Ereignissen des Tages, aber dennoch wachsam gegenüber möglichen lauschenden Ohren, spreche ich noch leiser. »Kommen Sie mich in meinem Zimmer besuchen. Ich gebe Ihnen eine spezielle Kräuterspülung. Wenden Sie sie zwei Wochen lang an, dann wird Ihr Gesicht so schön wie am Tag Ihrer Hochzeit.«

Wir verbringen den Rest des Nachmittags in den inneren Gemächern, wo meine Schwiegermutter unseren Gästen Reiswein einschenkt und dabei ihren eigenen Becher häufiger nachfüllt, als es ratsam wäre. Ich verstehe das. Der Tag ist nicht so verlaufen, wie sie es geplant hatte, und ich habe mehr Aufmerksamkeit auf mich gezogen, als ihr lieb war. Es würde sie noch mehr verärgern, wenn sie hören würde, dass ihre Gäste sich besonders für Meiling zu interessieren schienen, die sich nicht nur als versierte Hebamme, sondern auch als Dame präsentiert hat.

An diesem Abend findet ein weiteres Bankett statt. Ich bin nicht eingeladen, aber wieder dringen fröhliche Unterhaltungen und die wehmütigen Klänge einer gekonnt gespielten Erhu an meine Ohren. Ich bin müde und würde mich am liebsten kurz hinlegen, bevor Maoren ins Bett kommt und wir erneut versuchen, einen Sohn zu zeugen, aber zuerst muss ich drei neue Fälle in mein Notizbuch eintragen.

~

Am nächsten Morgen kündigt der Beamte an, dass er am folgenden Tag mit seiner Familie nach Nanjing zurückkehren wird, und bittet Maoren, sie zu begleiten. Ich hatte mich darauf gefreut, drei Monate mit meinem Mann zu verbringen. Jetzt bleibt mir nur noch eine Nacht. Unsere Spiele im Schlafgemach verlaufen gut, aber zwei Wochen später erfahre ich, dass er kein Baby in mir gepflanzt hat. Diese Nachricht wird von meiner

Schwiegermutter mit einem Stirnrunzeln und von Konkubine Chen mit einem verschmitzten Lächeln quittiert. Sechs Wochen später bringt ein Kurier einen Brief, in dem steht, dass Maoren erst in einem Monat zurückkehrt. Aber weder sagt er aus, wie lange er dann bleiben wird, noch enthält er Informationen über den Zustand von Witwe Bao oder ihrer Tochter. Ersteres kann ich verstehen, aber warum sollte er mich nicht über die Tochter informieren? »Du solltest darauf hoffen, dass nichts schiefgelaufen ist«, warnt mich meine Schwiegermutter, was meine Sorge nur noch verstärkt.

An dem Tag, an dem Maoren eintreffen soll, frisiere ich mir die Haare, schminke mich und ziehe ein feines Kleid an, in der Hoffnung, dass seine Abwesenheit dazu geführt hat, dass sein Körper seine Essenz aufstaut, die hervorbrechen will. Diesmal aber soll ich in die Empfangshalle gehen. Als ich eintrete, sitzt Lady Kuo in ihrem Sessel, und mein Mann sitzt ihr gegenüber. Sie hat mir gegenüber immer offen ihre Meinung über meine Fruchtbarkeit geäußert, und ich gehe davon aus, dass sie mir die Schuld und die Verantwortung dafür zuschreibt, aber überraschenderweise bezieht sie Maoren in die Diskussion mit ein.

»Blut und Essenz können nur dann ein Kind zeugen, wenn der Ehemann das Ehebett besucht«, beginnt Lady Kuo, »und das tust du, mein Sohn, zu selten.«

»Ich bin in Nanjing …«

»Es ist auch die Pflicht eines Ehemannes, dafür zu sorgen, dass seine Frau genau im selben Moment die gleiche vollkommene Freude erlebt wie er«, fährt sie fort. »Bemühst du dich, deiner Frau Freude zu bereiten? Sorgst du dafür, dass die hundert Pulse gemeinsam kommen?«

Maoren bekommt rote Ohren. Kein Mann möchte von seiner Mutter befragt werden, ob er in der Lage ist, die Spiele im Schlafgemach so zu gestalten, dass beide gleichzeitig die höchste Befriedigung spüren. »Ich tue alles, was *ich* tun soll«, murmelt er.

Ich halte Maoren für einen guten Mann – und das ist er nach den meisten Maßstäben auch –, aber Großvater hatte recht mit dem, was er über ihn sagte. Mein Mann wurde im Jahr des Drachen geboren, und einige der schlechtesten Eigenschaften des Drachen machen ihm schwer zu schaffen – insbesondere kann er Fehlschläge nicht erhobenen Hauptes akzeptieren. Manchmal, so wie jetzt, schiebt er die Schuld auf andere. Das ist besser als die Alternative, die darin besteht, dass er sich in seinen Missmut zurückzieht, weil er seinen Willen nicht bekommen hat. Mir ist klar, dass es für ihn schwierig sein muss, die nächste Stufe der kaiserlichen Prüfungen mehrfach nicht bestanden zu haben und dass es alle wissen.

»Ein Baby zu zeugen ist ein innerer Wettstreit zwischen Yin und Yang«, erklärt ihm Lady Kuo eindringlich. »Es liegt am Yang, über das Yin zu siegen.«

Mein Mann starrt auf den Boden. Ich bezweifle, dass er schon jemals so gemaßregelt wurde, aber seine Mutter ist noch nicht fertig.

»In den taoistischen Schriften heißt es, wenn man einen Sohn will, muss man am ersten, dritten und fünften Tag, nachdem das Mondwasser aufgehört hat zu fließen, die Spiele im Schlafgemach durchführen«, erinnert sie ihn. »Den zweiten, vierten und sechsten Tag soll man außer Acht lassen, es sei denn, man will noch eine weitere Tochter zeugen. Danach könnt ihr alle Spiele im Schlafgemach vergessen, denn der Palast des Kindes hat dann geschlossen.«

Ich habe diese Theorie schon einmal gehört, aber in den inneren Gemächern glauben einige Frauen, dass es einen Sohn garantiert, wenn man die Spiele im Schlafgemach kurz vor dem Auftreten des monatlichen Mondwassers durchführt. Ich persönlich habe mich immer an Großmutters Rat gehalten: Nach dem Akt soll man sich auf den Rücken legen und die Knie hochziehen. Um einen Sohn zu bekommen, dreht man sich nach rechts, damit sich das Baby auf der Yang-Seite des Körpers einnisten kann, für ein Mädchen dreht man sich nach links, damit es sich auf der Yin-Seite des Körpers festsetzen kann. Natürlich habe ich diese Traditionen befolgt, aber trotzdem noch keinen Sohn bekommen.

Bevor mein Mann etwas sagen kann, spricht Lady Kuo aus, wovor ich mich schon länger fürchte. »Vielleicht ist es an der Zeit, eine oder mehrere Konkubinen zu kaufen, um mir Enkelsöhne zu schenken.«

Ich hoffe, dass Maoren diesen Vorschlag rundheraus ablehnt, denn ich weiß, ein Drache kann unhöflich und grob sein, wenn er die Wahrheit sagt. Außerdem besagt der Brauch, dass es die Pflicht einer Ehefrau ist, entweder eine Konkubine oder eine zweite Ehefrau für ihn auszuwählen, wenn ein Mann seiner Frau keinen Sohn geschenkt hat, bevor er vierzig wird. Aber mein Mann ist erst dreißig! Das ist viel zu jung, um eine Konkubine zu diesem Zweck ins Haus zu holen. Doch als ich zu meinem Mann hinüberschaue und er den Blick abwendet, sehe ich den anderen Teil seiner Drachenpersönlichkeit durchscheinen. Ein Drache hat es gerne einfach. Ein Drache ist privilegiert, verwöhnt und daran gewöhnt, seinen eigenen Willen zu bekommen. Liebe und Privilegien nimmt er als selbstverständlich hin, weil sie ihm als Drache zustehen.

»Wir müssen einen Sohn haben, um den Fortbestand der Familie zu sichern«, sagt er später, während ich mich ausziehe, zu mir, als ob ich das nicht längst wüsste.

Wir tun, was wir tun sollen. Wir tun es eine Woche lang jede Nacht. Ein paar Mal kommen wir dem Nachtsport am Tage nach. Und dann kündigt sich mein monatliches Mondwasser an. Drachen heimsen gerne Ruhm ein, aber wenn sie nicht sofort Erfolg haben, geben sie auf. Genau das passiert mit meinem Mann. Anstatt in mein Ehebett zu kommen, geht er in Teehäuser und Schenken. An dem einen Abend gibt es ein Trinkgelage, am nächsten Theater. In den inneren Gemächern wird von Glücksspiel gemunkelt. Mein Drachen-Ehemann sucht – aus Enttäuschung – eher das Vergnügen als die Verantwortung. Ein Leben voller Vergnügungen ist für den engstirnigen Mann leicht zu erreichen.

Ich lasse meine Besuche bei Großmutter und Meiling ausfallen. Sie sollen nicht von meiner Demütigung erfahren. Ich bin entschlossen, an Maoren festzuhalten, und ich will ihn weiterhin nur für mich. Ich erinnere mich an die Bildbände, die ich vor meiner Hochzeit angesehen habe. In den Nächten, in denen Maoren zu mir ins Zimmer kommt, überrasche ich ihn mit neuen Drehungen und Wendungen. Das ist spannend und anders, aber wieder kommt mein monatliches Mondwasser. Eine abgrundtiefe Enttäuschung … Wir kehren zu den üblichen Gewohnheiten der meisten Ehepaare zurück. Alles ist so routiniert und traurig, dass ich erst nach ein paar Wochen merke, dass sogar die Faszination meines Mannes für meine Füße verschwunden ist. Dann fängt er an, in seiner Bibliothek zu schlafen, weil er sich angeblich auf seinen nächsten Anlauf bei den kaiserlichen Prüfungen konzentrieren will. In diesem Moment wird mir klar, dass es nur eine Frage der Zeit ist, bis meine Schwiegermutter ihrer Pflicht nachkommt und eine Konkubine ins Haus holt.

Ich spüre, wie sich bei mir abzeichnet, wovor mich meine Großmutter immer gewarnt hat. Ich kümmere mich noch darum, dass Ailans Füße richtig gebunden werden, aber ich verliere das Interesse an Yuelans und Chunlans Stickerei und anderen häuslichen Fertigkeiten. Dann tritt das Schlimmste ein. Meine Schwiegermutter findet eine Konkubine für Maoren. Ich bleibe in meinem Zimmer und weigere mich, das Mädchen zu treffen. Mohnblüte erzählt mir, sie sei vierzehn und außergewöhnlich hübsch: »Sie heißt Schneerose, und ihre Wangen sind so schön wie frisch gefallener Schnee auf einem Rosenblatt.« Ich rolle mich zu einer Kugel zusammen. Verzweiflung. Versagen. Ich kann nur mir selbst die Schuld geben. Wenn Schneerose einen Sohn bekommt, kann ich ihn als Ritualsohn adoptieren, wie es Ehrwürdige Lady mit Yifeng getan hat und wie es Lady Kuo vielleicht mit Manzi macht. Aber ich will meinen eigenen Sohn, und ich will nicht den Rest meines Lebens damit verbringen, eine Konkubine von hohem Rang zu beherbergen. In Gedanken versuche ich, mich zu wehren. Wer weiß, wie Maoren auf das Geschenk seiner Mutter reagieren wird? Vielleicht mag er das Mädchen nicht. Aber mein Kampf mit mir selbst ist zum Scheitern verurteilt, denn welcher Mann würde eine Frau, die frisch, jung, gehorsam und formbar ist, verschmähen?

Ein paar Tage später kommt Maoren am späten Nachmittag in mein Zimmer. Er hält einen mit Wachs versiegelten Brief in der Hand. Er ist an mich adressiert, aber er öffnet ihn und überfliegt ihn bis zum Ende.

»Lady Liu hat dir geschrieben«, sagt er. »Sie möchte dich wissen lassen, dass ihre Mutter geistig so leistungsfähig ist wie vor dem Einsetzen ihrer Probleme.« Er sieht mich fragend an, aber ich gebe ihm keine Erklärung. »Die Schwägerin von Lady Liu … Hier steht, dass sie eine Schädigung durch Weinen hatte?« Wieder blickt er mich an, aber ich würde ihm nie erzählen, worüber ich mit Lady Liu und Witwe Bao gesprochen habe. »Ich freue mich, dir mitteilen zu können, dass es der Schwägerin nach drei Monaten viel besser geht, genau wie du es gesagt hast. Sie dankt dir auch dafür, dass du sie Junger Hebamme vorgestellt hast. Sie schreibt, dass es diesbezüglich bald Neuigkeiten geben wird.«

Diese Information hebt zwar kurz meine Stimmung, doch ich bin zu niedergeschlagen, um ihn um den Brief zu bitten. Aber es gibt noch mehr. Maoren lächelt mich strahlend an. »Aufgrund dieses guten Ausgangs – sowie der Bemühungen und Überlegungen, die mein Vater und ich angestellt haben – werden sich unserer Familie günstige Gelegenheiten in Form von kaiserlichen Verträgen zur Lieferung von Seide an die Hauptstadt bieten.«

Ein Drache kann gerissen und manipulierend sein, aber ich fürchte, seine Ambitionen und Wünsche übersteigen bei weitem seine Talente. Dennoch hat ihn der Brief an diesem Tag mit Licht erfüllt, und wir schieben Pflicht und Verantwortung beiseite und genießen fleischliche Freuden. In den Momenten unserer höchsten Genüsse bin ich mir sicher, dass er Schneerose vergessen hat.

EINE SCHLANGE HÄUTET SICH IMMER WIEDER

Zwei Wochen später enden das Glück meines Mannes und die Wärme, die wir miteinander teilten, abrupt, als uns die Nachricht erreicht, dass Meiling auserwählt wurde, in die Hauptstadt zu gehen, um ins Heim für Rituale und Zeremonien einzutreten, das Ärzte, Hebammen und Ammen für die Frauen des kaiserlichen Palastes bereitstellt. Bis heute hatten Maoren und ich nur wenige Meinungsverschiedenheiten und haben nie die Stimme erhoben. Er hat sich immer an die Regeln für einen Mustergatten gehalten: *Steigst du ins Bett, verhalte dich wie ein Ehemann; steigst du aus dem Bett, verhalte dich wie ein Ehrenmann.* Das ist jetzt anders …

»Du solltest die Familie voranbringen, nicht die Hebamme«, sagt Maoren mit zusammengebissenen Zähnen.

»Ich habe genau das getan, was deine Mutter von mir verlangt hat. Ich war gastfreundlich. Ich habe Witwe Bao und Lady Liu geholfen. Ich habe sie Junger Hebamme vorgestellt, weil sie darum gebeten haben …«

»Mein Vater und ich haben Zeit und Geld investiert, um den Beamten und seine Familie hier zu beherbergen und sie in Nanjing zu unterhalten. Wie kann es sein, dass jetzt die Hebamme diejenige ist, die belohnt wird?«

Ich liebe Meiling, aber ich muss zugeben, es versetzt mir einen Stich, dass sie für diese Ehre ausgewählt wurde. Ich erinnere mich daran, dass die Berufung zum Dienst an den

Frauen im Palast die höchste Ehre ist, die eine Hebamme erlangen kann, und dass Großmutter das schon vor langer Zeit in Meiling gesehen hat.

»Es ist nicht meine Schuld, dass die Gäste, die du in unsere inneren Gemächer geschickt hast, eine Hebamme suchten«, sage ich. »Aber du darfst nicht vergessen, dass unsere Besucherinnen auch Rat für die Tochter von Witwe Bao einholen wollten. Mein Rezept hat geholfen. Dein Vater sollte mit den neuen Seidenverträgen zufrieden sein, die mein guter Rat der Familie gebracht hat.«

Meine Bemerkungen könnten als unverschämt aufgefasst werden – hätte er denn nicht wissen müssen, was Lady Liu und Witwe Bao auf ihrer kaiserlichen Rundfahrt eigentlich suchten? –, und sie kommen nicht gut an. Maoren sieht aus, als hätte er eine Eidechse verschluckt, die nun versucht, durch seinen Hals wieder zu entfliehen. Sein Drachenplan hat nicht so funktioniert, wie er gehofft hatte.

»Geh zu ihr.« Er weigert sich, Meiling bei ihrem Namen oder ihrem Titel zu nennen. »Erinnere sie daran, wie sie zu dieser Chance kam. Mach ihr klar, wie wichtig es ist, der Familie Yang zu helfen.«

Ich weiß nicht, was er sich von mir erhofft, aber er lässt eine Sänfte kommen, die mich sofort zu Meiling bringt – ganz offen, ohne Täuschungsmanöver oder geheime Tricks, damit seine Mutter nichts merkt.

Als ich beim Teehaus der Anmut und der Ruhe ankomme, hat Hebamme Shi den Mund grimmig zu einem Strich zusammengepresst, während sie versucht, einen Raum voller anspruchsvoller Kunden zu bändigen. Die Nachricht von Meilings Glück hat sich bereits herumgesprochen und lockt Kunden an, die hoffen, dass etwas vom Aufstieg dieser Familie auf sie abfärbt. Ich schiebe mich durch das Gedränge und gehe über die Hintertreppe nach oben, wo ich Meiling und Kailoo im Hauptraum finde. Sie stehen vor einer offenen Truhe, umgeben von Bergen von Kleidern und Schuhen.

»Ich glaube nicht, dass irgendetwas von meinen Sachen für den Palast geeignet ist«, sagt Meiling, als sie mich sieht.

»Sie haben dich nicht wegen der Qualität deiner Seiden- und Brokatstoffe geholt«, antworte ich.

»Das habe ich ihr auch schon gesagt.« Kailoos Gesicht glänzt vor Stolz.

»Vielleicht kann ich helfen«, sage ich.

Offenbar sind das genau die Worte, die Kailoo sehnlichst hören wollte, denn er verlässt in Sekundenschnelle den Raum. Meiling schüttelt den Kopf und lächelt. »Er wird mir fehlen.«

Ich gehe auf sie zu und nehme ihre Hände. »Und du wirst mir fehlen.«

Sie entzieht sich mir. »Ich habe Angst.«

»Vor der Reise? Das brauchst du nicht. Du wirst fünf Wochen lang auf dem Kaiserkanal unterwegs sein, vielleicht auch kürzer, wenn es das Wetter und die Umstände erlauben. Du weißt, dass auch ich einmal gereist bin …«

»Ich habe keine Angst vor der Reise. Sie wollen, dass ich mich um die Frauen am Hof kümmere!«

»So hat es mir Maoren erzählt.« Ich halte inne, in der Hoffnung, dass meine Gelassenheit sie beruhigen wird. »Du bist die beste Hebamme in Wuxi.«

»Aber es gibt Städte, die viel größer sind als diese und in denen die Hebammen bestimmt mehr können …«

»Diese Hebammen haben eben nicht die richtigen Leute getroffen«, sage ich. »Und selbst wenn, bezweifle ich, dass viele von ihnen so vornehm sind wie du.«

»Aber wenn ich die Kaiserin behandeln muss?«

Ich lache über diese Vorstellung, und sie stimmt mit ein. Nachdem ich mich wieder gefasst habe, frage ich: »Selbst wenn es so wäre - hat Kaiserin Zhang eine andere Geburtspforte als du oder ich oder jede andere Frau in unserem großen Land?«

Meiling erkennt die Wahrheit in meinen Worten, aber ihr besorgter Gesichtsausdruck bleibt. »Wenn irgendetwas schief gehen sollte …«

»Sie haben dich angefordert, weil Lady Liu und Witwe Bao dich bei der Arbeit gesehen haben.

»Ich habe nur Nachrichten überbracht!«

»Du hast Doktor Wong die Diagnose mitgeteilt«, korrigiere ich sie. »Außerdem, glaubst du wirklich, dass sie nach diesem Tag aufgehört haben, Erkundigungen einzuziehen?«

»Es kamen Abgesandte, um mit Doktor Wong zu sprechen«, gibt sie zu. »Er muss Gutes über mich erzählt haben …«

»Weil dein Licht auch auf ihn scheint. Dieselben Leute, die mit Doktor Wong gesprochen haben, haben auch Großmutter Ru besucht. Sie erzählte ihnen, dass du zusätzlich zu deinen Fähigkeiten als Hebamme als Kind viel Zeit im Hof des goldenen Lichts verbracht hast. Du hast gelernt, wie man sich im Umfeld von Frauen von hohem Ansehen kleidet und verhält.« Sie mustert mich, bis ich hinzufüge: »Und ich habe ihnen erzählt, wie du und deine Mutter mir und Yuelan das Leben gerettet habt.«

»Doktor Wong wäre auch gerne ernannt worden.«

»Er würde nie ausgewählt werden, denn männliche Ärzte dürfen den Palast der kaiserlichen Ehefrauen und Konkubinen nicht betreten. Nur der Kaiser darf diese Frauen sehen.«

»Die Eunuchen …«

»Einige mögen ja Ärzte sein, aber sie sind keine Männer.«

»Sie hätten Doktor Wong anstellen können, um sich um die Männer zu kümmern …«

»Hör auf, Meiling.«

Damit wende ich mich den Kleidungsstücken zu, die sie überall verstreut hat. »Was nimmst du denn jetzt mit? Diese Hose hat mir immer gefallen. Sie ist lang und verdeckt …«

»Meine großen Füße.«

»Ich glaube nicht, dass du Sandalen brauchst …«

»Weil ich bei niemandem Anstoß erregen soll«, beendet sie schon wieder den Satz.

»Weil es in Peking sehr kalt wird«, korrigiere ich sie.

»Ich bin bestimmt nicht so lange weg …«

»Der Sommer geht schon zu Ende. Es dauert mindestens einen Monat, in den Norden zu reisen, und einen weiteren Monat, um wieder nach Hause zu kommen. Und du weißt nicht, wie lange sie dich dortbehalten wollen.« Ich mache eine Pause, damit sie darüber nachdenken kann. »Was hast du für die Wintermonate? Stiefel? Eine pelzgefütterte Jacke?«

»Die einzigen Stiefel, die ich habe, nutze ich, um nach einem Regenschauer durch den Schlamm zu laufen. Die Stiefel, die du anhattest …«

»Die müssen fürs Erste genügen.«

Und so geht es weiter, während Meiling ein Teil nach dem anderen hochhält – vieles davon habe ich ausrangiert –, und ich nicke oder schüttle den Kopf, um meine Meinung zu sagen. Sie packt die indigoblau gefärbte Tunika und die Hose ein, die sie bei Geburten anzieht, aber auch das schlichte Seidenkleid, das sie inzwischen bei ihren monatlichen Besuchen im Garten der duftenden Freuden mit Doktor Wong trägt.

»Dieses Kleid hat mir Glück gebracht«, sagt sie.

»Und es wirkt in jedem Raum elegant.«

Wir wählen neun Haarnadeln, zwei Halsketten und acht Paar Ohrringe aus – Zahlen, die für eine Schlange als besonders günstig erachtet wird. Wir füllen ihr Stickkörbchen, damit sie während der Fahrt auf dem Kaiserkanal und in der Zeit, in der sie darauf wartet, dass bei Frauen im Palast die Wehen einsetzen, etwas zur Beschäftigung hat. Zuletzt packen wir eine Auswahl an Tees ein, die Meiling auf dem Schiff und in ihrem Zimmer zubereiten kann, wenn sie ihr Ziel erreicht hat.

»Der Geschmack und der Duft werden dich an zu Hause und an alle, denen an dir liegt, erinnern«, sage ich.

Ich habe all die Frauen, denen sie hilft, im Kopf, aber sie denkt in eine andere Richtung.

»Ich hoffe, Kailoo vermisst mich, aber ich bezweifle es.« Sie sieht gequält aus. »Er ist mit seiner Geduld am Ende, weil ich ihm kein Kind schenken kann. Sogar mit einer Tochter wäre er zufrieden.« Als sie merkt, dass sie meinen wunden Punkt berührt hat – dass ich nämlich bisher nicht in der Lage war, einen Sohn zu bekommen –, fügt sie hinzu: »Du machst dir auch Gedanken darüber. Es tut mir leid, wenn ich dich verletzt habe.«

»Du könntest mich nie verletzen.« Als sich Meilings Augen mit Tränen füllen, ergreife ich noch einmal ihre Hände. »Lass dich nicht von Angst überwältigen. Denk daran, eine Schlange stammt vom Drachen ab. Das verleiht dir große Kraft und Stärke.« Als ich nach Hause komme, erzähle ich meinem Mann fast alles. Er erklärt sich bereit, Meiling einige Ballen Seide zu schicken, damit sie sich während ihrer Reise ein paar Kleider nähen kann, was bei den Frauen des Palastes eine gute Werbung für die Produkte der Familie Yang sein wird. In dieser Nacht zieht er sich in Schneeroses Zimmer zurück, und ich schlafe allein in meinem Ehebett. Am nächsten Tag reist er nach Nanjing ab.

~

Die ersten drei Monate von Meilings Abwesenheit vergehen schnell. Die Blüten des Sommers sind abgefallen, und die Bäume haben sich golden gefärbt. An einem klaren Herbsttag überrascht Maoren uns alle mit einem ungeplanten Besuch. Er schickt eine Dienerin, die mich auffordert, sofort in seine Bibliothek zu kommen, was ich auch tue. Ich habe Neuigkeiten für Maoren, aber bevor ich es ihm sagen kann, zieht er eine Schriftrolle aus dem Ärmel. Sie ist mit noch mehr Wachssiegeln versehen als der Brief, den Lady Liu geschickt hat.

»Das Ritual- und Zeremonienhaus bittet dich, sofort in die Hauptstadt zu reisen. Du sollst in der Verbotenen Stadt eine Frau behandeln, die an einer Augeninfektion leidet«, verkündet Maoren, während er aus dem Dokument vorliest. Er sieht mich an. »Ich nehme an, die Hebamme hat dich empfohlen. Du musst ihr im Namen der Familie danken, wenn du sie siehst.«

Ich halte eine Hand hoch. »Ich verlasse das Haus nicht. Jeder Arzt kann eine Augeninfektion behandeln. Ich werde nicht gebraucht.«

»Sie verlangen nicht nach *irgendeinem* Arzt. Sie verlangen nach dir. Und wie du sagst, es ist eine einfache Aufgabe.«

Ich wollte meine Neuigkeit nicht auf diese Weise mitteilen, aber ich legte meine Hand auf meinen Palast des Kindes und verkünde: »Ich bin schwanger. Ich kann nicht dorthin.«

Seine Miene erhellt sich. »Wird es ein Sohn?«

»Das wissen wir erst, wenn er da ist«, antworte ich, aber mein Gebrauch des Wortes *er* bleibt nicht unbemerkt.

Maoren strahlt, doch ich sehe ihm an, dass er sich auch Sorgen macht, während er darüber nachdenkt. Er tippt auf die Schriftrolle. »*In einem weiten Meer können Fische springen, an einem hohen Himmel können* Vögel fliegen.«

»Aber …«

»Wir – *du* – kannst ein kaiserliches Ersuchen nicht abschlagen. Du musst gehorchen. Und wer weiß? Am einen Tag behandelst du eine Augeninfektion, und am nächsten Tag wirst du womöglich zur Ärztin des kaiserlichen Haushalts ernannt. Denk nur daran, welche Ehre das für unsere Familie bedeuten würde.«

Er hat recht, aber ich fühle mich nicht geehrt. Ich ärgere mich über Meiling, weil sie mich in diese Lage gebracht hat. War es nicht genug, dass das Schicksal ihr eine günstige Gelegenheit bot? Warum überließ sie mich nicht meinem eigenen Leben – meinem Mann, meinen Töchtern und dem kommenden Baby? Doch ich kann nicht in meinem Unbehagen verharren. Es gibt zu viele andere Dinge zu besprechen und zu planen.

»Ich möchte nicht, dass du allein reist«, sagt Maoren.

»Als ich mein Elternhaus verlassen habe, hat mein Vater Leibwächter zur Verfügung gestellt …«

»Du bekommst Leibwächter, aber mein Vater und ich möchten auch, dass du eine Begleitung hast.«

Ich schaue ihn verwundert an. »Eine Begleitung?«

»So wie damals, als du das erste Mal nach Wuxi kamst. Meine Mutter und mein Vater wurden bei unseren Heiratsverhandlungen über diese Reise auf dem Laufenden gehalten. Die Heiratsvermittlerin hatte ein Treffen mit Konkubine Zhao arrangiert. Sie bestätigte, dass es keine Gelegenheit für …« Er sieht verlegen weg.

»Ich war erst acht!«

»Aber Piraten gab es auf jeder Welle des Meeres, und an Land wimmelte es von Banditen. Deine Konkubine Zhao konnte sich für dich verbürgen, für deine …«

Ich hebe eine Hand, um ihn daran zu hindern, noch ein weiteres Wort zu sagen. Bis jetzt hatte ich nicht gewusst, dass Konkubine Zhao zur Bezeugung meiner Jungfräulichkeit hinzugezogen worden war. Und jetzt will Maoren, dass sie mein Verhalten bezeugt, während ich weg bin?

»Konkubine Zhao ist die Mutter meines Bruders«, sage ich. »Ich freue mich, wenn sie für dich über mich wacht.« Ich glaube – und hoffe –, dass ich meine Gefühle gänzlich verborgen habe.

»Für meine Mutter«, korrigiert er mich. »Für unsere Familie.«

Maoren verbringt die Nacht mit mir. Er legt sich neben mich, Bauch und Brust an meiner Wirbelsäule, die Knie in meinen Kniekehlen, eine Hand auf meinem Bauch. Ich weiß, dass er mich liebt und sich um mich und unsere Familie sorgt, aber diese Entscheidung wird Konsequenzen haben. Wenn ich nicht mehr im Garten der duftenden Freuden bin, kann er so viel Zeit mit Schneerose verbringen, wie er will. Sie könnte schwanger werden, sie könnte bereits schwanger sein. Ich könnte eine vierte Tochter bekommen, sie einen Sohn. Ein Sinnspruch besagt: *Ein kluger Mann richtet sich in seinen Handlungen nach der Gelegenheit*, aber könnte man das nicht auch über eine Konkubine sagen?

~

Mohnblüte, die sich ebenfalls der Reisegruppe anschließen wird, packt schon meine Sache, während ich meine Großeltern besuche, um ihren Rat einzuholen und eine große Auswahl an

Kräutern und anderen Zutaten zur Behandlung einer Augeninfektion unbestimmter Ursache mitzunehmen, die wahrscheinlich längst nicht mehr da sein wird, wenn ich die Hauptstadt erreiche. Großvater gibt mir folgenden Ratschlag: »Auch wenn es sich bei der Patientin um die Lieblingskonkubine des Kaisers handelt, darfst du nicht vergessen, dass sie sich nicht von jeder anderen Frau unterscheidet – zehn Mal schwieriger zu behandeln als ein Mann.« Nur jemand, der so lange verheiratet ist wie meine Großmutter, würde sich erdreisten, ihren Mann tadelnd am Ärmel zu zupfen – erstens wegen der Vorstellung, dass ich zu einer so hochrangigen Person gerufen werden sollte, und zweitens, weil sie nichts von dieser alten Sichtweise hält. Ihre Augen funkeln, als sie die fundamentale Wahrheit ausspricht: »Eine Frau ist eine Frau, egal ob sie auf dem Erdboden oder auf Seide geboren wurde.«

Mein Bruder Yifeng wünscht mir Glück und erinnert mich daran, dass meine Tätigkeit nicht nur für der Familie Yang, sondern auch der Familie Tan nützen wird. »Meine Frau, unsere Kinder und ich danken dir«, sagt er. Er weiß aber auch, dass alles vom Ergebnis meiner Behandlungen abhängt.

Konkubine Zhao hat kein Mitspracherecht bei der Entscheidung, ob sie mich begleitet, aber sie hatte in ihrem Leben, wenn überhaupt, dann nur wenige echte Wahlmöglichkeiten. Ich hoffe, sie genießt die Reise und ihre bisherigen Erfahrungen liefern mir nützliche Informationen.

Am schwersten fällt mir der Abschied von meinen Töchtern. Zu meiner Ältesten sage ich: »Du bist in einem Alter, in dem man in Versuchung geraten könnte. Lass nicht zu, dass du zu einer Jade-Haarnadel wirst, die in den Schmutz fällt.« Daraufhin lacht Yuelan kurz auf und fragt: »Wo sollte ich denn einen Fremden treffen?« Zu meinem zweiten Mädchen sage ich:

»Ich verlasse mich darauf, dass du dafür sorgst, dass deine ältere Schwester so kurz vor ihrer Hochzeit nichts tut, was ihren Ruf befleckt, und dass du in der Nähe von Ailan bleibst, um dafür zu sorgen, dass sie jeden Tag ein Stück läuft.« Chunlan nickt ernst. Und die kleine Ailan? Sie weint hemmungslos. »Lass mich nicht allein, Mama. Lass mich nicht allein.« Angesichts ihrer Tränen verliere ich fast die Fassung, daher gelten meine Worte sowohl mir als auch ihr: »Sei tapfer.«

Der gesamte Haushalt kommt zum Eingangstor, um mir Lebewohl zu sagen. Mohnblüte steht in der Nähe und hüpft von einem Fuß auf den anderen, bereit, neben der Sänfte zum Hafen zu laufen, wie sie es bei jeder wichtigen Reise in meinem Leben getan hat. Meine Koffer, Kisten und Taschen wurden zum Schiff vorausgeschickt.

Mein Mann und ich verhalten uns förmlich, wie es der Anlass erfordert. Ich verneige mich vor ihm, er verneigt sich vor mir. Das war es dann.

Konkubine Zhao und die Leibwächter sind bereits an Bord des Schiffes, als Mohnblüte und ich am Kai ankommen. Die Konkubine meines Vaters und ich teilen uns ein Nachtlager, Mohnblüte schläft auf dem Boden. Wir öffnen unsere Truhen und nehmen die Dinge heraus, die wir während der Reise brauchen werden – Pinsel, Tusche und Papier zum Schreiben, Umhänge unterschiedlicher Dicke für jedes Wetter, das uns ereilen könnte, Behältnisse mit kandiertem Ingwer, falls jemandem übel wird.

»Hast du vor, die ganze Reise über in unserem Zimmer zu bleiben?«, fragt Konkubine Zhao. Sie ist nicht mehr die Schönheit, die sie einmal war, aber dass sie den Lauf der Zeit hin nimmt, verleiht ihr eine dezente Anmut, die in meinen Augen sowohl liebenswert als auch bewundernswert ist.

»Habe ich nicht, und ich hoffe, du hast es auch nicht. Vor vielen Jahren habe ich von dir gelernt, mit meinem eigenen Geld zu reisen. Ich bin bereit, alles zu zahlen, was nötig ist, damit wir an Deck sitzen können.«

Konkubine Zhao lächelt. »Dann bekommen wir also wieder die Welt zu sehen.«

~

Als der Wind günstig steht, werden die Segel gehisst. Bei Gegenwind ziehen Männer auf Treidelpfaden das Boot mit Seilen stromaufwärts. In seichtem Wasser benutzen die Bootsführer Stangen, um uns voranzustoßen. Ist das Wasser tief, benutzen sie Ruder. Wir fahren durch Schleusen, die das Schiff auf die gewünschte Höhe heben oder senken. Wir fahren Tag und Nacht und legen zwischen den Sonnenaufgängen etwa neunzig *li* zurück. Das Erstaunlichste ist, dass die Person, die das Boot steuert, eine Frau ist. Ihr Gesicht ist sonnengebräunt, ihr Körper drahtig. Sie muss zweifelsohne von niedrigem Stand sein, wenn sie mit den Händen arbeitet. Daher schläft sie unter einem Verschlag auf dem Deck.

Der Herbst steht vor der Tür – das Wetter ist mild und der Himmel klar –, sodass Konkubine Zhao und ich viel Zeit an Deck verbringen und die Landschaft genießen können. Hier im Süden gibt es alles im Überfluss. Die Dörfer sind gut bevölkert, mit Häusern und anderen Gebäuden aus Backstein und mit Ziegeldächern. Auf den weitläufigen Feldern wachsen üppig herbstliche Ackerpflanzen. Gelegentlich sehen wir eine Frau, die Wasser aus einem Brunnen schöpft oder Getreide mörsert. Ansonsten scheint das Land so fruchtbar und ergiebig zu sein, dass sogar die Frauen und Töchter der

Bauern im Inneren bleiben können, um zu weben und zu sticken.

Konkubine Zhao verwickelt mich in ein Gespräch und erkundigt sich nach meinen Töchtern und meinem Mann. Ich bin ehrlich, was meine Töchter betrifft, und zurückhaltend über meinen Mann. Maoren und ich haben das Glück, einander zu lieben, aber ich bin immer noch verletzt, weil er mich von unserem Zuhause und meiner Verantwortung für unsere Töchter – und dem Kind in mir, von dem ich hoffe, dass es ein Sohn ist – weggeschickt hat, um den Ruhm der Familie Yang zu befördern. Konkubine Zhao denkt darüber nach, was ich gesagt – und nicht gesagt – habe, und macht einen Vorschlag. »Du solltest ihm schreiben.« Sie hätte ihre Position, so unsicher sie auch sein mag, in all den Jahren nicht halten können, wenn sie sich nicht mit Männern und deren Familien auskennen würde. »Du musst keine Zärtlichkeiten austauschen, obwohl das nicht schaden kann.«

»Aber wie soll ich denn einen Brief verschicken? Das Postsystem steht nur dem Kaiser und der Regierung zur Verfügung.«

»Du könntest einen Kurier anheuern. Oder du könntest abwarten, ob der Palast für dich einen Brief abschickt.« Sie betrachtet mich, während ich darüber nachdenke. »Das Wichtigste ist, dass du deinem Mann und deiner Schwiegermutter zeigst, dass du ihn trotz der Zeit und der Entfernung in deinem Herzen behalten hast.«

Aber als ich versuche, einen Brief zu verfassen, fehlen mir die Worte, denn ich möchte nur schreiben: *Ich will nach Hause. Ich will, dass mein Baby gut und sicher aufwächst. Ich will einen Sohn bekommen.* Ich gebe auf und schreibe nichts mehr.

Ein andermal fragt mich Frau Zhao, ob ich mich darauf freue, Meiling zu sehen. »Ihr habt euch immer nahegestanden«, sagt sie. »So könnt ihr Zeit miteinander verbringen.«

Weil sie uns schon so lange kennt, kann ich ihr meinen Moment der Eifersucht wegen Meilings Berufung anvertrauen. Konkubine Zhaos Miene ist undurchdringlich, als sie sagt: »Ich bin enttäuscht von dir. Du wurdest in eine gute Familie hineingeboren. Deine einzige Tragödie war der Tod deiner Mutter. Ein Haar auf deinem Arm ist dicker als der Bauch eines Mannes im Vergleich zu jemandem, der so arm angefangen hat wie Meiling. Du solltest dich über ihren Erfolg freuen.«

Konkubine Zhaos Worte erinnern mich an eine der schlimmsten Eigenschaften einer Schlange: Neid. Mir steigt Farbe ins Gesicht, aber sie ist noch nicht fertig.

»*Einen Freund ohne Fehler wird man nie finden*«, rezitiert sie. »Viele Frauen bezeichnen sich als Freundinnen, aber an einem Tag weht der Wind nach Osten und am nächsten Tag nach Westen. Ich hätte nie gedacht, dass aus dir ein wankelmütiger oder kleinlicher Mensch werden würde. Schon gar nicht, was Meiling angeht.«

Einen Moment lang bin ich verblüfft. *Was darf mich eine Konkubine kritisieren?* Aber natürlich kenne ich die Antwort. Konkubine Zhao ist die Person, die für mich einer Mutter am nächsten kommt.

»Vielen Dank, Konkubine Zhao. Du hast mir eine wichtige Lektion ins Gedächtnis gerufen. *Die Entfernung prüft die Stärke eines Pferdes, die Zeit entlarvt das Herz eines Menschen.* Du warst immer loyal und freundlich zu mir. Du sollst wissen, dass ich dir dankbar bin.«

Ihre Antwort besteht in einer weiteren Lektion. »Du hast diesen Sinnspruch auf die falsche Person angewendet. Vielleicht solltest du das in Bezug auf Meiling betrachten. Als sie Tausende *li* von zu Hause weggeschickt wurde, mit wem wollte sie da zuerst ihr Glück teilen?«

~

Zu Beginn unserer Fahrt nach Norden veränderte sich die Landschaft nur allmählich. Jetzt, drei Wochen nach unserem Aufbruch, wird das Wetter jeden Tag kälter und feuchter. Die wenigen Dörfer, die wir passieren, sehen klein und traurig aus. Es gibt wenig Gras und keine Anzeichen für den Anbau der fünf Getreidearten. Mohnblüte ist von dem Ausblick so gelangweilt, dass sie es vorzieht, in unserem Zimmer zu bleiben. Ich jedoch nicht, auch wenn es in Strömen regnet. Ich brauche frische Luft. Konkubine Zhao und ich ziehen geeignete Sachen an, um dem Wetter zu trotzen, und gesellen uns zu der Steuerfrau unter einem geölten Verdeck, wo sie das Boot lenkt. Ich bin überrascht, als sie mich direkt anspricht.

»Ich habe gehört, wie Ihre Leibwächter über Sie als Ärztin gesprochen haben«, wagt sie zu sagen.

Das ist eine seltsame Formulierung. »Über mich gesprochen?«, frage ich nach.

Die Steuerfrau hebt die Schulter, um mir zu bedeuten, dass die Männer nicht mit Respekt von mir geredet haben. Sie lässt mich diese wortlose Botschaft aufnehmen und fragt dann: »Wäre es für Sie überhaupt denkbar, eine Frau wie mich zu behandeln?«

Ich fürchte, dass die Leibwächter meinem Mann und meiner Schwiegermutter davon Meldung erstatten könnten, und halte das für keine gute Idee, aber Konkubine Zhao sagt: »Natürlich wird sie das. Frau Doktor Tan sieht eine Frau an und sieht eine Frau – unabhängig von ihrem Status. Ich spreche aus Erfahrung.«

Ich bin mir nicht sicher, was mich mehr berührt – dass Konkubine Zhao mich Frau Doktor Tan genannt hat oder dass sie die Beziehung wertschätzt, die wir nach dem Tod von Ehrwürdiger Lady aufgebaut haben.

»Ich kann Sie aber nicht bezahlen«, gesteht die Steuerfrau.

Wieder spricht Konkubine Zhao für mich. »Du kannst ihr danken, indem du für einen sicheren Transport sorgst.«

Als ich mit den Vier Untersuchungen beginne, merke ich, dass ich mehr über die Steuerfrau in mich aufgenommen habe, als mir bewusst war. Das zeigt mir, dass ich sogar dann beobachte und Informationen verarbeite, wenn ich nicht konzentriert bin. Großmutter würde sich freuen.

Meine Befragung ergibt, dass die Frau vor Kurzem vierzig Jahre alt geworden ist, sie ist also noch in den Reis-und-Salz-Tagen, genau wie ich.

»Was sind deine hauptsächlichen Beschwerden?«, frage ich.

»Seit sechs Jahren werden meine Hände immer wieder taub.« Sie nimmt eine ihrer Hände vom Ruder, hält sie vor mein Gesicht und ballt sie zu einer Faust, dann lässt sie wieder los und wiederholt die Bewegung mehrmals hintereinander. »Ich bin zu jeder Jahreszeit auf diesem Deck. Manchmal bin ich im Norden, wenn es bitterkalt ist. Die Hitze im Sommer sollte Erleichterung verschaffen, aber an den meisten Tagen stehe ich im strömenden Monsunregen.«

»Hat irgendjemand oder irgendetwas geholfen?«, frage ich.

Sie spannt den Kiefer an. »Ich war bisher nur bei Straßenärzten.«

Einige weitere Fragen und ein paar Minuten, in denen ich ihren Puls fühle, geben mir eine mögliche Antwort. »Das

Taubheitsgefühl in deinen Händen ist ein Wind-Feuchtigkeitsleiden. Komm in meine Kabine, wenn wir das nächste Mal halten.«

Als unser Schiff wieder anlegt und die Bootsmänner damit beschäftigt sind, neue Vorräte an Bord zu bringen, kommt die Steuerfrau zu Konkubine Zhao und mir in die Kabine. Die Art, wie sie sich in der bescheidenen Unterkunft umsieht, lässt vermuten, dass sie noch nie ein Passagierzimmer betreten durfte, geschweige denn an einem so schönen Ort schlafen. Ich bitte sie, sich hinzulegen, und führe eine Moxibustion an acht Punkten durch, um ihre Kanäle zu erwärmen, ihre Feuchtigkeit zu trocknen und ihr Qi und Xue zu stimulieren. Als ich ihr sage, dass die Behandlung beendet ist, setzt sie sich auf.

»Geht es mir besser?« Die Tatsache, dass sie dies als Frage formuliert – als ob sie die Linderung, die sie spürt, nicht glauben könnte –, bestätigt mir, dass die Behandlung bereits wirkt. »Wie kann das sein?«

»Wenn Schmerzen vorhanden sind, kann sich der Körper nicht frei bewegen. Ohne Schmerzen ist der Körper frei. Das hat mich meine Großmutter gelehrt.«

Die Steuerfrau starrt unsicher auf ihre Hände, die sie immer wieder öffnet und schließt. »Bleibt das so?«

Ich hebe das Kinn. *Ja, natürlich.*

An der Tür verneigt sich die Steuerfrau förmlich, als sei sie in einem feinen Haushalt aufgewachsen. »*Eine Frau, die anderen hilft, hilft sich selbst.*«

Und Frau Zhao fügt hinzu: »Diese Lektion muss unsere liebe Ärztin erst noch vollständig in ihr Herz aufnehmen.«

~

Fünf Wochen nachdem wir Wuxi verlassen haben, werden wir bei Einbruch der Nacht nach Peking gerudert. Auf dem Kai schleppen Männer und Tiere schwere Lasten. Wachen in Militäruniformen tragen Fackeln, andere stehen stramm und zeigen ihre Speere und Schwerter.

Die Bettler sind weit in der Überzahl und drängen sich in jedem Winkel. Es stinkt nach Dung und Müll. Und es ist bitterkalt. Konkubine Zhao geht von Bord und versucht, ihre Abneigung zu verbergen. Ich muss keine Gedanken lesen können, um zu wissen, was ihr durch den Kopf geht: *Das ist nicht Shanghai.*

Eine Stunde später werden wir Lin Ta vorgestellt, dem Eunuchen, der für das Ritual- und Zeremonienhaus zuständig ist. »Ihr hört auf mich, ob hier oder innerhalb der Mauern des Palastes«, sagt er. »Verstanden?«

Konkubine Zhao und ich nicken. Mohnblüte ist irgendwo und packt bereits unsere Koffer aus.

»Diejenigen von uns, die das Ritual- und Zeremonienhaus leiten, wählen nicht nur Ärzte, Hebammen und Ammen für den Dienst in der Verbotenen Stadt aus, sondern wir verhängen auch Strafen«, fährt er fort.

Aus Respekt und weil ich fürchte, den Eunuchen zu sehr anzustarren, senke ich den Blick. Ein paar Mal wage ich es, verstohlen hinzusehen. Die Beschreibungen, die man sich flüsternd über seinesgleichen erzählt hat, sind zutreffend. Er hat eine hohe Stimme, da ihm seine drei Kostbarkeiten fehlen. Obwohl Lin Ta groß und schlank ist, hat er schlaffe Wangen, und seine üppigen Gewänder können seinen herunterhängenden Bauch nicht verbergen, als wäre er eine Frau, die ihre Tage des Stillsitzens erreicht hat.

»Stehlt nicht«, sagt er. »Lügt nicht. Tratscht nicht. Bildet euch nicht zu viel ein.«

Konkubine Zhao und ich sagen kein einziges Wort.

»Und was am wichtigsten ist«, fährt er fort, »ihr dürft die Damen des kaiserlichen Haushalts nicht erzürnen oder unerwünschte Gefühle in ihnen wecken …«

»Das würden wir niemals tun.« Ich bin es nicht gewohnt, so respektlos angesprochen zu werden, und ich habe es schon gesagt, bevor ich mich stoppen konnte.

Lin Ta ignoriert meinen Ausbruch. »Zu den Strafen gehören Ausweisung aus dem Palast, Hiebe und Enthauptung. Eure Familie muss dann eine Entschädigung zahlen und dem Palast alle Ausgaben erstatten, die während eures Besuchs in der Hauptstadt angefallen sind – egal, ob ihr tot seid oder lebendig.« Er mustert uns. »Ihr werdet hier beschützt, deshalb bleiben eure Leibwächter auf eurem Boot, bis ich den Befehl erhalte, euch nach Wuxi zurückzuschicken. Habt ihr noch Fragen?«

Konkubine Zhao und ich schütteln den Kopf.

»Heute Abend schicke ich euch Essen auf euer Zimmer«, sagt er. »Morgen früh werdet ihr in das Große Innere gebracht – in die Räume des Palastes, die ausschließlich Frauen vorbehalten sind. Bitte kleidet euch angemessen. Und jetzt folgt mir.«

Man hat mir gesagt, dass Eunuchen einen eigenartigen Gang haben, der sie schon aus großer Entfernung erkennbar macht. So ist es auch. Lin Ta beugt sich leicht nach vorne. Er geht mit kurzen, abgehackten Schritten, die Zehen nach außen gedreht, und hält dabei die Oberschenkel eng zusammen. Wir Frauen verströmen einen Duft von unseren Füßen. Lin Ta riecht nach Urin.

Als er uns zu unserem Zimmer geführt und die Tür hinter sich geschlossen hat, flüstert Konkubine Zhao: »Ich habe gehört, dass nirgendwo sonst auf der Welt so viele Frauen abgeschieden leben wie im Großen Inneren. Die Kaiserin, die Damen der königlichen Familie und Tausende von Konkubinen dienen alle Seiner kaiserlichen Majestät. Die tüllenlosen Teekannen garantieren, dass jedes Kind, das im Großen Inneren geboren wird, allein dem Kaiser gehört.«

»Ich werde nie so gut informiert sein wie du, Konkubine Zhao, aber bitte wiederhole nicht noch einmal die Worte *tüllenlose Teekanne*. Oder *schwanzloser Hund*. Sogar ich weiß, dass dies die schlimmsten Bezeichnungen für diese Geschöpfe sind. Maoren sagt, Eunuchen sind mächtig …«

»Sie sind Wachhunde und Spione!«

»Also verwende besser keinen dieser beiden Ausdrücke, denn wir wissen nicht, welche Strafe auf die Beleidigung eines Eunuchen steht.«

»Ich werde darauf achten«, sagt Konkubine Zhao.

Als wir am nächsten Morgen aufwachen, fallen Schneeflocken leise vom Himmel. Mohnblüte hilft uns beim Baden und Anziehen unserer schönsten und elegantesten Kleider. Dann werfen Konkubine Zhao und ich uns hermelingefütterte Umhänge über und verlassen das Zimmer. Wenn man bedenkt, wie viele Frauen den Tausenden von Damen in der Verbotenen Stadt dienen müssen, ist es in den Hallen des Ritual- und Zeremonienhauses erstaunlich still. Ich blicke verstohlen zu Konkubine Zhao hinüber. Sie sieht verunsichert aus, was mir verrät, dass auch sie das nicht erwartet hat.

Wir betreten den Hof. Ich hasse die Kälte, dennoch kann ich ihre brutale Klarheit würdigen. Schneeflocken tanzen durch die Luft, getragen vom Wind. Eiszapfen hängen wie elfenbeinerne Essstäbchen von den Dachrinnen.

»Hier im Norden schneit es selten so früh«, sagt Lin Ta zur Begrüßung. Kristalline Flocken bleiben an seinen Wimpern hängen, als er nach oben schaut. Dann richtet er seinen Blick wieder auf mich. »Ich habe kohlebeheizte Fuß- und Handwärmer in die Kutsche legen lassen, um euch die Fahrt angenehmer zu machen.«

Ich weiß die Geste zu schätzen, aber uns fröstelt trotzdem. Die Fenster der Kutsche sind mit Vorhängen verdeckt, sodass wir nichts sehen. Wir halten ein paar Mal an. »Frauen für das Große Innere«, sagt der Fahrer zu Männern, die wahrscheinlich Wachen sind. »Lasst uns durch.« Wir kommen an unserem Ziel an, und ein Eunuch öffnet die Tür der Kutsche. Wir befinden uns bereits in der Verbotenen Stadt, die umgeben ist von vier Stockwerke hohen Schutzmauern, gestrichen in der Farbe von getrocknetem Blut. Konkubine Zhao und ich werden durch ein Tor nach dem anderen eskortiert – jedes Tor wird von zwei Elefanten bewacht. *Lebenden* Elefanten. Wir erreichen den Östlichen Palast, in dem die Frauen des kaiserlichen Haushalts leben. Ich sehe die üblichen Marmorterrassen, nur sind sie um ein Vielfaches größer als die im Garten der duftenden Freuden. Jeder Balken und jeder Sparren ist geschnitzt und bemalt. Die Höfe sind nicht so opulent gestaltet, wie ich es gewohnt bin. Stattdessen sind sie gepflastert und erstrecken sich weit und leer unter glatten weißen Schneedecken. Überall sind Eunuchen zu sehen, viele von ihnen sind kleine Jungen. Am meisten überrascht es mich, dass wir keine Frauen sehen. Wo sind die zehntausend Schönheiten, die angeblich hier leben?

»Wartet«, befiehlt der Eunuch. Er tritt durch eine Tür. Konkubine Zhao und ich sehen uns an. Ich strecke die Hand aus und berühre sie am Ärmel, um ihr zu signalisieren, dass ich froh bin, dass sie bei mir ist.

Die Tür schwingt auf, und der Eunuch bedeutet uns einzutreten. Wir gleiten in eine große Halle, die durch ihre strenge

Architektur karg wirken könnte, wären da nicht die bestickten Wandbehänge und die bunten Seidenteppiche unter unseren Füßen. Etwa zwanzig Frauen sitzen hier und ruhen. Jede trägt ein langes, fließendes Gewand, ihre Haare sind hoch aufgetürmt und mit vielen Ornamenten und Anstecknadeln geschmückt. Sie sitzen wie offene Blütenblätter um eine Frau herum, die sich eine Kompresse auf die Augen drückt. Sie muss meine Patientin sein, und sie ist, wie ich sehe, ebenfalls schwanger. Ihre Schwangerschaft ist schon weiter fortgeschritten als meine. Ich vermute, dass sie eine bewunderte Konkubine sein könnte. Als nächstes fällt mein Blick auf Lady Liu und Witwe Bao, die beide meine Ankunft mit einem Nicken quittieren.

Eine Frau erhebt sich und kommt auf mich zu. Sie trägt ein Gewand aus rotem Damast und eine ärmellose Jacke aus schwarzer Seide mit gewellten Rändern. Ihre Haare sind zu einem kunstvollen Gebilde aus mehreren Dutts hochgesteckt, aus dem künstliche Blumen und Eisvogelfedern ragen. Ihre Schritte sind leicht und ätherisch, als würde sie über Wolken schweben. Sie sieht strahlend aus, als hätte sie eine Tasse voller Sterne verschluckt. Vielleicht kann nur eine Ärztin wie ich die Anzeichen dafür erkennen, dass auch sie schwanger ist: das einzigartige Schimmern ihrer Wangen, der leichte Schwung ihrer Hüften und wie sie beim Gehen unbewusst eine Hand auf den Bauch legt. Als sie sich nähert, erkenne ich sie. Meiling.

Eine Schlange häutet sich immer wieder.

Meiling sieht meine Verwirrung und lächelt zur Begrüßung. »Es ist üblich, dass Hebammen und Ammen sich nach der feinen Mode des Hofes kleiden und frisieren lassen. Hast du erwartet, dass ich Sackleinen trage? Dann wäre es mir nicht erlaubt, die Verbotene Stadt zu betreten, geschweige denn mich der Kaiserin anzunehmen.«

Der Kaiserin?

Damit streckt Meiling die Hand aus und zeigt in Richtung der Frau im Mittelpunkt der Blüte aus Hofdamen. »Kaiserin Zhang, die Barmherzige.«

Konkubine Zhao wirft sich augenblicklich auf den Boden, um ihre Ehrerbietung zu erweisen. Ich zögere einen Moment und sehe noch, wie die Frau, die ich für eine Konkubine hielt, träge die Kompresse von ihren Augen entfernt. In der nächsten Sekunde liege ich neben Konkubine Zhao auf dem Boden.

Eine Stimme, so lieblich wie Wasser, das über Kieselsteine fließt, sagt: »Ihr dürft euch beide erheben.« Sobald wir aufgestanden sind, spricht die Kaiserin erneut. »Willkommen im Palast.«

DAS GROSSE INNERE

Ich sage mir immer wieder, dass sich die Kaiserin nicht von jeder anderen Frau unterscheidet, die ich behandle, aber natürlich unterscheidet sie sich doch. Ihre Gewänder sind mit Gold- und Silberfäden bestickt. Die Verzierungen ihres Kopfschmucks sind aus kostbaren Juwelen gefertigt. Sie wird jeden Morgen mit großer Sorgfalt von einem Trio junger Künstlerinnen geschminkt. Alle haben sich über die Anzahl der Frauen geirrt, die der Kaiser im Palast wohnen hat. Es sind nicht Tausende oder gar Hunderte. Kaiser Hongzhi hat nur eine einzige Ehefrau, und das ist Kaiserin Zhang. Sie verbringt die meiste Zeit in der einen Halle, in der ich sie zum ersten Mal im Großen Inneren gesehen habe, aber sie zieht es vor, dass ich ihre Augenentzündung in der Ungestörtheit ihres Schlafgemachs behandle, das mit Möbeln der besten Kunsthandwerker des Landes ausgestattet ist. Ich soll sie »die Barmherzige« nennen, aber diese Seite ihres Charakters habe ich noch nicht gesehen.

»Die Entzündung der Barmherzigen ist heute schon sehr zurückgegangen«, sage ich an diesem Morgen zu ihr, meinem fünften in der Hauptstadt. »Es ist schade, dass man sie so lange hat schwären lassen.«

»Viele Monate«, sagt die Kaiserin kopfschüttelnd. »Aber du hast endlich den Weg zur Gesundung bereitet.«

»Sobald Ihr wieder vollständig genesen seid, werden meine Begleiterinnen und ich nach Wuxi zurückkehren.« Ich senke den Kopf. »Ich bin dankbar, dass ich Euch dienen durfte.«

Kaiserin Zhang lächelt. »Du reist nicht so schnell ab.« Sie streicht über ihren Bauch. »Während deiner Anreise sprachen Lady Liu, Witwe Bao und die Hebamme in den höchsten Tönen von deinen Fähigkeiten, eine glatte Geburt zu ermöglichen. Als Mutter des nächsten Kaisers habe ich genau hingehört. Ich möchte, dass du bleibst.«

»Es gibt viele gute Ärzte in der Hauptstadt, die sicher besser geeignet wären …«

»Bitte sei nicht so bescheiden.«

»Ich bekomme ein Kind …«

»Die Hebamme auch. Wir drei können gemeinsam schwanger sein.«

Ich schweige.

»Wenn du mir hilfst, eine glatte Geburt vorzubereiten, dann dürfte ich keine Schwierigkeiten während der Wehen und der Geburt haben.« Sie hält inne und überlegt. »Ich drücke es anders aus. Ich bin die Kaiserin. Ich erwarte, *gar* keine Probleme während der Wehen zu bekommen, aber es wird mich beruhigen, dass eine Ärztin, die selbst schon entbunden hat, anwesend ist, wenn der nächste Kaiser das Licht der Welt erblickt.«

Ich falle auf die Knie und lege den Kopf auf den Boden. »Das wäre eine große Ehre für mich«, sage ich. Doch innerlich zerreißt es mich. Ich habe getan, wozu ich hergerufen wurde, und jetzt muss ich noch länger bleiben? Ich kämpfe gegen die Tränen an.

Nachdem wir die heutige Behandlung beendet haben, folge ich der Kaiserin auf dem Weg in die Haupthalle des Großen Inneren in respektvollem Abstand. Als wir eintreten, machen alle – von den feinen Damen bis hin zu den Eunuchen – eine tiefe Verbeugung. Nachdem die Kaiserin ihnen bedeutet hat, sich zu erheben, nehmen die Frauen ihre Tätigkeiten wieder auf. Es sind die gleichen wie bei uns zu Hause – sticken, Schach spielen, mit Pinsel und Tusche arbeiten. Witwe Bao und Lady Liu lächeln in meine Richtung. Sie sehen zufrieden mit sich aus, und ich sollte dankbar für ihre Empfehlung sein. Meiling setzt sich zu ihnen und starrt auf ihre Hände. Zusätzlich zu meinem Schrecken, weil ich nicht nach Wuxi zurückreisen kann, schmerzt es mich, dass sie von diesem kaiserlichen Befehl gewusst haben muss und mich nicht gewarnt hat. Ich möchte unbedingt mit ihr sprechen, aber wir hatten bisher keinen Augenblick für uns allein. Vielleicht geht sie mir auch aus dem Weg. Vielleicht auch nicht. Was auch immer der Grund ist, im Moment muss ich meine Gedanken und Gefühle für mich behalten.

Der Tag verläuft wie gestern und vorgestern, mit Spielen, Mahlzeiten, Musik und den Geschichten, die die Kaiserin erzählt. In der Halle ist es kalt, und die Dienerinnen sind damit beschäftigt, Kohle nachzulegen. Wir tragen pelzgefütterte Mäntel oder Umhänge, um uns warm zu halten. Meiling hat eine enge Beziehung zur Kaiserin aufgebaut, und genau so sollte es auch sein. Meiling und ich lernten das an dem Tag, als wir uns vor Jahren in den Gemächern von Lady Huang trafen. Großmutter bestand darauf, dass es einer Frau, die in den Wehen liegt, immer besser geht, wenn sie sich mit der Hebamme, die ihr Baby auffangen wird, wohlfühlt. Der Unterschied zwischen dem, was im Hof des goldenen Lichts geschah, und dem, was in der Verbotenen Stadt passiert, ist allerdings groß. Hebamme Shi hat sich damals nicht im Stil von Lady Huang gekleidet. Hier wird von Meiling erwartet, dass sie sich anpasst, sodass sie mit ihrer Umgebung in Einklang steht. Sie hat alle ihre Kleider, Schuhe und den Haarschmuck geschenkt bekommen. Am beeindruckendsten ist jedoch, dass sie sich ganz natürlich in

Gesellschaft dieser Frauen bewegt, einschließlich der Kaiserin, was nicht verwunderlich ist, da wir beide im Laufe der Jahre so viel Zeit miteinander verbracht haben.

Am späten Nachmittag, nachdem sich die Kaiserin in ihre Gemächer zurückgezogen hat, warte ich darauf, dass Meiling sich verabschiedet, damit wir gemeinsam zum Ritual- und Zeremonienhaus fahren können. Sobald wir in der Kutsche sitzen, ergreift Meiling meine Hand.

»Ich wusste nicht, dass du schwanger bist, als ich mit der Kaiserin über dich sprach. Hätte ich es gewusst, hätte ich dich nie vorgeschlagen. Bitte sei mir nicht böse, Yunxian.« Sie sieht mir in die Augen. »Es tut mir leid.«

So verärgert ich auch bin, ich sehe doch, dass sie es ernst meint.

»Ich habe erst auf dem Schiff in den Norden gemerkt, dass *ich* schwanger bin«, fährt sie fort. »Wenn ich das gewusst hätte, wäre ich auch nicht gekommen.«

»Es ist traurig, dass dein Mann die gute Nachricht erst nach deiner Rückkehr erfährt.«

»Können wir versuchen, das Ganze anders zu betrachten? Das Positive in dieser Situation zu sehen? Unsere Schwangerschaft scheint ähnlich fortgeschritten zu sein.«

»Unsere Kinder sollten etwa zwei Monate nach der Entbindung der Kaiserin zur Welt kommen. Vielleicht können wir ja nach Hause zurückkehren, bevor wir in unseren Monat eintreten«, schlage ich optimistisch vor.

Sie senkt die Stimme und blickt zu Boden. »Das geht nicht. Wir müssen hierbleiben, solange die Kaiserin den Monat absitzt.«

Sie hat natürlich recht. Ich versuche, meine Enttäuschung zu verbergen, aber es gelingt mir nicht. »Ich verstehe, und ich verstehe, was das für uns bedeutet. Wenn die Kaiserin den Monat abgesessen hat, werden wir beide in den Monat eintreten. Dann können wir nicht mehr nach Hause reisen. Das wäre zu gefährlich. Wir werden unsere Kinder hier zur Welt bringen und unseren Monat im Ritual- und Zeremonienhaus absitzen, bevor wir nach Hause zurückkehren.«

Meiling seufzt. »Nochmals, es tut mir leid.«

Ich entziehe ihr eine Hand und streichle ihr Gesicht. »Wenigstens werden wir zusammen sein.«

~

Nachdem ich mich jetzt einen Monat lang in der Hauptstadt aufhalte, habe ich ein besseres Gefühl dafür, wo ich bin. Die Verbotene Stadt ist noch keine hundert Jahre alt, und jeden Tag beeindruckt mich ihre Pracht: die massiven Mauern, die großen Terrassen, die imposanten Hallen. In jedem Hof stehen ein paar Hütten, in denen Eunuchen leben, die leicht herbeigerufen werden können. Eunuchenjungen unter zehn Jahren gelten als »durch und durch rein«, und ich verstehe jetzt, warum Lady Liu zuvor so zurückhaltend über sie sprach. Eine Frau mit ihrem Feingefühl würde nicht über die intimen Aufgaben sprechen wollen, die sie für die Frauen im engsten Umkreis der Kaiserin ausführen. Die Eunuchenjungen wechseln die Tücher, die die Frauen während ihres monatlichen Mondwassers tragen, wischen ihren Herrinnen den Po über den Nachttöpfen ab und parfümieren einer Frau die Füße, wenn sie weiß, dass ihr Mann ihre Gesellschaft begehrt. Obwohl die Kaiserin mir mehrere Knaben als Diener angeboten hat, habe ich abgelehnt. Wenn man ein Kind in sich trägt und auf einen Sohn hofft, möchte man nicht daran denken, genau die Teile abzuschneiden, die ihn zu einem Jungen machen. Ansonsten habe ich mich an das Kommen und Gehen im Ritual- und Zeremonienhaus gewöhnt, wo die Hebammen, Ammen und ich schlafen. Eunuchen beunruhigen nicht mehr meine Augen mit ihrem Aussehen oder beleidigen meine Nase mit ihrem Geruch. Sie sind jedoch ein Ärgernis, erfüllt von einer schröpfenden Machtgier … und einem Appetit auf Korruption. Am meisten habe ich mit Lin Ta zu tun, der mich gebeten hat, mich mit Frauen zu treffen, die ins Ritual- und Zeremonienhaus kommen, um im Großen Inneren angestellt zu werden.

Obwohl ich an das Große Innere und das Ritual- und Zeremonienhaus gebunden bin, konnte sich Konkubine Zhao, die nichts weiter als meine Anstandsdame ist, mit angemessener Vorsicht durch die Gassen und Nebenstraßen des Zentralen Bezirks bewegen – ein Gebiet, das durch eigene Mauern und Tore geschützt ist, die das Gelände der Verbotenen Stadt umschließen. Sie erzählte mir von breiten Straßen mit Geschäften, Essensständen, Teehäusern und Weinhandlungen – alle mit roten Laternen und vergoldeten Schildern geschmückt. Die Konkubine meines Vaters, die schon viel mehr von der äußeren Welt gesehen hat, als ich es je tun werde, hat schon öfter gesagt: »Peking ist nicht so rückständig, wie ich zuerst dachte. Ja, alles, was einzigartig oder wertvoll ist, kommt aus dem Süden, aber die Menschen in diesem trostlosen Außenposten haben sich unsere reichen Gaben gut zunutze gemacht.« Fast täglich entdeckt sie etwas Neues: »Obwohl Kaiser Hongzhi traditionell denkt und handelt, haben Frauen in Peking mehr Möglichkeiten als dort, wo wir herkommen. Hier gibt es Frauen, die Geldverleiherinnen und Kaufleute sind. Und die Ärztin der Kaiserin ist eine Frau! Du! Denk doch nur an all die Ammen und Hebammen, die jahrelang von der Wohltätigkeit des Palastes profitieren werden.«

Ja, das stimmt. Wie Großmutter immer zu sagen pflegte, wird eine Hebamme manchmal mit Kleidern, Schmuck, Stellung und Macht ausgestattet, die der Welt sichtbar von ihrem Erfolg erzählen. Vielleicht bekommt sie am Ende sogar einen Adelstitel. Ich werde einige der gleichen Geschenke erhalten, aber für Meiling ist das eine einzigartige Gelegenheit. Kein Wunder, dass sie so glücklich ist. Was mich betrifft, so vermisse ich meine Töchter und meinen Mann. Ich vermisse sogar Lady Kuo und ihr *kieck*, *kieck*, Konkubine Chen und ihre selbstsüchtige Art sowie die anderen Frauen in den inneren Gemächern des Hauses, in das ich eingeheiratet habe. Am meisten wünsche ich mir, ich könnte mein Baby innerhalb der sicheren Mauern des Gartens der duftenden Freuden bekommen.

Meiling rettet mich vor meinen düstersten Gedanken. Jeden Abend, wenn wir ins Ritual- und Zeremonienhaus zurückkehren, essen wir gemeinsam zu Abend – manchmal nur wir zwei, manchmal mit Konkubine Zhao. Wir achten beide darauf, die richtigen Speisen zu essen und solche zu vermeiden, die die Geburt eines Mädchens herbeiführen könnten. Nach dem Essen ziehen Meiling und ich uns für gewöhnlich in ihr Zimmer zurück. Im Laufe der Jahre hatte sie viele Gelegenheiten zu sehen, wie ich lebe. Sie kennt die Schnitzereien auf meinem Ehebett. Sie weiß, wie die Kräuter aufgereiht sind, die ich aufbewahre. Jetzt bin ich an der Reihe, einen Blick in ihr Leben zu werfen. Ihr Zimmer ist von Größe und Einrichtung her identisch mit meinem, aber die Unterschiede in unseren Schlangenpersönlichkeiten sind überall zu erkennen. Ein lackgerahmter Spiegel steht auf ihrem Schminktisch. Baumwollquasten mit roter Farbe daran liegen unbeachtet auf der Tischplatte. Die feinen Kleider, die sie in Anwesenheit der Kaiserin tragen soll, werden nicht besser behandelt, als wären sie aus Musselin, aber die Art, wie Meiling sie über die Stuhllehne oder über das Bett drapiert, wirkt luxuriös, kreativ und unbeschwert. Sie zündet Kerzen anstelle von Öllampen an und taucht den Raum damit in ein goldenes Flackern.

Wie jeden Abend führe ich an ihr die Vier Untersuchungen durch. Nach meiner Einschätzung stehen wir beide kurz vor dem Eintritt in den sechsten Monat der Schwangerschaft. Meilings Energie ist hoch, und sie scheint zu gedeihen. Sie sieht gesund aus, hat rosige Wangen, ihre Haare glänzen und die Haut an ihren Armen ist feucht und prall. Ihr Puls klingt auf allen Ebenen kräftig, ein Zeichen dafür, dass es Mutter und Fötus gut geht. Sie riecht nach Parfüm, aber es ist nicht dazu da, um zu überdecken, dass sie sauertöpfisch wäre. Ich erkenne in ihren Emotionen keinen Aufruhr. Ich achte darauf, dass sie jeden Tropfen des Blut wärmenden Dekokts trinkt, das ich für sie zubereitet habe. Als ich zufrieden bin und Ruhe gebe, lockert sie die Schärpe, die ihr Kleid zusammenhält. Ich tue das Gleiche. Wir gehen zum Bett, wo wir uns mit einem Teetablett zwischen uns an die Kissen lehnen. Wir lösen unsere Haare und lassen sie frei über unsere Hüften fließen. Unsere Haarnadeln aus Jade und Gold liegen verstreut um uns herum, als wären wir ein Ehepaar nach den Spielen im Schlafgemach.

»Ich wünschte, wir wären zu Hause«, sage ich.

»Keine Mutter möchte außerhalb ihres eigenen Zimmers entbinden«, gibt sie zu. »Aber dir fällt das leicht, weil du mutig bist. Und weil du mich hast.«

»Ich bin nicht mutig. Ganz und gar nicht.«

»Wenn ich mir keine Sorgen mache, solltest du es auch nicht tun.« Verträumt fügt sie hinzu: »Das Schicksal hat gesprochen, als es uns erlaubte, zur gleichen Zeit schwanger zu werden. Wenn es unser Schicksal ist, fern der Heimat zu gebären, dann müssen wir das akzeptieren. Es gibt viele Hebammen hier im Ritual- und Zeremonienhaus, und ich werde keine Angst haben, solange du in der Nähe bist.«

Sie hat recht. Es gibt mehr Hebammen im Ritual- und Zeremonienhaus, als Konkubine Zhao und ich ursprünglich vermutet hatten, aber nicht so viele, wie nötig wären, wenn der Kaiser mehrere Ehefrauen und Hunderte, wenn nicht Tausende von Konkubinen hätte.

Meiling lächelt. »Du hast dich genauso gut um mich gekümmert wie um die Kaiserin.«

»Ich werde mich stets mehr um dich sorgen als um alle anderen.«

Meiling hebt das Teetablett hoch und stellt es auf einen Beistelltisch. Dann rutscht sie zu mir herüber und legt ihren Kopf an meine Schulter. Die Wärme ihres Körpers dringt in mich ein. Um nichts in der Welt will ich mich jetzt bewegen.

»Diese Erfahrung wird dein Leben nicht verändern«, murmelt sie, »aber meines verändert sie bereits. Zum ersten Mal sind wir beide gleich.«

»Es ist ein großes Glück …«

»Oh! Das Baby! Fühl mal!« Sie legt meine Hand auf ihren Bauch. Mein Baby hat seinen Lieblingsplatz, an dem es mich piesackt, aber Meilings Kind unterhält uns jede Nacht, indem es drückt, tritt, mit dem Kopf stößt und wer weiß, was noch alles.

»Wenn es kein Sohn ist, der schon das Rennen beim Drachensteigen übt«, sage ich, »dann ist es eine Tochter, die so leichtfüßig wird wie die Jungfrau mit den kleinen Füßen.«

»*Wenn* es ein Mädchen wird, hilfst du mir dann, ihre Füße zu binden?«, fragt Meiling. »Ich möchte, dass sie in eine gute Familie einheiratet.«

»Natürlich. Und wenn du einen Sohn bekommst, werde ich Maoren fragen, ob der Junge unsere Schule im Garten der duftenden Freuden besuchen kann. Die Lehrer, die wir dort beschäftigen, sind außergewöhnlich gut.« Ich lasse unausgesprochen, dass es in einer Familie wie der meinen nicht unüblich ist, die Söhne armer Verwandter oder Freunde einzuladen, um von der Großzügigkeit des Clans zu profitieren. »Wenn auch ich einen Sohn bekomme, können die beiden Jungen von den ersten Übungen in Kalligrafie bis zu dem Tag, an dem sie in der Hauptstadt ankommen, um die Prüfungen abzulegen, gemeinsam lernen.«

»Wenn wir beide Töchter haben, hoffe ich, dass sie einander so nahe sind wie wir beide.«

»Und es immer sein werden.«

»Wenn eine von uns einen Sohn bekommt und die andere eine Tochter …«

»Denkst du schon an eine Heiratsvermittlerin?« Ich sage das leichthin und hoffe, dass sie es richtig auffasst, denn so sehr ich Meiling auch liebe, diese Verbindung könnte nie zustande kommen – nicht einmal, wenn ihre Tochter zwei perfekt gebundene Füße hätte.

»Lass mich träumen, Yunxian. Lass mich träumen.«

Mohnblüte, die begreift, dass ich wieder hier übernachten werde, legt Kohlen unter dem Kang aus und gibt noch welche in die Kohlepfanne. Sie baut sich ein kleines Nest mit ihrem Kleiderbeutel und der Kiste, die sie aus Wuxi mitgebracht hat. (Manchmal wache ich nachts auf und sehe, wie sie über ihren Sachen sitzt und sie durchsieht, als wäre etwas dabei, das ich stehlen wollte. Allein der Gedanke daran bringt mich zum Lächeln.) Neben mir entspannt sich Meilings Körper, während sie in den Schlaf gleitet. Ihr Atem wird tiefer und strömt warm an meiner Brust hinunter und über meine Hände. Ich sollte sie wecken, damit wir unsere Nachtgewänder anziehen können. Stattdessen fahre ich mit den Fingern durch ihre Haarspitzen und streiche die Strähnen an meinem Oberschenkel glatt.

Ich liege lange wach, wie so oft, und lasse meine Gedanken über die Möglichkeiten und Unwahrscheinlichkeiten schweifen. Meiling und ich mögen einen ähnlichen Status im Großen Inneren haben, und ich will nur das Beste für sie, aber unsere Leben sind unterschiedlich. Daran wird nichts etwas ändern, auch wenn wir es uns wünschen. Und ich mache mir Sorgen … So wie der Phönix aus der Asche aufsteigt – und so wie Meiling in ihrem Status aufgestiegen ist – gibt es noch eine andere Wahrheit: *Je höher man fliegt, desto tiefer fällt man.* Ich halte meine Augen gerade so lange offen, bis der erste Docht heruntergebrannt ist und das goldene Licht im Raum und die Funken in meinem Kopf erlöschen.

~

Die Nacht folgt auf den Tag und der Tag auf die Nacht. Ein zweiter Monat ist vergangen, seit Konkubine Zhao und ich in Peking angekommen sind. Kaiserin Zhang ist in den Monat eingetreten und könnte jederzeit in die Wehen kommen. Meiling und ich werden in weiteren vier Wochen in den Monat eintreten. Ich werde meinen Monat nicht wie eine Dame in Abgeschiedenheit verbringen, sondern als arbeitende Frau wie Meiling. Meine Gefühle sind weiterhin in Aufruhr. Ich denke ständig an Großmutters Warnungen vor meinen Schwächen. Auch Meiling achtet darauf. Ich kämpfe darum, nicht mutlos oder krank zu werden, und ich muss Meiling dafür danken, dass sie über diese angeborenen Schwächen von mir wacht, so wie ich auf alles achte, was ihr oder ihrem Baby schaden könnte.

Heute sind wir im Großen Inneren versammelt, und die Kaiserin erzählt eine ihrer Lieblingsgeschichten. Meiling sitzt in der Nähe. Sie sieht bleich aus. Bis letzte Woche hatte ich sie nie so glücklich und zufrieden gesehen. Dann veränderte sich etwas, und vor zwei Tagen begann sie zu erbrechen. Wir gehen zwar davon aus, dass die Morgenübelkeit nur in den ersten drei Monaten auftritt, aber bei manchen Frauen kann sie jederzeit kommen – bis hin zu den Wehen und auch währenddessen. Ich werde heute Abend ihre Arzneimittel anpassen, aber jetzt muss ich mich erst einmal um die Kaiserin kümmern.

»Mein Mann ist der einzige Kaiser in der langen Geschichte Chinas, der nur eine einzige Ehefrau und keine Konkubinen hat«, sagt sie in ihrer gewohnt ausführlichen Art. Sie knackt einen Melonenkern zwischen den Zähnen, begutachtet ihn und steckt ihn sich in den Mund. »Bis zu dem Tag, an dem er stirbt, werde ich die einzige Frau für ihn sein.«

Sie wiederholt die Geschichte gerne, ich habe sie also schon mehrere Male gehört, seit ich hier angekommen bin.

»Als mein Mann klein war, hielt sich sein Vater Tausende von Konkubinen. Seine Favoritin war Hauptkonkubine Wan. Kaiser Chenghua verlor jedes Interesse an seiner Frau, Kaiserin Wu, die ihm bereits einen Sohn geschenkt hatte. Die Hauptkonkubine wiederum hatte Schwierigkeiten, schwanger zu werden.« Kaiserin Zhangs Stimme wird leiser, als sie preisgibt, was nur wenige außerhalb des Palastes wissen. »Jedes Mal, wenn Hauptkonkubine Wan hörte, dass eine andere Konkubine schwanger war, ließ sie diese Frau vergiften oder verabreichte ihr heimlich Kräuter, damit sie eine Fehlgeburt erlitt. Kaiserin Wu erkannte, dass auch sie und ihr Sohn zur Zielscheibe der Hauptkonkubine werden könnten, und sie versteckten sich. Eunuchen und andere beschützten sie. Als der Kaiser starb, bestieg mein Mann den Thron. Hauptkonkubine Wan verschwand. Niemand hat jemals wieder von ihr gehört.«

Die Geschichte stammt zwar aus einer früheren Generation, aber sie ist eine Ermahnung, dass Kaiserin Zhang ein Gespür für Palastintrigen hat und sie nicht zulassen wird. Sie blickt sich um und betrachtet die anwesenden Frauen. »Mein Mann ist Anhänger von Konfuzius sowie des Buddhismus und des Taoismus. Er glaubt an Rechtschaffenheit und Gehorsam. Zu Ehren seiner Mutter und allem, was sie zu seinem Schutz unternommen hat, dient er dem Rest des Landes als Beispiel – nicht nur hier im Palast. Aus diesem Grund gibt es heute im Großen Inneren keine Konkubinen oder Nebenfrauen.«

Die Gelegenheit, die Geburt der Kaiserin zu überwachen, ist zweifellos eine große Ehre, auch wenn sie nicht mit denselben Belohnungen verbunden ist, die Meiling erhalten wird. (So soll es auch sein. Meiling wird aktiv an der Entbindung beteiligt sein, während ich nur dabei sein werde, wenn die Kaiserin meine Anwesenheit wünscht oder wenn es zu Komplikationen kommt). Ich gebe zu, ich würde Kaiserin Zhang gerne lieber mögen, als ich es tue. Sie kann zwar die Geschichte und ihren Platz darin hersagen, aber ich finde sie oberflächlich. Ein neuer Kauf oder ein neues Geschenk fasziniert sie, aber ihr Entzücken ist nur von kurzer Dauer. Sie will sofort etwas anderes, das exotisch oder unbezahlbar ist – einen weiteren kunstvollen, mit Juwelen besetzten Kopfschmuck, eine aus Elfenbein geschnitzte Figur der Göttin Guanyin, zwei lebensgroße Marmorlöwen. Sie genießt die Speisen, die als Tribut in den Palast geschickt werden, braucht dann aber meine Hilfe bei den daraus resultierenden Verdauungsstörungen und ihrer Schlaflosigkeit. Und doch …

Sie ist trotzdem einfach nur eine Frau. Vor der Geburt ihres ersten Kindes – von dem wir alle hoffen, dass es ein Sohn und der zukünftige Kaiser wird – ist sie genauso nervös wie Meiling, eine Hebamme mit viel Erfahrung. Ich bin Ärztin, aber beide Frauen setzen weniger wegen der Kräuter, die sie einnehmen sollten, auf mich, sondern eher wegen meiner persönlichen Erfahrung, denn ich habe schon drei Kinder, wenn auch Mädchen, erfolgreich auf die Welt gebracht.

»Doktor Tan.«

Ich reiße mich aus meinen Gedanken. »Ja, Barmherzige?«

»Welche Zutaten verwendet deine Familie für die Zubereitung von Muttersuppe?«, fragt Kaiserin Zhang. Sie hat mich in den letzten Wochen oft danach gefragt, wohl in der Hoffnung, dass ich etwas nenne, für das sie Männer ausschicken muss, um eine ungewöhnliche Zutat zu besorgen. Sie ist die Verkörperung von *Ein Auge auf dem Gericht vor ihr und ein Auge auf dem Kochtopf.*

»Jeder bereitet Muttersuppe ein bisschen anders zu«, antworte ich. »Manche geben noch etwas Reisschnaps hinein, damit die Muttermilch besser einschießt …«

»Dafür haben wir kaiserliche Ammen«, sagt sie naserümpfend.

»Natürlich«, stimme ich zu. »Andere fügen der Suppe Ingwer und Erdnüsse hinzu, damit die Frau nach der Geburt wieder zu Kräften kommt. Ich sorge dafür, dass die Köchinnen eine Suppe zubereiten, die genau auf Eure Bedürfnisse zugeschnitten ist.«

Doch sie hat bereits das Interesse verloren. »Wer möchte ein Spiel spielen?«

Mein Baby drückt einen Ellbogen oder ein Knie von innen gegen die Rippen auf meiner rechten Seite. Er mag diese Stelle.

(*Er, er, er* … Vielleicht wird es wahr, wenn ich es oft genug sage.) Er hat so oft dagegengetreten oder sich ausgestreckt, dass die Unterseiten meiner Rippen bestimmt schon grün und blau sind. Ich drücke mit der Handfläche gegen die Knochen und schaue zu Meiling hinüber. Sie ist in Gedanken versunken und hat eine Hand auf ihren Bauch gelegt.

Als ich sie später untersuche, stelle ich beunruhigt fest, dass ihr Puls unregelmäßig ist. Ich überprüfe ihre Rezeptur. Sie ist korrekt. Ich schlage vor, dass sie ein paar Tage im Bett bleibt, was sie auch tut. Am fünften Tag steht sie auf, fest entschlossen, in das Große Innere zurückzukehren.

»Ich bin nicht so weit gekommen, nur um dann zu versagen«, murmelt sie. »Du weißt so gut wie ich, dass die Kaiserin sich in meiner Gegenwart wohlfühlen muss, wenn es an der Zeit ist, ihr Baby aufzufangen.«

»Ist dir immer noch übel? Ist dir schwindelig oder tut dir etwas weh?«

»Es geht mir gut. Wirklich.«

Aber für mich sieht sie immer noch blass aus.

~

In der zweiten Woche des Eintritts in den Monat setzen bei der Kaiserin die Wehen ein. Um mir die Zeit zu vertreiben, bis sie nach mir schickt, führe ich ein Gespräch mit einer Frau, die sich als kaiserliche Amme bewirbt. Sie sitzt mir gegenüber, die weichen weißen Hände vor sich auf dem Tisch gefaltet.

»Mein Mann ist in der Armee und weit weg«, antwortet sie, als ich sie frage, warum sie diese Anstellung anstrebt.

»Wie alt bist du?«

»Ich bin gerade neunzehn geworden.«

»Wie viele Kinder hast du?«

»Drei, und sie haben alle gut getrunken.«

Drei Kinder ist die erforderliche Anzahl. Tatsächlich erfüllt sie alle Voraussetzungen für eine Amme: Sie ist zwischen fünfzehn und zwanzig Jahre alt, hat gute Manieren, ist mit einem Militärangehörigen verheiratet und hat Brüste, die selbst durch ihre Kleidung hindurch prall mit Milch gefüllt aussehen. Sie ist recht hübsch, würde aber niemals eine Bedrohung für die Kaiserin darstellen, was die Zuneigung ihres Mannes betrifft – nicht, dass sich der Kaiser für irgendjemanden außer Kaiserin Zhang interessieren würde. Aber Männer sind nun einmal Männer …

»Amme ist eine Anstellung auf Lebenszeit«, sage ich.

»Es wäre mir eine Ehre, ausgewählt zu werden. Ich weiß nicht, wann und ob ich meinen Mann wiedersehe. Ich muss unbedingt für meine Familie sorgen, falls …«

»Was für ein Glück, dass wir uns nicht im Krieg befinden«, sage ich, aber ich bin zynisch genug, um zu erkennen, dass sie nicht den Tod ihres Mannes im Kopf hat. Diese Stellung ist mit noch größeren Belohnungen verbunden, als sie Hebammen bekommen, und weit mehr als Ärzte.

Lin Ta kommt herein, beugt sich herab und flüstert mir ins Ohr. Ich schaue die Frau mir gegenüber an. »Ich fürchte, wir müssen das an einem anderen Tag fortsetzen«, sage ich und stehe auf.

Ich eile in mein Zimmer, um die Tasche zu holen, die ich für diesen Moment vorbereitet habe. Dann folge ich Lin Ta zu der Kutsche, die mich die kurze Strecke zur Verbotenen Stadt bringen soll. Als ich das Große Innere erreiche, hat sich das Zimmer der Kaiserin bereits geleert. Nur noch Meiling ist da, zwei Hilfshebammen – Hebamme Quon und Hebamme Guo – und ein paar Eunuchenjungen, die Wasser zum Erhitzen auf dem Kohlenbecken bringen, zur Unterstützung bei der Geburt, um Tee zu kochen und um bei Bedarf Kräuter aufzugießen. Kaiserin Zhang liegt in den Armen der beiden Helferinnen, die Miene angespannt vor Konzentration. Es scheint ihr gut zu gehen, aber als ich einen Blick in Meilings Gesicht werfe, spüre ich, dass etwas nicht stimmt.

Ich knie neben den Frauen nieder. Meine Finger suchen den Puls der Kaiserin. Er fühlt sich gut an.

Meiling, die neben mir sitzt, zieht plötzlich die Schultern ein und krümmt sich über ihrem Bauch zusammen. Sie holt Luft und hält sie an. Sie presst ihre Lippen zu einem beruhigenden Lächeln zusammen, aber ihre Gesichtsmuskeln zucken dabei vor Anstrengung. Ein paar Sekunden vergehen. Sie atmet aus und sagt dann mit fester Stimme: »Die Kaiserin liegt seit sechs Stunden in den Wehen. Bisher ging alles so gut, dass sie es nicht für nötig hielt, dass du kommst, aber ich dachte, du möchtest vielleicht trotzdem dabei sein.«

Die Kaiserin stöhnt auf, als eine Wehe einsetzt. Sobald die Wehe vorbei ist, lehnt sie sich entspannt an die Hilfshebammen. Mir fällt nichts Ungewöhnliches auf, und ich bin mir nicht sicher, warum Meiling das Bedürfnis hatte, mich zu rufen.

»Das wird ganz sicher eine glatte Geburt«, sagt Meiling in diesem angespannten Tonfall. »Es wird nicht mehr lange dauern, bis ich die Kaiserin bitte, sich bereitzustellen und das Seil zu ergreifen.«

Wieder beugt sich Meiling vor. Diesmal führt sie eine Hand zu ihrem Bauch. Ich berühre sie an der Schulter, damit sie mich ansieht. Langsam wendet sie sich mir zu. In ihren Augen sehe ich Sorge und Angst.

»Barmherzige«, sage ich an die Kaiserin gewandt, »überlasst mir die Hebamme für einen Moment, damit wir uns beraten können. Wir kehren in Kürze zurück.«

Ich greife unter Meilings Ellbogen und helfe ihr auf die Beine. Nur mühsam gelingt es ihr, sich aufzurichten. Sie lächelt die Kaiserin an, doch sobald wir uns abwenden, verzieht sich ihr Gesicht vor Schmerz. Ich führe sie hinter den Wandschirm, der für mich aufgestellt wurde, und wir setzen uns auf Porzellanhocker.

»Du hast sicher nur Vorwehen«, flüstere ich beruhigend. »Viele Frauen haben das, bevor das Baby auf die Welt kommt. Ich habe …«

»Ich bin Hebamme. Meine Schmerzen sind etwas anderes. Meine Wehen kommen häufiger. Und …« Sie atmet unruhig ein. »Sie werden stärker.«

»Unsere Kinder sollen erst in zwei Monaten kommen«, sage ich. »Lass mich deinen Puls messen. Du wirst schon sehen. Es gibt keinen Grund zur Sorge.«

Kaum berühren meine Finger Meilings Handgelenk, spüre ich das Galoppieren, das anzeigt, das eine Frau bereits mitten in den Wehen steckt. Sie schließt die Augen, als ein weiterer Krampf über sie kommt.

»Du musst zurück ins Ritual- und Zeremonienhaus«, sage ich.

Meiling schüttelt den Kopf. »Niemals. Lass mich das Kind der Kaiserin zur Welt bringen, dann kehren wir in unsere Zimmer zurück.«

Die Kaiserin stöhnt. Meiling verzieht das Gesicht, erhebt sich und geht wieder zur Kaiserin. Wider die Tradition folge ich ihr.

»Barmherzige«, sage ich, »wir sind hier alle Frauen. Auch wenn es gegen die Tradition verstößt, wäre es Euch lieber, wenn ich an Eurer Seite bleibe? Ihr seid die Kaiserin und verdient eine besondere Behandlung.«

Kaiserin Zhang nickt, was bedeutet, dass ich Meiling jetzt im Blick behalten kann. Ich überlege immer wieder, was nicht stimmen könnte, denn ihre Schwangerschaft ist bis vor Kurzem gut verlaufen. Die Rezepturen, die ich für sie zubereitet habe, waren perfekt. Da bin ich mir sicher. Was sie jetzt erlebt, können keine echten Wehen sein. Sobald wir wieder in unserem Zimmer sind, werde ich sie untersuchen und falls nötig die Kräutermischung anpassen.

Nach weiteren drei Stunden bückt sich Meiling hinter die Kaiserin. »Nehmt bitte das Seil«, weist sie die Kaiserin an. Die Kaiserin, die es nicht gewohnt ist, jemandem außer ihrem Ehemann zu gehorchen, bringt sich in Position. In diesem Moment ist sie wie jede andere Frau in den Wehen – sie ist in der Hocke, zwischen ihren Beinen entsteht eine Wölbung, der Schmerz entzieht ihren Gesichtszügen die Farbe. Der Kopf des Babys kommt zum Vorschein, Meiling spricht aufmunternde Worte, und ich beobachte, wie sich erst die eine, dann die andere Schulter hinausschiebt, und zuletzt rutschen der Rumpf, die Beine und die Füße hinaus in die Welt. Meiling schneidet die Nabelschnur durch und trägt das Neugeborene weg, bevor die Kaiserin sein Geschlecht sehen kann.

»Ist es der zukünftige Kaiser?«, fragt Kaiserin Zhang flehentlich.

Bevor Meiling antworten kann, strauchelt sie, das Baby immer noch in den Armen. Ich eile zu ihr und nehme das Baby, bevor ihre Knie nachgeben.

»Es ist ein Junge«, bringt Meiling noch heraus, bevor ihr Körper sich zu einer Kugel zusammenzieht.

Das Baby bewegt seine plötzlich freien Arme. Sein Gesicht verzieht sich zu einem Ausdruck äußerster Unzufriedenheit. Sein Schrei ist gesund und kräftig. Ich wickle ihn schnell ein, lege ihn auf den Tisch und gebe einem der Eunuchenjungen ein Zeichen, auf den Säugling aufzupassen. Dem Baby wird es gut gehen, während ich nach Meiling sehe.

Am anderen Ende des Raumes bittet die Kaiserin: »Lasst mich ihn sehen. Lasst mich ihn sehen«, noch während eine Hilfshebamme die Plazenta auffängt, bevor sie auf das Strohbett fällt. Die Eunuchenjungen sind ungewohnt still. Das liegt daran, dass sich zwei von ihnen aus dem Raum geschlichen haben, um denjenigen, die noch größere Augen und Ohren haben, die Nachricht von der Geburt zu überbringen.

Meiling wimmert. Sie schließt die Augen und schüttelt den Kopf. »Das darf nicht passieren. Lass es nicht geschehen.«

Ihre Worte sind wie Finger, die sich um meine Kehle schließen. Ich war mir sicher, dass dies nur beliebige Schmerzen waren … Vielleicht hätte ich darauf bestehen sollen, dass sie im Bett bleibt und die Beine hochlegt … Aber sie musste der Kaiserin beistehen … Es muss doch etwas geben, was ich tun kann …

Meilings Mühen erregen die Aufmerksamkeit der Kaiserin. »Was machst du da drüben?« Ihre Stimme verlangt zwingend eine Antwort, aber ich fürchte mich davor, sie zu geben. »Du da! Finde heraus, was der Grund für die Aufregung ist.«

Hebamme Quon durchquert den Raum und kommt zu uns. Sie begreift sofort, was los ist. »Wir müssen dich hier rausbringen«, sagt sie so diskret wie möglich. »Kannst du laufen?«

»Ich versuche es.« Doch als Meiling sich erhebt, schreit sie auf, Blut sickert plötzlich durch ihr seidenes Gewand, und sie bricht zusammen.

»Was ist das für ein Aufruhr?«, fragt die Kaiserin.

Hebamme Quon zieht die einzelnen Lagen von Meilings Kleidung weg. Ich erinnere mich, wie mich meine Großeltern vor den verunreinigenden Eigenschaften des Blutes gewarnt haben. Ich sollte zurückweichen, aber meine Sorge um meine Freundin ist größer. Meiling schreit wieder, und ich nehme ihre Hand.

»Lass das nicht geschehen, Yunxian«, stöhnt sie. »Bitte, bitte, bitte …«

Aber ich kann das Unvermeidliche nicht aufhalten, ich kann es nicht einmal verlangsamen.

»Helft mir, mich aufzusetzen«, befiehlt die Kaiserin. »Ich will sehen …«

Meiling schreit auf.

Die andere Hilfshebamme kümmert sich um die Kaiserin, und die Eunuchenjungen sind Meiling gegenüber nicht verpflichtet. Hebamme Quon sieht mir in die Augen und gibt wortlos Anweisungen. Ich stütze Meiling mit den Armen, als ihr Baby in einem Strom von Blut aus der Geburtspforte schießt. Es ist ein Mädchen – ein winziger Segen – und es ist zu klein, zu blau und zu reglos, um noch lebendig zu sein. Ich lege Meiling eine Hand über die Augen, aber sie hat bereits gesehen, was nicht ungesehen bleiben kann. Sie schluchzt so sehr, dass ihr ganzer Körper bebt.

BLUT

Als wir wieder im Ritual- und Zeremonienhaus sind, besteht Hebamme Quon darauf, dass Meilings Geburtspforte mit sauberer Gaze abgedichtet wird, um die Blutung zu stillen. Ich biete ihr eine Rolle nagelneuer, von den unverheirateten Tanten gefertigter Stoffstreifen an, die ich von zu Hause mitgebracht habe. »Was für eine Verschwendung von so etwas Kostbarem«, meint Hebamme Quon, als ich ihr die unangetastete Rolle überreiche. Später, als ich sie zur Tür begleite, frage ich sie, wie sie Meilings Zustand einschätzt. Die Hebamme wendet den Blick ab und sagt: »Es ist wirklich schade«.

Als Hebamme Quon am nächsten Abend vorbeikommt, presst sie die ganze Zeit die Lippen zusammen und sieht mir nicht in die Augen. Ich deute das als schlechtes Zeichen. Ich denke daran, wie oft Meiling sich um mich gekümmert hat. Jetzt bin ich an der Reihe. Sie hat sehr viel Blut verloren, und ihre Wangen und Lippen sind weiß wie Marmor. Ich verabreiche ihr eine Kräutermischung, die eine Infektion und Fieber verhindern soll. In den nächsten zwei Tagen sind meine Finger ständig damit beschäftigt, die Pulse an Meilings Handgelenken zu überwachen. Ich stelle ihr Fragen: Hat sie Schmerzen? Ist sie hungrig? Will sie einen Schluck Tee trinken? Ich bekomme keine Antwort. Kein Nicken oder Kopfschütteln. Sie drückt nicht einmal meine Hand. Sie hält die Augen geschlossen, allerdings merke ich an ihrem Atem, dass sie wach ist. Ich schlafe nicht. Ich esse kaum etwas. Ich habe Angst, dass Meiling mir entgleitet, wenn ich auch nur eine Minute nicht aufpasse. Und ich verstehe immer noch nicht, wie das passieren konnte, obwohl ich doch auf alles geachtet habe.

»Du musst stark sein für Meiling«, sagt Konkubine Zhao am fünften Tag. »Du solltest versuchen, dich auszuruhen.« Ich lehne ab, aber Konkubine Zhao besteht darauf. »Ich bin da. Ich wache über euch beide.«

Ich nehme Meilings schlaffe Hand in meine und lege den Kopf auf die Bettdecke. Ich schlafe gerade ein, als vier Männer in den Raum stürmen. Zwei von ihnen stellen sich mit dem Rücken zur Tür, die Speere auf den Boden gestützt. Die anderen beiden stürzen auf Meiling und mich zu. Einer von ihnen stößt mich zur Seite. Dann packen sie Meiling an den Ellbogen und zerren sie aus dem Bett.

»Was ist hier los?«, schreie ich erschrocken, als Konkubine Zhao sich in eine Ecke zurückzieht und die Hände vor den Mund schlägt.

Meiling versucht, sich zu befreien, aber sie ist klein und schwach nach allem, was sie durchgemacht hat. Von außerhalb des Zimmers kommen verzweifelte Schreie – die schrillen Töne der Eunuchen sind leicht von denen der Hebammen und Ammen zu unterscheiden. Meilings Beine geben nach, und sie sackt in den Armen der Wachen zusammen. Der stämmigere der beiden Männer deutet auf mich und Konkubine Zhao. »Ihr kommt auch mit.«

Ich kann kaum atmen, so groß ist meine Angst. Konkubine Zhao und ich stützen uns gegenseitig, während wir nach draußen zu zwei wartenden Sänften anstatt der üblichen Kutsche gedrängt werden. Lin Ta steht da, die Hände in den Ärmeln verborgen, den Blick abgewandt. Meiling wird in die erste Sänfte geschoben. Ich will ihr gerade folgen, als eine der Wachen meinen Arm ergreift und mich zurückhält. Ich wage es nicht, mich loszureißen, aber ich will nicht von Meiling getrennt werden.

»Lin Ta«, sage ich mit einer tiefen Verbeugung. »Bitte …«

Er zieht eine Hand aus seinem Ärmel und winkt die Wache wortlos weg. Bevor er es sich anders überlegen kann, steige ich neben Meiling ein, die zusammengesackt in einer Ecke der Sänfte lehnt. Mein ganzer Körper pulsiert mit einer Energie, wie ich sie noch nie erlebt habe, aber Meiling ist kaum bei Bewusstsein.

Inzwischen bin ich mit der Strecke zum Großen Inneren ziemlich vertraut. Diesmal geht es in eine andere Richtung.

»Wo bringen sie uns hin?« Meilings Stimme klingt so schlaff wie eine Blüte, die in der Sommersonne auf einem Stein liegengelassen wurde.

Ich schüttle den Kopf.

Die Fahrt ist äußerst holprig, mit Stößen und Schlingern, als wollten die Träger es uns noch schwerer machen. Als die Sänfte mit einem harten Aufprall aufgesetzt wird, fällt Meiling fast vom Sitz. Die Tür schwingt auf, zwei Hände greifen hinein und zerren sie hinaus. Beim Aussteigen sehe ich, dass wir uns in einem Hof vor dem Eingang zu einer mir unbekannten Halle befinden. Konkubine Zhao steigt von ihrer Sänfte herunter und schließt sich mir an, als wir den Wachen folgen, die Meiling mit sich zerren. Ihr Schlafgewand ist hinten mit frischem Blut befleckt. Sie ist zu schwach, um ohne Hilfe zu laufen, und die Oberseiten ihrer nackten Füße schleifen über die Pflastersteine, während die Sohlen zum Himmel zeigen. Keiner der Männer wagt es, einen Blick auf diese Blöße zu werfen, was mir verrät, wie ernst die Lage ist.

Wir betreten die Halle. Männer in förmlichen Gewändern stehen aufgereiht an den Wänden. Auf einer erhöhten Plattform vor uns stehen zwei Throne, von denen einer besetzt ist. Der Kaiser …

Konkubine Zhao und ich werden nach vorne geschoben. Als der Mann, der mich an der Schulter hält, loslässt, werfe ich mich auf den Boden – wie Konkubine Zhao neben mir – und bezeuge meine Demut.

»Ich habe mich bemüht, den Palast zu einem Ort der guten Gedanken und des schicklichen Handelns zu machen.« Die Stimme des Kaisers ist ganz und gar nicht so, wie ich sie mir vielleicht vorgestellt hätte, wenn ich auch nur einen Moment darüber nachgedacht hätte. Er klingt wie ein ganz normaler Mann – wie mein Ehemann oder mein Großvater – nur die Wörter, die er mit seiner gewöhnlichen Stimme ausspricht, lassen mich mit dem ganzen Körper erschaudern. »Ich habe nur eine einzige Ehefrau. Kaiserin Zhang ist der Mond zu meiner Sonne. Eines fernen Tages wird sie die Kaiserinwitwe sein und unserem Sohn dabei helfen, über China zu herrschen. Aber du« – er hebt einen Finger und zeigt auf Meiling – »du hast ihre Augen mit deiner abscheulichen Tat beleidigt. Ich bin außer mir vor Wut, weil die Kaiserin eine solche Verunreinigung im Großen Inneren mit ansehen musste.«

Meiling weint lautlos.

»Ich habe das Vergehen mit meinen Beratern im Strafministerium sowie mit denen, die das Ritual- und Zeremonienhaus beaufsichtigen, besprochen«, fährt der Kaiser fort. »Ihre gemeinsame Empfehlung lautet, die Übeltäterin sofort zu töten. Da du eine Frau bist, sehe ich keinen Grund, dein Leiden so zu verlängern, dass es anderen als Warnung dienen könnte. Eine Enthauptung ist schnell und schmerzlos.«

In diesem Moment öffnet sich eine Doppeltür. Die Kaiserin tritt ein, gefolgt von Lady Liu, Witwe Bao und einigen der anderen Damen, die der Kaiserin im Großen Inneren Gesellschaft leisten.

»Ehemann«, sagt Kaiserin Zhang mit einer förmlichen Verneigung. Dann besteigt sie das fürstliche Podest und setzt sich auf ihren Thron. Eine der Damen arrangiert die Gewänder der Kaiserin so, dass sie ausgebreitet um sie herum fallen und sie in dem Meer aus besticktem Brokat klein und dennoch dem Kaiser an Würde und Macht ebenbürtig erscheinen lassen. Die anderen Frauen verteilen sich zu beiden Seiten von Konkubine Zhao und mir.

»Du solltest bei unserem Sohn sein«, sagt der Kaiser. »Du solltest den Monat absitzen.«

»Ja, Ehemann«, antwortet Kaiserin Zhang. »Ich habe mein Bett verlassen, damit ich Euch um etwas bitten kann.«

»Fahr fort.«

Als Kaiserin Zhang spricht, wird mir klar, dass gleich offenbar wird, weshalb sie als »die Barmherzige« bekannt ist. Ich bete darum, dass es funktioniert.

»Die Hebamme hat die Geburt des nächsten Kaisers über ihre eigene Sicherheit und die ihres Kindes gestellt«, sagt die Kaiserin.

»Was spielt das für eine Rolle, wenn sie deine Augen beleidigt hat?«

»Ich bitte Euch um Güte.«

Der Kaiser lässt sich nicht beirren. »Ich habe meine Entscheidung getroffen.«

Kaiserin Zhang deutet auf die Reihe von Frauen vor ihr. »Jede einzelne von uns fleht Euch an …«

Mit diesen Worten finde ich meinen Mut wieder. »Ich möchte gerne ein paar Worte zugunsten der Hebamme sprechen.«

Der Kaiser wirkt verblüfft. Einige der Männer in ihren prächtigen Roben äußern brummend ihren Unmut.

»Kaiserin Zhang ist wirklich die Barmherzige«, sage ich. »Und Ihr seid Kaiser Hongzhi, der Kaiser der Großen Führung.«

»Wer ist das?«

Die Frage des Kaisers ist nicht an mich gerichtet, aber ich antworte trotzdem. »Ich bin Tan Yunxian, die Ärztin, die die Geburt Eures Sohnes beaufsichtigt hat. Ich stamme aus Wuxi. Mein Vater, Großvater, Urgroßvater und auch mein Onkel dienen seit Generationen treu dem Kaiserreich.«

Der Kaiser winkt jemandem, der sich nähert, um Anweisungen zu erhalten. Der Mann huscht daraufhin schnell aus dem Saal. Ich vermute, er soll alles, was ich gesagt habe, überprüfen, aber ich kann nicht auf eine Bestätigung warten, bevor ich weiterreden darf.

»Ich bitte Kaiser Hongzhi, diese Frau vor Euch zu betrachten.« Ich zeige auf Meiling. »Stellt Euch vor, wie sie sich gefühlt haben muss. Stellt Euch vor, wie sich die Barmherzige gefühlt haben muss.« Ich lege die Hände auf meinen Bauch, und seine Augen weiten sich, als er erkennt, was sich unter dem Faltenwurf meines Gewands und meiner Robe verbirgt. »Stellt Euch vor, Ihr wärt eine von uns und in diesem Zustand. Stellt Euch einen Moment lang vor, wie das Wesen in Eurem Inneren aus *Eurem* Körper drängt.«

Der Kaiser zuckt zusammen und wendet den Blick ab.

»Das geschah bei der Hebamme genauso wie bei mir«, fügt die Kaiserin zur Bekräftigung hinzu.

»Aber die Hebamme hat ihre Arbeit fortgesetzt«, fahre ich fort, »sie hat sich ihrer Verantwortung gegenüber der Kaiserin nicht ein einziges Mal entzogen. Die Hebamme war bereit, ihr

Leben und das ihres eigenen Kindes zu geben. Nur einer von beiden hat überlebt. Bestraft Ihr jetzt diese Frau, die schon so viel dafür bezahlt hat, weil sie getan hat, was richtig und angemessen war?«

Der Kaiser erweist mir so viel Gnade, meine Worte abzuwägen, aber ich bezweifle, dass sie seine Meinung ändern werden.

Hinter mir sagt eine leise Stimme: »Lasst die Hebamme leben.« Ich drehe mich um, um zu sehen, wer gesprochen hat, und entdecke Lady Liu, die auf die Knie sinkt und ihre Stirn auf den Boden legt.

»Ja, lasst die Hebamme leben.« Witwe Bao kommt an die Seite ihrer Schwiegertochter. Die Witwe ist alt. Sie hat wenig zu verlieren.

Dann rufen die anderen Frauen: »Lasst die Hebamme leben! Lasst die Hebamme leben!

Ein schmales Lächeln breitet sich auf dem Gesicht des Kaisers aus. Sobald es in der Halle still wird, sagt er: »Die Hebamme darf leben, bestraft werden muss sie dennoch.« Er lässt seine Worte in der Luft hängen. »Sie erhält dreißig Hiebe. Außerdem verbanne ich sie bis zu ihrem Tod aus der Hauptstadt. Zuletzt werden noch die Belohnungen, die sie erhalten sollte, gestrichen.«

Die Kaiserin nickt. »Die sollen an Doktor Tan gehen.«

»Du bist wahrlich die Barmherzige«, meint ihr Mann anerkennend.

Als die Wachen Meiling wegschleppen, ruft Kaiserin Zhang ihnen nach. »Seid behutsam. Benutzt eine Peitsche statt einer schweren Rute. Sie ist ein hübsches Mädchen. Sie hat viel verloren und wird bald noch mehr verlieren. Sie soll ihr Gesicht bewahren dürfen.«

Konkubine Zhao und ich werden ins Ritual- und Zeremonienhaus zurückgebracht. Mohnblüte kocht Tee für uns, aber die Tassen mit der Flüssigkeit werden nicht angerührt.

Jede Minute fühlt sich wie eine Stunde an. Mein Körper spannt sich jedes Mal an, wenn ich einen Schritt oder eine Stimme im Gang höre. Endlich öffnet Lin Ta die Tür. Eine Trage wird hereingebracht und auf den Boden gestellt. Meiling liegt mit dem Gesicht nach unten darauf, ihre Gesichtszüge werden von langen Haarsträhnen verdeckt, die sich während ihrer Tortur gelöst haben. Ihr rechter Arm fällt von der Trage und ruht leblos auf dem Teppich. Die Rückseite ihres Gewands ist vom Hals bis zu den Knöcheln mit Blut in unterschiedlichen Schattierungen und Konsistenzen durchtränkt – von Karmesinrot bis zu tiefem Rostrot, von glasiger Nässe an Stellen, wo der kostbare Lebenssaft weiter heraussickert, bis zu dicken, geronnenen Klumpen. Mohnblüte, die weiß, dass Ärzte kein Blut berühren dürfen, bietet an, Meiling die Kleidung auszuziehen.

»Sie können draußen warten, während ich sie wasche«, bietet Mohnblüte an.

»Ich mache das«, sage ich.

Konkubine Zhao zieht Luft durch die Zähne ein. Dann sagt sie: »Ich bleibe und helfe ebenfalls.«

Meilings Gewand ist nicht nur durchtränkt. Die Peitsche hat die Seide zerfetzt. An manchen Stellen muss der Stoff aus ihrer geschundenen Haut herausgezogen werden. So vorsichtig wie möglich schneiden Konkubine Zhao und ich den Stoff weg und legen die schrecklichen Wunden frei. Das Fleisch ist zerrissen, und in einigen Scharten sind weiße Knochen durchzusehen. Außerdem blutet sie nach ihrer Fehlgeburt immer noch stark.

»Mohnblüte, wir werden Hebamme Quon brauchen«, sage ich.

Mein Dienstmädchen verschwindet und kommt mit der Hebamme zurück. Sie zuckt nicht zusammen und erbleicht nicht. Blut ist ihr Geschäft.

»Konkubine Zhao und ich versorgen den Rücken von Junger Hebamme«, sage ich zu ihr. »Könnten Sie …«

»Gibt es noch mehr von diesen sauberen Stoffrollen?«, fragt Hebamme Quon. »Wenn wir sie über eine Schüssel halten, wie wir es normalerweise nach der Geburt tun würden, würde sie verbluten. Ich muss ihr Inneres wieder abdichten.«

Mohnblüte bringt eine Schüssel und füllt sie mit abgekochtem Wasser. Konkubine Zhaos Gesicht ist eine Maske der Entschlossenheit, während sie Meilings Rücken mit einem nassen Tuch abtupft. Bei jeder Berührung wimmert Meiling. Ich öffne meine Kräuterkiste und suche nach Zutaten für Tees, Umschläge … irgendetwas, um ihre Schmerzen zu lindern und eine Infektion zu verhindern.

Ich kehre zur Trage zurück. Die gesamte Seide ist entfernt worden. Meilings Rücken ist am schlimmsten verletzt, aber einige der Hiebe haben ihr Gesäß und ihre Oberschenkel getroffen. Ich kann das nicht ansehen. Ich beiße die Zähne zusammen, um mich zu sammeln. Ich falle auf die Knie und streiche sanft über die losen Haarsträhnen, die Meilings linke Gesichtshälfte bedecken. Kein einziger Peitschenhieb hat diese Wange berührt, und ich kann nur vermuten, dass dies auch für die rechte Seite zutrifft, wofür ich der Kaiserin danken werde. Aber was mich erschreckt, ist, dass die Augen meiner Freundin offen sind und geradeaus starren. Als meine beiden älteren Brüder starben, verlor Ehrwürdige Lady den Willen, weiterzuleben. Jetzt sehe ich die gleiche Abwesenheit in Meilings Augen.

Ich beuge mich hinunter und flüstere ihr ins Ohr: »Dein Herz ist so stark wie Eisen. Du wirst überleben. Dafür werde ich sorgen.«

~

Als ich jung war, erzählte mir Großmutter Geschichten von Frauen, die sich Fleisch aus den eigenen Schenkeln schnitten, um Suppen für kränkelnde Schwiegermütter oder schwache Söhne kräftiger zu machen. Sie erzählte von Ehefrauen, die so hingebungsvoll und treu waren, dass sie die schwärenden Wunden ihrer Männer ableckten oder Gift aus Schlangen- oder Insektenbissen saugten. Sie lobte die Frau, die sich in einen Schneesturm stellte und sich auskühlte, damit sie sich neben ihren Mann legen konnte, um sein Fieber zu lindern. Diese Frauen setzten ihren Körper ein, um ihre Treue zu zeigen. Jetzt setze ich meinen ein, um meine Liebe zu Meiling zu beweisen. Jeden Morgen steche ich eine Vene an meinem Handgelenk an, lasse das Blut in eine Tasse tropfen, fülle sie mit Tee aus Heilkräutern auf und halte sie ihr an die Lippen. Tagsüber verbinde ich mein Handgelenk mit einer Mullbinde. Trotzdem sickert das Blut durch – wie ein roter Tuschefleck – bis zum Abend, wenn ich die Wunde wieder vollständig öffne und Meiling eine weitere Tasse Tee mache, die mit meinem Lebenssaft angereichert ist.

Ich habe Hilfe von unerwarteter Seite erhalten. Lin Ta kam an jenem schrecklichen Tag zu mir und fragte mich, ob er einen Arzt holen solle, der Kriegsverletzungen behandelt. »Keinen Knochenheiler«, erklärte er, »sondern einen Mann, der sich mit Wunden von Speeren, Schwertern und, ja, Ruten und Peitschen auskennt.« Als ich zögerte, erkundigte er sich darüber, was ich über Blut, freiliegende Knochen und zerfetzte Haut und Muskeln wisse. »Wie tief ist die Peitsche in die Weichteile des Rückens von Junger Hebamme eingedrungen? Wissen Sie, wie man die Haut wieder verschließt? Sie brauchen Hilfe.«

Kaiser Hongzhi regiert erst seit vier Jahren im Frieden, und so war es für Lin Ta nicht schwer, einen älteren Mann zu finden, der Männer behandelt hatte, die in der Schlacht verletzt worden waren. Er darf das Ritual- und Zeremonienhaus nicht betreten, aber ich treffe mich jeden Abend vor dem hinteren Tor mit ihm, wo ich ihm Einzelheiten über den Zustand meiner Patientin mitteile und er mir Anweisungen gibt. Am wichtigsten ist die Frage, was mit Meilings zerfetztem Fleisch zu tun ist.

»Sie müssen es wieder zusammennähen«, rät der Arzt. Das ist eine entsetzliche Vorstellung, aber er gibt mir einen Faden aus den feinen Fasern der weißen Maulbeerbaumrinde und eine spezielle Nadel dafür. »Für die Stellen, die zu zerfetzt sind, um sie zu nähen, sollten Sie die Zimmerecken nach Spinnweben absuchen. Versuchen Sie, sie möglichst nicht zu beschädigen, und legen Sie sie über die Wunden. Sie eignen sich gut, um zu schließen, was nicht geschlossen werden will.«

Was Meiling widerfahren ist und das, was einen Soldaten ereilt, mag unter ganz anderen Umständen passieren, aber ich befinde mich trotzdem im Krieg. Die Schlacht, die ich schlage, ist die zwischen Heilung und Infektion. Ich betupfe Meilings Rücken viermal am Tag mit Adstringent. Wenn sich ihr Fleisch rötet oder Eiter austritt, suche ich im Geiste nach jenen Kräutern, von denen Großmutter mir beigebracht hat, dass sie Frauen in den schlimmsten Situationen helfen, aber ich weiß, dass eine Frau trotz der Ähnlichkeit der Verletzungen kein Mann auf einem Schlachtfeld ist. Sie hat Sorgen und Pflichten, die ein Mann nie kennen wird. Ich muss auch versuchen, Meilings Gefühle zu heilen. Ihr Geist ist so zerstreut wie Körner, die aus einem Eimer fielen. In manchen Nächten ist sie bei Verstand, in anderen stöhnt und weint sie, manchmal ruft sie eingebildete Phantome an. Mehr als einmal hat sie mein Handgelenk umklammert und gebettelt: »Lass mich sterben.«

Zwischen Morgengrauen und Sonnenuntergang überlasse ich Meiling der Obhut von Konkubine Zhao und Mohnblüte, damit ich mich um die Kaiserin kümmern kann, während sie den Monat absitzt. Als sie Meiling das Leben rettete, hat Kaiserin Zhang bewiesen, dass sie wirklich die Barmherzige sein kann, und ich werde ihr für immer dankbar sein. Aber sie braucht wenig von mir und zeigt weniger Interesse an ihrem Säugling. Er ist in der Obhut einer Amme, was seiner Mutter gestattet, mit den Damen, die ihr Gesellschaft leisten, Spiele zu spielen.

Meine Gefühle sind aufgewühlt, als wäre ich auf einer stürmischen See. Die Sehnsucht nach meinen Töchtern, meinem Mann und meinen Großeltern zerreißt mich fast. Ich mache mir ununterbrochen Sorgen um Meiling. Was ist, wenn sie von eigener Hand oder aufgrund meiner Unzulänglichkeiten stirbt? Angenommen, sie überlebt, wird sie mich für den Verlust ihres Kindes verantwortlich machen? Als wäre das alles nicht schon genug, zweifle ich an mir selbst. Wie konnte es mir entgehen, dass Meilings Probleme so schwerwiegend sind? Ich zweifle an meinem Wert als Ärztin für Frauen, als Ärztin überhaupt.

EIN LEBEN OHNE FREUNDIN ...

Meine Wehen setzen sieben Wochen nach der Geburt des zukünftigen Kaisers ein. Meiling geht es noch zu schlecht, um mir beizustehen, aber ich bin im Ritual- und Zeremonienhaus und habe Hebamme Quon, die mir bei der Entbindung hilft. Es ist mein viertes Kind, und die Wehen gehen rasch voran. Das soll nicht heißen, dass ich keine Schmerzen habe, aber sie sind erträglich. Wir befolgen alle Regeln bis auf zwei. Erstens bestehe ich darauf, dass Konkubine Zhao und Mohnblüte bei mir im Zimmer bleiben. Und als das Baby herauskommt und von meinem Körper durch einen Schnitt getrennt wird, verkündet Konkubine Zhao rasch: »Es ist ein Junge.«

Ich weine Glückstränen. Ich habe meine Hauptpflicht als Frau erfüllt: einen Sohn bereitzustellen, der sich mit Opfergaben und Gebeten um die Ahnen der Familie Yang kümmert. Mohnblüte legt ihn mir gewaschen und gewickelt in die Arme. Er hat feine schwarze Haare. Sein Mund ist rosa und perfekt geformt. Ich ziehe die Decke weg, damit ich seine Finger und Zehen zählen kann. Zehn und zehn. Ich zähle seine drei Kostbarkeiten. Alle da.

»Es obliegt mir nicht, ihm seinen offiziellen Namen zu geben«, sage ich und blicke zu Konkubine Zhao und Mohnblüte auf. »Fürs Erste soll er Lian heißen.«

Plötzlich bin ich weniger eine feine Dame als eine Bäuerin, die ein Kind gebiert und dann am nächsten Tag wieder aufs Feld geht, denn obwohl Kaiserin Zhang ihren Monat abgesessen hat, besteht sie immer noch darauf, dass ich ins Große Innere komme.

»Gratulation zur Geburt eines Sohnes«, sagt Kaiserin Zhang, als sie mich sieht.

Witwe Bao und Lady Liu wiederholen die Glückwünsche und überreichen mir große und kleine Geschenke, manche für das Baby und manche für mich.

»Ich bin gerührt. Danke«, sage ich, aber ich habe Schmerzen und merke, wie das Blut in das Tuch sickert, das ich zusammengefaltet zwischen den Beinen habe.

»Du warst eine gute Begleiterin«, sagt die Kaiserin, »und die Geburt des nächsten Kaisers war in der Tat glatt. Jedenfalls so glatt, wie es zu erwarten stand.« Sie lacht leicht, und die Hofdamen lachen mit. »Ich würde dich zwar gerne hierbehalten, aber du hast meine Erlaubnis, nach Wuxi zurückzukehren.«

»Natürlich würde es niemand als Geschenk bezeichnen, eine Frau loszuschicken, um den Monat auf dem Kaiserkanal abzusitzen.« Das kommt von Witwe Bao, die allein das Alter und den Rang hat, um so etwas vor der Kaiserin zu sagen.

Es ist weder richtig noch schicklich, den Monat außerhalb der inneren Gemächer abzusitzen, schon gar nicht auf dem Kaiserkanal, aber wenn ich am Tag nach meiner Entbindung nach der Kaiserin sehen kann, dann kann ich mich auch auf einem Boot selbst versorgen. Ich komme schneller nach Hause und kann meinem Mann persönlich noch früher von der Ankunft unseres Sohnes berichten, als wenn ich einen Kurier schicke. Ich setze mich auf. Blut sickert nach, und mir wird kurz schwindelig.

»Die Kaiserin sieht heute gut aus«, wage ich zu sagen. »Darf ich Euren Puls fühlen? Möchtet Ihr den Tee trinken, den ich zubereitet habe?«

~

Die nächsten Tage sind anstrengend, denn es werden Pläne für unsere Heimreise umgesetzt. Mohnblüte fängt an zu packen, während ich meine Pflichten gegenüber der Kaiserin erfülle. Lin Ta stellt eine Amme ab, die meinen Sohn tagsüber stillen soll, aber wenn ich abends in mein Zimmer zurückkehre, lege ich ihn mir an die Brust. Sobald Lian saugt, zieht sich der Palast des Kindes krampfhaft zusammen und schrumpft wieder zu seiner ursprünglichen Form. Ich empfinde das als noch schmerzhafter als die Wehen, und es ist auf jeden Fall schlimmer als das, was ich nach der Geburt meiner Töchter gespürt habe. Meine Brüste schmerzen, weil sich die Milch anstaut, die nicht ausreichend oft fließen kann, aber ich gebe nicht auf. So sehr ich mich bemühe, eine Bindung zu meinem Sohn zu entwickeln, so ist mein Herz nie fern von meiner Freundin.

»Ich würde dein Kind gerne sehen«, verkündet Meiling. Sie ist immerhin so weit bei Bewusstsein, um zu merken, dass mein Kind nicht mehr in mir wohnt. »Hast du einen Sohn bekommen?«

»Ja. Du kannst ihn ein andermal sehen«, antworte ich.

»Ich tue ihm nichts, falls du dir deswegen Sorgen machst.«

»Natürlich nicht, aber das machen wir besser an einem anderen Tag.« Ich fürchte, es würde ihr körperliche und seelische Schmerzen bereiten, wenn sie Lian in den Armen hält.

»Ich verstehe.« Gleich darauf fährt sie fort. »Als du zu mir nach Peking gekommen bist, dachte ich, du würdest mich endlich als ebenbürtig betrachten, aber jetzt ist mir klar, dass das niemals möglich wäre.« Sie hält inne. »Du warst eine Perle in der Hand deiner Familie. Ich bin bloß ein Kieselstein, der herumgeworfen und glatt geschliffen wurde, damit er schön aussieht, aber im Inneren bestehe ich aus nichts als Schlamm.

»Meiling …«

»Nein, hör mir zu. Du hast ein Leben voller Reinheit geführt und bist dafür mit Kindern belohnt worden. Meine Hände haben die Toten berührt. Ich bin verunreinigt und beschmutzt. Wie könnte ein Baby jemals Nahrung in meinem Palast des Kindes oder Zuflucht in meinen Armen finden? Vielleicht ist mein trauriges Schicksal auch die Strafe für Sünden, die ich in einem früheren Leben begangen habe. So oder so, wie könntest du – eine gute Mutter – mir erlauben, deinen Sohn zu berühren? Das ginge nicht.«

»Du bist weder verunreinigt noch beschmutzt. Was passiert ist, ist meine Schuld. Ich habe irgendetwas übersehen …«

Sie unterbricht mich mit einer Frage. »Hast du es jemals bedauert, dass deine Großmutter und meine Mutter uns zusammengebracht haben?«

Ich nehme ihre Hand, dieselbe Hand, die meine ergriff, als sie mich anflehte, sie sterben zu lassen. »Nie. Und jetzt versuch wieder zu schlafen. Du musst so stark werden, wie es nur geht. In drei Tagen verlassen wir diesen Ort. Wir fahren nach Hause.«

Sie bricht in Tränen aus und zittert. »Was ist, wenn Kailoo mich nicht zurücknimmt?«

Ich streiche ihr die Haare aus der Stirn und lasse die Hand dort liegen. Sie ist immer noch heiß. Ich muss ihr Fieber noch besiegen. »Zweifle keinen Augenblick daran, dass er froh sein wird, dich wieder zu Hause zu haben.«

»Ich …«

»Du und Kailoo habt eine Ehe, um die ich euch nur beneiden kann. Er liebt dich von ganzem Herzen und nicht aus Pflichtgefühl.«

Sie schnappt immer wieder kurz nach Luft, wie ein Kind, das zu lange geweint hat – aber jetzt hat sie erst einmal keine Tränen mehr.

An unserem letzten Abend in Peking kommt Hebamme Quon, um nach Meiling zu sehen. Sie meint, wir können jetzt die Verbände gegen normale Einlagen austauschen, die wir für das monatliche Mondwasser verwenden. Ich füttere Meiling eine Suppe aus eingelegten Bambussprossen, Hühnerhaut und Jujuben, denn diese Zutaten spenden Wärme und besitzen Heilkräfte. Mohnblüte packt unsere letzten Sachen zusammen. Sie wirkt bedrückt. Ich hätte gedacht, sie freut sich, in den Garten der duftenden Freuden zurückzukehren.

Am Morgen begleitet Lin Ta unsere Sänften und Eselskarren an den Hafen, wo unser Boot und die Besatzung die ganzen Monate über auf uns gewartet haben. Mohnblüte trägt meinen Sohn, während unsere Leibwächter Konkubine Zhao und Meiling an Bord helfen. Die Steuerfrau geleitet die Reisegesellschaft zu der Kabine, die wir wieder gemeinsam bewohnen. Es erfüllt mich mit stiller Freude, die vertrauten Gesichter wiederzusehen. Wir fahren nach Hause.

Ich soll gemeinsam mit dem Eunuchen überwachen, wie meine kaiserlichen Dankesgeschenke auf das Boot geladen werden. So sehe ich schon vorab, welche Belohnungen alleine ich für diese Reise bekommen habe: Zehn Viertelscheffel Reis und viele Kätti Kohle, diverse köstliche Genussmittel – Tee aus den entlegensten Gebieten des Reichs, Lingzhi-Pilze, die das Leben verlängern, und feuriger Maotai für die Feiern der Männer, Stoffballen (ursprünglich aus unserer Provinz), Möbel, Laternen, Bambuswandschirme, Bronzebecken und andere rituelle Gefäße, Keramik für jeden Zweck, Essgeschirr aus Jade und Elfenbein, Pinsel, Tusche, Reispapier und Bücher, Regenhüte und Regenschirme aus geöltem Papier sowie Schnüre aus Käschmünzen und Gold und Silber in Form von Barren und Schmuck. Genauere Informationen über eine Zuteilung von

Land an die Familie Yang wurden offensichtlich über eine versiegelte Verfügung vorausgeschickt.

Lin Ta lächelt mich schief an. »Sie kehren mit prächtigen Geschenken zurück, während Junge Hebamme von Glück sagen kann, dass sie noch atmet.«

»Das ist nicht gerecht.«

Lin Ta sieht sich um, um sicherzugehen, dass niemand zuhört, dann flüstert er: »Ich an Ihrer Stelle würde die Zeit auf dem Boot nutzen, um meine Geschenke genauer anzusehen. Vielleicht wäre es besser, sie in handlichere Gefäße, Truhen und andere Behälter umzuverteilen.«

»Das ist eine höfliche und diskrete Formulierung meines Wunsches«, sage ich, denn ich hatte bereits vor, einen Teil meiner Geschenke abzuzweigen, um sie nach unserer Ankunft in Wuxi zu Meiling transportieren zu lassen.

Lin Ta spricht wieder mit normaler Lautstärke. »Das Boot ist gut bestückt mit lebendem Geflügel, Weizennudeln, Tofu und Walnüssen. Aus diesen Zutaten lassen sich leicht Mahlzeiten zubereiten, das heißt, Sie müssen auf der Heimfahrt weniger oft anhalten.«

»Ich danke Ihnen für Ihre Freundlichkeit«, sage ich. »Vielleicht kann ich mich eines Tages für Ihre Gastfreundschaft und Großzügigkeit erkenntlich zeigen.«

Er ist sichtlich gerührt, winkt aber ab. »Nicht nötig. Nicht nötig.«

Ich bleibe an Deck, bis der Kanal eine Kurve macht und der Hafen verschwindet. Ich bin noch nicht bereit, zu Meiling und den anderen zu gehen. Ich unterhalte mich ein bisschen mit der Steuerfrau, die ihre Hände hochhält und mit den Fingern wackelt.

»Ich bin wieder ganz gesund!«, ruft sie.

»Ja, wirklich.«

»Ich habe jetzt so viel Energie, dass die Bootsmänner ganz verunsichert sind«, vertraut sie mir an. Dieses Problem hatte ich nicht vorhergesehen. Aber ihr scheint das egal zu sein. »Sollen sie doch vor einer Frau mit frischer Tatkraft den Kopf einziehen. Sollen sie mich doch als streitsüchtig bezeichnen. Immerhin bin ich hier diejenige, die das Sagen hat und die sie bezahlt.« Aus einem Tonkrug gießt sie Tee in eine Tasse und reicht sie mir. »Hier. Setzen Sie sich ein bisschen hin.«

Wir schweigen, während die Außenbezirke der Hauptstadt vorbeiziehen. Mein Sohn schreit, und ich spüre, wie meine Milch kommt. Ich will gerade zu ihm gehen, als ein anderes Boot nördlich an uns vorbeigleitet. Auf dem Deck steht ein Eunuch in vollem Ornat. Mit Pfeil und Bogen bewaffnet zielt er auf einen Mann, der einen Korb mit Kohlköpfen auf dem Rücken trägt, während er auf dem Treidelpfad in Richtung Stadt geht. Der Händler stürzt zu Boden. Über das Wasser hinweg höre ich das schrille Lachen des Eunuchen. Der Mann an Land steht auf. Er klopft seinen Körper ab, um sich zu vergewissern, dass er nicht verletzt ist, und macht sich daran, seine verstreuten Kohlköpfe aufzusammeln. Der Eunuch spannt erneut seinen Bogen und zielt auf einen anderen Passanten. Diesmal fliegt der Pfeil an dem auserkorenen Opfer vorbei und verschwindet in einem stacheligen Feld. Der Eunuch greift in seinen Köcher, um einen dritten Pfeil zu holen. Kaiser Hongzhi hofft vielleicht, die Moral im Reich wiederherzustellen, aber das wird ihm nicht gelingen, wenn Mitglieder des Hofes zum Vergnügen auf einfache Menschen schießen.

~

Wir haben Rückenwind, aber an manchen Tagen fühlt es sich so an, als würden wir von einem Strom aus Meilings Tränen angetrieben werden. Die meiste Zeit verbringen wir drinnen, mit zugezogenen Vorhängen, und das einzige Licht kommt von einem flackernden Lampendocht. Meiling trägt für gewöhnlich eines der einfachen Gewänder, die sie aus Wuxi mitgebracht hat, und ihr Haar ist zu einem schlichten Dutt geknotet. Beides unterstreicht, wie dünn sie geworden ist. Ich denke immer wieder daran, wie ich Meiling bei ihrer Ankunft in der Hauptstadt zum ersten Mal sah. Wie glücklich sie war … Aber Glück ist vergänglich. Yin und Yang kämpfen immer um Gleichgewicht, wobei manchmal die Dunkelheit des Yin gewinnt und die Helligkeit des Yang danach strebt, alles wieder auszubalancieren.

»Ich gebe mir die Schuld an Meilings Fehlgeburt«, vertraue ich Konkubine Zhao eines Abends an, als wir zusammen auf dem Deck sitzen, nachdem ich Lian gestillt habe. »Ich hätte merken müssen, dass etwas nicht stimmt.«

»Ich bezweifle, dass sie dir die Schuld gibt«, sagt Konkubine Zhao.

»Ich glaube schon.«

»Dann solltest du mit ihr reden.«

»Das scheint sie nicht zu wollen.«

»Bist du sicher? Hast du es schon versucht?«

Das habe ich nicht, aber ich habe Meilings Schweigen als Vorwurf aufgefasst. »Wie soll sie mir verzeihen, wenn ich mir selbst nicht verzeihen kann?«, frage ich Konkubine Zhao, während ich Lian in meine Arme bette. »Was auch immer sie für mich empfindet, es wird noch schlimmer, seit ich einen Sohn habe. Jedes Geräusch, das er von sich gibt, muss sich für sie anfühlen wie ein weiterer Stoß mit dem Schwert.« Ich zögere, weil ich mich scheue, meine tiefste Angst zu offenbaren. »Ich weiß nicht, ob es einen Weg zurück zu dem Vertrauen und der tief empfundenen Liebe gibt, die Meiling und ich als Mädchen für uns entdeckt haben.«

»Jede Minute des Schweigens, die du zulässt, wird euch beide noch weiter voneinander entfernen. *Es dauert ein Leben lang, einen Freund zu finden, aber verlieren kann man ihn in einer Stunde*«, sagt sie. »*Ein Leben ohne Freund ist ein Leben ohne Sonne. Ein Leben ohne Freund ist der Tod.*«

Ich nicke, um ihre Weisheit zu akzeptieren. »Kannst du das Baby für eine Weile nehmen?«

Lian öffnet nicht einmal die Augen, als ich ihn Konkubine Zhao übergebe. Ich kehre in unser Zimmer und zu Meilings scheinbar unauflöslicher Reserviertheit zurück. Ich bitte Mohnblüte, an Deck zu gehen. Nachdem sie gegangen ist, setze ich mich auf die Kante von Meilings Pritsche. Sie rollt sich von mir weg. Ich lege eine Hand auf ihren Fußknöchel, um ihr klarzumachen, dass ich nicht weggehen werde.

»Ich denke immer wieder darüber nach, was ich hätte anders machen können«, beginne ich, obwohl es mir vorkommt, als spräche ich ins Leere. »Ich habe alles, was ich dir verabreicht habe, noch einmal überprüft und bin alle Vier Untersuchungen, die ich an dir durchgeführt habe, durchgegangen. Ich sollte einen Fehler finden – vielleicht einen Fehler in einer meiner Rezepturen –, aber ich entdecke nichts. Vielleicht war es ja auch einfach so vorherbestimmt. Vielleicht hatte das Baby auch einen Makel – eine Geistesschwäche oder eine Missbildung. Kann man eine Fehlgeburt überhaupt als glückliches Unglück betrachten?«

»Als glückliches Unglück?« Ihre Stimme dringt zu mir durch wie vom Grund eines Brunnens.

»Das würde nicht bedeuten, dass ich keine Schuld daran trage«, füge ich rasch hinzu. »Die habe ich, und ich werde im

Jenseits sicher für meine Fehler bezahlen.« Sie rührt sich nicht. Ich atme tief durch und versuche, fortzufahren. »Dein Verlust ...«

»Hör auf!«

»Ich versuche doch nur, mich zu entschuldigen ...«

Sie richtet sich so plötzlich auf, dass ich verblüfft bin. In ihren Augen liegt derselbe Schmerz, den ich darin gesehen habe, als sie mir sagte, dass sie Wehen hat. »Das war nicht deine Schuld. Es war meine.«

»Du darfst dir nicht die Schuld geben ...«

Sie schüttelt entschieden den Kopf. »Du irrst dich völlig«, platzt sie heraus. »Ich habe ein Mittel von Doktor Wong eingenommen. Es war eigentlich für *dich* bestimmt. Meine Selbstsucht hat *dich* geschützt.«

Ich richte mich verwirrt auf. »Was soll das heißen? Doktor Wong hat nichts für mich verschrieben.«

»Doch.«

Ich warte ab, denn ich fürchte, sie wird sich wieder in ihr Schweigen zurückziehen, wenn ich sie dränge. Doch als sie wieder spricht, wünsche ich mir nichts sehnlicher, als dass ich ihre Worte nicht hören könnte.

»Lady Kuo hat Doktor Wong gebeten, seine beste Rezeptur zu mischen, um dich und dein Baby in der letzten Phase der Schwangerschaft zu schützen«, stammelt sie.

»Sie hat mir nichts dergleichen gegeben.«

»Weil sie wahrscheinlich wusste, dass du es nicht einnehmen würdest.« Wieder folgt ein langes Schweigen. Dann: »Sie hat die Kräuter Mohnblüte gegeben.«

»Mohnblüte?«

»Sie sollte die Mischung zubereiten und sie dir verabreichen, wenn du den siebten Monat erreicht hast. Ich habe die Zutaten gestohlen und sie stattdessen für mich angesetzt.«

Meiling senkt den Kopf, sodass ich ihre Augen nicht sehen kann. »Es gibt viele Sprüche über meine Gier und meinen Neid. *Der Anblick der Kostbarkeit liefert das Motiv … Ein Plan wird geboren, wenn ein Mensch verzweifelt ist …* Aber keiner ist treffender als: *Nachlässigkeit beim Wegräumen von Dingen lehrt andere das Stehlen.* Ich wusste, wo die Zutaten waren, und ich nahm sie mir. Ich habe mir so sehr ein Kind gewünscht, aber genau das habe ich als Strafe dafür verloren, dass ich gestohlen habe, was für dich bestimmt war.«

Ihr Geständnis macht die Sache nicht klarer. »Warum wolltest du denn etwas nehmen, das für mich bestimmt war, Meiling? Warum?«

»Ich dachte, wenn es für dich gut ist, warum sollte ich es dann nicht nehmen?« Sie weint wieder. »Weißt du noch, als meine Mutter sagte, dass eine Metall-Schlange einen Hang zum Neid haben kann? Ich habe einen Preis für meinen Neid bezahlt. Mein Baby ist gestorben.«

Ich schüttle den Kopf. »Irgendetwas stimmt hier nicht. Doktor Wong und ich haben vielleicht unterschiedliche Vorstellungen von Bluterwärmung und Blutkühlung während der Schwangerschaft – und sein Rezept könnte dem entgegengewirkt haben, was ich dir gegeben habe –, aber das hätte nicht zu einer Fehlgeburt geführt. Hast du noch irgendwelche von den Zutaten? Ich würde gerne sehen, was er verwendet hat.«

Mühsam erhebt sich Meiling vom Bett, geht zu einer ihrer Taschen, kramt darin herum und kommt mit einem Seidenbeutel zurück, der mit einer geflochtenen Kordel verschnürt ist. Ich öffne ihn und schütte den Inhalt auf die Bettdecke. Während meine Finger von einer Zutat zur nächsten wandern, bekomme ich einen entsetzlichen Schreck.

»Und?«, fragt Meiling.

»Achyranthis wird oft verwendet, um altes monatliches Mondwasser auszustoßen oder den Palast des Kindes nach der Geburt von restlichem Blut zu befreien«, antworte ich. Meine Kehle schnürt sich zu. »Aber man kann es auch bei Frauen anwenden, die zu kränklich sind, um ein Kind auszutragen. Durch das Ausstoßen des Embryos erhält die Frau die Chance, weiterzuleben.«

Meiling schlägt die Hand vor den Mund, während sie das alles aufnimmt.

Ich bringe die nächsten Worte kaum hervor. »Und hier sind Pfirsichkerne.«

»Ja. Und?«

»Die gehören zu jedem Abtreibungsrezept.« Ich wende den Blick ab. »Das ist tibetischer Krokus«, fahre ich fort, »eine Medizin, die Blut bewegt. Manche Frauen benutzen es, um ihr monatliches Mondwasser zu regulieren, aber es kann auch eine Abtreibung oder Fehlgeburt auslösen. Wenn es nicht richtig eingenommen wird, kann eine Frau leicht verbluten, was bei dir beinahe der Fall war. Diese Tragödien wären mir genauso widerfahren, wenn ich dieses Mittel eingenommen hätte.«

Meiling begreift die Tragweite dessen, was ich sage. Sie ruft: »Aber warum?«

Ich kenne die Antwort nicht, aber es gibt jemanden an Bord, der es wissen könnte. Ich lasse Meiling schluchzend auf dem Bett zurück, gehe wieder an Deck und bitte Mohnblüte, mit mir zu kommen. Konkubine Zhao folgt mir, meinen Sohn in den Armen.

Als wir das Zimmer erreichen, sehe ich Mohnblüte an. »Erzähl uns von den Kräutern, die du mir geben solltest.«

Mein Dienstmädchen macht ein langes Gesicht. Es scheint, als hätte sie diesen Moment erwartet und sich davor gefürchtet. »Es tut mir sehr leid, Lady Tan, aber ich muss sie verlegt haben.«

Meiling gesteht schwach und betrübt, dass sie die Zutaten an sich genommen hat.

Mohnblüte macht große Augen, ihre Erleichterung ist ihr deutlich anzusehen. Ich befrage sie, und sie gibt mir Antworten.

»Sie hatten eine weite Reise vor sich, und Lady Kuo wollte, dass Sie wohlbehalten einen Enkel gebären. Sie wollte, dass Sie lange genug leben, um ihn nach Hause zu bringen. Ich sollte die Anweisungen von Doktor Wong für die Zubereitung des Tees befolgen und dafür sorgen, dass Sie ihn trinken. Er hat sie mir gegeben.«

Lange genug leben, um ihn nach Hause zu bringen? Das ist unerfreulich, aber ich muss annehmen, dass Lady Kuo glaubte, sie würde das Beste für mich tun. Das erklärt aber nicht Doktor Wongs Rezeptur.

»Warum sollte Doktor Wong Mohnblüte diese Zutaten geben, außer er wollte mir schaden?«, frage ich meine Mitreisenden. »Oder ist er derartig unfähig?«

»Wir werden erst Antworten darauf finden, wenn wir nach Hause zurückgekehrt sind«, sagt Konkubine Zhao, die immer für klares Denken und Ruhe sorgt.

»Sobald wir Wuxi erreichen ...« – tue ich dann was genau? Meine Schwiegermutter zur Rede stellen? Von Doktor Wong eine Antwort verlangen? Ich zwinge mich, meine Fassung wiederzufinden. »Wuxi ist noch Wochen entfernt«, verkünde ich allen Anwesenden. »Jetzt, da ich weiß, was Meiling genommen hat, kann ich die Zeit nutzen, um herauszufinden, wie ich sie besser behandeln kann.« Ich wende mich an meine Freundin. »Ich beginne mit Kräutern, die deine Blutung stillen, und verabreiche weiterhin das Vier-Substanzen-Dekokt und das

Dekokt aus zwei gereiften Zutaten. Letzteres ergänze ich mit Kardamom, um dein Qi zu regulieren, deinen Magen zu beruhigen und deinen Appetit zu steigern, mit Nussgras-Rhizom, um deinen Blutfluss zu beruhigen und zu steuern, und mit der unreifen Frucht der Bitterorange, um die Wundheilung zu fördern. Hört sich das gut für dich an?«

~

Je weiter wir nach Süden kommen, desto wärmer wird es. Wir nähern uns dem Ende des fünften Mondmonats, und mit jeder Stunde nehmen Hitze und Feuchtigkeit zu. Um es uns leichter zu machen, setzt sich unsere kleine Gruppe draußen unter ein Vordach und betrachtet die Wolken, die über den Himmel jagen. Die etwas kühlere Luft – und die Veränderungen in der Landschaft – tun meiner Freundin gut, auch wenn sie immer noch mit Müdigkeit und Lustlosigkeit zu kämpfen hat. Nach dem Abendessen kehren wir oft an Deck zurück, wo die Bootsmänner uns lautlos durch das Wasser rudern oder staken. Aber in manchen Nächten, wenn meine Mitreisenden eingeschlafen sind, lasse ich mir von der Steuerfrau bei der Durchsicht meiner kaiserlichen Geschenke helfen. Ich verteile viele der Gegenstände – Textilien, Einrichtungsgegenstände und Grundnahrungsmittel – auf mehrere große Truhen und vereinbare mit der Steuerfrau, dass sie nach unserer Ankunft zu Meiling nach Hause geschickt werden. Ich weiß nicht, was meine Freundin davon halten wird, aber ich hoffe, dass diese Dinge ihren Nachbarn und potenziellen Patientinnen einen greifbaren – und sehr sichtbaren – Beweis für den Erfolg darstellen werden, den sie in der Hauptstadt erzielt hat. Niemand muss die Wahrheit darüber erfahren, was passiert ist, und zum

Glück hat niemand die Möglichkeit, es herauszufinden. Auch wird niemand begreifen, dass die Geschenke, die sie erhalten hat, im Vergleich zu dem, was ihr meiner Meinung nach für die Geburt des nächsten Kaisers zusteht, armselig sind.

Wir wissen, dass wir unsere Provinz erreicht haben, als wir Orangen-, Pomelo-, Longan- und Litschi-Plantagen entdecken. Auch andere Schätze kommen zum Vorschein: Enten, Gänse und Schweine, Kiefern- und Bambuswälder, Reis-, Raps- und andere Felder, Maulbeerblätter, die als Futter für die Seidenraupen gepflückt werden, der Geruch von Fisch, der an der Luft getrocknet wird, und von dampfenden Reistöpfen. Als wir zwei Tage von Wuxi entfernt sind, hält unser Boot an, damit ein Bote vorauseilen kann, um unseren Familien mitzuteilen, dass wir bald zu Hause ankommen werden.

Am Morgen unserer Ankunft stehe ich früh auf und gehe nach draußen. Der Himmel sieht aus wie eine tief hängende, glühende Decke aus Feuchtigkeit. Die kommenden Stunden werden heiß und ungemütlich sein. Ich stille meinen Sohn, nehme ein einfaches Frühstück zu mir, bade und kleide mich für meinen Ehemann an, ohne zu wissen, ob er im Garten der duftenden Freuden, in Nanjing oder auf Reisen sein wird. Aus einer der Truhen mit meinen Geschenken wähle ich ein rosafarbenes Kleid über einem weißen Faltenrock, der gut verbirgt, dass ich vor kurzem ein Kind bekommen habe. Darüber trage ich eine ärmellose Jacke aus schwarzem Satin. Diese Zusammenstellung mag keine Sehnsucht nach dem Schlafgemach wecken, aber sie wird meinem Mann und seiner Familie zeigen, dass ich in ihrem Streben nach Beziehungen und Belohnungen erfolgreich war.

Männer vertäuen das Boot an der Hauptanlegestelle von Wuxi. Ich hatte gehofft, mein Mann würde mich erwarten.

Dass er nicht hier ist, um mich zu begrüßen und unseren Sohn kennenzulernen, ist eine Enttäuschung. Neben mir reckt Meiling ihren Hals wie eine Gans, die auf der Suche nach ihrem Ganter ist. Sie entdeckt ihren Mann nicht und wirkt gekränkt und verwirrt. Doch es wurden drei Sänften und mehrere Wagen für unseren Transport geschickt. Die Stimmung am Hafen ist zwar gedämpfter und das Treiben längst nicht so hektisch, wie ich es in Erinnerung habe, aber viele Männer springen rauf und runter vom Boot, rufen Befehle und heben Truhen. In dem ganzen Trubel erscheinen uns unsere Verabschiedungen hastig. Konkubine Zhao steigt in ihre Sänfte, die Träger heben sie an, und in Sekundenschnelle ist sie auf dem Weg zum Haus meiner Großeltern. Ich nehme Meiling in den Arm.

»Du bist so schön, dass du die Blumen beschämst«, sage ich. Ich meine es ernst. Irgendwie hat das Elend, das sie ertragen musste, sie so schön und ätherisch gemacht wie eine Fee in einem Traum. »Dein Mann wird sich freuen, dich zu sehen. Meinst du, euer Haus ist schon fertig?«

»Ich gehe dorthin, wo die Träger mich hinbringen. Ob es der Teeladen oder unser neues Heim ist, bleibt eine Überraschung.« Sie klingt wehmütig und unsicher, als sie fragt: »Kommst du mich besuchen?«

»Sobald ich kann. Ich verspreche es.«

Dann ist auch sie verschwunden. *Aller Kummer der Welt rührt vom Abschied, ob im Leben oder im Tod.*

Ich bleibe am Anlegesteg, bis die Fracht ganz ausgeladen und auf die Wagen gehoben wurde, um an ihren jeweiligen Bestimmungsort gebracht zu werden. »Wenn ihr den Garten der duftenden Freuden erreicht habt, bringt die Kisten mit meiner Garderobe und meinen Medikamenten in mein Schlafgemach«, weise ich die Männer an, während mir der Schweiß die Beine hinabrinnt. »Den Rest soll Lady Kuo beaufsichtigen.«

Ich bedanke mich bei der Steuerfrau und verabschiede mich, dann steige ich mit meinem Baby in die Sänfte. Mohnblüte läuft wie immer neben uns her. Ich freue mich darauf, Lian meinem Mann vorzustellen, und ich bin bereit für jegliche Konfrontation mit Doktor Wong, aber irgendwie spüre ich, dass etwas nicht stimmt. Ich höre keine Händler, die ihre Waren anpreisen, keine Männer, die sich gegenseitig zuschreien, aus dem Weg zu gehen, und keine Frauen, die über den Straßenlärm hinweg ihre Kinder rufen, damit sie nach Hause kommen. Nur das leise Tappen der Schritte der Träger dringt durch die Wände der Sänfte zu mir herein. Tatsächlich ist die Ankunft im Garten der duftenden Freuden ganz und gar nicht das, was ich erwartet habe.

EIN SETZLING IN EINEM TAIFUN

Keine Wachen stehen am Tor, um mich zu begrüßen. Ich trage meinen Sohn über die Schwelle in die unheimliche Stille. Nicht einmal der Gesang der Frauen an ihren Webstühlen ist zu hören. Schnell gleite ich vom ersten in den zweiten Hof und gehe weiter. Im Hof der flüsternden Weiden treffe ich auf zwei Männer am Eingang zu dem Garten, nach dem das Haus benannt ist. Sie weichen zurück, als ich mich ihnen nähere.

»Nicht näherkommen«, sagt einer der beiden.

»Ihr Gesicht ist frei«, bemerkt der andere. Dann befiehlt er mir: »Zeigen Sie uns Ihre Arme.«

Bei diesen Worten wird mir bang. »Ist es die Himmelsblumenkrankheit?«, frage ich.

Ihr Schweigen gibt mir die Antwort. *Ailan … Mein Baby …* Sie wurden beide nicht vom Pockenimpfmeister besucht.

»Sind die Kranken im Garten?«, frage ich.

»Sie wurden in die Einsiedelei gebracht«, antwortet der erste Mann. »Wir sollen verhindern, dass jemand den Garten verlässt.«

»Wie viele sind drinnen?« Ich nicke mit dem Kopf in Richtung des verriegelten Tors hinter ihnen. Ich atme so schwer, dass ich nur ruckartig sprechen kann. »Sind Kinder dort? Sind Mädchen dabei?«

Die beiden Männer wechseln Blicke. Ich weiß nicht so recht, was das bedeutet. Vielleicht hat niemand mitgezählt … Vielleicht sind es zu viele, um sie zu zählen …

Meine nächste Frage ist die wichtigste, denn die Antwort wird mir verraten, was bereits geschehen ist und was noch kommen wird. »Wie lange ist die Seuche schon hier?«

»Die ersten Fälle sind vor zwei Wochen aufgetreten«, antwortet einer der Männer. Das bedeutet, dass die Krankheit bereits ihren Höhepunkt erreicht hat.

Ich versuche, meinen rasenden Herzschlag zu beruhigen. »Ist mein Mann hier?«

»Der junge Gebieter Yang ist in Nanjing.«

Erleichterung. Er ist in Sicherheit, aber dann werde ich wieder in die beängstigende Realität zurückgezogen. Ich bin nicht mutig genug … Ich bin nicht kundig genug … Ich lege mir drei Finger auf die Lippen. *Tapp, tapp, tapp*. Die Bewegung beruhigt mich, während der Rhythmus gleichzeitig meine Berechnungen widerspiegelt – als würde ich die Kugeln eines Abakus verschieben, um eine Lösung zu finden. Ich muss meinen Sohn beschützen … Ich muss meine Töchter finden … *Tapp, tapp, tapp.*

Ich wende mich an Mohnblüte. Sie ist kreidebleich vor Angst. Ich versuche, sie zu beruhigen. »Du brauchst dir keine Sorgen zu machen. Du hast die Pocken bereits überlebt, genau wie ich.« Sie nickt langsam, aber ich bin mir nicht sicher, ob sie mir glaubt. »Komm mit.«

Ich eile zu meinen Gemächern. Drinnen angekommen, reiche ich das Baby Mohnblüte, die mich stumm anstarrt.

»Behalte ihn hier«, weise ich sie an. »Geh auf keinen Fall nach draußen und lass niemanden herein.«

Ich verlasse den Raum, ziehe die Tür zu und warte, bis Mohnblüte sie von innen verriegelt. Ich bin weiterhin wachsam und setze vorsichtig einen Fuß vor den anderen, um in der Eile nicht zu stürzen. Als ich das Zimmer meiner Töchter erreiche, drücke ich die Klinke. Die Tür ist abgeschlossen, was ich für ein gutes Zeichen halte. Ich klopfe und rufe leise den Namen meiner ältesten Tochter: »Yuelan.«

Im Inneren rührt sich etwas. Dann, ganz nah, gleich auf der anderen Seite der Tür, sagt Yuelan: »Mama.«

»Geht es dir gut?«

»Chunlan und mir geht es gut, aber Ailan …« Yuelan beginnt zu weinen. »Wir haben sie nach draußen gebracht, als das Fieber kam. Jemand hat sie in den Garten mitgenommen.«

Damit weiß ich, was ich tun muss, so sehr ich auch zweifle. Doch zunächst versuche ich, meinen Töchtern Mut zuzusprechen für alles, was noch kommen mag.

»Ihr habt alles richtig gemacht«, sage ich. »Ich bin stolz darauf, dass ihr meine Kinder seid. Vergesst das nie.«

Das herzzerreißende Weinen meiner beiden ältesten Mädchen folgt mir durch den Korridor zurück in mein Schlafgemach. Mohnblüte schließt die Tür auf und lässt mich ein. Ich durchstöbere eilig meine Regale und packe alle Kräuter, die ich für nützlich halte, in Beutel. Als ich ihr erkläre, was ich vorhabe, fängt sie an zu schluchzen. Es fällt mir schwer genug, meine eigene Angst zu unterdrücken, und ich habe weder die Zeit noch den Willen, sie zu trösten. Mohnblüte stellt meine Beutel in den Flur, ich nehme Lian auf den Arm, und wir gehen gemeinsam zum Zimmer meiner Schwiegermutter. Ich habe Angst, dass meine Unsicherheit eine Barriere aufbaut, die ich nicht durchdringe, wenn ich auch nur eine Sekunde zögere.

Die Tür meiner Schwiegermutter ist abgeschlossen, aber ich höre ihr vertrautes *kieck, kieck*. Sie ist am Leben.

»Lady Kuo«, rufe ich. »Lady Kuo.«

Genau wie zuvor bei meinen Töchtern rührt sich etwas im Inneren.

»Yunxian?«

»Ja, ich bin es. Ich bin hier.«

Sie macht die Tür nicht auf.

»Viele sind krank.« Die Art und Weise, wie diese drei Worte aus Lady Kuos Mund kullern, verrät mir, dass sie getrunken hat. »Zu Anfang dachten wir, die Kinder litten einfach nur unter Kindlicher Furcht.«

Dies ist ein häufiger Fehler bei der Diagnose von Pocken. Bei Furcht können die Kinder unruhig sein, weinen, sie wollen nicht an der Brust trinken, verweigern Nahrung oder können sie nicht bei sich behalten, sie bekommen Fieber oder Krämpfe. Alle diese Symptome können eintreten, lange bevor die Himmelsblütenpusteln der Pocken sich ausbrechen.

»Ist Doktor Wong im Garten?«, frage ich.

Zum ersten Mal sagt meine Schwiegermutter etwas Kritisches über ihn. »Er hat sich als zu feige erwiesen, um hineinzugehen.« Dann sagt sie: »Yunxian, kannst du helfen?«

Es gibt kein Heilmittel für Pocken – entweder man überlebt oder nicht –, aber ich verspreche, mein Möglichstes zu tun. Ich stelle noch ein paar Fragen und versuche dabei, mir meine Angst nicht anmerken zu lassen. Ich habe einige Bitten. Die erste lautet, dass Lady Kuo eine Amme besorgen soll, die entweder die Impfung als Kind oder die Pocken überlebt hat, um meinen Sohn zu stillen.

»Ein Enkel!«, ruft sie aus. Die Tür öffnet sich. Selbst unter diesen katastrophalen Umständen kann sie sich über die gute Nachricht freuen. Sie schwankt etwas, aber nicht so sehr, dass ich meinen Sohn nicht bei ihr lassen kann. Ich muss darauf vertrauen, dass sie alles tun wird, um dafür zu sorgen, dass er satt, in Sicherheit und gesund ist.

»Es ist das Recht meines Mannes, unserem Sohn einen Namen zu geben«, sage ich, »aber bitte lassen Sie Maoren wissen, dass ich das Baby Lian nenne.«

Ich drücke ihm die Lippen auf die Stirn. Wenn ich ihn besuche, bevor diese Plage vorbei ist, werde ich ihn wahrscheinlich für immer verlieren. Das fötale Gift in ihm ist noch frisch, sodass er zu jung ist, um zu überleben, sollte der Pesthauch der Krankheit ihn erreichen.

Lady Kuo nimmt mir Lian vorsichtig aus den Armen. Hier ist endlich der Enkel, auf den sie gewartet hat. Sie legt eine Hand auf meinen Ärmel und sagt: »Manzi ist im Garten. Bitte rette ihn.«

Ich verstehe, dass sie Manzi liebt wie ihren zweiten Sohn. Sie ist in ihn vernarrt, seit er auf der Welt ist, und sie hat in den letzten vierzehn Jahren zweifellos mehr Zeit mit ihm verbracht als mit ihrem eigenen leiblichen Sohn, meinem Mann. Ihre Zuneigung zu dem Jungen spiegelt sich in den Brautgeschenken wider, die der Familie des Salzhändlers für ihre Tochter geschickt wurden, und in den Plänen, die jetzt schon für die Hochzeitsfeier in zwei Jahren in die Wege geleitet wurden, die meiner eigenen in nichts nachstehen wird.

»Ich werde alles tun, was ich kann«, verspreche ich ihr.

Was könnte es im Universum Schwierigeres geben, als meiner Schwiegermutter, meinem Sohn und meiner Dienerin den Rücken zu kehren? Mein Herz klopft und meine Brüste schmerzen, aber ich gehe zurück, hole die Beutel und laufe zum Eingang des Gartens der duftenden Freuden. Die beiden Wachen lassen mich passieren, und im Nu bin ich von der Schönheit und Ruhe der Pflanzen und Steingärten umgeben. Ich gehe über die Kieselwege zur Einsiedelei. Auf der Terrasse liegen Bündel. Erst als ich die Zickzackbrücke überquere, erkenne ich, dass es sich dabei um Menschen handelt, was bedeutet, dass das Innere der Einsiedelei bereits voll sein muss.

Als ich auf die Terrasse trete, erhasche ich einen ersten Blick auf das Übel. Ich hatte mir vorgestellt, es sähe aus wie ein normaler Ausschlag – fleckig, rot, vielleicht schuppend oder nässend –, aber ich lag falsch. Wir nennen die Pocken *tian hua* – Himmelsblumen –, aber sie werden auch als *dou*-Ausschlag, als Bohnenausschlag, bezeichnet, weil die Knoten wie harte Bohnen unter der Hautoberfläche aussehen und sich auch so anfühlen. *Sehr* harte Bohnen.

Ich muss meine Tochter finden.

Während ich an den Kranken vorbeigehe, lasse ich den Blick über entblößte Stellen schweifen. Einige haben nur ein paar Bohnen, aber andere sind übersät damit, sodass sie jeden Zentimeter der Haut bedecken. Ich überschreite die Schwelle zur Einsiedelei. Sofort halte ich mir Mund und Nase zu. Der Gestank ist entsetzlich. Wie alles in der Natur muss auch die Bohne wachsen, sprießen und sich öffnen. Aber anstatt eine Blüte zu bilden oder Früchte zu tragen, platzt diese Bohne schließlich auf und setzt das Gift in ihr frei. Die Leute vor meinen Augen haben dieses Stadium der Krankheit erreicht. Jetzt werden sie entweder sterben wie meine Brüder oder überleben wie ich. Wenn sie überleben, werden einige bis zur Unkenntlichkeit entstellt sein. Vielleicht werden ihre Eheverträge annulliert. Wenn sie Bedienstete sind, werden sie vielleicht entlassen. Die Glücklichen werden wie ich enden. Ihnen bleiben nur ein paar wenige Pockennarben, um der Welt ihre innere Stärke zu zeigen.

»Mama.«

Ich drehe mich im Kreis, um zu sehen, wo die Stimme herkommt. In einer Ecke sitzen zwei Frauen mit dem Rücken an der Wand. Eine von ihnen hebt eine Hand und winkt mich zu sich. Ich steige über Menschen hinweg, die auf Matten liegen, die willkürlich auf dem Boden verteilt sind. Als ich mich den beiden Frauen nähere, sehe ich, dass eine von ihnen ein Baby hält. Ihr Gesicht ist so mit Bohnen bedeckt, dass ich sie nicht erkenne. Sie ist so auffällig und schön gekleidet, dass sie eine Konkubine sein muss. Die andere Frau ist ähnlich gekleidet. Zu beiden Seiten hat sie zu Bündeln verschnürte Kinder, wie es scheint.

Als ich mich nähere, sagt die zweite Frau: »Ich bin es, Konkubine Chen.« Ich bin erstaunt, wie viel sie abgenommen hat, seit ich sie das letzte Mal gesehen habe. Ihr Körper scheint in die Zeit zurückversetzt worden zu sein, in der sie Gebieter Yangs Blicke zum ersten Mal auf sich gezogen hat, was die wenigen Bohnen in ihrem Gesicht nur noch mehr betont. Konkubine Chen legt ihre Hände auf die an sie geschmiegten Bündel. »Mein Sohn, Manzi, und seine erste Schwester.« Es ist Jahre her, dass der Junge die inneren Gemächer verlassen hat und ich ihn aus der Nähe gesehen habe, aber ich bin erstaunt, wie wenig er seinem Vater oder seinem Halbbruder ähnelt. Seine Wangen sind kantig, während ihre Gesichter edel und rund wie der Vollmond sind. Sogar unter der Decke kann ich erkennen, wie breit Manzis Schultern sind, während mein Schwiegervater und mein Ehemann die Statur und den Körperbau von Männern haben, die mehr mit dem Geist als mit dem Körper arbeiten.

Konkubine Chen räuspert sich, um meine Aufmerksamkeit zu erregen. Sie neigt den Kopf in Richtung der anderen Frau. »Schneerose und ihr Sohn.«

Mein Mann hat jetzt also zwei Söhne. Ich kann nicht umhin, mich zu fragen, welcher der ältere ist und welche Kämpfe um die Erbfolge uns bevorstehen. Ich verdränge das, denn es darf im Moment keine Rolle spielen.

»Meine Tochter? Hast du sie gesehen?«

Konkubine Chen greift über das Kind zu ihrer Linken und berührt das nächste Bündel. »Ailan ist hier bei mir.«

Ich gehe um weitere Kranke herum und steige über sie hinweg, bis ich bei Konkubine Chen und dem Bündel bin, auf das sie gezeigt hat. Zwei Augen blicken zu mir hoch.

»Mama …«

Ich lasse mich auf die Knie fallen, streiche Ailan mit einer Fingerspitze eine Haarsträhne aus dem Gesicht und stecke sie ihr hinter das Ohr. Die Bohnen in ihrem Gesicht sind zu viele, um sie noch zu zählen. Ihren Körper will ich mir später ansehen, erst einmal sage ich: »Hab keine Angst. Ich bin hier, und ich werde mich um dich kümmern.

Ailan verzieht den Mund zu einem ganz kleinen Lächeln, während mich als Reaktion auf meine Worte Stimmen aus allen Richtungen anflehen.

~

Schneeroses Sohn – gerade einmal zehn Tage alt – kehrt in meiner ersten Nacht in der Einsiedelei ins Nichts zurück. Die Konkubine meines Mannes stirbt drei Tage später. Im gleichen Zeitraum fallen vier Kinder, deren Mütter den Pockenimpfmeister nicht zur Variolation geholt haben oder bei denen das Verfahren keinen ausreichenden Schutz bot, ins Delirium und scheiden in der Nacht dahin. Eines davon ist ein Mädchen, drei sind Jungen. Von den Jungen hatten zwei bereits ihre Mütter in den inneren Gemächern verlassen und lernten mit Tutoren in der Familienschule. Von Konkubine Chen erfahre ich, dass noch weitere Kinder gestorben sind, bevor ich nach Hause kam, darunter auch ihre beiden jüngsten Töchter, von denen die eine sieben Jahre und die andere gerade vier Jahre alt geworden war und sich darauf vorbereitete, dass ihr die Füße gebunden wurden. Ihre zweite Tochter ist noch nicht erkrankt.

Konkubine Chen hält sich so ruhig wie eine Statue und spricht gleichmäßig, als sie mir das alles erzählt. »Es wird noch Zeit sein, um die zu trauern, die ich verloren habe«, sagt sie. »Aber jetzt muss ich alles tun, um Manzi und Vierte Tochter zu retten.«

Ihr Sohn Manzi, das weiß ich. Aber Vierte Tochter? Ich ziehe fragend die Augenbrauen hoch.

»Lady Kuo hat drei Töchter mit Gebieter Yang«, erklärt Frau Chen. »Ich habe vier Töchter mit ihm. Diese hier ist meine erste und damit die vierte Tochter von Gebieter Yang.« Die Wolken in ihren Augen verraten mir, dass sie mit dieser Taktik die Stellung ihrer Töchter sichern will. Sie wendet sich ab, vielleicht aus Verlegenheit.

Es sind so viele Kinder, jedes in einem anderen Stadium der Krankheit. Zuerst Fieber und Erbrechen. Rötungen in Mund und Nase. Wenn diese Pusteln aufbrechen, breitet sich die Krankheit über den Hals und die Arme auf den Oberkörper aus. Bei einigen Kindern bildet sich bereits Schorf, aber sie bleiben ansteckend, bis sich Narben bilden. In manchen Fällen habe ich weder die Zeit noch die Möglichkeit, den Namen des Kindes zu erfahren. Spät in der Nacht, nachdem ich alle Kranken in der Einsiedelei besucht habe, breite ich eine Matte auf der Terrasse aus und versuche, mich in den Sternen zu verlieren. Manchmal dringt das Jammern und Wehklagen von Müttern mit gebrochenem Herzen über die Gartenmauer und lässt noch mehr Elend und Schrecken auf uns einstürzen.

In diesen Momenten wünsche ich mir, ich könnte meinen Sohn in den Armen halten.

Ich bekämpfe mein Ohnmachtsgefühl, indem ich mich beschäftige. Ich bereite einen Aufguss zur Stärkung des Pulses zu. Die Inhaltsstoffe stärken das Qi, vor allem bei Menschen, die durch Fieberanfälle an Kraft verloren haben. Ich stelle Balsam und Salben aus Seifenbohne her, der chinesischen Gleditschie, eine der fünfzig wichtigsten Zutaten in der chinesischen Medizin. Ich erinnere mich, dass Großmutter sie zur Behandlung von Karfunkeln und anderen Hautproblemen verwendete. Ich versorge aufgeplatzte und eiternde Pusteln, wie ich auch versuchen würde, Skrofuloseknötchen oder durch Krebs verhärtete Tumore zu heilen, indem ich Beifußkegel auf der Haut verbrenne. Ich erinnere mich an den Fall einer Frau mit einem feuerroten Ausschlag, über den ich in meinem Notizbuch schrieb. Ich behandelte sie – mit Erfolg – mit dem Dekokt aus vier Zutaten und dem Dekokt aus zwei gereiften Zutaten. Ich probiere das bei einigen Erkrankten aus, und es scheint das Auftreten neuer Pusteln zu verlangsamen und das Leiden zu lindern. Doch überall, wo ich hinschaue, sehe ich Angst in den Augen der Kinder und höre sie in den wimmernden Rufen nach ihren Müttern. Das Licht des Lebens erlischt schnell in den Erwachsenen, die, erstarrt und in Panik, oft zu schnell aufgeben. Die Babys verstehen natürlich nicht, was mit ihnen geschieht, was eine Gnade ist. Mit jeder Stunde und jedem Tag, die vergehen – und mit jedem Leichnam, der in Tücher gehüllt und zum Hintereingang gebracht wird –, muss ich akzeptieren, dass ich letztendlich versage. Trotzdem versuche ich es.

Ich muss mich um viele Menschen kümmern, aber im Herzen bin ich immer bei meiner Tochter. Erst kocht sie vor Fieber, überwältigt von Hitze. Im nächsten Moment zittert sie, denn Kälte schleicht sich ein wie ein schrecklicher Frost. Ich beobachte ihre Hände und Füße, denn sobald sich Kälte erst einmal in diesen Extremitäten eingenistet hat und in Richtung Rumpf kriecht, kann man wenig tun, um ihren Lauf umzukehren und sie davon abzuhalten, das Herz zu erreichen, wenn der Tod unmittelbar bevorsteht.

Als ich eines Tages die Stoffstreifen von Ailans Füßen abwickle, muss ich zu meinem Entsetzen feststellen, dass sich an ihren Fußsohlen Bohnen gebildet haben. Während meiner Abwesenheit wurde das Füßebinden bei Ailan vollendet, aber ihre Füße sind immer noch empfindlich. Jetzt müssen sie an der Luft bleiben, damit die Pusteln ungehindert abfließen können, wenn sie aufplatzen, und sich nicht unter den Bandagen entzünden. Ich weiß nicht, welche Folgen das für ihre Füße hat – ob Korrekturen vorgenommen werden oder ob wir alles von vorne beginnen müssen. Ich habe die Pocken überlebt und bin Ärztin, also rede ich mir ein, mich nicht fürchten zu müssen. Aber ich habe Angst davor, was die Krankheit für ihre Zukunft bedeuten könnte.

Konkubine Chen, die einen relativ milden Verlauf der Himmelsblumenerkrankung hat, kümmert sich genauso hingebungsvoll um ihren Sohn und ihre Tochter wie ich um Ailan. Als sie mir anbietet, mir zu helfen, nehme ich an. Wir mögen zwar Rivalinnen gewesen sein, als es um den Vorrang ihres Sohnes ging und darum, ob ich jemals einen Sohn zur Welt bringen würde, der Manzi an Format und Position übertrifft, aber das hat sie nicht davon abgehalten, sich bis zu meiner Ankunft um Ailan zu kümmern, wofür ich ihr bis in alle Ewigkeit dankbar bin. Konkubine Chen verliert kein einziges Wort der Furcht darüber, was passieren wird, wenn Gebieter Yang sie sieht, vorausgesetzt, sie wird wieder gesund. Stattdessen ist sie fleißig und selbstlos, während sie einem siebenjährigen Jungen eine schmerzlindernde Salbe aufträgt, die eiternden Pusteln auf den Wangen eines fünfzehnjährigen Mädchens abtupft und die Lippen eines Kleinkindes benetzt, das zu schwach ist, um seinen Kopf zu heben. Sie hilft mir beim Abmessen von Zutaten und rührt manchmal um, wenn Kräuter ausgekocht werden. Da sie ein Dünnes Pferd ist, überrascht es mich nicht, dass sie über ein Wissen verfügt, mit dem ich nicht vertraut bin und das ihr Einblicke in unsere Situation gewährt.

»Wir Frauen müssten doch eigentlich den Männern die Schuld für diese Plage geben«, sagt sie eines Abends mit einem Hauch von Bitterkeit, während wir neben unseren schlafenden Kindern Tee trinken. »Wenn Männer reisen, übernachten sie in überfüllten Gasthäusern. Sie essen Speisen und trinken Tees, die von Fremden zubereitet wurden. Sie unterhalten sich mit anderen Reisenden. Sie sind Typhus und Cholera ausgesetzt ...« Sie holt tief Luft, bevor sie den Rest ihrer Liste abspult. »Diphtherie, Fleckfieber und Pocken. Wenn sie nach Hause kommen, bringen sie diese bösartigen Elemente zu uns – Frauen, Kindern, Dienerinnen und Konkubinen wie mir –, die wir in den inneren Gemächern wohnen. Findest du nicht, dass die Männer die Ursache für alles Leid sind, das die Welt ertragen muss?«

Ich werfe einen Blick zu den Kranken auf ihren Matten. »Ich gebe Müttern die Schuld.«

»Müttern?«

Ich kann die Geringschätzung in meiner Stimme nicht verbergen, als ich sage: »Jede Mutter, die die Gelegenheit hat, einen Pockenimpfmeister zu beauftragen, und dies nicht tut, hat nicht nur ihre Pflicht gegenüber ihren Kindern, sondern auch gegenüber den zukünftigen Generationen der Familie ihres Mannes verletzt.«

Es folgt ein langes Schweigen. Frau Chen stellt ihre Tasse ab und legt die Finger auf die Stirn ihres Sohnes. Ich merke, wie sie versucht, sein Fieber in ihren Körper zu saugen. Manzi scheint sich zu erholen. Seine Wangen füllen sich wieder, auch wenn sie nie so rund werden wie die, mit denen Gebieter Yang und mein Mann geboren wurden. Aber seiner Schwester geht es immer schlechter, sie hat das Stadium erreicht, in dem sie nur noch schläft. Ich habe ihr Ginseng, gebranntes Süßholz, Astragaluswurzel und Zimt verabreicht, um einen letzten Versuch zu unternehmen, ihr Schicksal umzukehren, aber meine Hoffnung schwindet. Doch wenn ich Konkubine Chens Hingabe beobachte, wird mir bewusst, wie glücklich sich ihre Kinder schätzen können, eine Mutter zu haben, die sie zu jeder Tages- und Nachtzeit pflegen kann, während so viele andere hier allein sind.

Konkubine Chen dreht sich um und sieht mir in die Augen. »Ich erinnere mich nicht an meine Mutter, und ich erinnere mich auch nicht daran, dass ich bei einem Pockenimpfmeister war, nachdem die Zahnfrau mich gekauft hat, aber ganz offensichtlich habe ich nie eine Variolation erhalten. Und jetzt wirfst du mir vor, dass ich meine Mutterpflicht gegenüber meinen Kindern nicht erfüllt habe?« Sie hält inne, damit sich ihr Vorwurf setzen kann. »Nicht jeder ist von der Variolation überzeugt. Wie krank wird ein Kind werden? Stirbt es oder bleiben ihm Narben? Es kann schief gehen …«

»Ich weiß, aber …«

»Ich musste auch an die Zukunft meiner Töchter denken. Ich weiß nicht, was ihr Vater geplant hat oder was Lady Kuo für sie arrangieren könnte. Ich konnte nicht riskieren, dass sie am Ende auch nur ein paar wenige Narben im Gesicht haben, die von der Variolation herrühren. Im Gegensatz zu dir«, fügt sie spitz hinzu, »hat Vierte Tochter keine zusätzlichen Vorteile – eine

Ausbildung oder Generationen von kaiserlichen Gelehrten in ihrem Stammbaum –, was ihr dennoch eine glänzende Zukunft garantieren würde, falls ihre Wangen leicht entstellt wären.«

Vierte Tochter bewegt sich leicht auf ihrer Matte und öffnet die Augen. Die kleineren Kinder verstehen nicht, was mit ihnen geschieht, aber ich vermute, sie weiß, was auf sie zukommt.

»Deine Mutter muss etwas getan haben, um dein Gesicht zu schützen«, sagt Konkubine Chen zu mir. »Kannst du irgendetwas gegen die Narben tun, die meiner Tochter bevorstehen?«

Narben sind das geringste Problem von Vierter Tochter, aber ich vermute, dass Konkubine Chen sich darauf konzentriert, um die Ängste ihrer Tochter vor dem Weg, der vor ihr liegt, zu lindern. Ich versuche, optimistisch zu klingen.

»Hier geht es nicht darum, mit einem Dekokt aus Granatapfelschale und Alaun die Jungfräulichkeit wiederherzustellen«, sage ich. »Aber man kann Salben auftragen, die den Heilungsprozess unterstützen.«

Nur wenige Stunden später fühle ich an beiden Handgelenken von Vierter Tochter nicht den geringsten Puls mehr. Wenn ein Säugling stirbt, ist es für die Mutter schmerzhaft, aber ihre Verbindung war kurz. Bei einem älteren Kind ist das anders, auch wenn es nur eine Tochter ist. Konkubine Chen weint, während ich das Mädchen in Tuch wickle. Dann schleppen die Konkubine und ich das Laken mit der Toten zum hinteren Tor des Geländes, wo wir andere Leichen zur Abholung und Beerdigung zurückgelassen haben. Konkubine Chen schwankt unsicher, als wir uns umdrehen, um wegzugehen. Als ich den Ellbogen der Konkubine nehme, um sie zu stützen, spricht sie mit leiser Stimme zu sich selbst, zu mir oder zum Universum, ich kann es nicht sagen: »Wenigstens wird meine Tochter nicht mein Leben haben.«

Die Zweifel, die ich nach Meilings Fehlgeburt hatte, drohen mich jetzt zu überwältigen. Kann ich wirklich behaupten, ich würde jemandem helfen? Hat sich ein einziger Pockenpatient unter meiner Obhut vollständig erholt? Vielleicht hatte Doktor Wong doch die richtige Idee: sich fernhalten, der Natur ihren Lauf lassen und seinen Ruf schützen, indem er eine lange Liste von Todesfällen neben seinem Namen vermeidet. Ich kann seine spöttischen Worte fast hören. *Sie sind kein richtiger Arzt. Sie sind nur eine Frau.* Ich wünschte, ich wäre ein riesiger Ginkgobaum, Hunderte von Jahren alt, mit den tiefen Wurzeln, die es braucht, um mächtigen Winden zu trotzen. Stattdessen fühle ich mich wie ein Setzling in einem Taifun, der verzweifelt versucht, standzuhalten.

Weder Konkubine Chen noch ich können in dieser Nacht schlafen, während wir über Manzi und Ailan wachen. Bei beiden Kindern hat es sich zum Schlechteren gewendet, und sie scheinen den Weg von Vierter Tochter einzuschlagen. Ich darf das nicht zulassen, aber ich habe alles getan, was in meiner Macht steht. Nur eine Person kann mir helfen. Dieses Opfer zu verlangen, kann ich kaum ertragen, aber ich muss tun, was nötig ist, um meine Tochter auf dieser Erde zu behalten. Bei Tagesanbruch fühlt sich die Luft so schwer an wie eine Gänsedaunendecke. Ich gehe zu dem Tor, das zum Hauptteil des Anwesens führt. Drei weitere Personen sind über Nacht erkrankt. Ich lasse sie ein und zeige ihnen den Weg zur Einsiedelei. Dann warte ich auf meiner Seite des Tores, bis eine der Wachen Lady Kuo holt. Bald darauf höre ich ihr *kieck, kieck*, als sie sich nähert.

Ich erstatte ihr Bericht und bitte sie schließlich: »Könnten Sie eine Sänfte schicken, um meine Großmutter zu holen?«

Meine Bitte schockiert sie, denn dass ich so respektlos bin, meine Großmutter in ein so gefährliches Umfeld zu bitten, zeigt meiner Schwiegermutter, wie furchtbar die Situation im Garten ist.

Die neuen Patienten sind schon untergebracht, als Großmutter Ru kommt. Sie hat Konkubine Zhao mitgebracht. Die beiden tragen keine feinen Seidenkleider und keinen Haarschmuck, sondern mit Indigo gefärbte Baumwolltuniken und -röcke und haben sich dazu passende Tücher um den Kopf gebunden. Großmutter verschwendet keine Zeit auf Nettigkeiten. »Führt mich von Patient zu Patient«, sagt sie. »Ich will jeden einzelnen Fall sehen. Wir werden jetzt entscheiden, wer leben und wer sterben wird. Wir verwenden keine Zeit auf diejenigen, die wir nicht retten können.

In den nächsten Tagen beobachte ich meine Großmutter voller Demut. Sowohl ihre Weisheit als auch ihre emotionale Stärke helfen mir, die furchtbaren Stunden zu überstehen. Niemand in der Einsiedelei ist mir wichtiger als meine Tochter. Und niemand ist Konkubine Chen wichtiger als ihr Sohn. Nachdem wir nun vier weitere Hände haben, um die Kranken zu behandeln, können die Konkubine und ich mehr Zeit mit Manzi und Ailan verbringen, vor allem in den Stunden vor Sonnenaufgang, wenn die bösen Geister die Schwachen heimsuchen und die Mütter sich an ihre Kinder binden müssen, um zu verhindern, dass sie ins Jenseits geschleppt werden.

~

Zwei Wochen vergehen. Es kommt eine Nacht, in der alles ruhig und friedlich scheint. Ailan erholt sich und schläft tief und fest, der Atem strömt sanft durch ihren leicht geöffneten Mund ein und aus. Konkubine Chen dämmert neben Manzi. Ihre Atemzüge sind tief und rau, was bei ihr auf Erschöpfung und bei ihm auf Schwäche zurückzuführen ist. Wie zu einem früheren Zeitpunkt während der Epidemie mit Konkubine Chen sitze ich jetzt mit Großmutter und Konkubine Zhao beisammen und trinke Tee. Die Konkubine meines Vaters sieht müde aus. Mit Großmutter ist es eine andere Sache. Ihre Lebendigkeit hat mich immer beeindruckt. Jetzt wirkt sie ausgelaugt. Diese Tortur nimmt uns alle mit, aber sie ist siebenundsiebzig Jahre alt.

»Erzähl mir von Meilings Fehlgeburt und was in der Hauptstadt passiert ist«, sagt Großmutter wie aus dem Nichts.

In den letzten Wochen habe ich das verdrängt, um mich auf die Kranken und Sterbenden zu konzentrieren. Jetzt ist es eine Erinnerung an all das, was ich noch verstehen muss. »Ich warte«, sagt Großmutter und lächelt mir aufmunternd zu.

Zögernd erzähle ich ihr von den Kräutern, die für mich bestimmt waren und die Meiling eingenommen hat, vom Verlust ihres Babys und von den Hieben, die sie überlebt hat. Großmutters Miene verfinstert sich mit jedem meiner Worte mehr. Am Ende sage ich: »Ich bin noch unerfahren im Vergleich zu Doktor Wong, vielleicht hat er mir etwas verschrieben, was ich nicht verstehe …«

»*Ha!*«, schnaubt Großmutter. »Dieser Mann ist wie eine Fliege, die dem Schwanz eines Pferdes folgt, während dir das Wissen zugutekam, das in meiner Geburtsfamilie von Generation zu Generation weitergegeben wird.« Sie schäumt vor Wut. »Was können wir über Doktor Wong sagen? Ihm geht es mehr um den Ruhm als um die Herstellung einer guten Arznei. Solche Ärzte gibt es viele. Sie verwenden exotische Zutaten – Flaum von Hirschgeweihen im Frühling oder Späne von Rhinozeroshorn –, damit ihre Gönner meinen, sie seien etwas ganz Besonderes. Wenigstens tut Doktor Wong nicht so, als hätte ihm ein Unsterblicher das Geheimnis für ein einzigartiges Elixier verraten, das nur er besitzt.«

»Soll das heißen, du glaubst, dass er einen Fehler gemacht hat …«

»Einen Fehler? Kein Arzt sollte einen Fehler machen, wenn es um Abtreibungsmittel geht. Mir passiert das jedenfalls nicht.« Als ich sie fragend ansehe, sagt sie: »Erinnerst du dich an Rote Jade?«

»Ja, natürlich. Sie war eine von Großvaters drei Jade-Konkubinen.«

»Als du noch ein Mädchen warst, habe ich bei ihr eine Geisterschwangerschaft diagnostiziert.«

Da fällt es mir langsam wieder ein. Geisterschwangerschaften treten auf bei Witwen, lange nachdem ihre Ehemänner verstorben sind, bei unverheirateten Dienstmädchen und bei Ehefrauen und Konkubinen, deren Ehemänner und Gebieter fern von zu Hause arbeiten. Als Großmutter Rote Jade behandelte, war Großvater für mehrere Monate in Nanjing gewesen, um sich um Angelegenheiten im Strafministerium zu kümmern.

»Großvater war nicht der Vater«, sage ich verständnisvoll.

»Ein altes Pferd kennt den Weg«, zitiert Großmutter. »Es war besser, Rote Jade zu helfen und dadurch ihre Treue zu mir zu garantieren, als sie zu ersetzen. Ich habe ihr gegeben, was sie brauchte, um den Embryo aus ihrem Körper zu entfernen, unsere Familie vor einer Peinlichkeit zu bewahren und mir Augen und Ohren zu verschaffen, denen ich in Zukunft vertrauen konnte.«

»Das erklärt aber nicht, was Doktor Wong getan hat«, sage ich. »Ich bin keine Konkubine oder Dienerin, und Doktor Wong wusste, dass mein Mann mir ein Baby eingepflanzt hatte, bevor ich in die Hauptstadt aufbrach. Hat er vielleicht dieses spezielle Mittel hergestellt, um mir bei meiner Schwangerschaft zu helfen?«

Großmutter hat keine Antwort darauf, außer: »Ich wüsste nicht, wie.« Sie hält mir ihre Tasse hin, damit ich ihr nachschenke. »Ruhen wir uns noch ein wenig aus«, meint sie, »und dann statten wir unseren Patienten noch einen letzten Besuch ab, bevor wir versuchen zu schlafen.«

Wie immer gehorche ich Großmutter Rus Anweisung, in dem Wissen, dass ich Doktor Wongs Beweggründe noch nicht durchschaut habe. Ich gehe zu allen Kranken. Alle sind auf dem Weg der Besserung, bis auf Konkubine Chens Sohn. Ich habe alles getan, was mir nur einfiel, und Großmutter ebenso, aber der Junge entfernt sich immer weiter von uns. In ihrer Sorge um ihren Sohn hat Konkubine Chen alle Eitelkeiten abgelegt. Sie hat noch mehr abgenommen, ihr Gesicht ist grau, ihre Haare hängen in Strähnen herunter, ihr Blick ist leer. Ich lege ihr eine Hand auf die Schulter und gehe dann leise weiter.

Als ich zu Großmutter zurückkomme, hat sie schon ihr Nachtgewand an und liegt unter einer leichten Decke neben Konkubine Zhao. Ich bin zu müde, um mich umzuziehen, aber ich spüle mir den Mund mit Tee aus, spucke in den Teich unterhalb der Terrasse und strecke mich auf meiner Matte aus. Ich starre zum Himmel hinauf, wie jeden Abend, seit ich aus der Hauptstadt zurückgekommen bin, und versuche, die Sorgen des Tages in den Himmel entschweben zu lassen. Aber das Gespräch mit Großmutter von vorhin und Manzis schlechter werdender Zustand nagen an mir.

»Großmutter.« Ich schaue in ihre Richtung. »Pocken sind die große Tragödie der Welt, aber warum gibt es diese Geißel weiterhin, wenn sie doch vermeidbar wäre?« Ich halte inne, bevor ich die Frage ausspreche, die mich in den letzten Wochen gequält hat. »Warum hat Ehrwürdige Lady keinen Pockenimpfmeister für meine Brüder und mich geholt?«

»Das sind zwei ganz verschiedene Fragen.« Großmutter setzt sich auf, und Konkubine Zhao neben ihr erhebt sich. Sie blicken mich besorgt an. »Die Antwort auf deine erste Frage kann ich nur erraten. Vielleicht hatten diese Mütter Angst vor der Variolation. Vielleicht kannten sie sich nicht aus …«

»Aber was ist mit meiner Mutter? Warum hat sie nicht …«

»Als der Pockenimpfmeister nach dem Tod deiner Brüder nach Laizhou zurückkehrte und ich in den Haushalt geholt wurde«, unterbricht mich Konkubine Zhao mit ihrer ruhigen Stimme, »habe ich dafür gesorgt, dass dein Bruder Yifeng von ihm geimpft wurde. Der alte Mann wickelte eine Kruste in Baumwolle und steckte sie ihm in die Nase.«

»Und er lebt und hat keine einzige Narbe!«

Konkubine Zhao sieht mich mitleidig an, während Großmutter mich mit Gleichmut betrachtet.

»Deine Mutter stammte aus einer Familie der Oberschicht«, sagt Großmutter. »Sie hätte es besser wissen müssen. Dein Vater auch.«

»Warum hat sie dann nicht …«

»Es gibt Menschen auf der Welt, die glauben, dass ihnen nichts Schlimmes zustoßen kann. Deine Mutter gehörte dazu. Sie hatte keinen einzigen Tag in ihrem Leben gelitten, aber …«

»Aber?«

»Wie viel hast du von ihr noch in Erinnerung?«, fragt Großmutter.

»Ehrwürdige Lady war wunderschön.« Mir kommen Bilder in den Kopf: ihr hübsches Gesicht, die Anmut, mit der sie sich bewegte, und ihr Gesichtsausdruck, wenn sie mir die Regeln beibrachte, um eine gute Ehefrau und Mutter zu werden.

»Yunxian«, sagt Großmutter und unterbricht meine Erinnerungen, »versuche, sie nicht als ihre Tochter, sondern als Ärztin zu sehen. Benutze die Methoden, die ich dir beigebracht habe.«

Ich versetze mich in die Vergangenheit zurück, aber als Ärztin und nicht als kleines Mädchen. Ich beschwöre ein Bild von Ehrwürdiger Lady in ihrem Zimmer herauf, wie sie auf dem Rand ihres Ehebetts sitzt. »Sie war immer blass«, erinnere ich mich. »Schon bevor meine Brüder starben, hing eine Schwermut über ihr. Sie hat mir die Füße gebunden. Sie hat mir Lesen und Schreiben beigebracht. Sie hat mir zugehört, wie ich die Regeln für Mädchen aufsagte. Aber jetzt, da ich selbst Mutter bin, begreife ich, wie weit sie sich von ihren Handlungen zurückgezogen hatte. Ihr Herz war nicht bei mir im Raum.«

»Das erste Mal passierte das, als dein ältester Bruder geboren wurde«, sagt Großmutter.

»Und dann wieder, als dein zweiter Bruder auf die Welt kam, und noch einmal nach deiner Geburt«, fügt Frau Zhao hinzu.

»Nachdem deine Brüder gestorben waren, schrieb dein Vater deinem Großvater und mir, weil er sich Sorgen machte«, fährt Großmutter mit sanfter Stimme fort. »Ihr wart alle weit weg in Laizhou, sodass dein Großvater und ich nur Empfehlungen per Boten schicken konnten.« Sie spannt den Kiefer an, als sie sich an diese Zeit zurückerinnert. »Wenn ich nach Mustern im menschlichen Körper suche – die Beziehung zwischen den Fünf Speicherorganen, den Fünf Einflüssen und der Intensität, mit der Frauen die Sieben Emotionen empfinden –, konzentriere ich mich auf das am weitesten verbreitete Gefühl, das ist …«

»Wut«, beende ich für sie den Satz. »Wenn ich den Beschwerden einer Frau auf den Grund gehe, ist oft die Wut der Funke, der Brennstoff und das, was die Asche entstehen lässt.«

»Alles richtig«, stimmt Großmutter zu. »Aber ich halte die Traurigkeit für das mächtigste und zerstörerischste der Sieben Emotionen. Schon als deine Mutter in unsere Familie einheiratete und mit deinem Großvater und mir im Hof des goldenen Lichts lebte, war sie nachdenklich und nach innen gerichtet. Wie muss sie sich nach dem Tod deiner Brüder gefühlt haben? Sie hat sich doch sicher selbst die Schuld geben.«

Konkubine Zhao streckt den Arm aus und berührt meine Hand. »Nachdem dein Vater in meinem Bett eingeschlafen war, ging ich oft in den Hof und sah deine Mutter weinen. Du kannst dir vorstellen, dass sie sich nicht von mir trösten lassen wollte, vor allem nicht, nachdem ich schwanger geworden war. Als ich Yifeng zur Welt brachte, hatte sie dann einen neuen Sohn.«

»Aber er war ein Ritualsohn und eine tägliche Erinnerung an alles, was sie verloren hatte.« Plötzlich begreife ich. Ich muss mich zusammenreißen, um nicht zu weinen. Hat sie denn nicht begriffen, dass sie trotzdem noch mich hatte? Aber ich weiß nur zu gut, eine Tochter ist kein Sohn.

»Ehrwürdige Lady wusste, was passieren würde, wenn sie ihre Füße nicht pflegte«, fährt Konkubine Zhao fort. »Bis heute frage ich mich, ob sie sie absichtlich vernachlässigt hat, um wieder mit deinen Brüdern vereint zu sein, oder ob sie damit sich selbst bestrafen wollte, weil sie geglaubt hatte, über Tragödien erhaben zu sein.«

Eine bedrückende Stille umgibt uns. Schließlich spricht Großmutter. »Ich sehe so viel von deiner Mutter in dir.«

Mit einem plötzlichen Schmerz erkenne ich all die Sorgen, die ich ihr im Laufe der Jahre bereitet habe, doch dann sagt Konkubine Zhao etwas, das meine Interpretation von Großmutters Worten verändert. »Du bist sogar noch schöner, als sie es war.«

»Ihr seid beide sehr freundlich«, erwidere ich. »Aber ich bin keine typische Schlange mit makelloser Haut.«

Ich berühre eine meiner Pockennarben. Großmutter und Konkubine Zhao sehen sich kurz an, dann wenden sie sich wieder mir zu. Beide lächeln.

»Weißt du nicht, dass es diese Himmelsblumennarben sind, die dich so schön machen?«, fragt Konkubine Zhao, die ich immer für noch eleganter gehalten habe als Ehrwürdige Lady. »Völlige Perfektion ist gar nicht so erstrebenswert.«

~

Wir müssen noch ein paar weitere Todesfälle erleiden, aber wir haben auch viele Erfolge zu verzeichnen, und einige Familienmitglieder und andere Bewohner kehren in den Hauptteil des Anwesens zurück. An dem Morgen, an dem Ailan entlassen werden soll, wickle ich ihre Füße in saubere Stoffstreifen. Ihre Fußsohlen sind stark vernarbt, aber wenn sie erwachsen ist, wird sie niemand außer ihr und vielleicht einer Dienerin sehen. Ihr zukünftiger Ehemann wird ihre bestickten Schuhe in den Händen halten können und nie von der Hässlichkeit, die sich unter den Fesseln verbirgt, erfahren.

Ich stütze Ailan, als wir gemeinsam über die Zickzackbrücke und die Wege zum Tor des Hofs der flüsternden Weiden gehen. Gestern habe ich den Wächtern mitgeteilt, dass sie nach Hause zurückkehren wird. Während des gesamten Auftretens der Krankheit bin ich immer auf meiner Seite des Tores geblieben, um zu verhindern, dass sich die Infektion im Haus ausbreitet. Diesmal stelle ich mich an die Schwelle, in der Hoffnung, Yuelan und Chunlan zu entdecken, die auf ihre Schwester warten. Sie sind gekommen. Auch mein Mann ist da.

In seinem schwarzen Gelehrtengewand sieht er gut und kräftig aus. Mohnblüte ist in der Nähe. Sie hebt Lian hoch, damit ich ihn sehen kann. Maoren sagt mir, dass er den Namen, den ich unserem Sohn gegeben habe, offiziell angenommen hat, wofür ich dankbar bin. Lian ist ein ganzes Stück gewachsen, während ich hier war. Hoffentlich erinnert er sich an mich, wenn ich ihn wieder in die Arme nehmen kann.

»Nur noch ein paar Tage«, sage ich.

»Ich erwarte deine Rückkehr zu mir mit meinem ganzen Herzen«, antwortet mein Mann.

Die Wachen schließen und verriegeln das Tor, und ich frage mich, ob Maoren über Schneerose und den Tod ihres neugeborenen Sohnes Bescheid weiß und was er wohl mit dem Ausdruck »mit meinem ganzen Herzen« meint.

Ich nähere mich der Einsiedelei, als ein gellender Schrei die Stille durchbricht und von den umliegenden Mauern widerhallt. Ich eile zur Terrasse. Konkubine Chen bedeckt Manzis Körper mit dem eigenen. Sie hat gelitten, als ihre Tochter starb, aber das? Sie ist völlig zerstört … Als ich bei ihr bin, blickt sie zum Himmel auf. Sie flüstert etwas vor sich hin, Worte, die kaum meine Ohren erreichen, aber mich sofort zum Nachdenken bringen. »Ich habe ihm immer versprochen, dass unser Sohn Herr über den Garten der duftenden Freuden wird. Nun wird Manzi das nie werden.« Dann weint sie, wie nur eine Mutter weinen kann, die einen Sohn verloren hat. Ich weiß, dass ich sie trösten sollte, aber ich bin zu abgelenkt von dem, was sie gesagt hat. Ihre Worte haben in meinem Kopf einen Schlüssel umgedreht und eine Tür geöffnet.

Manzi hat nie wie Gebieter Yang ausgesehen. Wenn mein ungeborener Sohn gestorben wäre, wäre schließlich Manzi der neue Herr geworden, die Macht wäre also an Manzi *und* seine leibliche Familie übergegangen. Tante Jungfer wollte mir nach Manzis Geburt noch etwas sagen, aber sie starb, bevor sie es mir sagen konnte … Ich habe viele Jahre gebraucht, um diese Teile zusammenzufügen. Jetzt weiß ich, dass Manzis Vater nur ein einziger Mensch sein kann. Und dieser Mensch hat vom Tag der Geburt seines Sohnes an Fäden gezogen und Intrigen gesponnen, was wiederum auch bedeutet … Tante Jungfers Tod war kein Unfall.

DIE TILGUNG VON UNGERECHTIGKEIT

Nachdem die Himmelsblumenkrankheit vollständig aus dem Garten der duftenden Freuden verschwunden ist, kehren die letzten Überlebenden zu ihren Familien oder, im Falle von Konkubinen und Dienerinnen, zu ihren Gebietern zurück, und ich kann endlich wieder meine Gemächer beziehen. Ich bin fest entschlossen, Meiling zu besuchen, denn der Verdacht, der sich aus Konkubine Chens Äußerung ergibt, betrifft direkt meine Freundin und die Kräuter, die für mich bestimmt waren. Doch ich muss erst meine Familie wiedersehen, bevor ich etwas anderes tue. Ich habe auch viel mit meinem Mann zu besprechen, aber in meiner ersten Nacht zu Hause kommt er nicht in mein Schlafgemach. Eine Enttäuschung. Ich schlafe erschöpft und entmutigt ein. Als Mohnblüte mir am nächsten Morgen den Tee einschenkt, erzählt sie mir von dem Gerücht, dass Gebieter Yang Konkubine Chen und ihr einziges überlebendes Kind, Fünfte Tochter, aus dem Garten der duftenden Freuden entfernen will. Ich ziehe mich an und eile los, um meinen Mann zu suchen. Er ist in seiner Bibliothek.

»Stimmt es, dass dein Vater seine Konkubine und ihre Tochter verstößt?«, frage ich. Vielleicht ist das nicht die richtige Ansprache, denn Maoren und ich waren nicht mehr allein, seit ich vor sieben Monaten nach Peking aufgebrochen bin. Es ist sehr viel geschehen, auch unser Sohn wurde in der Zeit geboren, aber ich habe meinem Mann keine Gelegenheit gegeben, seine Freude auszudrücken oder mir dafür zu danken, dass ich während des Pockenausbruchs getan habe, was ich konnte.

»Seit wann krähen die Hennen nun?«, fragt er und sieht mich missbilligend mit zusammengekniffenen Augen an.

Ich atme durch und erinnere mich daran, dass ich an erster Stelle eine Ehefrau bin. »Es tut mir leid.« Ich senke den Kopf. »Ich war schroff.«

Maoren steht auf und geht auf mich zu. Er streckt die Hand aus und streicht mir eine lose Haarsträhne von der Wange. »Du siehst müde aus.«

»Ich bin zum Umfallen müde.« Ich blicke zu ihm auf. »Maoren, warum verstößt dein Vater Konkubine Chen?«

»Sie ist keine Schönheit mehr«, erklärt er.

Das ist wahr, aber ich kann das nicht auf sich beruhen lassen. »Lass nicht zu, dass dein Vater sie auf die Straße setzt. Sie hat mir während der Krankheit geholfen. Sie war mutig, als …«

»Die Konkubine wurde bereits entlassen.« Er dreht sich von mir weg. »Ihre Tochter nimmt sie mit …«

»Ihr einziges überlebendes Kind«, betone ich. »Und Fünfte Tochter ist deine Halbschwester.«

Ich sehe ihm an, dass er von dieser Vorstellung nicht begeistert ist.

»Ohne einen Sohn und ohne ihre Schönheit hat Konkubine Chen keinen Wert für meinen Vater.«

»Fünfte Tochter ist erst zehn Jahre alt.«

»Ich kann nichts machen. Es ist die Entscheidung meines Vaters.«

Ich nicke und lasse Maoren mit seinen Büchern allein. Mir ist klar, dass wenig Zeit bleibt. Ich gehe direkt zum Eingangstor, wo ich Konkubine Chen und ihre Tochter antreffe.

»Ich weiß nicht, was aus uns werden soll«, flüstert die Konkubine.

Ich habe keine Worte, um sie zu beruhigen. Für eine Frau wie sie gibt es nur wenige Möglichkeiten. Zu sehen, wie sie nur mit ihren Kleidern auf dem Rücken, den Narben im Gesicht und ihrem Kind weggeht, ist unendlich traurig.

Ein paar Tage später reist mein Mann urplötzlich nach Nanjing ab. Obwohl er bei der Entlassung von Ailan freundliche Worte gesagt hat – *Ich erwarte deine Rückkehr zu mir mit meinem ganzen Herzen* –, hat er mich vor seiner Abreise nicht mehr besucht. Ich sage mir, dass er sich über Lian freuen muss, aber ist er verärgert, weil ich nicht noch mehr Belohnungen vom Palast erhalten habe oder weil ich nicht genug getan habe, um Schneerose und ihren Sohn vor dem Tod zu bewahren? Vielleicht waren Maoren und ich einfach zu lange voneinander getrennt …

Das Leben im Garten der duftenden Freuden ist jetzt anders, da wir uns alle auf die Veränderungen nach der Himmelsblumenkrankheit einstellen. Ich sitze stundenlang mit Müttern zusammen, die Kinder verloren haben. Es gibt kein Mittel, um ihren Kummer zu lindern, aber ich kann mit ihnen weinen. Ich besuche ehemalige Patientinnen, sorge dafür, dass sie gut essen und gebe ihnen Arzneien, damit sie wieder zu Kräften kommen. Und natürlich genieße ich jeden Moment, den ich mit meinen Töchtern und meinem Sohn verbringen kann, der inzwischen drei Monate alt geworden ist.

Zwei Wochen später, nachdem mein Mann nicht da ist und ich mich meinen Kindern wieder nahe fühle, beschließe ich, dass es Zeit ist, Meiling zu besuchen. Ich trete über die Eingangsschwelle des Anwesens und steige in meine Sänfte. Acht Wochen sind vergangen, seit wir wieder in Wuxi angekommen sind, und ich habe keine Ahnung, was ich antreffen werde, wenn ich ihr neues Zuhause erreiche. Meiling und ihre Mutter haben eine Variolation erhalten, aber ich weiß nicht, wie es um ihren Mann und seine Kunden steht. Ich hoffe, dass sie nicht in Mitleidenschaft gezogen wurden.

Als ich ankomme, öffnet ein Diener das Tor, und ich betrete einen kleinen Innenhof, der mich an das erste Haus erinnert, in dem ich wohnte. Meiling erscheint in einem Türrahmen und ruft atemlos und nervös: »Yunxian!«

Wir umarmen uns fest. Ich will sie nicht loslassen und sie mich nicht. »Es geht uns allen gut. Ich bin so froh, dass du am Leben bist«, murmelt sie. »Ich hatte Angst um dich und deine Kinder. Erzähl. Geht es Lian gut?« Ich nicke, den Kopf an ihren Hals gedrückt. Sie nimmt mich an den Schultern und schiebt mich weg, um mein Gesicht zu betrachten. Wortlos liest sie den Kummer, der sich in meine Züge eingebrannt hat. Auch ich mustere sie. Ich sehe keine Frau, die kürzlich dem Tod nahe war, sondern meine Freundin, die so schön ist wie an dem Tag, an dem wir uns kennenlernten.

Sie lässt mich los und stellt höfliche Fragen. »Hast du gegessen? Möchtest du einen Tee?«

Wir setzen uns an einen Tisch an einem offenen Fenster mit Blick auf den Innenhof. Um uns herum hört man die Geräusche der Stadt, eine Erinnerung daran, dass das Leben weitergeht. Wir tauschen Höflichkeiten aus. Ich mache ihr Komplimente über ihr schönes Haus. Ich erkundige mich vorsichtig nach ihren Verletzungen, die, wie sie sagt, alle verheilt sind. Nachdem eine angemessene Zeit verstrichen ist, sage ich: »Ich bin nicht bloß gekommen, um dich zu besuchen.« Ich erzähle ihr, was Frau Chen sagte, als ihr Sohn starb. *Ich habe ihm immer versprochen, dass unser Sohn Herr über den Garten der duftenden Freuden wird. Nun wird Manzi das nie werden.*

Als Meiling mich ausdruckslos anstarrt, merke ich, dass ich zu schnell zu dem Thema gesprungen bin. »Lass mich von vorne anfangen. Wir wissen, dass Doktor Wong Mohnblüte Kräuter gegeben hat, die meinem Baby schaden sollten, aber wir konnten uns keinen Grund dafür denken.«

Meiling blinzelt ein paar Mal, um sich an die Wende im Gespräch zu gewöhnen. Kurz denke ich, dass sie sich vielleicht nicht an das Geschehene erinnern will.

»Ja, ich weiß noch«, sagt sie schließlich, »aber was hat es damit zu tun, was Konkubine Chen über ihren Sohn gesagt hat?«

Ich beuge mich vor. »Wen hat sie wohl gemeint, als sie sagte: ›Ich habe *ihm immer* versprochen?‹«

»Gebieter Yang, den Vater des Kindes«, antwortet Meiling.

»Aber das ergibt keinen Sinn. Sie hätte es niemals nötig gehabt, Gebieter Yang so etwas zu sagen, schon gar nicht mehrmals, denn er würde doch nie die Frage stellen, wer nach seinem Tod der neue Herr werden würde. An erster Stelle käme Maoren. Sollte Maoren etwas zustoßen oder sollten Maoren und ich nie einen Sohn bekommen, würde Manzi der Gebieter werden.«

»Manzi«, wiederholt sie.

»Für meinen Schwiegervater wäre das glasklar.« Sie denkt über meine Worte nach. »Also habe ich mich gefragt, mit wem sie wohl darüber sprechen würde.« Ich halte inne. Meiling wartet. »Und ich habe überlegt, ob Manzi vielleicht gar nicht der Sohn von Gebieter Yang ist.«

Meiling zieht das Kinn ein. »Hast du irgendwelche Beweise für deine Vermutung?«

»Manzi sah nicht wie ein typischer Yang aus. Weder wie sein Vater noch wie mein Mann noch wie Zweiter Onkel …«

»Das ist kaum ein Beweis. Man könnte argumentieren, dass Manzi Konkubine Chens Vater oder ihren Brüdern ähnelt. Es gäbe keine Möglichkeit, das Gegenteil zu beweisen.«

»Vielleicht ist es besser, darüber nachzudenken, wer ein Motiv haben könnte, dafür zu sorgen, dass ich keinen Sohn bekomme. Wenn ich keinen Jungen zur Welt bringen würde, wäre Manzis Nachfolge gesichert. Die Inhaltsstoffe der Rezeptur, die du genommen hast, sind ein Beweis dafür, dass jemand vorhatte, mein Baby zu töten, um Manzi seinen Platz zu garantieren.«

»Die Mischung kam von Doktor Wong.« Meilings Augen weiten sich. »Du glaubst, Doktor Wong und Konkubine Chen …«

»Konkubine Chen und ich haben unsere Schwangerschaften gemeinsam von ihm feststellen lassen. Ich weiß, das ist lange her und ich war hauptsächlich mit meinem eigenen Zustand beschäftigt, aber ich erinnere mich, wie vertraut sie sich unterhielten. Konkubine Chen sagte zu dem Arzt: ›Sie kennen mich. Haben Sie mir geholfen, schwanger zu werden?‹«

»Das kann alles Mögliche bedeuten. Vielleicht hat er *ihr* ein Mittel gegeben …«

»Vielleicht, aber da ist noch etwas anderes, und ich vermute, dass es damit zusammenhängt.« Ich zögere, weil ich mich kaum traue, auszusprechen, wovon ich mittlerweile überzeugt bin. Ich atme tief durch und lasse die Worte herausströmen. »In der Nacht, in der Konkubine Chen ihr Baby bekam, kam Tante Jungfer zu mir. Ich konnte ihr ansehen, dass sie aufgebracht war, aber sie wollte nicht sagen, was los war.«

»Und?«

»Schon damals dachte ich, sie hätte etwas gesehen oder gehört, als Konkubine Chen in den Wehen lag. Vielleicht wurde Tante Jungfer ermordet, damit sie es mir nicht sagen kann, damit sie es niemandem sagen kann.«

Meiling wirft mir einen zweifelnden Blick zu. »Ihr Tod war ein Unfall.«

»Und wenn nicht?« Bevor sie fragen kann, komme ich ihr zuvor: »Nein, ich habe keinen Beweis dafür, dass sie ermordet wurde. Aber im Wehenraum ist etwas vorgefallen, das Tante Jungfer so verstört hat, dass sie sich mir nicht anvertrauen wollte. Ich glaube, es hat sie auch veranlasst, nachts alleine in den Hof zu gehen, was sie normalerweise nicht getan hätte. Vielleicht wollte sie jemanden treffen.« Ich mache eine Pause. Wieder fürchte ich, zu schnell zu sein. »Es gibt jemanden, der mitangesehen hat, was bei Manzis Geburt geschah.«

Meiling nickt langsam, als es ihr dämmert. »Meine Mutter war im Zimmer, um Konkubine Chens Kind aufzufangen.« Sie steht auf. »Warte hier. Ich hole sie.«

Ein paar Minuten später kehren Meiling und ihre Mutter zurück. Ich weiß nicht, was Meiling ihr erzählt hat, aber die Hebamme mustert mich misstrauisch. Auch ich betrachte sie. Nach diesen ganzen Jahren sieht Hebamme Shi nun wirklich wie eine Vettel aus. Sie ist runder geworden, und graue Strähnen durchziehen ihre Haare.

Nach viel Drängen und Zureden gesteht Hebamme Shi endlich, was sie weiß. Als sie fertig ist, sitzen wir mehrere Minuten lang nur schweigend da.

Schließlich holt Meiling tief Luft. »Wenn das alles wahr ist …«

»Es stimmt«, sagt ihre Mutter.

»Warum hat Doktor Wong dann nicht versucht, Yunxians zweite und dritte Schwangerschaft zu beenden?«

»Tochter, du bist Hebamme. Du kennst die Antwort. Viele Kinder werden keine sieben Jahre alt. Wozu brauchte er einen Plan für die Zukunft, bevor Manzi dieses Alter erreicht hatte? Oder besser noch, bis er acht Jahre alt war?«

»Zu diesem Zeitpunkt hatte ich drei Töchter«, werfe ich ein. »Sie stellten keine Bedrohung dar. Und wer weiß? Was vielleicht als unwahrscheinlicher Keim einer Idee begann, brauchte Jahre, um zu wachsen. Vielleicht dachte Doktor Wong, das Schicksal würde eingreifen und mir einen Sohn schenken, wenn ich das vierte Mal schwanger war. Am Ende warst du das Opfer.«

Diverse Gefühle spiegeln sich in Meilings Miene, während sie über all das nachdenkt. Schließlich fragt sie mit zittriger Stimme: »Was machen wir jetzt?«

»Wenn wir handeln«, antworte ich, »hat das womöglich Auswirkungen auf die Familie meines Mannes. Und auf euch beide.«

»Ich habe Angst«, gibt meine Freundin zu, »aber können wir denn guten Gewissens gar nichts tun?«

Hebamme Shi und ich schweigen, als Meiling sich erhebt. Sie durchquert den Raum, wühlt in ihren Regalen, kommt mit Papier, einem Reibstein und einem Tongefäß mit Kalligrafiepinseln zurück und stellt alles vor mich hin. »Du musst deinem Vater schreiben.«

Ich zögere. Maoren und ich sind seit fünfzehn Jahren verheiratet. Wenn ich diesen Brief schreibe, habe ich das Gefühl, ich würde ihn betrügen. »Und wenn ich mich irre? Sollte ich nicht erst Maoren fragen?«

»Aber wenn du mit allem recht hast?«, fragt Meiling. »Würde er dich den Brief abschicken lassen? Würde er wollen, dass die Wahrheit ans Licht kommt?«

Ich bin ratlos, während Meiling in meinem Gesicht liest und die Antworten in meiner Miene sucht. Dann greift sie in den Pinselhalter, wählt einen Pinsel mit einer feinen Spitze und hält ihn mir hin. Ich nehme den Pinsel, tauche ihn in Tusche und beginne einen Brief an meinen Vater, in dem ich ihm meinen Verdacht bezüglich Meilings Fehlgeburt und des Todes von

Tante Jungfer schildere und ihn bitte, nach Wuxi zu kommen. Dann stellen Hebamme Shi, Meiling und ich stundenlang eine Liste möglicher Zeugen zusammen und schreiben Fragen auf, die gestellt werden könnten, falls mein Vater sich entschließt, meiner Bitte nachzukommen.

~

Drei Wochen später verkünden Trommeln und Gongs, dass sich die Prozession mit meinem Vater nähert und alle, die ihnen im Weg sind, Platz machen sollen. Mein Mann, mein Schwiegervater und Zweiter Onkel haben die Hände in den Ärmeln ihrer Gewänder gefaltet und warten. Lady Kuo und ich stehen hinter unseren Ehemännern. Ich bin nervös.

Das letzte Mal habe ich meinen Vater vor zweiundzwanzig Jahren gesehen, als ich acht Jahre alt war und er mit seiner neuen Braut in das Haus meiner Großeltern kam.

Die Prozession wird von einer Zweierreihe aus Bannerträgern, Ausrufern und Musikern angeführt. Mein Vater reitet auf einem Pferd, dessen schwarzes Fell und Mähne glänzend gebürstet sind. Am Sattel und am Zaumzeug baumeln Zöpfe und Quasten. Die aufrechte Haltung meines Vaters und seine offizielle Kappe verleihen ihm Größe und Autorität. Ihm folgt eine Gruppe von Männern, ebenfalls zu Pferd, die ich für Schreiber und Sekretäre halte, die meinem Vater in den nächsten Stunden zur Seite stehen werden. Es wäre für jede Familie eine Ehre, einen so hochrangigen Gast zu haben, aber der Zweck des Besuchs meines Vaters gibt Anlass zu großer Besorgnis und Beschämung: eine neuerliche Untersuchung des Todes von Tante Jungfer und eine Überprüfung des Hausarztes und wie seine Handlungen die Familie Yang beeinflusst haben könnten.

Mein Vater steigt ab, und einer unserer Stallknechte übernimmt die Zügel. Maoren, mein Schwiegervater und Zweiter Onkel verbeugen sich demütig, wie es sich vor einem Präfekturrichter aus dem Strafministerium gehört. Ich will mich gerade verbeugen, als mein Vater vortritt und mich an den Ellbogen nimmt.

»Tochter, ich würde dich überall wiedererkennen. Du siehst deiner Mutter so ähnlich.«

Ich lege die Hand aufs Herz, um das Gefühl in mir für immer festzuhalten. Mein Vater wendet sich an die Männer der Familie.

»Gebieter Yang, ich werde mein Bestes tun, um das Verfahren mit so wenig Aufsehen wie möglich zu beenden. Maoren, es ist schön, dich zu sehen ...«

»Herr Präfekturrichter Tan, ich fürchte, Sie werden feststellen, dass Ihre Reise unnötig war«, unterbricht Gebieter Yang. »Ich kenne Doktor Wong schon seit vielen Jahren. Er hat unserer Familie gut gedient. Ihn beschuldigt zu sehen ...«

»Es ist zweifelsohne eine schwierige Situation«, fügt mein Vater mitfühlend hinzu. »Und keine Familie möchte eine Neuaufnahme der Ermittlungen. Seien Sie versichert, dass ich meine Pflichten nach den höchsten Idealen des Ming-Kodex erfüllen werde.«

Gebieter Yang lässt sich nicht beschwichtigen, aber als er den Mund öffnet, um weiter zu protestieren, legt Zweiter Onkel seinem älteren Bruder schnell die Hand auf die Schulter, um ihm zu verstehen zu geben, dass dieser Kampf nicht gewonnen werden kann.

Um uns herum bieten Dienerinnen den geringeren Mitgliedern der Reisegruppe Tee an, und Stallknechte führen die Pferde weg, sodass Gebieter Yang einen Moment Zeit hat, sich wieder zu fassen. »Unter diesen Umständen«, sagt er schließlich, »fühle ich mich geehrt, dass ein Beamter von solcher Integrität hier ist, um den Vorsitz zu führen. Alle Parteien sind anwesend.«

»Dann werden wir sofort beginnen«, sagt mein Vater.

Bei diesen Worten tritt Lady Kuo rasch vor. »Lassen Sie mich Ihnen zunächst einen Raum zeigen, in dem Sie sich von Ihrer Reise erholen können«, schlägt sie vor, und mein Vater nickt zustimmend.

Obwohl er es eilig zu haben schien, vergeht fast eine Stunde, bevor Lady Kuo meinen Vater in genau den Säulengang führt, in dem die erste Untersuchung über Tante Jungfer stattgefunden hat. Meine Schwiegermutter verbeugt sich tief und respektvoll. Er ist ein Würdenträger und ein Ehrengast, aber ich habe sie noch nie so untertänig auftreten sehen. Ich bin noch mehr überrascht, als er ihren Ärmel berührt, sich zu ihr beugt und ihr ein paar Worte zuflüstert. Sie spannt den Kiefer an, nickt und weicht zurück.

Mein Vater nimmt an einem Tisch Platz, flankiert von seinen Sekretären, die alle Papier, Pinsel und einen Tuschereibstein vor sich haben. Die exhumierte Leiche von Tante Jungfer liegt auf einem Tisch, der mit Musselin bedeckt ist. Auf einer Staffelei steht ein Schaubild, das die Umrisse der Vorder- und Rückseite eines menschlichen Körpers zeigt. Daneben ist ein kleiner Tisch mit den für eine Leichenschau erforderlichen Werkzeugen auf der einen Seite und Pinsel und Tusche auf der anderen Seite.

Doktor Wong sitzt auf einem der beiden Stühle, die zwischen meinem Vater und seinen Sekretären und der Leiche von Tante Jungfer stehen, mit Blick auf das Publikum. Er sieht so aus, wie er immer auf mich gewirkt hat: attraktiv, mit einem leichten Ausdruck von Arroganz. Obwohl Brauch und Gesetz vorsehen, dass die gesamte Familie der Toten anwesend sein darf, wurden nur dreißig Stühle aufgestellt. Mein Schwiegervater, Zweiter Onkel und Maoren sitzen in der ersten Reihe, an derselben Stelle wie bei der ersten Untersuchung. Die meisten anderen Stühle sind mit männlichen Mitgliedern der Familie Yang besetzt, aber auch einige Frauen, darunter Lady Kuo, haben Platz genommen. Konkubine Chen wurde vorgeladen. Sie sitzt in einer Nische und trägt einen Gazeschleier über ihrem Gesicht, um ihre wenigen Narben zu verbergen. Neben ihr sitzen weitere Frauen, die nicht zur Familie gehören: Meiling, ihre Mutter und Mohnblüte. Meiling und ich nicken uns fast unmerklich zu.

Mein Vater beginnt mit einigen Präliminarien und notiert Tag, Monat und Jahr der Herrschaft von Kaiser Hongzhi. Seine Sekretäre halten die Köpfe gesenkt, während sie jedes Wort, das gesprochen wird, aufschreiben, um das offizielle Protokoll zu erstellen. Mein Vater kündigt dann an, dass er sich bei der Prüfung der forensischen Beweise an die Regeln und Anweisungen halten wird, die in *Aufzeichnungen zur Tilgung von Ungerechtigkeit* festgeschrieben wurden, und zitiert: »*Wenn auch nur der kleinste Fehler gemacht wird, kann sich das zehntausend* li *weit auswirken.*« Er hält inne, um uns über diese Worte nachdenken zu lassen, die vor Jahren von Magistrat Fu zu uns gesprochen wurden.

»Dies ist eine ungewöhnliche Situation, denn uns liegen zwei Beschuldigungen einer Straftat vor«, fährt mein Vater fort. »Die erste reicht vierzehn Jahre zurück und betrifft den Tod von Yang Fengshi, einer Frau, die in ihrer Familie Tante Jungfer genannt wurde. Die zweite Anklage betrifft die vorsätzliche Anwendung von Abtreibungsmitteln – die zum Tod eines Fötus und fast zum Tod der Mutter führten. Das Ziel dieses zweiten Verbrechens war offensichtlich meine eigene Tochter. Ich werde mich bei der Ausübung meiner Pflichten als Ermittler und Richter an die obersten Grundsätze der Integrität und Objektivität halten, aber um darüber hinaus noch Unparteilichkeit und Ihr Vertrauen zu sichern, habe ich Gerichtsmediziner Sun, der weder aus dieser Gegend stammt, noch mit den Opfern, Zeugen oder dem Angeklagten vertraut ist, gebeten, die Beweise zu überprüfen. Wenn jemand Einwände hat, möge er sie jetzt äußern.«

Mein Vater lässt den Blick langsam über die Versammlung wandern. Wäre dies Magistrat Fu gewesen, hätte es vielleicht Einwände von verschiedenen Seiten gegeben, aber die Position meines Vaters als Präfekturrichter erlaubt nichts dergleichen.

»Wir werden die Tatsachen chronologisch betrachten«, fährt er fort, »beginnend mit der erneuten Untersuchung über die zweite Beschuldigung bis hin zu der Frage, wie diese beiden Verbrechen – wenn wir tatsächlich zu dem Schluss kommen, dass es sich bei den Geschehnissen um einen Rechtsbruch und nicht um ein Missgeschick, einen Unfall oder Unfähigkeit handelt – zusammenhängen. Der Beschuldigte ist Doktor Wong, der Arzt des Hauses.«

Die Nachricht, dass sich die Ermittlungen gegen Doktor Wong richten würden, hat zwar im ganzen Garten der duftenden Freuden für viel Klatsch und Tratsch gesorgt, aber die Anschuldigungen nun laut und offiziell ausgesprochen zu hören, hat bei denen, die um mich herum sitzen, so etwas wie eine Mauer des Unglaubens erzeugt. Doktor Wong hebt seinerseits das Kinn, lächelt leicht und schüttelt ein wenig den Kopf, als wolle er allen versichern, dass dieser Anlass ihn nicht weiter beunruhigt und auch alle anderen nicht beunruhigen sollte.

Mein Vater deutet auf den Leichenbeschauer. »Sie können anfangen.«

»Ich werde mit einer Prozedur beginnen, die man ›üblen Geruch vertreiben‹ nennt«, erklärt Gerichtsmediziner Sun. »Mein Assistent wird Kaugummis aus Liquidambar verteilen, wenn Sie es vorziehen, kann er Ihnen aber auch ein Stück kandierten Ingwer zum Lutschen geben. Damit lässt sich der Geschmack des Todes vertreiben. Er hat auch eine Flasche Hanfsamenöl dabei. Vielleicht möchten Sie sich etwas davon unter die Nase reiben. Der Verwesungsgeruch wird nicht ganz verschwinden, aber er wird gemildert.« Er wendet sich an meinen Vater. »Als die Totengräber den Sarg von Yang Fengshi öffneten, stellten wir fest, dass die am übelsten riechenden Flüssigkeiten verdunstet waren, aber im Interesse der Familie habe ich die Leiche mit Wein und Essig abgetupft.«

Mit diesen Worten zieht er das Musselintuch weg und enthüllt die Überreste von Tante Jungfer. Die Angehörigen des Haushalts, die jemanden, den sie kannten, nun im Zustand der Verwesung sehen, schnappen alle nach Luft. Die Haut von Tante Jungfer wirkt welk und lederartig. Ihre Lippen haben sich zurückgezogen und offenbaren hervorstehende Zähne. Nase und Augen sind verschwunden, zurück blieben drei klaffende Löcher. Die Haut, die einst ihre Schienbeine bedeckte, ist vollständig verschwunden, sodass nur noch nackte weiße Knochen zu sehen sind.

Erinnerungen an die ursprüngliche Untersuchung werden wach, als der Gerichtsmediziner Befunde verkündet, die denen ähneln, die Hebamme Shi vor vierzehn Jahren geschildert hat. Sein Assistent taucht unterdessen einen Pinsel in rote Tusche und markiert auf dem Schaubild der Leiche von Tante Jungfer, was berichtet wird. Das Wasser, das ursprünglich in Tante Jungfers Bauch gefunden wurde und auf Ertrinken als Todesursache hindeutete, ist immer noch nachweisbar, weil sich dieser Bereich langsamer zersetzt hat. Der Gerichtsmediziner überprüft auch zuvor dokumentierte Spuren, von denen einige, aber nicht alle, von der Zeit ausgelöscht wurden.

»Hier sehen wir getrockneten Schlamm«, sagt Gerichtsmediziner Sun und deutet mit einem dünnen Bambusstock auf den klaffenden Mund von Tante Jungfer. Er bewegt den Stock zu einer ihrer Hände. »Die Nägel sind im Grab weitergewachsen und ragen wie Krallen heraus. Aber nicht nur unter den Nägeln, sondern auch in den Überresten ihrer Handflächen kann man deutlich getrockneten Schlamm erkennen.« Dann berührt er mit der Spitze des Stocks eine Stelle über den Oberkieferzähnen von Tante Jungfer. »Getrockneter Schlamm steckt auch in dem Hohlraum, wo einst ihre Nase war.«

Mein Vater räuspert sich und liest von einem Papier ab: »Bei der ersten Untersuchung wurde ermittelt, dass Yang Fengshi stürzte, sich den Kopf stieß und im Teich ertrank. Die objektiven Beweise stützen diese Theorie jedoch nicht vollständig. Ja, es wurde Wasser in ihrem Bauch gefunden. Und ja, der Teich ist so seicht, dass die meisten Menschen, sogar ein Kind, daraus entkommen könnten. Aber wenn sie das Bewusstsein verloren hat, wäre sie nicht in der Lage gewesen, um ihr Leben zu kämpfen, dennoch hat sie Schlammreste in ihren Händen und unter den Fingernägeln. Selbst wenn sie tagelang – und nicht nur stundenlang – auf dem Grund des Teiches gelegen hätte, hätte sich der Schlamm nicht so in ihren Nasen- und Mundhöhlen festgesetzt.«

Ich werfe einen Blick auf meinen Mann, der den Kopf schief legt und sich leise mit seinem Vater unterhält. Lady Kuo und einige der anderen Damen aus den inneren Gemächern wischen sich die Augen. Doktor Wong starrt auf seine Hände, die mit den Handflächen nach oben auf seinen Oberschenkeln liegen. Es ist unmöglich, seine Gefühle zu erraten.

»Es gibt noch etwas zu bedenken«, sagt Gerichtsmediziner Sun. »Ich möchte Präfekturrichter Tan hochachtungsvoll zu mir bitten.«

Mein Vater erhebt sich und geht zielstrebig auf den Tisch zu.

»Ich brauche Hilfe«, sagt der Gerichtsmediziner und reicht seinem Assistenten zwei Tücher, die er über seine Hände legen soll. »Wir müssen den Leichnam umdrehen.«

Sobald Tante Jungfer mit dem Gesicht nach unten liegt, kehrt der Assistent an die Staffelei zurück.

»Bei der ersten Leichenschau hat Hebamme Shi ausgesagt, dass Yang Fengshi sich die linke Seite ihres Kopfes angeschlagen hat.« Der Gerichtsmediziner deutet erneut mit seinem Stock auf Tante Jungfers Leiche. »Wenn dem so wäre, warum befindet sich die Einbuchtung dann an ihrem Hinterkopf?«

Mein Vater kratzt sich nachdenklich am Bart und fragt: »Wenn sie gestürzt und auf den Hinterkopf gefallen ist, warum wurde sie dann mit dem Gesicht nach unten im Teich gefunden? Und wie kam die Abweichung über die Stelle der Kopfverletzung des Opfers in den offiziellen Bericht?« Seine Fragen werden mit Gemurmel quittiert. Er hebt die Hand, um für Ruhe zu sorgen. »Die Antwort auf die zweite Frage muss von dem ursprünglichen Gerichtsmediziner und dem Magistrat kommen. Ich würde auch nachfragen, ob sie mit dem Angeklagten bekannt sind und ob sie finanziell oder anderweitig von ihm profitiert haben. Wie Sie alle wissen, stehen harte Strafen auf Lügen in einer offiziellen Ermittlung, aber Fragestellungen über den Gerichtsmediziner und den Magistrat müssen auf ein andermal verschoben werden. Was die erste Frage betrifft, so möchte ich alle daran erinnern, dass wir uns bei einem Todesfall deshalb am Ort des Geschehens treffen, um Beweise zu sammeln. Ich bitte nun Gebieter Yang und seinen Sohn, mir zu folgen. Alle übrigen bleiben sitzen.«

Mein Schwiegervater, mein Ehemann und mein Vater verschwinden nun auf dem von Azaleen gesäumten Weg, die in den letzten Jahren immer höher gewachsen sind. Ich halte den Blick gesenkt und die Ohren gespitzt, in der Hoffnung, das Gespräch am Teich mitzubekommen. Außer ein wenig Geplätscher höre ich nichts. Wir warten alle. Schließlich kommen die drei Männer den Pfad wieder hoch. Sie tragen Steinbrocken unterschiedlicher Größe, ein paar davon sind nass. Auch die Stiefel meines Mannes und der untere Teil seiner Robe sind nass. Die Männer legen die Steine auf den Tisch und kehren auf ihre Plätze zurück.

Mein Vater gibt eine Floskel von sich. »*Ein oder zwei Jahrzehnte werden einen Stein nicht verändern.*« Er winkt dem Gerichtsmediziner. »Bitte versuchen Sie, diese Steine in die Einbuchtung in Yang Fengshis Schädel einzupassen.«

Ein paar Frauen halten sich die Augen zu. Ein junger Mann, den ich wegen seiner schwächlichen Veranlagung wie ein Kind behandelt habe und der jetzt mitten im Studium für die kaiserlichen Prüfungen steckt, fällt in Ohnmacht und wird weggetragen. Mein Mann und sein Vater sind so weiß wie Totenhemden.

Nach ein paar Minuten hält Gerichtsmediziner Sun einen Stein hoch, der noch vom Wasser glänzt. »Damit wurde Yang Fengshis Schädel zertrümmert. Er passt genau in die Vertiefung. Als sie nicht sofort starb, wurde sie mit dem Gesicht nach unten in den Teich gedrückt. Sie muss sich sehr gewehrt haben, wie man an den Wasser- und Schlammresten erkennen kann.«

Ich schaue zu Doktor Wong hinüber, um zu sehen, wie er auf diese Information reagiert, aber er verhält sich ruhig, als hätte er kein Wort gehört. Sein Blick bleibt unbewegt und richtet sich über unsere Köpfe hinweg und, wie mir plötzlich klar wird, auf die Nische, in der Konkubine Chen, Mohnblüte, Meiling und ihre Mutter darauf warten, als Zeuginnen aufgerufen zu werden.

Mein Vater verändert seine Sitzposition, um den Arzt anzusprechen. »Bitte stehen Sie auf und stellen Sie sich vor den Tisch mit der Leiche.« Doktor Wong gehorcht, das muss er auch. »Man sagt, wenn ein Verdächtiger im Angesicht einer Leiche und ihrer Angehörigen befragt wird, ist er – oder sie – eher bereit zu gestehen. Möchten Sie das jetzt tun?«

Doktor Wong schnaubt verächtlich. »Auf gar keinen Fall. Ich habe nichts Unrechtes getan.«

Ungerührt legt mein Vater eine Hand flach auf den Tisch und wendet seine Aufmerksamkeit wieder der Versammlung zu. »Uns wurde von den Spuren berichtet, die an Yang Fengshis Leiche gefunden wurden und die darauf hindeuten, dass sie getötet wurde. Ich komme später auf das Motiv oder die Motive für ihren Tod zurück. Jetzt wollen wir uns zunächst dem zweiten Vorwurf zuwenden, denn ich glaube, wir werden feststellen, dass beide Verbrechen einen einzigen Ursprung haben. Doktor Wong, bleiben Sie, wo Sie sind. Shi Meiling, treten Sie bitte näher.«

Meiling verlässt die Nische, geht durch den Mittelgang und setzt sich auf den zweiten Stuhl, der dem Publikum zugewandt ist. Mein Vater stellt ihr nur fünf Fragen.

»Was war die Ursache für Ihre Fehlgeburt in Peking?«

»Ich habe ein Mittel eingenommen, von dem ich glaubte, es würde mir eine ungefährdete Schwangerschaft garantieren.«

»Haben Sie etwas davon bei sich?«

Sie zeigt Reste der Kräuter und anderen Zutaten, aus denen das Mittel bestand, das sie eingenommen hat.

»Können Sie die medizinischen Eigenschaften jedes Wirkstoffs beschreiben?«, fragt er.

»Ich bin keine Ärztin«, antwortet sie. »Aber ich habe erfahren, welche Wirkung jeder der Inhaltsstoffe auf eine schwangere Frau hat.«

Mein Vater gibt ihr die Erlaubnis, sie aufzuführen, was sie auch tut, und fragt dann: »Wie sind Sie an die Kräuter gekommen?«

»Ich habe sie von einem Dienstmädchen genommen.«

»Für wen waren sie ursprünglich bestimmt?«

»Für Tan Yunxian, die Schwiegertochter von Gebieter Yang.«

Auf diese Aussage folgt tiefes Schweigen.

Als nächstes fordert mein Vater Mohnblüte auf, sich auf den Stuhl zu setzen, den Meiling gerade verlassen hat.

»Wer hat dir die Kräuter gegeben, die letztlich die Fehlgeburt von Junger Hebamme eingeleitet hat?«, fragt er.

Mein langjähriges Dienstmädchen schluchzt so sehr, dass sie kaum sprechen kann. »Doktor Wong.«

Allen stockt der Atem, aber Doktor Wongs Miene bleibt gleichgültig.

»Ich habe nur getan, was mir der Arzt des Hauses aufgetragen hat«, schluchzt Mohnblüte. »Ich würde Kleiner Herrin nie etwas antun.«

Mein Vater entlässt Mohnblüte. Sie kehrt in die Nische zurück und verdeckt ihr Gesicht mit den Händen.

»Doktor Wong, möchten Sie noch etwas zu dem hinzufügen, was die Hebamme und die Zofe gerade ausgesagt haben?«

»Ich bin enttäuscht, dass ein Mann Ihres Standes sich so von dem Geplapper von Frauen beeinflussen lässt, vor allem von einem Mitglied der Sechs Vetteln, das die von Konfuzius aufgestellten Regeln für richtiges Verhalten schändet«, antwortet er.

Vielleicht glaubt Doktor Wong, dass er durch sein herablassendes Verhalten alle von seiner Unschuld überzeugen kann, aber die Stimmung in der Familie hat sich gegen ihn gewendet, und mein Vater scheint sich ebenfalls nicht davon umstimmen zu lassen.

»Sie wollen also vorerst nicht gestehen«, sagt er. »Das macht nichts. Bitte bleiben Sie, wo Sie sind, damit wir Ihre Reaktion auf die nächste Zeugin beobachten können. Hebamme Shi, kommen Sie nach vorne.« Sobald sie vorgetreten ist, befragt mein Vater sie darüber, wie sie ihren Beruf erlernt hat und wie lange sie ihn schon ausübt. Dann hakt er auf der Grundlage dessen, was Hebamme Shi Meiling und mir gestanden hat, nach. »Wann waren Sie das letzte Mal im Garten der duftenden Freuden?«

»Das war bei der Geburt von Konkubine Chens Sohn«, antwortet sie.

»Stimmt es, dass bei solchen Anlässen nicht immer ein Arzt anwesend sein muss?

»Sie haben recht. Geburten sind eine blutige Angelegenheit. Ärzte halten sich normalerweise fern, es sei denn, es gibt Komplikationen.«

»Gab es in diesem Fall Komplikationen?«

»Nein, gar keine«, antwortet Hebamme Shi.

»Aber es war ein Arzt anwesend.«

»Ja, Doktor Wong war da.«

»Bitte erzählen Sie uns, was passiert ist.«

»Viele Frauen schreien während der Wehen. Oft beschweren sie sich über ihre Ehemänner oder ihre Gebieter. Ich lasse ihn nie wieder in mein Bett und so weiter.« Die Hebamme deutet ein Lächeln an. »Natürlich gäbe es keine Gesellschaft, wenn jede Frau sich für diesen Weg entscheiden würde.«

Niemand lacht.

»Was hat die Konkubine gesagt?«, fragt mein Vater.

»Sie hat den Arzt angeschrien, dass sie, wenn ein Sohn ihren Körper verlässt, nie wieder die Beine für ihn spreizen wird.«

»Nein!« Der Schrei gellt durch die fassungslose Menge. Ich drehe mich um, um festzustellen, woher das Geräusch kam. In der Nische fährt Konkubine Chen so schnell hoch, dass sich der Schleier, der ihr Gesicht bedeckt, hebt und dann sanft herunterfällt, als würde er von einer Brise getragen. Ich wende mich wieder um und sehe gerade noch, wie Doktor Wong zusammenzuckt und sich dann schnell wieder fängt.

»Setzen Sie sich, Konkubine Chen«, befiehlt mein Vater, »und seien Sie still«. Er wendet sich wieder an Hebamme Shi. »Wollen Sie damit sagen, dass Gebieter Yang nicht der Vater des Sohnes seiner Konkubine war?«

»Das ist richtig.«

»Wer weiß das noch?«

Hebamme Shi spannt den Kiefer an und setzt sich aufrecht. Sie spricht mit kräftiger Stimme: »Die Frau, die mir als Tante Jungfer bekannt war, war anwesend, um mir bei den Wehen von Konkubine Chen zu helfen. Sie hat alles gehört. Danach haben wir beide darüber gesprochen, was wir tun sollten. Dieses Baby, das den Namen Manzi bekam, wäre der Rangfolge nach der nächste Gebieter des Gartens der duftenden Freuden, sollte der junge Herr sterben oder ohne Sohn sterben.«

Die Falten auf der Stirn meines Vaters werden tiefer, als er über diese Information nachdenkt. Ich frage mich, ob die Familie Yang sieht, was ich sehe, wenn sie Doktor Wong betrachtet: die gemeißelten Wangenknochen, die breiten Schultern und den Kiefer, den er und Manzi gemeinsam hatten.

Mein Vater stellt seine nächste Frage so leise, dass ich sie kaum höre. »Und das haben Sie all die Jahre geheim gehalten?«

»Hatte ich denn eine Wahl?« Hebamme Shi antwortet mit einer Gegenfrage. »Nicht lange nach der Entbindung von Konkubine Chen habe ich drei andere Frauen mit Wehen betreut, deren Geburten alle einen unglücklichen Ausgang nahmen.« Sie seufzt. »So etwas kommt vor, aber dank einiger gut platzierter Worte von Doktor Wong luden mich die Familien der Oberschicht nicht mehr in ihre Häuser ein. Alles, was ich zu meiner Verteidigung gesagt hätte, hätte man als …«

»Aber das war nicht Ihre einzige Motivation«, unterbricht mein Vater Hebamme Shi, bevor sie zu Ende sprechen kann.

Ich presse meine Hände so fest zusammen, dass sich meine Fingernägel in die Haut bohren, weil ich befürchte, Meilings Mutter könnte den Mut verlieren.

»Jede Mutter tut, was sie kann, um ihr Kind voranzubringen – besonders ein vaterloses Mädchen«, sagt die Hebamme schließlich. »Doktor Wong versprach mir, dass er meine Tochter beschützen würde, wenn ich kein einziges Wort über das gemeinsame Geheimnis zwischen ihm und Konkubine Chen verlieren würde. ›Ich kann Meilings Existenz zerstören, genauso, wie ich es bereits mit Ihnen getan habe‹, sagte er. ›Ich kann ihr aber auch helfen.‹ Ich stimmte seinen Bedingungen zu. Unsere Vereinbarung wurde sofort wirksam.«

Nachdem mein Vater Hebamme Shi entlassen hat, blättert er in seinen Unterlagen, als wolle er sichergehen, nichts vergessen zu haben. Wenn er sich an die Vorschläge hält, die ich ihm geschrieben habe, bleiben noch drei Zeuginnen übrig: Konkubine Chen, Lady Kuo und ich. Jede von uns hat Wichtiges mitzuteilen – gewollt oder ungewollt –, aber er ruft keine von uns auf, was mich verwirrt und entmutigt. Stattdessen versucht mein Vater während der nächsten Stunde, Doktor Wong dazu zu bringen, seine Verbrechen einzugestehen. Er gibt dem Arzt Gelegenheit, Erklärungen zu liefern, sodass einiges als Leichtsinnsfehler abgetan werden könnte. Auf die Frage, warum er nicht versucht hat, Maoren anstelle meines ungeborenen Sohnes zu töten, lacht der Arzt. »Ich habe Ihnen doch gesagt, dass ich kein Mörder bin.«

Mein Vater winkt ab, als wäre diese Antwort ein übler Geruch. Dann sagt er: »Der einfache Weg ist der nachlässige Weg, aber ich werde Sie trotzdem fragen. Nachdem Sie Yang Fengshi mit dem Stein getötet hatten, warum haben Sie ihn danach nicht aus dem Garten der duftenden Freuden entfernt?«

»Ich habe die Jungfer nicht getötet«, antwortet der Arzt.

Meinem Vater geht die Geduld aus. »Können Sie *irgendwie* beweisen, dass Sie Yang Fengshi nicht getötet haben?«

»Das kann ich nicht«, antwortet er.

»Können Sie die Behauptungen widerlegen, dass der Junge Manzi Ihr Sohn war und dass Sie versucht haben, seinen Platz als zukünftiges Oberhaupt der Familie Yang zu sichern?«

»Das kann ich nicht.«

»Damit wir uns richtig verstehen: Geben Sie zu, dass Sie sich dieser Dinge schuldig gemacht haben?«

Doktor Wong verweigert die Antwort.

»Ich werde Ihnen eine letzte Gelegenheit geben, sich zu erklären«, sagt mein Vater.

Gebieter Yang erhebt sich und ruft entrüstet: »Zumindest das steht uns zu!« Ein Chor von Männerstimmen, angeführt von Zweitem Onkel, unterstützt diese Forderung.

Doktor Wong hebt die Hände, lässig und desinteressiert. Was er sagt, beweist, dass sich Großmutter die ganze Zeit über nicht in ihm getäuscht hat. »Ich gestehe, dass ich ein berühmter Arzt sein wollte, an den man sich noch lange nach meinem Tod erinnert. Ich wollte wie der Mann sein, der die Methoden zur Tilgung von Ungerechtigkeit entwickelt hat.« Er gestattet sich ein kleines Lächeln. »Die Methoden, die Sie heute angewandt haben …«

Mein Vater unterbricht ihn brüsk. »Ihre Handlungen sind kein Ausdruck des Strebens nach Ruhm. Vielmehr wollten Sie von den Vorteilen und der Macht profitieren, die sich daraus ergaben, einen Sohn zu zeugen, von dem Sie hofften, er würde eines Tages der Erbe der Besitztümer dieser Familie sein.«

Doktor Wong atmet resigniert aus. »Was spielt das jetzt noch für eine Rolle? Manzi ist tot.«

Das ruft bei den Männern der Familie Yang – und sogar bei einigen Frauen – ein solches Entsetzen hervor, dass ich einen Moment lang befürchte, sie würden die Sache selbst in die Hand nehmen. Mein Vater schlägt mit der Faust auf den Tisch und bringt die Versammlung zum Schweigen.

»Eine Frau ist gestorben. Eine andere Frau hat ihr Kind verloren und wäre fast gestorben. Und wir wissen noch nicht, was Sie sonst noch getan haben.« Mein Vater blickt auf seine Papiere hinunter. »Es gibt noch weitere Möglichkeiten, das zu untersuchen. Ich würde die Ermittlungen gerne fortsetzen und die üblichen Verhörmethoden – Prügel und dergleichen – anwenden, wenn Sie das wollen. Aber Ihnen muss Eines klar sein: Mit jeder neuen Lüge, die aufgedeckt wird, insbesondere nach der Zeit und Mühe, die die Männer aufgewendet haben werden, um die Wahrheit herauszufinden, wird Ihre körperliche Bestrafung gesteigert.« Er hält inne und fügt dann hinzu: »Ich gebe Ihnen die Möglichkeit, den Weg des Feiglings zu wählen – gestehen Sie, entgehen Sie der Folter und treten Sie Ihre Strafe an.«

Doktor Wong seufzt und lässt die Schultern sinken, während seine Kühnheit schwindet. Das erinnert mich an die Geschichte, die Tante Jungfer vor langer Zeit über den vermeintlich tapferen Mann erzählte, der sich schließlich wie ein verängstigtes Kätzchen unter dem Bett versteckte, um seiner Frau zu entkommen. Schließlich spricht Doktor Wong. »Ich bitte respektvoll um den Weg des Feiglings. Eine Folterung ist nicht notwendig. Ich werde Ihr Urteil auf der Grundlage der Aussagen, die Sie gehört haben, annehmen und auch die Strafe, die Sie für angemessen halten. Und zwar ohne dass Schmerzen hinzugefügt oder Blut vergossen werden muss.«

»Der Weg des Feiglings also.« Mein Vater lässt seinen Blick über die Anwesenden schweifen, um seine Meinung über die absolute Ehr- und Mutlosigkeit des Arztes zum Ausdruck zu bringen. »Lassen Sie mich zunächst sagen, dass ich in einem Haushalt aufgewachsen bin, der sich gleichermaßen der Wissenschaft und der Medizin verschrieben hat. Vor allem von meiner Mutter habe ich gelernt, dass wir in der Medizin den gesamten Kosmos betrachten müssen – sowohl innerhalb als auch außerhalb des Körpers. Besteht Harmonie?« Er zeigt zu mir. »Ich bin stolz darauf, dass meine Tochter gelernt hat, diese Muster nicht nur bei Kranken, sondern auch in der Welt um sie herum zu sehen, und so konnte sie mich auf diesen Fall aufmerksam machen. So wie meine Tochter oder meine Eltern Pulse gefühlt und Fragen gestellt haben und so fort, verfolge ich jetzt einen ähnlichen Kurs, um herauszufinden, was an den Indizien nicht im Einklang mit dem Kosmos ist und welche Spuren hinterlassen wurden, die auf vergangene Bewegungen hinweisen.«

Mein Vater macht eine Pause, damit seine Sekretäre alles, was er sagt, mitschreiben können. Sobald sich ihre Pinsel nicht mehr bewegen, spricht er weiter. »Ruhm ist ein Traum, dem manche Menschen nachjagen. Manchmal erreichen sie ihn und schaffen es, sich daran festzuhalten, wie am Schwanz eines Drachens in einem Sturm. Manchmal sind sie von der Begierde nach Anerkennung oder Einfluss geblendet, als hätten sie ein Fläschchen Feenwein getrunken. Wir sprechen hier doch von den Grundelementen von Yin und Yang, nicht wahr? Dem ständigen Auf und Ab von Gut und Böse, Liebe und Hass, Ehre und Schande, das in einem unendlichen Kreislauf aufeinanderfolgt. In diesem Fall, Doktor Wong, haben Sie Ihre Missetaten nicht allein begangen. Ich bitte nun Hebamme Shi und Konkubine Chen, sich neben Sie zu stellen.«

Sobald die beiden Frauen vorne stehen, sagt mein Vater: »Alle Strafen sind durch den Ming-Kodex vorgeschrieben: Enthauptung, Verbannung, Zuchthaus und Prügelstrafe.«

Hebamme Shi lauscht diesen Worten schicksalsergeben. Konkubine Chen bleibt unter ihrem Schleier stumm. Doktor Wong wird bleich, vielleicht denkt er noch einmal darüber nach, ob es richtig war, den Weg des Feiglings zu wählen.

»Ich beginne mit Hebamme Shi«, fährt mein Vater fort. »Die Strafe für Lügen bei einer richterlichen Untersuchung ist hart – hundert Hiebe mit einer schweren Zuchtrute.«

»Nein!« Meiling schreit auf. Das ist viel schlimmer als das, was sie im Palast erlitten hat.

Mein Vater ignoriert den Ausbruch. »Der Ming-Kodex besagt zwar, dass ich eine Strafe nicht aussetzen kann, aber sie kann gemildert werden, was in diesem Fall meiner Meinung nach gerechtfertigt ist. Schließlich konnte sich Hebamme Shi – als Frau und als eine der Sechs Vetteln – Doktor Wongs Anordnungen nicht widersetzen. Zugleich müssen wir ihren konfuzianischen Gehorsam bewundern. Sie opferte ihren Ruf, um die Zukunft ihrer Tochter zu sichern. Diese Tochter – ein weiteres Mitglied der Sechs Vetteln – hat ebenfalls nach den Geboten des Konfuzius gehandelt. Indem sie half, Doktor Wong zu entlarven, hat Junge Hebamme den Namen ihrer Mutter reingewaschen. Hebamme Shi erhält hundert Hiebe mit der leichtesten Bambusrute, die es in diesem Bezirk gibt.«

Meilings Mutter nimmt das Urteil wie versteinert zur Kenntnis. Konkubine Chens Schleier – leicht und durchsichtig – bebt.

»Was Konkubine Chen angeht«, sagt mein Vater, »so ist sie Eigentum. Ich überlasse ihre Bestrafung Gebieter Yang. Aber wenn es nach mir ginge, würde ich die Konkubine sofort aus dem Haushalt verbannen.«

Er konnte nicht wissen, dass Konkubine Chen bereits auf die Straße gesetzt worden war.

Er entlässt die beiden Frauen und wendet sich an Doktor Wong. »Ohne Vergeltung werden die Toten nicht ruhen und die Lebenden nicht wieder zu sich kommen. Die Strafe für die Tötung eines ungeborenen Kindes, dessen Mund, Augen, Ohren, Hände und Füße noch nicht vollständig ausgebildet sind, ist fast zu vernachlässigen. In diesem Fall jedoch hatte der Fötus von Junger Hebamme – ein Mädchen – diese körperlichen Merkmale bereits entwickelt.« Er hält inne, als Doktor Wong zu schluchzen beginnt. Dann sagt er: »Ich möchte eine Strafe verhängen, die andere davon abhalten soll, etwas Ähnliches zu versuchen, um Macht und finanziellen Gewinn davonzutragen. Sie erhalten hundert Schläge mit einer schweren Zuchtrute und werden ein Jahr lang einen Holzkragen um den Hals tragen, damit die Bevölkerung Ihre Schmach sehen kann. Sollten Sie nach zwölf Monaten noch am Leben sein, verurteile ich Sie zur Hinrichtung durch Enthauptung auf dem öffentlichen Platz von Wuxi.«

Als sich zwei Wachen nähern, hat Doktor Wong Mühe, seine Gefühle im Zaum zu halten. Doch als er dann aufsteht, um abgeführt zu werden, ist er wieder ganz er selbst – arrogant und völlig beherrscht.

~

Heute Abend werden die Männer der Familie Yang ein Bankett zu Ehren meines Vaters geben. Ich werde nicht daran teilnehmen dürfen. Da der Tag noch nicht zu Ende ist, mache ich mich auf die Suche nach meinem Mann und finde ihn allein in seiner Bibliothek. Er sieht nicht erfreut aus, mich zu sehen.

»Die Heiratsvermittlerin hat damals gesagt, du wärst klug«, sagt er müde, »aber deine Klugheit hat unser Haus und unseren Namen in Verlegenheit gebracht.«

»Es war richtig, meinem Vater zu schreiben …«

»Für wen? Für Tante Jungfer? Sie hat sich um mich gekümmert, als ich ein Junge war. Ich habe sie in guter Erinnerung. Aber sie dann so zu sehen … Und Junge Hebamme …«

»Vergiss nicht, dass *ich* das Ziel war.«

»Aber dir ist doch nichts passiert, oder?« Unsere Blicke treffen sich. »Yunxian, mir macht es zu schaffen, dass du nicht zuerst mit mir gesprochen hast. Welche Rolle spielte die Liebe oder gar die Pflicht bei deiner Entscheidung?«

Ich lege eine Hand auf seinen Ärmel und spüre die Wärme seines Körpers durch die Seide hindurch. »Es tut mir leid, wenn ich dich verletzt habe.«

Er weicht zurück und setzt sich wortlos wieder an seinen Schreibtisch.

Ich bin verunsichert, als ich durch den Säulengang gehe. Ich habe Unrecht wiedergutgemacht, aber zu welchem Preis? Als ich in mein Zimmer zurückkehre, finde ich eine Notiz meines Vaters vor, in der er mir mitteilt, dass er mich vor seiner Abreise noch treffen möchte. Am nächsten Morgen finde ich mich zur vereinbarten Zeit auf der Terrasse der Einsiedelei ein. Alle Leiden und Schmerzen, die sich hier ereignet haben, sind spurlos verschwunden, ein weiteres Beispiel für die Tilgung von Ungerechtigkeit. Ich schenke meinem Vater Tee ein. Die Kois schwimmen nahe an die Terrasse heran, auf der Suche nach Leckerbissen. So viel Zeit habe ich in meinem ganzen Leben noch nie allein mit meinem Vater verbracht, zumindest kann ich mich nicht erinnern.

»Lass uns diese kostbaren Momente nicht verschwenden«, beginnt er und bricht das Schweigen. »Wenn Ehrwürdige Lady hier wäre, wäre sie genauso stolz auf das, was du als Ärztin geleistet hast, wie ich es bin.

»Danke, Vater.« Ich senke den Kopf.

Er sieht mich an. »Wir kennen einander nicht. Dafür gebe ich mir die Schuld.«

Ich bin unsicher, was ich antworten soll.

»Nach dem Tod deiner Mutter war ich untröstlich.« Er nickt langsam, als ob er sich das noch einmal bestätigen wollte. »Ich habe mich nach innen gekehrt und von meinen Kindern abgewendet. Ich dachte nur an mich und meine Karriere. Ich hatte mich intensiv auf die kaiserlichen Prüfungen vorbereitet …«

»Und du siehst ja, was das zur Folge hatte«, unterbreche ich ihn und verstoße damit gegen den Anstand. »Du wurdest vom Kaiser ausgezeichnet. Du bist hoch aufgestiegen im Strafm…«

»Ich hatte viel Erfolg, aber ich habe dich und deinen Bruder im Stich gelassen, als ihr mich gebraucht habt.«

»Wir hatten Konkubine Zhao.«

»Eine Konkubine.«

»Sie war dir, Yifeng und mir gegenüber immer loyal.«

Er zwirbelt seinen Bart zwischen den Fingern. Einen Moment lang frage ich mich, ob dieses Treffen eine gute Idee war. Dann beschließe ich, eine letzte Bitte zu äußern. »Vor vielen Jahren saßen Großvater und ich an dieser Stelle. Er hat mir erzählt, dass er Arzt geworden ist, um die Grausamkeiten auszugleichen, die er als Leiter des Strafministerium angeordnet hat.«

»Ich verstehe«, sagt mein Vater. Dann zitiert er: »*Sammle gute Taten und du wirst Gutes erfahren. Sammle böse Taten, und du wirst Böses erfahren.*«

»Als ich in der Verbotenen Stadt war, setzten sich Kaiserin Zhang, die Hofdamen und ich uns für Meiling ein, um ihre Strafe zu mildern.«

»Hattet ihr Erfolg?«

»Meiling ist am Leben.«

Mein Vater räumt das mit einem Kopfnicken ein.

»Jetzt möchte ich Konkubine Chen helfen.« Ich erkläre ihre Situation.

Mein Vater hört mir zu, aber er reagiert nicht so, wie ich es mir wünsche. »Wie ich schon sagte, ich bin stolz auf das, was du als Ärztin geleistet hast, aber vielleicht hast du dich zu sehr in die Angelegenheiten des Hauses eingemischt.«

»Vielleicht habe ich aber auch nicht genug getan!«

Er runzelt missbilligend die Stirn.

»Konkubine Chen hat großen Mut bewiesen, als die Pocken in den Garten der duftenden Freuden eindrangen«, fahre ich fort.

»Es steht dir nicht zu, zu …«

»Konkubine Chen ist nicht von allein schwanger geworden«, fahre ich fort. »War sie eine Intrigantin oder ein Opfer? Du hast sie nicht gefragt! Du hast sie nicht einmal aufgerufen!«

»Eine solche Befragung hätte deinen Schwiegervater gedemütigt und hätte womöglich das Machtgleichgewicht in der Familie stören können. Überlasse ihm die Entscheidung, ob er jemanden zur Rede stellen will, der in die Sache verwickelt sein könnte, oder nicht.«

»Aber wir sollten das doch auch von Konkubine Chens Warte betrachten, meinst du nicht? Warum sollte man sie für die Hinterhältigkeit eines Mannes bestrafen?«

Mein Vater kneift die Augen zusammen. »Deine Großeltern haben mir erzählt, dass du gut in den Vier Untersuchungen bist. Ich schlage vor, du nutzt genau diese, um herauszufinden, was hier passiert ist. Du hast gefragt, ob Konkubine Chen eine Intrigantin oder ein Opfer war. Sie hat intrigiert. Das steht außer Frage. Wenn sie auch ein Opfer war, wer hat sie dann in diese Lage gebracht und warum? Ich mache mir weniger Sorgen um den Ruf der Familie Yang *außerhalb* der Tore als um die Auswirkungen, die diese Störungen von Macht und Anstand *innerhalb* der Tore haben werden. Denk darüber nach, Yunxian, und ich glaube, du wirst zu demselben Schluss kommen wie ich. Ich wollte dich vor weiteren Intrigen schützen.« Er erhebt sich. »Es war schön, dich zu sehen, Tochter. Ich hoffe, bis zum nächsten Mal vergehen nicht wieder so viele Jahre.«

Ich könnte weinen, wenn meine Gedanken nicht bereits in die Richtungen laufen würden, die er mir mit seinen Fragen über Konkubine Chen eröffnet hat: *Wenn sie auch ein Opfer war, wer hat sie dann in diese Lage gebracht und warum?* Ich kann mir nur eine Person vorstellen.

AM RANDE DES HIMMELS

Mein Vater hat mir Ideen in den Kopf gesetzt, und ich möchte sie weiterverfolgen, aber die Belastungen des vergangenen Jahres holen mich jetzt ein: die Zeit in der Hauptstadt und die Strapazen der Reise nach und von Peking. Die Schwangerschaft und die Entbindung. Die Pflege von Meiling. Der Ausbruch der Himmelsblumenkrankheit. Die Wiederaufnahme der Ermittlung. Mein Kopf pocht, mein Körper schmerzt. Ich lege mich ins Bett, und Mohnblüte zieht die Vorhänge zu. Ich schlafe. Ich habe das Gefühl, ich könnte einen Monat hier liegen bleiben, aber am dritten Tag kommt Mohnblüte mit einer Nachricht. Konkubine Zhao hat mitgeteilt, dass Großmutter ernsthaft erkrankt ist. Ich ziehe mich an und eile zu meinem Mann. »Ich muss zu ihr«, sage ich ihm.

Er erhebt keine Einwände. Ich mag die Zustimmung meines Mannes haben, aber ich brauche auf jeden Fall auch die Zustimmung von Lady Kuo. Mit Lian auf dem Arm gehe ich zu ihrem Zimmer. Er ist sehr gewachsen, während ich mich um die Kranken gekümmert habe. Seine Oberschenkel sind pummelig und seine Wangen voll. Er ist ein freundliches Baby, und ich möchte ihn nicht schon wieder verlassen.

Lady Kuo begrüßt mich an der Tür zu ihrem Zimmer mit ihrem üblichen *kieck, kieck*. Es gibt Dinge, die ich sagen, und Dinge, die ich wissen will, aber das muss erst einmal warten. Wie mein Mann ist auch sie einverstanden, dass ich aufbreche.

»Unsere Familie möchte deiner Großmutter ihre andauernde Dankbarkeit für ihre Hilfe während der Wochen der Himmelsblumenkrankheit bekunden.« Sie klatscht in die Hände, und Sperling kommt angerannt. »Geh zum Haupttor. Die Träger sollen eine Sänfte bereitstellen.«

Sobald Sperling weg ist, sage ich: »Ich muss schon wieder meinen Sohn zurücklassen ...«

Sie wischt meine Bedenken beiseite. »Ich werde dafür sorgen, dass die Amme seinen Bauch füllt.«

Ich lege Lian in die Arme seiner Großmutter und wende mich ab. Ich schwöre mir, wenn er später Lesen, Schreiben und Rezitieren lernen soll, mache ich meine lange Abwesenheit in seiner frühesten Kindheit wieder gut.

Als ich im Hof des goldenen Lichts ankomme, führt mich Tupfen durch die Höfe zu Großmutters Schlafgemach. Großvater sitzt zusammengesackt in einem Sessel. Konkubine Zhao steht im Halbdunkel über ihm. Ich nähere mich dem Bett, zögere aber plötzlich, als ich Großmutter sehe. Ihre Haut hat die Farbe und Beschaffenheit von Lehm, und ihre grauen Haare sind aufgefächert, als würden sie auf einem Teich schwimmen. Ich balle die Hände zu Fäusten, um mich zu wappnen. Dann trete ich vor, mit einem Lächeln im Gesicht, mit offenem Herzen und mit Ideen im Kopf, was ich tun könnte, um ihr zu helfen.

»Glaubst du, ich merke nicht, dass du versuchst, die Vier Untersuchungen an mir durchzuführen?«, fragt Großmutter.

Bevor ich antworten kann, sagt Konkubine Zhao: »Vielleicht kann Yunxian etwas tun.«

Großmutters Blick wandert zur Laterne, während sie darüber nachdenkt. »Mir ist nicht mehr zu helfen.«

Großvater versucht vergeblich, ein Stöhnen zu unterdrücken. Konkubine Zhao dreht sich weg, damit Großmutter ihren Gesichtsausdruck nicht sehen kann.

»Es gibt niemanden, dem nicht zu helfen ist«, sage ich und versuche, Zuversicht zu vermitteln.

Großmutter lächelt ein wenig. »*Vögel fliegen nach Hause, um zu sterben, und Füchse ziehen sich in ihren Bau zurück.* Manche Dinge sind unvermeidlich.« Sie nimmt meine Hand und drückt sie auf ihre linke Brust. Durch die Polsterung ihrer Kleidung hindurch spüre ich einen Knoten, hart wie ein Stein. Mein Hirn rattert und versucht, eine Lösung zu finden.

»Es gibt Mittel, die du einnehmen kannst …«

»Meinst du, ich hätte sie nicht schon genommen?«, fragt Großmutter. »Seit Jahren? Bis jetzt habe ich die Dämonen des Todes im Schatten gehalten.« Nach einer langen Pause fügt sie hinzu: »Wenn ich es herausschneiden könnte, würde ich es tun. Hoffentlich habe ich noch viele Monate Zeit.«

Großvater vergräbt das Gesicht in den Händen. Ich versuche, diese Nachricht zu verarbeiten, scheitere aber kläglich. Großmutter war längst krank, als sie kam, um mir in der Einsiedelei zu helfen. Sie wusste, dass ihr nicht mehr viel Zeit blieb, doch sie kam trotzdem. Vielleicht war das sogar der Grund, *weshalb* sie gekommen ist. Ich versuche, Großmutter dazu zu bringen, mir mehr über ihre Krankheit zu erzählen – welche Kräuter sie eingenommen hat, welche Behandlungsvorschläge Großvater hatte –, aber sie weicht mir aus und sagt: »Für all das ist es jetzt zu spät.« Das besagt natürlich das Gegenteil davon, dass ihr vielleicht noch viele Monate bleiben.

Ich gehe tief in mich, um die Kraft und die Fähigkeit zu finden, ihr zu helfen. Ein Gedanke treibt mich an. Als ich ein kleines Mädchen war, konnte ich meine Mutter nicht retten.

Ich kann Großmutter nicht heilen, aber ich kann ihr den Weg ins Jenseits erleichtern. Großvater und ich arbeiten zusammen, suchen in Büchern und Bänden nach Zutaten, die ihre Schmerzen lindern und ihr Qi beruhigen können. Konkubine Zhao und ich verabreichen ihr abwechselnd die Arzneitees, die wir kochen, mit dem Löffel.

Am dritten Abend bittet mich Großmutter, zu ihr zu kommen, nachdem Konkubine Zhao Großvater aus dem Zimmer geführt hat, damit er ein wenig schlafen kann.

»*Das Qi ist begrenzt, wie der* Ölvorrat *einer Lampe*«, sagt sie schwach. »*Der Tod ist eine Krankheit, die niemand heilen kann.*«

Mit diesen Worten spricht sie die Wahrheit über die Situation aus.

»Du bist traurig«, fährt sie fort. »Ich verstehe das. Aber …« Sie schließt die Augen, um Kraft zu schöpfen. Dann rezitiert sie weiter. »*Es ist unmöglich, das Schicksal zu ändern, das die Zeit zugestanden hat, denn auch das beste Festmahl muss enden und die Gäste müssen gehen.*«

»Großmutter …«

Sie hat Mühe, sich zu sammeln. »Du sollst meine Bücher und meine Arzneien bekommen. Hüte besonders mein Exemplar der *Grundlegenden Rezepturen.*« Sie schlägt mit der Hand auf das Bett – eine Geste, die umso mehr Gewicht bekommt, weil sie Großmutter so viel Kraft kostet. »Wie du weißt, ist es das letzte Exemplar, das es gibt. Studiere meine Notizbücher, in denen die besten Behandlungsmethoden stehen …«

»Großmutter, bitte. Lass uns noch mehr Zeit zusammen verbringen.«

Sie schüttelt den Kopf. »Das würde ich dir gerne schenken, aber der Tod naht.«

Meine Augen sagen mir, dass sie recht hat, auch wenn mein Herz damit kämpft, es zu akzeptieren. Ich biete ihr an, Großvater zu holen.

»Nein.« Sie ergreift meine Hand und hält sie mit überraschender Kraft fest. »Nur Frauen …«

Bevor ich protestieren kann, fährt sie fort. »Wenn du meine Rezepte auswendig lernst, wie ich es dir als Mädchen beigebracht habe, werde ich zufrieden sterben.« Sie erzählt mir von einem speziellen Notizbuch, in dem sie ihre größten Erfolge festgehalten hat. »Bewahre es besonders sicher auf.«

Ich verneige mich und verspreche, ihre Wünsche zu erfüllen. Ein paar Minuten später kommt Frau Zhao zurück. Sie zieht einen Stuhl neben meinen, und wir sitzen schweigend zusammen. Mein Vater war in den letzten Stunden von Ehrwürdiger Lady nicht dabei, genau wie Großvater jetzt nicht mehr da ist, und ich frage mich, ob die Totenwache etwas ist, was uns Frauen überlassen ist. Ich würde nicht wollen, dass Maoren meine letzten Versuche zu atmen miterlebt oder all das Schmutzige sieht, das passiert, wenn meine Seele meinen Körper verlässt.

Ich habe schon viele Menschen sterben sehen, aber in Großmutters letzten Stunden verschwindet ihre schreckliche Maske des Schmerzes und ein goldener Schimmer durchdringt ihre Wangen, als ob sie von innen heraus erleuchtet wäre. Ihre Atmung verlangsamt sich, ist aber nicht angestrengt. Sie scheint keine Angst zu haben. Sie drückt meine Hand auf ihr Herz, und selbst in den letzten Minuten kann ich noch ihre Kraft spüren. Dann hat sie uns verlassen. Konkubine Zhao geht nach draußen, um Tupfen zu informieren. Sofort ertönen Wehklagen im ganzen Anwesen. Konkubine Zhao bringt Großvater herbei. Tränen rinnen über sein gealtertes Gesicht, während er neben dem Bett steht und seine Frau betrachtet.

Ich entferne mich, um mir Trauerkleider aus dem gröbsten Rohleinen anzuziehen. Konkubine Zhao und Tupfen helfen mir, Großmutters Leichnam zu waschen und sie in ihr Leichenhemd zu kleiden. Am nächsten Tag trifft sich Großvater mit dem Geomanten, der ein Datum und einen Ort für Großmutters Beerdigung auswählt. Mein Bruder ist in der Hauptstadt, um seine letzten Studien vor den kaiserlichen Prüfungen zu absolvieren, aber mein Vater kommt nach Wuxi, um an den Beerdigungsriten seiner Mutter teilzunehmen.

Er bringt Ehrwürdige Lady mit, die ihre Aufgaben mit Konkubine Zhaos Unterstützung gut erfüllt. Ich hätte nicht gedacht, meinen Vater wiederzusehen, schon gar nicht so bald nach der erneuten Untersuchung. Er nimmt mich in die Arme, während ich Tränen der Trauer vergieße.

Am Tag von Großmutters Beerdigung trifft eine Delegation aus dem Garten der duftenden Freuden ein, zu der Gebieter Yang, Lady Kuo, mein Mann, seine Onkel und meine beiden ältesten Töchter gehören. Hunderte weitere Menschen, wie es mir vorkommt, die Großmutter im Laufe der Jahre behandelt hat, sind ebenfalls gekommen, um sie zu ehren und Opfer darzubringen. Ich sehe Hebamme Shi, Meiling und ihren Mann. Alle Trauernden tragen einen weißen Farbton – wie der Herbstmond, Schnee, Kreide oder Muttermilch – alles in dem Spektrum, das mit Tod und Trauer assoziiert wird. Ich werfe mich auf den Boden und weine, als Großmutter in ihren inneren Sarg gelegt wird, der in einen größeren Sarg aus edelstem Holz kommt. Die Trauernden verbrennen Papiergeld für sie, mit dem sie die Dämonenhunde und Geister bezahlen kann, die ihre Reise ins Jenseits behindern könnten, und sie verbrennen noch mehr für sie, damit sie das Notwendige kaufen kann, wenn sie ihr neues Zuhause erreicht. In den nächsten neunundvierzig Tagen opfere ich vor Großmutters Ahnentafel Speisen und gieße Reiswein als Trankopfer ein, damit sie weder hungern noch dürsten muss. Aber ich selbst esse und trinke wenig. Mein Kopf schmerzt und ich bin sehr müde.

Und dann wird es Zeit für mich, ins Haus meines Mannes zurückzukehren. Ich nehme Großmutters Bücher und Hefte mit, ebenso alle Gerätschaften, mit denen sie Stärkungsmittel und Tees zubereitete und Packungen und Salben mischte. Handwerker bauen zusätzliche Regale in meinem Zimmer ein, und meine Schwiegermutter schickt mir Palisanderholzschränke, die ich an die Wände stellen kann – alles, um mein Erbe aufzubewahren. Ich verstecke Großmutters spezielles Notizbuch hinter dem Paneel in meinem Ehebett. Abgesehen von diesen Arbeiten, und das sind viele, bin ich nutzlos.

Ich sollte jedes einzelne Buch aufschlagen, das Großmutter mir geschenkt hat. Ich sollte den Inhalt jedes Fläschchens und jedes Gefäßes untersuchen. Ich sollte anfangen, Großmutters Rezepte auswendig zu lernen. Aber ich bin gelähmt vor Kummer und Erschöpfung. Meine Kopfschmerzen sind unerträglich. Ich bekomme Halsschmerzen, die sich in einen tiefen, feuchten Husten verwandeln. Ich habe hohes Fieber. Ich bereite verschiedene Rezepturen zu, aber sie helfen nicht. Die Schwäche, die mich seit meiner Kindheit immer wieder heimgesucht hat, hat sich in meinem Körper festgesetzt. Ich ziehe mich in mein Bett und zu den Darstellungen ehelichen Glücks zurück, das meine Mutter umgab, als sie im Sterben lag.

Meiling kommt täglich. Sie berichtet von Doktor Wong, der in den Wochen, in denen ich im Hof des goldenen Lichts getrauert habe, auf dem Hauptplatz von Wuxi mit einem Holzkragen um den Hals herumgelaufen ist, um der Welt seine Schande zu zeigen. Sie sagt, der Holzkragen sei so schwer, dass er blutige Wunden an den Schultern bekommen hat, die eitern. Die Leute begegnen einem Mann, der so abgemagert ist, dass er aussieht, als wäre er halb Mensch, halb Geist. Ich empfinde nicht das geringste Mitleid für ihn. Mein Vater hat Doktor Wong die Strafe gegeben, die er verdient hat. Sein Leiden wäre zu kurz gewesen, wenn er mit einem schnellen Hieb des Henkersschwertes den Kopf verloren hätte.

Ich bin nicht mehr ich selbst …

Während Stunden und Tage vergehen, verliere ich den Willen und den letzten Rest meiner Energie. Ich esse nichts mehr. Ich habe kein Verlangen zu trinken. Ich schlafe, wache aber nicht erfrischt auf. Je länger ich im Bett liege, desto schwächer werde ich. Ich bekomme Fieber, gefolgt von Schüttelfrost. Ich habe das Gefühl, dass ein Teil meiner Seele mich verlässt, bis ich eines Tages so schwach bin, dass mein Körper kaum noch kräftig genug ist, um das Gewicht meiner Gewänder zu tragen. Ein einziger Tag fühlt sich an wie drei Winter.

Meiling tut mir einen großen, intimen Gefallen. Alle vier Tage wickelt sie meine Bandagen ab, wäscht mir die Füße, trägt Alaun zwischen den Zehen auf und wickelt meine Füße wieder ein. Ich werde immer schwächer und nähere mich immer mehr meiner Großmutter. Mein Fieber steigt. Jeder Atemzug kostet Kraft. Was ich aushuste, hat die dunkle Farbe von billiger Jade. Meine Brust fühlt sich an, als hätte jemand einen Anker daraufgelegt. Man bringt einen Arzt herein. Er setzt sich hinter einen Wandschirm und stellt Fragen, aber ich habe nicht die Kraft, sie zu beantworten. Eines Abends kommen Maoren und meine Schwiegermutter zu mir. Sie denken, ich würde sie nicht bemerken, aber ich höre, wie sie besorgt über meinen Gesundheitszustand sprechen. »Du solltest besser einen Boten zu ihrem Vater schicken«, rät meine Schwiegermutter. Doch zuerst führt mein Mann meine Töchter zu mir ans Bett. Sie sind brave Mädchen, und ich entschuldige mich dafür, dass ich sie nicht bis zu ihrer Heirat begleite. »Kümmert euch gut um Ailan«, bitte ich Yuelan und Chunlan. »Sorgt dafür, dass ihre Füße fest gebunden werden und dass sie sich in der Kunst des Stickens übt.« Der Abschied von meinem Sohn ist der schwerste von allen. Ich habe so lange darauf gewartet, ihn zu bekommen, und doch habe ich nicht so viel Zeit mit ihm verbracht, wie es eine gute Mutter tun sollte.

Später in der Nacht werden die Lampen heruntergedreht. Meiling hockt auf einem Schemel, um an meiner Seite zu wachen, aber sie schläft ein. Sie hält meine Hand und hat den Kopf auf meine Bettdecke gelegt. Alles ist still, bis auf meinen röchelnden Atem. Ich habe keine Angst. Ich habe akzeptiert, was kommen wird, denn ich weiß, bald bin ich wieder mit meiner Großmutter und meiner Mutter vereint. Doch da, an der Grenze zwischen dem Himmel und der entferntesten Ecke der Erde, kommt Großmutter Ru zu mir. Ist das ein Traum? Habe ich eine Fiebervision? Ist sie ein Geist? Ich weiß es nicht, aber sie steht so klar und deutlich vor mir wie bei meiner ersten Begegnung mit ihr. Und sie ist *sehr* aufgebracht.

»Als Schlange warst du immer anfällig für Emotionen und Krankheiten, die von innen angreifen, aber jetzt musst du stark sein«, dröhnt ihre Stimme. So kann nur eine Bewohnerin der Nachwelt klingen.

»Ich kann nichts tun, um den Kurs zu ändern«, versuche ich zu erklären. »Ich wurde krank, als ich geheiratet habe. Ich wurde krank, nachdem mein erstes Kind geboren wurde. Diese Krankheit jetzt, da du mich verlassen hast, kann doch keine Überraschung sein? Traurige Gefühle haben meinen Körper schon immer übermannt. Das ist im Augenblick nicht anders.«

»Es *ist* aber anders! Das ist jetzt das letzte Mal!«

»*Du* bist nicht echt.« Ich schließe die Augen und versuche, die Erscheinung zu vertreiben, aber Großmutter will und will einfach nicht gehen.

»Ich *bin* echt.« Endlich spricht sie leiser und wird wieder sachlich, so wie ich sie kenne. »Wie Guanyin, die Göttin der Barmherzigkeit, die in die Herzen aller Frauen sieht, hatte ich immer das Gefühl, dass ich bis zu deinem Herzen hindurchschauen kann. Ich habe mir schon immer Sorgen um deinen Hang zur Melancholie gemacht und darum, wie sich das auf deinen Körper auswirkt. Das ist deine große Schwäche, und es war das Muster in deinem Leben. Warum, glaubst du, habe ich dich mit der Tochter einer Hebamme zusammengebracht? Ihr Qi ist überbordend, und ich wusste, sie würde sich immer um dich kümmern. Aber jetzt musst du dich ändern. Glaubst du, dass du ein gutes Beispiel für deine Kinder setzt, indem du schwach und bemitleidenswert bist?« Als ich nicht antworte, fährt sie fort. »Du denkst vielleicht, diese Krankheit ist tödlich, aber das ist sie nicht. Ich helfe dir jetzt ein letztes Mal. Du hast mein spezielles Buch mit Fallbeschreibungen. Schlage es auf Seite achtundfünfzig auf. Befolge die Anweisungen. In ein paar Tagen wird es dir schon besser gehen.«

Ich denke darüber nach.

»Du hast deine Pflicht gegenüber deinem Mann und seiner Familie erfüllt«, fährt Großmutter fort. »Jetzt musst du dich anderen Dingen zuwenden. Du wurdest geboren, um eine Ärztin für Frauen zu werden, und dich erwartet ein besonderes Schicksal. Du wirst die Künste, die du von mir gelernt hast, anwenden, um Kranke zu retten, und du wirst ein gutes, nützliches und außerordentlich langes Leben haben – du wirst dreiundsiebzig Jahre alt.«

Kann ihre Prophezeiung denn wirklich wahr sein?

»Aber Eines musst du wissen«, fährt sie fort. »Deine kränkliche Veranlagung wird dir helfen, weiterzukommen. Eine Ärztin, die ihr eigenes Wesen – und die Leiden ihres eigenen Körpers – kennt, kann eine andere Frau besser behandeln, denn ihr Wesen und ihr Körper sind sich ähnlich.« Sie weicht zurück. Ich bin gespannt, ob sie die Tür öffnet, durch eine Wand entweicht oder einfach verschwindet. »Du hast noch eine wichtige Aufgabe vor dir. Ich konnte Meiling nicht helfen, aber du kannst es. Gib ihr das Geschenk, das sie sich wünscht. Und denke daran, halte dich an meine Medizin.«

Ich setze mich abrupt auf. Meiling hockt immer noch auf dem Schemel und schläft, mit dem Kopf auf meiner Bettdecke. Mohnblüte liegt zusammengerollt auf dem Boden in der ersten Vorkammer. Ich löse das verborgene Paneel in meinem Bett und hole Großmutters Notizbuch heraus. Sanft berühre ich Meiling an der Wange. Sie macht große Augen, als sie sieht, dass ich aufrecht sitze.

»Kannst du mir helfen?«, frage ich.

Sie nickt unsicher. Ich stehe auf und halte mich an den Schnitzereien fest, die den halbmondförmigen Eingang zu meinem Bett zieren. Meiling stützt mich, während ich vorwärts schwanke. Ich kann überhaupt nur deshalb laufen, weil sie meine Füße versorgt hat. Wir durchqueren das Ankleidezimmer, steigen über Mohnblüte hinweg, gehen aus dem Ehebett hinaus und in mein Zimmer. Ich schwanke, während ich in Gedanken alles durchspiele, was Großmutter mir gesagt hat.

»Führ mich zu meinem Schreibtisch«, bitte ich.

Als wir dort sind, verlängert Meiling die Dochte von zwei Lampen, und ich schlage Großmutters Notizbuch auf der von ihr angegebenen Seite auf. Während ich laut vorlese, nimmt Meiling Arzneimittel aus meinen Regalen und Schubladen heraus.

~

Großmutter hatte recht. Mein Fieber sinkt, und der Schleim schwindet langsam aus meiner Lunge, aber es wird Monate dauern, um mich vollständig zu erholen und wieder zu Kräften zu kommen. Meine Genesungszeit gibt mir Gelegenheit, über alles nachzudenken. Ich hatte das Glück, seit meiner Kindheit von einem Kreis von Frauen umsorgt und geliebt worden zu sein. Jetzt ist es an der Zeit, einen größeren Kreis zu schaffen, damit ich für meine Töchter und andere Frauen im Haushalt das tun kann, was Großmutter, Konkubine Zhao, Meiling und sogar Mohnblüte für mich getan haben.

Der Frühling kündigt sich langsam an, auch wenn die Blüten der Pflaumen- und Holzapfelbäume noch Frost abbekommen könnten. Das ist die Zeit, in der wir uns von der Vergangenheit verabschieden und Neuanfänge begrüßen sollten, und das tue ich. Ich denke darüber nach, welche Beiträge ich mit dem, was mir von meinem Leben noch bleibt, leisten kann. In der Begegnung mit dem Tod habe ich die innere Stärke gefunden, die mir Großmutter zuschrieb. So wie sie mir einst sagte, ich solle sprechen, wenn ich gehört werden wolle, verstehe ich nun endlich, dass ich handeln – wozu ich in der Vergangenheit nicht den Mut hatte – und einige der Fragen und Probleme, die es in meinem Leben gibt, klären muss.

Jetzt, da ich stark genug bin, beschließe ich, endlich meine Schwiegermutter zu besuchen. Als mein Vater und ich nach der erneuten Untersuchung gemeinsam auf der Terrasse der Einsiedelei saßen, warnte er mich davor, weitere Intrigen innerhalb unserer Tore zu verfolgen. Vielleicht hatte er recht, aber ich kann mit meinem Leben nicht weitermachen, bevor ich nicht ein für alle Mal geklärt habe, was mit Tante Jungfer und Meiling geschehen ist. Mein Vater hat sich entschieden, Lady Kuo nicht als Zeugin aufzurufen, aber ich habe noch Fragen an sie, die ich gerne beantwortet haben möchte.

Kieck, kieck. Das vertraute Geräusch begrüßt mich, als ich das Zimmer von Lady Kuo zum ersten Mal betrete, seit ich vor so vielen Monaten in die Hauptstadt aufgebrochen bin. Sperling öffnet die Fenster, damit das Licht der Morgendämmerung eindringen und sich der erstickende Geruch des Schnapses verflüchtigen kann. Meine Schwiegermutter sieht mich und winkt mich an ihr Bett. Ich stehe da, die Hände in den Ärmeln, um zu signalisieren, dass ich nicht hier bin, um ihr meine Ehrerbietung zu erweisen oder Tee zu servieren. Sie muss die Veränderung in mir erkennen, vielleicht ahnt sie auch, warum ich hier bin, denn sie sagt: »Ich habe gute Nachrichten für dich. Ich habe beschlossen, dass du deine Medizin offen praktizieren darfst. Du hast dich als *ming yi* erwiesen – eine berühmte Ärztin.«

Nach all diesen Jahren und allem, was geschehen ist, sage ich: »Ich lasse mich nicht so leicht kaufen oder zum Schweigen bringen.«

Lady Kuo presst die Lippen zusammen, als wolle sie runterschlucken, was sie eigentlich sagen möchte. Ich zweifle nicht daran, dass dies ein schwieriges Gespräch werden wird, bei dem ich ihrer Zunge Wort für Wort schmerzhaft die Wahrheit entreißen muss.

»Haben Sie Doktor Wong ins Bett von Konkubine Chen eingeladen?«, frage ich. »Oder ist etwas anderes passiert – eine Vergewaltigung oder eine Vereinbarung zwischen den beiden –, von dem Sie beschlossen haben, es geheim zu halten?«

Ich rechne damit, dass sie Widerstand leistet, womöglich sogar alles vollständig ableugnet. Ich bin auf jeden Fall vorbereitet. Allerdings habe ich nicht damit gerechnet, dass sie mich direkt ansieht, neben sich auf das Bett klopft und sagt: »Setz dich.« Natürlich tue ich, wie mir geheißen.

»Ich liebe Maoren«, beginnt sie. »Er ist mein Sohn. Aber er war mein *einziger* Sohn. Ich habe versucht, mit meinem Mann einen weiteren zu zeugen, und stattdessen drei Töchter bekommen. Wir waren zwar noch jung, aber es kam ein Punkt, an dem er diese Aufgabe nicht mehr erfüllen konnte oder wollte. Ich dachte, er sei nicht mehr an mir interessiert.«

»Deshalb haben Sie Konkubine Chen gekauft.«

»Als sie in ihren ersten Monaten hier nicht schwanger wurde, dachte ich, sie könnte die gleichen Probleme mit meinem Mann haben wie ich. Denk daran, meine letzte Schwangerschaft war Jahre her. Verzweifelt suchte ich den Rat von Doktor Wong.« Sie verstummt. »Wenn Maoren etwas zustieße, vor allem, nachdem er immer wieder nach Nanjing reiste, würde alles auf Zweiten Onkel übergehen. Macht. Geld. Land. Entscheidungen. Ich musste alles tun, was ich konnte, um den Garten der duftenden Freuden und alle Besitztümer der Familie Yang für unsere direkten Nachkommen zu sichern, selbst wenn das bedeutete, meinen Mann zu hintergehen – um ihm die Demütigung zu ersparen – und einen Arzt ins Bett einer Konkubine zu schicken.« Sie nimmt meine Hand und blickt mir in die Augen. »Mit Manzi hatten mein Mann und ich einen Ritualsohn für den Fall, dass Maoren etwas zustieße. Aber natürlich habe ich mir nur gewünscht, dass du uns den Enkel schenkst, den wir brauchten, und das hast du getan …«

»Letztendlich.« Wir blicken uns an. Schließlich sage ich: »Ich muss immer wieder an den Tag zurückdenken, an dem

Konkubine Chen und ich Ihnen mitteilten, dass wir beide schwanger sind. Ich dachte, Sie wären wütend.«

»Ich war nicht wütend. Ich war überrascht. Hätte ich gewusst, dass du ein Kind unter dem Herzen trägst, wäre vielleicht alles anders gekommen.«

»Ich bekam dennoch nur eine Tochter. Ihr Problem ist geblieben.«

»Das ist wahr.« Sie blickt in die Ferne. Sie wäre nicht meine Schwiegermutter, wenn sie mich nicht völlig überraschen würde. »Wenn du eines Tages das Haupt des Gartens der duftenden Freuden bist, wirst du vielleicht genauso handeln wie ich.«

»Ich würde niemals …«

»Nein? Es ist meine Aufgabe, dafür zu sorgen, dass der Fortbestand der Familie gesichert ist und wir einen Sohn haben, der den Ahnen Opfergaben bringt. Irgendwann einmal wird diese Bürde auf dir lasten. Dafür habe ich dich all die Jahre ausgebildet. Das war meine oberste Pflicht als deine Schwiegermutter.«

Ich denke darüber nach. Habe ich ihre Entscheidungen und die Art, wie sie mich behandelt hat, falsch interpretiert? Mag sein. Aber darum geht es jetzt nicht.

»Auf jeden Fall«, fährt meine Schwiegermutter fort, »hat Doktor Wong der Familie Yang den Sohn geschenkt, den sie brauchte. Damals wusste ich allerdings nicht, dass seine Bestrebungen weit über meine hinausgehen würden.«

»Sie hätten ihn aufhalten können.«

»Wie denn? Überleg doch, Yunxian. Was hätte ich tun können, das meinem Mann, meinem Sohn, dir und allen anderen in unserer Familie nicht unendliche Zerrüttung und Schande gebracht hätte? Und dazu zähle ich auch die Töchter von Konkubine Chen.«

An sie hatte ich nicht gedacht. »Sind sie auch von Doktor Wong?«

Lady Kuo schüttelt den Kopf. »Schicksal. Mein Mann hat ihr letztlich vier Töchter geschenkt – eine mehr als mir.«

»Was ist mit Tante Jungfer?«

»Bis zur erneuten Untersuchung hielt ich ihren Tod für einen traurigen Unfall.« Dann stellt sie mir die Frage, die meine nächste gewesen wäre. »Die Kräuter, die Doktor Wong geschickt hat, damit du sie in Peking einnimmst – ich schwöre, ich wusste nicht, dass sie schädlich sein könnten.« Sie drückt meine Hand. »All das habe ich deinem Vater gestanden, als er hier ankam, um die erneute Untersuchung durchzuführen. Es gab Entscheidungen zu treffen, um die Nachkommen unserer beiden Familien zu schützen, und wir haben sie gemeinsam getroffen. Er sagte mir, dass ich zur Strafe in der Nachwelt für alle Ewigkeit leiden werde. Ich sagte ihm, ich sei damit zufrieden.«

»Damit ich stillhalte, erlauben Sie mir jetzt also, Patientinnen zu behandeln?«

»Ich hoffe, du schweigst für die Familie. Was deine medizinische Tätigkeit angeht, so hast du dich für mich schon vor langer Zeit bewährt, als du Yining geheilt hast.«

Die Tochter der Konkubine, die ich behandelt habe, als ich einheiratete …

»Sie haben immer ein Auge zugedrückt, wenn es um meine Aktivitäten ging.« Endlich begreife ich.

Sie zieht eine Schulter hoch. Wir schweigen beide. Dann sagt sie: »Ich hoffe, dass du weiterhin so verschwiegen bleibst, wie du es immer warst.«

Ich warte, denn ich spüre, dass da noch mehr ist.

Nach einem Moment fährt Lady Kuo fort. »So sieht es also aus. Ich war keine besonders gute Lehrerin für dich, aber das ist nicht ungewöhnlich. Eine Schwiegertochter und eine Schwiegermutter in einem Raum zu haben, ist schließlich so, als würde man ein Wiesel und eine Ratte zusammen in einen Strumpf stecken. Das Wiesel und die Ratte sind von Natur aus Feinde. Das Wiesel mag größer sein und schärfere Zähne haben, aber die Ratte ist schlauer und schneller. Ich hoffe, dass wir in Zukunft zusammenarbeiten können und du mir erlaubst, dir beizubringen, wie man als oberste Frau den Haushalt leitet. Und, wie ich bereits sagte, du darfst weiterhin Frauen und Mädchen behandeln. Aber bitte, *bitte*, bleib innerhalb des Anwesens. Denke immer daran, wie sich dein Tun auf den Ruf aller Frauen und Mädchen in unserem Haus auswirkt, einschließlich deiner eigenen Töchter, die eines Tages in andere Familien verheiratet werden.«

»Darf ich Großvater und Meiling noch besuchen?«

»Du darfst weiterhin dein Elternhaus und das Heim von Junger Hebamme besuchen. Aber mehr nicht. Außerhalb unseres Anwesens darfst du keine Patientinnen behandeln.« Sie überlegt. »Ich mache dir noch ein zusätzliches Geschenk: Ich will das Unrecht an Hebamme Shi wiedergutmachen. Ich werde eine Botschaft an die anderen Familien der Oberschicht von Wuxi schicken, indem ich sowohl Junger Hebamme als auch ihrer Mutter erlaube, hier im Garten der duftenden Freuden Babys zur Welt zu bringen.«

Ich wäge das alles ab und beschließe, ihre Bedingungen zu akzeptieren. Dennoch will ich wachsam bleiben. *Die Dinge wenden sich immer ins Gegenteil. Der Weg nach oben ist derselbe wie der Weg nach unten.* Wenn Lady Kuo morgen eine andere Richtung einschlägt, was dann? Als wäre das alles noch nicht genug für mich, fügt sie noch eine Bitte hinzu.

»Ich habe mich seit Jahren danach gesehnt, dich um eine Gefälligkeit zu bitten.« Sie legt ihr Handgelenk mit der Handfläche nach oben auf meinen Oberschenkel. »Kannst du herausfinden, was mit mir los ist?«

Gedanken und Gefühle schwirren mir durch den Kopf, aber ich bringe genügend Konzentration auf, um zu antworten: »Ich muss Ihren Puls nicht fühlen. Ich weiß schon lange, was Sie plagt.«

Es wird Tage und Monate – vielleicht sogar Jahre – dauern, um zu klären und zu begreifen, was sich ereignet hat, aber jetzt schicke ich Sperling erst einmal in mein Zimmer, um alles Nötige zu holen. Als sie zurückkommt, gebe ich Sichuanpfefferblüten in einen Topf mit Wasser und stelle ihn auf das Kohlebecken. Während es kocht, mische ich die Zutaten für ein Brechmittel. Sobald beide Aufgüsse fertig sind, ziehe ich einen kleinen Tisch an das Bett und lege zwei Paar Essstäbchen und eine Schale mit dem Schnaps, den meine Schwiegermutter gerne trinkt, bereit.

»Sperling, bring eine Lampe ans Bett und halte sie ruhig«, befehle ich. Dann bitte ich meine Schwiegermutter, mit der feurigen Pfefferblütenflüssigkeit zu gurgeln, bis ihr Mund und Rachen betäubt sind. Danach gebe ich ihr das Brechmittel zu trinken. Es wirkt sofort. Sie erbricht so lange in die Schüssel, bis die wässrigen Reste der Mahlzeit von gestern Abend ausgestoßen sind. Sperling schreit auf und weicht zurück, als sie Bewegungen in der Schüssel sieht. Das veranlasst Lady Kuo, ebenfalls einen Blick hineinzuwerfen. Als sie kleine Würmer darin schwimmen sieht, würgt sie noch einige Male, aber es kommt nichts mehr heraus. Sie lässt sich erschöpft und blass auf das Bett zurückfallen. Ich lege ihr zur Beruhigung eine Hand auf die Schulter.

»Der nächste Teil wird unangenehm werden.«

»Ich bin bereit.« Sie stemmt sich gegen die Rückwand des Bettes.

»Machen Sie den Mund so weit wie möglich auf.« Ich benutze ein flaches Jadestück, um ihre Zunge herunterzudrücken. »Entspannen Sie sich«, fordere ich sie auf. »Ich massiere jetzt Ihren Hals.« Zu Sperling sage ich: »Halte die Lampe ein bisschen näher heran.«

Lady Kuos Zunge zittert, als ich mit der linken Hand von der Höhlung ihres Halses an aufwärts die Röhre, die zu ihrem Mund führt, massiere. Nach ein paar Minuten kommt etwas Weißes in ihrem Rachen zum Vorschein. Mit der rechten Hand greife ich nach zwei Essstäbchen.

»Schließen Sie die Augen«, sage ich zu meiner Schwiegermutter. Sobald sie geschlossen sind, lange ich mit den Stäbchen bis ganz nach hinten in ihren Hals, packe das, was ich für den Kopf des Mutterwurms halte, und ziehe. Als er durch Lady Kuos Lippen herauskommt, kribbelt es mich. Sperling wimmert neben mir, aber sie hält die Lampe ruhig. Ich ziehe das Jadestück heraus, lasse es auf den Boden fallen und gebe die Stäbchen in die linke Hand. Mit den anderen Essstäbchen lange ich hinunter, zupfe an dem, was hoffentlich der Mittelteil des Wurms ist, und ziehe weiter. Es sieht aus wie die langen Nudeln, die wir zu besonderen Anlässen servieren, um an ein langes Leben zu erinnern, aber Nudeln zappeln nicht. Und das hier ist kein gewöhnlicher Gartenwurm. Sein Körper windet sich wie der einer Schlange. *Ich bin im Jahr der Schlange geboren*, sage ich mir. *Ich habe keine Angst.*

Mit den Stäbchen in meiner linken Hand tauche ich den oberen Teil des Wurms in die Schale mit dem Schnaps, in der die Babys weiterschwimmen, und lange dann wieder in Lady Kuos Mund, um den nächsten Abschnitt zu erwischen.

Schließlich wird der Schwanz ihrem Rachen entrissen. Ich lasse den Rest des Wurms in die Schüssel fallen. Er muss einen Meter lang sein.

Es war nicht meine Schwiegermutter, die es nach dem Schnaps dürstete. Es waren der Wurm und seine Kinder.

~

Als nächstes widme ich mich der Aufgabe, die mir Großmutter gestellt hat: Meiling dabei zu helfen, schwanger zu werden. Ich bleibe lange auf und lese im Schein der Laterne in Großmutters Büchern und Heften. Ich studiere die medizinischen Klassiker über Schwangerschaft und Geburt. Ich ziehe mein Notizbuch aus seinem Versteck im Ehebett, um meine eigenen Fälle nochmals zu betrachten. Ich gehe in Gedanken die Kräuter durch, von denen Meiling mir erzählt hat, dass Großmutter und Doktor Wong sie ihr gegeben haben, und warum sie unwirksam waren. Ich denke an die Worte des großen Arztes Chen Ziming von vor zweihundert Jahren: *Männer denken an das Schlafzimmer, wenn ihr Qi* übersprudelt; *Frauen sehnen sich nach einer Schwangerschaft, wenn ihr Xue* übersprudelt.

Ein Weg tut sich mir auf. Ich beschließe, Meilings Ehemann kühlende und beruhigende Kräuter zu geben, und zwar als Mischung aus Lotosknospen und Schlangendornsamen, um seine Potenz zu steigern, sowie Hirschhorn und einer bestimmten Hagebuttenart, die den männlichen Körper dazu anregt, Flüssigkeiten, insbesondere Essenz, zu sammeln und zu verdichten. Für Meiling stelle ich die Anbeginn-der-Freude-Pille her. Sie besteht aus sechzehn Zutaten, darunter Ginseng, Süßholz, Engelwurz und Atractylodis, um ihr Qi und Blut zu stärken und, was besonders wichtig ist, eine Fehlgeburt zu verhindern.

Ich verbrenne auch Moxibustionskegel auf ihrem Bauch, um eine wohltuende Wärme in ihrem Palast des Kindes zu erzeugen.

Als Meilings monatliches Mondwasser ausbleibt, spielt sie das herunter und sagt: »Das hat mich sowieso nur selten besucht, seit wir aus Peking zurück sind.« In der Woche danach sieht sie müde und blass aus. Auch diese Anzeichen nimmt sie nicht ernst. »Der Fisch, den ich gestern Abend gegessen habe, ist mir nicht bekommen.« Bei diesen Worten, so unverfänglich sie auch sind, wird mir endlich klar, warum Großmutter und Hebamme Shi dachten, *ich* würde gut zu Meiling passen. Wenn ich körperliche und emotionale Schwächen hatte, aus denen mich Meilings fürsorgliche Art immer wieder retten konnte, so bestand Meilings Schwäche darin, sich der Segnungen der Welt nicht würdig zu fühlen, wobei ich ihr durch mein unbewusstes Akzeptieren der Gaben und Privilegien, in die ich hineingeboren wurde, helfen konnte. Unsere Freundschaft – mit all ihren Wendungen und turbulenten Momenten – beinhaltete das Yin und Yang des Lebens.

Obwohl ich mir sicher bin, die richtige Diagnose gestellt zu haben, beschließe ich in der nächsten Woche, zu testen, ob Kailoo erfolgreich ein Baby gezeugt hat. Meiling legt ihr Handgelenk in meine Hand, damit ich ihr den Puls fühlen kann. Ich lasse mein Herz und meine Atmung langsamer werden, bis ich mit meiner Freundin eins bin, und da spüre es. Ich stelle ein auffallendes Yin und ein hervorstechendes Yang fest. Lächelnd unterbreite ich ihr die gute Nachricht, aber sie bleibt skeptisch, weil sie Angst hat, enttäuscht zu werden.

»Das habe ich vorausgesehen und bin darauf vorbereitet«, sage ich zu ihr. »Ich wusste, dass du dich nicht mit dem üblichen Tee aus Liebstöckelwurz und Beifuß zufriedengeben würdest, obwohl du weißt, dass er den Fötus dazu anregt, zu strampeln, sodass die Mutter ihn schon nach nur wenigen Monaten spüren kann. Deshalb habe ich noch Gleditschienfrüchte hinzugefügt, wie es ein männlicher Arzt machen würde.« Ich reiche ihr den Becher. »Wir sagen: *Der Höhepunkt der Freude gebiert Kummer*, aber könnten wir es nicht auch andersherum betrachten und sagen, dass großes Ungemach der Beginn von Glück sein kann?«

Sie sieht mich hoffnungsvoll an.

»Vertrau mir«, sage ich. »Trink das.«

Meiling trinkt den Tee und – welch eine Freude – muss sich sofort übergeben.

Ihre Morgenübelkeit erweist sich als unerbittlich. Ich gebe Perillastängel in ein Tonikum, um ihren Magen zu stärken. Um einer Fehlgeburt vorzubeugen, mache ich eine Mischung mit violettem Thymian und Helmkraut, die mütterliches Feuer kühlt.

»Bleib ruhig«, sage ich ihr. »Befolge meine Anweisungen, und alles wird gut.«

~

In der Traurigkeit liegt zartes Glück, im Glück liegt tiefe Traurigkeit. Dieser Sinnspruch lässt sich auf viele Situationen anwenden, aber vielleicht ist keine ergreifender als die Vorbereitung einer Tochter auf den Umzug zu ihrem Ehemann. Was ist es doch für eine Freude, Yuelan die Haare hochzustecken, um den Frauen und Mädchen in den inneren Gemächern zu signalisieren, dass sie bereit für die Ehe ist. Wie traurig ist es, zuzusehen, wie ihre Kleider in Kisten verpackt werden und die wertvollsten ihrer Brautgaben wie Schmuck, Schriftrollen und Münzschnüre in rote Seide eingewickelt und in Lackkästchen mit Goldintarsien gelegt werden. Wie befriedigend ist es doch für mich, Zweiter Tante als der Frau in unserem Haushalt, die ihre Fruchtbarkeit bewiesen hat, indem sie Söhne zur Welt gebracht hat, die Ehre zu geben, sie in Yuelans zukünftiges Heim zu schicken, um für ihre Ankunft »das Zimmer vorzubereiten«. Es macht mir überraschend viel Freude, an der Seite meiner Schwiegermutter Ratschläge zu erteilen. »Respektiere immer deine Schwiegermutter«, sage ich. »Gehorche stets.« Lady Kuo hört das, faltet die Hände und fügt in einem süßen – spöttischen? – Tonfall hinzu: »Höre auf deine Schwiegermutter, aber folge dem Beispiel deiner Mutter: *Gehorche, gehorche, gehorche, und dann mach, was du willst.*« Ich hätte mir nie vorstellen können, dass meine Schwiegermutter und ich eines Tages gemeinsam lachen können, und doch haben wir es getan.

Ich denke an meinen eigenen Hochzeitstag zurück, an das erste Mal, als ich Maoren sah, und an unsere erste Nacht im Schlafgemach. Niemand geht davon aus, dass die Leidenschaft ewig anhält, aber unsere hat sich zu schnell verflüchtigt. Ich habe mir eingeredet, dass er vielleicht das Interesse an mir verloren hat, als ich nicht da war, auf dem Kaiserkanal und im Palast, als ich mich in der Einsiedelei um die Kranken kümmerte, als ich wochenlang Trauerrituale um Großmutter vollzog und als ich vor nicht allzu langer Zeit selbst krank und bettlägerig war. Oder vielleicht hat mich das, was ich getan habe, um die Wahrheit über die Geschehnisse hier im Garten der duftenden Freuden herauszufinden, in seinen Augen beschmutzt. Letzten Endes ist der Grund egal, denn wir haben unsere Pflicht erfüllt und den Fortbestand der Familie Yang gesichert. (Und in Wahrheit ist es Jahre her, dass wir bei Tag den Nachtsport betrieben haben.) Ich könnte enttäuscht sein von meinem Mann, aber ich ziehe es vor, es so zu sehen: Ich bin eine Ehefrau mit Verantwortung, und er hat das Recht auf die Gesellschaft einer Frau, deren einziger Zweck es ist, ihn zu unterhalten … und ihn im Schlafzimmer zu verwöhnen. Er wirkt erfreut, als ich ihm anbiete, ihm eine Konkubine zu kaufen.

»Ich bin sicher, du wirst eine erfreuliche Wahl treffen«, sagt er.

»Ich werde eine Frau finden, deren Naturell so erfreulich ist wie ihr Gesicht«, verspreche ich.

Und das tue ich auch. Ich denke an die drei Jade-Konkubinen meines Großvaters, als ich das Mädchen, das ich für meinen Mann kaufe, Schneegans nenne. (Irgendwann werde ich für Maoren vielleicht wieder eine Schneerose finden, aber jetzt ist es noch zu früh für ihn, um an sie und ihren Sohn erinnert zu werden.) Ich stelle mir schon all die anderen Schneefrauen vor, die eines Tages in das Anwesen kommen könnten – Schneelicht, Schneekristall, Schneedämmerung. Im Moment jedoch lässt Schneegans an Reinheit, Leichtigkeit und an die Fähigkeit, jemanden von weltlichen Sorgen abzulenken, denken. Ihr Gesicht ist weder von Pockennarben noch von Sorgenfalten gezeichnet. Ihre Augenbrauen sind geschwungen wie Weidenblätter, und ihre Lippen sind so rosa, dass sie keine Farbe auftragen muss, wenn sie es nicht will. Sie hat eine schlanke Gestalt und einen schwankenden Gang. Als sie in den Haushalt gebracht wird, helfe ich ihr persönlich in ein aquamarinblaues Seidenkleid mit einem Muster aus Schmetterlingen und Blumen aus erhabenen Silberfäden. Ich beaufsichtige, wie ihr Haar zu einem Dutt frisiert und mit einem Kranz aus Goldfiligran eingefasst wird. Ich stecke ihr lange Nadeln ins Haar, deren Enden mit blau schimmernden Schmetterlingen aus Eisvogelfedern geschmückt sind, sodass es an einen Garten im Hochsommer denken lässt. Ich führe meinen Mann zum Zimmer der Konkubine, öffne die Tür und gebe ihm einen sanften Schubs.

Auf dem Weg zurück in meine eigenen Räume denke ich an etwas, das ich von meiner Großmutter gelernt habe. Eine Frau muss die Konkubinen ihres Mannes gut behandeln. Dadurch nehmen uns unsere Männer als noch wohlwollender wahr. Aber ich glaube, dass wir noch mehr zu gewinnen haben als die Bewunderung eines Ehemannes, nämlich Mitgefühl. Uns mag nichts an Konkubinen liegen, aber es ist wichtig, sich daran zu erinnern, dass jede von ihnen aus dem Schoß einer Frau stammt. Jedes Mädchen – ganz gleich, wie kleingeistig oder bedauernswert es ist – hatte eine Mutter, die es gestillt und umsorgt hat. Jede von ihnen ist immer noch ein menschliches Wesen – so eifersüchtig wir auch sein mögen, wenn unser Mann sie besucht.

Diese Gedanken führen mich zu Konkubine Chen. Obwohl mein Vater mich davor gewarnt hat, mich in das Leben anderer Menschen einzumischen, möchte ich ihr helfen. Ich frage die Konkubinen im Haushalt diskret nach ihrem Aufenthaltsort. Sie weisen mir den Weg zu einem Wohnheim, wo ich Konkubine Chen finde, von Mauern geschützt und in Schleier gehüllt, damit niemand ihr ruiniertes Gesicht sehen kann. Sie konnte schon immer sehr gut sticken. Ein paar Worte hier und ein paar dort, und schon bald kaufen Frauen der Oberschicht von Wuxi bestickte Ärmelschoner, die Hüllen von Schuhen für gebundene Füße und Nachthemden von einer geheimnisvollen Frau ohne Namen. Konkubine Chen hat die Kunst der Unvollkommenheit perfektioniert, indem sie absichtlich einen einzelnen Stich auslässt, der eine Pfingstrose, einen Goldfisch oder eine Wolke darstellen könnte. Die Botschaft ist klar – und sie ist ein gutes Geschenk für Töchter, die bald heiraten werden: Sei bescheiden, aber erkenne auch an, dass niemand perfekt ist. Meiling und Kailoo stellen Fünfte Tochter ein, das überlebende Kind von Konkubine Chen. Sie arbeitet im Teeladen, hilft Meiling bei ihren Aufgaben als Hebamme und putzt ihr Haus. Das sind zwar nicht die typischen Aufgaben für ein Mädchen mit gebundenen Füßen, aber zumindest verdient sie ihren Lebensunterhalt. Als Meilings Baby ankündigt, dass es bereit ist, die Luft dieser Welt zu atmen, kann Fünfte Tochter Hebamme Shi bei der Geburt ihres Enkelsohns helfen.

Als ich hinter dem Wandschirm hervortrete, der mich vor dem Anblick des Blutes und den Verunreinigungen bei der Geburt geschützt hat, hält Meiling das Baby bereits in den Armen. Sie blickt zu mir auf und sagt: »Mein Herz wird für immer mit dem meines Sohnes verbunden sein.« Wenn ich in sein Gesicht blicke, werde ich an den Spruch erinnert, der besagt: *Ohne Schlamm kein Lotos.*

Während Kaiser Hongzhi das fünfte Jahr seiner Herrschaft vollendet, ist meine älteste Tochter mit ihrem ersten Kind schwanger. Chunlan und Ailan sind beide verlobt. Lian ist neunzehn Monate alt, und Mohnblüte verbringt ihre Tage damit, ihm hinterherzujagen. Mein Bruder hat die höchste Stufe der kaiserlichen Prüfungen erfolgreich bestanden und wurde dem Kaiser vorgestellt. Ich selbst bin gerade einunddreißig geworden. In den letzten zweiunddreißig Monaten hatte ich viele Herausforderungen zu bestehen, und ich habe noch viele Jahre der Reis-und-Salz-Tage vor mir, aber ich sehe meine Zukunft auf eine Weise, wie ich sie nie zuvor gesehen habe. Ich werde all das nutzen, was meine Großeltern, insbesondere meine Großmutter, mir beigebracht haben, um Frauen zu heilen. Ohne Angst. Ohne Zögern.

VIERTER TEIL

STILLSITZEN

DAS FÜNFTE UND SECHSTE JAHR DER HERRSCHAFT VON KAISER ZHENGDE (1510-1511)

DIE HAARE WEISS, GEMEINSAM ALT WERDEN

Wie wird ein Leben in der Zeit verortet? Durch die Bewegung von Sonne und Mond, durch den Wechsel der Jahreszeiten oder durch das Neujahrsfest? Dadurch, wie wir die Lebensabschnitte einer Frau in Milchtage, Tage des Haarehochsteckens, Reis-und-Salz-Tage oder Stillsitzen aufteilen? Ein berühmter Zweizeiler besagt: *Der Himmel fügt Zeit hinzu, die Menschen werden älter; der Frühling erfüllt die Welt, Segen erfüllt die Tür.* Die Jungen heiraten und bekommen Kinder, die mittleren Alters werden alt und sterben. Wir bringen unseren Ahnen im Jenseits Opfergaben dar, in der Erwartung, dass sie uns im Diesseits belohnen. Wir versuchen, gute Entscheidungen zu treffen – indem wir Ehefrauen für unsere Söhne auswählen, gute Bündnisse durch die Heirat unserer Töchter eingehen, indem wir Feldfrüchte anbauen, Ländereien und Unternehmen kaufen und die besten Lehrer für unsere Söhne einstellen – in der Hoffnung, Wohlergehen und Wohlstand für künftige Generationen zu sichern. Aber nichts ist garantiert. Ein makelloses Gesicht bekommt mit der Zeit Falten, und die weißen Blütenblätter der Azalee werden braun und fallen ab. Es ist ein nie endender Kreislauf, der bis in alle Ewigkeit andauern wird.

Neunzehn Jahre sind seit dem Pockenausbruch vergangen, und ich bin offiziell in die Zeit des Stillsitzens eingetreten. Das ist die Phase im Leben einer Frau, in der sie, wie der Name schon sagt, auf den Tod wartet, um sie von den Anstrengungen des Lebens zu erlösen, aber niemand würde mir das anmerken. Als mein Schwiegervater vor fünf Jahren starb, wurde mein Mann Oberhaupt des Gartens der duftenden Freuden. Maoren zog sich aus dem Strafministerium zurück und beaufsichtigt nun alle Angelegenheiten der Familie Yang mithilfe von Zweitem Onkel, der sich als weise, loyal und fleißig erwiesen hat, und seinem Großneffen und meinem Sohn Lian, der eines Tages dem Garten der duftenden Freuden vorstehen wird, ein hervorragendes Vorbild ist. Ich leite jetzt einen Vier-Generationen-Haushalt und hoffe, noch lange genug zu leben, um die nächste Generation zu sehen. *Eine große Familie ist wie ein Baum mit einem kräftigen Stamm, tiefen Wurzeln und vielen Ästen.* In diesem Sinne bin ich nicht nur für die Gesundheit aller Kinder und Frauen im Garten der duftenden Freuden verantwortlich, sondern auch für die arbeitenden Frauen, die zum Tor auf der Rückseite des Anwesens kommen, um mich um Hilfe zu ersuchen.

Als Lady Tan trage ich auch alle Lasten und Pflichten, die mit der Führung des Haushalts verbunden sind – ich verwalte die Finanzen, nehme die Pachtzahlungen der Leute entgegen, die unsere Ländereien bewirtschaften, beaufsichtige Bauprojekte und Reparaturen, kaufe Waren wie Kohle, Reis und Salz sowie alle anderen Nahrungsmittel ein, wähle Diener und Lehrer aus und stelle sie ein, und ich organisiere Hochzeiten und Beerdigungen. Ich denke gerne, dass ich in der Erfüllung meiner Pflichten und unserer Dienerschaft gegenüber geradlinig bin. Nicht ein einziges Mal – zumindest noch nicht – habe ich auf die Strategien zurückgegriffen, die Lady Kuos Art der Führung so sehr bestimmten. Das bedeutet, dass ich keine Zeit habe, den Blumen beim Wachsen zuzusehen oder den Zug des

Mondes über den Nachthimmel zu genießen. Vielmehr bin ich die Hüterin aller wirtschaftlichen Mittel der Familie. Daher beginnen meine Tage früh, und sie sind sehr lang.

Ich bin bereits wach und angezogen, wenn meine Schwiegertochter an die Tür zu meinem Schlafgemach klopft, eintritt und mir Tee serviert. Sie ist vor kurzem siebzehn geworden. Sie ist die Mutter meines ersten Enkels und wird bald ein weiteres Kind zur Welt bringen, hoffentlich wieder einen Sohn. Meine Sorge, die auch Lady Kuo beschäftigte, ist, dass die weiblichen Mitglieder der Familie Yang nicht genügend Söhne zur Welt bringen, obwohl ich mich nach Kräften bemühe, die Frauen im Haushalt fruchtbar zu machen. Das Besorgniserregende daran ist, dass die Familie immer kleiner und das Geld immer knapper wird, wenn wir so weitermachen, da wir nicht genügend Männer haben, um unsere Geschäfte zu führen, oder Söhne, die bei den kaiserlichen Prüfungen gut abschneiden.

»Wenn Hebamme Shi zu ihrem wöchentlichen Besuch kommt«, sage ich zu meiner Schwiegertochter, »erwarte ich, dass du in die Einsiedelei gehst, damit wir dich beide untersuchen können.« (Es fällt mir immer noch schwer, Meiling als Hebamme Shi zu bezeichnen, aber sie hat diese Anrede nach dem Tod ihrer Mutter übernommen.)

»Ich werde da sein, Lady Tan«, antwortet sie, den Kopf höflich gesenkt.

Ich verlasse mich darauf, dass dieses Mädchen ein zusätzliches Paar Augen und Ohren für mich darstellt, also frage ich: »Gibt es noch andere im Haushalt, die ich mir heute ansehen sollte?«

»Vierte Tante hat Probleme beim Füßebinden ihrer Enkelin …«

»Vierte Tante hätte mir das sagen müssen!«

»Sie macht sich Vorwürfe, dass sie nicht aufmerksamer war, und sie wollte Sie nicht enttäuschen.«

»Sag ihr, sie soll sich keine Gedanken über meine Meinung machen. Wichtig ist nur, dass sich die Infektion nicht in den Füßen ihrer Enkelin festsetzt. Ich werde das Kind besuchen, nachdem Hebamme Shi gegangen ist.«

»Ja, Lady Tan.«

Ich lächle das Mädchen an. »Wie geht es mit Lians Studium voran?«

»Er war die ganze Nacht in der Bibliothek und hat gearbeitet.«

Mein Lächeln wird breiter. »Er war schon immer ein guter Schüler.«

»Genau wie Sie gesagt hatten.«

»Dann sollst du es wieder hören, damit du deinen Söhnen eine gute Mutter sein kannst, wenn sie alt genug sind.« Ich gehe zu meinem Schminktisch, um Rouge und Lippenrot aufzutragen. »Ich habe angefangen, Lian zu unterrichten, als er drei war. Ich dachte mir, wenn ein Kind einen Kinderreim auswendig lernen kann, warum nicht auch etwas Wichtigeres? Ich habe das *Buch der Lieder* aufgeschlagen. Ich erinnere mich gut an die erste Lektion, die Lian auswendig konnte. *Wer sich auf sich selbst verlässt, dem wird das größte Glück zuteil.* Und siehe da! So ist es gekommen.«

Meine Schwiegertochter bürstet mir die Haare. Ich mag das Mädchen. Sie ist gehorsam und hat ein freundliches Gemüt. Und sie ist besonders geschickt darin, einen hohen Dutt aufzutürmen und Schmucknadeln und andere Verzierungen festzustecken.

»Lian ist bereits ein *juren*«, fahre ich fort, als ob sie das nicht schon wüsste. »Er hat diese Stufe der kaiserlichen Prüfungen in einem jüngeren Alter bestanden als mein Vater, mein Großvater oder Lians Vater. Vor ihm liegt eine glänzende Zukunft.« Wie zur Zustimmung tritt meine Schwiegertochter neben mich, damit ich ihren schwangeren Bauch sehen kann. Ich nicke, um ihre stumme Botschaft zu bestätigen. Dann sage ich: »Bitte geh schon einmal in die inneren Gemächer. Ich komme bald nach.«

Meine ersten Stationen an diesem Morgen sind die Küche, der Kornspeicher und die Weberei. Da das Drachenbootfest vor der Tür steht, überprüfe ich als Nächstes, ob alle Vorbereitungen getroffen wurden, um das Haus und seine Bewohner vor den Fünf giftigen Kreaturen zu schützen, die um diese Zeit des Jahres erwachen. Die Diener haben überall auf dem Gelände Rubinschwefel verbrannt, um sie abzuwehren, und Beifußsträuße über den Toren aufgehängt, um böse Geister fernzuhalten.

Als ich die inneren Gemächer erreiche, sind alle bereits in ihre morgendlichen Aktivitäten vertieft. Als Vorbild für alle Frauen ist es meine Pflicht, den Töchtern unserer Familie die richtigen Wertvorstellungen zu vermitteln, damit sie in gute Familien einheiraten können, während meine Handlungen – sofern sie im Einklang mit dem Kosmos stehen – Ruhe und Anstand unter den Ehefrauen und Konkubinen aufrechterhalten, die innerhalb der schützenden Mauern unseres Anwesens leben. Ich verneige mich vor Lady Kuo, die mit den unverheirateten Frauen und anderen Witwen zusammensitzt. Ich vergewissere mich, dass Mohnblüte in der Nähe ist. In den letzten zwei Jahren hat sie meiner Schwiegermutter, die nun bei allem Hilfe braucht, treu als persönliche Zofe gedient. Ailan, meine jüngste Tochter, gehört ebenfalls zu dieser Gruppe. Ihre Verlobung wurde gelöst, nachdem die Heiratsvermittlerin das Ausmaß ihrer Himmelsblumennarben gesehen hatte. Mein armes Mädchen ist die neue Tante Jungfer, obwohl sie erst vierundzwanzig ist.

Besonderes Augenmerk lege ich auf die jungen Mütter. Ich erinnere sie, die Rezepturen zur Förderung der Fruchtbarkeit einzunehmen, ich halte sie an, ihre Söhne und Töchter weiter zu unterrichten, und ich beaufsichtige diejenigen, die die Füße einer Tochter binden. »*Ein reizloses Gesicht gibt der Himmel*«, rezitiere ich, »*aber schlecht gebundene Füße sind ein Zeichen von Faulheit.*« Meine Anweisungen und Warnungen werden mit einem Chor von »Ja, Lady Tan« und »Danke, Lady Tan« beantwortet. Zuletzt nicke ich den Konkubinen zu. Diese Frauen, die auf ihre Schönheit angewiesen sind, um Macht und Ansehen zu erlangen, sind genauso gehässig und spitz wie in jedem anderen Haus auch. Ich ziehe es vor, den Frieden zu wahren, aber ich versuche, meinen Einfluss aus der Ferne auszuüben. *Auf dem Berggipfel sitzen und den Tigern beim Kämpfen zusehen.* Es ist besser, keine Kratzer abzubekommen.

Als ich meine Runde gemacht habe, stelle ich mich in die Mitte des Raumes und klatsche in die Hände, um die Aufmerksamkeit aller zu bekommen. Ich habe ein paar Jahre als Hausherrin gebraucht, um zu dieser Entscheidung zu kommen, und ich bin mir nicht sicher, wie sie von allen aufgenommen wird. »Wir sind gerade in den fünften Monat eingetreten«, beginne ich. »Im Garten der duftenden Freuden ist es seit jeher Brauch, dass die Konkubinen ihre Herren zum Tai Hu begleiten, um dort das Drachenbootfest zu feiern.« Die Konkubinen nicken sich in ihrem Kreis anmutig zu, um dieses besondere Privileg zu würdigen. »Dieses Jahr allerdings werden alle Konkubinen zu Hause bleiben. Alle anderen, die am Drachenbootfest teilnehmen möchten, können dies tun – vom Säugling bis zur Großmutter.«

Die Ehefrauen schnappen überrascht nach Luft, und die Konkubinen blicken finster drein, aber niemand kann mir widersprechen. Immerhin bin ich Lady Tan. Als ich später zu meiner Schwiegermutter gehe, sagt sie: »Du hast schon immer anders gedacht.« Das ist wohl wahr. Sie fügt hinzu: »Ich hoffe, das gibt keinen Ärger mit den Männern.« Das hoffe ich auch. Dann sieht sie mich mit eiserner Entschlossenheit an und sagt: »Ich werde da sein. Ich wollte schon immer einmal an dem Fest teilnehmen.« Ein verborgener Herzenswunsch kann nun in Erfüllung gehen.

Zwei Tage später, am fünften Tag des fünften Monats, kommen alle Frauen, von einem sechs Wochen alten Säugling bis zur greisen Tante – aber mit Ausnahme der Konkubinen –, in ihren besten Kleidern in die inneren Gemächer. Ich trage ein Kleid aus Seidengaze mit einer Schleppe, die sich wie ein perlenbesetzter Schweif hinter mir her schlängelt. An meinen Ohren baumeln Jadeohrringe in der Form von Federn. Auf dem Weg zum Eingangstor übertönen das Rascheln von Seide und Satin und das Klimpern von Haarschmuck fast das Zwitschern der Vögel, während unsere rosafarbenen Wolkenumhänge hinter uns her wehen. Ich hoffe, ich habe die richtige Entscheidung getroffen. Meine Großmutter lehnte die Teilnahme am Drachenbootfest ab, weil sie ihr Ansehen als Ärztin wahren wollte. Lady Kuo glaubte, wenn sie die Konkubinen mit ihren Gebietern schickte, wären diese Männer bei ihrer Rückkehr in der Stimmung, Söhne mit ihren Ehefrauen zu zeugen. Mein Wunsch lautet: Die Ehefrauen sollen ihre Männer verlocken und die Männer sollen ihre Frauen umwerben.

Ich habe Sänften, Tragsessel und eine Kutsche besorgt, die uns zum Tai Hu bringen, wo wir unsere Söhne und Ehemänner treffen werden. Beim Ausstieg treten wir vorsichtig auf den Boden und gesellen uns zu Hunderten, vielleicht Tausenden von Einwohnern Wuxis aus allen Schichten der Gesellschaft – von den Ärmsten der Armen bis zu hochrangigen Beamten und ihren Familien –, die zum Ufer laufen. An einer der vielen Anlegestellen besteigen wir ein Ausflugsschiff, das uns über den See bringt. In der Ferne sehen wir die Boote, die heute an dem Wettbewerb teilnehmen werden. Der nach oben gezogene Bug jedes Schiffs sieht aus wie ein Drachenkopf, mit offenem Mund und aufgemalten Augen. Schon ihr Anblick weckt die Vorfreude in uns. Dass wir die Rennen mitansehen können …

Wir erreichen das andere Ufer und gehen von Bord. Die eine Hälfte der Frauen aus meinem Haushalt bestaunt lautstark jeden neuen Anblick, der sich ihnen bietet, während die andere Hälfte vor Ehrfurcht in nachdenkliches Schweigen verfallen ist.

»Seid bitte achtsam«, warne ich sie. »Ältere Mädchen, haltet die Hände eurer jüngeren Schwestern. Mütter, Tanten und Großmütter, ich bitte euch ebenfalls um Vorsicht. Ich habe gehört, dass die Wege hier nicht so gepflegt sind wie bei uns zu Hause. Passt auf, dass ihr nicht stürzt.«

Zustimmendes Gemurmel dringt an meine Ohren. Keine einzige Frau und kein einziges Mädchen widersetzt sich, denn sie alle wissen, dass die Sorge um ihre Füße für mich an erster Stelle steht. In meinen Jahren als Ärztin habe ich zu viele Fälle von Wundbrand miterlebt. Viele Mädchen sterben – sie schwinden dahin wie Blätter, die im Herbstwind fallen, wie Lampendochte, die zu Asche verbrennen. Als unbedeutende Zweige des Stammbaums, als Mädchen, die von ihren leiblichen Familien nur so lange aufgezogen werden, bis sie in die Familien ihrer Ehemänner einheiraten, werden sie nicht in Erinnerung behalten. Es gibt keine Aufzeichnungen über ihren

Tod, keine Ahnentafeln und keine großen Trauerfeiern. Was die erwachsenen Frauen betrifft, die ihre Füße nicht richtig pflegen, so erinnert mich jede von ihnen an meine Mutter.

»Mohnblüte?«, rufe ich laut.

»Ich bin hier.«

Ich entdecke sie in der Menge. Sie hat den Ellbogen meiner Schwiegermutter fest umklammert.

»Dann gehen wir los. Bleibt alle zusammen. Und passt bitte weiterhin auf.« Ich gebe eine letzte Warnung: »Wir sind das erste Mal hier. Wir wollen nicht zulassen, dass eine Tragödie es zu unserem letzten Mal macht.«

Wir steigen einen kleinen Hügel hinauf und gehen zu einem privaten Pavillon, in dem sich die Männer unserer Familie versammelt haben, um die Rennen zu beobachten. Zypressen, knorrige Kiefern und Osmanthusbäume sowie hoch aufragende Bambushaine färben das Ufer und die umliegenden Gipfel in tausend Grüntönen. Der See erstreckt sich über fünfzig *li*, vielleicht noch mehr. Die Böschung ist aus Stein gebaut. Brücken – eine von ihnen hat vierhundert Bögen – teilen den See an mehreren Stellen. An den Hängen stehen Schreine. Eine Pagode ragt wie eine Leiter vierzehn Stockwerke hoch in den Himmel. Ein Kranich steigt in die Höhe und schreit. Vor mir sehe ich Maoren, der mich zu sich winkt. Als ich bei ihm bin, ergreift er meine Hände.

»Ich freue mich, dass du hier bist«, sagt er.

Die Diener haben ein Picknick vorbereitet mit Süßwasserkrabben, für die der Tai Hu bekannt ist, Suppe, in Blätter gewickelte und mit Schnur zusammengebundene Reisbällchen, eingelegtem Gemüse und Reiswein. Paare sitzen zusammen – manchmal allein, manchmal in kleinen Gruppen. Zweiter Onkel und Zweite Tante haben ihren eigenen Kreis gebildet, mit ihren Söhnen, deren Frauen und ihren Enkeln. Er hat sich zu Recht den Respekt verdient, der einem Ältesten in der Familie Yang gebührt, und Zweite Tante ist nach all den Jahren zufrieden, wenn auch nicht vollends glücklich. An anderen Stellen sind einige der üblichen Aufteilungen vergessen, und Jungen und Mädchen spielen zusammen. Unter uns schimmert der See, Hügel und Wolken spiegeln sich in ihm. Neben den Drachenbooten fahren auch Vergnügungsschiffe – geschmückt mit Brokatvorhängen und flatternden Bannern – auf dem Wasser hin und her, jedes mit einer eigenen Gruppe an Bord.

Es ist Zeit für den Beginn der Rennen. Die ersten beiden Boote reihen sich in der Mitte des Sees nebeneinander auf. Von diesem Aussichtspunkt aus kann ich besser erkennen, auf welche Weise der Drache jedes Bootes eine eigene, einzigartige Persönlichkeit hat – vom Kringeln seines Schnurrhaars bis zur kunstvollen Gestaltung seiner Schuppen. Ein Gong wird geschlagen. Der jeweilige Anführer eines schlägt rhythmisch auf eine Trommel und beschwört das Drachenherz seines Bootes, die Ruderer zu inspirieren. Ruder fliegen, stören die glitzernden Spiegelungen und schicken kleine Wellen über den See. Maoren und einige der anderen Männer spornen lautstark ihre Lieblingsboote an. Während des zweiten Rennens vergessen sich einige Frauen aus unserem Haushalt völlig und feuern ebenfalls die Boote an. Beim dritten Rennen rufen die Männer und Frauen der Familie Yang gemeinsam und erheben Becher mit Reiswein, wenn ihr Lieblingsboot als erstes die Ziellinie überquert.

Anschließend treten die Gewinner der ersten Läufe gegeneinander an. Weitere Favoriten scheiden aus. Am frühen Nachmittag begeben sich die beiden Finalisten in Position. Ich freue mich, dass Maorens Favorit es so weit geschafft hat. Es wäre ungehörig, wenn ich als Lady Tan meine Gefühle ausdrücken würde, indem ich juble, wenn der Gong geschlagen wird. Ob ungehörig oder nicht, ich gebe unwillkürlich so begeisterte Laute von mir, dass ich mir den Mund zuhalten muss. Mein Mann hat sich viele Jahre nach dem Diktum gerichtet, das besagt: *Steigst du ins Bett, verhalte dich wie ein Ehemann; steigst du aus dem Bett, verhalte dich wie ein Ehrenmann.* Aber in diesem Moment ist der Anstand vergessen. Er legt mir den Arm um die Taille und zieht mich an sich.

Mehr Wein wird ausgeschenkt. Paare, Familien und Gruppen unverheirateter Jungen verlassen unseren Pavillon, um über die schattigen Wege zu streifen. Andere Festgäste tun das Gleiche. Ich bin mir ziemlich sicher, dass ich Pirol, die Ziegelmacherin, erblicke, die ihren Kopf zu einem Mann neigt, der ihr Ehemann sein muss. Sie ist nicht nur immer noch gesund, sondern sie hat mich im Laufe der Jahre Frauen empfohlen, die wie sie unter der Belastung durch zu viel Mühsal litten. Ich würde gerne zu ihr gehen, um sie zu begrüßen, aber Maoren sagt: »Als Gebieter Yang und Lady Tan müssen wir hierbleiben und andere ihre Ehrerbietung erweisen lassen.«

Man sagt, dass Heirat und Glück vorherbestimmt sind, aber Maoren und ich haben auch eng mit der Heiratsvermittlerin zusammengearbeitet, um sicherzustellen, dass unsere beiden ältesten Töchter gut und, wie sich herausgestellt hat, auch glücklich verheiratet sind. Yuelan und Chunlan wohnen so nah, dass ich sie regelmäßig besuchen kann. Ich habe es in meinem Leben als Geschenk empfunden, ihnen bei ihren Schwangerschaften und Geburten zur Seite zu stehen. Und es bereitet mir eine große Freude, sie hier zu sehen – mit ihren kleinen Kindern im Schlepptau, die alle so gekleidet sind, als wären sie auf dem Weg zum kaiserlichen Palast. Wie freundlich meine Töchter zu ihrer jüngeren Schwester sind, die zu diesem Ausflug mit einem Schleier gekommen ist, der so lang ist, dass er ihr bis unter die Fingerspitzen reicht!

Während ich auf die Ankunft von Meiling und ihrem Mann warte, kommen andere, um mich zu begrüßen. Mein Bruder Yifeng betritt den Pavillon. Er trägt die Robe, den Hut und die gestickten Insignien, die allen seinen Status als Magistrat verkünden. Sein Sohn, mein Neffe, lernt gerade für die Prüfungen. Bestimmt wird er seinem Vater in den Beamtendienst nachfolgen. Yifeng und ich besuchen uns häufig – zu Neujahr und an den Tagen, an denen wir gemeinsam denjenigen gedenken, die wir verloren haben. Großvater starb drei Jahre nach Großmutters Tod. Nicht lange danach ging mein Vater in den Ruhestand. Er kehrte mit seiner Frau nach Wuxi zurück, um im Hof des goldenen Lichts zu leben, wo er seine Verbindungen nutzen konnte, um junge Männer zu unterstützen, die auf einen Aufstieg als Beamte hofften. Er starb vor zwei Jahren. Seine zweite Ehrwürdige Lady starb innerhalb eines Jahres. Yifeng hat alle Rituale vollzogen und tut es weiterhin.

»Wo ist Konkubine Zhao?«, frage ich und schaue meinem Bruder über die Schulter.

»Nachdem sie jetzt den Rang der Ehrenwerten Mutter erlangt hat, hielt sie es nicht für angemessen, zu kommen«, antwortet er.

»Ehrenwerte Mutter«, erwidere ich. Es freut mich, dass Yifeng Konkubine Zhao immer noch so zugetan ist. Aber wenn seine Ehefrau aus irgendeinem Grund eine Abneigung gegen Konkubine Zhao entwickeln sollte, werde ich sie im Garten der duftenden Freuden willkommen heißen. Ich habe viele Jahre gebraucht, um zu erkennen, dass sie nicht viel älter ist als ich, und vielleicht werden wir als alte Damen gemeinsam in einer bestimmten Ecke in den inneren Gemächern sticken und Geschichten erzählen.

Endlich trifft Meiling ein. Sie ist jetzt selbst gut situiert und trägt feine Kleider, die sie von ihrem eigenen Geld gekauft hat. Ihr Ehemann, ebenfalls wohlhabend, geht stolz neben ihr her. Zwischen ihnen ist Dairu, ihr achtzehnjähriger Sohn. Ein paar Schritte dahinter folgt das überlebende Kind von Konkubine Chen, Fünfte Tochter, die in Wuxi inzwischen von manchen Leuten Junge Hebamme genannt wird.

Dairu eilt vor seinen Eltern her, verbeugt sich vor meinem Mann und mir und fragt dann, ob Lian hier ist. Der Junge ist höflich, er wurde, wie ich Meiling versprochen hatte, bei uns zu Hause unterrichtet. »Ich bringe dich zu ihm«, sagt Maoren. Mein Mann erhebt sich und begleitet Dairu.

Kailoo wendet sich an Meiling. »Frau, ich möchte zur Pagode gehen. Wäre es in Ordnung, wenn ich dich eine Weile hierlasse?«

Sobald unsere Ehemänner außer Sichtweite sind, setzt sich Meiling neben mich. Man hört oft von Kameradschaftsehen, aber mit Meiling habe ich eine tiefe Herzensliebe gefunden.

»Erinnerst du dich, als Großmutter mit deiner Mutter über eine mögliche Verbindung zwischen uns beiden sprach?«, frage ich.

Meiling nickt. »*Freundschaft ist ein Vertrag zwischen zwei Herzen. Mit vereinten Herzen können Frauen zusammen lachen und weinen, leben und sterben.*«

»Hast du dir damals vorgestellt, dass es für uns wirklich so kommen würde?«

»Ich nicht, aber ich hätte mir auch nicht vorstellen können, dich hier auf dem Fest zu sehen«, antwortet sie leise kichernd.

Ich blicke auf den See hinaus. »Deine Wortbilder haben es mir viele Jahre lang vor Augen geführt. Es ist genau so, wie ich es mir vorgestellt habe.«

»Und im Gegenzug hast du mir beigebracht, wie man richtige Wörter liest und schreibt.«

Ich schenke zwei Becher Wein ein, und wir schauen den Kindern eine Weile beim Spielen zu.

»Hast du schon die Fälle ausgewählt, die du in dein Buch aufnehmen willst?«, fragt Meiling.

Seufzend hebe ich die Hände. »Ich weiß nicht, warum du immer wieder darauf herumreitest.«

»Weil ich finde, dass du es schreiben solltest. Du kennst doch das Sprichwort. Alte Männer haben viel Wissen und Erfahrung, so wie alte Bäume viele Wurzeln haben.«

»Willst du mich jetzt als alten Mann bezeichnen?«, frage ich scherzhaft.

»Ich weise dich lediglich darauf hin, dass du eine Ärztin bist, die seit Jahrzehnten Frauen und Mädchen behandelt. Du solltest dein Wissen weitergeben.«

»Ich würde gerne noch mehr Frauen und Mütter erreichen«, gebe ich zu und schäme mich sogar gegenüber meiner Freundin, diesen Wunsch zu äußern. »Aber wenn – also *falls* – ich schreibe, was du vorschlägst, würden die Leute dann nicht denken, ich sei nur auf Ruhm aus?«

»Du bist doch nicht Doktor Wong«, antwortet sie streng. »Du würdest das Buch schreiben, um Frauen zu helfen.«

Ich denke über die Idee nach, wie jedes Mal, wenn Meiling darauf zu sprechen kommt. »Wenn ich Symptome beschreibe, gefolgt von Rezepturen mit genauen Maß- und Zeitangaben für die Zubereitung, dann müssten Ehefrauen und Mütter nicht ihr Schamgefühl oder das ihrer Töchter verletzen, um Wege zur Genesung zu finden …«

»Das sage ich doch schon die ganze Zeit.«

»Dann müssten Frauen aber lesen können«, gebe ich zu bedenken.

»Nicht jede Frau kann das«, gibt meine Freundin zu. »Aber wer weiß? Vielleicht könnte eine Frau eine Nachbarin bitten, ihr es vorzulesen.« Wir verfallen in Schweigen, beide in Gedanken versunken.

Meiling berührt mein Handgelenk. »Wenn du einfache Zutaten …«

»Preiswerte, meinst du!«

Wir lachen, aber sie hat recht.

»Niemand würde jemals behaupten, meine Heilmittel wären protzig«, sage ich schließlich. »Ich denke immer an die Verbindung zwischen Emotionen und dem Körper. *Heftige Freude greift das Yang an, heftige Wut schädigt das Yin.* Wenn ich ein Buch schreiben würde, würde ich auch mit der Leber zusammenhängende Leiden einbeziehen, die durch die verschiedenen Arten von Wut beeinflusst werden, die wir Frauen vor unseren Ehemännern, Schwiegermüttern und Konkubinen verbergen müssen. Und dann gibt es noch die Krankheiten, die mit den Lungenemotionen zusammenhängen – Traurigkeit und Sorgen.«

»Erinnerst du dich an die Ziegelbrennerin?«, fragt Meiling. »Ich glaube, ich habe Pirol heute hier gesehen …«

»Könnte man auch sagen, dass Frauen nicht nur mit ihren Emotionen zu kämpfen haben, sondern auch durch zu viel Arbeit belastet werden, während manche Frauen, so wie Pirol, durch ein Übermaß an Arbeit Schaden nehmen?«

Ich nicke und denke über ihre Worte nach. »Ich kenne keinen einzigen männlichen Arzt, der Fälle im Zusammenhang mit arbeitenden – gewöhnlichen – Frauen aufgezeichnet hat.«

Kailoo schlendert auf uns zu, was bedeutet, dass Meilings und meine gemeinsame Zeit sich dem Ende zuneigt. Meine Freundin drückt mein Handgelenk. »Sag mir, dass du es machst. Nein, versprich es mir.«

»Aber ich weiß nicht, wo ich anfangen soll.«

Sie wirft mir einen Blick zu, dessen Botschaft nicht deutlicher sein könnte. *Hör auf, so zu tun, als sei dein Kopf leer von Gedanken und Ideen.* Dann bereitet mir einen Weg. »Deine Notizbücher. Du hast jeden Fall aufgezeichnet.«

Doch anstatt mich zu überzeugen, macht ihr Vorschlag die Vorstellung von diesem Projekt nur noch beängstigender. »Falls – und ich wiederhole: *falls* – ich das mache, brauche ich deine Hilfe.«

Sie neigt neckisch den Kopf. »Du musstest mich nur fragen.«

Ein paar Stunden später tritt meine Familie die Heimreise an. Egal wie alt sie sind, alle sehen müde, aber glücklich aus. Es freut mich sehr, die Ehemänner bei ihren Frauen sitzen zu sehen, während wir über das Wasser gleiten. Ich hoffe, dass wir in einem Jahr viele kleine Söhne sehen werden.

In dieser Nacht kommt Maoren in mein Schlafgemach. Er setzt sich im Schneidersitz an das eine Ende meines Ehebettes. Ich sitze ihm gegenüber, die Beine seitlich angewinkelt, mein Kleid um mich herum ausgebreitet, und meine Füße schauen ein kleines bisschen heraus. Er hat zwar sein Schnee-Trio, um unterhalten zu werden, aber er kommt trotzdem gerne ab und zu in mein Schlafgemach. Ich mag vier Kinder zur Welt gebracht haben. Ich mag nicht mehr so schlank und gelenkig sein wie früher. Vielleicht habe ich sogar ein paar Falten um die Augenwinkel, aber meine Füße sind so vollkommen wie an dem Tag, an dem meine Mutter sie fertig geformt hat. Maoren nimmt sie in seine Hände. Männer mögen der Himmel und die Sonne sein, aber nichts kann etwas daran ändern, dass die Essenz schwach ist. Trotz allem, was uns Frauen beigebracht wird, vermute ich, dass mit der Zeit jede Frau auf Erden diese grundlegende Wahrheit verstehen wird.

~

Am nächsten Tag bleibe ich bis nach dem Mittagessen in den inneren Gemächern und gehe dann in die Einsiedelei. Die Ginkgo-Bäume sind gewachsen, und die Bambushaine haben sich verdichtet, aber der Wind rauscht noch genauso in den Zweigen und das Wasser plätschert noch genauso über die Steine. Ich überquere die Zickzackbrücke zur Terrasse der Einsiedelei. Das Gebäude mag ursprünglich als Treffpunkt für Männer errichtet worden sein, aber jetzt gehört es ganz mir. Innen sieht es ähnlich aus wie die Apotheke meiner Großeltern im Hof des goldenen Lichts. Acht Teakholzstühle stehen mit der Lehne zur Wand in einer Reihe. Großmutter Rus Bücher und Kräutergefäße füllen die Regale an der gegenüberliegenden Wand. Nach Großvaters Tod habe ich seine Bibliothek mit medizinischer Literatur sowie die größeren Möbel meiner Großeltern, darunter die drei Arzneischränke aus Birnbaumholz mit den vielen kleinen Schubladen für die Zutaten, ebenfalls in die Einsiedelei gebracht.

Zwinge nie eine Krankheit in ein bestehendes Rezept. Es kommt darauf an, ein Gleichgewicht zwischen dem Körper, den Gefühlen und der Welt zu finden. Fast alles, was ich zur Herstellung von Medikamenten verwende, bewahre ich hier in der Einsiedelei auf. Meine bevorzugten Zutaten sind Pfingstrose, Angelikawurzel und Lotosblatt – sie alle stärken das Yin einer Frau. Zusätzlich zu den üblichen Kräutern für Frauen und Mädchen habe ich auch die gängigen Mittel vorrätig, die eine Ehefrau ihrem Mann geben kann, um seinen Elan im Schlafzimmer zu fördern oder seine Lebensdauer zu verlängern.

Die erste Frau, die heute kommt, ist von außerhalb. Sie ist dünn wie ein Schilfrohr. Ihrem Puls fehlt es an Kraft, und ihre Haut hat eine gelbliche Färbung. »Ich habe zehn Kinder zur Welt gebracht«, murmelt sie, als schaffe sie es kaum, die Worte über die Lippen zu bringen.

»Du hast deine Pflichten als Ehefrau gut erfüllt«, lobe ich sie.

»Aber ich will nicht noch ein Kind bekommen. Ich *kann* nicht noch eins bekommen. Ich bin so müde.«

Natürlich ist sie müde. Zu viele Frauen leiden unter mindestens einer der fünf Ermüdungserscheinungen, von denen drei durch Kummer, Sorgen und Entkräftung hervorgerufen werden. Doch keine ist so schwer zu vermeiden oder zu überwinden wie die Ermüdung, die mit der Geburt und der Erziehung von Kindern einhergeht – vor allem bei den Armen, die ohne Hilfe sind. Die Symptome sind leicht zu erkennen: Gewichtsverlust aufgrund von Unterernährung, Blässe aufgrund von Erschöpfung, Füße und Hände, die abwechselnd heiß und kalt werden, und Träume, die den erholsamen Schlaf unterbrechen. Ich habe noch keinen Mann kennengelernt, der in der Lage wäre, angesichts solcher Schwierigkeiten und Herausforderungen ein ausgeglichenes Qi zu bewahren.

»Du willst die Kontrolle über deinen Körper«, sage ich, »aber du hast Angst davor, was passiert, wenn du deinem Mann sagst, dass du dich im Schlafgemach nicht betätigen willst.«

»Ich habe große Angst«, gibt sie zu.

»Ich kann dir Kräuter geben, die dein monatliches Mondwasser steuern und garantieren, dass es pünktlich kommt«, verspreche ich ihr. »Du musst das Mittel unbedingt einnehmen. Wenn du das nicht tust und dich eines Nachts vergisst, kannst du schwanger werden.«

Die Frau eines Cousins meines Mannes kommt zu einem Folgebesuch.

»Ich kann meine Wut nicht wegwaschen«, sagt sie, während sie in ein Taschentuch weint.

»Fälle wie deiner sind schwer zu behandeln.«

»Ich bin dankbar, dass dein Vater meinem Mann geholfen hat, eine Anstellung im Strafministerium zu bekommen, aber …«

»Es tut mir leid, dass mein Vater zu deinem Kummer beigetragen hat.« Ich möchte sie gerne beschwichtigen, aber innerlich denke ich darüber nach, wie sehr das Verhängen von Strafen – Schläge, Verbannung und Tod – der Bestimmung von Frauen zuwiderläuft, nämlich Leben auf die Welt zu bringen. Aber das ist nicht das einzige Problem. Zur Feier einer kürzlich erfolgten Beförderung hat sich der Ehemann meiner Patientin eine erst fünfzehn Jahre alte Konkubine zugelegt. Welche Frau würde da nicht vor Wut krank werden?

Ich ergreife ihr Handgelenk, um ihren Puls zu fühlen. »Ich habe über deinen Fall nachgedacht, und heute Morgen habe ich die Rezeptur angepasst. Du wirst den Unterschied schmecken.«

Sie nickt, zum Zeichen, dass sie verstanden hat.

»Du und ich können beide nichts daran ändern, dass dein Mann eine Konkubine hat«, fahre ich fort, »und ich weiß nicht, ob ich das Feuer, das in deinem Herzen brennt, ganz auslöschen kann, aber lass uns versuchen, die Flammen zu ersticken, bis sie nur noch glimmende Kohlen sind.«

Mein dritter Fall ist einer, den ich nur zu gut kenne, denn ich habe selbst darunter gelitten: die Unfähigkeit einer Frau, ihrem Mann einen Sohn zu schenken. Die Patientin ist dreißig Jahre alt und mit einem anderen Cousin meines Mannes verheiratet. Ich führe drei der Vier Untersuchungen durch und überlege dann, was sich in den Monaten, seit ich sie behandle, verändert hat. Dann stelle ich ihr Fragen …

»Erzähl mir von deinem monatlichen Mondwasser. Kommt es mittlerweile regelmäßig?«

Die Frau schüttelt den Kopf und hält den Blick auf ihre Hände gerichtet.

»Würdest du es als stark oder leicht bezeichnen, wenn es kommt?«, erkundige ich mich.

Sie antwortet flüsternd. »So stark, dass mir schwindlig wird, wenn es kommt.«

Und so geht es weiter.

Später, nachdem die letzte Patientin gegangen ist, mache ich mir eine Kanne Tee und setze mich auf die Terrasse. Ideen, welche Fälle ich in ein Buch aufnehmen könnte, gehen mir durch den Kopf. Ich möchte über die Probleme schreiben, die allein daher rühren, eine Frau zu *sein*. Ja, unsere Füße mögen unterschiedliche Formen annehmen und dadurch unsere Klassenzugehörigkeit anzeigen, aber wir haben Brüste und die Strapazen des Palasts des Kindes gemeinsam. Wir sind durch das Blut in unseren Adern und Xue, das Blut-Qi, miteinander verbunden. Wir teilen auch die gleichen Gefühle. Wie soll eine Frau, die leidet, keine Verzweiflung, Frustration oder Wut empfinden – egal, ob sie reich oder arm, gebildet oder ungebildet, kinderlos oder Mutter ist? Mit anderen Worten: Wir sind alle bis zu einem gewissen Maß in unserem physischen und emotionalen Selbst gefangen, aber jede Frau auf andere Weise.

Die Kaiserin – die wichtigste Frau der Welt – ist im Großen Inneren gefangen. Frauen wie diejenigen, die im Garten der duftenden Freuden und im Hof des goldenen Lichts leben, mögen zur höchsten Schicht Chinas zählen, aber wir sind auch am meisten eingeschränkt, da wir unser ganzes Leben in den inneren Gemächern verbringen, zuerst bei unseren Eltern, dann bei unseren Ehemännern. Konkubinen und Dienerinnen erhaschen flüchtige Blicke von der äußeren Welt, aber sie werden gekauft und verkauft. Gewöhnliche Frauen – Frauen, die mit Bauern, Metzgern und Ladenbesitzern verheiratet sind, die in Seidenfabriken arbeiten oder Teeblätter sortieren sowie die Frauen, die unter die Kategorie der Drei Tanten und Sechs Vetteln fallen – arbeiten vielleicht in der äußeren Welt der Männer, aber sie können der Mühsal nicht entgehen. Man sehe nur Meiling an. Sie kann gehen, wohin sie will und wann sie will, aber eine Hebamme wie sie muss die Geringschätzung von Ehemännern und Vätern ertragen. Ist das nicht auch eine Form der Gefangenschaft?

Als Meiling am nächsten Morgen eintrifft, nehme ich in respektvollem Abstand Platz, während sie die Frauen in unserem Haushalt untersucht, die in den Monat eingetreten sind oder ihn absitzen. Nach jeder Untersuchung blickt Meiling in meine Richtung und sagt: »Alles in Ordnung«. Ich zweifle nie an ihren Einschätzungen.

Als ihre Untersuchungen abgeschlossen sind, lade ich sie in mein Schlafgemach ein. Mohnblüte bringt uns eine leichte Mahlzeit. Während meine Freundin und ich essen, erzähle ich ihr von meinen Ideen über Frauenheilkunde.

»Das ist genau der Grund, weshalb du ein Buch schreiben solltest.« Ihre Begeisterung ist groß.

»Dann fangen wir gleich nach dem Mittagessen damit an.«

Später folgt sie mir durch das Vorzimmer und das Ankleidezimmer meines Ehebettes und auf das Schlafpodest. Wir setzen uns nebeneinander, den Rücken an die Kissen gelehnt, wie wir es schon als kleine Mädchen getan haben. Ich schiebe das Paneel auf, hinter dem ich die Hefte mit meinen wichtigsten Fällen verstaut habe.

»Hier«, sage ich. »Du nimmst eins und ich nehme eins. Wir können gemeinsam entscheiden, welches die besten Fälle sind.«

Es dauert nicht lange, bis Meiling den Kopf hebt: »Du solltest die Geschichte von Yining mit aufnehmen.«

»Sie war meine erste Patientin im Garten der duftenden Freuden …«

»Ein kleines Mädchen, das durch ihre Ernährung krank wurde.«

»Das ist eine gute Idee, denn jedes Kind kann darunter leiden, wenn es aus übermäßiger Liebe zu sehr mit Essen verwöhnt wird.«

Daraufhin suchen wir verbreitete Krankheiten wie Husten, Erbrechen, Halsschmerzen, Gelbsucht, Würmer, Litschi-Nase und Windausschlag, die Männer und Frauen, Jungen und Mädchen gleichermaßen plagen. Ich glaube, dass eine Frau meine Methoden nutzen kann, um den Jungen und Männern in ihrem Haushalt zu helfen, wenn kein männlicher Arzt zur Verfügung steht oder ihre Familie sich keinen leisten kann. Meiling und ich sind so vertieft, dass die Kerzen heruntergebrannt sind, ehe wir es uns versehen.

In den kommenden Wochen durchforsten Meiling und ich weiter meine Notizbücher. Sobald wir die Fälle ausgesucht haben, die alltägliche Probleme und die Möglichkeiten, sie zu behandeln, veranschaulichen, wenden wir uns dem zu, was dieses Projekt einzigartig unter allen jemals geschriebenen medizinischen Büchern machen wird. Meiling ist unverzichtbar – sie ermutigt mich, stellt mich infrage und lehnt meine Ideen manchmal ab. Mithilfe ihrer Beratung grenze ich die Liste auf einunddreißig Fälle ein, von denen viele mit dem monatlichen Mondwasser, der Schwangerschaft, den Auswirkungen von Geburt, Stillen und den Wechseljahren auf den Körper zu tun haben. Nachdem die Fälle ausgewählt sind, zieht sich Meiling zurück. »Nur du kannst die Einleitung schreiben«, sagt sie.

Damit überlässt sie mich meinen Gedanken, Pinsel, Tusche und Papier. Mir ist klar, dass ich mich gegenüber Männern – vor allem gegenüber anderen Ärzten – devot und zurückhaltend zeigen muss, daher nehme ich einen bescheidenen, aber dennoch selbstbewussten Ton an. Ich beginne mit der Geschichte meiner Familie. *Ich, Tan Yunxian, stamme von Generationen geachteter und namhafter kaiserlicher Gelehrter ab.* Ich fahre fort mit den hohen Rängen, die mein Urgroßvater, mein Großvater, mein Onkel und mein Vater erreicht haben. Dann kommen Erinnerungen an meine Kindheit: *Großvater Tan fiel auf, dass ich schon früh wissbegierig war, und schlug mir vor, »seine« Medizin zu erlernen, aber meine größte Lehrmeisterin war Großmutter Ru. Sie stammte aus einer Ärztedynastie und besaß großes* Können und große Weisheit. Mit fünfzehn Jahren wurden *mir die Haare hochgesteckt, und ich wurde verheiratet. Ich litt an Erkrankungen durch gestörtes Qi und Xue. Wenn Ärzte mich behandelten, prüfte ich ihre Rezepturen und entschied selbst, was helfen würde und was nicht.*

~

Im folgenden Frühjahr sitzen Meiling und ich auf der Terrasse der Einsiedelei. Ich trage eine mit Maulbeersaft gefärbte Seidentunika, eine ärmellose Jacke aus kirschrotem Brokat, die mit Gold- und Silberfäden bestickt ist, und einen nachtblauen Faltenrock. Meilings Kleid ist leuchtend bunt – das knallige Rosa von Holzapfelblüten, das satte Grün von Bananenblättern und das fröhliche Rot des Neujahrs – wie es sich für eine Hebamme gehört. Auf dem Tisch zwischen uns liegt ein Exemplar von *Vermischte Aufzeichnungen einer Ärztin*, die gerade am sechzehnten Tag des dritten Mondmonats im fünften Jahr der Herrschaft von Kaiser Zhengde veröffentlicht wurden. Um uns herum zittern die ersten Blätter an ihren Zweigen, und der Duft blühender Pfingstrosen erfüllt die Luft. Die Mädchen im Haushalt gehen je nach Alter unterschiedlichen Beschäftigungen nach. Sie spielen Ratespiele, legen Puzzles, sticken, nähen, zupfen an Instrumenten, üben sich in Kalligrafie und rezitieren aus den Klassikern. Etwas weiter entfernt lassen zwei kleine Jungen einen Drachen steigen. Eine andere Gruppe von Jungen rennt über die Wege im Garten und ignoriert die Ermahnungen ihrer Mütter und Dienerinnen, vorsichtig zu sein, bis ich die Stimme erhebe und ihnen befehle, sofort stehenzubleiben. Um sie für ihren Gehorsam zu belohnen, reiche ich jedem von ihnen eine Dattel. Schon bald haben sich die anderen Jungen und Mädchen um mich versammelt, damit ich die Leckereien verteilen kann, die ich für sie in meinen Taschen aufbewahre.

Als die Kinder die Terrasse verlassen haben, betrachte ich Meilings und mein Spiegelbild im Teich. Ein Zweizeiler über Ehepaare kommt mir in den Sinn: *Die Haare weiß, gemeinsam alt werden*. Dasselbe könnte man von Meiling und mir sagen. Mit jeder Ernte wird das Nieren-Qi schwächer. Männer verlieren ihre Haare, Frauen manchmal auch. Unsere Zähne scheinen länger zu werden. Unsere Knochen werden brüchig. Einstige Lächel- und Lachfältchen werden zu Zeichen des Bedauerns und der Trauer. Manchmal auch zu Furchen der Wut oder Arroganz. Aber wenn ich unser Spiegelbild betrachte, entdecke ich keinen Verlust an Qi, obwohl wir beide erst kürzlich fünfzig geworden sind.

Stimmen nähern sich. Konkubine Zhao, Lady Kuo und Mohnblüte kommen in Sicht und gehen über die Zickzackbrücke zu Meiling und mir. Lange Zeit meines Lebens fühlte ich mich allein, aber im Laufe der Jahre lernte ein Kreis von Frauen mich schließlich lieben, und ich lernte jede dieser Frauen im Gegenzug lieben. Als Konkubine Zhao die Hand zum Winken hebt, denke ich darüber nach, welchen Weg mein Leben genommen hat. Ich erinnere mich an meine Mutter, die auf ihrem Sterbebett sagte: »Das menschliche Leben ist wie ein Sonnenstrahl, der durch einen Spalt fällt.« Ich erinnere mich, wie meine Großmutter mich im Traum besuchte und mir prophezeite, ich würde dreiundsiebzig Jahre alt werden. Sollte das so kommen, dann habe ich schon zwei Drittel meines Lebens hinter mir. Aber wer weiß, wie viele Tage einer Frau wie mir noch bleiben und was ich noch alles anstellen könnte, wenn ich von so viel Schönheit und Liebe umgeben bin?

NACHWORT
ZUR NEUAUFLAGE VON *VERMISCHTE AUFZEICHNUNGEN EINER ÄRZTIN*

Die Schwester meines Großvaters war eine Ärztin namens Tan Yunxian, Ehefrau, Mutter und Schwiegertochter von hohem Ansehen. Ich erinnere mich daran, wie ich als Junge, dem noch die Milchzähne ausfielen, sah, wie meine Großtante Patientinnen im Hof des goldenen Lichts behandelte, in dem ich damals lebte und wo ich immer noch wohne, und in dem Heim ihres Ehemanns, dem Garten der duftenden Freuden. Sie war über jeden Zweifel erhaben und erlangte schon zu Lebzeiten Berühmtheit für ihre medizinischen Fähigkeiten, die sie aus Menschenfreundlichkeit bei Arm und Reich einsetzte. Sie wurde sechsundneunzig Jahre alt und machte damit die lang geglaubten Vorhersagen eines früheren Todes zunichte. Sie starb im fünfunddreißigsten Jahr der Herrschaft von Kaiser Jianjing [1556], nachdem sie die Regentschaft von fünf Kaisern überlebt und damit bewiesen hatte, dass sie eine sehr gute Ärztin gewesen sein muss.

Man sagt, dass die Nachfahren einer Person, die Leben rettet, gedeihen und Erfolg haben werden, aber in diesem Fall kam es anderes. Yang Lian, Lady Tans Sohn, starb in jungem Alter. Viele Jahre später wurde der einzige Enkel von Lady Tan, Yang Qiao, wegen politischer Verbrechen enthauptet. Alle seine Nachkommen wurden bei dieser Säuberungsaktion ebenfalls getötet, sodass sie keine männlichen Erben hatte, die ihr im Jenseits Opfergaben bringen konnten. Und daher gab es auch niemanden, der sich um den Erhalt ihres Werks kümmerte, und ihr Werk verschwand langsam aus den Buchhandlungen. Ich suchte, bis ich einen Mann kennenlernte, der ein Exemplar in seiner persönlichen Bibliothek hatte. Er lieh es mir, damit ich ihren Text abschreiben und neue Holzblöcke anfertigen lassen konnte, sodass das Buch erneut gedruckt und verbreitet werden konnte.

Für diesen Großneffen bleiben Geheimnisse ungelöst. Die Heilmittel, die Tan Yunxian in hohem Alter ausarbeitete, sollen noch brillanter gewesen sein als die in ihrem Buch. Viele glauben, sie erlangte die wundersamen Fähigkeiten der größten Ärzte der Vergangenheit, die einen Menschen einfach nur ansehen – durch ihn *hindurch*sehen – konnten, um zu erkennen, was ihm fehlte. Aber wenn Tan Yunxian solche Höhen erreichte, warum hat sie diese Fälle nicht aufgezeichnet? Hat sie sie niedergeschrieben, sich aber dagegen entschieden, sie zu veröffentlichen? Wenn ja, wo befinden sich diese Aufzeichnungen jetzt? Ich fürchte, dass eine Dienerin oder eine geringere Ehefrau im Garten der duftenden Freuden ihre Notizbücher gefunden, sie für wertlos gehalten und die einzelnen Seiten zum Abdecken von Gefäßen mit eingelegtem Gemüse oder Soßen verwendet haben könnte.

Jetzt, zum Zeitpunkt dieser Neuveröffentlichung, hoffe ich, dass Tan Yunxians ursprüngliche Fälle nicht nur einem einzigen Dorf oder einer Stadt, sondern den vielen Menschen im ganzen Land helfen werden.

Ich bringe dieses Nachwort im dreizehnten Jahr der Herrschaft von Kaiser Wanli [1585] mit hundert Verbeugungen dar.

Hochachtungsvoll,
Tan Xiu

DANKSAGUNG

Zu Beginn der Corona-Pandemie befand ich mich, wie viele andere Menschen auch, im Lockdown und wusste nichts so recht mit mir anzufangen. Eines Tages ging ich an eines der Regale, in denen ich meine Bücher zur Recherche aufbewahre – was ich mindestens zehnmal am Tag tue –, und mir sprang ein Buchrücken ins Auge. Ich weiß gar nicht, weshalb, denn er war grau und sehr dezent und in einem gedeckten Ton beschriftet. Ich zog ihn aus dem Regal: *Reproducing Women: Medicine, Metaphor, and Childbirth in Late Imperial China* von Yi-li Wu. Ich sah mir die Titelei an und stellte fest, dass ich das Buch schon seit zehn Jahren im Regal stehen und es nie aufgeschlagen hatte. Ich dachte: *Okay, ich befinde mich mitten in einer globalen Pandemie. Vielleicht ist jetzt genau der richtige Zeitpunkt, dieses Buch zu lesen.* Ich setzte mich sofort hin und fing an. Auf Seite 19 wurde Tan Yunxian erwähnt, eine Ärztin in der Ming-Dynastie, die 1511, als sie fünfzig wurde, ein Buch mit ihren medizinischen Fällen veröffentlichte. Neugierig geworden, legte ich das Buch beiseite, ging zum Computer, suchte nach Tan und stellte fest, dass ihr Buch nicht nur auf Chinesisch, sondern auch auf Englisch lieferbar war. Am nächsten Tag hielt ich ein Exemplar von *Miscellaneous Records of a Female Doctor*, übersetzt von Lorraine Wilcox mit Yue Lu, in den Händen. Innerhalb von etwa sechsundzwanzig Stunden wusste ich also, worüber ich mein nächstes Buch schreiben würde.

Der Buchrücken, der mir ins Auge sprang, und dass das Buch sofort verfügbar war, erwiesen sich als glückliche Fügung, aber mein Glück sollte damit noch nicht enden. Ich machte – danke, Internet – Lorraine Wilcox ausfindig und stellte fest, dass sie etwa fünfzehn Minuten von mir entfernt wohnte! Impfstoffe waren damals immer noch nicht verfügbar, und es dauerte viele Monate, bis wir uns persönlich treffen konnten, aber Lorraine und ich sprachen oft über Zoom. Sie empfahl mir Online-Vorlesungen, brachte mich mit vielen Wissenschaftlern und Wissenschaftlerinnen in Kontakt und schickte mir alle möglichen Materialien, darunter eine Kopie der zweiten Ausgabe von *Vermischte Aufzeichnungen einer Ärztin*, die 1585 von Tans Großneffen nachgedruckt wurde. Lorraine hat mir großzügig ihre Zeit und ihre Ressourcen zur Verfügung gestellt, und ich bin ihr zu großem Dank für das Wissen und die Einblicke, die sie mir verschafft hat, verpflichtet.

Tan Yunxian war in jeder Hinsicht eine bemerkenswerte Frau. Laut der Wissenschaftlerin Charlotte Furth wurden in einem Standardkatalog der zwölftausend bekannten chinesischen medizinischen Werke, die in chinesischen Bibliotheken zu finden sind, nur drei von Frauen verfasst, wobei Tan Yunxians Text der früheste ist. (Charlotte Furth starb, als ich gerade an der Endredaktion des Romans arbeitete. Sie hat nicht nur Tan Yunxian vor dem Vergessen bewahrt, sondern ihr Einfluss auf Wissenschaftlerinnen, die sich mit dem Leben von Frauen in China beschäftigen, kann gar nicht hoch genug eingeschätzt werden. Manche würden sogar behaupten, dass es dieses Fachgebiet ohne sie gar nicht geben würde.) Viele der Rezepturen, die Tan in ihrem Buch auflistet, werden noch heute in der Traditionellen Chinesischen Medizin verwendet und beruhen auf mehr als zweitausend Jahre alten Traditionen. Dennoch ist nur wenig über ihr Leben bekannt, abgesehen von den wenigen Seiten, die sie in der Einleitung zu ihrem Buch schrieb, und den Vor- und Nachworten ihrer männlichen Verwandten. Sie hielt die Worte fest, die Ehrwürdige Lady auf ihrem Sterbebett sprach, und sie berichtete über den geisterhaften Besuch ihrer Großmutter und deren Prophezeiung, wie alt Tan werden würde, die sich dann aber als falsch erwies.

Die besten Schlüssel zu ihrem Leben sind in ihren Fällen zu finden. Jeden Fall beginnt sie mit einer Beschreibung ihrer Patientin, in der Regel einer Frau oder eines Mädchens aus einem Haushalt der Oberschicht. In der Forschung wird angenommen, dass diese Frauen, Mädchen und Bediensteten höchstwahrscheinlich im Anwesen von Tans Ehemann lebten. Ihre echten Fälle spiegeln sich in den fiktiven Geschichten in dem Roman wider: Yining, das Mädchen, das an einer Fehlernährung durch ein Übermaß an Liebe leidet (Fall 11), Witwe Baos Probleme mit den Wechseljahren (Fall 24), die Beschwerden ihrer Tochter, die durch übermäßiges Weinen verursacht werden und die Tan aus der Ferne behandelt (Fall 18), die junge Ehefrau, die an postpartalem Windjucken leidet (Fall 15) sowie Meilings Probleme (Fälle 4, 23, 27 und 31). Dann gibt es noch die Fälle von Frauen, die in der äußeren Welt wohnen: die Ziegelbrennerin (Fall 3) und die Steuerfrau (Fall 2). Ich überlegte, wie Tan diesen Frauen wohl begegnet sein könnte. Ich dachte auch darüber nach, wie es Tan wohl nach dem Tod ihres Sohnes und Enkels ergangen war und warum sie keine weiteren Fälle mehr aufzeichnete, obwohl sie ihre Arzneien in ihren späteren Jahren verbessert und mit ihnen gar Wunder gewirkt haben soll. Hat sich die Tätigkeit als Ärztin für sie im Alter verändert? Wurde die Ausübung dieses Berufs zu einer Notwendigkeit für sie – eine Möglichkeit, Geld zu verdienen, zu überleben?

Ich möchte an dieser Stelle einige Wissenschaftlerinnen würdigen, die mich und viele andere mit ihrer Arbeit über das Leben der Frauen im kaiserlichen China inspiriert haben: *Warriors, Grannies, and Geishas of the Ming* und »Female Healers in the Ming and the Lodge of Ritual and Ceremony« von Victoria Cass, *The Inner Quarters* von Patricia Buckley Ebrey, *Teachers of the Inner Chambers, Cinderella's Sisters* and *Every Step a Lotus* von Dorothy Ko, *The Talented Women of the Zhang Family* von Susan Mann, *Aching for Beauty* von Wang Ping und »Ghost Fetuses, False Pregnancies, and the Parameters of Medical Uncertainty in Classical Chinese Gynecology« und »Between the Living and the Dead: Trauma Medicine and Forensic Medicine in the Mid-Qing« von Yi-li Wu sowie ihre Zoom-Vorlesung »Myth-Busting the History of Chinese Medicine: Going Beyond the ›Function, Not Structure‹ Stereotype«. Mein Dank gilt Tobie Meyer-Fong, die mir Fragen per E-Mail beantwortete und sich in einem Telefoninterview Zeit nahm für Themen, die von Details aus dem Leben von Frauen bis zur Funktionsweise großer Familienverbände im Alltag reichten.

Bei diesem Roman habe ich vielleicht mehr als bei jedem anderen über Kleidung, Kosmetika, Schmuck und andere persönlichen Zierrat recherchiert. Was hat das für einen Spaß gemacht! Wenn ich mich für eine bestimmte Ausstattung inspirieren lassen wollte, sah ich mir Bilder in *Chinese Dress* von Valery Garrett, *Chinese Clothing* von Hua Mei und *Traditional Chinese Clothing* von Shaorong Yang sowie Gemälde aus der Ming-Dynastie an. Für Informationen über das Leben von Kindern in der Zeit, in der der Roman spielt, habe ich *A Tender Voyage: Children and Childhood in Late Imperial China* von Ping-chen Hsiung und *Chinese Views of Childhood*, herausgegeben von Anne Behnke Kinney, zu Rate gezogen.

Die folgenden Zeitschriftenartikel und Bücher haben mir geholfen, unterschiedliche Aspekte der traditionellen chinesischen Medizin zu verstehen, mit dem Schwerpunkt auf Frauen: »Dispersing the Foetal Toxin of the Body: Conceptions of Smallpox Aetiology in Pre-modern China« und »Variolation« von Chia-feng Chang, *A Flourishing Yin: Gender in China's Medical History, 960-1665* von Charlotte Furth, *Thinking with Cases,* herausgegeben von Charlotte Furth, Judith T. Zeitlin und Ping-chen Hsiung, *The Web That Has No Weaver* von Ted J. Kaptchuk, *The Expressiveness of Body and the Divergence of Greek and Chinese Medicine* von Shigehisa Kuriyama, »Women Practicing Medicine in Premodern China« von Angela Ki Che Leung, die auch als Herausgeberin von *Medicine for Women in Imperial China* fungierte, *Oriental Materia Medica* von Hong-yen Hsu et al., »Between Passion and Repression: Medical Views of Demon Dreams, Demonic Fetuses, and Female Sexual Madness in Late Imperial China« von Hsiu-fen Chen, »The Leisure Life of Women in the Ming Dynasty« von Zhao Cuili und »Female Medical Workers in Ancient China« von Jin-sheng Zheng.

Die Sorge um die weibliche reproduktive Gesundheit ist wahrscheinlich so alt wie die Menschheit, und ich führte viele interessante Gespräche über dieses Thema mit den auf diesen Seiten genannten Personen. Am wichtigsten und ergreifendsten waren allerdings die Unterhaltungen, die ich mit Marina Bokelman, Volkskundlerin, Heilerin, Freundin der Familie und zweite Mutter für mich, führte. In unserem letzten Gespräch, bevor sie aus dem Leben schied, sprach sie ausführlich über Hildegard von Bingen, eine 1098 geborene katholische Nonne, die Äbtissin, Komponistin, Schriftstellerin und Heilpraktikerin wurde. Ihre medizinischen Werke *Physica und Causae et Curae* enthalten Beschreibungen von Kräutern und Rezepte zur Regulierung der Menstruation, zur Empfängnisverhütung, zum Abbruch ungewollter Schwangerschaften und zur Begleitung einer Frau durch Schwangerschaft und Geburt.

Ein paar Anmerkungen zu medizinischen Begriffen und Themen, die ich im Roman behandelt habe: Der Begriff *Palast des Kindes* stammt aus dem ersten oder zweiten Jahrhundert n. Chr. und wird im heutigen Chinesisch immer noch für die Gebärmutter verwendet. Heute erkennen wir in der *Nabelschnurstarre* den Tetanus, den man sich vermutlich beim Hocken auf Stroh während der Geburt oder beim Sitzen auf nassem Boden während oder nach den Wehen zuziehen konnte. (Tetanus ist bei Frauen in Entwicklungsländern immer noch eine der Haupttodesursachen nach der Geburt.) Tan beschreibt in ihrem Buch, wie sie in den Fällen 5, 7 und 16 Skrofulose-Knoten und -Wunden behandelt hat. Heutzutage würden Mediziner diese Symptome als mykobakterielle zervikale Lymphadenitis einordnen, die in Zusammenhang mit Tuberkulose steht. Sie verwendete zur Behandlung das Verfahren der Moxibustion, das in China seit dem Altertum als erfolgreiches Mittel gegen diese Krankheit anerkannt ist, sowie pflanzliche Mittel. Zuletzt möchte ich noch einen faszinierenden Artikel empfehlen, und zwar »On the Origins of the Midwife« von Sarah Bunney in *New Scientist*. Darin erklärt sie, warum die Geburt für den Menschen gefährlicher ist als für alle anderen Primaten.

Inspiriert wurde ich bei dieser Geschichte auch von Brian E. McKnights Übersetzung von *The Washing Away of Wrongs* von Sung Tz'u (Song Ci in Pinyin). Dieses Buch gilt als das erste forensische Werk der Welt und kann auf das Jahr 1247 datiert werden. Es geht ähnlichen Werken der europäischen Renaissance um fast vierhundert Jahre voraus. (Zudem reichen staatlich angeordnete forensische Aufzeichnungen in China bis ins zweite Jahrhundert n. Chr. zurück.) *Die Tilgung von Ungerechtigkeit* wurde in China bis weit ins zwanzigste Jahrhundert hinein von Rechtsmedizinern verwendet. Vielleicht ist das gar nicht so bemerkenswert. Die Indikatoren für den Tod durch Ertränken, Erhängen, Erdolchen oder Vergiften haben sich im Laufe der Zeit nicht geändert. Ich habe die Verfahrensweise von Sung Tz'u für die offizielle Untersuchung und Obduktion befolgt, einschließlich der Enthüllung einer nackten Leiche, damit alle sie sehen können, der Aufstellung des Angeklagten vor der Leiche, der Untersuchung der Stelle, an der das Opfer ertrunken ist, und dass die Familie und der Angeklagte die Möglichkeit haben müssen, einander zu sehen.

Ich war immer sehr stolz darauf, jeden Ort zu besuchen, über den ich schreibe. Für dieses Buch konnte ich das nicht tun. (Während ich dies schreibe, befinden sich in China weiterhin große Städte im Lockdown, und die Quarantänezeit für Besucher beträgt drei Wochen.) Doch bei meinen Recherchen für *Eine himmlische Liebe* besuchte ich mehrere Wasserstädte im Jangtse-Delta. Ich war zuversichtlich, mit diesem Wissen über eine Wasserstadt schreiben zu können, trotzdem war ich traurig, dass ich Wuxi nicht mit eigenen Augen sehen konnte. Wieder einmal kam mir ein glücklicher Zufall zu Hilfe. Eines Tages sah ich auf Twitter einen Beitrag über ein Gebäude aus der Ming-Dynastie in Wuxi. Ich schickte eine direkte Nachricht an @TheSilkRoad und fragte, ob sie noch zusätzliche Informationen über die noch existierenden Ming-Dynastie-Stätten in Wuxi hätten. Innerhalb eines Tages schickte mir Zhang Li Links zu dreiundvierzig Gebäuden, Gärten und Wasserwegen aus der Ming-Dynastie, die in Wuxi erhalten geblieben sind, zusammen mit Fotos, Geschichtlichem und in vielen Fällen auch Videos. Schon bald befand ich mich auf einem Boot, das auf den Kanälen von Wuxi schwamm – tagsüber, nachts und in einer Schwarz-Weiß-Dokumentation aus den 1950er-Jahren. Viele dieser Links finden Sie auf meiner Website in der Rubrik »Step Inside the World of Lady Tan« unter www.LisaSee.com.

Der Garten, nach dem der fiktive Garten der duftenden Freuden benannt ist, ist zwei Gärten nachempfunden, die ich beide schon oft besucht habe: dem Garten des bescheidenen Beamten in Suzhou und dem Garten der fließenden Düfte des The Huntington, Library, Art Museum, and Botanical Gardens in San Marino, Kalifornien. Das Anwesen mit Namen Garten der duftenden Freuden ist sehr stark an das Anwesen der Familie Qiao in der Nähe der alten Stadt Pingyao angelehnt, die ich vor vielen Jahren besucht habe. Das Haus verfügt über 313 Zimmer, sechs große Höfe und neunzehn kleinere Höfe. Vielleicht kennen Sie es als Kulisse für den Film *Rote Laterne*.

Das Ehebett war schon lange vor meiner Geburt im Besitz meiner Familie. Generationen von Kindern der Familie See haben darin gespielt. Als ich ein kleines Mädchen war, wurden die Schubladen mit Kleidern und Schuhen gefüllt, damit ich mich verkleiden konnte. Meine Kinder und ihre Cousins und Cousinen sahen im ersten Vorzimmer fern, wo einst eine Dienerin auf dem Boden schlief. Heute, all diese Jahre später, staune ich über die Schönheit der Fensterbilder, die geschnitzten Vignetten und die drei getrennten Zimmer – die ohne einen einzigen Nagel zusammengehalten werden. Fotos der beiden Gärten, des Qiao-Anwesens und des Ehebetts finden Sie auf meiner Website. Mein Autorenfoto wurde am Eingang zum Ehebett aufgenommen, Sie sehen also auch dort einen Ausschnitt davon.

Wie wir alle wissen, können Romane Bilder im Kopf erzeugen und uns emotionale Erfahrungen schenken. Während des ersten Jahres der Pandemie beschloss ich, David Hawkes' Übersetzung von *Die Geschichte des Steins* von Cao Xueqin (auch bekannt als *Der Traum der roten Kammer*) noch einmal zu lesen. Das Buch gilt als einer der größten, wenn nicht als der größte chinesische Roman. Die Geschichte spielt zwar in der Qing-Dynastie, vermittelt aber ein beeindruckendes Bild vom Leben in einem großen Haushalt mit vielen Höfen und Gärten, der von einer großen Familie, zahllosen Konkubinen und Gefolgsleuten aller Art bewohnt wird. Meine Lektüre wurde dieses Mal noch dadurch bereichert, dass ich *stundenlang* einen Podcast mit dem treffenden Titel *Rereading the Stone* hörte. Die wöchentlichen Gespräche zwischen den Hosts Kevin Wilson und William Jones trugen dazu bei, mein Verständnis für die chinesische Kultur, Geschichte, Literatur und Philosophie zu vertiefen.

Um mich über die Ming-Dynastie zu informieren, las ich *A Ming Society* von John W. Dardess, einschlägige Abschnitte aus *Chinese Civilization and Society*, herausgegeben von Patricia Buckley Ebrey, *The Censorial System of Ming China* von Charles O. Hucker und eine Sammlung von Kurzgeschichten, *Stories from a Ming Collection*, zusammengestellt von Feng Menglong und übersetzt von Cyril Birch. Aber manchmal ist die Suche nach einem Detail für eine Geschichte wie die Suche nach der sprichwörtlichen Nadel im Heuhaufen. Doch ich muss Ihnen sagen, dass diese Nadeln gefunden werden können … mit viel Hilfe. Zunächst möchte ich Jeffrey Wasserstrom, Chancellor's Professor für Geschichte an der University of California, Irvine, meinen herzlichsten Dank aussprechen. Im Lauf der Jahre habe ich ihn immer wieder um Hilfe und Rat gebeten, und er hat sich immer weit über meine Erwartungen hinaus engagiert. Während ich diesen Roman schrieb, fungierte er als Vermittler und brachte mich mit Personen zusammen, die mir Auskunft über einzelne Fragen gaben, die ich selbst nicht beantworten konnte. (Die großen Forschungsbibliotheken waren ja geschlossen.) Er stellte mich zunächst Emily Baum vor, Professorin für Moderne Chinesische Geschichte an der UCI mit dem Spezialgebiet Traditionelle Chinesische Medizin. Sie sprach mit mir über die Unterschiede zwischen westlichen und chinesischen medizinischen Traditionen. (Die westliche Medizin ist auf materielle Strukturen ausgerichtet. Man kann ein Herz in der Hand halten und Bakterien durch ein Mikroskop sehen. Die traditionelle chinesische Medizin konzentriert sich mehr auf Prozesse und Interaktionen im Körper.)

Professor Wasserstrom verschaffte mir auch den Kontakt zu Christopher Rea, Professor für Chinesische Literatur an der University of British Columbia, der mir viele Fragen über die Ming-Dynastie beantwortete: Wenn es in China vor über fünfhundert Jahren ein Postsystem gab, wie funktionierte das? Wie lange hätte es im Jahr 1490 gedauert, auf dem Kaiserkanal von Wuxi nach Peking zu fahren? Er schickte mir Chelsea Zi Wangs ausführlichen Aufsatz »More Haste, Less Speed: Sources of Friction in the Ming Postal System« und wies mich auf ein Tagebuch hin, das Ch'oe Pu geführt hatte, ein neu ernannter koreanischer Registerbeamter auf Jeju – der Insel, über die ich in *The Island of Sea Women* geschrieben habe. Er erlitt 1487 vor der chinesischen Küste Schiffbruch und wurde über den Kaiserkanal nach Peking gebracht. Dann entdeckte ich John Meskills Übersetzung *von Ch'oe Pu's Diary: A Record of Drifting Across the Sea*. Das Tagebuch enthält viele wunderbare Details über Kleidung, Essen, Gebräuche und natürlich darüber, wie lange es jeden Tag dauerte, um von hier nach dort zu gelangen, genau drei Jahre vor der Reise von Tan Yunxian, Konkubine Zhao und Mohnblüte.

Und als ich mit den Unterschieden zu kämpfen hatte, die ich in verschiedenen Texten gefunden hatte – was waren die Aufgaben eines Präfekturrichters, eines Magistrats und eines leitenden Untersuchungszensors und wer war bei einer Untersuchung oder einer Wiederaufnahme anwesend –, stellte Professor Wasserstrom wunderbarerweise den E-Mail-Kontakt zu Michael Szonyi her, Professor für Chinesische Geschichte an der Harvard University und ehemaliger Direktor des Fairbank Center for Chinese Studies. Professor Szonyi schickte mir seinen Artikel »The Case in the Vase: Legal Process, Legal Culture, and Justice in *The Plum in the Golden Vase*«. Wir hatten auch eine faszinierende Korrespondenz, aus der ich Ihnen einen kleinen Teil wiedergeben möchte. Als ich ihm schrieb, weil ich verwirrt darüber war, dass in einigen Quellen vom Strafministerium (oder vom Justizministerium) die Rede war, während andere es als Strafbehörde (oder Justizbehörde) bezeichneten, antwortete er mir Folgendes:

> Was die Strafbehörde betrifft, so kann ich nichts über die Beweggründe anderer Übersetzer sagen, aber das eigentliche Problem ist wohl nur der Grad, bis zu dem wir uns zutrauen, unsere eigenen Annahmen in die von uns verwendeten Begriffe einzubringen. Das Standardwerk für offizielle Titel, *Huckers Dictionary of Official Titles in Imperial China*, verwendet den Begriff Justizministerium. Aber dieses Werk wurde in den 1980er-Jahren veröffentlicht und basiert auf früheren Arbeiten. Aus meiner Sicht ist es nicht sinnvoll, daraus zu schließen, dass der ursprüngliche chinesische Begriff eine mit unserer Auffassung von »Justiz« oder »Gerechtigkeit« vergleichbare Vorstellung verkörpert.

> Aber der Begriff der Bestrafung tut das auf jeden Fall. Kammer vs. Ministerium ist einfacher zu erklären: Im britischen System wird ein Ministerium von einem gewählten Beamten geleitet, der auch dem Kabinett angehört. Das chinesische Amt, von dem wir hier sprechen, ist ein hochrangiges Amt, das von einem leitenden Bürokraten geführt wird. Es ist also kein klassisches Ministerium. Wären mehr Amerikaner unter den frühen Sinologen gewesen, würden wir vielleicht den Begriff Strafabteilung verwenden, um ein sehr hochrangiges Verwaltungsorgan zu bezeichnen, dem ein hochrangiger Beamter vorsteht. Aber irgendwie haben wir uns auf Behörde geeinigt.

Kompliziert und nuanciert, aber faszinierend.

In Sachen Tee habe ich mich an Linda Louie, die Inhaberin der Bana Tea Company, gewandt. Sie hat ein Teepaket für Buchclubs zusammengestellt, in dem einige der im Roman erwähnten Teesorten enthalten sind und das Sie auf ihrer Website www.BanaTeaCompany.com finden können. Ich möchte Linda auch dafür danken, dass sie als Bindeglied zwischen ihrer Schwester Meiyin Lee und mir fungierte. Meiyin schickte mir interessantes Material über Reisen in der Ming-Dynastie, Dünne Pferde und Zahnfrauen.

Dies ist ein Roman, und ich habe mir einige Freiheiten erlaubt. Es kam zwar durchaus vor, dass während der Wehen eine Botschaft auf den Fuß eines Babys geschrieben wurde, um es zurück in den Palast des Kindes zu schicken, aber bei Tan Yunxian war das nicht der Fall. In den historischen Aufzeichnungen gibt es auch keinen Hinweis darauf, dass Tan Yunxian Wuxi jemals verlassen hat, geschweige denn, dass sie in die Verbotene Stadt gereist ist. Aber ich wollte, dass sie diese Reise unternimmt, und zwar aus drei Gründen. Erstens, um eine mögliche Antwort auf die Frage zu geben, wie und wo Tan der Steuerfrau begegnet sein könnte. Zweitens faszinierte mich die wahre Geschichte von einer »Matrone der Medizin« namens Peng, die 1553 vor den Augen von Kaiserin Xiaoke, der vierten Gemahlin von Kaiser Jiajing, einen Sohn zur Welt brachte. Als er hörte, dass die Augen seiner Angebeteten durch diesen Anblick befleckt worden waren, befahl er die Hinrichtung der Hebamme. Die Kaisergemahlin und andere Hofdamen kämpften für ein milderes Urteil und gewannen. Der Kaiser verurteilte Peng zu dreißig Hieben und verbannte sie aus der Verbotenen Stadt. Drittens, und das ist das Wichtigste, gestattete mir das Zwischenspiel in der Verbotenen Stadt, über Frauen aus allen Schichten der Gesellschaft zu schreiben – von der Dienerin bis zur Kaiserin. Nebenbei bemerkt, die Geschichte von dem Eunuchen, der auf dem Kaiserkanal mit Pfeilen auf Passanten zielte, ist wahr.

Ich habe das Glück, viele außergewöhnliche Menschen zu haben, die mich als Schriftstellerin und als Frau unterstützen. Meine Agentin Sandra Dijkstra und ihr Team aus wunderbaren Frauen – insbesondere Andrea Cavallero und Elise Capron – kümmern sich um die geschäftlichen Angelegenheiten. Dies ist mein dritter Roman bei Scribner, und es war wirklich eine wunderbare gemeinsame Reise. Vielen Dank an Nan Graham, Kathy Belden, Katie Monaghan, Mia O'Neill und Ashley Gilliam für eure unbeirrte Unterstützung und unermüdliche Energie sowie an alle im Marketing und im Vertrieb, die mich fast täglich mit ihren Ideen außerhalb festgefahrener Bahnen verblüffen.

Meine Schwester Clara Sturak kennt und versteht meine Texte besser als irgendjemand sonst auf der Welt. Ich vertraue nicht nur auf ihr redaktionelles Auge, sondern auch darauf, dass sie mir hilft, zu der Geschichte zu kommen, die ich erzählen will. Ich habe das Glück, zwei Söhne, zwei Schwiegertöchter und einen Enkel zu haben, die mich daran erinnern, was im Leben wichtig ist. Ich liebe sie alle sehr. Zuletzt möchte ich meinem Mann Richard Kendall danken. Man sagt, die Liebe wächst mit der Entfernung, aber ich bin da anderer Meinung. In diesen seltsamen und wundersamen Jahren der Pandemie – in denen wir beide vierundzwanzig Stunden am Tag unter demselben Dach verbrachten, in verschiedenen Zimmern arbeiteten, einfache Freude in der Musik fanden, immer abseitigere Fernsehsendungen streamten und im Garten faulenzten – sind meine Liebe und mein Respekt für ihn mehr gewachsen, als ich es bei dem Blind Date, das sein Vater und meine Mutter vor so langer Zeit arrangiert hatten, hätte ahnen können.